Volume traduit en français par M. Bonnomet.

Paris. — Imprimerie générale de Ch. Lahure, rue de Fleurus, 9.

BARNABÉ RUDGE

PAR CH. DICKENS

ROMAN ANGLAIS

TRADUIT AVEC L'AUTORISATION DE L'AUTEUR

SOUS LA DIRECTION DE P. LORAIN

TOME PREMIER

PARIS

LIBRAIRIE DE L. HACHETTE ET Cⁱᵉ

BOULEVARD SAINT-GERMAIN, Nᵒ 77

1864

UN MOT D'INTRODUCTION.

De l'histoire! Dieu vous bénisse; je n'en ai aucune à dire, monsieur.

Voici de longues années.... permettez-moi de ne pas en avouer le nombre.... que m'arriva la bonne nouvelle de ma promotion comme enseigne dans le 4ᵉ d'infanterie de Sa Majesté. Mon nom, qui si longtemps avait figuré sur les états *du Duc*, avec ces mots en marge : « Question épineuse, » allait enfin se trouver inscrit sur le registre mensuel des promotions et des appointements. Depuis ce jour, j'ai traversé toutes les vicissitudes de la guerre et de la paix. Le camp et le bivouac, l'insouciante gaieté de la *mess-table*[1], la désolante solitude d'une prison française, les émotions violentes du service de campagne, l'existence

[1] Table commune des officiers de tous grades.

monotone de garnison, m'ont également apporté leur
part de plaisirs et d'épreuves. Une carrière de ce
genre, quand la nature vous a donné un tempérament
toujours prêt à vous mettre à l'unisson de ceux qui
vous entourent, ne saurait manquer d'avoir sa bonne
provision d'aventures. Telle a été la mienne; et, sans
prétendre à autre chose qu'à retracer quelques-unes
des scènes dans lesquelles j'ai joué un rôle, et qu'à
rappeler le souvenir de leurs autres acteurs.... hélas!
dont quelques-uns ne sont plus aujourd'hui.... j'ai
livré ces pages aux hasards de la publicité.

Si je n'ai pas choisi cette portion de ma vie qui présentait le plus d'incidents et de faits dignes d'être ra-
contés, mon excuse est bien simple; c'est que j'ai
mieux aimé, dans cette première apparition sur les
planches, m'accoutumer à l'air de la maison par le
personnage du *Coq*[1], que de me montrer au public
dans un rôle plus difficile d'Hamlet.

Mais comme malheureusement il existe en ce
monde des gens très-difficiles, qui, ainsi que le dit
Curran[2], ne sont pas satisfaits de savoir qui tua le
jaugeur, si vous ne pouvez leur apprendre qui portait
sa veste de tiretaine.... à ceux-là je dirais, en toute humilité, qu'ils n'ont rien à faire avec ce livre. Je n'ai
pas plus d'histoire que de morale à offrir; ma seule
prétention à l'une est dans le récit d'une passion qui;
pendant quelques années, fut tout l'intérêt de ma vie,
mon unique tentative à l'égard de l'autre consiste en

---

1. Allusion au coq qui se fait entendre dans le premier acte du
drame de *Shakspeare*.
2. Célèbre avocat irlandais, de l'époque antérieure à l'Union.

ce que j'ai tâché de faire ressortir tous les dangers
dont peut être entouré un homme qui, avec une imagination ardente et un caractère facile, a trop de penchant à la confiance, et peut rarement jouer un rôle
sans oublier qu'il n'est que comédien. Cela dit, je me
recommande une fois encore à cette indulgence qui
n'a jamais été refusée à l'humilité sincère, et je commence.

L'AUTEUR ANGLAIS

AU PUBLIC FRANÇAIS[1].

Il y a longtemps que je désirais voir publier en français une traduction complète et uniforme de mes œuvres.

Jusqu'ici, moins heureux en France qu'en Allemagne, je n'ai pu être connu des lecteurs français qui ne sont pas familiarisés avec la langue anglaise que par des traductions isolées et partielles, publiées sans mon autorisation et sans mon contrôle, et dont je n'ai tiré aucun avantage personnel.

La présente publication m'a été proposée par MM. L. Hachette et Cie et par M. Ch. Lahure, dans des termes qui font honneur à leur caractère élevé, libéral et généreux. Elle a été exécutée avec le plus grand soin, et les nombreuses difficultés qu'elle présentait ont été vaincues avec une habileté, une intelligence et une persévérance peu communes. Elle a surtout été dirigée par un homme distingué,

1. Voir ci-après le texte original.

qui possède parfaitement les deux langues, et qui a réussi, de la manière la plus heureuse, à reproduire en français, avec une fidélité parfaite, le texte original, tout en donnant à sa traduction une forme élégante et expressive.

Je suis fier d'être ainsi présenté au grand peuple français, que j'aime et que j'honore sincèrement; à ce peuple dont le jugement et le suffrage doivent être un but d'ambition pour tous ceux qui cultivent les Lettres; à ce peuple qui a tant fait pour elles, et à qui elles ont valu un nom si glorieux dans le monde.

Cette traduction de mes œuvres est la seule qui ait ma sanction. Je la recommande en toute humilité respectueuse, mais aussi en toute confiance, à mes lecteurs français.

Charles DICKENS.

Londres, 17 janvier 1857.

ADDRESS

OF THE ENGLISH AUTHOR

TO THE FRENCH PUBLIC.

I have long been desirous that a complete French translation of the books I have written should be made, and should be published in an uniform series.

Hitherto, less fortunate in France than in Germany, I have only been known to French readers not thoroughly acquainted with the English language, through occasional, fragmentary and unauthorized translations over which I have had no control, and from which I have derived no advantage.

The present translation of my writings was proposed to me by Messrs. L. Hachette and Co. and Ch. Lahure in a manner equally spirited, liberal, and generous. It has been made with the greatest care, and its many difficulties have been combated with unusual skill, intelligence and perseverance.

It has been superintended, above all, by an accomplished gentleman, perfectly acquainted with both languages, and able, with a rare felicity, to be perfectly faithful to the English text, while rendering it in elegant and expressive French.

I am proud to be so presented to the great French people, whom I sincerely love and honour, and to be known and approved by whom must be an aspiration of every labourer in the Arts, for which France has done so much, and in which she has made herself renowned through the world.

This is the only edition of my writings that has my sanction. I humbly and respectfully, but with full confidence, recommend it to my French readers.

Charles Dickens.

Tavistock-House, London, January 17th, 1857.

BARNABÉ RUDGE.

CHAPITRE PREMIER.

Il y avait en 1775, sur la lisière de la forêt d'Epping, à une distance d'environ douze milles de Londres (en mesurant du *Standard*[1] dans Cornhill, ou plutôt de l'endroit sur lequel ou près duquel le *Standard* avait accoutumé d'être aux temps jadis), un établissement public appelé le *Maypole*[2], comme pouvaient le voir tous ceux des voyageurs qui ne savaient ni lire ni écrire (et, il y a soixante-six ans, il n'y avait pas besoin d'être voyageur pour se trouver dans ce cas-là), en regardant l'emblème dressé sur le bas côté de la route en face dudit établissement. Ce n'est pas que cet emblème eût les nobles proportions des maypoles plantés d'ordinaire dans les anciens temps; mais ce n'en était pas moins un beau jeune frêne, de trente pieds de haut et droit comme n'importe quelle flèche qu'un arbalétrier de la *yeomanry* d'Angleterre ait jamais pu tirer.

Le Maypole (ce terme exprime à partir d'à présent la maison, et non pas son emblème), le Maypole était un vieux bâtiment avec plus de bouts de chevron sur le pignon qu'un désœuvré ne se soucierait d'en compter par un jour de soleil; avec de grandes cheminées en zigzag d'où il semblait que la fumée elle-même ne pouvait sortir, quoi qu'elle en eût, que sous des formes naturellement fantastiques, grâce à sa tortueuse ascension; enfin avec de vastes écuries, sombres, tombant en

1. Point de départ officiel des bornes milliaires, comme à Paris la cathédrale de Notre-Dame.
2. Arbre de mai, communément appelé autrefois un mai.

ruine, et vides. Cette habitation passait pour avoir été construite à l'époque de Henry VIII, et il existait une légende
comme quoi non-seulement la reine Élisabeth, durant une
excursion de chasse, avait couché là une nuit, dans une
certaine chambre à boiseries de chêne avec fenêtre à large
embrasure, mais encore comme quoi le lendemain, debout
sur un montoir devant la porte, un pied à l'étrier, la vierge
monarque avait donné deçà et delà force coups de poing et
force soufflets à un pauvre page pour quelque négligence
dans son service. Les gens positifs et sceptiques, en mino-
rité parmi les habitués du Maypole, comme ils le sont malheureusement dans chaque petite communauté, inclinaient
à regarder cette tradition comme un peu apocryphe; mais
quand le maître de l'antique hôtellerie en appelait au témoignage du montoir lui-même, quand d'un air de triomphe il
faisait voir que le bloc était demeuré immobile à sa propre
place jusqu'au jour d'aujourd'hui, les douteurs ne man-
quaient jamais d'être terrassés par une majorité imposante,
et tous les vrais croyants triomphaient de leur défaite.

Que ces récits, et beaucoup d'autres du même genre,
fussent authentiques ou controuvés, le Maypole n'en était
pas moins réellement une vieille maison, une très-vieille
maison, aussi vieille peut-être qu'elle prétendait l'être, peut-
être même plus vieille, ce qui arrive parfois aux maisons
d'un âge incertain tout comme aux dames d'un certain âge.
Ses fenêtres avaient de vieux carreaux à treillis, ses planchers
étaient affaissés et inégaux, ses plafonds étaient noircis par la
main du temps et alourdis par des poutres massives. Au-
dessus de la porte et du passage était un ancien porche
sculpté d'une façon bizarre et grotesque; c'est là que, les soirs
d'été, les pratiques favorites fumaient et buvaient, et chan-
taient aussi, pardieu! quelquefois mainte bonne chanson, en
se reposant sur des sièges à dossier élevé, de mine rébarbative,
qui, semblables à des dragons jumeaux de je ne sais plus
quel conte de fée, gardaient l'entrée du manoir.

Dans les cheminées des chambres hors d'usage, les hiron-
delles maçonnaient leurs nids depuis de bien longues années,
et, du commencement du printemps à la fin de l'automne, des
colonies entières de moineaux gazouillaient au bord des toits
et des gouttières. Il y avait, dans la cour de la sombre écurie

et sur les bâtiments extérieurs, plus de pigeons que n'en
saurait compter tout autre amateur qu'un aubergiste. Les
vols circulaires et tournoyants des pigeons mignons, des
pigeons à queue en éventail, des pigeons culbutants, des
pigeons francolins, ne s'accordaient peut-être pas complétement avec le caractère grave et sévère de l'édifice; mais
le monotone roucoulement que ne cessaient d'entretenir,
tant que durait le jour, quelques-uns de ces volatiles, seyait
à merveille au Maypole et paraissait l'inviter à dormir. Avec
ses étages superposés, ses petites vitres brouillées et comme
assoupies, sa façade bombante et surplombant sur la chaussée,
la vieille maison avait l'air de pencher la tête dans son
sommeil. Véritablement, il ne fallait pas un très-grand effort
d'imagination pour y découvrir d'autres ressemblances encore
avec l'humanité. Les briques dont elle était bâtie avaient
été primitivement d'un gros rouge foncé, mais elles étaient
devenues jaunes et décolorées comme la peau d'un vieillard;
les solides charpentes étaient tombées, comme tombent les
dents d'une vieille mâchoire, et çà et là le lierre, tel qu'un
chaud vêtement propre à réconforter son grand âge, enveloppait et serrait de ses vertes feuilles les murailles rongées par
le temps.

C'était pourtant une vieillesse robuste encore et généreuse;
et les soirs d'été ou d'automne, quand le soleil couchant illuminait les chênes et les châtaigniers de la forêt voisine, la
vieille maison, partageant leur éclat, semblait être leur digne
compagne et pouvait se flatter d'avoir dans le corps beaucoup
de bonnes années encore à vivre.

La soirée dont il s'agit pour nous n'était ni une soirée d'été
ni une soirée d'automne, mais le crépuscule d'un jour de
mars. Le vent hurlait alors d'une manière effrayante à travers
les branches nues des arbres, et en grondant sourdement
dans les amples cheminées, en fouettant la pluie contre les
fenêtres de l'auberge du Maypole, il donnait à ceux des
habitués qui s'y trouvaient en ce moment une incontestable
raison d'y prolonger leur séance, en même temps qu'il permettait à l'aubergiste de prophétiser que le ciel devait
s'éclaircir juste à onze heures sonnantes, ce qui coïncidait
étonnamment avec l'heure où il fermait toujours sa maison.

Le nom de celui sur lequel descendait ainsi l'inspiration

prophétique, était John Willet, homme corpulent, à large tête,
dont la face rebondie dénotait une profonde obstination et
une rare lenteur d'intelligence, combinées avec une confiance
vigoureuse en son propre mérite. La vanterie ordinaire de
John Willet, dans sa plus grande tranquillité d'humeur,
consistait à dire que, s'il n'était pas prompt d'esprit, au
moins il était sûr et infaillible; assertion qui du moins ne
pouvait être contredite, lorsqu'on le voyait en toute chose
l'opposé de la promptitude, comme aussi l'un des gaillards les
plus bourrus, les plus absolus qui fussent au monde, toujours
sûr que ce qu'il disait, pensait ou faisait était irréprochable,
et le tenant pour une chose établie, ordonnée par les lois de
la nature et de la Providence, si bien que n'importe qui disait,
faisait ou pensait autrement, devait être inévitablement et de
toute nécessité dans son tort.

M. Willet marcha lentement vers la fenêtre, aplatit son nez
grassouillet contre la froide vitre, et, ombrageant ses yeux
pour que la rouge lueur de l'âtre ne gênât point sa vue, il
regarda au dehors. Puis il retourna lentement vers son vieux
siège, dans le coin de la cheminée, et s'y installant avec un
léger frisson, comme un homme qui aurait assez pâti du froid
pour sentir mieux les délices d'un feu qui réchauffe et qui
brille, il dit en regardant ses hôtes à la ronde :

« Le ciel s'éclaircira à onze heures sonnantes, ni plus tôt
ni plus tard. Pas avant et pas après.

— A quoi devinez-vous ça? dit un petit homme dans le
coin d'en face; la lune n'est plus en son plein, et elle se lève
à neuf heures. »

John regarda paisiblement et solennellement son questionneur, jusqu'à ce qu'il fût bien sûr d'avoir réussi à saisir la
portée de l'observation, et alors il fit une réponse d'un ton
qui semblait signifier que la lune était son affaire personnelle,
et que nul autre n'avait rien à y voir.

« Ne vous inquiétez pas de la lune. Ne vous donnez pas
cette peine-là. Laissez la lune tranquille, et moi je vous laisserai tranquille aussi.

— Je ne vous ai pas fâché, j'espère? » dit le petit homme.

Derechef John attendit à loisir jusqu'à ce que l'observation
eût pénétré dans son cerveau, et alors répliquant : « Fâché?
non, pas jusqu'à présent; » il alluma sa pipe, et fuma dans

un calme silence. Il jetait de temps en temps un coup d'œil oblique sur un homme enveloppé d'une ample redingote, avec de larges parements ornés de galons d'argent tout ternis, et de grands boutons de métal. Cet homme était assis à part de la clientèle régulière de l'établissement; il portait un chapeau rabattu sur sa figure, ombragée d'ailleurs par la main sur laquelle reposait son front. Il avait l'air assez peu sociable.

Un autre étranger était assis également, botté et éperonné, à quelque distance du feu. Ses pensées, à en juger par ses bras croisés, ses sourcils froncés, et le peu de souci qu'il avait de la liqueur qu'il laissait devant lui sans y goûter, s'occupaient de tout autre chose que du sujet de la conversation, ou des messieurs qui conversaient ensemble. C'était un jeune homme d'environ vingt-huit ans, d'une taille un peu au-dessus de la moyenne, et, quoique d'une figure assez mignonne, à la grâce il joignait la vigueur. Il portait ses propres cheveux noirs; il avait un costume de cavalier, et ce vêtement, ainsi que ses grandes bottes (semblables pour la forme et le style à celles de nos *Life-Guards* [1] d'aujourd'hui), montrait d'incontestables traces du mauvais état des routes. Mais, tout souillé qu'il était de sa course, il était bien habillé, même avec richesse, quoique avec une simplicité de bon goût; en un mot, il avait l'air d'un charmant *gentleman*.

Sur la table, à côté de lui, gisaient négligemment une lourde cravache et un chapeau à bords plats, qui sans doute convenait mieux à l'inclémence de la température. Il y avait aussi là une paire de pistolets dans leurs fontes, avec un court manteau de cavalier. On ne voyait de sa figure que les longs cils noirs qui cachaient ses yeux baissés; mais un air d'aisance négligente et de grâce aussi parfaite que naturelle dans les attitudes circulait sur toute sa personne, et semblait même se répandre sur ces menus accessoires, tous beaux et en bon état.

Une seule fois M. Willet laissa ses yeux errer vers le jeune gentleman, comme pour lui demander à la muette s'il avait remarqué son silencieux voisin. Évidemment John et le jeune gentleman s'étaient souvent rencontrés à une époque antérieure. Comme son coup d'œil ne lui avait pas été

1. Gardes du corps de la reine.

rendu, et n'avait pas même été remarqué par la personne à qui il l'avait adressé, John concentra graduellement toute sa puissance visuelle dans un foyer unique, pour la braquer sur l'homme au chapeau rabattu. Il en vint même, à la longue, à une fixité de regard d'une intensité si notable, qu'elle frappa ses compères du coin du feu. Tous, d'un commun accord, ôtant leurs pipes de leurs lèvres, se mirent également à considérer l'étranger, l'œil fixe, la bouche béante.

Le robuste aubergiste avait une paire de grands yeux stupides comme des yeux de poisson, et le petit homme qui avait hasardé la remarque au sujet de la lune (il était sacristain et sonneur de Chigwell, village situé tout près du Maypole) avait de petits yeux ronds, noirs et brillants comme des grains de rosaire. Ce petit homme portait en outre aux genouillères de sa culotte d'un noir de rouille, sur son habit du même ton, et du haut en bas de son gilet à pans rabattus, de petits boutons bizarres qui ne ressemblaient à rien qu'à ses yeux; mais, par exemple, la ressemblance était si frappante, que, lorsqu'ils étincelaient et chatoyaient à la flamme de l'âtre également reflétée sur les boucles luisantes de ses souliers, il paraissait tout yeux des pieds à la tête, et l'on eût dit qu'il employait chacun d'eux à contempler le chaland inconnu. Qui s'étonnerait qu'un homme devînt mal à son aise sous le feu d'une pareille batterie, sans parler des yeux appartenant à Tom Cobb le courtaud, marchand de chandelles et buraliste de la poste; puis encore au long Philippe Parkes, le garde forestier, qui tous deux, gagnés par la contagion de l'exemple, regardaient non moins fixement l'homme au chapeau rabattu?

L'étranger finit par devenir mal à son aise; peut-être était-ce de se voir exposé à cette fusillade de regards inquisiteurs: peut-être cela dépendait-il de la nature de ses méditations précédentes; plus probablement de la dernière cause: car, lorsqu'il changea sa position et jeta à la hâte un regard autour de lui, il tressaillit de se trouver le point de mire de regards si perçants, et il lança au groupe de la cheminée un coup d'œil colère et soupçonneux. Ce coup d'œil eut pour effet de détourner immédiatement tous les yeux vers l'âtre, excepté ceux de John Willet, lequel, se voyant pris en quelque sorte sur le fait, et n'étant pas (comme

nous l'avons déjà constaté) d'un naturel très-vif, restait seul
à contempler son hôte d'une façon singulièrement gauche et
embarrassée.

« Eh bien ? » dit l'étranger.

Eh bien ! il n'y avait pas grand'chose dans cet Eh bien-là ;
ce n'était pas un long discours.

« J'avais cru que vous demandiez quelque chose, » dit
l'aubergiste après une pause de deux ou trois minutes, pour
se donner le temps de la réflexion.

L'étranger ôta son chapeau et découvrit les traits durs
d'un homme de soixante ans ou environ. Ils étaient fatigués
et usés par le temps. Leur expression, naturellement rude,
n'était pas adoucie par un foulard noir serré autour de sa
tête, et qui, tout en tenant lieu de perruque, ombrageait son
front et cachait presque ses sourcils. Était-ce pour distraire
les regards et leur dérober une profonde balafre à présent
cicatrisée en une laide couture, mais qui, lorsqu'elle était
fraîche, avait dû mettre à nu la pommette de la joue ? Si
c'était là son but, il n'y réussissait guère, car elle sautait
aux yeux. Son teint était d'une nuance cadavéreuse, et il
avait une barbe grise, déjà longue de quelque trois semaines de date. Tel était le personnage (très-piètrement
vêtu) qui se leva alors de son siége et vint, en se promenant à travers la salle, se rasseoir dans le coin de la cheminée, que lui céda très-vite le petit sacristain, par politesse
ou par crainte.

« Un voleur de grand chemin ! chuchota Tom Cobb à
Parkes, le garde forestier.

— Croyez-vous que les voleurs de grand chemin n'ont pas
un plus beau costume que celui-là ? repartit Parkes. C'est
quelque chose de mieux que ce que vous pensez, Tom. Les
voleurs de grand chemin ne sont pas des gueux en gue-
nilles ; ce n'est pas dans leurs goûts ni dans leurs habitudes,
je vous en donne ma parole. »

Pendant ce dialogue, le sujet de leurs conjectures avait
fait à l'établissement l'honneur de demander quelque breuvage, qui lui avait été servi par Joe[1], fils de l'aubergiste,
gars d'une vingtaine d'années, à larges épaules, bien dé-

1. Diminutif de Joseph.

couplé, que son père se plaisait encore à considérer comme
un petit garçon, et à traiter en conséquence. Étendant ses
mains pour les réchauffer au feu de l'âtre, l'homme tourna la
tête du côté de la compagnie, et, après l'avoir parcourue
d'un regard perçant, il dit, d'une voix bien appropriée à
son extérieur :

« Quelle est donc cette maison qui se trouve à environ un
mille d'ici ?

— Un cabaret ? dit l'aubergiste de son ton habituel.

— Un cabaret, père ! se récria Joe. Y pensez-vous ? un
cabaret à un mille environ du Maypole ? Il veut parler de
la grande maison, la Garenne, rien de plus clair. N'est-ce
pas, monsieur, la vieille maison en briques rouges, bâtie
sur ses propres terres ?

— Oui, dit l'étranger.

— Et qui était, il y a quinze ou vingt ans, au milieu d'un
parc cinq fois aussi vaste. Ce parc, ainsi que d'autres do-
maines plus riches, a changé de mains pièce à pièce et a disparu. C'est bien dommage, poursuivit le jeune homme.

— Possible, fut la réplique. Mais ma question concernait
le propriétaire. Ce qu'a été la maison, je ne m'en soucie
guère ; et pour ce qu'elle est, je peux bien le voir par
moi-même. »

L'héritier présomptif du Maypole pressa ses lèvres de son
doigt ; et lançant un coup d'œil du côté du jeune gentleman
que nous avons déjà fait connaître, et qui avait changé d'attitude la première fois qu'on avait parlé de la maison, il
répliqua d'un ton moins haut :

« Le propriétaire se nomme Haredale, M. Geoffroy Haredale, et.... (il lança de nouveau un coup d'œil dans la même
direction) et un digne gentleman encore.... Hem ! »

Ne faisant pas plus attention à cette toux d'avertissement
qu'au geste significatif dont elle avait été précédée, l'étranger continua son rôle de questionneur.

« Je me suis détourné de mon chemin en venant ici, et
j'ai pris le sentier pour traverser les terres de cette Garenne. Quelle est la jeune dame que j'ai vue monter en voiture ? serait-ce sa fille ?

— Mais comment le saurais-je, mon brave homme ? répliqua Joe, qui essayait, tout en faisant quelques range-

ments autour de l'âtre, de s'avancer près de son questionneur et de le tirer par la manche; je n'ai jamais vu la
jeune dame dont vous parlez. Aïe!... Encore du vent et de
la pluie! Bon, en voilà une soirée!

— Diable de temps, en effet! observa l'étranger.

— Vous y êtes habitué, n'est-ce pas? dit Joe, saisissant
tout ce qui semblait promettre une diversion au sujet de
l'entretien.

— Mais oui, pas mal comme ça, repartit l'autre. Reve-
nons donc à la jeune dame. Est-ce que M. Haredale a une
fille?

— Non, non, dit le jeune homme impatienté; il est céli-
bataire.... Il est.... Laissez-nous donc un peu tranquilles,
mon brave homme, si c'est possible. Ne voyez-vous pas bien
qu'on ne goûte pas trop là-bas votre conversation? »

Sans tenir compte de cette remontrance chuchotée, et
faisant semblant de ne pas l'entendre, le bourreau poursuivit, de manière à pousser Joe à bout:

« La belle raison! Ce n'est pas la première fois que des
célibataires ont eu des filles. Comme si elle ne pouvait pas
être sa fille sans qu'il fût marié!

— Je ne sais pas ce que vous voulez dire, » répondit Joe,
ajoutant d'un ton plus bas et en se rapprochant de lui: « Ah
çà! vous le faites donc exprès, hein?

— Ma foi! je n'ai pas du tout de mauvaise intention. Je ne
vois pas de mal à ça. Je fais quelques questions, ainsi que
tout étranger peut le faire naturellement, sur les habitants
d'une maison remarquable, dans un pays nouveau pour moi,
et vous voilà tout troublé, tout effaré, comme si je conspirais
contre le roi Georges!... Ne pouvez-vous pas, monsieur, me
donner tout bonnement cette explication? car enfin, je vous
le répète, je suis étranger; et tout ça, c'est de l'hébreu pour
moi. »

La dernière observation était adressée à la personne qui
causait évidemment l'embarras de Joe Willet. Elle s'était
levée, mettait son manteau de voyage et se préparait à sortir.
Ayant répondu d'une manière brève qu'il ne pouvait pas lui
donner de renseignements, le jeune homme fit un signe à
Joe, lui tendit une pièce de monnaie pour payer sa dépense,
et s'élança dehors, accompagné du jeune Willet lui-même,

qui prit une chandelle pour le suivre et l'éclairer jusqu'à la porte.

Pendant que Joe s'absentait pour s'acquitter de cet office, le vieux Willet et ses trois compagnons continuèrent à fumer avec une extrême gravité, dans un profond silence, ayant chacun leurs yeux fixés sur un chaudron de cuivre qui était pendu à la crémaillère sur le feu. Au bout de quelque temps, John Willet secoua lentement la tête, et là-dessus ses amis secouèrent aussi lentement la tête, mais sans que personne détournât ses yeux du chaudron, et sans rien changer à l'expression solennelle de leur physionomie.

Enfin Joe rentra, fort causeur et fort conciliant, comme un homme qui s'attend à être grondé et qui voudrait esquiver le coup.

« Ce que c'est que l'amour! dit-il en avançant une chaise près du feu et jetant à la ronde un regard qui cherchait la sympathie. Il vient de partir pour Londres, tout du long, rien que ça. Son bidet, qu'il a rendu boiteux à le faire galoper ici cette après-midi, venait à peine de se reposer sur une confortable litière dans notre écurie il n'y a qu'un instant; et lui-même le voilà qui renonce à un bon souper bien chaud et à notre meilleur lit.... pourquoi? parce que Mlle Haredale est allée à un bal masqué à Londres, et qu'il met la joie de son cœur à la voir. Ce n'est pas moi qui ferais ça, toute belle qu'elle est. Mais moi, je ne suis pas amoureux, ou ce serait donc sans le savoir; et ça fait une fière différence.

— Il est donc amoureux, dit l'étranger?

— Un peu, répliqua Joseph : il pourrait bien l'être moins, mais il ne peut pas l'être plus.

— Silence, monsieur! cria le père.

— Quel luron vous faites, Joseph! dit le long Parkes.

— Peut-on voir un garçon plus inconsidéré! murmura Tom Cobb.

— Se lancer comme ça! tordre et arracher le nez de son propre père! exclama le sacristain par forme de métaphore.

— Qu'est-ce que j'ai donc fait? répliqua le pauvre Joe.

— Silence, monsieur! repartit son père; pourquoi vous avisez-vous de parler, quand vous voyez des gens qui ont deux ou trois fois votre âge rester tranquillement assis sans souffler mot?

— Eh bien alors, n'est-ce pas justement le bon moment
de parler? dit Joe d'un air mutin.

— Le bon moment, monsieur! riposta son père; le bon
moment! il n'y a pas de bon moment!

— Ah! certainement, marmotta Parkes en penchant gravement la tête vers les deux autres, qui penchèrent leur tête
par réciproque, et qui murmurèrent tout bas que l'observation était d'une grande justesse.

— Oui, monsieur, le bon moment, c'est le moment de se
taire, répéta John Willet; quand j'étais à votre âge, jamais
je ne parlais, je n'avais jamais la démangeaison de parler;
j'écoutais pour m'instruire.... Voilà ce que je faisais, moi.

— Et voilà ce qui fait que vous avez dans votre père un
rude jouteur pour le raisonnement, Joe, dit Parkes, si tant
est que personne se frotte à raisonner avec lui.

— Quant à cela, Philippe, observa M. Willet en soufflant
d'un coin de sa bouche un nuage de fumée long, mince et
sinueux, et en le regardant d'un air abstrait flotter et disparaître; quant à cela, Philippe, le raisonnement est un don
de la nature. Si la nature doue un homme des puissances du
raisonnement, un homme a le droit de s'en faire honneur;
il n'a pas le droit de s'en tenir à une fausse modestie et de
nier qu'il ait reçu ce don-là : car c'est tourner le dos à la
nature, c'est se moquer d'elle, c'est mésestimer ses plus précieux cadeaux, c'est se ravaler jusqu'au pourceau, qui ne
mérite pas qu'elle jette ses perles devant lui. »

L'aubergiste ayant fait une longue pause, M. Parkes en
conclut naturellement que le discours était terminé; aussi,
se tournant avec un air austère vers le jeune homme, il
s'écria :

« Vous entendez ce que dit votre père, Joe? Vous n'aime-
riez pas trop à vous frotter à lui pour le raisonnement, n'est-
ce pas ?

— Si..., dit John Willet en reportant ses yeux du plafond
au visage de son interrupteur, et en articulant le monosyllabe comme avec des majuscules, pour lui apprendre
qu'il avait fait un pas de clerc en s'engageant avec une
précipitation malséante et irrespectueuse; si la nature m'a-
vait conféré, monsieur, le don du raisonnement, pourquoi ne
l'avouerais-je pas, ou plutôt pourquoi ne m'en glorifierais-je

pas? Oui, monsieur, je *suis* un rude jouteur de ce côté-là.
Vous avez raison, monsieur : j'ai fait mes preuves, monsieur,
dans cette salle mainte et mainte fois, comme vous le savez,
je pense; ou si vous ne le savez pas, ajouta John remettant sa pipe à sa bouche, tant mieux, car je n'ai pas d'orgueil, et ce n'est pas moi qui irai vous le conter. »

Un murmure général de ses trois compères, accompagné
d'un mouvement général de leurs têtes approbatives, toujours dans la direction du chaudron de cuivre, assura John
Willet qu'ils avaient trop bien expérimenté ses facultés
puissantes, et qu'ils n'avaient pas besoin de preuves ulté-
rieures pour être convaincus de sa supériorité. John n'en
fuma qu'avec plus de dignité, les examinant en silence.

« Une très-jolie conversation, marmotta Joe, qui s'était remué sur sa chaise avec des gestes de mécontentement. Mais
si vous entendez me dire par là que je ne dois jamais ouvrir
la bouche....

— Silence, monsieur! vociféra le père. Non, vous ne le
devez jamais. Quand on vous demande votre avis, donnez-le.
Quand on vous parle, parlez. Quand on ne vous demande
pas votre avis et qu'on ne vous parle pas, ne donnez pas
votre avis et ne parlez pas. Ma foi! le monde a subi un beau
changement depuis ma jeunesse. Je crois, vraiment, qu'il
n'y a plus d'enfants; qu'il n'y en a plus du tout d'enfants;
qu'il n'y a plus de différence entre un moutard et un homme,
et que tous les enfants sont partis de ce monde avec feu Sa
Majesté le roi George II.

— Voilà une observation très-juste, en exceptant toujours
les jeunes princes, dit le sacristain, qui, en sa double qualité
de représentant de l'Église et de l'État dans cette compagnie,
se croyait tenu à la plus parfaite fidélité envers ses souve-
rains. Si c'est d'institution divine et légale que les petits
garçons, tant qu'ils sont encore dans l'âge où l'on est petit
garçon, se conduisent comme des petits garçons, il faut bien
que les jeunes princes soient des petits garçons, et ils ne
sauraient être autre chose.

— Avez-vous jamais, monsieur, entendu parler de sirènes?
dit M. Willet.

— Certainement, j'en ai entendu parler, répliqua le sacristain.

— Très-bien, dit M. Willet. D'après la constitution des sirènes, tout ce qui, dans la sirène, n'est point femme, doit être poisson. D'après la constitution des jeunes princes, tout ce qui, dans un jeune prince, si c'est possible, n'est pas réellement ange, doit être divin et légal. En conséquence, s'il est convenable, divin et légal, que les jeunes princes (comme cela l'est à leur âge) soient des petits garçons, ils sont et doivent être des petits garçons, et il est de toute impossibilité qu'ils soient autre chose. »

Cette élucidation d'un point épineux ayant été reçue avec des marques d'approbation bien propres à mettre John Willet de bonne humeur, il se contenta de répéter à son fils l'ordre de garder le silence, et s'adressant à l'étranger : « Monsieur, dit-il, si vous aviez posé vos questions à une grande personne, à moi ou à l'un de ces messieurs, on vous eût satisfait, et vous n'eussiez pas perdu vos peines. Mlle Haredale est la nièce de M. Geoffroy Haredale.

— Son père existe-t-il ? dit l'homme négligemment.

— Non, répliqua l'aubergiste, il n'existe plus, et il n'est pas mort.

— Pas mort ! s'écria l'autre.

— Pas mort comme on l'est généralement, » dit l'aubergiste.

Les compères inclinèrent leurs têtes l'un vers l'autre, et M. Parkes, en secouant quelque temps la sienne comme pour dire : « Allons ! allons ! qu'on ne vienne pas me contredire là-dessus, car personne ne me ferait croire le contraire, » dit à voix basse : « John Willet est ce soir d'une force étonnante, et capable de tenir tête à un président de cour de justice. »

L'étranger laissa s'écouler quelques moments sans rien dire, puis ensuite il demanda d'une manière un peu brusque : « Qu'entendez-vous par là ?

— Plus que vous ne pensez, l'ami, répondit John Willet. Il y a peut-être plus de portée dans ces mots-là que vous ne le soupçonnez.

— Ça peut bien être, dit l'étranger d'un ton bourru ; mais pourquoi diable parlez-vous d'une façon si mystérieuse ? Vous me dites d'abord qu'un homme n'existe plus, et que cependant il n'est pas mort ; puis qu'il n'est pas mort comme on l'est généralement ; puis que vous entendez par là beaucoup plus de choses que je ne pense. Eh bien ! je vous le répète, qu'entendez-vous par là ?

— C'est que, répondit l'aubergiste un peu ébranlé dans sa dignité par l'humeur rudanière de son hôte, c'est une histoire du Maypole, et qui a bien quelque vingt-quatre ans. Cette histoire est l'histoire de Salomon Daisy : elle appartient à l'établissement; et personne autre que Salomon Daisy ne l'a jamais racontée sous ce toit, ni personne que lui ne la racontera jamais, c'est bien plus fort. »

L'homme lança un regard au sacristain. Celui-ci, dont l'air important et capable témoignait ouvertement que c'était lui dont l'aubergiste venait de parler, avait commencé par retirer sa pipe de ses lèvres après une longue aspiration pour l'entretenir allumée, et se disposait évidemment à raconter son histoire sans se faire prier davantage; ce que voyant, l'étranger ramassa son large manteau autour de lui, et, se retirant plus en arrière, se trouva presque perdu dans l'obscurité du coin de la spacieuse cheminée, si ce n'est lorsque la flamme, parvenant à se dégager de dessous le gros fagot dont le poids l'avait presque étouffée pendant quelque temps, jaillit en haut avec un soudain et violent éclat, et, illuminant un moment sa figure, parut ensuite la rejeter dans une obscurité plus profonde qu'auparavant.

A la lueur de cette clarté voltigeante, qui faisait que la vieille maison, avec ses lourdes poutres et ses murailles boisées, avait l'air d'être construite en ébène polie, le vent rugissant et hurlant au dehors, tantôt secouant de toutes ses forces le loquet, tantôt faisant grincer les gonds de la solide porte de chêne, tantôt enfin venant battre le châssis comme s'il allait l'enfoncer; à la lueur de cette clarté, dis-je, et dans des circonstances si propices, Salomon Daisy commença son histoire :

« C'était M. Reuben Haredale, frère aîné de M. Geoffroy. »

Ici, il eut une espèce d'accroc, et fit une si longue halte, que John Willet lui-même en éprouva de l'impatience, et demanda pourquoi il ne continuait pas.

« Cobb, dit Salomon Daisy baissant la voix et interpellant le buraliste de la poste, le combien sommes-nous du mois ?

— Le dix-neuf.

— De mars, dit le sacristain en se penchant en avant ; le dix-neuf de mars, c'est fort extraordinaire. »

Tous répétèrent à voix basse que c'était fort extraordinaire, et Salomon poursuivit :

« C'était M. Reuben Haredale, frère de M. Geoffroy, qui était, il y a vingt-deux ans, le propriétaire de la Garenne, laquelle Garenne, comme l'a dit Joe (non pas que vous vous rappeliez cela, Joe, c'est trop ancien pour un jouvenceau de votre âge, mais vous me l'avez entendu dire), était un domaine plus vaste et bien meilleur, une propriété d'une valeur bien plus considérable qu'aujourd'hui. Son épouse venait de mourir, lui laissant un enfant, Mlle Haredale, l'objet de vos informations ; elle avait alors un an à peine. »

Quoique l'orateur se fût adressé à l'homme qui avait montré tant de curiosité à l'égard de cette famille, et qu'il eût fait là une pause, comme s'il attendait quelque exclamation de surprise et d'encouragement, ce dernier ne fit aucune remarque, aucun signe qui pût seulement faire croire qu'il eût entendu ce qu'on venait de dire ni qu'il y prît le moindre intérêt. Salomon se tourna en conséquence vers ses vieux camarades, dont les nez étaient brillamment illuminés par la lueur rouge foncé des fourneaux de leurs pipes. Assuré par une longue expérience de leur attention, et résolu à faire voir qu'il sentait toute l'indécence d'une conduite pareille :

« M. Haredale, dit Salomon en tournant le dos à l'étranger, quitta ce domaine après la mort de son épouse ; il s'y trouvait trop isolé, et s'en alla à Londres où il séjourna quelques mois ; mais se trouvant dans cette ville tout autant isolé qu'ici (je le suppose du moins, et je l'ai toujours ouï dire), il revint tout à coup avec sa petite fille à la Garenne, amenant en outre avec lui ce jour-là seulement deux femmes de service, son intendant et un jardinier. »

M. Daisy s'arrêta pour faire un nouvel appel à sa pipe qui allait s'éteindre, et il continua, d'abord d'un ton nasillard causé par la mordante jouissance du tabac et l'énergique aspiration qu'exigeait l'entretien de son instrument, mais ensuite avec une netteté de voix toujours croissante.

« Amenant avec lui, ce jour-là, deux femmes de service, son intendant et un jardinier ; le reste de ses gens avait été

laissé à Londres et devait venir le lendemain. Il arriva que,
ce même soir, un vieux gentleman qui demeurait à Chigwell-
row, où il avait longtemps vécu pauvrement, décéda, et que
je reçus à minuit et demi l'ordre d'aller sonner le glas des
trépassés. »

Il y eut ici dans le petit groupe des auditeurs un mouvement qui indiqua d'une manière sensible la forte répugnance
que chacun d'entre eux aurait éprouvée à sortir à pareille
heure pour une pareille commission. Le sacristain s'aperçut
de ce mouvement, le comprit et développa son thème en conséquence.

« Oui, ce n'était pas gai, allez; d'autant plus que, comme
le fossoyeur était alité, à force d'avoir travaillé dans un sol
malsain, et pour s'être assis en prenant son repas sur la
pierre froide d'une tombe, il me fallait absolument aller seul,
car une heure si avancée ne me laissait pas l'espoir de trouver quelque autre compagnon. J'étais cependant un peu préparé à cela; le vieux gentleman avait souvent demandé que
l'on tintât la cloche le plus tôt possible après son dernier
soupir; et depuis quelques jours on s'attendait à le voir
passer d'un moment à l'autre. Je fis donc contre fortune bon
cœur, et, bien emmitouflé, car c'était par un froid mortel, je
m'élançai dehors, tenant d'une main ma lanterne allumée et
de l'autre la clef de l'église. »

A cet endroit du récit, le vêtement de l'étranger rendit un
froissement, comme s'il se fût tourné pour entendre d'une
manière plus distincte. Regardant avec dédain par-dessus
son épaule, Salomon haussa les sourcils, inclina la tête, et
fit l'œil à Joe pour savoir si en effet le monsieur se dérangeait
pour écouter. Joe, ombrageant ses yeux avec sa main, sonda
l'encoignure; mais, ne pouvant rien découvrir, il secoua la
tête comme pour dire non.

« C'était précisément une nuit telle que celle-ci. L'ouragan
sifflait, il pleuvait à torrents, le ciel était plus noir que je ne
l'ai jamais vu, ni avant ni depuis. C'est peut-être une idée;
mais les maisons étaient toutes bien closes, les gens étaient
chez eux, et il n'y a peut-être que moi qui sache réellement
combien il faisait noir. J'entrai dans l'église, j'attachai la
porte en arrière avec la chaîne, de sorte qu'elle restât entre-
bâillée : car, pour dire la vérité, je n'aurais pas voulu être

enfermé là tout seul ; et, posant ma lanterne sur le siége de pierre, dans le petit coin où est la corde de la cloche, je m'assis à côté pour moucher la chandelle.

« Je m'assis pour moucher la chandelle, et, quand j'eus fini de la moucher, je ne pus point me résoudre à me lever et à me mettre à l'ouvrage. Je ne sais pas comment cela se fit, mais je pensais à toutes les histoires de fantômes que j'avais entendu raconter, même à celles que j'avais entendu raconter quand j'étais petit garçon à l'école, et que j'avais oubliées depuis longtemps ; et notez bien qu'elles ne me revenaient pas à l'esprit une à une, mais toutes à la fois, et comme en bloc.

« Je me rappelai une histoire de notre village, comme quoi il y avait une certaine nuit dans l'année (rien ne me disait que ce ne fût pas cette nuit-là même), où tous les morts sortaient de terre et s'asseyaient au chevet de leurs propres fosses jusqu'au matin. Cela me fit songer combien de gens que j'avais connus étaient enterrés entre la porte de l'église et la porte du cimetière, et quelle chose effroyable ce serait que d'avoir à passer au milieu d'eux et de les reconnaître, malgré leurs figures terreuses, et quoique si différents d'eux-mêmes. Je connaissais depuis mon enfance toutes les niches et tous les arceaux de l'église ; cependant je ne pouvais me persuader que ce fût leur ombre que je voyais sur les dalles, mais j'étais convaincu qu'il y avait là une foule de laides figures qui se cachaient parmi ces ombres pour m'épier. Dans le cours de mes réflexions, je commençai à penser au vieux gentleman qui venait de mourir, et j'aurais juré, lorsque je regardais en haut le noir sanctuaire, que je le voyais à sa place accoutumée, s'enveloppant de son linceul, et frissonnant comme s'il eût senti froid. Tout ce temps, je restai assis écoutant, écoutant toujours, et n'osant presque pas respirer. A la fin je me levai brusquement et je pris dans mes mains la corde de la cloche. Au moment même sonna, non pas cette cloche, car j'avais à peine touché la corde, mais une autre.

« J'entendis sonner une autre cloche, et une fameuse cloche encore. Ce fut l'affaire d'un instant, car le vent emporta le son, mais je l'entendis. J'écoutai longtemps, mais plus rien. J'avais ouï dire que les morts avaient des

chandelles à eux; je finis par me persuader qu'ils pouvaient
bien aussi avoir une cloche qui tintait d'elle-même à minuit
pour les trépassés. Je tintai ma cloche, comment ou combien
de temps, je n'en sais rien, et je courus regagner la maison
et mon lit sans regarder derrière mes talons.

« Je me levai le lendemain matin après une nuit sans sommeil, et je racontai mon aventure à mes voisins. Quelques-
uns l'écoutèrent sérieusement, d'autres n'en firent que rire;
je crois qu'au fond personne n'y voulut croire. Mais ce
matin-là, on trouva M. Reuben Haredale assassiné dans sa
chambre à coucher : il tenait à la main un morceau de la
corde attachée à une cloche d'alarme en dehors du toit;
cette corde pendait dans sa chambre, et elle avait été coupée
en deux, sans aucun doute par l'assassin, lorsque sa victime
l'avait saisie.

« La cloche que j'avais entendue, c'était celle-là.

« On trouva un secrétaire ouvert; une cassette, que
M. Haredale avait apportée la veille et qu'on supposait ren-
fermer une grosse somme d'argent, avait disparu. L'intendant et le jardinier n'étaient plus là ni l'un ni l'autre, et
tous deux furent longtemps soupçonnés; mais on ne parvint
jamais à les trouver, quoiqu'on les cherchât bien loin, bien
loin. On aurait pu chercher encore plus loin l'intendant, le
pauvre M. Rudge : car son corps, à peine reconnaissable
sans ses vêtements, sans la montre et l'anneau qu'il portait,
fut trouvé, des mois après, au fond d'une pièce d'eau, dans
les terres du domaine, avec une blessure béante à la poitrine : il avait été frappé d'un coup de couteau. Il était à
moitié vêtu, et tout le monde s'accorda à dire qu'il était en
train de lire dans sa chambre, qu'on trouva pleine de traces
de sang, quand on était tombé soudainement sur lui pour le
tuer avant son maître.

« Chacun reconnut alors que c'était le jardinier qui devait
être l'assassin, et, quoiqu'on n'en ait jamais entendu parler
depuis cette époque jusqu'à présent, on en entendra parler;
prenez note de ce que je vous dis là. Le crime a été commis
il y a vingt-deux ans, jour pour jour, le 19 mars 1753. Le
19 mars d'une année quelconque, peu importe quand.... je
sais toujours bien, et j'en suis sûr, parce que toujours, d'une
manière quelconque, et par une coïncidence étrange, nous

avons été ramenés à en parler, ce même jour, depuis l'événement.... le 19 mars d'une année quelconque, tôt ou tard,
cet homme-là sera découvert. »

CHAPITRE II.

« Voilà une étrange histoire ! dit l'homme qui avait donné
lieu au récit, plus étrange encore si votre prédiction se
réalise. Est-ce tout ? »

Une question tellement inattendue ne piqua pas peu Salomon Daisy. A force de raconter cette histoire très-souvent, et
de l'embellir, disait-on au village, de quelques additions que
lui suggéraient de temps à autre ses divers auditeurs, il en
était venu par degrés à produire en la racontant un grand
effet ; et ce « Est-ce tout ? » après le crescendo d'intérêt,
certes, il ne s'y attendait guère.

« Est-ce tout ? répéta le sacristain ; oui, monsieur, oui,
c'est tout. Et c'est bien assez, je pense.

— Moi, de même. Mon cheval, jeune homme. Ce n'est
qu'une rosse, louée à une maison de poste sur la route ;
mais il faut que l'animal me porte à Londres ce soir.

— Ce soir ! dit Joe.

— Ce soir, répliqua l'autre. Qu'avez-vous à vous ébahir ?
Cette taverne a l'air d'être le rendez-vous de tous les gobe-
mouches du voisinage. »

En entendant cette évidente allusion à l'examen qu'on lui
avait fait subir, comme nous l'avons mentionné dans le précédent chapitre, les yeux de John Willet et de ses amis se
dirigèrent de nouveau vers le chaudron de cuivre avec une
rapidité merveilleuse. Il n'en fut pas ainsi de Joe, garçon
plein d'ardeur, qui soutint d'un regard ferme l'œillade irritée
de l'inconnu, et lui répondit :

« Il n'y a pas grande hardiesse à s'étonner que vous partiez
ce soir. Certainement une question si inoffensive vous a été
faite déjà dans quelque auberge, et surtout par un temps

meilleur que celui-ci. Je supposais que vous pouviez ne
pas connaître la route, puisque vous semblez étranger à ce
pays.

— La route? répéta l'autre d'un ton agacé.

— Oui. La connaissez-vous?

— Je la.... hum!... Je la trouverai bien, répliqua l'homme
en agitant la main et en tournant sur ses talons. L'aubergiste, payez-vous. »

John Willet fit ce que désirait son hôte : car, sur cet article,
rarement montrait-il de la lenteur, sauf lorsqu'il y avait des
détails de change, parce qu'alors il lui fallait constater si
chaque pièce d'argent qu'on lui présentait au comptoir était
bonne, l'essayer avec ses dents ou sa langue, la soumettre à
toute autre épreuve, ou, dans le cas douteux, à une série de
contestations terminées par un rejet formel. L'homme, son
compte réglé, s'enveloppa de ses vêtements de manière à se
garantir le plus possible du temps atroce qu'il faisait, et,
sans le moindre mot ou signe d'adieu, il alla vers l'écurie.
Joe, qui avait quitté la salle après leur court dialogue, était
dans la cour, s'abritant de la pluie, ainsi que le cheval, sous
le toit en auvent d'un vieux hangar.

« Il est joliment de mon avis, dit Joe en tapotant le cou
du cheval ; je gagerais qu'il serait plus charmé de vous voir
rester ici cette nuit que je ne le serais moi-même.

— Lui et moi ne sommes pas d'accord, comme cela nous
est arrivé plus d'une fois dans notre passage sur cette route-
ci, fut la brève réponse.

— C'est ce que je pensais avant votre sortie de la salle,
car il paraît qu'elle a senti vos éperons, la pauvre bête. »

L'étranger, sans répondre, ajusta autour de sa figure le
collet de sa redingote.

« Vous me reconnaîtrez, à ce que je vois, dit-il lorsqu'il
eut sauté en selle, car il remarqua la vive attention du jeune
gars.

— Un homme mérite bien qu'on s'en souvienne, maître,
quand il fait une route qu'il ne connaît pas, sur un cheval
éreinté, et qu'il abandonne pour cela un bon gîte par une
soirée comme celle-ci.

— Il me paraît que vous avez des yeux perçants et une
langue bien affilée.

— C'est un double don de nature, j'imagine; mais le dernier se rouille quelquefois, faute de m'en servir.

— Servez-vous moins aussi du premier. Réservez vos yeux perçants pour vos bonnes amies, mon garçon. »

En parlant ainsi, l'homme secoua la bride que Joe tenait d'une main; il le frappa rudement sur la tête avec la poignée de son fouet, et partit au galop, s'élançant à travers la boue et l'obscurité avec une vitesse impétueuse, dont peu de cavaliers mal montés auraient voulu suivre l'imprudent exemple, eussent-ils été même très-familiarisés avec le pays: pour quelqu'un qui ne connaissait nullement la route, c'était s'exposer à chaque pas aux plus grands dangers.

Les routes d'alors, même dans un rayon de douze milles de Londres, étaient mal pavées, rarement réparées, et très-pauvrement établies. Ce cavalier en prenait une qui avait été labourée par les roues de pesants chariots, et gâtée par les gelées et les dégels de l'hiver précédent, et peut-être même de beaucoup d'hivers antérieurs. Le sol était miné; il y avait de grands trous et des crevasses, difficiles à distinguer même durant le jour, à cause de l'eau des dernières pluies qui les remplissait. Un plongeon dans l'une de ces cavités aurait pu faire choir un cheval ayant le pied plus sûr que la pauvre bête lancée à fond de train et jusqu'aux limites suprêmes de ses forces. Des cailloux tranchants et des pierres roulaient sans cesse de dessous ses sabots; le cavalier voyait à peine au delà des oreilles de sa monture, ou plus loin de chaque côté que la longueur de son bras. A cette époque aussi des voleurs à pied et des brigands à cheval infestaient toutes les routes dans le voisinage de la capitale, et c'était une nuit, entre toutes les autres, pendant laquelle cette classe de malfaiteurs pouvait presque, sans crainte d'être découverte, vaquer à sa profession illégale. Toujours est-il que le voyageur courait ainsi au triple galop, ne s'inquiétant ni de la boue, ni de l'eau qui tombait sur sa tête, ni de la profonde obscurité de la nuit, ni de la rencontre fort probable de quelques rôdeurs, capables de tout. A chaque détour, à chaque angle, là même où l'on pouvait le moins s'attendre à un coude du chemin, et où l'on ne pouvait le voir qu'en arrivant dessus, il manœuvrait la bride sans se tromper, gardant toujours le milieu de la chaussée. C'est de la sorte qu'il accélérait sa course en se dressant sur les étriers, en penchant son corps en avant, presque couché sur le cou du cheval, et en faisant claquer son lourd fouet au-dessus de sa tête avec une ardeur enragée.

Il y a des heures où, les éléments étant émus d'une manière insolite, ceux qui se livrent corps et âme à d'audacieuses entreprises, ou qui sont agités par de grandes pensées, soit pour le bien soit pour le mal, éprouvent une mystérieuse sympathie avec le tumulte de la nature, auquel ils répondent par un transport plein de violence. Parmi le tonnerre, l'éclair et la tempête, beaucoup d'actes terribles se sont accomplis; des hommes qui s'étaient possédés auparavant ont soudain déchaîné leurs passions en révolte. Les démons de la colère et du désespoir se sont évertués à rivaliser avec ceux qui chevauchent sur le tourbillon et dirigent la tempête; et l'homme, fouetté à en devenir fou par les vents rugissants et les eaux bouillonnantes, s'est senti alors aussi farouche, aussi impitoyable que les éléments eux-mêmes.

Soit que le voyageur fût en proie à des pensées que les fureurs de la nuit avaient échauffées et fait bondir comme un torrent fougueux, soit qu'un puissant motif le poussât à atteindre le but de son voyage, il volait, plus semblable à un fantôme poursuivi par la meute mystérieuse qu'à un homme, et il ne s'arrêta pas, jusqu'à ce que, arrivant à un carrefour dont l'une des branches conduisait par un plus long trajet au point d'où il était parti naguère, il allât donner si soudainement sur une voiture qui venait vers lui, que, dans son effort pour l'éviter, il abattit presque son cheval, et faillit être jeté à terre.

« Hoho! cria la voix d'un homme. Qu'est-ce qu'il y a? Qui va là?

— Un ami! répondit le voyageur.

— Un ami! répéta la voix. Mais qui donc s'appelle un ami et galope de cette façon, abusant des bienfaits du ciel, représentés par un pauvre cheval, et mettant en péril, non-seulement son propre cou, ce qui n'aurait pas grande importance, mais encore le cou d'autrui?

— Vous avez une lanterne, à ce que je vois, dit le voyageur en sautant à bas de sa monture. Prêtez-la-moi pour un moment. Je crois que vous avez blessé mon cheval avec votre timon ou votre roue.

— Le blesser! cria l'autre; si je ne l'ai pas tué, ce n'est pas votre faute, à vous. Quelle idée de galoper comme ça sur le pavé du roi! Pourquoi donc, hein?

— Donnez-moi la lumière, répliqua le voyageur l'arrachant de sa main, et ne faites pas d'inutiles questions à un homme qui n'est pas d'humeur à causer.

— Si vous m'aviez dit d'abord que vous n'étiez pas d'humeur à causer, je n'aurais peut-être pas été d'humeur à vous éclairer, dit la voix. *Nianmoins*, comme c'est le pauvre cheval qui est endommagé et non pas vous, l'un de vous deux, à tout hasard, est le bienvenu au falot; et ce n'est toujours pas le plus hargneux des deux. »

Le voyageur ne riposta point à ces paroles, mais approchant la lumière de la bête haletante et fumante, il examina ses membres et son corps. Cependant l'autre homme restait fort tranquillement assis dans sa voiture, espèce de chaise, avec une manne contenant un gros sac d'outils, et il regardait d'un œil attentif comment s'y prenait le cavalier.

L'observateur était un robuste villageois, tout rond, à la figure rougeaude, avec un double menton et une voix sonore qui dénotaient bonne nourriture, bon sommeil, bonne humeur et bonne santé. Il avait passé la fleur de l'âge; mais le temps, ce patriarche, n'est pas toujours un rude père, et, quoiqu'il ne soit en retard pour aucun de ses enfants, il pose souvent une main plus légère sur ceux qui ont bien agi à son égard; il est inexorable pour en faire de vieux hommes et de vieilles femmes, mais il laisse leurs cœurs et leurs esprits jeunes et en pleine vigueur. Chez de pareilles gens, les frimas de la tête ne sont que l'empreinte de la main du grand vieillard lorsqu'il leur donne sa bénédiction, et chaque ride n'est qu'une coche dans le paisible calendrier d'une vie bien dépensée.

Celui que le voyageur avait rencontré d'une façon si subite était une personne de ce genre-là, un homme assez gros, solide, très-vert dans sa vieillesse, en paix avec lui-même et évidemment disposé à l'être avec les autres. Quoique empitouflé de divers vêtements et foulards dont l'un, passé par-dessus le haut de sa tête et noué à un pli propice de son

double menton, empêchait son chapeau à trois cornes et sa
petite perruque ronde d'être emportés par un coup de vent,
il n'y avait pas moyen qu'il pût dissimuler son embonpoint
et sa figure rebondie ; certaines marques de doigts salis qui
s'étaient essuyés sur son visage ajoutaient seulement à son
expression bizarre et comique, sans diminuer en rien l'éclat
de sa bonne humeur naturelle.

« Il n'est pas blessé, dit enfin le voyageur, relevant à la
fois sa tête et la lanterne.

— Vous avez donc fini par découvrir ça? répondit le vieillard. Mes yeux ont été jadis meilleurs que les vôtres; mais
aujourd'hui encore je n'en changerais pas avec vous.

— Que voulez-vous dire?

— Ce que je veux dire ! c'est que je vous aurais bien dit,
il y a cinq minutes, qu'il n'était pas blessé. Donnez-moi la
lumière, l'ami; continuez votre chemin, et galopez plus
doucement ; bonne nuit. »

En tendant la lanterne, l'homme dut lancer ses rayons en
plein sur la figure de son interlocuteur. Leurs yeux se rencontrèrent au même instant. Il laissa tout à coup tomber le
falot et l'écrasa sous son pied.

« N'avez-vous donc jamais vu jusqu'ici de figure de serrurier, pour tressaillir comme si vous vous trouviez en face
d'un fantôme? cria le vieillard dans sa voiture; ou bien serait-ce, ajouta-t-il très-vite en fourrant sa main dans la
manne aux outils et en tirant de là un marteau, quelque ruse
de voleur? Je connais ces routes-ci, mon cher. Quand j'y
voyage, je n'ai sur moi que quelques shillings, à peine la
valeur d'une couronne. Je vous déclare franchement, pour
nous épargner à tous deux de l'embarras, qu'il n'y a rien à
attendre de moi qu'un bras assez vigoureux pour mon âge,
et cet outil dont, par une longue habitude, je peux me servir
assez prestement. Tout n'ira pas à votre gré, je vous le promets, si vous tâtez de ce jeu-là. »

En disant ces mots, il se tint sur la défensive.

« Je ne suis pas ce que vous me croyez, Gabriel Varden,
repartit l'autre.

— Qu'êtes-vous alors et qui êtes-vous? répliqua le serrurier. Vous savez mon nom, à ce qu'il paraît? Que je sache
donc le vôtre.

— Ce que je sais, je n'en suis pas redevable à une confidence de votre part, mais à la plaque de votre chariot; elle en informe toute la ville.

— Alors vous avez de meilleurs yeux pour cela que pour votre cheval, dit Varden, descendant de sa chaise avec agilité; qui êtes-vous? Voyons votre figure. »

Pendant que le serrurier descendait, le voyageur s'était remis en selle, et de là il avait à présent en face de lui le vieillard qui, suivant tous les mouvements du cheval plein d'impatience sous la bride serrée, se tenait le plus près possible de son inconnu.

« Mais voyons donc votre figure.

— Reculez-vous.

— Allons, pas de mascarades ici! dit le serrurier. Je ne veux pas que l'on raconte demain au club que Gabriel Varden s'est laissé effrayer par un homme qui faisait la grosse voix dans une nuit ténébreuse. Halte-là! Voyons votre figure. »

Sentant que résister davantage n'aurait d'autre résultat que de le mettre aux prises avec un adversaire qui n'était nullement méprisable, le voyageur rejeta en arrière le collet de sa redingote et se baissa en regardant fixement le serrurier.

Jamais peut-être deux hommes offrant un plus frappant contraste ne se trouvèrent face à face. Les traits rougeauds du serrurier donnaient un tel relief à l'excessive pâleur de l'homme à cheval, qu'il avait l'air d'un spectre privé de sang; la sueur dont cette rude course avait humecté son visage y pendait en grosses gouttes noires, comme une rosée d'agonie et de mort. La physionomie du serrurier s'illuminait d'un sourire : c'était bien là un homme qui s'attendait à surprendre dans l'étranger suspect quelque malice cachée de l'œil ou de la lèvre pour lui révéler une de ses connaissances familières sous ce subtil déguisement, et détruire le charme de la mystification. La figure de l'autre, sombre et farouche, mais contractée aussi, était celle d'un homme réduit aux abois, tandis que ses mâchoires serrées, sa bouche grimaçante, et, plus que tout cela, un mouvement furtif de sa main dans sa poitrine, semblaient trahir une intention terrible, qui n'avait rien de la pantomime d'un acteur ou des jeux d'un enfant.

Pendant quelque temps ils se regardèrent ainsi l'un et l'autre en silence.

« Hum ! dit le serrrurier lorsqu'il eut examiné les traits du voyageur; je ne vous connais pas.

— N'en ayez plus l'envie , répondit l'autre en s'enveloppant comme il l'était avant.

— Ma foi non , dit Gabriel; à vous parler franc, mon cher , vous ne portez pas sur votre figure une lettre de recommandation.

— Je ne le désire pas , dit le voyageur. Ce qui me plaît , c'est qu'on m'évite.

— Oh ! vous ne serez pas gêné dans vos goûts, dit le serrurier d'un ton brusque.

— Je ne le serai pas, coûte que coûte, répliqua le voyageur. Pour preuve de cela , pénétrez-vous bien de ce que je vais vous dire : jamais dans toute votre vie vous n'avez couru un plus grand danger que durant ce peu d'instants; lorsque vous serez à cinq minutes de votre dernier soupir, vous ne serez pas plus près de la mort que vous ne l'avez été ce soir.

— Oui-da ! dit le robuste serrurier.

— Oui ! et d'une mort violente.

— Venant de quelle main?

— De la mienne, » répliqua le voyageur.

Là-dessus il éperonna son cheval et partit. Ce ne fut d'abord qu'un pas accentué ; il trottait lourdement au beau milieu des éclaboussures ; mais par degrés sa vitesse alla croissante, jusqu'à ce que le dernier son des sabots du cheval fut emporté par le vent : alors il se précipitait derechef d'un galop aussi furieux que celui qui avait occasionné sa rencontre avec le serrurier.

Gabriel Varden resta debout sur la route avec sa lanterne brisée à la main, stupéfait, écoutant en silence, jusqu'à ce qu'aucun son n'arriva plus à ses oreilles que le gémissement du vent et le clapotement de la pluie. Enfin il se donna un ou deux bons coups sur la poitrine comme pour se réveiller , et il lança cette exclamation de surprise :

« Que diable ce gaillard-là peut-il être? un fou? un voleur de grand chemin? un homme à vous couper la gorge? S'il n'avait pas filé si vite, nous aurions vu qui était le plus en danger, de lui ou moi. Ah ! je n'ai jamais été plus près de la mort que ce soir ! J'espère bien n'en pas être plus près d'une vingtaine d'années ; et , à ce compte-là, je serai content de n'en pas être plus loin. Jour de Dieu ! une jolie fanfaronnade à l'adresse d'un homme solide au poste. Fi ! Fi ! »

Gabriel remonta dans sa voiture ; il regarda d'un air pensif la route par laquelle était venu le voyageur, et il se chuchota à demi-voix les réflexions suivantes :

« Le Maypole.... deux milles d'ici au Maypole. J'ai pris l'autre route pour venir de la Garenne, après une longue journée de travail aux serrures et aux sonnettes. Mon but était de ne point passer par le Maypole, et de ne point manquer de parole à Marthe en y entrant. Superbe résolution ! Il serait dangereux d'aller à Londres sans une lanterne allumée. Or, il y a quatre milles et un bon demi-mille en sus d'ici à Halfway-House[1] , et c'est précisément entre ces deux points qu'on a le plus besoin de lumière. Deux milles d'ici au Maypole ! J'ai dit à Marthe que je n'y entrerais pas, et je n'y suis pas entré. Superbe résolution ! »

Répétant souvent ces deux derniers mots , comme s'il eût voulu compenser le peu de résolution qu'il allait faire voir par l'éloge de tout ce qu'il avait montré de résolution, Gabriel Varden retourna tranquillement sa voiture, décidé à prendre une lumière au Maypole, mais à n'y prendre qu'une lumière.

Toutefois , quand il fut arrivé au Maypole, et que Joe, répondant à son appel bien connu, s'élança dehors à la tête de son cheval, laissant la porte ouverte derrière lui, et dévoilant une perspective de chaleur et de splendeur ; quand le vif éclat du foyer, ruisselant au travers des vieux rideaux rouges de la salle commune, parut apporter, comme une partie de lui-même, un agréable bourdonnement de voix , et une suave odeur de grog bouillant et de tabac exquis , le tout imbibé , pour ainsi dire , dans la joyeuse teinte brillante ; lorsque les ombres, passant rapidement sur les rideaux , montrèrent que ceux de l'intérieur s'étaient levés de leurs bonnes places et s'occupaient d'en faire une pour le serrurier dans l'encoignure la plus confortable (il la connaissait trop bien, cette encoignure), et qu'une large

1. L'auberge située à la moitié de la route.

clarté, jaillissant soudain, annonça l'excellence de la bûche
pétillante, d'où une magnifique gerbe d'étincelles tourbillon-
nait sans doute au faîte de la cheminée dans le moment
même, en l'honneur de son arrivée; lorsque, s'ajoutant à
ces séductions, il se glissa jusqu'à lui de la lointaine cuisine un doux pétillement de friture, avec un cliquetis musical d'assiettes et de plats, et une odeur savoureuse qui
changeait le vent impétueux en parfum, Gabriel sentit par
tous ses pores sa fermeté s'en aller. Il essaya de regarder
stoïquement la taverne, mais ses traits s'amollirent en un
regard de tendresse. Il tourna la tête de l'autre côté; mais
la campagne froide et noire, à l'aspect rébarbatif, parut
l'inviter à chercher un refuge dans les bras hospitaliers du
Maypole.

« L'homme vraiment humain, Joe, dit le serrurier, est
humain pour sa bête. Je vais entrer un petit instant, »

Et, en effet, n'était-il pas bien naturel d'entrer? ne semblait-il pas contre nature, au contraire, à un homme sage
de trimer dans le gâchis des routes, en affrontant les rudes
coups de vent et la pluie battante, lorsqu'il y avait là un
plancher propre, couvert d'un sable blanc qui craquait sous
le pied, un âtre bien balayé, un feu flambant, une table
parée de linge d'une blancheur parfaite, des cannettes d'étain
éblouissantes, et d'autres préparatifs fort tentants d'un repas
bien accommodé; lorsqu'il y avait là de pareilles choses et
une compagnie disposée à y faire honneur, tout cela sous
sa main et le conviant avec instance au plaisir!

CHAPITRE III.

Telles furent les pensées du serrurier lorsqu'il s'assit
d'abord dans la confortable encoignure, se remettant peu
à peu de l'agréable défaillance de sa vue : agréable, disons-
nous, parce que, comme elle provenait du vent qui lui avait
soufflé dans les yeux, elle l'autorisait, par égard pour lui-

même, à chercher un abri contre le mauvais temps. C'est
encore le même motif qui lui donna la tentation d'exagérer
une toux légère, et de déclarer qu'il ne se sentait pas trop
à son aise. Cela se prolongea plus d'une grande heure
après, lorsqu'il alla, le souper fini, se rasseoir dans le bon
coin bien chaud, écoutant le petit Salomon Daisy, dont la
voix ressemblait au gazouillement du grillon, et prenant
avec une importance réelle sa bonne part du bavardage
commun autour de l'âtre du Maypole.

« Tout ce que je souhaite, c'est que ce soit un honnête
homme, dit Salomon (qui résumait diverses conjectures relatives à l'étranger, car Gabriel avait comparé ses observations avec celles de la compagnie, et soulevé par là une
grave discussion); oui, je souhaite que ce soit un honnête
homme.

— Nous le souhaitons tous aussi, je suppose. N'est-ce
pas, vous autres? ajouta le serrurier.

— Moi, non, dit Joe.

— Vraiment? s'écria Gabriel.

— Non, certes. Il m'a frappé avec son fouet, le lâche,
étant à cheval et moi à pied. J'aimerais mieux qu'il fût, en
définitive, ce que je crois qu'il est.

— Et que peut-il être, Joe?

— Rien de bon, monsieur Varden. Vous avez beau secouer
la tête, père, je dis que cet homme-là n'est rien de bon;
je répète que ce n'est rien de bon, et je le répéterais cent
fois, si cela pouvait le faire revenir pour avoir la volée qu'il
mérite.

— Taisez-vous, monsieur, dit John Willet.

— Père, je ne me tairai pas. C'est bien grâce à vous qu'il
a osé faire ce qu'il a fait. Il m'a vu traiter comme un enfant, humilier comme un imbécile; ça lui a donné du cœur,
et il a voulu aussi malmener un jeune homme qu'il s'imagine, chose fort naturelle, n'avoir pas un brin de caractère;
mais il se trompe, je le lui ferai voir, et je vous le ferai
voir à tous avant peu.

— Ce garçon-là sait-il bien ce qu'il dit? cria John Willet,
grandement étonné.

— Père, répliqua Joe, je sais bien ce que je dis et ce que
je veux dire, beaucoup mieux que vous ne faites quand

vous m'écoutez. De votre part j'endurerais tout ; mais le
moyen d'endurer le mépris que la manière dont vous
me traitez m'attire chaque jour de la part des autres ?
Voyez les jeunes gens de mon âge : n'ont-ils ni la liberté
ni le droit de parler quand ils veulent ? Les oblige-t-on
d'être assis comme au jeu de bouche cousue ; d'être aux
ordres de tout le monde ; enfin, de devenir le plastron des
jeunes et des vieux ? Je suis la fable de tout Chigwell, et
je vous déclare, mieux vaut vous le dire à présent que d'attendre votre mort et votre héritage, je vous déclare qu'avant
peu je serai réduit à briser de pareils liens, et que, quand
je l'aurai fait, ce ne sera pas de moi que vous aurez à vous
plaindre, mais de vous-même, et de nul autre que vous. »

John Willet fut tellement confondu de l'exaspération et
de l'audace de son digne fils, qu'il resta sur sa chaise comme
un homme dont l'esprit est égaré. Il regarda fixement
avec un sérieux risible le chaudron de cuivre, et chercha,
mais sans pouvoir y parvenir, à rassembler ses pensées
retardataires et à trouver une réponse. Les assistants,
presque aussi troublés que lui, étaient dans un égal embarras. Enfin, avec diverses expressions de condoléance
marmottées à demi-voix, et des espèces de conseils, ils se
levèrent pour partir, d'autant plus qu'ils avaient une pointe
de liqueur.

Seul, notre brave serrurier adressa quelques mots sui-
vis et des conseils sensés aux deux parties, en pressant
John Willet de se souvenir que Joe allait atteindre l'âge
viril et ne devait plus être mené comme un enfant ; en
exhortant Joe, de son côté, à supporter les caprices de son
père et à tâcher de les vaincre plutôt par des représenta-
tions modérées que par une rébellion intempestive. Ces
conseils furent reçus comme se reçoivent habituellement
de semblables conseils. Cela ne fit guère plus d'impression
sur John Willet que sur l'enseigne extérieure de l'auberge ;
tandis que Joe, qui prit la chose aussi bien que possible,
le remercia de tout son cœur, mais en déclarant poliment
son intention de n'en faire, toutefois, qu'à sa tête, sans
se laisser influencer par personne.

« Vous avez toujours été un excellent ami pour moi, monsieur Varden, dit-il comme ils étaient hors du porche, et que

le serrurier s'équipait pour retourner à la maison ; je sais
que c'est par pure bonté que vous me dites ça ; mais le
temps est quasi venu où, le Maypole et moi, il faudra nous
séparer.

— Pierre qui roule n'amasse pas mousse, Joe, dit Gabriel.

— Les bornes de la route n'en amassent pas beaucoup
non plus, répliqua Joe, et, si je ne suis pas ici comme
une borne, je n'en vaux guère mieux, et je ne vois guère
plus de monde.

— Alors, que voudriez-vous faire, Joe ? poursuivit le serrurier, qui se frottait doucement le menton d'un air réfléchi. Que pourriez-vous être ? où pourriez-vous aller ? songez-y !

— Je dois me fier à ma bonne étoile, monsieur Varden.

— Mauvaise chose. Ne vous y fiez pas. Je n'aime point
ça. Je dis toujours à ma fille, quand nous causons d'un
mari pour elle, de ne jamais se fier à sa bonne étoile, mais
de s'assurer d'avance un excellent homme, un fidèle époux,
parce que, une fois en ménage, ce ne sera pas son étoile qui
la rendra riche ni pauvre, heureuse ni malheureuse. Mais
qu'avez-vous donc à vous remuer comme ça, Joe ? Il ne
manque rien au harnais, j'espère ?

— Non, non, dit Joe, trouvant néanmoins quelques
sangles de plus à serrer, quelques boucles de plus à rattacher. Mamzelle Dolly ¹ va tout à fait bien ?

— Très-bien, merci. Elle a l'air de devenir assez gentille
et pas trop méchante.

— Pour ce qui est de ça, c'est bien vrai, monsieur Varden.

— Oui, oui, Dieu merci.

— J'espère, dit Joe après un peu d'hésitation, que vous
ne parlerez pas de ma sotte histoire, du horion que j'ai
reçu comme si j'étais un petit garçon, car c'est comme ça
qu'on me traite ici, du moins jusqu'à ce que j'aie pu rattra-
per mon individu et régler mon compte avec lui. Alors, je
vous permettrai d'en parler.

— En parler ! mais à qui en parlerais-je ? On le sait ici, et

_____
¹. Diminutif de Dorothy.

je ne rencontrerai probablement nulle autre personne ail
leurs qui se soucie de le savoir.

— C'est bien vrai, dit le jeune homme en soupirant.
J'avais complétement oublié ça; oui, c'est vrai, bien
vrai! »

En disant ces mots, il se redressa, la figure toute rouge,
sans doute à cause des efforts qu'il avait faits pour sangler
et boucler partout; puis, donnant les rênes au serrurier, qui
avait pris place dans sa voiture, il soupira derechef, et lui
souhaita le bonsoir.

« Bonsoir! cria Gabriel. Réfléchissez maintenant à ce
que nous venons de dire; ayez des idées plus saines. Pas de
coups de tête. Vous êtes un brave garçon; je m'intéresse à
vous, et je serais désolé de vous voir vous mettre vous-
même sur le pavé. Bonsoir! »

Répondant par un souhait cordial à son adieu encoura-
geant, Joe musa jusqu'à ce que le bruit des roues eut cessé
de vibrer dans ses oreilles, et alors, secouant la tête avec
tristesse, il rentra.

Gabriel se dirigeait vers Londres, pensant à une foule de
choses, et surtout au style bouillant dans lequel il raconte-
rait son aventure, et se justifierait ainsi auprès de Mme Varden d'avoir rendu visite au Maypole, en dépit de certaines
conventions solennelles entre lui et cette dame. La méditation n'engendre pas seulement la pensée, mais quelquefois
aussi l'assoupissement; or, plus le serrurier méditait, plus
il avait envie de dormir.

Un homme peut bien être très-sobre, ou du moins se
tenir encore ferme sur ce terrain neutre qui sépare les
confins de la parfaite sobriété et d'un petit coup de trop, et
sentir pourtant une forte tendance à mêler dans son esprit
des circonstances présentes avec d'autres qui ne s'y ratta-
chent en rien; à confondre toute considération de personnes, de temps et de lieux; à rassembler ses pensées dis-
jointes dans une espèce de brouillamini, de kaléidoscope
mental qui produit des combinaisons aussi inattendues que
fugitives. Tel était l'état de Gabriel Varden, lorsque, piquant
de la tête dans son coquin de sommeil, et laissant son cheval suivre une route qu'il connaissait bien, il gagnait
pays sans en avoir conscience, et approchait de plus en

plus de la maison. Il s'était réveillé une fois, quand le cheval s'était arrêté jusqu'à ce que la barrière fût ouverte, et il avait crié un vigoureux : « Bonsoir ! » au péager ; mais il venait déjà de faire un rêve où il crochetait une serrure dans l'estomac du Grand-Mogol, et même après son réveil il amalgamait le garde-barrière avec l'image de sa propre belle-mère, morte depuis vingt ans. On ne saurait donc s'étonner s'il se rendormit bientôt, et si, malgré de rares cahots tout le long du chemin, il ne s'aperçut pas de son voyage.

Et maintenant il approchait de la grande cité, qui s'étendait devant lui comme une ombre noire sur le sol, et rougissait l'air d'une immense et terne lumière, annonçant des labyrinthes de rues et de boutiques, et des essaims de gens affairés. Lorsqu'il approcha encore davantage, ce halo commença à s'effacer, et les causes qui le produisaient se développèrent lentement elles-mêmes. On put distinguer à peine de longues lignes de rues mal éclairées, avec, çà et là, quelque point plus lumineux, où les réverbères plus nombreux se groupaient autour d'un square, d'un marché ou d'un grand édifice. Au bout de quelque temps, tout devint plus distinct, et on put voir les réverbères eux-mêmes, comme des taches jaunes qui semblaient rapidement s'éteindre l'une après l'autre lorsque des obstacles successifs les dérobaient à la vue. Puis, ce furent toute sorte de bruits, l'heure qui sonnait aux horloges des églises, l'aboiement des chiens dans le lointain, le bourdonnement du commerce dans les rues ; puis des contours se dessinèrent, on vit paraître de hauts clochers sur l'océan aérien, et des amas de toits inégaux écrasés sous les lourdes cheminées ; puis le tapage grandit, grandit, et devint un véritable vacarme ; enfin les formes des objets se montrèrent plus nettes, plus nombreuses, et Londres, rendu visible dans l'obscurité par sa faible lumière, et non par celle des cieux, Londres apparut.

Cependant, sans s'apercevoir le moins du monde que Londres fût si proche, le serrurier continuait d'être cahoté entre la veille et le sommeil, lorsqu'un grand cri poussé à peu de distance en tête de sa voiture le réveilla en sursaut.

Un moment il regarda autour de lui, comme un homme

qui, durant son sommeil, aurait été transporté dans quelque
pays étranger ; mais, reconnaissant bientôt des objets familiers, il se frotta les yeux nonchalamment, et peut-être
allait-il se rendormir encore, si ce même cri ne s'était fait
entendre de nouveau, non pas une fois, deux fois, trois fois,
mais plusieurs fois, et chaque fois, semblait-il, avec une force
croissante. Complétement réveillé, Gabriel, qui était un gaillard hardi et qui n'avait pas froid aux yeux, lança droit de
ce côté son vigoureux petit cheval, comme s'il fallait vaincre ou mourir.

Il s'agissait vraiment de quelque chose d'assez sérieux :
car en arrivant à la place d'où les cris étaient partis, il
avisa un homme étendu sur la chaussée et en apparence
sans vie, autour duquel tournoyait un autre homme ayant
une torche à la main, l'agitant en l'air avec le délire de l'impatience, et redoublant en même temps ses cris : « Au secours ! au secours ! » qui avaient amené là le serrurier.

« Qu'y a-t-il ? dit le vieillard en sautant à bas de sa voiture. Qu'est-ce que c'est donc ? quoi ! Barnabé ? »

Celui qui tenait la torche rejeta en arrière la longue chevelure éparse sur ses yeux ; et, faisant aussitôt volte-face, il
fixa sur le serrurier un regard où se lisait toute son histoire.

« Vous me reconnaissez, Barnabé ? » dit Varden.

Il fit un signe affirmatif, non pas une fois, ni deux fois,
mais une vingtaine de fois, d'une manière tellement bizarre
et exagérée qu'il aurait remué sa tête pendant une heure, si
le serrurier, le doigt levé en fixant sur lui un œil sévère,
ne l'eût fait cesser, puis, montrant le corps, ne l'eût inter-
rogé du regard.

« Il y a du sang sur lui, dit Barnabé en frissonnant. Ça me
fait mal.

— D'où vient ce sang ? demanda Varden.

— Du fer, du fer, du fer, répliqua l'autre d'un ton farouche, en imitant avec sa main l'action de donner un coup
de poignard.

— Quelque voleur, » dit le serrurier.

Barnabé le saisit par le bras et fit encore un signe affirmatif ; puis il indiqua la direction de la ville.

« Ah ! dit le vieillard en se penchant sur le corps et se

retournant pour parler à Barnabé, dont la pâle figure brillait
d'une lueur étrange qui n'était point celle de l'intelligence,
le voleur s'est sauvé par là? Bien, bien, ne vous occupez
pas de ça pour l'instant. Tenez ainsi votre torche, un peu
plus loin, c'est ça. A présent, restez tranquille pendant que
je vais tâcher de voir quelle est sa blessure. »

Cela dit, il s'appliqua à examiner de plus près le corps
étendu à terre, tandis que Barnabé, tenant sa torche comme
on le lui avait recommandé, regarda en silence, fasciné par
l'intérêt ou la curiosité, mais repoussé néanmoins par
quelque puissante et secrète horreur qui imprimait à chacun de ses nerfs un mouvement convulsif.

Debout comme il était alors, reculant d'effroi, et cependant à demi penché en avant pour mieux voir, sa figure et
toute sa personne étaient en plein dans la vive clarté de la
torche et se révélaient aussi distinctement que s'il eût fait
grand jour. Il avait environ vingt-trois ans, et, quoique
maigre, il était d'une belle taille et solidement bâti. Sa chevelure rouge, très-abondante, pendait en désordre autour de
sa figure et de ses épaules, donnant à ses regards sans cesse
en mouvement une expression qui n'était pas du tout de ce
monde, rehaussée par la pâleur de son teint et l'éclat vitreux
de ses grands yeux saillants. Quoi qu'on ne pût le voir sans
saisissement, sa physionomie était bonne, et il y avait même
quelque chose de plaintif dans son visage blême et hagard.
Mais l'absence de l'âme est bien plus terrible chez un vivant
que chez un mort; et chez cet être infortuné les facultés les
plus nobles faisaient défaut.

Il portait un habillement vert, décoré çà et là assez
gauchement, et probablement par ses propres mains, d'un
somptueux galon, plus éclatant à l'endroit où l'étoffe était
plus usée et plus sale. Une paire de manchettes d'un faux
goût pendillaient à ses poignets, tandis que sa gorge était
presque nue. Il avait orné son chapeau d'une touffe de
plumes de paon; mais flasques et cassées à présent, elles
traînaient négligemment derrière son dos. A sa ceinture
brillait la garde d'acier d'une vieille épée sans lame ni fourreau; quelques bouts de rubans bicolores et de pauvres colifichets de verre complétaient la partie ornementale de son
ajustement. La disposition confuse et voltigeante de tous les

morceaux bigarrés qui formaient son costume, trahissait, aussi bien que ses gestes vifs et capricieux, le désordre de son esprit, et, par un grotesque contraste, mettait en relief l'étrangeté plus frappante encore de sa figure.

« Barnabé, dit le serrurier, après un rapide mais soigneux examen, cet homme n'est pas mort; il a une blessure au flanc, mais il n'est qu'évanoui.

— Je le connais, je le connais! cria Barnabé en claquant des mains.

— Vous le connaissez? reprit le serrurier.

— Chut! dit Barnabé en mettant ses doigts sur ses lèvres. Il était sorti aujourd'hui pour aller faire sa cour. Je ne voudrais pas, pour un beau louis d'or, qu'il retournât encore faire sa cour; car, s'il y retournait, je sais des yeux qui perdraient bientôt leur éclat, quoi qu'ils brillent comme,... A propos d'yeux, voyez-vous là-haut les étoiles? De qui donc sont-elles les yeux? Si ce sont les yeux des anges, pourquoi s'amusent-elles à regarder ici-bas pour voir blesser de bon monde, et ne font-elles que clignoter et scintiller toute la nuit?

— Dieu ait pitié du pauvre fou! murmura le serrurier fort perplexe. Connaîtrait-il en effet ce gentleman? La maison de sa mère n'est pas loin. Je ferais mieux de voir si elle peut me dire qui il est. Barnabé, mon garçon, aidez-moi à le placer dans la voiture, et nous irons ensemble jusque chez vous.

— Impossible à moi de le toucher! cria l'idiot reculant et frissonnant comme avec un spasme violent; il est tout en sang.

— Oui, je sais, c'est une répugnance qui est dans sa nature, marmotta le serrurier. Il y a de la cruauté à lui demander un pareil service, mais il faut pourtant qu'on m'aide.... Barnabé! bon Barnabé! cher Barnabé! si vous connaissez ce gentleman. Au nom de sa propre vie, et de la vie de ceux qui l'aiment, aidez-moi à le lever et à l'étendre là.

— Tenez! couvrez-le, enveloppez-le tout à fait. Ne me laissez pas voir ça, sentir ça, en entendre seulement le mot. Ne prononcez pas le mot. Gardez-vous-en bien.

— Convenu; n'ayez aucune crainte. Là, regardez, il est couvert maintenant.

— Doucement. C'est ça, c'est ça. »

Ils le placèrent dans la voiture avec une grande facilité, car Barnabé était fort et actif; mais, durant tout le temps qu'ils employèrent à cette opération, il frissonnait de la tête aux pieds, et il éprouvait évidemment une terreur si pleine d'angoisse, que le serrurier pouvait à peine supporter le spectacle de ses souffrances.

L'opération accomplie, et le blessé ayant été recouvert du pardessus de Varden, que celui-ci ôta exprès pour cela, ils avancèrent d'un bon pas, Barnabé comptant gaiement sur ses doigts les étoiles, et Gabriel se félicitant en lui-même d'avoir actuellement à raconter une aventure qui, sans aucun doute, ferait taire ce soir Mme Varden au sujet du Maypole; ou bien il n'y avait donc plus moyen de se fier aux femmes.

CHAPITRE IV.

Passons au vénérable faubourg de Clerkenwell, car c'était jadis un faubourg; pénétrons dans cette partie de ses confins la plus voisine de Charter-House, et dans une de ces rues fraîches, ombreuses, dont il ne reste plus que quelques échantillons éparpillés dans ces vieux quartiers de la capitale. Là chaque demeure végète tranquillement comme un bon vieux bourgeois qui, depuis longues années, retiré des affaires, roupille sur ses infirmités, jusqu'à ce que par la suite du temps il fasse la culbute pour céder la place à quelque jeune héritier, dont l'extravagante vanité se pavanera dans les ornements en stuc de sa maison rajeunie et dans tous les colifichets de l'architecture moderne. C'est dans ce quartier et dans une rue de ce genre que nous réclament les faits du présent chapitre.

A l'époque dont il s'agit, quoiqu'elle ne date que de soixante-dix ans, une très-grande partie de Londres n'existait pas encore. Même les plus effrénés spéculateurs n'avaient point fait éclore dans leurs cerveaux d'immenses lignes de rues reliant Highgate avec Whitechapel, ni des rassemble-

ments de palais sur des marécages desséchés et comblés, ni
de petites cités en rase campagne. Quoique cette partie de la
ville fût alors, comme de nos jours, sillonnée de rues et fort
peuplée, sa physionomie était bien différente. La plupart des
maisons avaient des jardins; le long du trottoir s'élevaient
des arbres; on respirait de tout côté une fraîcheur que, par
ce temps-ci, on y chercherait vainement. On avait à sa porte
des champs à travers lesquels serpentaient les eaux de New-
River, et il se faisait là dans l'été de joyeuses fenaisons. La
nature n'était pas si éloignée, si reculée qu'elle l'est de nos
jours; et, quoiqu'il y eût beaucoup d'industries actives dans
Clerkenwell, et des ateliers de bijoutier par vingtaines, c'é-
tait un endroit plus salubre, plus à proximité des fermes,
qu'une foule d'habitants du nouveau Londres ne seraient
disposés à le croire, plus à portée aussi des promenades pour
les amoureux, promenades qui se changèrent en cours dé-
goûtantes, longtemps avant que les amoureux de ce siècle
eussent été mis au monde, ou, selon la phrase consacrée,
avant qu'on pensât seulement à eux.

Dans l'une de ces rues, la plus propre de toutes, et du côté
de l'ombre (car les bonnes ménagères savent que le soleil
endommage les tentures objet de leurs soins, et elles aiment mieux l'ombre que l'éclat des rayons pénétrants) se
trouvait la maison dont nous avons à nous occuper. C'était
un modeste bâtiment, qui n'était pas de la dernière mode,
ni trop large, ni trop étroit, ni trop haut; il n'avait pas de
ces façades hardies avec ces grandes fenêtres qui vous
regardent effrontément; c'était une maison timide, clignant
des yeux, pour ainsi dire, avec un toit en cône qui se dres-
sait en forme de pic au-dessus de la fenêtre du grenier, garnie
de quatre petits carreaux de vitre, comme un chapeau à
cornes sur la tête d'un monsieur âgé, qui n'a qu'un œil.
Elle n'était pas bâtie en briques ni en pierres de taille,
mais en bois et en plâtre; elle n'avait pas été dessinée avec
un monotone et fatigant respect de la symétrie, car il n'y
avait pas deux fenêtres pareilles; chacune d'elles semblait
tenir à ne ressembler à rien.

La boutique, car il y avait une boutique, était au rez-de-
chaussée, comme toutes les boutiques; mais là toute ressemblance entre elle et une autre boutique cessait brusque-

ment. Les gens qui entraient ou sortaient n'avaient pas à
monter quelques marches, ou à glisser de plain-pied sur le
sol au niveau de la rue; mais il leur fallait descendre par
trois degrés fort roides, et plonger comme dans une cave.
La place était pavée avec de la pierre et de la brique, ainsi
qu'aurait pu l'être celle de toute autre cave; et, au lieu d'une
fenêtre à châssis et à vitres, il y avait un grand battant ou
volet de bois peint en noir, presque à hauteur d'appui, qui
se reployait pendant le jour, donnant autant de froid que de
jour, très-souvent même moins de jour que de froid. Derrière cette boutique était une salle à manger lambrissée,
ayant vue d'abord sur une cour pavée, et au delà sur une
terrasse et un petit jardin à quelques pieds au-dessus de la
salle. Tout le monde aurait supposé que cette salle lambrissée, sauf la porte de communication par laquelle on avait été
introduit, était retranchée du reste de l'univers; et véritablement on avait remarqué que beaucoup d'étrangers, en y
entrant pour la première fois, étaient devenus extrêmement
pensifs, et semblaient chercher à résoudre dans leur esprit le
problème de savoir si les chambres de l'étage supérieur n'é-
taient accessibles que du dehors par des échelles, ne soup-
çonnant jamais que deux des portes les moins prétentieuses
et les plus invraisemblables qu'il y eût au monde, et que les
plus ingénieux mécaniciens de la terre devaient de toute
nécessité supposer des portes de cabinets, ouvraient une
issue hors de cette salle, chacune sans la moindre préparation et sans livrer plus d'un quart de pouce de passage,
sur deux escaliers noirs et tournants, l'un dirigé vers le
haut, l'autre vers le bas : car c'étaient là les seuls moyens
de communication entre cette pièce et les autres parties de
la maison.

Avec toutes ces singularités, il n'y avait pas une maison
plus propre, plus scrupuleusement rangée, plus minutieuse-
ment ordonnée dans Clerkenwell, dans Londres, dans toute
l'Angleterre. Il n'y avait pas de croisées mieux nettoyées, de
planchers plus blancs, de poêles plus brillants, de meubles
en vieil acajou d'un lustre plus admirable. On ne frottait
pas, on ne grattait pas, on ne brunissait pas, on ne polis-
sait pas davantage dans toutes les maisons de la rue prises
ensemble. Et cette perfection n'était pas obtenue sans quel-

ques frais, quelques peines, et une grande dépense de poumons : les voisins ne s'en apercevaient que trop, quand la bonne dame du logis veillait et aidait elle-même à ce que tout fût mis en état les jours de nettoyage, ce qui, d'habitude, avait lieu du lundi matin au samedi soir, ces deux jours inclus.

Appuyé contre le montant de la porte de ce logis qui était le sien, le serrurier se tenait debout de bonne heure, le lendemain du jour où avait eu lieu sa rencontre avec le blessé, considérant d'un air inconsolable son enseigne, une grande clef de bois, peinte en jaune vif pour simuler l'or, laquelle pendillait sur le devant de la maison et oscillait à droite et à gauche en criant d'une manière lugubre, comme si elle se plaignait de n'avoir rien à ouvrir. Quelquefois il regardait par-dessus son épaule dans la boutique, qui était si assombrie par les nombreuses marques de sa profession, si noircie par la fumée d'une petite forge, près de laquelle son apprenti était à l'ouvrage, qu'il eût été difficile, pour un œil inaccoutumé à des investigations de ce genre, de distinguer là autre chose que divers outils d'une façon et d'une forme grossières, de grands paquets de clefs rouillées, des morceaux de fer, des serrures à moitié finies, et maint objet de même nature, garnissant les murailles ou pendant en grappes du plafond.

Après une longue et patiente contemplation de la clef d'or, et plusieurs coups d'œil lancés ainsi derrière lui, Gabriel fit quelques pas dans la rue, et dirigea un regard furtif vers les fenêtres de l'étage supérieur. L'une d'elles, par hasard, s'ouvrit toute grande en ce moment, et une figure friponne rencontra la sienne. C'était une figure illuminée par la plus aimable paire d'yeux étincelants sur lesquels un serrurier eût jamais fixé sa vue ; c'était la figure d'une jeune folle, jolie, rieuse, aux fraîches fossettes pleines de santé, la véritable personnification de la bonne humeur et de la beauté dans sa fleur.

« Chut ! dit elle tout bas, en se penchant et montrant avec malice la fenêtre d'au-dessous ; mère dort encore.

— Encore, ma chérie ! répondit le serrurier du même ton. Tu en parles à ton aise. Ne dirait-on pas qu'elle a dormi toute la nuit, quand elle n'a guère eu plus d'une demi-heure

de sommeil? Mais, Dieu soit loué! le sommeil est une bénédiction.... il n'y a pas de doute à cela. »

Le serrurier marmotta ces derniers mots pour lui seul.

« C'est bien cruel à vous de nous avoir tenus sur pied si
tard dans la nuit, sans seulement nous dire où vous étiez,
et sans nous envoyer au moins un petit mot pour nous rassurer, reprit la jeune fille.

— Ah! Dolly, Dolly! répliqua le serrurier secouant la
tête et souriant, c'est bien cruel à vous d'avoir couru là-haut
dans votre chagrin, pour vous mettre au lit! Descendez déjeuner, petite folle, et bien doucement, ou vous réveilleriez
votre mère. Elle doit être fatiguée, j'en suis sûr; certainement elle doit l'être. »

Gardant pour lui ces derniers mots, et répondant au
signe de tête de sa fille, il allait entrer dans sa boutique,
la figure encore toute rayonnante du sourire que Dolly y
avait éveillé, lorsqu'il put voir, juste au moment même, le
bonnet de papier goudronné de son apprenti faire un plongeon afin d'éviter l'œil du maître, et se reculer de la fenêtre,
pour retourner en tapinois à sa première place, où il ne fut
pas plutôt qu'il se mit à jouer vigoureusement du marteau.

« Encore Simon aux aguets! se dit Gabriel; ça ne vaut rien.
Que diable croit-il donc que la petite va dire? Toujours je le
surprends à écouter lorsqu'*elle* parle, jamais à un autre moment. Mauvaise habitude, Sim, que de se cacher comme ça
pour faire ses coups à la sourdine. Ah! vous avez beau jouer
du marteau, vous ne m'ôterez pas cela de l'idée, quand vous
y travailleriez toute votre vie. »

En se parlant ainsi à lui-même et secouant la tête d'un
air grave, il rentra dans l'atelier et toisa l'objet de ces remarques.

« En voilà assez pour l'instant, dit le serrurier. Il est inutile de continuer ce bruit infernal. Le déjeuner est prêt.

— Monsieur, dit Sim en levant les yeux sur son maître
avec une politesse étonnante et un petit salut à lui qui s'arrêtait net au cou, je suis à vous immédiatement.

— Je suppose, marmotta Gabriel, que c'est une phrase
de « la Guirlande de l'Apprenti, » ou des « Délices de l'Apprenti, » ou du « Chansonnier de l'Apprenti, » ou du « Guide
de l'Apprenti à la Potence, » ou de quelque autre livre in-

structif de ce genre-là. Bon! ne va-t-il pas maintenant se faire beau!... un amour de serrurier, ma foi. »

Sans se douter le moins du monde que son maître l'observait de la sombre encoignure près de la porte de la salle à manger, Sim jeta son bonnet de papier, sauta à bas de son siége, et, en deux pas extraordinaires, quelque chose entre l'enjambée d'un patineur et celle d'un danseur de menuet, il bondit jusqu'à une sorte de lavabo à l'autre bout de l'atelier, et là il fit disparaître de sa figure et de ses mains toutes les traces du travail de la matinée, exécutant le même pas pendant tout le temps avec le plus grand sérieux. Cela fait, il tira de quelque endroit caché un petit morceau de miroir, dont il s'aida pour arranger ses cheveux et constater l'état exact d'un petit bouton qu'il avait sur le nez. Ayant alors parachevé sa toilette, il posa le morceau de miroir sur un banc peu élevé, et regarda par-dessus son épaule tout ce qui put se refléter de ses jambes dans un cadre si étroit, avec une extrême complaisance et une extrême satisfaction.

Sim, comme on l'appelait dans la famille du serrurier, ou M. Simon Tappertit, comme il s'appelait lui-même et exigeait que tout le monde l'appelât au dehors, les jours de fête, sans compter les dimanches, était un drôle de corps, d'une figure mince, aux cheveux plats, aux petits yeux, de petite taille, n'ayant pas beaucoup plus de cinq pieds, mais absolument convaincu dans son propre esprit qu'il était au-dessus de la taille moyenne, et plutôt grand qu'autrement. Sa personne, qui était bien faite, quoique des plus maigres, lui inspirait une haute admiration; et ses jambes, qui, dans sa culotte courte, étaient deux curiosités, deux raretés, au point de vue de leur exiguïté, excitaient en lui l'enthousiasme à un degré voisin de l'extase. Il avait aussi quelques idées majestueusement nuageuses, que n'avaient jamais sondées à fond ses amis les plus intimes, sur la puissance de son œil. On n'ignorait pas qu'il était allé jusqu'à se vanter de pouvoir complétement réduire et subjuguer la plus fière beauté par un simple procédé qu'il définissait « l'œillade fascinatrice; » mais il faut ajouter que de cette puissance, pas plus que d'un don homogène qu'il prétendait avoir de vaincre et dompter les animaux, même enragés, il n'avait jamais fourni de preuve qu'on pût estimer tout à fait satisfaisante et décisive.

Ces prémisses permettent de conclure que le petit corps de M. Tappertit renfermait une âme ambitieuse et pleine de présomption. De même que certaines liqueurs, contenues dans des barils de dimensions trop étroites, fermentent, s'agitent et s'échauffent dans leur prison, ainsi l'essence spirituelle de l'âme de M. Tappertit fumait quelquefois dans le précieux baril de son corps, jusqu'à ce que, avec beaucoup d'écume, de mousse et de fracas, elle s'ouvrît de force un passage, et emportât tout devant elle. Il avait coutume de remarquer, dans ces occasions, que son âme lui avait monté à la tête ; et, dans ce nouveau genre d'ivresse, il lui était arrivé nombre d'anicroches et de mésaventures, qu'il avait fréquemment cachées, non sans de grandes difficultés, à son digne maître.

Sim Tappertit, parmi les autres fantaisies dont cette âme se repaissait et se régalait incessamment (fantaisies qui, telles que le foie de Prométhée, se multipliaient par la consommation), avait une haute idée de son ordre ; et la servante l'avait entendu exprimer ouvertement le regret que les apprentis ne pussent plus porter de bâtons pour en assommer les pékins, selon son expression énergique. Il aurait dit aussi qu'on avait jadis stigmatisé l'honneur de leur corps par l'exécution de Georges Barnwell ; que les apprentis n'eussent pas dû se soumettre bassement à cette exécution, qu'ils eussent dû réclamer leur collègue à la législature, d'abord d'une manière calme, puis, s'il le fallait, au moyen d'un appel aux armes, dont ils auraient fait usage comme ils l'auraient jugé à propos dans leur sagesse. Ces réflexions l'amenaient toujours à considérer quel glorieux instrument les apprentis pourraient devenir encore, si seulement ils avaient à leur tête un esprit supérieur ; et il faisait alors d'une façon ténébreuse, et terrifiante pour ceux qui l'écoutaient, allusion à certains gaillards de sa connaissance, tous crânes finis, et à un certain Cœur-de-Lion prêt à devenir leur capitaine, lequel, une fois en besogne, ferait trembler le lord-maire sur son trône municipal.

Quant au costume et à la décoration personnelle, Sim Tappertit n'était pas d'un caractère moins aventureux ni moins entreprenant. On l'avait vu, chose incontestable, ôter des manchettes superfines au coin de la rue les dimanches soir, et les mettre soigneusement dans sa poche avant de rentrer

au logis; et il était notoire que, tous les jours de grande
fête, il avait l'habitude de changer ses boucles de genouillères
en simple acier contre des boucles de strass reluisant, sous
l'abri amical d'un poteau, très-commodément planté audit
endroit. Ajoutez à cela qu'il était âgé de vingt ans juste; que
son extérieur lui en donnait davantage, et sa suffisance au
moins deux cents; qu'il ne trouvait pas de mal à ce qu'on le
plaisantât en passant sur son admiration pour la fille de son
maître; et qu'il avait même, comme on l'invitait, dans une
certaine taverne obscure, à proposer la santé de la dame
qu'il honorait de son amour, porté le toast suivant, avec
force œillades et lorgnades : « Une belle créature dont le nom
de baptême commence par un D. » Et maintenant le lecteur
sait de Sim Tappertit, qui avait en ce moment rejoint à table
le serrurier, tout ce qu'il est nécessaire d'en savoir pour faire
connaissance avec lui.

C'était un repas substantiel : car, indépendamment du thé
de rigueur et de ses accessoires, la table craquait sous
le poids d'une bonne rouelle de bœuf, d'un jambon de
première qualité, et de divers étages de gâteau beurré du
Yorkshire, dont les tranches s'élevaient l'une sur l'autre
dans la disposition la plus appétissante. Il y avait aussi un
superbe cruchon bien verni, ayant la forme d'un vieux bonhomme qui ressemblait un peu au serrurier ; au-dessus
de sa tête chauve était une belle mousse blanche qui lui tenait lieu de perruque et promettait, à ne pas s'y tromper,
une ale pétillante brassée à la maison. Mais plus adorable
que cette ale jolie brassée à la maison, que le gâteau du
Yorkshire, que le jambon, que le bœuf, qu'aucune autre
chose à manger ou à boire que la terre ou l'air ou l'eau pût
fournir, il y avait là, présidant à tout, la fille du serrurier,
aux joues de rose : devant ses yeux noirs le bœuf perdait
tout son prestige, et la bière n'était plus rien, ou peu s'en
faut.

Les pères ne devraient jamais embrasser leurs filles en
présence de jeunes gens. C'est trop aussi. Il y a des limites
aux épreuves humaines. Voilà justement ce que pensait Sim
Tappertit quand Gabriel attira vers ses lèvres les lèvres
rosées de sa fille.... Ces lèvres qui étaient chaque jour si
près de Sim et pourtant si loin ! Il respectait son maître,

mais il aurait souhaité dans ce moment-là que le gâteau de
Yorkshire l'étouffât plutôt.

« Père, dit la fille du serrurier, lorsque fut finie cette embrassade, qu'est-ce donc que j'apprends ? Est-il bien vrai
que cette nuit....

— Tout ça est vrai, chère enfant; vrai comme l'Évangile,
Doll.

— M. Chester fils volé, et gisant blessé sur la route, quand
vous êtes survenu ?

— Oui; M. Édouard. Et auprès de lui Barnabé, criant au
secours tant qu'il pouvait. Je suis survenu fort à point, car
c'est une route solitaire; il était tard, et, comme la nuit était
froide, et que le pauvre Barnabé avait encore moins de raison qu'à l'ordinaire, par suite de sa surprise et de son épouvante, le jeune monsieur n'en avait pas pour longtemps de
s'en aller dans l'autre monde.

— Je tremble, rien que d'y penser! cria sa fille en frémis-
sant. Comment l'avez-vous reconnu?

— Reconnu? répliqua le serrurier. Je ne l'ai pas reconnu.
Et le moyen de le reconnaître? Je ne l'avais jamais vu; j'avais
seulement mainte fois entendu parler de lui, comme j'en avais
parlé moi-même sans le connaître. Je l'ai transporté chez
mistress Rudge, et elle ne l'eut pas plus tôt vu, qu'elle me dit
qui c'était.

— Mlle Emma, père, si cette nouvelle lui arrive, exagérée
comme elle le sera certainement, est capable d'en devenir
folle.

— Eh mais! écoutez donc encore, et voyez à quoi un homme
s'expose quand il a bon cœur, dit le serrurier. Mlle Emma
était avec son oncle au bal masqué, à Carlisle-House; elle y
était allée bien malgré elle, m'a-t-on dit à la Garenne. Savez-
vous ce que fait votre imbécile de père, après avoir tenu conseil avec mistress Rudge? Il y va lorsqu'il aurait dû être
dans son lit; il sollicite la protection de son ami le portier, s'affuble d'un masque et d'un domino, et se mêle aux
masques.

— Et comme c'est bien digne de lui d'avoir fait cela! s'é-
cria la fillette, lui mettant son beau bras autour du cou, et
lui donnant le plus enthousiaste des baisers.

— Bien digne de lui! répéta Gabriel, qui affectait de

grommeler, mais qui évidemment était enchanté du rôle qu'il
avait joué et des louanges de sa fille. Bien digne de lui !
C'est ainsi que parle votre mère. Cela n'empêche pas qu'il
s'est mêlé à la foule ; harcelé, tourmenté, je vous en réponds,
par des gens qui venaient lui rebattre les oreilles de leur :
« Est-ce que tu ne me connais pas, beau masque ? moi je te
connais bien, » et d'un tas de sottises de cette espèce. Sans
compter qu'il y serait encore à chercher, s'il n'y avait eu,
dans une petite salle, une jeune dame qui venait de retirer son
masque, à cause de l'extrême chaleur de l'endroit, et qui restait assise là toute seule.

— Et c'était elle ? dit sa fille précipitamment.

— Et c'était elle, répondit le serrurier ; et je ne lui eus pas
plutôt murmuré à l'oreille ce dont il s'agissait, avec autant
de ménagement, Doll, et presque avec autant d'art que vous
auriez pu en mettre vous-même, qu'elle jeta un cri aigu et
s'évanouit.

— Et alors qu'arriva-t-il après ? demanda sa fille.

— Eh mais ! un troupeau de masques accourut autour
d'elle ; il y eut un bruit général, un brouhaha, et je m'estimai
heureux de m'esquiver : voilà tout, répliqua le serrurier. Ce
qui arriva lorsque je revins au logis, vous pouvez le deviner,
si vous ne l'avez pas entendu. Ah !.... Bien... Ma foi ! il ne
faut pas toujours avoir la mort dans l'âme. Passez-moi Tobie
par ici, chère enfant. »

Ce Tobie, c'était le cruchon brun dont il a déjà été fait
mention. Le serrurier, qui pendant tout l'entretien avait
exercé d'affreux ravages parmi les comestibles, appliqua les
lèvres au front bienveillant du digne bonhomme, et les y
laissa si longtemps collées, tandis qu'il levait lentement le
vase en l'air qu'à la fin il eut la tête de Tobie sur son nez ;
alors il fit claquer ses lèvres, et le replaça sur la table avec
un regret plein de tendresse.

Quoique Sim Tappertit n'eût pas pris part à cette conversation, et que la parole ne lui eût jamais été adressée, il
n'avait pas manqué de faire en silence les manifestations
d'étonnement qu'il croyait les plus propres à déployer avec
succès la puissance fascinatrice de ses yeux. Regardant la
pause qui avait suivi le dialogue comme une circonstance
particulièrement avantageuse, et voulant frapper un grand

coup sur la fille du serrurier (elle le regardait alors, à ce qu'il croyait dans une muette admiration), il commença à crisper et contracter sa figure, et principalement ses yeux; à faire des contorsions si extraordinaires, si hideuses, si incomparables, que Gabriel, qui regarda par hasard de son côté, en fut tout ébahi.

« Eh mais! que diable a donc ce garçon? cria le serrurier. Est-ce qu'il s'étouffe?

— Qui? demanda Sim avec quelque dédain.

— Qui? Eh mais! vous, répliqua son maître. Pourquoi faites-vous ces horribles grimaces à table?

— Chacun son goût, monsieur; si j'aime les grimaces, moi! dit M. Tappertit, un peu déconcerté; et ce qui le déconcertait le plus, c'était d'avoir vu la fille du serrurier sourire.

— Sim, répliqua Gabriel en riant de bon cœur, pas de bêtises; je voudrais vous voir devenir raisonnable. Ces jeunes gens, ajouta-t-il en se tournant vers sa fille, sont toujours à faire quelque folie. Il y a eu une querelle hier au soir entre Joe Willet et le vieux John, quoique je ne puisse pas dire que Joe fût tout à fait dans son tort. Un de ces matins on ne le trouvera plus là-bas; il sera parti pour chercher fortune, et courir la prétentaine. Eh mais! qu'y a-t-il, Doll? c'est vous qui faites des grimaces maintenant. Allons, je vois bien que les filles ne valent pas mieux que les garçons!

— C'est le thé, dit Dolly en devenant tour à tour très-rouge et très-pâle (c'est toujours comme ça quand on se brûle), il est si chaud! »

M. Tappertit fit de gros yeux à un pain de quatre livres qui était sur la table, et respira fortement.

« Est-ce tout? répondit le serrurier. Mets dans ton thé un peu plus de lait. Oui, j'en suis fâché pour Joe, parce que c'est un brave jeune homme, qui gagne à être connu, mais il partira tout à coup, vous verrez. Il me l'a, ma foi! dit lui-même?

— Vraiment, cria Dolly d'une voix faible, vraiment!

— Est-ce le thé qui vous chatouille encore le gosier, chère enfant? » dit le serrurier.

Mais, avant que sa fille eût pu lui répondre, elle fut prise d'une toux importune, d'une espèce de toux si désagréable que, l'accès fini, des larmes sortaient de ses beaux yeux. Le bon serrurier était encore à lui donner de petites tapes sur le

dos, et à lui prodiguer de doux remèdes de même nature,
lorsqu'on reçut un message de Mme Varden. Elle faisait savoir
à tous ceux que cela pouvait intéresser, qu'elle se sentait
beaucoup trop indisposée pour se lever, après l'agitation et
l'anxiété de la nuit précédente ; qu'en conséquence elle désirait
qu'on lui procurât immédiatement la petite théière noire avec
de bon thé bien fort, une demi-douzaine de rôties beurrées, une
platée raisonnable de bœuf et de jambon en tranches minces,
et le *Manuel protestant* en deux volumes in-douze. Comme
quelques autres dames qui, dans les âges reculés, fleurirent
sur ce globe, Mme Varden était d'autant plus dévote qu'elle
était de moins bonne humeur. Chaque fois qu'elle et son mari
se trouvaient, contre l'habitude, en mésintelligence, le *Manuel protestant* reprenait tout de suite faveur.

Sachant par expérience ce que cette requête voulait dire, le
triumvirat dut se dissoudre. Dolly alla faire exécuter en toute
hâte les ordres de sa mère ; Gabriel monta dans sa carriole
pour aller dehors vaquer à quelque affaire, et Sim retourna
à sa besogne journalière dans l'atelier, toujours avec ses
gros yeux fixes, quoique le pain de quatre livres restât derrière lui sur la table.

Que dis-je? ses gros yeux grossirent encore, et, lorsqu'il
eut noué son tablier, ils étaient gigantesques. Ce ne fut pas
avant de s'être plusieurs fois promené de long en large, les
bras croisés, en faisant les plus grandes enjambées qu'il pouvait faire, et d'avoir écarté à coups de pied une foule de menus
objets, que ses lèvres commencèrent à onduler. Enfin une
sombre dérision parut sur ses traits, et il sourit, et en même
temps il proféra avec un mépris suprême le monosyllabe
« Joe ! »

« Je l'ai joliment fascinée avec mon œillade pendant qu'il
parlait de ce garçon, dit-il ; voilà naturellement ce qui l'a
rendue si confuse.... Joe! »

Il se repromena de long en large plus vite encore, et, s'il
est possible, avec de plus grandes enjambées ; s'arrêtant quelquefois pour regarder un peu ses jambes, quelquefois pour
éjaculer avec un geste terrible un autre « Joe ! » Au bout
d'un quart d'heure ou environ, il reprit le bonnet de papier,
et il essaya de travailler. Non, il ne pouvait venir à bout de
rien faire.

« Je ne ferai rien aujourd'hui, dit M. Tappertit en jetant
par terre son ouvrage, que repasser. Je vais repasser tous les
outils. Le métier de remouleur va mieux à mon humeur. Joe! »

Whir-r-r-r. La meule fut bientôt en mouvement; on vit
jaillir une pluie d'étincelles : c'était l'occupation qu'il fallait
à son esprit effervescent.

Whir-r-r-r-r-r.

« Ça ne se passera pas comme ça ! dit M. Tappertit, s'arrêtant d'un air de triomphe, et essuyant sur sa manche sa
figure échauffée. Ça ne se passera pas comme ça. Je désire
qu'il n'y ait pas de sang répandu. »

Whir-r-r-r-r-r-r.

CHAPITRE V.

Aussitôt qu'il eut terminé les affaires du jour, le serrurier
sortit seul pour visiter le gentleman blessé et s'assurer des
progrès de son rétablissement. La maison où il l'avait laissé
était dans une rue détournée de Southwark, non loin de Lon-
don-Bridge; et ce fut là qu'il se dirigea de toute sa vitesse,
bien décidé à s'y arrêter le moins possible et à revenir se
coucher de bonne heure.

La soirée était tempétueuse, presque autant que celle de la
veille. Un homme solide comme Gabriel, avait de la peine à
rester sur ses jambes, au coin des rues, ou à tenir tête au
vent, qui se montrait parfois le plus fort et le repoussait en
arrière de quelques pas, ou, malgré toute son énergie, le
forçait de s'abriter sous une voûte à l'entrée de quelque maison,
jusqu'à ce que la bourrasque eût épuisé sa furie. De temps en
temps un chapeau ou une perruque, ou l'un et l'autre, arrivaient en filant et roulant, en gambadant devant lui follement,
tandis que le spectacle plus sérieux de tuiles et d'ardoises
qui tombaient, ou de masses de brique ou de mortier ou de
morceaux de pierres de couronnement qui résonnaient sur le
trottoir tout à côté de lui, et se brisaient en mille éclats,

n'augmentait pas le charme de son expédition, et ne rendait
pas la route moins effrayante.

« Ce n'est pas amusant, pour un homme de mon âge, de
faire une visite par une telle soirée ! dit le serrurier en frappant doucement à la porte de la veuve. J'aimerais mieux être
dans l'encoignure de la cheminée du vieux John, ma parole !

— Qui est là ? » demanda du dedans une voix de femme. On
lui répondit; elle ajouta vite un mot de bienvenue, et la porte
fut promptement ouverte.

Cette femme avait environ quarante ans, peut-être deux ou
trois ans de plus, une physionomie riante et une figure qui
autrefois avait été jolie. Elle portait des traces d'affliction et
d'inquiétude, mais des traces déjà anciennes; le temps les
avait lissées. Quiconque n'avait accordé par hasard qu'un
simple coup d'œil à Barnabé aurait reconnu que cette femme
était sa mère. Leur ressemblance était frappante ; mais là où
le visage du fils offrait l'égarement et le vide de la pensée, il
y avait chez la mère ce calme patient qui est le résultat de
longs efforts et d'une paisible résignation.

Une seule chose, dans sa figure, était étrange et saisissante.
Vous ne pouviez pas la regarder, au milieu de son humeur la
plus joyeuse, sans la reconnaître capable, à un degré extraordinaire, d'exprimer la terreur. Ce n'était point à la surface.
Ce n'était pas non plus particulièrement dans un de ses traits;
vous ne pouviez prendre ni les yeux, ni la bouche, ni les lignes
de la joue, et dire en les détaillant que cela tenait à quelqu'un
d'eux pris à part. Il y avait plutôt, dans l'ensemble, je ne sais
où, en embuscade, quelque chose qu'on ne voyait jamais que
d'une manière obscure, mais qui était toujours là sans s'absenter jamais une minute. C'était l'ombre la plus faible, la
plus fugitive, de quelque regard, expression soudaine, en-
fantée sans doute par un moment rapide d'intense et inexprimable horreur ; mais, si vague et faible que fût cette ombre,
elle faisait deviner ce que cette expression avait dû être, et la
fixait dans l'esprit comme l'image d'un mauvais rêve.

Plus faible, plus chétive, manquant de force et d'énergie,
pour ainsi dire, à raison des ténèbres de son intelligence, la
même empreinte s'était gravée dans la physionomie du fils.
Si on avait vu cela dans un portrait, on aurait demandé la
légende, on n'aurait pu regarder la toile sans être obsédé par

une curiosité pénible. Les personnes qui connaissaient l'histoire du Maypole, et se souvenaient de ce qu'était la veuve avant l'assassinat de son mari et de son maître, n'avaient pas besoin d'explication. Outre la façon dont la malheureuse avait changé, on se rappelait que, quand son fils était né, le jour même où l'on avait su la nouvelle du double meurtre, il portait sur son poignet une marque semblable à une tache de sang mal effacée.

« Dieu vous garde! voisine, dit le serrurier, en la suivant de l'air d'un vieil ami dans une petite salle à manger où brillait un bon feu.

—Et vous pareillement, répondit-elle avec un sourire. C'est votre excellent cœur qui vous a ramené ici. Rien ne peut vous retenir chez vous, je le sais de longue date, s'il y a des amis à servir ou à consoler au dehors.

—Fi! Fi! répliqua le serrurier en se frottant les mains et les réchauffant. Voilà bien les femmes! il ne leur faut pas grand'chose pour jaser. Comment va le malade, voisine?

—Il dort maintenant. Il a été très-agité vers le jour, et pendant quelques heures il s'est tourné et retourné douloureusement; mais la fièvre l'a quitté, et le médecin dit qu'il sera bientôt guéri. Défense de le transporter avant demain.

— Il a eu des visites aujourd'hui, hein? dit Gabriel avec finesse.

—Oui, M. Chester père est resté ici depuis que nous l'avons envoyé prévenir; et il ne faisait que de partir quand vous avez frappé.

— Pas de dames? dit Gabriel en haussant les sourcils, et d'un air désappointé.

— Une lettre, reprit la veuve.

— Allons! ça vaut mieux que rien! cria le serrurier. Qui en était porteur?

— Barnabé, naturellement.

— Barnabé est un bijou! dit Varden. Il va et vient à son aise là où nous autres, qui nous croyons plus raisonnables que lui, serions fort embarrassés d'en faire autant. Il n'est pas à courir encore, j'espère?

— Dieu merci, il est dans son lit. Comme il a été debout toute la nuit, vous savez, et toute la journée sur pied, il était rompu de fatigue. Ah! voisin, si je pouvais seulement le voir

plus souvent aussi tranquille, si je pouvais seulement dompter cette terrible inquiétude !

— Cela viendra, dit le serrurier avec bonté; cela viendra.
Ne vous laissez pas abattre. Je trouve qu'il gagne en raison
chaque jour. »

La veuve secoua la tête; et, cependant, bien qu'elle sût
que le serrurier cherchait à l'encourager, et qu'il ne parlait
pas ainsi de conviction, elle éprouvait de la joie à entendre
même cet éloge de son pauvre benêt de fils.

« Il finira par faire un homme d'esprit, continua le serrurier. Prenez garde que, quand nous deviendrons de vieux
radoteurs, Barnabé ne nous fasse la nique. Je ne vous dis
que ça. Mais notre autre ami, ajouta-t-il en regardant sous
la table et autour du plancher, le plus fin matois de tous les
matois, où donc est-il ?

— Dans la chambre de Barnabé, répliqua la veuve avec un
sourire languissant.

—Ah ! c'est c'est celui-là qui est un rusé compère, dit Varden
en secouant la tête. Je serais bien fâché de parler de choses
secrètes devant lui. Ah ! c'est ça un fameux gaillard. Je parie
qu'il pourrait lire, écrire et compter, s'il voulait s'en donner
la peine. Qu'est-ce que j'entends là ? N'est-ce pas lui qui tape
à la porte ?

— Non, répondit la veuve; c'était dans la rue, je pense.
Écoutez! oui. Encore ce bruit. Il y a quelqu'un qui frappe
doucement au volet. Qui ce peut-il être? »

Ils avaient parlé à voix basse, car le malade était couché
au-dessus; et, comme les murs et les plafonds étaient minces
et légèrement bâtis, le son de leurs voix aurait, sans cette
précaution, troublé son sommeil. La personne qui frappait,
quelle qu'elle fût, avait pu se tenir fort près du volet sans
rien entendre; et voyant la lumière à travers les fentes,
sans aucun bruit, elle avait bien pu croire qu'il n'y avait là
qu'une seule personne.

« Quelque brigand de voleur, peut-être, dit le serrurier.
Donnez-moi la lumière.

— Non, non, répondit-elle précipitamment : de tels visi-
teurs ne sont jamais venus à ce pauvre logis. Restez ici. Je
suis toujours à même de vous appeler en cas de besoin. Je
préfère y aller seule.

— Pourquoi? dit le serrurier, laissant à contre-cœur la chandelle qu'il avait prise de dessus la table.

— Parce que, je ne sais pourquoi, mais c'est plus fort que moi, répondit-elle. On frappe encore ; ne me retenez pas, je vous en supplie. »

Gabriel la regarda, grandement étonné de voir une personne d'ordinaire si calme et si tranquille en proie à une pareille agitation, et pour si peu de chose. Elle quitta la chambre et ferma la porte derrière elle. Un moment elle resta là, comme si elle hésitait, sa main sur la serrure. Dans ce court intervalle il y eut encore un petit coup donné ; et une voix tout près de la fenêtre, une voix dont le souvenir parut réveiller chez lui des idées désagréables, chuchota : « Dépêchez-vous. »

Ces mots furent prononcés à voix basse, mais distinctement, de cette voix qui arrive si vite aux oreilles de ceux qui dorment, et qui les réveille en sursaut. Un instant cela fit tressaillir le serrurier ; il se recula involontairement de la fenêtre et écouta.

Le vent grondant sourdement dans la cheminée ne lui permit pas trop d'entendre ce qui se passa ; mais il aurait affirmé que la porte de la rue avait été ouverte, que le pas d'un homme avait fait craquer le plancher, puis qu'il y avait eu un moment de silence, silence interrompu par quelque chose d'étouffé, qui n'était ni un cri perçant, ni un gémissement, ni un appel au secours, et qui cependant aurait pu être tout cela également ; et les mots : « Mon Dieu ! » prononcés d'une voix qu'il n'avait pas entendue sans un frisson.

Il s'élança aussitôt dehors. Enfin il la vit, cette terrible expression, celle qu'il connaissait si bien, pour l'avoir devinée, sans l'avoir vue auparavant sur la figure de la veuve. Elle était là debout, comme gelée sur le sol, les yeux effarés, les joues livides, chaque trait d'une fixité lugubre, à regarder l'homme qu'il avait rencontré dans la sombre nuit de la veille. Les yeux de cet homme se croisèrent avec ceux du serrurier. Ce ne fut qu'un éclair, un instant, un souffle sur une glace polie, et il n'était plus là.

Le serrurier allait l'atteindre ; il avait presque saisi les pans de sa redingote flottante, quand ses bras furent étroitement serrés par la veuve, qui se jeta sur le pavé devant lui.

« De l'autre côté! de l'autre côté! cria-t-elle. Il a pris de
l'autre côté. Revenez! revenez!

— De l'autre côté! je le vois maintenant, répondit le
serrurier, là-bas; voici son ombre qui passe où est cette lumière. Que fait cet homme? Qui est-il? Laissez-moi courir
après lui.

— Revenez! revenez! s'écria la femme, luttant avec lui
et l'étreignant dans ses bras. Ne le touchez pas, au nom de
votre salut. Je vous en adjure, revenez! Il emporte d'autres
vies que la sienne. Revenez!

— Que voulez-vous dire?

— Inutile de savoir ce que je veux dire. Ne demandez rien,
n'en parlez plus, n'y pensez plus. Il ne faut pas qu'on le
suive, qu'on lui fasse obstacle, qu'on l'arrête. Revenez! »

Le vieillard la regarda tout ébahi, au moment où elle se
tordait pour s'attacher à lui; et, vaincu par sa douleur
impétueuse, il se laissa entraîner dans la maison. Ce ne
fut pas avant d'avoir mis la chaîne, fermé la porte à double
tour, assuré chaque verrou et chaque barre avec l'ardeur furieuse d'une folle, et l'avoir tiré en arrière dans la chambre,
qu'elle dirigea de nouveau sur lui ce regard de statue, plein
d'horreur, et que, s'affaissant sur une chaise, elle se couvrit
la figure et frissonna comme si la main de la mort était
sur elle.

CHAPITRE VI.

Étonné à l'excès des événements qui s'étaient passés avec
tant de rapidité et de violence, le serrurier contempla cette
femme qui frissonnait sur sa chaise, de l'air d'un homme
hébété; il l'aurait contemplée beaucoup plus longtemps, si la
compassion et l'humanité n'eussent délié sa langue.

« Vous êtes malade, dit Gabriel. Laissez-moi appeler quelque voisine.

— Non, pour tout au monde, répondit-elle en lui faisant
signe de sa main tremblante, et tenant sa figure encore

détournée. C'est bien assez que vous vous soyez trouvé ici pour voir cela.

— Oui, plus qu'assez ; c'est trop ou trop peu, dit Gabriel.

— Soit, répliqua-t-elle. Comme vous voudrez. Pas de questions, je vous en supplie.

— Voisine, dit le serrurier après une pause, est-ce beau, est-ce raisonnable, est-ce juste envers vous-même? Est-ce digne de vous, qui me connaissez depuis si longtemps et m'avez demandé conseil pour toutes sortes de choses? digne de vous, à qui j'ai connu l'esprit vigoureux et le cœur ferme quand vous n'étiez encore qu'une enfant?

— J'en ai eu grand besoin, répondit-elle. Je vieillis à la fois par les années et par les inquiétudes. C'est peut-être là une trop rude épreuve qui m'a énervé le cœur et affaibli l'esprit. Ne me parlez pas.

— Comment puis-je voir ce que j'ai vu, et me taire? répartit le serrurier. Q.'el était cet homme, et pourquoi sa venue a-t-elle produit en vous ce changement? »

Elle demeura silencieuse, mais se cramponna à la chaise comme pour s'empêcher de choir par terre.

« Je m'autorise d'une ancienne connaissance, Marie, dit le serrurier, car j'ai toujours eu la plus vive affection pour vous, et peut-être ai-je essayé de vous le prouver quand ça m'a été possible. Quel est cet homme de mauvaise mine, et qu'a-t-il à faire avec vous? Quel est ce fantôme qu'on ne voit que par les nuits les plus noires et par de mauvais temps? Comment connaît-il et pourquoi vient-il hanter cette maison, chuchotant à travers les fentes et les crevasses, comme s'il y avait entre lui et vous quelque chose dont ni l'un ni l'autre n'oserait parler tout haut? Qui est-il?

—Vous avez bien raison de dire qu'il hante cette maison, répliqua la veuve d'une voix languissante. Son ombre a plané sur elle et sur moi dans la lumière et dans les ténèbres, à midi et à minuit. Et maintenant, enfin, le voilà revenu en chair et en os.

— Mais il ne serait pas parti en chair et en os, répliqua le serrurier avec quelque irritation, si vous aviez laissé libres mes bras et mes jambes. Quelle énigme est-ce-ci ?

— C'en est une, répondit-elle, et en même temps elle se

leva, qui doit rester à jamais une énigme. Je n'ose pas vous
en dire davantage.

— Vous n'osez pas ! répéta le serrurier confondu de
surprise.

— Ne me pressez point. Je suis malade et faible, et toutes
mes facultés vitales semblent mortes au dedans de moi. Non !
ne me touchez point non plus. »

Gabriel, qui s'était avancé de quelques pas pour la secourir,
recula lorsqu'elle fit cette exclamation précipitée, et la regarda en silence avec un profond étonnement.

« Laissez-moi aller seule, dit-elle à voix basse, et que les
mains d'un honnête homme ne touchent pas les miennes ce
soir. » Quand elle eut marché en chancelant vers la porte,
elle se retourna, et ajouta avec un violent effort : « N'oubliez pas que ceci est un secret qu'il faut, de toute nécessité,
que je confie à votre honneur. Vous êtes un homme sûr.
Comme vous avez toujours été bon et affectueux pour moi,
gardez-le. Si vous entendez quelque bruit là-haut, excusez
mon absence; imaginez quelque prétexte ; dites n'importe
quoi, sauf ce que vous avez vu en réalité, et que jamais un
mot, un regard entre nous, ne rappelle cette circonstance.
Je me fie à vous. Songez-y, je me fie à vous. Et jusqu'où va
ma confiance en vous, jamais vous ne pourriez le concevoir. »

Fixant ses yeux sur lui un instant, elle s'éloigna et le
laissa seul dans la chambre.

Gabriel, ne sachant que penser, se tenait debout, l'œil
fixé sur la porte; son visage était plein d'étonnement et
d'épouvante. Plus il méditait sur ce qui venait de se passer,
moins il pouvait y donner quelque explication favorable.
Trouver cette femme veuve, dont la vie avait été supposée
pendant tant d'années une vie de solitude et de retraite, et
qui, par sa paisible résignation à ses douleurs, avait gagné
l'estime et le respect de tous ceux qui la connaissaient, la
trouver liée mystérieusement avec un homme sinistre, s'alar-
mant de son apparition, et pourtant l'aidant à s'échapper;
c'était une découverte qui le peinait autant qu'elle l'effrayait.
La pleine confiance qu'elle venait de montrer dans sa dis-
crétion, et le consentement tacite qu'il y avait donné, aug-
mentaient la détresse de son esprit. S'il eût parlé hardiment,
s'il eût persisté à la questionner, s'il l'eût retenue quand

elle s'était levée pour quitter la chambre, s'il eût fait une protestation quelconque, au lieu de se compromettre lui-même par son silence, comme il sentait bien s'être compromis, il aurait été plus à son aise.

« Pourquoi lui ai-je laissé dire que c'était un secret et qu'elle me le confiait? dit Gabriel en mettant sa perruque sur un côté de sa tête pour se gratter d'une manière plus commode, et regardant le feu avec tristesse. Je n'ai pas plus de présence d'esprit que le vieux John lui-même. Pourquoi ne lui ai-je pas dit d'un ton ferme : « Vous n'avez pas le droit d'avoir de pareils secrets, et je vous somme de me dire ce que cela signifie? » au lieu de rester bouche béante devant elle, comme un vieil imbécile que je suis! Mais c'est bien là mon faible. Je sais, au besoin, résister obstinément à des hommes; mais des femmes peuvent, quand elles le veulent, me rouler autour de leurs doigts comme le fil de leurs quenouilles. »

Il ôta tout à fait sa perrruque en faisant cette réflexion, chauffa au feu son mouchoir, et commença de s'en frotter et polir sa tête chauve, jusqu'à ce qu'elle redevînt luisante.

« Et cependant, dit le serrurier que calmait cette douce opération et qui s'arrêta pour sourire, ce n'est peut-être rien. Quelque braillard d'ivrogne qui s'efforçait d'entrer dans la maison; il n'en faudrait pas davantage pour alarmer une âme aussi tranquille que la sienne. Mais alors (et cette pensée le tourmentait), comment se fait-il que ce soit cet homme? comment se fait-il qu'il ait cette influence-là sur elle? comment se fait-il qu'elle l'ait aidé à m'échapper? et plus que tout cela, comment se fait-il qu'elle ne m'ait pas dit que c'était une peur soudaine, et rien de plus? » Triste chose que d'avoir en une minute à se défier d'une personne qu'on connaît depuis si longtemps, et d'une ancienne bonne amie, par-dessus le marché; mais le moyen de ne pas le faire, lorsque tout cela vous frappe l'esprit!... « Est-ce Barnabé qui arrive là?

— Oui! cria-t-il en jetant un regard dans la chambre et faisant un signe de tête. Sans doute, c'est Barnabé. Comment l'avez-vous deviné?

— Par votre ombre, dit le serrurier.

—Hoho! cria Barnabé en lançant un coup d'œil par-dessus

son épaule, elle est bon enfant, cette ombre, de s'attacher à
moi, quoique je ne sois qu'un insensé. Quel joyeux compagnon! Nous sautons, nous nous promenons, nous courons,
nous gambadons si bien sur l'herbe ensemble! Quelquefois
il est la moitié aussi haut qu'un clocher d'église, et quelquefois pas plus grand qu'un nain. Tantôt il va devant, tantôt
derrière, et tout de suite il se dérobe avec adresse; le voilà
par ici, le voilà par là; s'arrêtant lorsque je m'arrête, et
croyant que je ne peux pas le voir, quoique j'aie l'œil sur lui,
bel et bien. Ah! c'est un joyeux compagnon. Dites-moi, est-
il insensé aussi?... Je crois qu'il l'est.

— Pourquoi? demanda Gabriel.

— Parce qu'il ne se lasse jamais de se moquer de moi.
Il ne fait que cela tout le long de la journée.... Pourquoi ne
venez-vous pas?

— Où?

— Là-haut. Il vous demande. Restez.... A propos; et lui,
où est son ombre? Voyons. Vous qui êtes un homme raisonnable, dites-moi ça.

— A côté de lui, Barnabé, à côté de lui, je suppose, répondit le serrurier.

— Non, répliqua-t-il en secouant la tête. Devinez encore.

— Elle est allée se promener, peut-être bien?

— Il a changé d'ombre avec une femme, chuchota l'idiot
à son oreille, et puis il recula d'un air de triomphe. Son ombre à elle est toujours avec lui, et son ombre à lui toujours
avec elle. C'est un jeu, je pense, hein?

— Barnabé, dit le serrurier d'un air grave, venez ici, mon
garçon.

— Je sais ce que vous voulez me dire. Je sais! répliqua-
t-il en s'éloignant de lui. Mais je suis un malin, je me tais.
Je ne vous dis qu'une chose : Êtes-vous prêt? »

En achevant ces mots, il saisit la lumière, et l'agita sur
sa tête avec un rire égaré.

— Doucement, bellement, dit le serrurier, déployant toute
son influence pour le maintenir calme et paisible. Je croyais
que vous étiez allé dormir.

— Voilà comme je dormais, répondit-il les yeux démesu-
rément ouverts. Il y avait de grandes figures allant et venant,
tout près de ma figure, et ensuite, un mille plus loin, des

endroits bas à travers lesquels il fallait ramper, bon gré mal gré ; de hautes églises du faîte desquelles il fallait tomber ; une foule d'étranges créatures se pressant les unes contre les autres de la tête aux pieds pour s'asseoir sur le lit. C'est dormir cela, hein ?

— Des rêves, Barnabé, des rêves, dit le serrurier.

— Des rêves ! répéta-t-il doucement en s'approchant de lui. Ce ne sont pas des rêves.

— Qu'est-ce donc, répliqua le serrurier, si ce ne sont pas des rêves ?

— Je rêvais, dit Barnabé, en passant son bras dans le bras de Varden et en regardant de fort près sa figure, tandis qu'il lui chuchotait sa réponse. Je rêvais précisément tout à l'heure que quelque chose (cela avait la forme d'un homme) me suivait, venait sans bruit derrière moi, ne voulait pas me laisser, mais était toujours à se cacher et à se tapir, comme un chat, dans des coins noirs, et à attendre mon passage ; alors cela sortait en rampant et cela venait sans bruit derrière moi. M'avez-vous jamais vu courir ?

— Plus d'une fois, vous le savez bien.

— Jamais vous ne m'avez vu courir comme je l'ai fait dans ce rêve. Cela se mit à ramper encore pour me harceler ; plus près, plus près, plus près. Je courus plus vite, je sautai, je m'élançai hors du lit, et vers la fenêtre, et là dans la rue en bas. Mais il nous attend. Venez-vous ?

— Quoi ! dans la rue en bas, cher Barnabé ? » dit Varden, s'imaginant découvrir quelque rapport entre cette vision et ce qui s'était passé tout à l'heure.

Barnabé le regarda fixement, marmotta des paroles incohérentes, agita de nouveau la lumière sur sa tête, rit, et serrant le bras du serrurier contre le sien d'une manière plus étroite, le conduisit à l'étage supérieur en silence.

Ils entrèrent dans une chambre à coucher des plus simples, garnie de quelques chaises dont les pieds en fuseau donnaient la date de leur naissance. Le reste de l'ameublement n'avait pas grande valeur ; mais il était tenu avec beaucoup de propreté.

Dans une bergère devant le feu, pâle et affaibli par une perte de sang considérable, était penché Édouard Chester, le jeune gentleman qui avait le premier quitté le Maypole, durant la soirée précédente. Il tendit la main au serrurier, et lui souhaita la bienvenue comme à son sauveur et à son ami.

« Ne me remerciez pas davantage, monsieur, ne me remerciez pas davantage, dit Gabriel. J'en aurais fait au moins autant, j'espère, pour n'importe qui dans une position si critique, et à plus forte raison pour vous, monsieur. Il y a de par le monde certaine demoiselle, ajouta-t-il avec quelque hésitation, qui a été plus d'une fois pleine de bonté pour nous, et naturellement nous en avons de la reconnaissance. J'espère, monsieur, que ce que je dis là ne vous offense pas. »

Le jeune homme sourit et secoua la tête; il fit en même temps un mouvement sur sa chaise comme s'il eût souffert.

« Ce n'est presque rien, dit-il en réponse au regard d'intérêt du serrurier : un pur malaise qui provient au moins autant de l'ennui d'être claquemuré ici que de ma légère blessure ou du sang que j'ai perdu. Veuillez vous asseoir, monsieur Varden.

— Si ce n'est pas trop hardi de ma part, monsieur Édouard, de m'appuyer sur votre fauteuil, répliqua le serrurier, faisant comme il disait et se penchant par-dessus lui, je resterai debout; ce sera plus commode pour parler bas. Barnabé n'est pas dans son humeur la plus calme ce soir, et en pareil cas la conversation ne lui fait jamais de bien. »

Tous deux jetèrent un coup d'œil sur l'objet de cette observation. Il avait pris un siége de l'autre côté du feu, et avec son sourire insignifiant s'occupait à emmêler sur ses doigts un écheveau de fil.

« Je vous prie, monsieur, de me raconter exactement, dit Varden en parlant plus bas encore, ce qui vous est arrivé hier soir. J'ai des motifs pour m'en informer. Quand vous quittâtes le Maypole, vous étiez seul?

— Et je poursuivis seul ma route vers la maison, jusqu'à ce que je fusse parvenu à l'endroit où vous m'avez trouvé. Là j'entendis le galop d'un cheval.

— Derrière vous? dit le serrurier.

— Oui, en effet, derrière moi. C'était un cavalier seul, qui bientôt m'atteignit, et, arrêtant son cheval, me demanda la route de Londres.

— Vous étiez sur vos gardes, monsieur, sachant qu'une foule de voleurs de grands chemins bat le pays dans toutes les directions? dit Varden.

— J'étais sur mes gardes, mais je n'avais qu'une crava-che, ayant eu l'imprudence de laisser mes pistolets dans leurs fontes au fils de l'aubergiste. J'indiquai à ce cavalier son chemin. Avant que mes paroles fussent sorties de mes lè-vres, il se précipita sur moi d'un élan furieux, comme s'il eût voulu me fouler à terre sous les sabots de son cheval. En me jetant de côté, je glissai et je tombai. Vous m'a-vez ramassé là avec ce coup de poignard et une ou deux vilaines contusions, et sans ma bourse, dans laquelle il aura trouvé peu de chose pour ses peines. Et maintenant, monsieur Varden, ajouta-t-il en donnant au serrurier une poignée de main, sauf toute l'étendue de ma gratitude envers vous, vous en savez autant que moi.

— Si ce n'est, dit Gabriel en se penchant encore davan-tage, et regardant avec précaution leur silencieux voisin, si ce n'est en ce qui concerne le voleur lui-même. A quoi res-semblait-il, monsieur? Parlez bas, s'il vous plaît. Barnabé n'y entend pas malice; mais je l'ai observé plus souvent que vous, et je sais, quoique vous ne le supposiez guère, qu'il nous écoute en ce moment. »

Il fallait une extrême confiance dans la véracité du serru-rier, pour faire croire à n'importe qui ce qu'il avançait là: car tous les sens et toutes les facultés de Barnabé paraissaient absorbés par son écheveau de fil, à l'exclusion de tout autre objet. Le jeune homme en laissa percer quelque chose sur sa figure, car Gabriel lui répéta ce qu'il venait de dire, et avec plus d'insistance que la première fois; puis, lançant un nou-veau coup d'œil vers Barnabé, il demanda de nouveau au blessé à quoi ressemblait l'homme.

« La nuit était si sombre, dit Édouard, l'attaque fut si soudaine, il était tellement enveloppé, emmitouflé, que je pus à peine établir une ressemblance. Je trouve que....

— Ne le nommez pas, monsieur, interrompit le serrurier en suivant son regard vers Barnabé; je sais qu'il l'a vu. J'ai besoin de savoir ce que vous avez vu, vous.

— Tout ce que je me rappelle, dit Édouard, c'est que, quand il arrêta son cheval, son chapeau fut enlevé par un coup de vent. Il le rattrapa et le remit sur sa tête; je remarquai qu'elle était ceinte d'un foulard noir. Il y a un étranger qui est entré au Maypole pendant que j'y étais; je ne l'ai pas vu,

parce que je me tenais à l'écart pour des raisons personnelles ;
et, lorsque je me levai afin de quitter la salle, et que je jetai
un regard autour de moi, il était dans l'ombre de la cheminée, et caché à mes yeux. Mais, si cet étranger et le voleur
étaient deux personnes différentes, leurs voix avaient une ressemblance extraordinaire : car, sitôt que l'homme m'adressa la
parole sur la route, je reconnus son accent et son langage.

— C'est bien ce que je craignais. L'homme même qui était
là ce soir, pensa le serrurier, en changeant de couleur. Quelle
ténébreuse affaire que tout ceci ?

— Halloa ! lui cria aux oreilles une voix rauque. Halloa,
halloa, halloa ! Coa, coa, coa. Qu'est-ce que c'est que ça !
Halloa ! »

L'interlocuteur qui fit tressaillir le serrurier, comme si
c'eût été quelque être surnaturel, était un grand corbeau
qui s'était perché au sommet de la bergère, sans être vu de
Varden ou d'Édouard, et qui écoutait, avec une attention
polie et la plus singulière prétention de comprendre chaque
mot, tout ce qui avait été dit jusqu'à ce moment, tournant sa
tête de l'un à l'autre, comme s'il était appelé là pour juger
leur cas, et qu'il fût de la dernière importance qu'il ne perdît
pas un mot de l'affaire.

« Regardez-le, dit Varden, partagé entre son admiration
pour l'oiseau et une sorte de crainte qu'il semblait en avoir.
Avez-vous jamais vu un lutin plus rusé ? Oh ! c'est un terrible compère ! »

Le corbeau, dont la tête était toute penchée d'un côté, et
dont l'œil étincelait comme un diamant, garda un silence
pensif pendant quelques secondes ; puis il répliqua, d'une voix
si rauque et si lointaine qu'elle paraissait plutôt venir à travers son épais plumage que de son bec et de son gosier :

« Halloa, halloa, halloa ! Qu'est-ce que c'est ? Allons, courage. N'aie pas peur. Coa, coa, coa. Je suis un démon, je
suis un démon, je suis un démon. Hourra ! »

Et alors, comme si son rôle infernal le transportait de bonheur, il se mit à siffler.

« Je crois, ma parole d'honneur, qu'il sait ce qu'il dit. Je
vous jure que je le crois, reprit Varden. Voyez-vous de
quelle façon il me regarde, comme s'il savait aussi ce que
je viens de dire ? »

A cela l'oiseau, se balançant en quelque sorte sur la pointe du pied, et remuant son corps en haut et en bas comme pour une espèce de danse grave, repartit : « Je suis un démon, je suis un démon, je suis un démon, » et fit battre ses ailes contre ses flancs, comme s'il crevait de rire. Barnabé claqua des mains et se roula tout bonnement sur le plancher dans un accès d'enthousiasme et de joie.

« D'étranges camarades, monsieur! dit le serrurier en secouant la tête, tandis que son regard allait de l'un à l'autre. C'est l'oiseau qui a tout l'esprit.

— Étranges vraiment! dit Édouard, présentant son doigt au corbeau, qui, en reconnaissance de ce geste amical, plongea aussitôt pour le saisir de son bec de fer. Est-il âgé?

— C'est un enfant, répliqua le serrurier : cent vingt ans, ou environ. Barnabé, mon ami, appelez-le pour qu'il descende.

— L'appeler! répéta Barnabé se dressant sur son séant au milieu du plancher et regardant Gabriel d'un air hébété, en même temps qu'il rejeta en arrière ses cheveux épars sur son visage. Mais qui donc le ferait venir à volonté? C'est lui qui m'appelle et me fait venir où il veut. Il marche devant, et moi à sa suite. Il est le maître, et je suis le domestique. Est-ce la vérité, Grip? »

Le corbeau fit entendre une sorte de croassement court, confortable, confidentiel; un croassement très-expressif, qui semblait dire : « Vous n'avez pas besoin d'initier ces gens-là à nos secrets. Nous nous comprenons bien tous deux. Ça suffit. »

« Moi le faire venir! cria Barnabé en montrant l'oiseau, Lui qui ne dort jamais; c'est tout au plus s'il cligne des yeux! Mais, n'importe à quel instant de la nuit, vous pourriez voir ses yeux dans l'obscurité de ma chambre, comme deux étincelles. Chaque nuit, et tant que la nuit dure, il est bien éveillé, allez, et il se parle à lui-même, en pensant à ce qu'il fera le lendemain, et où nous irons, et à ce qu'il volera, cachera, enfouira. Moi le faire venir! Ha! ha! ha! »

Changeant d'idée, le corbeau parut disposé à descendre de lui-même. Après un rapide examen du plancher, et quelques regards obliques jetés au plafond et sur chacun des assistants à tour de rôle, il voltigea en bas et alla vers Barnabé,

non point en sautant, ni en marchant, ni en courant, mais
du pas d'un élégant prétentieux qui, avec des bottes
excessivement étroites, essaye de passer bien vite sur de
petites pierres qui roulent sous ses pieds. Puis, montant
sur la main que lui avait tendue Barnabé, et consentant
à se tenir au bout de son bras, il fit entendre une série
de sons assez comparables au glouglou de longs bouchons
tirés de quelques douzaines de bouteilles, après quoi il confirma de nouveau d'une voix fort distincte que sa naissance
et son parentage infernal sentaient le roussi.

Le serrurier secoua la tête (peut-être parce qu'il ne savait
pas trop si cette créature n'était pas réellement autre chose
qu'un oiseau), peut-être parce qu'il s'apitoyait sur Barnabé,
qui tenait pendant ce temps-là le corbeau entre ses bras, et
se roulait avec lui sur le plancher. Lorsqu'il leva ses yeux
de dessus le pauvre garçon, il rencontra ceux de sa mère; elle
était entrée dans la chambre, et regardait en silence.

Sa figure était toute pâle, même ses lèvres; mais elle avait
dominé son émotion, et rendu à son regard son calme habituel. Varden s'imagina que, lorsqu'il lui lança un coup d'œil,
elle s'était cachée de sa vue, et que, pour mieux l'éviter,
elle s'occupait du jeune blessé.

Il était temps qu'il se couchât, disait-elle. Il devait être
transporté chez lui le lendemain, et il avait déjà dépassé
d'une grande heure le temps où il pouvait être levé. Sur cette
insinuation, le serrurier se prépara à prendre congé.

« A propos, dit Édouard en lui donnant une poignée de main
et en promenant ses regards de Varden à la veuve et de la veuve
à Varden, quel bruit y avait-il donc en bas? J'ai entendu
votre voix au milieu de ce tapage, et je vous eusse fait cette
question auparavant, si notre autre conversation ne m'avait
pas fait passer cela de la mémoire. Qu'était-ce donc ? »

Le serrurier la regarda et se mordit la lèvre. Elle s'appuya contre la bergère et fixa ses yeux vers le plancher.
Barnabé aussi écoutait.

« Quelque fou, monsieur, ou quelque ivrogne, dit enfin
Varden, regardant fixement la veuve pendant qu'il parlait.
Il s'était trompé de maison, et il voulait entrer ici comme
chez lui. »

Elle respira plus librement, mais resta debout dans une

complète immobilité. Lorsque le serrurier souhaita le bonsoir, et que Barnabé leva la chandelle pour l'éclairer jusqu'au
bas de l'escalier, elle la lui prit, et lui ordonna, peut-être
avec plus de hâte et de vivacité que n'en comportait une si
légère circonstance, de ne pas bouger. Le corbeau les suivit,
pour avoir la satisfaction de constater si tout était en bas
comme il fallait, et, quand ils eurent atteint la porte de la rue,
il resta sur la dernière marche, faisant entendre d'innombrables glouglous de bouteilles qu'on débouche.

D'une tremblante main elle détacha la chaîne, poussa en
dehors le verrou et tourna la clef. Comme elle avait sa main
sur le loquet, le serrurier lui dit à voix basse :

« J'ai fait ce soir un mensonge en votre faveur, Marie, et
en faveur des temps passés et de nos anciennes relations ;
j'aurais dédaigné d'en faire autant pour mon propre compte.
J'espère n'avoir pas fait de mal, ni causé de mal à personne.
Je ne peux écarter les soupçons que vous m'avez donnés
malgré moi, et c'est avec répugnance, je vous le dis franchement, que je laisse M. Édouard ici. Prenez garde qu'il
ne lui arrive aucun mal. La sûreté de ce toit m'est suspecte,
et je me réjouis de savoir qu'il s'en éloignera bientôt. Maintenant, laissez-moi sortir. »

Un moment elle cacha sa figure dans ses mains et pleura,
mais, résistant à l'impétueux besoin qu'elle avait évidemment de lui répondre, elle ouvrit la porte, tout juste la place
de passer, et lui fit signe de s'en aller. Le serrurier était
encore sur le pas de la porte, qu'on l'avait déjà fermée derrière lui à clef et tendu la chaîne ; le corbeau, s'associant à
ces précautions, aboyait de son côté comme un vigoureux
chien de garde.

« Cette ligue avec un personnage de mauvaise mine, un
échappé de gibet.... pendant qu'Édouard l'entend ici de sa
retraite ! La présence de Barnabé, venu le premier sur le lieu
de l'événement, la nuit dernière ! Se pourrait-il que cette
femme, qui a toujours eu la meilleure réputation, fût devenue
secrètement complice de tels crimes ! dit le serrurier se li-
vrant à ses rêveries. Que le ciel me pardonne si j'ai tort, et
qu'il ne m'envoie que des pensées de justice ; mais elle est
pauvre, la tentation peut bien être grande, et nous entendons parler tous les jours de choses qui ne sont pas plus

extraordinaires. Oui, oui, aboie, mon ami. Il y a quelque
chose là-dessous; le diable ou le corbeau s'en mêle, j'en
mettrais bien ma main au feu.

CHAPITRE VII.

Mme Varden était une dame de cette humeur qu'on appelle communément incertaine; ce qui signifie, quand on
veut tirer les choses au clair, une humeur au contraire trop
certaine d'incommoder plus ou moins tout le monde. Ainsi,
il arrivait en général que, quand les autres étaient gais,
Mme Varden était triste, et que, quand les autres étaient
tristes, Mme Varden était disposée à être d'une gaieté surprenante. Véritablement la digne ménagère était d'une nature si capricieuse, que non-seulement elle s'élevait au-dessus
du génie de Macbeth par son aptitude à montrer, en un tour
de main, sagesse et stupéfaction, modération et fureur,
loyauté et indifférence; mais encore sa voix changeait de
gamme, montait et descendait dans tous les tons et tous les
modes possibles en moins d'un petit quart d'heure; en un
mot, elle savait manœuvrer le triple carillon et jouer à toute
volée des instruments éclatants du clocher féminin, avec une
adresse et une rapidité d'exécution qui étonnaient tous les
auditeurs.

Une observation faite sur cette bonne dame (qui ne manquait pas de charmes en sa personne, car on la trouvait
potelée et de mine appétissante, quoique, comme sa charmante fille, un peu courte de taille), c'était que son humeur
incertaine se fortifiait et s'augmentait en raison de sa prospérité temporelle; et il ne manquait pas de gens très-sen-
sés, ma foi, hommes et femmes, en liaison d'amitié avec le
serrurier et sa famille, qui allaient jusqu'à dire qu'une culbute d'une demi-douzaine de tours sur l'échelle du monde,
tels que la banqueroute d'une banque où son mari plaçait
son argent, ou quelque autre accident de ce genre, la ren-

drait et sans faute une des dames du plus agréable commerce ici-bas. Je n'ai pas à m'expliquer sur cette conjecture
bien ou mal fondée ; toujours est-il que les esprits, comme
les corps, tombent souvent dans un état fâcheux où ils se
couvrent de pustules par pur excès de bien-être, et, comme
eux, se guérissent souvent avec des remèdes nauséabonds,
d'un goût affreux au palais.

Le principal auxiliaire et l'âme damnée de Mme Varden,
mais en même temps la principale victime de ses colères,
était son unique servante, une demoiselle Miggs ; ou, comme
on l'appelait, conformément à ces préjugés sociaux qui éla-
guent et étêtent chez les pauvres filles de service tout ce
luxe de politesse, Miggs. Cette Miggs était une grande jeune
demoiselle, très-adonnée aux socques dans la vie privée,
mince et acariâtre, qui aurait pu être mieux faite, et, sans
avoir absolument une mauvaise physionomie, d'un visage
acide comme du vinaigre. En principe général et comme
pure abstraction, Miggs soutenait que le sexe mâle était
extrêmement méprisable et indigne d'attention ; qu'il était
volage, faux, bas, fat, enclin au parjure, et totalement dénué
de mérite. Lorsqu'elle était exaspérée contre les hommes
d'une façon particulière (ce qui arrivait, au dire des médi-
sants, dans les moments où elle avait le plus à se plaindre
des mépris de Sim Tappertit), elle avait coutume de souhaiter, avec une grande énergie, que toutes les femmes
vinssent à mourir un beau jour, pour apprendre aux hommes
à mieux connaître la valeur de ces créatures célestes auxquelles ils attachent si peu de prix ; oui, dans le transport
de son patriotisme féminin, elle allait jusqu'à déclarer quelquefois que, si on pouvait lui garantir un bon nombre, un
chiffre rond de dix mille jeunes vierges, par exemple, prêtes
à l'imiter, elle n'hésiterait pas, pour faire dépit au sexe masculin, à se pendre, à se noyer, à se poignarder, à s'empoisonner elle-même, avec une joie indicible.

Ce fut la voix de Miggs qui salua le serrurier, quand il
frappa à la porte de sa maison, d'un cri perçant de : « Qui
est là ?

— C'est moi, ma fille, c'est moi, répondit Gabriel.

— Quoi, déjà, monsieur ! dit Miggs, ouvrant la porte d'un
air de surprise. Nous mettions justement notre bonnet de

nuit pour veiller, moi et ma maîtresse. Oh! elle a été si
mal! »

Miggs dit cela d'un air de candeur et de sollicitude peu
commun; mais la porte de la salle à manger était toute
grande ouverte, et Gabriel, sachant parfaitement pour qui
c'était dit, lui jeta en passant un regard qui n'était rien
moins que satisfait.

« C'est monsieur qui rentre, mame, cria Miggs, courant
devant lui dans la salle à manger. C'est vous qui aviez tort,
mame, et c'est moi qui avais raison. Je pensais bien qu'il
ne nous ferait pas veiller si tard, deux nuits de suite. Ce
n'est pas monsieur qui ferait ça. J'en suis contente, mame, à
cause de vous. Je suis un peu.... ici Miggs pleurnicha.... un
peu tourmentée par le sommeil moi-même; je l'avoue maintenant, mame, quoique je n'aie pas voulu en convenir quand
vous me l'avez demandé. Mais ça ne fait rien, mame, naturellement.

— Vous auriez mieux fait, dit le serrurier, qui aurait bien
voulu que le corbeau de Barnabé fût là pour mordre Miggs
à la cheville, vous auriez mieux fait alors d'aller vous coucher tout de suite.

— Je vous remercie, monsieur, de tout mon cœur, répliqua Miggs. Je n'aurais pu reposer en paix, ni fixer mes
pensées sur mes prières, sans la certitude que madame était
confortablement dans son lit; et, franchement, il y a déjà
bien des heures qu'elle devrait y être.

— Vous jasez beaucoup, mademoiselle, dit Varden en
ôtant son pardessus et la regardant de travers.

— Je vous comprends, monsieur, cria Miggs la rougeur au front, et je vous remercie de tout mon cœur,
j'oserai dire que, si je vous offense par mes égards pour
ma maîtresse, je ne vous en dois point d'excuses, trop
heureuse de m'attirer ainsi des tribulations et des peines. »

Ici Mme Varden, qui, la tête ensevelie dans un grand
bonnet de nuit, avait été, pendant tout ce temps, absorbée
par le *Manuel protestant*, regarda autour d'elle, et, pour
reconnaître les exploits de Miggs son champion, lui com-
manda de se taire.

Chacun des petits os que Miggs pouvait avoir au cou et à

la gorge se développa avec une plénitude de dépit tout à fait alarmante, et elle répliqua :

« Oui, mame, je me tairai.

— Comment vous trouvez-vous maintenant, ma chère amie? dit le serrurier en s'asseyant auprès de sa femme (qui avait repris son livre) et se frottant rudement les genoux pendant qu'il faisait cette question.

— Vous êtes bien en peine de le savoir, n'est-ce pas ? répondit Mme Varden, ses yeux sur le texte; vous qui n'avez pas été auprès de moi de toute la journée, et qui m'abandonneriez bien tout de même, quand je serais à l'article de la mort!

— Ma chère Marthe! » dit Gabriel.

Mme Varden tourna la page, puis elle revint à la dernière ligne de la page précédente, pour s'assurer parfaitement des derniers mots; puis elle continua de lire, de l'air d'une personne qui étudie avec un profond intérêt.

« Ma chère Marthe, dit le serrurier, comment pouvez-vous dire pareilles choses, quand vous savez bien que vous ne les pensez pas ? Quand vous seriez à l'article de la mort ! mais, si vous aviez la moindre indisposition un peu sérieuse, est-ce que je ne serais pas continuellement auprès de vous ?

— Oui, cria Mme Varden fondant en larmes, oui, vous y seriez. Je n'en doute pas, Varden. Certainement vous y seriez. Autant me dire tout de suite que vous planeriez autour de moi comme un vautour, attendant que j'eusse rendu l'âme pour pouvoir aller en épouser une autre. »

Miggs, par sympathie, fit entendre un gémissement, un petit gémissement court, réprimé dès sa naissance, et changé en une quinte de toux. La servante semblait dire : « Je n'en peux mais; ça m'est arraché par l'affreuse brutalité de ce monstre de maître. »

« Mais vous me briserez le cœur un de ces jours, ajouta Mme Varden avec plus de résignation, et alors nous serons heureux tous les deux. Mon seul désir est de voir Dolly bien établie, et quand elle le sera, vous pourrez m'établir, *moi*, aussitôt que vous voudrez.

— Ah ! » cria Miggs, et elle toussa de nouveau.

Le pauvre Gabriel tortilla sa perruque en silence pendant quelque temps, et alors il dit avec douceur : « Est-ce que Dolly est allée se coucher ?

— Votre maître vous parle, dit Mme Varden, regardant sévèrement par-dessus son épaule Miggs qui attendait ses ordres.

— Non, ma chère amie, c'est à vous que je parle, répliqua le serrurier toujours avec douceur.

— Ne m'entendez-vous pas, Miggs ? cria la dame opiniâtre en frappant du pied le plancher. Voilà que vous commencez vous aussi, n'est-ce pas ? à ne tenir aucun compte de moi maintenant. Mais on vous en donne l'exemple. »

A ce cruel reproche, Miggs, dont les larmes étaient toujours prêtes à grandes ou petites doses, selon les cas, dans le plus bref délai et sans s'inquiéter des motifs, se mit à pleurer violemment, en tenant ses deux mains serrées pendant ce temps-là sur son cœur, comme si cette précaution pouvait seule l'empêcher de se rompre en mille morceaux. Mme Varden, qui possédait la même faculté à un haut degré de perfection, pleura à l'unisson; mais, ma foi ! Miggs ne tarda pas à être débordée et céda la première, et, sauf un soupir qui semblait dans l'occasion trahir quelque arrière-pensée de vouloir éclater derechef, elle laissa sa maîtresse en possession du champ de bataille.

Sa supériorité bien constatée, cette dame mit également un prompt terme à ses pleurs, et tomba dans une paisible mélancolie.

Le soulagement était si grand, et la fatigue des incidents de la veille était si accablante pour le serrurier, qu'il pencha sa tête sur sa chaise, et eût dormi là toute la nuit, si la voix de Mme Varden, après une pause de quelque cinq minutes, ne l'avait réveillé en sursaut.

« S'il m'arrive, dit Mme Varden, non plus d'une voix querelleuse, mais de l'accent d'une monotone remontrance, d'être de bonne humeur, s'il m'arrive d'être gaie, s'il m'arrive d'être plus qu'à l'ordinaire disposée au plaisir de la conversation, voilà comme on me traite.

— De bonne humeur comme vous étiez, mame, il n'y a qu'une demi-heure ! cria Miggs. Je n'ai jamais vu si agréable compagnie !

— Parce que, dit Mme Varden, parce que jamais je ne me mêle de quoique ce soit, jamais je n'interromps; parce que jamais je ne demande pourquoi l'on va, pourquoi l'on vient;

parce que tout mon esprit et toute mon âme ne sont appliqués qu'à faire les économies que je peux faire dans mon
ménage, et à travailler dans l'intérêt de cette maison; voilà
les épreuves qu'on me destine pour récompense.

— Marthe, dit vivement le serrurier, qui tâchait d'avoir
l'air aussi réveillé que possible, de quoi vous plaignez-vous?
Je suis réellement venu chez nous avec le plus vif désir
d'être heureux. Oui, c'est la pure vérité.

— De quoi je me plains! rétorqua sa femme. Y a-t-il rien
de plus glacial que de voir un mari bouder, et s'endormir
aussitôt après son retour à la maison, que de le voir vous
éteindre toute chaleur au cœur, et jeter de l'eau froide sur le
foyer domestique? N'est-ce pas naturel, quand je sais qu'il
était sorti pour une affaire à laquelle je m'intéresse autant
que personne au monde, que je souhaite savoir ce qui s'est
passé, ou qu'il se croie obligé de me le dire sans que je le lui
demande les mains jointes? Est-ce naturel, oui ou non?

— Je suis très-fâché, Marthe, de n'avoir pas su cela plus
tôt, dit l'excellent serrurier. Je craignais vraiment que vous
ne fussiez pas disposée à une conversation divertissante: je
vous dirai tout ce que vous voudrez; je serai trop heureux
de vous le dire, ma chère amie.

— Non, Varden, répliqua sa femme en se levant avec dignité. Non, je vous remercie, je ne suis pas un enfant qu'on
corrige, pour le caresser une minute après; je suis trop âgée
pour cela, Varden. Miggs, prenez la lumière. *Vous* du moins,
Miggs, vous pouvez être gaie! Vous êtes bien heureuse. »

Miggs qui, jusqu'à ce moment, avait été dans les abîmes
de la compassion la plus désespérée, passa instantanément à
toute l'allégresse imaginable, et secouant la tête tandis qu'elle
lançait un coup d'œil au serrurier, elle emporta à la fois sa
maîtresse et la chandelle.

« Qui donc croirait, pensa Varden en haussant les épaules
et rapprochant du feu sa chaise, que cette femme pût jamais
être enjouée et agréable? Et cependant c'est la vérité. Allons,
c'est bon, nous avons tous nos défauts. Je ne veux pas insister sur les siens: il y a trop longtemps que nous sommes
mari et femme pour cela. »

Il s'assoupit de nouveau, et de bon cœur, grâce à son heureux
caractère bon et cordial. Lorsqu'il eut fermé les yeux, la porte

conduisant aux étages supérieurs s'ouvrit, et il en sortit une
tête qui, en le voyant, se rejeta en arrière avec précipitation.

« Je voudrais bien, murmura Gabriel s'éveillant au bruit
et regardant autour de la salle, je voudrais bien que quelqu'un épousât Miggs, mais c'est impossible ! Je serais fort
étonné qu'il y eût un fou assez fou dans ce monde pour épouser Miggs ! »

C'était là un si vaste sujet de réflexions que notre homme
s'assoupit encore une fois, et dormit jusqu'à ce que le feu fût
entièrement consumé. Enfin il se réveilla de lui même ; et,
après avoir fermé à double tour la porte de la rue, selon l'u-
sage, et mis la clef dans sa poche, il alla se coucher.

La salle n'était dans l'obscurité que depuis quelques minutes
lorsque la tête apparut encore, et que Sim Tappertit entra,
portant à la main une petite lampe.

« Que diable a-t-il donc eu à faire pour me boucher le passage si tard ? marmotta Sim en passant dans l'atelier et
mettant sa lampe sur la forge. Voilà déjà la moitié de la nuit
d'écoulée ! Chien de métier, de rouille et de ferraille ! je n'y ai
jamais gagné, sur mon âme, que cette pièce de clincaillerie. »

En parlant ainsi, il tira du côté droit ou plutôt du gousset
de la jambe droite de sa culotte, une grande clef grossièrement
fabriquée ; il l'introduisit avec précaution dans la serrure fermée par son maître, et il ouvrit la porte doucement. Cela fait,
il remit dans sa poche son chef-d'œuvre clandestin ; puis laissant la lampe allumée, et fermant la porte avec soin et sans
bruit, il se glissa dans la rue, aussi peu soupçonné du serrurier dormant d'un profond sommeil, que de Barnabé lui-même
en proie aux fantômes de ses rêves.

CHAPITRE VIII.

Lorsqu'il fut hors de la maison du serrurier, Sim Tappertit mit de côté ses manières circonspectes, et, prenant
en leur place des airs de tapageur, de fanfaron, de batteur

d'estrade, qui n'hésiterait pas à tuer un homme et à le
manger tout cru au besoin, il chemina de son mieux le
long des rues obscures.

Faisant de temps à autre une demi-pause pour taper sur
sa poche, afin de s'assurer qu'il avait bien son passe-partout,
il marcha en toute hâte vers Barbican[1], et, tournant dans
l'une des plus étroites des étroites rues qui divergeaient de
ce point central, il ralentit son pas et il essuya son front
en sueur, comme s'il était près d'atteindre le terme de sa
course.

Le lieu n'était pas d'un très-bon choix pour une promenade
nocturne, car il jouissait véritablement d'une renommée
plus qu'équivoque et n'avait pas une apparence des plus
engageantes. De la rue principale, ou plutôt de la ruelle où
il était entré, une allée basse conduisait dans une cour
borgne, profondément noire, non pavée, et exhalant des
odeurs stagnantes. Ce fut sur ce terrain de mauvaise mine
que l'apprenti fugitif du serrurier chercha sa route à tâtons,
et que, s'arrêtant devant une maison dont la façade, sale
et pourrie, portait le grossier simulacre d'une bouteille sus-
pendue pour enseigne comme quelque malfaiteur à la potence, il frappa trois fois de son pied une grille en fer.
Après avoir attendu en vain quelque réponse à son signal,
M. Tappertit s'impatienta, et frappa la grille trois fois encore; puis un nouveau délai, mais cette fois il ne fut pas de
longue durée : le sol parut s'ouvrir à ses pieds, et une tête
raboteuse apparut.

« Est-ce le capitaine? dit une voix aussi raboteuse que
la tête.

— Oui, répondit M. Tappertit avec hauteur, en même
temps qu'il descendait. Qui donc pourrait-ce être?

— Il est si tard que nous ne comptions plus sur vous,
répliqua la voix, pendant que l'orateur s'arrêtait pour fermer
la grille et l'attacher. Vous venez tard, monsieur.

— Marchez, dit M. Tappertit avec une sombre majesté, et
pas d'observations avant que je vous y autorise. En avant,
marche! »

Ce dernier mot de commandement était peut-être quelque

1. Quartier de Londres.

peu théâtral et superflu, d'autant plus qu'on descendait par
un escalier très-étroit, roide et glissant, et que la moindre
précipitation, le moindre écart de la trace battue, devait
aboutir à un tonneau d'eau tout béant. Mais M. Tappertit, qui,
à l'exemple d'autres grands commandants, aimait les grands
effets et le déploiement de la dignité personnelle, cria derechef : « En avant, marche ! » de la voix la plus rauque qu'il
put trouver dans ses poumons ; puis il descendit le premier, les
bras croisés et les sourcils froncés, jusqu'au bas des degrés
de la cave, où il y avait une petite chaudière en cuivre fixée
dans un coin, une chaise ou deux, un banc et une table,
un feu qui ne brillait pas beaucoup, et un lit à roulettes,
couvert d'une espèce de hure rapiécée et déguenillée.

« Salut, noble capitaine ! » cria un maigre personnage en
se levant, comme s'il se réveillait.

Le capitaine fit un signe de tête ; puis, ôtant son par-
dessus, il se tint debout, en composant son attitude, et, dans
tout l'éclat de sa dignité, il lança son œillade à son acolyte.

« Quelles nouvelles ce soir ? demanda-t-il en le regardant
jusqu'au fin fond de l'âme.

— Rien de particulier, répondit l'autre en s'étendant (et
il était si long déjà, que c'était chose tout à fait alarmante
que de le voir s'étendre ainsi). Pourquoi donc venez-vous
si tard ?

— Peu vous importe, fut la seule réponse que daigna faire
le capitaine.

— La salle est-elle préparée ?

— Elle l'est, répliqua son acolyte.

— Le camarade.... est-il ici ?

— Oui, et les autres en petit nombre. Vous les entendez ?

— Ils jouent aux quilles ! dit le capitaine avec humeur.
Des têtes légères ! des hommes de plaisir ! »

On ne pouvait avoir de doute sur l'amusement spécial auquel se livraient ces esprits inférieurs : car, même dans
l'atmosphère renfermée et étouffée de la cave, le bruit re-
tentissait comme un tonnerre lointain. Certes, à première
vue, le choix d'un pareil lieu pour un pareil délassement
pouvait paraître singulier, si les autres caves ressemblaient
à celles où avait eu lieu ce colloque ; car le sol était de la
terre cuite, le mur et la voûte de simple brique, tapissée de

limaçons et de limaces. L'air était écœurant, corrompu et
malsain. On aurait cru, d'après un fumet prononcé qui do-
minait entre les diverses odeurs de l'endroit, qu'on s'en
était servi, à une époque peu reculée, comme d'un magasin à fromages : circonstance explicative de l'humidité grais-
seuse répandue de toute part, en même temps qu'elle faisait
naître dans l'esprit l'agréable idée des rats, amateurs de
fromages. La localité, en outre, était naturellement humide, et l'on voyait de petits champignons surgir de chaque
coin vermoulu.

Le propriétaire de cette charmante retraite, auquel appartenait également la tête raboteuse mentionnée ci-dessus,
car il portait une vieille perruque à nœud, aussi nue et aussi
sale qu'un balai usé, les avait rejoints pendant ce temps-là,
et il se tenait un peu à l'écart, se frottant les mains, remuant
son menton hérissé de soies de porc toutes blanches, et souriant en silence. Ses yeux étaient fermés ; mais eussent-ils
été ouverts, on aurait facilement pu dire, d'après l'attentive
expression de sa figure tournée vers eux, figure pâle et dé-
pourvue de santé, comme on devait s'y attendre chez un
homme voué à cette existence souterraine, comme aussi
d'après un certain tremblement inquiet de ses paupières retroussées, qu'il était aveugle.

« Stagg lui-même s'est endormi, dit le long camarade en
indiquant d'un signe de tête ce personnage.

— Solidement, capitaine, solidement ! cria l'aveugle. Que
veut boire mon noble capitaine ? eau-de-vie, rhum, scubac ?
Est-ce de la poudre trempée, ou de l'huile brûlante ? Nommez
quelque chose, cœur de chêne, et nous vous le procurerons,
quand ce serait du vin des caves de l'évêque, ou de l'or
fondu de la monnaie du roi Georges.

— Eh bien ! dit M. Tappertit d'une façon hautaine, quelque
chose, et que ce soit vite servi ; et pendant que vous y êtes,
vous pouvez m'apporter ça, si vous le voulez, des caves du
diable.

— Bravement parlé, noble capitaine ! répliqua l'aveugle ;
c'est parlé comme la gloire des apprentis. Ha ! ha ! des caves
du diable ! Fameuse plaisanterie ! Le capitaine aime à rire.
Ha, ha, ha !

— Je n'ai qu'un mot à vous dire, mon beau garçon, dit

M. Tappertit en lançant une œillade à l'hôte, pendant que
ce dernier se dirigea vers un placard d'où il tira une bouteille
et un verre, aussi négligemment que s'il avait eu la pleine
jouissance de sa vue : c'est que, si vous faites ce vacarme,
vous apprendrez que le capitaine n'aime pas toujours à rire.
Vous m'entendez ?

— Il a les yeux sur moi ! cria Stagg, s'arrêtant tout court
au moment où il revenait, et affectant de couvrir sa figure
avec la bouteille. Je les sens, quoique je ne puisse pas les
voir. Otez-les, noble capitaine ; détournez-les, car ils me
percent jusqu'à l'âme, comme des vrilles. »

M. Tappertit sourit affreusement à son camarade ; et, dirigeant sur lui un autre regard en coulisse, une espèce de
vis oculaire, sous l'influence de laquelle l'aveugle feignit d'é-
prouver une grande angoisse, une vraie torture, il lui com-
manda, d'un ton radouci, d'approcher et de se taire.

« Je vous obéis, capitaine, cria Stagg, en s'approchant
et en versant à son chef une rasade, sans répandre une
goutte, par la raison qu'il tint son petit doigt au bord du
verre, et qu'il s'arrêta dès que la liqueur l'eut touché ; buvez, noble commandant. Mort à tous les maîtres, vivent
tous les apprentis, et amour à toutes les belles demoiselles !
Buvez, brave général, et réchauffez votre cœur intrépide ! »

Tappertit daigna prendre le verre de la main de l'aveugle.
Stagg alors mit un genou en terre, et frotta doucement les
mollets de son chef, avec un air d'humble admiration.

« Que n'ai-je des yeux ! cria-t-il, pour voir les proportions
symétriques de mon capitaine ! Que n'ai-je des yeux pour
contempler ces deux jumeaux, fatals à la paix des ménages !

— Laissez-moi ! dit M. Tappertit en abaissant son regard
sur ses membres favoris. Voulez-vous me laisser, Stagg !

— Quand je touche les miens après, cria l'hôte les tapant
d'un air de reproche, ils me sont odieux. Comparativement
parlant, ils n'ont pas plus de forme que des jambes de bois,
à côté des jambes moulées de mon noble capitaine.

— Les vôtres ! s'écria M. Tappertit, oh ! je le crois bien.
N'allez-vous pas comparer ces vieux cure-dents-là avec mes
propres membres ? c'est presque un manque de respect. Allons, prenez ce verre. Benjamin ouvrez la marche. A l'ouvrage !

En disant ces mots il recroisa ses bras, et, fronçant les sourcils avec une sombre majesté, il suivit son compagnon à travers une petite porte vers l'extrémité supérieure de la cave, et disparut, laissant Stagg à ses méditations personnelles.

La cave dans laquelle ils entrèrent, jonchée de sciure de bois et faiblement éclairée, séparait la première de celle où s'amusaient les joueurs de quilles, comme l'indiquait le bruit croissant et la clameur des langues. Ce bruit cessa soudain, toutefois, et fut remplacé par un profond silence, au signal du long camarade. Alors ce jeune monsieur, allant vers une petite armoire, en rapporta un fémur, qui, dans les siècles passés, avait dû faire partie intégrante de quelque individu au moins aussi long que lui, et il déposa cet os dans les mains de M. Tappertit. Celui-ci, le recevant comme un sceptre ou un bâton de maréchal, prit une mine farouche en relevant sur le haut de sa tête son chapeau à trois cornes, et monta sur une grande table, où un fauteuil d'apparat, joyeusement orné d'une couple de crânes, était tout prêt à le recevoir.

Il ne faisait que de s'installer, quand parut un autre jeune monsieur, portant entre ses bras un gros livre fermé avec une agrafe. Ce personnage adressa au président une profonde révérence, remit le livre au long camarade, s'approcha de la table, tourna le dos, et, se pliant en deux, se tint là dans la posture d'Atlas. Alors, le long camarade monta aussi sur la table; et s'asseyant dans un fauteuil moins haut que celui de M. Tappertit, avec beaucoup de solennité et de cérémonie, plaça le gros livre sur les épaules de leur compagnon muet, aussi tranquillement que si c'eût été un pupitre de bois, et se prépara à y faire des inscriptions avec une plume de taille analogue.

Lorsque le long camarade eut fini ces préparatifs, il regarda M. Tappertit; et M. Tappertit, faisant le moulinet avec l'os en question, frappa neuf fois sur l'un des crânes. Au neuvième coup, un troisième jeune monsieur entra par la porte menant au quartier des quilles, et, après un profond salut, il attendit les ordres du chef.

« Apprenti! dit le puissant capitaine, qui attend là-bas? »

L'apprenti répondit qu'un étranger attendait pour solli-

citer son admission dans la société secrète des Chevaliers
Apprentis, et une libre participation à leurs droits, priviléges
et immunités. Là-dessus M. Tappertit fit de nouveau le
moulinet avec le tibia de la présidence, et donnant au second crâne un coup prodigieux sur le nez, il s'écria : « Qu'on
l'introduise ! » A ces terribles paroles l'apprenti salua encore,
et se retira comme il était entré.

Bientôt apparurent à la même porte deux autres apprentis,
ayant entre eux un troisième, dont les yeux étaient bandés.
Il avait une perruque à bourse, un habit à larges pans, avec
une garniture de galon terni ; il était en outre ceint d'une
épée, conformément aux statuts de l'ordre qui réglaient l'in-
troduction des récipiendaires, et qui leur enjoignaient de revêtir ce costume de cour et de le garder constamment dans
de la lavande, pour s'en servir au besoin. L'un des parrains
du récipiendaire tenait pointée à son oreille une espingole
rouillée, et l'autre un très-vieux sabre, avec lequel, tout en
s'avançant, il découpait en l'air d'imaginaires ennemis, d'une
façon sanguinaire et anatomique.

Comme ce groupe silencieux approchait, M. Tappertit enfonça son chapeau sur sa tête. Le récipiendaire mit alors sa
main sur sa poitrine et s'inclina devant lui. Quand il se fut
suffisamment humilié, le capitaine ordonna de lui ôter le
bandeau et lui fit subir l'épreuve de l'œillade.

« Ha ! dit le capitaine, d'un air pensif, à la suite de l'é-
preuve, continuez. » Le long camarade lut tout haut ce qui
suit : « Marc Gilbert. Age, dix-neuf ans. Engagé avec Thomas Curzon, bonnetier, à la Toison d'Or, Aldgate. Aime la
fille de Curzon. Ne peut pas dire si la fille de Curzon l'aime.
Serait disposé à le croire. Curzon lui a tiré les oreilles le
mardi de la semaine dernière. »

— Comment donc ? cria le capitaine, qui tressaillit.

— Pour avoir regardé sa fille, sauf votre respect, dit le
récipiendaire.

— Écrivez : « Curzon dénoncé, » dit le capitaine. Mettez
une croix noire devant le nom de Curzon.

— Sauf votre respect, dit le récipiendaire, ce n'est pas ce
qu'il y a de pire. Il appelle son apprenti chien de paresseux, et lui supprime sa bière s'il ne travaille pas à son
idée. En outre il lui donne à manger du fromage de Hol-

lande, pendant qu'il mange lui-même du chester, monsieur;
et ne le laisse sortir le dimanche qu'une fois par mois.

— Ceci, dit gravement M. Tappertit, est un flagrant délit.
Mettez deux croix noires au nom de Curzon.

— Si la société, dit le récipiendaire, qui était un gros
lourdaud de mauvaise mine, avec la taille tournée et des
yeux renfoncés très-voisins l'un de l'autre, si la société voulait réduire sa maison en cendres, car il n'est pas assuré,
ou lui donner une raclée le soir quand il revient de son
club, ou m'aider à enlever sa fille et à l'épouser dans l'église
de Fleet, bon gré mal gré.... »

M. Tappertit agita son terrible bâton de commandement
comme pour l'avertir de ne pas interrompre, et il ordonna
de mettre trois croix noires au nom de Curzon.

« Ce qui signifie, dit-il en manière de gracieuse explication, vengeance complète et terrible. Apprenti, aimez-vous
la Constitution ? »

A cela le récipiendaire, se conformant aux instructions des
parrains qui l'assistaient, répliqua : « Oui !

— L'Église, l'État, et toute chose établie, excepté les
maîtres ? dit le capitaine.

— Oui ! » dit encore le récipiendaire.

Après quoi, il écouta d'un air docile le capitaine, qui, dans
un discours préparé pour des circonstances semblables, lui
narra comme quoi, sous cette même constitution (qui était
gardée dans un coffre-fort quelque part, mais il ne pouvait
dire où), les Apprentis avaient, aux temps passés, eu de droit
des vacances fréquentes, qu'ils avaient cassé la tête aux gens
par centaines, bravé leurs maîtres, oui-da, et même consommé
quelques glorieux meurtres dans les rues, priviléges qu'on
leur avait successivement arrachés en restreignant leurs
nobles aspirations; comme quoi les gênes dégradantes qu'on
leur avait imposées étaient incontestablement imputables à
l'esprit novateur de l'époque, et comme quoi ils s'étaient
associés en conséquence pour résister à tout changement
autre que ceux qui restaureraient les bonnes vieilles coutumes anglaises sous lesquelles ils voulaient vivre ou mourir.
Après avoir mis en lumière ce qu'il y a de sagesse à savoir
marcher à reculons, témoins l'écrevisse et cet ingénieux
poisson, le crabe, témoin aussi la pratique constante de

l'âne et du mulet, il décrivit leurs buts principaux, qui
étaient, en deux mots, vengeance contre leurs tyrans de
maîtres (dont la cruelle et insupportable oppression ne pouvait pas laisser à un apprenti l'ombre d'un doute) et restau-
ration de leurs anciens droits, y compris les vacances ; ils
n'étaient pas présentement tout à fait mûrs pour cette double mission, la société n'ayant en tout et pour tout qu'une
force brute de vingt hommes, mais ils s'engageaient à atteindre leur but par le fer et le feu quand besoin serait. Puis il
fit connaître le serment que prêtait chaque membre du petit
reste d'un noble corps, serment d'un genre terrible et saisissant, qui l'obligeait, sur l'ordre de ses chefs, à résister et
faire obstacle au lord-maire, porte-glaive et chapelain ; à
mépriser l'autorité des shériffs ; à regarder le tribunal des
aldermen comme zéro ; mais, sous aucun prétexte, dans le
cas où le progrès des temps amènerait une insurrection générale des Apprentis, on ne devait endommager ni défigurer
en rien Temple-Bar [1], le palladium de la constitution, dont
on ne devait approcher qu'avec respect. Ayant traité ces
différents points avec une éloquence véhémente, et informé
en outre le récipiendaire que la société avait pris naissance
dans son fécond cerveau, stimulé par un sentiment de haine
contre l'injustice et l'outrage, sentiment toujours croissant
dans son âme, M. Tappertit lui demanda s'il se croyait le
cœur assez ferme pour prêter le formidable serment requis
par les statuts, ou s'il préférait se retirer pendant que la
retraite était encore possible.

Le récipiendaire répondit à cela qu'il prêterait le serment,
dût-il en étouffer. La prestation du serment eut donc lieu.
Elle offrit maintes circonstances très-propres à impression-
ner l'esprit le plus héroïque. L'illumination des deux crânes
au moyen d'un bout de chandelle à l'intérieur de chacun
d'eux, et force moulinets exécutés avec l'os vengeur, en furent les traits les plus remarquables, pour ne pas mention-
ner divers exercices sérieux avec l'espingole et le sabre, et
quelques lugubres gémissements que firent entendre hors
de la salle des apprentis invisibles. Toutes ces sombres et
effroyables cérémonies ayant eu leur accomplissement, la

---

1. C'est, pour ainsi dire, l'École de droit et le Palais de Justice réunis.

table fut mise de côté, ainsi que le fauteuil d'apparat, le sceptre fut mis sous clef dans son armoire ordinaire, les portes de communication entre les trois caves furent toutes grandes ouvertes, et les Chevaliers Apprentis se livrèrent au plaisir.

Mais M. Tappertit, qui avait une âme au-dessus de ce vil troupeau, le vulgaire, et qui, à cause de sa grandeur, ne pouvait condescendre à se donner du plaisir que de temps en temps, se jeta sur un banc, de l'air d'un homme accablé sous le poids de sa dignité. Il regarda les cartes et les dés d'un œil aussi indifférent que les quilles ; il ne pensait qu'à la fille du serrurier, et aux jours de turpitude et de décadence où il avait le malheur de vivre.

« Mon noble capitaine ne joue pas, ne chante pas, ne danse pas, dit l'hôte en s'asseyant auprès de lui. Buvez alors, brave général ! »

M. Tappertit vida jusqu'à la lie le calice qui lui était présenté ; puis il plongea ses mains dans ses poches, et avec un visage nuageux il se promena au travers des quilles, tandis que ses acolytes (telle est l'influence d'un génie supérieur) retenaient l'ardente boule, témoignant pour ses petits tibias le respect le plus profond.

« Si j'étais né corsaire ou pirate, brigand, gentilhomme de grand'route ou patriote, car tout cela se ressemble, pensa M. Tappertit en rêvant au milieu des quilles, à la bonne heure ! Mais traîner une ignoble existence et rester inconnu à l'humanité en général !... Patience. Je saurai devenir fameux. Une voix, là dedans, ne cesse de me chuchoter ma future grandeur. J'éclaterai un de ces jours, et alors qui pourra me retenir ? A cette idée, je sens mon âme monter dans ma tête. Buvons ! versez encore ! Le nouveau membre poursuivit M. Tappertit, non pas précisément d'une voix de tonnerre, car son organe, à dire vrai, était un peu fêlé et perçant, mais d'une voix très-propre à faire impression néanmoins ; où est-il ?

— Ici, noble capitaine ! cria Stagg. Il y a là près de moi quelqu'un que je sens être un étranger.

— Avez-vous, dit M. Tappertit en laissant tomber son regard sur la personne indiquée, et c'était effectivement le nouveau chevalier qui avait à présent repris son costume

de ville; avez-vous l'empreinte en cire de la clef de la porte
qui mène de chez vous à la porte de la rue?»

Le long camarade prévint la réponse en produisant cette
empreinte, qu'il enleva d'une planche où elle avait été
déposée.

— Bon! » dit M. Tappertit, l'examinant avec attention,
tandis qu'un silence absolu régnait autour de lui (car il
avait fabriqué des clefs secrètes pour toute la société, et il
devait peut-être quelque chose de son influence à ce petit
service trivial: les hommes de génie ne sont pas eux-mêmes
à l'abri de ces considérations mesquines). Venez ici, l'ami.
Ça sera bientôt fait. »

En parlant de la sorte, d'un signe il prit à part le nouveau chevalier, et, mettant le modèle dans sa poche, il l'invita à se promener avec lui.

« Ainsi donc, dit-il, après quelques tours en long et en
large, vous.... vous aimez la fille de votre maître?

— Je l'aime, dit l'apprenti. En tout bien tout honneur.
Pas de bêtises, vous savez. »

— Avez-vous, répliqua M. Tappertit en le saisissant par
le poignet, et lui lançant un regard qui aurait exprimé la
plus mortelle malveillance, si un hoquet accidentel n'était
venu jeter un peu de trouble dans ce regard; avez-vous un
rival?

— Non, pas que je sache, répliqua l'apprenti.

— Si vous en aviez un maintenant, dit M. Tappertit, que
feriez-vous? hein! »

L'apprenti lança un regard farouche et serra ses poings.

« C'est assez, dit vivement M. Tappertit. Nous nous comprenons; on nous observe; merci. »

En disant cela il lui fit signe de s'éloigner; puis appelant
le long camarade et le prenant à part, après avoir fait seul
quelques tours précipités, il lui ordonna d'écrire immédiatement, et d'afficher sur la muraille un avis proscrivant un
certain Joseph Willet (connu en général sous le nom de Joe)
de Chigwell; faisant défense aux Chevaliers Apprentis de lui
prêter secours et assistance, d'entretenir des rapports avec
lui; et leur enjoignant, sous peine d'excommunication, de
molester ledit Joseph, de le maltraiter, de lui faire du tort,
de l'ennuyer, de lui chercher querelle, n'importe quand,

et n'importe où les uns ou les autres pourraient faire sa rencontre.

Cette mesure énergique ayant soulagé son esprit, il voulut bien s'approcher de la table joyeuse, et, s'échauffant peu à peu, il daigna enfin présider, et même charmer la compagnie avec une chanson. Ensuite il s'éleva à un tel degré de complaisance, qu'il consentit à régaler ses subalternes d'une danse de cornemuse. Il l'exécuta immédiatement aux sons d'un violon dont joua un virtuose de la société; et il l'exécuta d'une manière si brillante et avec une agilité si merveilleuse, que les spectateurs ne pouvaient pas trouver assez d'enthousiasme pour manifester leur admiration. Quant à l'hôte, il protesta, les larmes dans les yeux, qu'il n'avait jamais senti le regret d'être aveugle comme à présent.

Mais l'hôte, après s'être retiré, probablement pour pleurer en secret sur sa cécité, revint bientôt annoncer qu'il ne restait guère plus d'une heure avant que le jour parût, et que tous les coqs de Barbican avaient déjà commencé à chanter comme des perdus. A cette nouvelle, les Chevaliers Apprentis se levèrent en toute hâte, et, se rangeant sur une seule ligne, défilèrent l'un après l'autre, et se dispersèrent du pas le plus accéléré vers leurs domiciles respectifs, laissant leur commandant passer le dernier par la grille.

« Bonne nuit, noble capitaine! chuchota l'aveugle pendant qu'il tenait la porte ouverte pour le laisser passer. Adieu, brave général. Allez faire dodo, illustre commandant. Bonne chance, imbécile, vaniteux, fanfaron, tête vide, jambes de canard. »

Après avoir prononcé ces derniers mots d'adieu, avec un sang-froid malhonnête, tandis qu'il écoutait s'éloigner le bruit des pas du capitaine, et qu'il refermait la grille sur lui-même, il descendit les marches, et allumant du feu sous le petit chaudron, il se prépara, sans aucune aide, à son occupation du jour. Elle consistait à vendre au détail, à l'entrée de la cour d'au-dessus, des portions de soupe et de bouillon un penny, et des pouddings savoureux faits avec des rogatons, tels que ceux qu'on pouvait acheter en bloc au plus vil prix, dans la soirée, à Fleet-Market. Naturellement, pour le débit de sa marchandise, il comptait principalement sur ses connaissances personnelles : car la cour était une im-

passe qui ne recevait pas une grande variété de clients, et
il ne semblait pas que beaucoup de monde choisît cet endroit
de préférence pour venir y prendre l'air, ni pour y faire,
par agrément, un tour de promenade.

CHAPITRE IX.

Les chroniqueurs ont le privilége d'entrer où ils veulent,
d'aller et venir par des trous de serrure, de chevaucher sur
le vent, de surmonter dans leur essor, de haut en bas, de
bas en haut, tous les obstacles de distance, de temps et de
lieu. Trois fois bénie soit cette dernière considération, puisqu'elle nous permet de suivre la dédaigneuse Miggs jusque
dans le sanctuaire de sa chambre, et de jouir de sa douce
compagnie durant les terribles veilles de la nuit.

Mlle Miggs, après avoir défait sa maîtresse, comme elle
s'exprimait (ce qui signifie, l'avoir aidée à se déshabiller),
et l'avoir vue bien confortablement au lit dans la chambre
de derrière du premier étage, se retira dans son propre appartement, à l'étage de la corniche. Nonobstant sa déclaration en présence du serrurier, elle n'avait pas envie de
dormir; aussi, mettant la lumière sur la table, et écartant
le rideau de la petite fenêtre, elle contempla d'un air pensif
le vaste ciel nocturne.

Peut-être se demandait-elle avec étonnement quelle étoile
était destinée à lui servir de séjour lorsqu'elle aurait parcouru
sa petite carrière ici-bas; peut-être cherchait-elle à pénétrer
laquelle de ces sphères brillantes pouvait être le globe natal
de M. Tappertit; peut-être s'émerveillait-elle qu'elles s'abais-
sassent à regarder cette perfide créature, l'homme, sans en
avoir mal au cœur, sans en devenir tout à coup vertes
comme les lampes des pharmaciens; peut-être ne pensait-
elle à aucune chose en particulier. Quel que fût l'objet de ses
réflexions, elle resta assise là jusqu'à ce que son attention,
éveillée par tout ce qui se rattachait à l'insinuant apprenti,

fut attirée par un bruit dans la chambre voisine de sa propre
chambre; dans sa chambre à lui, la chambre où il dormait
et rêvait, où quelquefois peut-être il rêvait d'elle.

Qu'il ne rêvât pas maintenant, à moins qu'il ne se prome-
nât tout endormi, rien de plus clair, car d'instant en instant
il venait de là une espèce de frottement, comme s'il était occupé à polir le mur blanchi à la chaux; puis sa porte cria
doucement; puis il y eut une faible indication de sa marche
furtive sur le palier. Notant cette dernière circonstance,
Mlle Miggs pâlit et frissonna, comme si elle se méfiait de ses
intentions; et plus d'une fois elle s'écria, en retenant son
souffle : « Oh! c'est un effet de la Providence que j'aie mis le
verrou! » En cela elle se trompait : c'est sans doute la frayeur
qui lui faisait confondre en idée un verrou et son usage; car
il était bien vrai qu'il y avait un verrou à la porte, mais il
n'était pas mis en dedans.

Quoi qu'il en soit, le sens de l'ouïe ayant, chez Mlle Miggs,
un tranchant aussi effilé que son caractère, et se trouvant
de la même nature hargneuse et soupçonneuse, l'informa
bientôt que le promeneur nocturne dépassait sa porte, et paraissait avoir quelque but tout à fait distinct d'elle-même,
sans le moindre rapport avec sa personne. A cette découverte,
elle fut plus effrayée que jamais, et elle allait donner libre
issue à ses cris de : « Au voleur! à l'assassin! » qu'elle avait
jusqu'ici comprimés, quand elle s'avisa d'ouvrir doucement
sa porte et de regarder, pour savoir si ses craintes avaient
quelque fondement solide et palpable.

En conséquence, regardant dehors, et étendant son cou
au-dessus de la rampe, elle aperçut, à sa grande stupéfaction, M. Tappertit complétement habillé, qui descendait à la
dérobée l'escalier, une marche à la fois, avec ses souliers
dans une de ses mains et une lampe dans l'autre. Elle le
suivit des yeux, et, descendant elle-même quelques marches
pour profiter d'un angle propice, elle le vit passer la tête par
la porte de la salle à manger, la retirer avec une grande
promptitude, et commencer immédiatement une retraite vers
le haut de l'escalier avec toute la célérité possible.

« Il y a là un mystère! dit la demoiselle, lorsqu'elle fut
rentrée dans sa propre chambre saine et sauve, mais ne pouvant plus respirer. Bonté divine! il y a là un mystère! »

La perspective de surprendre n'importe quel secret de n'importe qui aurait suffi pour tenir éveillée Mlle Miggs même sous l'influence de la jusquiame. Bientôt elle entendit encore le pas de l'apprenti; d'ailleurs elle aurait entendu celui d'une plume automate qui serait descendue sur la pointe du pied. Puis elle se glissa hors de sa chambre, ainsi qu'auparavant, et aperçut de nouveau le fuyard qui revenait à la charge : il regarda encore avec précaution à la porte de la salle à manger; mais cette fois, au lieu de battre en retraite, il entra et disparut.

Miggs était de retour dans sa chambre, et avait mis la tête à la fenêtre, en moins de temps qu'il n'en faut à un homme d'âge pour cligner de l'œil et se remettre. L'apprenti sortit par la porte de la rue, la ferma soigneusement derrière lui, s'en assura en y appuyant le genou, et partit avec une allure de fanfaron, en mettant quelque chose dans sa poche tandis qu'il s'éloignait. A ce spectacle, Miggs cria derechef : « Bonté divine! » puis : « Juste ciel! » puis : « Seigneur, protégez-moi! » puis, prenant une chandelle en main, elle descendit l'escalier comme il avait fait. Arrivée à l'atelier, elle vit la lampe allumée sur la forge, et chaque chose comme Sim l'avait laissée.

« Eh! mais, je veux n'avoir qu'un enterrement à pied après ma mort, au lieu d'un convoi décent avec un corbillard à plumes, si ce moutard ne s'est point fabriqué une clef particulière! cria Miggs. Oh! le petit scélérat! »

Elle n'arriva pas à cette conclusion sans réfléchir, sans beaucoup regarder, beaucoup examiner; ses souvenirs l'y aidèrent aussi : elle se rappela que, dans diverses occasions, étant tombée tout à coup sur le dos de l'apprenti, elle l'avait trouvé occupé d'un travail mystérieux. De peur que le nom de moutard donné par Mlle Miggs à celui sur qui elle daignait abaisser les yeux n'éveille de l'étonnement dans quelque esprit, il est bon de faire observer qu'elle considérait tous les mâles bipèdes au-dessous de trente ans comme de simples marmots, de vrais poupons, phénomène assez commun chez les dames du caractère de Mlle Miggs, et qu'en général on trouve associé à ces indomptables et sauvages vertus.

Mlle Miggs délibéra en elle-même durant quelques minutes, les yeux fixés tout le temps sur la porte de l'atelier, comme si ses yeux et ses pensées ne pouvaient s'en détacher. Puis, prenant dans un fauteuil une feuille de papier, elle en fit un long et mince tortillon. Après avoir rempli cet instrument d'une quantité de poussière du menu charbon de la forge, elle s'approcha de la porte, et, mettant un genou en terre, elle souffla avec dextérité dans le trou de la serrure autant de cette fine poudre qu'il en pouvait contenir. Lorsqu'elle l'eut bourré jusqu'au bord d'une façon très-industrieuse et très-habile, elle remonta l'escalier à la sourdine, et, arrivée dans sa chambre, elle gloussa de rire.

« Là! cria Miggs en se frottant les mains, nous verrons maintenant si vous ne vous trouvez pas bien heureux de faire quelque attention à moi, monsieur. Hi! hi! hi! maintenant vous aurez des yeux pour quelque autre, j'imagine, que Mlle Dolly, avec sa vilaine figure de chat bouffi comme je n'en ai jamais vu, moi! »

En proférant cette critique, elle lança un coup d'œil approbateur à son petit miroir, comme une personne qui dirait : « Je rends grâces à mon étoile qu'on ne puisse pas en dire autant de moi. » Et certainement c'était chose impossible ; car le style de beauté de Mlle Miggs appartenait à ce genre que M. Tappertit lui-même avait assez bien qualifié, dans l'intimité, du titre de décharné.

« Je ne me coucherai pas cette nuit, dit Miggs en s'enveloppant d'un châle, tirant une couple de chaises près de la fenêtre, s'enfonçant sur l'une et mettant ses pieds sur l'autre, que vous ne soyez revenu au logis, mon garçon. Je ne me coucherai pas, dit Miggs avec résolution, oh! non, pas même pour quarante-cinq guinées. »

Là-dessus, avec une expression de figure où un grand nombre d'ingrédients contraires, tels que la méchanceté, la ruse, la malice, le triomphe, la confiance dans le succès de sa patience, étaient tous mêlés ensemble en une sorte de punch physionomique, Mlle Miggs s'arrangea pour attendre et pour écouter, semblable à quelque belle ogresse qui vient de dresser un piége sur le chemin et guette un jeune voyageur bien dodu pour en manger une tranche.

Elle resta assise là, dans une parfaite tranquillité, toute la nuit. Enfin, juste à la pointe du jour, il y eut un bruit de

pas dans la rue, et bientôt elle put voir M. Tappertit s'arrêter devant la porte. Puis elle put découvrir qu'il essayait
sa clef, qu'il soufflait dedans, qu'il la tapait contre le poteau
le plus proche pour faire tomber la poussière, qu'il allait
l'examiner sous un réverbère, qu'il fourrait des petits morceaux de bois dans la serrure pour la nettoyer, qu'il regardait dans le trou de la serrure, d'abord avec un œil, et
ensuite avec l'autre, qu'il essayait la clef une seconde fois,
qu'elle ne pouvait plus tourner, et, qui pis est, qu'elle ne
pouvait plus ressortir, qu'il la courbait, qu'elle était alors
moins disposée à ressortir qu'auparavant, qu'il la tordait
avec une grande force et la tirait d'une main vigoureuse, et
qu'alors elle ressortait si soudainement qu'il manquait de
tomber à la renverse, qu'il donnait un coup de pied à la
porte, qu'il la secouait, qu'il finissait par se frapper le front,
et s'asseoir sur la marche, d'un air désespéré.

Quand la crise fut arrivée à son paroxysme, Mlle Miggs,
affectant d'être épuisée par la terreur et de se cramponner à
l'allége de la fenêtre pour se soutenir, fit voir au dehors son
bonnet de nuit, et demanda d'une voix faible qui était là.

M. Tappertit cria : « Chut ! » et, reculant de quelques pas
dans la rue, l'exhorta, dans une pantomime frénétique, au
secret et au silence.

« Un mot, un seul, dit Miggs. Y a-t-il des voleurs ?

— Non, non, non ! cria M. Tappertit.

— Alors, dit Miggs d'une voix plus faible qu'avant, est-ce
le feu ? où est-il, monsieur ? Près de cette chambre, je le
parie. Je n'ai rien sur la conscience, monsieur, et j'aime
mieux mourir que de descendre par une échelle. Tout ce
que je désire, vu l'amour que je porte à ma sœur, qui est
mariée, cour du Lion d'or, n° 27, deuxième cordon de sonnette, sur le montant, à droite....

— Miggs ! cria M. Tappertit, ne me reconnaissez-vous
pas ? Sim, vous savez, Sim.

— Oh ! qu'est-ce qu'il a ? cria Miggs en serrant ses mains ;
court-il quelque danger ? est-il au milieu des flammes ardentes ? Ah ciel ! ah ciel !

— Eh ! mais, je suis ici, répliqua M. Tappertit en se frappant la poitrine. Ne me voyez-vous pas ? Êtes-vous folle,
Miggs ?

— Quoi! c'est vous! cria Miggs, sans faire attention à ce compliment. Eh! mais oui, c'est lui-même. Bonté divine! qu'est-ce que cela signifie, s'il vous plaît? Mame, c'est....

—Non, non! cria M. Tappertit, qui se tenait sur la pointe des pieds, comme s'il espérait, par ce moyen, pouvoir se rapprocher assez pour fermer de là la bouche à Miggs dans son galetas. Ne dites rien. Je suis sorti sans permission, et il y a je ne sais quoi à la serrure. Descendez, venez ouvrir la fenêtre de la boutique, afin que je puisse entrer par là.

— Je n'ose pas, Simmun, cria Miggs, car c'était ainsi qu'elle prononçait son nom de baptême. Je n'ose pas, en vérité. Vous savez aussi bien que n'importe qui combien je suis scrupuleuse. Et descendre en pleine nuit, lorsque la maison est plongée dans le sommeil et voilée de ténèbres! »

Ici elle s'arrêta et frissonna, car sa pudeur en attrapait un rhume rien que d'y penser.

« Mais, Miggs, cria M. Tappertit en allant sous le réverbère pour qu'elle pût voir ses yeux. Ma Miggs chérie.... »

Miggs jeta un petit cri perçant.

« Que j'aime tant, et à laquelle je ne peux m'empêcher de penser toujours; » et il est impossible de décrire l'usage qu'il fit de ses yeux en disant ceci. « Descendez; pour l'amour de moi, descendez.

— Oh! Simmun, cria Miggs, c'est pire que tout le reste. Je sais que, si je descends, vous irez plus loin, et....

— Et quoi, précieuse amie? dit M. Tappertit.

— Et vous essayerez, dit Miggs d'un air agacé, de m'embrasser, ou quelque autre horreur; vous l'essayerez, je le sais.

— Je vous jure que non, dit Tappertit avec une remarquable vivacité. Sur mon âme, je n'en ferai rien. Il s'en va grand jour, et le watchman est en train de se réveiller. Angélique Miggs! si voulez bien descendre et m'introduire, je vous promets sincèrement et loyalement que je serai bien sage. »

Mlle Miggs, dont le bon petit cœur fut touché, n'attendit point le serment (sachant combien la tentation était forte, et craignant que ce ne fût pour lui l'occasion d'un parjure), mais elle sauta en bas de l'escalier lestement, et, de ses belles mains, elle rabattit la rude fermeture de la fenêtre de l'atelier. Après avoir aidé l'apprenti à entrer, elle articula

d'une voix faible les mots : « Simmun est sauvé ! » et, cédant à sa nature féminine, elle perdit immédiatement connaissance.

« Je savais que je la fascinerais, dit Sim, un peu embarrassé par cet incident. J'étais sûr, naturellement, que ça
finirait comme ça ; mais il n'y avait pas d'autre parti à
prendre. Si je ne lui eusse pas lancé mon œillade, elle ne
serait pas descendue. Voyons, soutenez-vous une minute,
Miggs. Quelle glissante personne que cette fille ! il n'y a pas
moyen de la tenir commodément. Soutenez-vous une minute, Miggs, soutenez-vous donc. »

Miggs restant néanmoins sourde à toutes les supplications,
M. Tappertit l'appuya contre la muraille, comme on ferait
d'une canne ou d'un parapluie, jusqu'à ce qu'il eût bien
barricadé la fenêtre. Alors, il la prit de nouveau dans ses
bras ; puis, par de petites étapes et avec une grande difficulté qui tenait surtout à ce qu'elle était d'une haute taille,
et lui d'une taille exiguë, peut-être aussi à cette particularité dans sa conformation physique qu'il avait déjà qualifiée,
il finit par la porter au haut de l'escalier, la planta encore,
comme un parapluie ou une canne, juste devant la porte
de sa chambre, et la laissa tranquille.

« Libre à lui d'être froid autant qu'il le voudra, dit Miggs,
qui revint à elle dès qu'elle se vit seule ; mais je suis dans
sa confidence, et il ne peut pas m'en empêcher, non, non,
fût-il vingt Simmuns à lui tout seul ! »

CHAPITRE X.

C'était par une de ces matinées si fréquentes au commencement du printemps, lorsque l'année volage et changeante en
sa jeunesse, comme toutes les autres créatures de ce monde,
est encore incertaine si elle doit reculer jusqu'à l'hiver ou
avancer jusqu'à l'été, et, dans son doute, incline tantôt vers
l'un, tantôt vers l'autre, tantôt vers tous les deux à la fois,

courtisant l'été, au soleil, et s'attardant avec l'hiver, à
l'ombre. Bref, c'était par une de ces matinées où le temps
est, dans le court espace d'une heure, chaud et froid, humide et sec, clair et sombre, triste et gai, désenchanteur et
réconfortant, que John Willet, qui s'endormait tout doucement auprès du chaudron de cuivre, fut réveillé par le bruit
des pas d'un cheval, et que, donnant un coup d'œil à la fenêtre, il aperçut un voyageur de belle apparence s'arrêter à
la porte du Maypole.

Ce n'était pas un de vos jeunes gens dégagés qui deman-
deraient un pot d'ale épicée, et se mettraient tout aussi à
leur aise que s'ils se faisaient servir un muid de vin; un de
vos jeunes casseurs d'assiettes qui ne respectent rien, et qui
pénétreraient même dans le comptoir, ce solennel sanctuaire,
pour donner au vieux John une tape sur le ventre, et s'informer s'il n'y aurait pas quelque jolie fille dans la maison, où c'est qu'il cache ses petites chambrières, avec cent
autres impertinences de ce genre; un M. Sans-Gêne qui
décrotterait ses bottes sur les chenets dans la salle commune, et ne se montrerait pas difficile pour trouver les
crachoirs; un de vos jeunes fous qui s'en viennent exiger
des côtelettes impossibles, et commander des sauces qu'on
n'a jamais vues ni connues. C'était un gentleman rassis,
grave, tranquille, un peu au delà du printemps de la vie, se
tenant droit encore, malgré cela, et mince comme un lévrier. Bien monté sur un double poney alezan, il avait l'assiette gracieuse d'un cavalier expérimenté; quant à son
équipement, quoique exempt des affectations alors en vogue,
il était beau et bien choisi. Il portait une redingote d'un
vert plus clair peut-être qu'on ne s'y serait attendu de la part
d'un monsieur de son âge, avec un petit collet de velours
noir, poches et parements garnis, le tout d'une façon élégante; son linge, aussi, était de fine étoffe, travaillé sur
un riche dessin aux poignets et aux devants, et d'une blancheur irréprochable. Quoiqu'il semblât, à en juger d'après la
boue qu'il avait ramassée sur la route, venir de Londres,
son cheval n'était pas moins lisse ni moins frais que la perruque gris de fer et la queue de son maître. Ni l'homme ni
l'animal n'avaient un poil de dérangé; et, sauf les taches de
ses basques et de ses guêtres, ce monsieur, avec sa figure

fleurie, ses dents blanches, son costume régulier et propret, et son calme parfait, aurait pu tout aussi bien sortir de faire exprès sa toilette afin de venir, à la porte du vieux John Willet, poser pour un portrait équestre.

Bien entendu que John n'observa pas d'un seul coup d'œil tous ces détails caractéristiques; il y mit du temps au contraire, il les recueillit un à un, brin à brin, après bien des suppositions et de sérieuses réflexions avant de se décider. Soyons francs : s'il eût été troublé tout d'abord par des questions et des ordres, il lui aurait fallu au moins une quinzaine pour prendre note de tous les renseignements que nous venons de donner; mais il arriva que le monsieur, étonné de l'aspect de la vieille auberge, ou des pigeons dodus qui la saluaient dans leur vol rapide, ou du mai élevé au faîte duquel une girouette, en mauvais état depuis quinze ans, exécutait une perpétuelle promenade au son criard de sa propre musique, resta en selle quelque temps à regarder autour de lui en silence. Voilà pourquoi John, debout, la main sur la bride du cheval, et ses grands yeux sur le cavalier, rien ne passant sur la route qui pût distraire ses pensées, avait réellement recueilli dans son cerveau plusieurs de ces petits détails, au moment où il fut invité à parler.

« Curieux endroit que celui-ci! dit le gentleman, et sa voix avait la richesse de son habillement. Êtes-vous l'aubergiste?

—A votre service, monsieur, répondit John Willet.

—Vous pouvez, n'est-ce pas, faire bien soigner mon cheval à l'écurie, et me donner promptement à dîner (n'importe quoi, pourvu que ce soit proprement servi), et une chambre décente? Il n'en manque pas apparemment dans cette grande maison, dit l'étranger, parcourant de nouveau du regard l'extérieur de l'auberge.

— Vous aurez, monsieur, répliqua John avec une promptitude surprenante, tout ce que vous voudrez.

—Il est fort heureux que je me contente aisément, repartit l'autre avec un sourire; sans cela vous pourriez bien perdre la gageure, mon ami. »

Et en même temps, il descendit de cheval en un clin d'œil, à l'aide du billot placé devant la porte.

« Holà, quelqu'un! Hugh! rugit John. Je vous demande pardon, monsieur, de vous retenir là debout sous le porche;

mais mon fils est allé à la ville [1] pour affaire, et comme ce
garçon, voyez-vous, m'est assez utile, je me trouve dans
l'embarras lorsqu'il n'est pas ici. Hugh! Celui-là, monsieur,
c'est un terrible paresseux, un franc vagabond, monsieur, une
espèce de bohémien, j'imagine, toujours à dormir au soleil
en été, monsieur, et dans la paille en hiver, Hugh. Bon dieu,
faire attendre un monsieur sous le porche, à cause de lui!
Hugh! Je voudrais que le drôle fût mort, en vérité, je le
voudrais.

— Peut-être l'est-il, répliqua l'autre. S'il était en vie, je
suppose qu'il vous aurait entendu maintenant.

— Quand il est dans ses accès de paresse, il dort si profondément, dit l'aubergiste bouleversé, que, si vous lui tiriez des
boulets de canon dans les oreilles, ça ne le réveillerait pas,
monsieur. »

Son hôte ne fit aucune remarque sur ce nouveau traite-
ment d'une hypertrophie de sommeil, et sur la recette proposée pour donner aux gens de la vivacité, mais il resta
sous le porche, les mains croisées derrière le dos. Il semblait
s'amuser beaucoup à voir le vieux John, la bride à la main,
hésiter entre une violente envie d'abandonner l'animal à sa
destinée, et une demi-disposition à l'introduire dans la maison
et à l'enfermer dans la salle à manger, pendant qu'il s'occu-
perait de son maître.

« Peste soit de ce garçon! ah! le voici enfin, cria John,
arrivé au zénith de sa détresse. Ne m'entendiez-vous pas
appeler, polisson? »

Le personnage auquel il s'adressait ne fit pas de réponse;
mais, mettant sa main sur la selle, il sauta dessus d'un bond,
tourna la tête du cheval vers l'écurie, et disparut en un
instant.

« Assez alerte, quand il est éveillé! dit l'étranger.

— Assez alerte, monsieur! répliqua John en regardant la
place où il avait vu le cheval, comme s'il ne comprenait
pas encore parfaitement ce qu'il était devenu.

— Il fond à l'œil, c'est comme une goutte de mousse de vin
de Champagne. Vous le regardez, il est là; vous le regardez
encore, et il n'y est plus. »

1. Londres.

Après avoir, sans plus de paroles, résumé dans cette brusque
conclusion le long exposé qu'il voulait faire de toute la vie
et du caractère de son domestique, John Willet, fier d'avoir
parlé comme un oracle, conduisit le gentleman, par son grand
escalier démantibulé, au meilleur appartement du Maypole.

En conscience, il était bien assez spacieux, car il occupait
toute la profondeur de la maison, et il avait à chaque bout
une grande fenêtre dont l'ouverture était aussi large que beaucoup de chambres modernes. A ces fenêtres, quelques panneaux de verres de couleur, emblasonnés de fragments d'ar-
moiries, quoique fêlés, rapiécés et brisés, restaient encore
pour attester par leur présence que le premier propriétaire
avait fait servir la lumière elle-même à la splendeur de son
rang et enrôlé jusqu'au soleil parmi ses flatteurs, en lui commandant, lorsqu'il brillait dans sa chambre, de réfléchir les
insignes de son ancienne famille et d'emprunter de nouvelles
nuances à leur orgueil.

Mais c'était dans les temps jadis, et à présent chaque petit
rayon allait et venait à son gré, disant la vérité toute simple,
toute nue et toute pénétrante. Quoique cette pièce fût la
meilleure de l'auberge, elle avait le mélancolique aspect de la
grandeur déchue, et elle était trop vaste pour qu'on y trouvât
du confortable. Le frôlement de riches tentures flottant sur
les murailles, et, ce qui vaut bien mieux, le frôlement des
habits de la jeunesse et de la beauté; l'éclat des yeux des
femmes, éclipsant les flambeaux et les bijoux qu'elles portaient;
le son de douces voix, et la musique, et le bruit des pas des
jeunes filles, tout cela autrefois avait été dans ce lieu et l'a-
vait rempli de délices. Mais tout cela était parti, et en même
temps toute allégresse. Il n'y avait plus là d'intérieur; d'enfants naissants, d'enfants élevés près du foyer paternel; le
foyer même était devenu mercenaire, quelque chose qui s'a-
chète et qui se vend, une vraie courtisane : mourez-y, asseyez-
vous là, ou décampez; comme il vous plaira, ça m'est égal, il
ne regrettait personne, ne s'inquiétait de personne, il entre-
tenait seulement une chaleur égale et des sourires stéréo-
typés pour tout le monde. Dieu assiste l'homme dont le cœur
change sans cesse dans le monde, comme un antique manoir
qui devient une auberge !

On n'avait fait aucun effort pour meubler cette glaciale so-

litude, mais on avait planté devant la large cheminée une
colonie de chaises et de tables sur carré de tapis; elle était
flanquée d'un paravent épouvantable que décoraient des
figures grotesques et grimaçantes. Après avoir allumé de ses
propres mains les fagots entassés sur l'âtre, le vieux John se
retira pour tenir un grave conseil avec sa cuisinière touchant
le repas de l'étranger; tandis que celui-ci, trouvant peu de
chaleur dans ces fagots qui n'étaient pas encore enflammés,
alla ouvrir un treillis à la fenêtre lointaine, et se réchauffa à
la lueur languissante d'un froid soleil de mars.

Quittant de temps en temps la fenêtre pour arranger les
bûches qui pétillaient, ou pour se promener d'un bout à
l'autre de cette chambre sonore, il la ferma quand le bois fut
tout à fait embrasé, et ayant roulé dans le coin le plus chaud
la meilleure bergère, il appela John Willet.

« Monsieur, » dit John.

C'était une plume, de l'encre, et du papier qu'il désirait.
Il y avait sur la haute tablette de la cheminée un vieil écri-
toire contenant, parmi la poussière, quelque chose qui pouvait, à la rigueur, représenter ces trois articles. Ayant mis
cela devant l'étranger, l'aubergiste se retirait quand on lui
fit signe de rester.

« Il y a une maison non loin d'ici, dit le monsieur, après
avoir écrit quelques lignes, que vous nommez, je crois, la
Garenne? »

Comme c'était dit du ton d'une personne qui connaissait le
fait et ne questionnait que pour la forme, John se contenta
d'incliner la tête en signe d'affirmation; il tira en même temps
de son gousset une de ses mains, derrière laquelle il toussa,
puis il la remit dans sa poche.

« Je voudrais que ce billet, dit son hôte en jetant un coup
d'œil sur ce qu'il avait écrit et le pliant, fût porté là le plus
tôt possible, et qu'on me rapportât une réponse. Avez-vous
un messager tout prêt? »

John resta pensif une minute ou environ, et alors il dit oui.

« Faites-le monter. »

Il y avait de quoi déconcerter notre homme: car Joe étant
dehors, et Hugh occupé à étriller le double poney alezan, il se
proposait de charger de la commission Barnabé, qui venait
précisément d'arriver au Maypole dans une de ses excursions,

et qui, une fois persuadé qu'il était chargé de quelque affaire grave et sérieuse, serait allé n'importe où.

« Mais, la vérité est, dit John après une longue pause, que la personne qui ferait le plus vite la commission est une espèce d'idiot, monsieur; et quoiqu'il ait le pied leste, et qu'on puisse se fier à lui comme à la poste elle-même, il n'est pas bon pour parler; car il est timbré, monsieur, il bat la campagne.

—Vous ne voulez pas, dit son hôte, levant les yeux sur la grasse figure de John, vous ne voulez pas parler de.... Quel est donc le nom de ce garçon ? Vous ne voulez pas parler de Barnabé ?

—Si fait bien, répliqua l'aubergiste, dont la surprise rendait les traits singulièrement expressifs.

— Comment se trouve-t-il ici ? demanda l'étranger en se renversant dans la bergère, parlant du ton agréable et égal qu'il avait toujours soutenu, et gardant sur sa figure le même sourire invariablement doux et courtois. Je l'ai vu à Londres hier soir.

— Il est toujours comme ça, ici à cette heure, là le moment d'après, répondit le vieux John, après sa pause ordinaire pour laisser le temps à la question de bien entrer dans son esprit. Quelquefois il marche; quelquefois il court. Chacun le connaît tout le long de la route; quelquefois il arrive ici dans un chariot ou dans une voiture, quelquefois en croupe. Il va et vient, à travers le vent, la pluie, la neige, la grêle, et par les nuits les plus noires. Rien ne lui fait du mal, à *lui*.

— Il va souvent à la Garenne, n'est-ce pas ? dit l'hôte négligemment. Je crois me rappeler que sa mère me contait hier quelque chose comme ça. Mais je n'ai pas fait grande attention à ce que me disait la bonne femme.

— Vous ne vous trompez pas, monsieur, répondit John, il y va souvent. Son père, monsieur, a été assassiné dans cette maison.

— Je l'ai entendu dire, répliqua l'hôte en tirant de sa poche, avec le même sourire, un cure-dent d'or. C'est très-désagréable pour la famille.

— Extrêmement, dit John d'un air embarrassé, comme s'il entrevoyait à l'horizon que c'était traiter le sujet un peu légèrement.

— Toutes les circonstances qui suivent un assassinat, continua l'étranger dans une espèce de soliloque, doivent être terriblement déplaisantes. Tant de mouvement et de remue-ménage, pas de repos, un texte éternel de conversation, des gens qui entrent et sortent en courant, qui montent et descendent l'escalier, c'est intolérable. Je ne voudrais pas que pareille chose arrivât à n'importe qui dans mes connaissances, ma parole d'honneur. Il y aurait de quoi rendre malheureux au possible. Vous vouliez me dire, mon ami? ajouta-t-il en se retournant de nouveau vers John.

— Seulement que Mme Rudge vit d'une petite pension qu'elle reçoit de la famille, et que Barnabé n'est pas plus gêné là que le chat ou le chien de la maison, répondit John. Le chargerai-je de votre commission, monsieur?

— Oh! oui, répliqua l'hôte, oh! certainement. Il faut que vous l'en chargiez. Ayez la bonté de l'amener ici pour que je lui recommande d'aller vite. S'il faisait quelque objection, vous pouvez lui dire que c'est M. Chester. Il se rappellera mon nom, j'en suis sûr. »

John fut si étonné d'apprendre qui était son hôte, qu'il fut incapable d'en exprimer son étonnement, ni par son regard, ni d'aucune autre manière; et il quitta la chambre aussi tranquille, aussi imperturbable que si de rien n'était. On rapporte qu'après avoir descendu l'escalier, il regarda fixement le chaudron dix minutes durant à l'horloge, et que pendant ce temps-là il ne cessa pas de secouer sa tête. Ce fait prend un nouveau caractère de vraisemblance, si on le rapproche de cette circonstance, qu'il est certain que c'est juste l'intervalle de temps qui s'écoula, montre en main, avant que John revînt avec Barnabé à l'appartement de son hôte.

« Approchez, mon garçon, dit M. Chester. Vous connaissez M. Geoffroy Haredale? »

Barnabé se mit à rire, et il regarda l'aubergiste comme pour lui dire : « Vous l'entendez? »

John, choqué grandement de cette atteinte portée au décorum, appliqua son doigt sur son nez, et secoua la tête en manière de muette remontrance.

« Il le connaît, monsieur, dit John en regardant Barnabé de côté et en fronçant le sourcil, aussi bien que vous et moi.

— Je n'ai pas le plaisir de connaître beaucoup ce monsieur, répliqua l'hôte. *Vous*, c'est peut-être différent. Par conséquent parlez pour vous, mon ami. »

Quoiqu'il eût dit cela avec la même affabilité pleine d'aisance et le même sourire, John se sentit remis à sa place, et, jetant sur le dos de Barnabé cette mortification, il se promit bien de chasser à coups de pied son corbeau à la première occasion favorable.

« Donnez ceci, dit l'hôte, qui avait maintenant cacheté le billet, et qui tout en parlant faisait signe à son commissionnaire d'approcher de lui, à M. Haredale en personne. Attendez la réponse, et apportez-la-moi ici. Dans le cas où M. Haredale serait occupé en ce moment, dites-lui.... Peut-il se rappeler un message verbal, monsieur l'aubergiste?

—Quand il veut, monsieur, répliqua John. Il n'oubliera pas celui-ci.

— Comment êtes-vous certain de cela ? »

John lui montra simplement Barnabé, debout, la tête penchée en avant, son œil sérieux étroitement fixé sur la figure du monsieur qui l'interrogeait, et lui faisant gravement signe de la tête qu'il avait compris ses ordres.

« Dites-lui donc, Barnabé, s'il était occupé, reprit M. Chester, que j'attendrai avec plaisir qu'il soit à sa convenance de se rendre ici, et que je le recevrai (s'il me demande) à n'importe quelle heure, ce soir.... Au pis aller, je peux avoir un lit ici, Willet, je suppose? »

Le vieux John, immensément flatté de la notoriété personnelle qu'impliquait cette forme familière d'interpellation, répondit d'un air malin : « Mais je le pense, monsieur, je le pense, » et il roulait dans son esprit diverses formes d'éloges, avec l'intention d'en choisir une appropriée aux qualités de son meilleur lit, lorsque ses idées furent mises en déroute par M. Chester, qui donna la lettre à Barnabé en lui commandant de partir à toute vitesse.

« Vitesse! dit Barnabé en serrant le petit paquet dans son gilet! Vitesse! Si vous voulez voir hâte et mystère, venez ici. Ici! »

En disant cela, il mit sa main, à la grande horreur de John Willet, sur la belle manche de la redingote de M. Chester, et le conduisit à pas furtifs vers la fenêtre du fond.

« Regardez là en bas, dit-il doucement; voyez comme ils
chuchotent aux oreilles les uns des autres; et puis comme
ils dansent et sautent pour faire croire qu'ils s'amusent!
Voyez-vous comme ils s'arrêtent un moment, quand ils
présument que personne n'est là qui les voie, et marmottent
de nouveau entre eux, et puis comme ils se roulent et gam-
badent, ravis des méfaits qu'ils viennent de comploter? Re-
gardez-les maintenant. Voyez comme ils tourbillonnent et
plongent. Et maintenant ils s'arrêtent encore, et chuchotent
ensemble avec précaution. Ils ne songent guère, voyez-vous,
combien de fois je me suis couché sur l'herbe pour les
épier.... Dites donc, quel est le complot qu'ils couvent? Le
savez-vous?

— Je ne vois là que du linge, répliqua l'hôte, tel que nous
en portons. Il pend sur ces cordes pour sécher, et il voltige
au vent.

— Du linge! répéta Barnabé en le regardant presque dans
le blanc des yeux et se rejetant aussitôt en arrière. Ha! ha!
Eh mais! en ce cas, il vaut mieux être insensé comme moi
que d'avoir la raison comme vous! Vous ne voyez pas là des
êtres fantastiques semblables à ceux qui habitent le sommeil?
Vous ne les voyez pas, vous? Ni des yeux dans les panneaux
de vitres, ni des spectres rapides lorsque le vent souffle avec
violence, et vous n'entendez pas des voix dans l'air, et
vous ne voyez pas des hommes qui marchent dans le ciel?
Rien de tout cela n'existe pour vous! Je mène une vie plus
joyeuse que vous, avec toute votre raison. Vous êtes des
esprits lourds. Les esprits subtils, c'est nous autres. Ha! ha!
je ne changerais pas avec vous, moi! avec tout votre
esprit. »

En disant cela, il agita son chapeau au-dessus de sa tête et
partit comme un trait.

« Étrange créature, ma parole! dit M. Chester en tirant
une belle boîte et prenant une prise de tabac.

— Il manque d'imagination, dit M. Willet très-lentement
et après un long silence; c'est là ce qui lui manque. J'ai
essayé de lui en infuser mainte et mainte fois; mais.... (John
ajouta ceci d'une manière confidentielle) il n'est pas propre
à ça, voilà le fait. »

Il serait bien déplacé de rappeler que M. Chester sourit de

la remarque de John. Dans tous les cas, cela ne l'empêcha pas de conserver toujours le même regard conciliant et agréable. Toutefois il rapprocha du feu sa bergère, comme s'il eût voulu insinuer qu'il préférait être seul, et John, n'ayant plus d'excuse raisonnable pour rester, le laissa à lui-même.

Le vieux John Willet fut très-pensif pendant qu'on prépara le dîner; et, si son cerveau était jamais moins lucide dans un moment que dans un autre, il est fort naturel de supposer qu'il dut y jeter ce jour-là un fier trouble à force de secouer sa tête en ruminant. Que M. Chester, connu dans tout le voisinage pour être au plus mal avec M. Haredale, fût venu de Londres dans l'unique but, semblait-il, de le voir, et qu'il eût choisi le Maypole pour le théâtre de leur entrevue, et qu'il eût envoyé un exprès, c'étaient là autant de pierres d'achoppement contre lesquelles venait se briser toute l'intelligence de John. Sa seule ressource était de consulter le chaudron et d'attendre avec impatience le retour de Barnabé

Mais Barnabé n'avait jamais été si long à revenir. Le dîner de l'hôte fut servi, enlevé, son vin fut mis sur la table, le feu ravitaillé, l'âtre proprement balayé; le jour baissa, la brune vint, il fit tout à coup noir, et Barnabé ne parut pas. Cependant, quoique John Willet fût plein d'étonnement et de méfiance, son hôte demeura assis dans sa bergère, une jambe sur l'autre, sans plus de dérangement, selon toute apparence, en ses pensées qu'en son costume, le même monsieur tranquille, à son aise, froid, n'ayant pas l'air de songer à autre chose qu'à son cure-dent d'or.

« Barnabé tarde bien, dit John, qui hasarda cette observation en plaçant sur la table une paire de chandeliers ternis, hauts de trois pieds, ou peu s'en faut, et en mouchant les chandelles qui les allongeaient encore.

— Il tarde un peu, répliqua l'hôte en dégustant son vin. Il ne tardera guère davantage, assurément. »

John toussa, et en même temps il dégagea le feu.

« Comme vos routes n'ont pas une très-bonne réputation, si du moins j'en peux juger d'après l'accident de mon fils, dit M. Chester, et comme je ne me soucie pas de recevoir un coup sur la tête, ce qui non-seulement déconcerte pour l'instant, mais vous met en outre dans une position ridicule aux yeux des gens qui surviennent et vous ramassent, je resterai ici ce soir. Vous m'avez dit, il me semble, que vous aviez un lit de réserve?

— Et un lit, monsieur, répliqua John, un lit comme il y en a peu, même dans les maisons aristocratiques, un lit qui ne bouge pas d'ici, monsieur. J'ai entendu dire que ce lit-là avait près de deux cents ans. Votre noble fils, un beau jeune homme, est la dernière personne, monsieur, qui ait couché dedans il y a six mois.

— Ma foi, vous êtes heureux dans vos recommandations! dit l'hôte en haussant les épaules et roulant sa bergère plus près du feu. Veillez à ce que les draps soient bien séchés, monsieur Willet, et faites allumer en même temps un feu vif dans la chambre. Cette maison est humide et glaciale. »

John releva encore les fagots, plus par habitude que par présence d'esprit, ou pour donner satisfaction à l'observation faite, et il était sur le point de se retirer quand on entendit rebondir un pas sur l'escalier. Barnabé entra haletant.

« Il aura le pied à l'étrier dans une heure d'ici, cria-t-il en s'approchant; il a couru à cheval toute la journée, il arrive chez lui à la minute; mais il se remettra en selle, dès qu'il aura mangé et bu, pour venir voir son bien cher ami.

— Est-ce là son message? demanda l'hôte en levant les yeux, mais sans le plus léger trouble, ou du moins sans le plus léger signe de trouble.

— Tout son message, sauf les derniers mots, répliqua Barnabé, mais il en avait la pensée : j'ai vu cela sur sa figure.

— Voici pour votre peine, dit l'autre en lui mettant de l'argent dans la main et le regardant fixement; voici pour votre peine, pénétrant Barnabé.

— Pour Grip, et moi, et Hugh, à partager entre nous, répliqua-t-il en serrant l'argent et en inclinant la tête, tandis qu'il le comptait sur ses doigts. Grip un, moi deux, Hugh trois; le chien, la chèvre, les chats, bon; nous aurons bientôt dépensé ça, je vous en avertis. Arrêtez, regardez. Vous autres hommes sensés, vous ne voyez rien ici, maintenant?»

Il se pencha vivement, un genou sur l'autre, et contempla d'un regard intense la fumée roulant vers le haut de la cheminée en un nuage épais et noir. John Willet, qui paraissait se considérer comme la personne à laquelle Barnabé

avait fait particulièrement et principalement allusion en parlant d'hommes sensés, regarda du même côté que lui et avec
une physionomie des plus assurées.

« Maintenant, dites-moi où ils vont quand ils s'élancent
aussi vite que ça, demanda Barnabé. Pourquoi se serrent-
ils de si près en se talonnant les uns les autres, et pourquoi
se dépêchent-ils toujours ainsi? Vous me blâmez d'en faire
autant, mais je ne fais que prendre exemple sur ces êtres
actifs qui m'entourent. Là! les voilà encore! ils se sai-
sissent les uns les autres par leurs basques; et, si vite qu'ils
aillent, il y en a d'autres qui les suivent et les rattrapent!
La joyeuse danse que c'est là! Je voudrais que Grip et moi
pussions nous trémousser de la sorte!

— Qu'a-t-il donc dans cette corbeille qui est sur son dos?
demanda l'hôte au bout de quelques moments, durant lesquels Barnabé resta penché sur l'âtre, à regarder le haut de
la cheminée et à épier la fumée d'un air sérieux.

— Là dedans? répondit-il en sautant tout droit sur ses
pieds, avant que John Willet eût pu répondre, secouant la
corbeille et baissant la tête pour écouter. Là dedans? ce qu'il
y a là dedans? Dis-le-lui!

— Un démon, un démon, un démon, cria une voix
rauque.

— Voici de l'argent! dit Barnabé en le faisant sonner dans
sa main, de l'argent pour nous régaler, Grip!

— Hourra! hourra! hourra! répliqua le corbeau. Allons,
courage. N'aie pas peur. Coa, coa, coa. »

M. Willet, qui semblait douter fortement qu'un chaland
ayant un habit à garniture et portant de beau linge dût être
exposé au soupçon d'avoir jamais eu le moindre rapport avec
d'aussi vilains messieurs que le corps infernal dont l'oiseau
se vantait d'être membre, emmena Barnabé là-dessus, pour
éviter toute autre observation malsonnante, et quitta la
chambre en faisant sa plus belle révérence.

CHAPITRE XI.

Grandes nouvelles ce soir-là pour les habitués réguliers du Maypole! Quand chacun d'eux entrait séparément pour occuper la place qui lui était échue en partage dans le coin de la cheminée, John, avec une lenteur de débit très-frappante et un chuchotement apoplectique, lui communiquait que M. Chester était seul dans l'appartement d'en haut, et qu'il y attendait M. Geoffroy Haredale, auquel il avait envoyé une lettre (sans doute d'une nature menaçante) par les mains de Barnabé, qui se trouvait là.

Pour un petit noyau de fumeurs et de cancaniers affamés, rarement à pareille fête, c'était la plus admirable des aubaines. Il y avait là un bon mystère, bien sombre, et qui se développait sous le toit même qui les abritait, servi tout chaud, pour ainsi dire, au coin du feu, et dont ils allaient se régaler sans le moindre trouble, la moindre peine. On ne saurait croire quel goût, quelle saveur cela donnait à la boisson, quel nouveau parfum au tabac. Chacun fumait sa pipe avec une figure pleine de graves et sérieuses délices, et en regardant son voisin avec une sorte de paisible congratulation. Oui, on sentait si bien que c'était une soirée spéciale, une véritable fête, que, sur la motion du petit Salomon Daisy, chacun (y compris John lui-même) déboursa ses six pence pour un pot de *flip* [1], breuvage agréable qui fut préparé le plus diligemment possible, et placé au milieu d'eux sur le carreau de brique, afin de le faire bouillir doucement et mijoter à petit feu, pour qu'en même temps l'odorante vapeur, s'élevant parmi eux et se combinant avec les guirlandes de fumée qui sortaient de leurs pipes, les enveloppât d'une délicieuse atmosphère de leur goût, et les dérobât au monde

1. Mélange de bière, de liqueurs spiritueuses et de sucre, le tout chauffé à l'aide d'un fer brûlant (*webstar*).

entier. L'ameublement même de la salle en devenait plus
moelleux et prenait une teinte plus foncée; les plafonds et
les murs avaient l'air plus noirs et d'un plus beau poli; les
rideaux semblaient d'un rouge plus éclatant; les flammes
étaient plus vives et plus hautes, et les grillons gazouillaient dans l'âtre avec plus de satisfaction qu'à l'ordinaire.

Il y avait là pourtant deux personnages qui prenaient une
bien petite part au contentement général. L'un était Barnabé
lui-même, qui dormait, ou, pour éviter d'être assiégé
de questions, feignait de dormir dans l'encoignure de la
cheminée; l'autre était Hugh, qui dormait aussi, étendu
sur le banc du côté opposé, à la pleine lueur du feu flamboyant.

La lumière qui tombait sur cette forme inerte la montrait
dans toutes ses musculeuses et élégantes proportions. C'était
celle d'un jeune homme au robuste corps d'athlète, à la vigueur de géant, dont la figure brûlée par le soleil et le
cou basané, couverts d'une chevelure d'un noir de jais, eussent pu servir de modèle à un peintre. Vêtu, de la manière
la plus négligée, d'un costume des plus grossiers et des plus
rudes, avec des brins de paille et de foin, son lit habituel,
attachés çà et là et mêlés à ses boucles vierges du peigne,
il s'était endormi dans une posture aussi sans façon que son
habillement. La négligence et le désordre de toute sa personne, avec quelque chose de farouche et de sombre dans
ses traits, lui donnaient une pittoresque apparence qui attira les regards, même des clients du Maypole, quoiqu'ils
le connussent bien, et fit dire au long Parkes que jamais
Hugh n'avait plus ressemblé que ce soir à un coquin de
braconnier.

« Il attend ici, je suppose, dit Salomon, afin de prendre
le cheval de M. Haredale.

— En effet, monsieur, répliqua John Willet. Il n'est pas
souvent dans la maison, vous savez; il est mieux à son
aise parmi les chevaux que parmi les hommes. Je le considère lui-même comme un animal. »

Accompagnant cette opinion d'un haussement d'épaules
qui avait l'air de vouloir dire : « Nous ne pouvons pas espérer que chacun nous ressemble, » John remit sa pipe dans

sa bouche, et fuma comme querqu'un qui sent sa supériorité
sur le commun des hommes.

« Ce gaillard-là, monsieur, dit John ôtant de nouveau sa
pipe de ses lèvres, après un entr'acte assez long et en
montrant Hugh avec le tuyau, quoiqu'il ait en lui toutes ses
facultés, mises en bouteilles et bien bouchées, par exemple,
si je peux m'exprimer ainsi....

— Très-bien ! dit Parkes en inclinant la tête. Excellentes
expressions, Johnny. Vous allez empoigner quelqu'un tout
à l'heure. Je vois que vous êtes en veine, ce soir.

— Prenez garde, dit M. Willet, sans la moindre gratitude
pour le compliment, que je ne vous empoigne tout le premier, monsieur; c'est ce que je ne manquerai pas de faire si
vous m'interrompez quand je fais des observations.

— Ce gaillard-là, disais-je, quoiqu'il ait toutes ses facultés au dedans de lui-même, d'un côté ou d'un autre, mises
en bouteilles et bien bouchées, n'a pas plus d'imagination
que Barnabé n'en a. Et pourquoi n'en a-t-il pas plus ? »

Les trois amis secouèrent leurs têtes l'un vers l'autre,
comme pour dire par ce simple geste, sans se donner la peine
d'ouvrir leurs lèvres : « Remarquez-vous l'esprit philoso-
phique de notre ami ? »

« Pourquoi n'en a-t-il pas ? reprit John en frappant doucement la table de sa main étendue. Parce qu'on ne les lui a
point débouchées lorsqu'il était petit garçon; voilà pourquoi. Qu'aurait été chacun de nous, si nos pères ne nous
avaient point débouché nos facultés? Qu'aurait été mon petit
garçon Joe, si je ne lui avais point débouché ses facultés?
Écoutez-vous ce que je suis en train de vous dire, messieurs?

— Ah! certes oui, nous vous écoutons, cria Parkes. Continuez pour notre instruction, Johnny.

— Conséquemment alors, dit M. Willet, ce gaillard-là,
dont la mère, lorsqu'il était tout petit garçon, fut pendue avec
six autres, pour avoir passé de faux billets de banque, et
c'est une bénédiction de penser combien il y a de gens pen-
dus par fournée toutes les six semaines, pour cela ou pour
autre chose, car ça montre l'extrême vigilance de notre gouvernement; ce gaillard-là, qui fut dès lors abandonné à lui-
même, qui eut à garder les vaches, à servir d'épouvantail

aux oiseaux, à faire je ne sais quoi pour gagner son pain,
qui arriva par degrés à soigner les chevaux, et par la suite
des temps à coucher dans les greniers et la litière, au lieu
de dormir sous les meules de foin et les haies, jusqu'à ce
qu'enfin il devînt le palefrenier du Maypole, pour sa nourriture, son logement et une modique somme annuelle; ce
gaillard-là qui ne sait ni lire ni écrire, et qui n'a jamais eu
beaucoup de rapports avec autre chose que des animaux, et
qui n'a jamais vécu en aucune manière autrement que comme
les animaux parmi lesquels il a vécu, c'est un animal, et,
ajouta M. Willet, en tirant des prémisses sa conclusion lo-
gique, il doit être traité en conséquence.

— Willet, dit Salomon Daisy, qui avait témoigné quelque
impatience à voir l'intrusion d'un sujet si indigne dans le
thème bien plus intéressant de leur conversation, lorsque
M. Chester est arrivé ce matin, a-t-il demandé la grande
chambre?

— Il déclara, monsieur, dit John, qu'il désirait un vaste
appartement. Oui, c'est certain.

— Eh bien! voulez-vous que je vous dise? reprit Salomon
en parlant doucement et d'un air sérieux. Ils vont s'y battre
en duel, lui et M. Haredale. »

Chacun regarda M. Willet, après cette insinuation alarmante. M. Willet regarda le feu, en pesant dans son propre
esprit les résultats qu'une telle rencontre aurait, selon toute
apparence, pour l'établissement.

« Possible, dit John, je ne sais pas.... Je suis sûr.... Je me
rappelle que, la dernière fois que je suis monté là-haut, il
avait mis les chandeliers sur les tablettes de la cheminée.

— C'est une chose aussi évidente, répliqua Salomon, que le
nez de Parkes sur sa figure.

— M. Parkes, dont le nez était fort gros, le frotta, et eut
l'air de considérer ceci comme une personnalité. C'est qu'ils
se battront dans cette chambre. Rien de plus commun, vous
le savez par les journaux, que les duels des *gentlemen* dans
les cafés, sans témoins. L'un d'eux sera blessé ou peut être
tué dans cette auberge.

— Alors c'était un cartel que la lettre dont Barnabé fut le
porteur, hein? dit John.

— Contenant une bande de papier avec la mesure de son

épée dessus, je parierais une guinée, répondit le petit homme.
Nous connaissons le caractère de M. Haredale. Vous nous
avez raconté ce que Barnabé avait dit de ses regards, quand
il revint. Croyez-moi, je suis dans le vrai. Maintenant,
attention. »

Le *flip* n'avait pas encore eu de saveur. Le tabac n'avait
été qu'un vil produit du sol anglais, comparé à son parfum
d'à présent. Un duel dans la grande vieille chambre au premier étage, et le meilleur lit de l'hôtel commandé d'avance
pour le blessé !

« Mais sera-ce à l'épée ou au pistolet? dit John.

— Dieu le sait. Peut être au pistolet et à l'épée, répliqua
Salomon. Ces messieurs-là portent l'épée, et ils peuvent aisément avoir des pistolets dans leurs poches ; il est fort probable, ma foi, qu'ils en ont. S'ils tirent l'un sur l'autre sans
se toucher, alors ils dégaîneront, et se mettront à en décou-
dre sérieusement. »

Un nuage passa sur la figure de M. Willet, lorsqu'il réfléchit aux vitres cassées, aux rideaux endommagés ; mais
s'étant expliqué à lui-même que l'un des deux adversaires
survivrait probablement et payerait le dégât, sa figure redevint rayonnante.

« Et puis, dit Salomon, regardant tour à tour chaque
figure, nous aurons alors sur le plancher une de ces taches
qui ne s'en vont jamais. Si M. Haredale gagne, croyez-moi,
ce sera une tache profonde ; ou, s'il perd, c'en sera une plus
profonde encore, car jamais il ne cédera qu'il ne soit abattu.
Nous en savons quelque chose, hein ?

— Ah! oui, nous en savons quelque chose, chuchotèrent-
ils tous ensemble.

— Quant à jamais disparaître, continua Salomon, je vous
dis que jamais cela ne pourra se faire. Ne savez-vous
pas qu'on a essayé pareille chose dans une certaine maison
que vous connaissez?

— La Garenne ! cria John. Non, bien sûr !

— Si, bien sûr ; si, vraiment. Seulement il y a très-peu de
gens qui le sachent. Et, avec tout cela, on en a assez causé.
On rabota le parquet pour la faire disparaître : mais elle y
resta. Le rabot entama le parquet profondément, elle glissa
plus profondément. On posa de nouvelles planches ; mais

une grande tache perça encore, et se montra à l'ancienne
place. Et.... Écoutez; approchez-vous. M. Geoffroy Haredale
fit de cette chambre son cabinet d'étude , et c'est là qu'il
s'assoit , ayant toujours (à ce que j'ai entendu dire) son
pied sur la tache , parce qu'il a la conviction , après y avoir
longtemps et beaucoup pensé , que jamais elle ne s'effacera
qu'il ne découvre l'homme qui commit le crime. »

Ce récit finissait , et ils se rapprochaient tous du feu en
cercle, lorsque retentit au dehors le piétinement d'un cheval.

« C'est lui ! cria John, se levant avec précipitation. Hugh !
Hugh ! »

Le dormeur bondit sur ses pieds , tout chancelant , et s'é-
lança derrière son maître.

John revint presque aussitôt, introduisant avec des marques d'extrême déférence (car M. Haredale était son propriétaire) le visiteur longtemps attendu. Celui-ci entra à grands
pas dans la salle, en faisant résonner ses grosses bottes
sur le carreau ; il parcourut d'un œil perçant le groupe
qui le saluait , et il souleva son chapeau pour reconnaître
leur hommage de profond respect.

« Vous avez ici, Willet , un étranger qui m'a envoyé quelqu'un , dit-il d'une voix dont le timbre était naturellement
grave et sévère. Où est-il ?

— Dans la grande chambre d'en haut, monsieur, répondit
John.

— Conduisez-moi. Votre escalier est sombre, autant que
je me rappelle. Messieurs , bonsoir. »

En disant cela, il fit signe à l'aubergiste d'aller devant; et,
lorsqu'il sortit de la salle, on entendit résonner ses bottes
sur l'escalier. Le vieux John, dans son agitation, éclairait
ingénieusement tout autre chose que le chemin, et trébu-
chait à chaque pas.

« Arrêtez ! lui dit M. Haredale, quand ils eurent atteint le
palier. Je peux m'annoncer moi-même. Je n'ai plus besoin
de vous. »

Il mit la main sur la porte, entra, et la referma pesamment.
M. Willet n'était pas du tout disposé à rester là tout seul
pour écouter, d'autant plus que les murs étaient fort épais.
Il descendit donc plus vite qu'il n'était monté, pour aller rejoindre en bas ses amis.

CHAPITRE XII.

Il y eut une courte pause dans la chambre de cérémonie du Maypole, pendant le temps que M. Haredale essaya la serrure pour s'assurer qu'elle était bien fermée, et, traversant à grands pas la sombre pièce jusqu'à l'endroit où le paravent entourait une petite place de lumière et de chaleur, il se présenta, brusquement et en silence, devant l'hôte souriant.

Si ces deux hommes n'avaient pas plus de sympathie dans leurs pensées intimes que dans leur extérieur, leur entrevue ne promettait pas d'être très-calme ni très-agréable. Sans qu'il y eût entre eux une grande différence d'âge, ils étaient sous tous les autres rapports aussi dissemblables et aussi opposés l'un à l'autre que deux hommes peuvent l'être. L'un avait la parole douce, une forme délicate, une correcte élégance; l'autre, corpulent, carré par la base, négligemment habillé, rude et brusque dans ses façons, d'un aspect sévère, avait, en son humeur actuelle, un regard aussi maussade que son langage. L'un gardait un calme et tranquille sourire; l'autre, un froncement de sourcils plein de méfiance. Le nouveau venu, véritablement, semblait s'appliquer à faire voir par chacun de ses accents et de ses gestes son antipathie décidée et son hostilité systématique contre l'homme qu'il venait trouver. Celui-ci semblait sentir que le contraste était en sa faveur, et puiser dans cet avantage un contentement paisible qui le mettait plus à son aise que jamais.

« Haredale, dit ce monsieur sans la moindre apparence d'embarras ou de réserve, je suis charmé de vous voir.

— Trêve de compliments. Ils sont déplacés entre nous, répliqua l'autre en agitant sa main. Dites-moi simplement ce que vous avez à me dire. Vous m'avez demandé une entrevue. Me voici. Pourquoi nous retrouvons-nous face à face?

— Toujours, à ce que je vois, le même caractère franc et impétueux!

— Bon ou mauvais, je suis, monsieur, répliqua l'autre en appuyant son bras sur le chambranle de la cheminée, et tournant un regard hautain sur celui qui occupait la bergère, l'homme que j'ai accoutumé d'être. Je n'ai perdu ni mes vieilles sympathies ni mes vieilles antipathies; ma mémoire ne me fait pas défaut de l'épaisseur d'un cheveu. Vous m'avez demandé une entrevue.... Je vous le répète, me voici.

— Notre entrevue, Haredale, dit M. Chester, en donnant un petit coup sur sa tabatière et accompagnant d'un sourire le geste d'impatience que l'autre avait fait, à son insu peut-être, vers son épée, sera une conférence pacifique, j'espère?

— Je suis venu ici, répliqua l'autre, selon votre désir, me tenant pour engagé à venir vous trouver, quand et où vous le voudrez. Je ne suis pas venu pour faire assaut d'agréables discours ni de protestations vaines. Vous êtes un homme du monde à la langue dorée, monsieur, et à ce jeu-là je ne suis pas de force avec vous. Le dernier homme ici-bas avec lequel j'entrerais en lice pour un combat de doux compliments et de grimaces masquées, est M. Chester, je vous l'assure. Impossible à moi de lui tenir tête avec de telles armes, et j'ai toute raison de croire que peu d'hommes en seraient capables.

— Vous me faites beaucoup d'honneur, Haredale, répliqua l'autre avec le plus grand calme, et je vous remercie. Je serai franc avec vous.

— Pardon, vous serez, dites-vous?

— Franc, ouvert, parfaitement candide.

— Ah! cria M. Haredale en faisant rentrer son haleine avec un sourire sarcastique; mais je ne veux pas vous interrompre.

— Je suis si résolu à suivre cette marche, répliqua l'autre en dégustant son vin d'un air très-circonspect, que je me suis promis de n'avoir pas de querelle avec vous, et de ne pas me laisser entraîner à quelque expression chaleureuse ou à quelque mot hasardé.

— En cela, j'aurai encore vis-à-vis de vous, dit M. Haredale, une grande infériorité. Votre empire sur vous-même....

— Ne saurait être troublé quand il sert mes desseins, voulez-vous dire, répliqua l'autre, l'interrompant avec la même aménité. Soit, je vous l'accorde, et j'ai un dessein à poursuivre maintenant ; vous en avez un aussi. Notre but est le même, j'en suis sûr. Permettez-nous de l'atteindre comme des hommes raisonnables qui ont cessé d'être des petits garçons il y a déjà quelque temps. Voulez-vous boire ?

— Je bois avec mes amis, répliqua l'autre.

— Au moins, dit M. Chester, vous voudrez bien vous asseoir ?

— Je resterai debout, répliqua impatiemment M. Haredale, sur ce foyer dénudé, misérable, et je ne le souillerai pas, tout déchu qu'il est, par de l'hypocrisie. Continuez !

— Vous avez tort, Haredale, dit l'autre en croisant ses jambes et souriant, tandis qu'il tenait son verre levé à la brillante lueur de l'âtre. Vous avez réellement tort. Le monde est un théâtre mouvant où nous devons nous accommoder aux circonstances, naviguer avec le courant aussi mollement que possible, nous contenter de prendre la mousse pour la substance, la surface pour le fond, la fausse monnaie pour la bonne. Je m'étonne qu'aucun philosophe n'ait jamais établi que notre globe est creux comme le reste. Il devrait l'être, si la nature est conséquente dans ses œuvres.

— Vous pensez qu'il l'est, peut-être.

— J'affirmerais, répliqua-t-il en buvant son vin à petits traits, qu'il ne saurait y avoir le moindre doute là-dessus. Voilà qui est bien. Quant à nous, en jouant avec ce grelot, nous avons eu le guignon de nous heurter et de nous brouiller. Nous ne sommes pas ce que le monde appelle des amis, mais nous n'en sommes pas moins pour cela des amis aussi bons, aussi vrais, aussi aimants que les neuf dixièmes de ceux auxquels on décerne ce titre. Vous avez une nièce, et moi j'ai un fils, un beau garçon, Haredale, mais un peu fou. Ils tombent amoureux l'un de l'autre, et forment ce que ce même monde appelle un attachement, voulant dire quelque chose de capricieux et de faux comme le reste, et qu'on n'aurait qu'à abandonner librement à sa destinée pour qu'il crevât bientôt comme toute autre bulle. Mais, si nous les laissons faire, bonsoir, tout est dit. La question est donc celle-ci : Nous tiendrons-nous à distance l'un et l'autre, parce que la société nous appelle des ennemis, et souffrirons-nous qu'ils se précipitent dans les bras l'un de l'autre lorsque, en nous

rapprochant raisonnablement, comme nous le faisons maintenant, nous pouvons empêcher cela et les séparer?

— J'aime ma nièce, dit M. Haredale après un court silence. C'est un mot qui sonne étrangement peut-être à vos
oreilles ; mais je l'aime.

— Étrangement, mon bon garçon ! cria M. Chester en remplissant de nouveau son verre avec nonchalance et en ôtant
son cure-dent. Pas du tout. J'ai aussi du goût pour Ned[1],
ou, comme vous dites, je l'aime; c'est le terme usité entre si
proches parents. J'aime Ned avec passion ; il est étonnamment bon garçon, et joli garçon, qui plus est, un peu fou et
faible encore, voilà tout : mais le fait est, Haredale, car je
serai franc comme je vous ai promis de l'être, qu'indépendamment de n'importe quelle répugnance nous pourrions
avoir, vous et moi, à nous allier l'un à l'autre, et indépendamment de la différence de religion qui existe entre nous
(et, diable! c'est important), je ne saurais consentir à un mariage de ce genre. Ned et moi nous ne saurions y consentir,
c'est impossible.

— Maîtrisez votre langue, au nom du ciel, si cette conversation doit durer, répliqua M. Haredale d'un ton farouche.
Je vous ai dit que j'aime ma nièce. Pensez-vous que, cela
étant, je voudrais jeter son cœur à n'importe quel homme
qui eût de votre sang dans les veines?

— Vous voyez, dit l'autre sans la moindre émotion, l'avantage
qu'il y a d'être franc et ouvert. C'est juste ce que j'allais ajouter,
sur mon honneur! Je suis étonnamment attaché à Ned, je
raffole de lui, en vérité ; aussi, quand il nous serait possible
de nous effacer tout à fait, vous et moi, dans cette affaire,
resterait toujours cette dernière objection, que je regarde
comme insurmontable.

— Écoutez-moi bien, dit M. Haredale, marchant vers la
table et mettant sa main dessus pesamment, si n'importe
quel homme croit, ose croire que moi, dans mes paroles,
dans mes actions, dans mes rêves les plus extravagants,
j'aie jamais eu l'idée de favoriser la recherche d'Emma
Haredale par quelqu'un qui vous touchât de près, n'importe
par quel motif, je ne me soucie pas de le savoir, il ment;

1. Diminutif d'Edward.

il ment, et il me fait une griève injure, rien que de le croire.

— Haredale, répliqua l'autre en se balançant d'un air convaincu, et le confirmant par des signes de tête dirigés vers le foyer, c'est extrêmement noble et viril, c'est réellement très-généreux de votre part de me parler comme vous faites, franchement et à cœur ouvert. Ce sont exactement là mes sentiments, oui, ma parole; mais vous les exprimez avec beaucoup plus de force et de puissance que je ne saurais le faire. Vous connaissez ma nature indolente, et vous me pardonnerez, j'en suis sûr.

— Quelque décidé que je sois à défendre à ma nièce toute correspondance avec votre fils et à rompre leurs relations ici, cela dût-il causer la mort d'Emma, dit M. Haredale, qui s'était promené en long et en large, je voudrais y mettre de la bonté et de la tendresse autant que possible. Je suis chargé d'un dépôt que ma nature n'est pas propre à comprendre, et, par cette raison, la simple nouvelle qu'il y a entre eux de l'amour tombe sur moi ce soir presque pour la première fois.

— Je suis plus enchanté que je ne pourrais vous le dire, répliqua M. Chester du ton le plus doux, de trouver mes impressions personnelles ainsi confirmées. Vous voyez ce que notre entrevue a d'avantageux. Nous nous comprenons l'un l'autre, nous sommes tout à fait d'accord, nous avons une explication complète, et nous savons quelle marche suivre. Eh mais, pourquoi ne goûtez-vous pas au vin de votre locataire? Il est réellement très-bon.

— Qui donc, je vous prie, dit M. Haredale, a aidé Emma ou votre fils? Quels sont leur intermédiaires, leurs agents? savez-vous?

— Toutes les bonnes gens par ici, le voisinage en général, je pense, répliqua l'autre avec son plus affable sourire. Le messager que je vous ai envoyé aujourd'hui se distingue parmi tous les autres.

— L'idiot? Barnabé?

— Cela vous étonne? J'en suis bien aise, car j'étais un peu étonné de cela moi-même. Oui, j'ai arraché cela de sa mère, une sorte de femme très-convenable; c'est d'elle, en vérité, que j'ai principalement appris combien la chose était deve-

nue sérieuse. J'ai résolu de me rendre à cheval ici, aujour-
d'hui, et d'avoir avec vous une conférence sur ce terrain
neutre. Vous avez plus d'embonpoint qu'autrefois, Haredale,
mais vous avez bien bonne mine.

— Notre affaire, je le présume, tire à sa fin, dit M. Haredale avec un air d'impatience qu'il ne se donnait pas la peine
de cacher. Comptez sur moi, monsieur Chester, ma nièce
changera dès à présent. J'en appellerai, ajouta-t-il d'un ton
plus bas, à son cœur de femme, à sa dignité, à son orgueil,
à son devoir.

— C'est ce que je ferai auprès de Ned, dit M. Chester en
réintégrant à leur place, sur la grille du foyer, avec le bout
de sa botte, quelques débris errants du fagot. S'il y a quelque chose de réel dans le monde, ce sont ces sentiments si
beaux, ces obligations naturelles qui doivent subsister entre
un père et un fils. Je lui poserai la question sur le double
terrain du sentiment moral et religieux. Je lui représenterai
que nous ne pouvons pas absolument consentir à cela ; que
j'ai toujours visé de loin à un bon mariage pour lui, moyen-
nant une provision décente pour moi dans l'automne de la
vie ; qu'il y a un grand nombre d'aboyeurs à payer, dont les
réclamations sont parfaitement fondées en droit et en justice,
et qui doivent être satisfaits sur la dot de sa femme ; bref,
que les sentiments les plus élevés, les plus honorables de
notre nature, toutes les considérations de devoir et d'amour
filial, et toutes les autres choses de ce genre, exigent impé-
rieusement qu'il prenne la fuite avec une héritière.

— Et qu'il lui brise le cœur le plus vite possible ? dit
M. Haredale en mettant son gant.

— Ned fera en cela exactement comme il lui plaira, répliqua l'autre en buvant son vin à petits traits ; c'est entièrement son affaire. Je ne voudrais pas pour tout au monde me
mêler des affaires de mon fils, Haredale, au delà d'un certain
point. La parenté entre père et fils, vous savez, est positivement une sorte de lien sacré.... Ne me laisserez-vous pas
vous persuader de prendre un verre de vin ?... Allons ! comme
il vous plaira, comme il vous plaira, ajouta-t-il en se servant lui-même derechef.

— Chester, dit M. Haredale, après un court silence durant
lequel il porta de temps en temps sur le visage souriant de

son interlocuteur des regards prolongés, vous avez la tête et le cœur d'un mauvais génie, en toute occasion de tromper.

— A votre santé, dit l'autre, avec un signe de tête qui semblait le remercier; mais vous disiez...?

— Si maintenant, continua M. Haredale, nous trouvions qu'il fût difficile de séparer ces jeunes gens, de rompre leurs rapports; si, par exemple, vous trouviez la chose difficile de votre côté, quelle marche vous proposez-vous de suivre?

— Rien de plus simple, mon bon garçon, rien de plus aisé, répliqua l'autre en haussant les épaules et s'étendant plus confortablement devant le feu. Je déploierai alors ces facultés puissantes au sujet desquelles vous me donnez de si grandes et si flatteuses louanges, quoique, ma parole, je ne sois pas digne d'être comblé de vos compliments; et je recourrai à quelques petits subterfuges assez communs pour exciter la jalousie et le ressentiment. Vous voyez?

— Bref, justifiant les moyens par la fin, il nous faudra, comme dernière ressource pour les arracher l'un à l'autre, recourir à la perfidie et au mensonge? dit M. Haredale.

— Oh! non. Fi! fi! répliqua l'autre en aspirant une prise de tabac avec délices et volupté. Pas de mensonge. Seulement un peu de manége, un peu de diplomatie, un peu d'intrigue, c'est le mot.

— Je regrette, dit M. Haredale en faisant çà et là quelques pas, puis s'arrêtant, puis faisant quelques pas encore comme quelqu'un qui était mal à son aise, de n'avoir pas pu prévoir et empêcher cela. Mais, puisque c'est allé si loin qu'il nous est nécessaire d'agir, reculer ou regretter ne sert de rien. Allons! je seconderai vos efforts de tout mon pouvoir. C'est le seul sujet, dans tout le vaste horizon de la pensée humaine, sur lequel nous soyons tous les deux d'accord. Nous agirons de concert, mais à part. Il ne sera pas besoin, j'espère, d'en conférer encore ensemble.

— Est-ce que vous vous en allez? dit M. Chester en se levant avec une gracieuse nonchalance. Laissez-moi vous éclairer jusqu'au bas de l'escalier.

— Restez assis, je vous prie, répliqua l'autre sèchement. Je connais le chemin. »

En disant cela, il fit un mouvement de main très-léger, remit son chapeau sur sa tête en même temps qu'il tournait

les talons, et s'en alla d'un pas retentissant, comme il était
venu, ferma la porte derrière lui, et descendit l'escalier
dont il réveilla l'écho.

« Peuh! un très-grossier animal, en vérité! dit M. Chester
en se replaçant dans sa bergère. Une brute des plus farouches; un vrai blaireau à face humaine! »

John Willet et ses amis, qui avaient été très-attentifs pour
entendre le cliquetis des épées ou les détonations des pistolets dans la grande chambre, et qui avaient réglé d'avance
l'ordre dans lequel ils s'y précipiteraient au premier appel,
procession où le vieux John avait eu le soin de s'arranger
de façon à se réserver l'arrière-garde, furent fort étonnés de
voir M. Haredale descendre sans une égratignure, demander
son cheval, et s'éloigner au pas, d'un air pensif. Après y
avoir un peu réfléchi, on décida qu'il avait laissé le monsieur du premier étage pour mort, et que, s'il montrait tant
de calme, c'était un stratagème pour qu'on ne s'avisât ni de
le soupçonner ni de le poursuivre.

Comme cette conclusion impliquait pour eux la nécessité de
monter sur-le-champ à la grande chambre pour s'en assurer,
ils étaient sur le point de le faire dans l'ordre convenu, lorsqu'un coup de sonnette assez vif, qui semblait dénoter chez
l'hôte assez de vigueur encore, renversa toutes leurs conjectures et les enveloppa dans la plus grande incertitude. Enfin
M. Willet consentit à monter lui-même, escorté de Hugh et
de Barnabé, les plus solides et intrépides gaillards qui fussent sur les lieux; ils pourraient se montrer avec lui, sous
prétexte d'être venus pour emporter les verres.

Fort de cette protection, le brave John, à la large figure,
entra dans la chambre hardiment avec une avance d'un
demi-pas, et reçut sans trembler la demande d'un tire-botte.
Mais lorsque le tire-botte eut été apporté, et que l'aubergiste
prêta à son hôte sa robuste épaule, on observa que, pendant
que celui-ci ôtait ses bottes, M. Willet les regarda extrêmement, et que ses gros yeux, bien plus ouverts que de coutume, parurent exprimer quelque surprise et quelque désappointement de ne pas les trouver pleines de sang. Il se
ménagea aussi l'occasion d'examiner le gentleman du plus
près qu'il put, s'attendant à découvrir sur sa personne un
certain nombre de trous faits par l'épée de son adversaire.

N'en découvrant aucun toutefois, et remarquant par la suite
du temps que son hôte était aussi froid, aussi régulier dans
sa tenue et dans son humeur qu'il l'avait été toute la journée,
le vieux John à la fin poussa un profond soupir, et commença
à penser qu'il n'était pas question de duel pour ce soir.

« Et maintenant, Willet, dit M. Chester, si la chambre
est bien échauffée, j'essayerai les mérites de ce fameux lit.

— La chambre, monsieur, répliqua John en prenant une
chandelle, et invitant d'un coup de coude Barnabé et Hugh
à les accompagner, en cas que le monsieur vînt à tomber
soudainement évanoui ou mort de quelque blessure interne,
la chambre est aussi chaude qu'une croûte au pot. Barnabé,
prenez cette autre chandelle, et allez devant. Hugh, suivez-
nous, monsieur, avec la bergère. »

C'est dans cet ordre, et encore, pour plus de sûreté, tenant
sa chandelle fort près de l'hôte; tantôt lui en faisant sentir
la chaleur autour des jambes, tantôt risquant de mettre le
feu à sa perruque, et lui demandant sans cesse pardon avec
une grande gaucherie et beaucoup d'embarras, que John
conduisit ce personnage à la meilleure chambre à coucher.
Presque aussi spacieuse que la pièce d'où ils étaient venus,
elle contenait, près du feu, pour avoir plus chaud, un grand
et antique lit d'un aspect tumulaire, tendu de brocart fané
et orné, au sommet de chaque montant sculpté, d'une touffe de
plumes qui jadis avaient été blanches, mais que l'âge et la
poussière avaient rendues semblables à des panaches de
corbillard et de catafalque.

« Bonsoir, mes amis, dit M. Chester avec un doux sourire, en s'asseyant, après avoir considéré la chambre d'un
bout à l'autre, dans la bergère, que ses serviteurs roulèrent
devant le feu. Bonsoir, Barnabé, mon bon garçon; vous dites
quelques prières avant de vous coucher, j'espère? »

Barnabé fit un signe affirmatif.

« Il a comme ça des bêtises qu'il appelle ses prières,
monsieur, dit John officieusement. J'ai bien peur que là dedans il n'y ait pas grand chose de bon.

— Et Hugh? dit M. Chester en se tournant vers celui-ci.

— Moi, non, répondit-il. Je connais les siennes (et il
montra Barnabé), elles ne sont pas mal. Il les chante quelquefois sur la paille. J'écoute.

— Monsieur, c'est tout à fait un animal, chuchota John à l'oreille de son hôte avec dignité. Vous l'excuserez, certainement. S'il a une espèce d'âme, ce doit être si peu que rien, et ce qu'il fait ou ne fait pas sur ce point n'importe guère. Bonsoir, monsieur.

M. Chester répliqua : « Dieu vous bénisse ! » avec une ferveur des plus touchantes ; et John, faisant signe à ses gardes du corps d'aller devant, sortit de la chambre après une révérence, et laissa l'hôte libre de reposer dans l'antique lit du Maypole.

CHAPITRE XIII.

Si Joseph Willet, le jeune homme dénoncé aux Apprentis et proscrit par eux, s'était trouvé à la maison quand l'hôte courtois de son père se présenta devant la porte du Maypole, c'est-à-dire si ce n'avait pas été, par une malice du sort, une des six fois de l'année entière dans lesquelles il était libre de s'absenter tout le jour durant sans question ni reproche, il serait parvenu, de manière ou d'autre, à plonger au fin fond du mystère de M. Chester, et à pénétrer son dessein avec la même certitude que s'il eût été son confident et conseiller. Dans cet heureux cas, les amants auraient été vite avertis des maux qui les menaçaient, et aidés, par-dessus le marché, de diverses inspirations aussi sages qu'opportunes ; car Joe, en pensées comme en actions, tenait toutes ses sympathies et ses meilleurs souhaits à la disposition de nos jeunes gens, et était fermement dévoué à leur cause. Cette disposition provenait-elle de ses anciennes préventions en faveur de la jeune demoiselle, dont l'histoire l'avait environnée dans son esprit, presque au sortir du berceau, de circonstances d'un intérêt extraordinaire ; ou de son attachement au jeune monsieur dans la confidence duquel il s'était presque imperceptiblement glissé, par son esprit subtil et ses vives allures, ainsi qu'en lui rendant plusieurs services d'importance comme éclaireur et comme messager ? que

ce fût cela ou autre chose, par exemple, les persécutions
fatigantes et les manies ennuyeuses de son vénérable père, ou
bien encore quelque petite affaire d'amour secrète, qui le disposait favorablement à servir d'autres amoureux comme lui :
il est inutile de chercher à le savoir, d'autant plus que Joe
n'était pas là, et qu'il n'avait pas par conséquent, dans cette
conjoncture, d'occasion particulière de fixer nos doutes par
sa conduite.

C'était, par le fait, le vingt-cinq mars, jour qui, comme
beaucoup de gens le savent à leurs dépens, est, de temps im-
mémorial, une de ces désagréables époques qu'on appelle le
terme. Ce jour là donc, John Willet se faisait chaque année
un point d'honneur de régler son compte en espèces sonnantes avec un certain marchand de vin et distillateur de la Cité
de Londres, et de remettre dans les mains de ce négociant
un sac de toile contenant l'exact montant de la somme, pas
un penny de plus, pas un penny de moins ; c'était pour Joe
l'objet d'un voyage aussi sûr et aussi régulier que le retour
annuel du vingt-cinq mars.

Le voyage s'accomplissait sur une vieille jument grise,
sur laquelle John s'était fait dans l'esprit un système d'idées
préconçues, par exemple, qu'elle était capable de gagner un
couvert ou une tasse d'argent à la course si elle voulait l'essayer. Elle ne l'avait jamais essayé, et il ne fallait plus
compter qu'elle l'essayât jamais maintenant, car elle était
âgée de quelque quatorze ou quinze ans, poussive, ensellée,
et passablement râpée de la crinière et de la queue. Nonobstant ces légères imperfections, John était fier de son animal ;
et lorsque Hugh, en tournant, l'eut amenée jusqu'à la porte,
il se retira pour l'admirer à son aise dans le comptoir, et là,
caché par un bosquet de citrons, il se mit à rire avec orgueil.

« Voilà ce qui s'appelle une jument, Hugh ! dit John, quand
il eut recouvré assez d'empire sur lui-même pour reparaître
à la porte. Voilà une gracieuse créature ! regardez-moi cette
ardeur ! regardez-moi ces os ! »

Pour des os, il y en avait suffisamment, sans aucun
doute ; c'est ce que semblait penser Hugh, assis en travers
sur la selle, paresseusement plié en deux, son menton touchant presque ses genoux ; et, ne s'inquiétant ni des étriers

qui pendillaient, ni de la bride flottante, il sauta de haut en bas sur la petite pelouse devant la porte.

« Songez à avoir bien soin d'elle, monsieur, dit John, laissant cet être inférieur, pour s'adresser à la sensibilité de son fils et héritier, qui parut alors équipé complétement et tout prêt à monter en selle; n'allez pas trop vite !

— J'en serais bien embarrassé, j'imagine, père, répondit Joe en jetant sur l'animal un regard de désespoir.

— Pas de vos impertinences, monsieur, s'il vousplaît, riposta le vieux John. Quelle monture vous faut-il donc, monsieur ? Un âne sauvage ou un zèbre en serait une trop pacifique pour vous, n'est-ce pas, monsieur ? Vous voudriez monter un lion rugissant, monsieur; n'est-ce pas, monsieur? Taisez-vous, monsieur. »

Lorsque M. Willet, dans ses querelles avec son fils, avait épuisé toutes les questions qui s'offraient à son esprit, et que Joe n'avait répondu rien du tout, généralement il concluait en lui ordonnant de se taire.

« Et quelle idée a donc ce petit garçon, ajouta M. Willet, après l'avoir considéré quelque temps d'un air ébahi et comme stupéfait, de retrousser comme ça son chapeau en casseur d'assiettes ? Est-ce que vous allez tuer le marchand de vin, monsieur ?

— Non, dit Joe avec un peu d'aigreur, je ne vais pas le tuer. Vous voilà rassuré maintenant, père ?

— Et avec cela, un air militaire ! dit M. Willet en l'examinant de la tête aux pieds; ne dirait-on pas d'un mangeur de braise, d'un avaleur d'eau bouillante ? Et que signifient les crocus et les perce-neige que vous arborez à votre boutonnière, monsieur ?

— Ce n'est qu'un petit bouquet, dit Joe en rougissant. Il n'y a pas de mal à ça, j'espère ?

— Voilà un garçon bien entendu aux affaires, en vérité, dit M. Willet dédaigneusement, d'aller supposer que les marchands de vin se soucient de bouquets !

— Je ne suppose rien de pareil, répondit John. Qu'ils gardent leurs nez rouges pour flairer leurs bouteilles et leurs cruchons. Ces fleurs-ci vont chez M. Varden.

— Vous supposez donc qu'il s'inquiète beaucoup de vos crocus ? demanda John.

« — Je n'en sais rien, et, à dire vrai, je ne m'en soucie
guère, dit Joe. Voyons, père, donnez-moi l'argent, et, au
nom de la sainte patience, laissez-moi partir.

— Le voici, monsieur, répliqua John ; ayez-en soin. Songez
à ne pas revenir trop tôt, pour mieux laisser reposer la jument. Vous m'entendez?

— Oui, je vous entends, répliqua Joe. Dieu sait qu'elle en
aura besoin.

— Et ne dépensez pas trop au *Lion noir*, dit John. Songez
à cela aussi.

— Alors pourquoi ne me permettez-vous pas d'avoir à moi
quelque argent? riposta Joe d'un air chagrin; pourquoi pas,
père? Pourquoi m'envoyez-vous à Londres, en ne m'accordant que le droit de demander au *Lion noir* un dîner que
vous payerez au premier voyage, comme si l'on ne pouvait
pas me laisser disposer de quelques schellings? Pourquoi me
traitez-vous comme ça? ce n'est pas bien à vous. Comment
pouvez-vous croire que je vais rester longtemps à ce ré-
gime?

— Lui permettre d'avoir de l'argent! cria John dans une
rêverie somnolente. Qu'appelle-t-il de l'argent? des guinées?
Est-ce qu'il n'en a pas, de l'argent? N'a-t-il pas, en sus des
péages, un schelling et six pence?

— Un shilling et six pence! répéta son fils avec mépris.

— Oui, monsieur, répliqua John, un schelling et six pence.
Quand j'étais à votre âge, jamais je n'avais vu tant d'argent
en un monceau. Le schelling est pour parer aux accidents,
par exemple si la jument perdait un de ses fers, ou quelque
chose de ce genre. Il vous reste six pence pour vous amuser
à Londres; je vous recommande surtout de vous amuser à
monter au faîte du Monument[1], et à vous reposer là. Il n'y
a pas là de tentation, monsieur, pas de ribotte, pas de jeunes femmes, pas de mauvaises compagnies d'aucune sorte,
rien que l'imagination. Quand j'étais à votre âge, monsieur,
voilà comment je m'amusais. »

A ceci, Joe ne fit pas d'autre réponse qu'un signe de la
main à Hugh pour tenir le cheval, puis il sauta en selle et

1. Colonne élevée en souvenir du fameux incendie de 1666.

s'éloigna; et je vous réponds qu'il avait l'air d'un solide
et mâle cavalier, digne d'une meilleure monture que celle
que lui faisait enfourcher son destin. John resta à le contempler, ou plutôt à contempler la jument grise (car il n'avait
pas assez d'yeux pour elle), jusqu'à ce que l'homme et la
bête fussent disparus depuis vingt minutes. Alors il commença à penser qu'ils étaient partis, et rentrant lentement
dans la maison, il s'abandonna à un doux assoupissement.

L'infortunée jument grise, l'agonie de la vie de Joe, se
trémoussa selon son bon plaisir jusqu'à ce que le Maypole ne
fût plus visible; puis, corrigeant son pas tout à coup de son
propre gré, elle contracta ses jambes en une allure qu'on
aurait regardée dans un spectacle de marionnettes comme
une imitation assez maladroite d'un petit galop. La connaissance qu'elle avait des habitudes de son cavalier ne lui suggéra pas seulement cette amélioration dans les siennes, elle lui
donna aussi l'idée de prendre un chemin détourné. Il conduisait non pas à Londres, mais par des sentiers parallèles à
la route que Joe avait suivie, et, passant à quelques centaines
de mètres du Maypole, il aboutissait à l'enclos d'un vaste et
ancien manoir bâti en brique rouge, la Garenne, dont il a
été question au premier chapitre de notre histoire. Faisant
une halte soudaine dans un petit taillis voisin, la jument se
prêta de la meilleure grâce du monde à laisser descendre son
cavalier, qui l'attacha au tronc d'un arbre.

« Reste là, vieille fille, dit Joe, que j'aille voir s'il y a pour
moi aujourd'hui quelque petite commission. » En même
temps, il la laissa brouter le gazon ras et les mauvaises herbes qui se trouvaient croître à la portée de son licou, et, passant par une porte à claire-voie, il entra de son pied sur les
terres du domaine.

Le sentier, après quelques minutes de marche, l'amena
près de la maison. Il y lança plus d'un coup d'œil en tapinois, et surtout vers une certaine fenêtre. C'était un bâtiment lugubre, silencieux, avec des cours sonores, des tou-
relles désolées, et des files entières de chambres fermées qui
tombaient en poussière et en ruine.

Le jardin, formant terrasse, obscurci par l'ombre des arbres qui le dominaient, avait un air de mélancolie tout à fait
accablant. De grandes portes de fer, hors d'usage depuis bien

des années, rougies par la rouille, s'affaissant sur leurs gonds et recouvertes de longues herbes luxuriantes, semblaient vouloir s'enfoncer dans le sol et cacher leur décadence dans une forêt de mauvaises herbes, propices à ce dessein. Sur les murailles sculptées, les animaux fantastiques qui les décoraient, verdis par l'âge et l'humidité, et revêtus çà et là de mousse, avaient un aspect hideux et lamentable. La partie de la maison qui était habitée et tenue en bon état avait elle-même une physionomie sombre; le spectateur, frappé d'un sentiment de tristesse, éprouvait une impression péni-ble en face de cet abandon et de cette déchéance affligeante. Il eût été difficile d'imaginer un beau feu flamboyant dans ces chambres mornes et ténébreuses, et de se figurer quelque joie du cœur ou quelque fête dans l'enceinte de ces murs rébarbatifs. On voyait bien qu'il pouvait y avoir eu là dans les temps jadis quelque chose de pareil; mais c'était fini à jamais. Ce n'était plus que le revenant d'une maison dé-funte qui venait hanter son ancienne place sous son an-cienne forme, mais voilà tout.

La physionomie sombre et déchue de la Garenne devait, sans aucun doute, s'attribuer en grande partie à la mort de son précédent possesseur et au caractère de son pos-sesseur actuel; mais, lorsqu'on se rappelait la légende de ce manoir, il avait véritablement un air approprié à un pareil forfait: on voyait qu'il était prédestiné des siècles d'avance à en être le théâtre. Considérée au point de vue de cette légende, la pièce d'eau où l'on avait retrouvé le corps de l'intendant semblait avoir une teinte noire et sinistre que nulle autre mare ne pouvait revendiquer comme elle; la cloche qui du haut du toit avait annoncé le meurtre, au vent de minuit, devenait un vrai fantôme dont la voix faisait dresser les che-veux de l'auditeur; et chaque branche dépouillée de feuilles, en s'inclinant vers une autre branche, semblait échanger avec elle à la dérobée des chuchotements au sujet du crime.

Joe se promena de long en large dans le sentier; quelque-fois il s'arrêtait et faisait semblant de contempler l'édifice ou le paysage; quelquefois, s'appuyant contre un arbre, il prenait un air d'oisiveté indifférente; mais il avait toujours l'œil sur la fenêtre qu'il avait distinguée d'abord. Au bout d'un quart d'heure environ d'attente, une petite main blanche fut un in-

stant agitée vers lui de cette fenêtre ; le jeune homme fit un
salut respectueux et partit ; et, en enfourchant de nouveau son
cheval, il se dit à voix très-basse : « Pas de commission pour
moi aujourd'hui ! »

Mais l'air d'élégance, le retroussis du chapeau que John
Willet avait critiqué, et le bouquet printanier, tout dénotait
quelque petite commission pour son propre compte, à l'adresse
d'une personne plus intéressante qu'un marchand de vin ou
même qu'un serrurier. C'est effectivement ce qui arriva : car,
lorsqu'il eut réglé avec le marchand de vin, qui tenait son
bureau de commerce dans quelques caves profondes près de
Thames-Street (un vieux monsieur à la face aussi empourprée
que s'il avait toute sa vie porté leurs voûtes sur sa tête), lorsqu'il eut pris le reçu, et refusé de boire plus de trois verres
de vieux xérès, à l'extrême étonnement du négociant rubi-
cond, qui, foret en main, avait projeté d'assaillir une vingtaine au moins de barils poudreux, et qui en resta cloué ou
moralement vrillé, pour ainsi dire, au mur de sa cave ; lorsqu'il eut fait tout cela, et achevé en outre un frugal dîner
au *Lion noir* dans Whitechapel, méprisant le Monument et le
conseil de John, il dirigea ses pas vers la maison du serrurier,
attiré par les yeux de la florissante Dolly Varden.

Joe n'était nullement un nigaud ; mais néanmoins, quand
il fut arrivé à l'encoignure de la rue où le serrurier demeurait, il ne put pas se résoudre à aller droit à la maison. D'a-
bord il prit le parti de flâner dans une autre rue pendant cinq
minutes, puis pendant cinq minutes encore dans une autre
rue, et ainsi de suite, jusqu'à ce qu'il eut perdu une grande
demi-heure ; il fit alors un hardi plongeon, et se trouva dans
la boutique enfumée, le visage rouge et le cœur palpitant.

« John Willet, ou son ombre ! dit Varden, en se levant de
dessus le pupitre où il était occupé à ses livres, et le regardant sous ses lunettes ; ma foi ! oui, c'est bien Joe en chair et
en os ! A la bonne heure ! Et comment va toute la société de
Chigwell, Joe ?

— Toujours comme à l'ordinaire, monsieur ; nous nous
entendons, eux et moi, aussi bien que par le passé.

— Bon, bon ! dit le serrurier. Il nous faut être patients, Joe,
et endurer les faibles des vieilles gens. Comment va la jument,
Joe ? Elle fait toujours ses quatre milles à l'heure aussi aisé-

ment que jamais? Ha, ha, ha! n'est-ce pas, Joe? Tiens! qu'est-
ce que nous avons là Joe, un bouquet?

— De bien pauvres fleurs, monsieur; je pensais que
Mlle Dolly....

— Non, non, dit Gabriel, baissant la voix et secouant la
tête, pas Dolly. Donnez-les à sa mère, Joe. Il vaut beaucoup
mieux les donner à sa mère. Ça ne vous contrarie pas de les
donner à Mme Varden, Joe?

— Oh! non, monsieur, répliqua Joe en cherchant, mais
sans beaucoup de succès, à cacher son désappointement. J'en
serais charmé, je vous assure.

— Très-bien, dit le serrurier en le frappant doucement sur
le dos. Peu vous importe qui les aura, n'est-ce pas, Joe?

— Oh! oui, monsieur. »

Cher cœur, comme ces mots s'attachèrent à sa gorge!

« Entrez, dit Gabriel; on vient justement de m'appeler pour
le thé. Elle est dans la salle à manger.

— Elle! pensa Joe. Laquelle des deux, je ne sais; madame
ou mademoiselle?» Le serrurier éclaircit son doute avec autant
d'à-propos que s'il l'eût entendu formuler à haute voix, en le
menant à la porte et disant : « Ma chère Marthe, voici
M. Willet fils. »

Mme Varden, regardant le Maypole comme une espèce de
souricière humaine, ou de traquenard pour les maris; considérant son propriétaire, et tous ses aides et suppôts, comme
autant de braconniers à l'affût des chrétiens; et croyant d'ailleurs que les publicains accouplés avec les pécheurs dans
l'Écriture sainte étaient de véritables aubergistes patentés,
parce qu'ils tenaient des maisons publiques, était loin d'être
disposée favorablement à l'égard du jeune homme qui lui rendait visite. Aussi fut-elle sur-le-champ prise d'une faiblesse;
et, lorsque les crocus et les perce-neige lui eurent été dûment
présentés, elle devina, en y réfléchissant, que c'étaient eux qui
étaient la cause de cette pâmoison qui avait accablé ses sens.
« Je craindrais de ne pouvoir supporter l'atmosphère de la salle
une minute de plus, dit la bonne dame, s'ils demeuraient ici.
Voulez-vous bien m'excuser de les mettre en dehors de la
fenêtre? »

Joe la pria de vouloir bien se dispenser de toute excuse, et
sourit faiblement lorsqu'il vit ses fleurs mises sur l'allége

extérieure. Jamais personne ne saura les peines qu'il s'était
données pour composer ce bouquet voué maintenant au
dédain et traité si cavalièrement.

« Ah ! comme cela me fait du bien d'en être débarrassée !
dit Mme Varden. Je me sens déjà beaucoup mieux. » Et en
vérité elle semblait avoir recouvré ses sens.

Joe exprima sa gratitude envers la Providence d'une faveur
si précieuse, et il n'eut seulement pas l'air de songer où pouvait être Dolly.

« Vous êtes de vilaines gens à Chigwell, monsieur Joseph,
dit Mme Varden.

— Mais non, madame, je l'espère, répliqua Joe.

— Vous êtes les gens les plus cruellement irréfléchis qu'il
y ait au monde, dit Mme Varden en se rengorgeant. Je m'é-
tonne que M. Willet père, ayant été lui-même un homme marié, ne sache pas mieux se conduire qu'il ne fait. Je sais bien
qu'il y trouve son profit, mais ce n'est pas une excuse ; j'aimerais mieux payer vingt fois plus, et que Varden revînt à la
maison comme un respectable et sobre commerçant. S'il y a
un défaut au monde qui me blesse et me dégoûte plus que
tout autre, c'est l'ivrognerie.

— Allons, ma chère Marthe, dit le serrurier d'un air jovial,
faites-nous servir le thé, et ne parlons pas d'ivrognes. Il n'y
en pas ici, et Joe ne se soucie guère d'en parler, à coup sûr. »

En ce moment critique, Miggs parut avec les rôties.

« A coup sûr, il ne s'en soucie guère, dit Mme Varden, ni
vous non plus, Varden, à coup sûr. C'est un sujet fort désagréable, je n'en doute pas, bien que je ne veuille pas dire
qu'il soit personnel.... Miggs toussa.... quoiqu'on ne soit pas
maîtresse de ce qu'on pense. Vous ne saurez jamais, Varden,
et personne à l'âge de M. Willet fils (excusez-moi, monsieur)
ne peut naturellement savoir ce que souffre une femme qui
attend chez elle dans de pareilles circonstances. Si vous
ne me croyez pas, comme je n'en ai que trop la preuve,
voici Miggs qui en est assez souvent témoin; veuillez l'interroger.

— Oh ! elle a été très-mal l'autre soir, monsieur, très-mal
en vérité, dit Miggs. S'il n'y avait pas en vous la douceur
d'un ange, mame, je pense que vous ne pourriez pas supporter cela, réellement je le pense.

— Miggs, dit Mme Varden, vous faites un blasphème.

— Pardonnez-moi, mame, répliqua Miggs avec une volubilité perçante, ce n'était pas mon intention, et ça n'est pas dans mon caractère, j'ose l'espérer, bien que je ne sois qu'une domestique.

— Vous pouvez bien répondre, Miggs, sans oublier le soin de votre salut, riposta sa maîtresse en regardant à la ronde avec dignité. Comment osez-vous parler d'anges, à propos de misérables pécheurs comme vous et moi? Est-ce que nous sommes autre chose, dit Mme Varden en jetant un coup d'œil sur un miroir voisin, et en arrangeant le ruban de son bonnet plus à son avantage..., que des vers de terre?

— Je n'ai pas eu l'intention, mame, s'il vous plaît, de vous offenser, dit Miggs confiante en la force de son compliment, et développant vigoureusement son gosier comme de coutume, et je ne m'attendais pas à voir prendre comme ça ce que je dis; je connais ma propre indignité, je l'espère, et je n'ai que haine et mépris pour moi-même et pour mes semblables, comme c'est le devoir d'un bon chrétien.

— Ayez la bonté, s'il vous plaît, dit Mme Varden avec hauteur, de monter voir si Dolly a fini de s'habiller; vous l'avertirez que la chaise commandée pour elle sera ici dans une minute, et que, si elle fait attendre les porteurs, je les renverrai à l'instant. Je suis fâchée de voir que vous ne preniez pas votre thé, Varden, ni vous le vôtre, monsieur Joseph; mais c'est naturel, et il y aurait folie de ma part à supposer que les choses qu'on peut se procurer à la maison, et dans la compagnie des dames, aient le moindre charme pour *vous!* »

Ce pronom, dans son intention, était bien au pluriel, et s'adressait à ces deux messieurs, quoique l'un et l'autre n'eussent guère mérité ce coup de boutoir : car Gabriel avait attaqué la collation avec un appétit qui promettait, jusqu'à ce que Mme Varden elle-même le lui eût fait perdre; quant à Joe, il avait pour la compagnie des dames chez le serrurier, ou du moins pour une partie d'entre elles, autant de goût qu'il était possible à un homme d'en avoir.

Mais il n'eut pas le temps de dire quoi que ce fût pour sa défense; Dolly elle-même parut à ce moment, et il resta muet, les yeux éblouis de sa beauté. Jamais Dolly n'avait semblé si belle qu'alors, dans toute la splendeur et la grâce de la jeunesse, avec tous ses attraits centuplés par une toilette qui lui seyait à merveille, par mille petites coquettes façons que personne ne savait prendre avec plus de grâce, le visage tout scintillant de l'attente de cette maudite soirée. Il est impossible de dire combien Joe la détestait, cette soirée, quel qu'en fût le théâtre, et tous les invités, quels qu'ils fussent.

Et elle le regarda à peine; oui, à peine le regarda-t-elle. Et quand on vit, par la porte ouverte, la chaise entrer de guingois dans la boutique, alors elle claqua des mains et sembla toute joyeuse de s'en aller. Mais Joe lui donna le bras, c'était toujours une consolation, et il l'aida à monter dans la chaise. Oh! la voir prendre place à l'intérieur, avec ses yeux riants qui brillaient plus que les diamants; voir sa main (elle avait sans aucun doute la plus jolie main du monde), voir sa main sur le bord du vasistas baissé; voir son petit doigt en arrêt d'une façon provoquante et impertinente, comme s'il s'étonnait que Joe ne le serrât ni ne le baisât! Penser quel bon effet un ou deux des modestes perce-neige auraient pu faire sur ce corsage délicat, pendant qu'ils étaient là, gisant à l'abandon sur le rebord de la fenêtre de la salle à manger! Voir comment la regardait Miggs, avec une figure où on pouvait lire qu'elle n'était pas dupe de toute cette gentillesse d'emprunt; qu'elle était dans le secret de chaque lacet, de chaque épingle, des agrafes et des œillets : « Et tout cela, monsieur, n'est pas à moitié aussi réel que vous le croyez; mais je n'aurais pas besoin de tout cela non plus pour être encore plus jolie, si je voulais m'en donner la peine. » Entendre ce précieux petit cri de frayeur provoquante lorsque la chaise fut hissée sur ses bâtons, et saisir la vision, vision fugitive mais éternelle, de l'heureux visage qui était dedans; quels tourments, quel surcroît de souffrance, et néanmoins quelles délices! les porteurs eux-mêmes semblèrent à ses yeux jaloux des rivaux favorisés, quand il les vit descendre la rue avec elle.

Il n'y eut jamais dans une petite pièce, en un court espace de temps, un changement comparable à celui de la salle à manger, lorsqu'on revint finir le thé. C'était sombre, c'était désert, c'était un complet désenchantement. Joe trouvait que c'était sottise pure de rester là tranquillement

assis, tandis qu'elle était au bal avec un nombre incalcu-
lable d'amants qui voltigeaient autour d'elle, et toute la
société raffolant d'elle, et l'adorant, et voulant l'épouser en
masse; et Miggs qui était là, à voltiger autour de la table.
Le fait seul de son existence, le simple phénomène qu'elle
eût pu jamais naître, lui paraissait, auprès de Dolly, une
plaisanterie inexplicable et sans but. Impossible de parler,
pas moyen d'y réussir. Il n'était capable que de remuer son
thé avec sa cuiller tout autour, tout autour, tout autour, en
ruminant sur toutes les fascinations de l'aimable fille du
serrurier.

Gabriel aussi était taciturne. Or, c'était un des côtés certains de l'incertaine humeur de Mme Varden, qu'elle se mon-
trât vive et gaie quand elle voyait aux autres des disposi-
tions contraires.

« Il faut que je sois naturellement d'une bien heureuse
humeur, dit la souriante ménagère, pour conserver avec
tout ça un peu d'entrain ; comment fais-je pour en avoir encore ? je n'en sais en vérité rien.

— Ah ! mame, soupira Miggs, je vous demande pardon
de vous interrompre, mais il n'y en a pas beaucoup comme
vous.

— Emportez tout cela, Miggs, dit Mme Varden en se levant, emportez tout cela. Je vois bien que je gêne ici ; et,
comme je désire que chacun ait le plus d'agrément qu'il
peut, je sens que je ferai mieux de m'en aller.

— Non, non, Marthe, cria le serrurier. Demeurez ici ; nous
serions, ma foi, très-fâchés de vous perdre : n'est-ce pas, Joe ?»

Joe tressaillit et dit : « Certainement. »

— Je vous remercie, mon cher Varden, répliqua sa femme,
mais je connais vos goûts : le tabac, la bière, les spiritueux,
ont de plus grandes séductions qu'aucune de celles dont je
peux me vanter. Je vais m'en aller, je vais monter m'asseoir là-haut et regarder à la fenêtre, mon amour. Bonsoir,
monsieur Joseph ; je suis très-contente de vous avoir vu, je
regrette seulement de n'avoir pas eu à vous offrir quelque
chose de plus à votre goût. Rappelez-moi affectueusement,
s'il vous plaît, au souvenir de M. Willet père, et dites-lui
que, quand il viendra par ici, nous aurons une fusée à dé-
mêler ensemble. Bonsoir. »

Après avoir prononcé ces paroles avec une extrême douceur de manières, la bonne dame fit une révérence pleine de
condescendance, et se retira avec sérénité.

C'était donc pour cela que Joe avait attendu le 25 mars
pendant des semaines, bien des semaines, et qu'il avait
cueilli les fleurs avec tant de soin, et qu'il avait retroussé
son chapeau, et qu'il s'était fait si pimpant! c'était donc là
qu'aboutissait toute sa résolution hardie, prise pour la cen-
tième fois, de faire sa déclaration à Dolly, et de lui dire
combien il l'aimait! La voir une minute, rien qu'une minute; la trouver partant pour une soirée, et toute joyeuse
d'y aller; se voir traité comme un culotteur de pipes, un
buveur de bière, un gobelotteur de spiritueux, en un mot,
comme un ivrogne! Il dit adieu à son ami le serrurier, et
se hâta d'aller reprendre son cheval au *Lion noir*. Lorsqu'il
tourna bride vers la maison, il pensait, comme maint autre
Joe l'avait pensé avant et l'a pensé depuis, que c'en était
fait de toutes ses espérances; que c'était chose impossible
et sans espoir; qu'elle ne s'occupait pas plus de lui que
s'il n'existait pas; qu'il était malheureux pour la vie, et
qu'il n'avait plus qu'une seule perspective acceptable:
c'était de devenir soldat ou marin, et de trouver quelque
ennemi assez obligeant pour lui faire sauter la cervelle
aussitôt que possible.

CHAPITRE XIV.

Joe Willet ne chevaucha pas vite le long de la route:
car, dans son désespoir, il se représentait la fille du serrurier dansant de longues contredanses et de terribles
branles avec de hardis étrangers, image intolérable, lorsqu'il entendit derrière lui le piétinement d'un cheval. Ayant
tourné la tête, il aperçut un gentleman bien monté, avançant à un bon petit galop. Le gentleman, en passant,
contint un peu sa monture, et l'appela par son nom, comme

l'héritier du Maypole. Joe donna de l'éperon à la jument
grise, et fut tout de suite côte à côte de ce cavalier.

« Je pensais bien que c'était vous, monsieur, dit-il en
mettant la main à son chapeau. Une belle soirée, monsieur.
Je suis heureux de voir que vous n'êtes plus claquemuré. »

Le cavalier sourit ; et en le remerciant d'un signe de tête :
« Comment avez-vous employé la journée, Joe ? gaiement,
n'est-ce pas ? Est-elle toujours aussi gentille ? Il n'y a pas
de quoi rougir, mon garçon.

— Ce n'est pas ce qui me donne ce peu de couleur,
monsieur Édouard, dit Joe ; c'est plutôt de penser que
j'aie été assez fou pour avoir jamais eu la moindre espérance à propos d'elle. Elle est aussi loin de moi que le firmament.

« Allons, Joe, vous n'en êtes pas si loin que ça, j'espère,
dit Édouard avec bonne humeur.... hein ?

— Ah ! soupira Joe. C'est bon à dire, monsieur. Il n'est
pas difficile de plaisanter quand on n'a pas de chagrin. Mais
voyez-vous, c'est sans remède. Iriez-vous par hasard à notre
maison ?

— Oui ; comme je n'ai pas encore repris toutes mes forces,
je coucherai chez vous ce soir, et je retournerai au logis
demain matin à la fraîche.

— Si vous n'êtes pas trop pressé, dit Joe après un court
silence, et si vous pouvez endurer le pas de cette pauvre
rosse, je serai heureux de vous accompagner jusqu'à la Garenne, monsieur, et de tenir votre cheval quand vous des-
cendrez. Cela vous épargnera la fatigue d'aller à pied au
Maypole, et de revenir à pied. Je peux très-bien vous donner le temps nécessaire, monsieur, car je suis en avance.

— Et moi de même, répliqua Édouard, quoique à mon
insu je galopasse tout à l'heure un peu vite, m'accommodant, je suppose, au train de mes pensées qui couraient la
poste. J'irai volontiers avec vous, Joe, au pas de votre jument, et nous nous ferons aussi bonne compagnie que possible. Allons, du courage ! pensez à la fille du serrurier avec
un cœur résolu, et vous parviendrez à la conquérir. »

Joe secoua la tête ; mais il y avait, dans le ton de ces paroles pleines de chaleur et d'espoir, quelque chose de si en-
courageant, que son ardeur se ranima sous leur influence ;

et la jument grise elle-même en parut toute frétillante. Elle
interrompit son amble modeste, et, prenant un trot assez
doux, elle rivalisa d'allure avec le cheval d'Édouard Chester;
et encore on eût dit qu'elle se flattait en elle-même que le
coursier faisait de son mieux pour la suivre.

C'était une belle soirée; il faisait un temps sec, et la
lumière d'une jeune lune, que, précisément, on voyait alors
se lever, répandait à la ronde cette paix et cette tranquillité
qui donne au soir son charme le plus délicieux. Les ombres
allongées des arbres, estompées comme si elles se reflétaient
dans une eau immobile, jetaient leur tapis sur le chemin que
suivaient nos voyageurs, et la légère brise soufflait avec
plus de douceur encore qu'auparavant, comme pour éventer
seulement la nature dans son sommeil. Peu à peu ils cessè-
rent de parler, et chevauchèrent côte à côte dans un agréable
silence.

« Le Maypole, ce soir, est éclairé d'une manière brillante,
dit Édouard lorsqu'ils passèrent le long de la ruelle d'où
l'auberge était visible, parce que les arbres qui les en séparaient étaient dépouillés de feuilles.

— Brillante en effet, monsieur, répondit Joe en se haussant sur les étriers pour mieux voir. Des lumières dans le
grand salon et un feu qui s'allume dans la meilleure chambre à coucher? Eh mais! ça m'étonne; quel hôte pouvons-
nous donc avoir?

— Quelque cavalier attardé sur la route de Londres, et
qui n'aura pas été tenté de s'y rendre de nuit, je suppose,
au récit de la merveilleuse histoire de mon ami le voleur de
grand chemin, dit Édouard.

— Ce doit être un cavalier de qualité, pour qu'on l'installe
de cette manière-là. Votre propre lit, monsieur!

— Il n'importe, Joe. Je m'arrangerai de toute autre chambre. Mais, allons, voici neuf heures qui sonnent. Doublons le
pas. »

Ils partirent à un petit galop aussi vif que put le soutenir
la monture de Joe, et s'arrêtèrent promptement dans le taillis où la jument avait été laissée le matin. Édouard descendit de cheval, donna sa bride à son compagnon, et marcha
vers la maison d'un pas léger.

Une servante attendait à une porte latérale du mur du

jardin, et l'introduisit sans retard. Il se précipita le long de
l'allée de la terrasse, et monta comme une flèche un large
perron menant à une antique et sombre salle, dont les murailles étaient ornées de panoplies couvertes de rouille, de
bois de cerfs, d'instruments de chasse, et d'autres décora-
tions de ce genre. Il fit là une pause, mais pas longue : car,
au moment où il regardait autour de lui, comme s'il eût
pensé que la servante dût le suivre, et qu'il s'étonnât qu'elle
ne l'eût pas fait, une personne parut, fille charmante, dont
la tête aux noirs cheveux reposa bientôt sur sa poitrine.
Presque au même instant, une main pesante saisit le bras
de cette jeune fille, Édouard se sentit rudement écarté :
M. Haredale était là entre eux.

Il fixa sur le jeune homme un œil sévère, sans ôter son
chapeau; d'une main il étreignit sa nièce, et, de l'autre, qui
tenait sa cravache, il montra la porte à Édouard. Celui-ci,
dans une fière attitude, le regarda fixement à son tour.

« C'est fort beau de votre part, monsieur, de corrompre
mes domestiques, et d'entrer chez moi de votre chef et clan-
destinement comme un voleur! dit M. Haredale. Sortez d'ici,
monsieur, et n'y revenez plus jamais.

— La présence de Mlle Haredale, répliqua le jeune homme
et votre parenté avec elle, vous donnent un droit dont
vous n'abuserez pas, si vous êtes un homme de cœur.
C'est vous qui m'avez contraint à ces entrevues secrètes, et
la faute en est à vous, non pas à moi.

— Ce n'est ni généreux ni honorable, ce n'est pas le fait
d'un galant homme, riposta l'autre, de chercher à surprendre
dre l'affection d'une jeune fille, faible et confiante, tandis que
vous avez l'indignité de vous dérober à la surveillance de
son tuteur, de son protecteur, et que vous n'osez pas venir
à vos rendez-vous en plein jour. Je ne vous en dirai pas davantage; mais, je vous le répète, je vous défends l'entrée de
cette maison, et vous somme de sortir.

— Ce n'est ni généreux ni honorable, ce n'est pas le fait
d'un galant homme de jouer le rôle d'espion! dit Édouard.
Vos paroles attaquent mon honneur, et je les rejette avec le
mépris qu'elles méritent.

— Vous trouverez, dit M. Haredale d'un ton calme, votre fidèle entremetteur qui vous attend à la porte par la-

quelle vous êtes entré. Je n'ai pas joué le rôle d'espion,
monsieur. Le hasard m'a permis de vous voir franchir la
porte, et je vous ai suivi. Vous auriez pu m'entendre frapper pour entrer, si vous aviez eu le pied moins leste, ou si
vous vous étiez arrêté dans le jardin. Veuillez vous retirer.
Votre présence ici est blessante pour moi et pénible pour ma
nièce. »

En disant ces mots, il passa son bras autour de la taille
de la jeune fille terrifiée et tout en pleurs, pour l'attirer plus
près de lui; et, quoique l'habituelle sévérité de ses manières
n'en fût guère altérée, on voyait néanmoins dans son air de
la tendresse et de la sympathie pour la douleur d'Emma.

« Monsieur Haredale, dit Édouard, vous entourez de votre
bras celle en qui j'ai mis toutes mes espérances et mes pensées, et pour laquelle je sacrifierais ma vie avec plaisir, s'il
s'agissait de lui procurer une minute de bonheur; cette maison est l'écrin qui renferme le plus précieux joyau de mon
existence. Votre nièce m'a engagé sa foi, et je lui ai engagé
la mienne. Qu'ai-je donc fait pour que vous me teniez en si
mince estime, et que vous m'adressiez ces paroles discour-
toises ?

— Vous avez fait, monsieur, répondit M. Haredale, ce
qu'il faut défaire. Vous avez formé un nœud d'amour qu'il
faut trancher tout net. Prenez bien garde à ce que je vous
dis : il le faut. J'annule votre engagement mutuel. Je vous
rejette, vous et tous ceux de votre race, tous gens faux,
hypocrites et sans cœur.

— Des insultes, monsieur ? dit Édouard dédaigneusement.

— Ce sont, monsieur, des paroles réfléchies et sérieuses,
et vous en verrez l'effet, répliqua l'autre. Gravez-les dans
votre cœur.

— Gravez donc celles-ci dans le vôtre, dit Édouard. Votre
humeur froide et farouche, qui glace toute poitrine autour de
vous, qui change l'affection en crainte et le devoir en
frayeur, nous a réduits à ces rapports clandestins. Ils ré-
pugnent à notre nature et à nos désirs; ils nous coûtent,
monsieur, plus qu'à vous. Je ne suis pas un homme faux,
hypocrite et sans cœur; c'est vous plutôt, qui hasardez mi-
sérablement ces injurieuses expressions-là en dépit de la

vérité, et sous l'abri des sentiments que je vous ai exprimés tout à l'heure. Vous n'annulerez pas notre engagement mutuel. Je n'abandonnerai pas mes poursuites. Je compte sur la loyauté et l'honneur de votre nièce, et je mets votre influence au défi. Je quitte Emma plein de confiance en sa pure foi, que jamais vous ne réussirez à ébranler, et je n'ai d'autre souci que de ne pas la laisser livrée à des soins plus dignes d'elle. »

Cela dit, il pressa sur ses lèvres la froide main de la jeune fille, et, rencontrant encore le ferme regard de M. Haredale avec un regard aussi ferme, il se retira.

Quelques mots à Joe, en remontant à cheval, lui expliquèrent suffisamment ce qui s'était passé, renouvelèrent tout le désespoir de ce jeune homme, et rendirent sa peine dix fois plus accablante. Ils reprirent la route du Maypole sans échanger une syllabe, et arrivèrent à la porte, chacun avec leur poids sur le cœur.

Le vieux John, qui avait guetté de derrière le rideau rouge, lorsque nos cavaliers avaient crié pour faire venir Hugh, sortit tout de suite, et dit au jeune Chester avec beaucoup d'importance, en lui tenant l'étrier :

« Il est bien confortablement dans son lit, dans le meilleur lit. Un parfait gentleman; le plus souriant, le plus affable gentleman à qui j'aie jamais eu affaire.

— Qui donc, Willet? dit Édouard négligemment en descendant de cheval.

— Votre digne père, monsieur, répliqua John, votre honorable, votre vénérable père.

— Que veut-il dire? demanda Édouard en regardant Joe avec un air où la crainte se mêlait au doute.

— Que *voulez-vous* dire? répéta Joe. Ne voyez-vous pas que monsieur Édouard ne vous comprend point, père?

— Eh mais! ne saviez-vous pas ça, monsieur? dit John en ouvrant ses gros yeux tant qu'il put. Par exemple, c'est singulier! Il est resté ici toute l'après-midi; M. Haredale a eu avec lui un long entretien, et il n'y a pas plus d'une heure qu'il s'en est allé.

— Mon père, Willet?

— Oui, monsieur, il me l'a dit lui-même; un beau gentleman, à la taille fine et droite, habit vert et or. Dans votre

ancienne chambre là-haut, monsieur. Pas de doute que vous
ne puissiez y entrer, monsieur, dit John en reculant de quelques pas sur le chemin et levant ses yeux vers la fenêtre.
Il n'a pas encore éteint sa lumière, à ce que je vois. »

Édouard jeta aussi un coup d'œil sur la fenêtre, et, mur-
murant à la hâte qu'il avait changé d'idée, qu'il avait oublié
quelque chose, et qu'il lui fallait retourner à Londres, il
remonta à cheval et s'éloigna, laissant les Willet père et fils
se regarder l'un l'autre dans un muet étonnement.

CHAPITRE XV.

Le lendemain, vers midi, l'hôte de la veille de John Willet, assis en sa propre maison, prolongeait son déjeuner,
entouré d'une variété de jouissances qui laissaient derrière
elles, à une distance infinie, les plus énergiques tentatives et
le plus haut essor du Maypole pour le bien-être des voyageurs, et dont la comparaison était loin d'être à l'avantage
de cette vénérable taverne.

Dans l'embrasure antique d'une fenêtre, sur un siège aussi
large que bien des sofas modernes, et garni de coussins pour
tenir lieu d'un voluptueux canapé, dans une chambre spacieuse, M. Chester se dorlotait à son aise devant une table
chargée d'un déjeuner complet. Il avait changé sa redingote
contre une belle robe de chambre, ses bottes contre des pantoufles ; il avait eu bien de la peine à réparer le malheur d'a-
voir été obligé de faire au Maypole sa toilette, à son lever,
sans l'aide de son nécessaire et de sa garde-robe ; mais ayant
oublié par degrés, à la faveur de ces ressources domestiques,
les désagréments d'une nuit médiocre et d'une chevauchée
matinale, il était dans un parfait état d'aménité, d'indolence
et de satisfaction.

Il est vrai de dire que la situation où il se trouvait, était
singulièrement favorable au développement de ces sentiments : car, sans parler de l'influence nonchalante d'un dé-

jeuner tardif et solitaire, avec l'additionnel sédatif d'un
journal, il y avait autour de son domicile un air de repos
particulier à ce quartier qui semble y peser encore, même de
notre temps, quoiqu'il soit aujourd'hui plus bruyant et plus
agité qu'il n'était jadis.

Londres offre certainement des quartiers moins propices
que le Temple pour se chauffer au soleil, ou se reposer oisi-
vement à l'ombre, par une journée de chaleur étouffante. Il y
a encore dans ses cours quelque chose d'assoupissant, et une
monotonie rêveuse dans ses arbres et ses jardins ; ceux qui
traversent ses petites rues et ses squares peuvent encore
entendre l'écho de leurs pas sur les pierres sonores, et lire
à ses portes, en y passant du tumulte du Strand et de Fleet-
Street : « Quiconque entre ici laisse tout bruit derrière soi. »
Il y a encore le clapotement de l'eau qui tombe dans la belle
cour des Fontaines ; il y a encore des réduits et des coins où les
étudiants obsédés par les créanciers peuvent regarder, du
haut de leurs poudreux galetas, un mobile rayon de soleil
qui marquette l'ombre des grands bâtiments, et qui ne reflète
que par hasard la forme d'un étranger égaré par là. Il y a
encore, dans le Temple, quelque chose de l'atmosphère cléri-
cale et monacale, que les bureaux publics de la Justice n'ont
pas troublé, et que même les agences officielles de jurispru-
dence n'ont pas pu faire disparaître. Dans l'été, ses pompes
fournissent des jets plus frais, plus étincelants, plus profonds
que les autres puits, aux flâneurs altérés ; en suivant la trace
de l'eau que les cruches pleines répandent sur le sol brûlant,
ils aspirent la fraîcheur, jettent en soupirant de tristes regards vers la Tamise, et pensent aux bains, aux bateaux, aux
excursions aquatiques, avec un morne désespoir.

C'était dans une chambre de Paper Buildings, rangée de
belles demeures qu'ombragent par devant de vieux arbres,
et qui ont vue par derrière sur les jardins du Temple, que se
dorlotait notre homme à son aise, tantôt reprenant le journal qu'il avait déposé cent fois, tantôt s'amusant avec les
bribes de son repas, tantôt tirant son cure-dent d'or et regardant à loisir autour de la chambre, ou bien par la fenêtre,
dans les allées bien peignées des jardins, où un petit nombre de gens inoccupés étaient déjà, quoiqu'il fût de bonne
heure, à se promener de côté et d'autre. Ici, une paire d'a-

mants se trouvaient à un rendez-vous pour se quereller et se raccommoder après ; là, une bonne d'enfant aux yeux noirs faisait plus d'attention aux étudiants en droit qu'à son marmot ; de ce côté, une vieille fille, tenant un bichon en laisse, jetait sur cette double énormité d'obliques regards de dédain ; de l'autre côté, un vieux monsieur, grêle et chétif, lorgnait la bonne d'enfant et jetait sur la vieille fille des regards aussi dédaigneux que les siens, et s'étonnait que la malheureuse ne sût pas qu'elle n'était plus jeune. Loin de tous ces gens-là, sur le bord du fleuve, deux ou trois couples de gens d'affaires marchaient de long en large, livrés à une conversation sérieuse ; un jeune homme assis sur un banc, et seul, avait l'air tout pensif.

« Ned est prodigieusement patient ! dit M. Chester en lançant un coup d'œil à ce dernier, tandis qu'il remettait sa tasse à thé sur la table et pliait son cure-dent d'or.... immensément patient ! Il était assis là-bas quand j'ai commencé à m'habiller, et c'est à peine s'il a changé d'attitude depuis. Le drôle de garçon ! »

Comme il parlait, l'autre se leva et vint dans sa direction d'un pas rapide.

« Vraiment on croirait qu'il m'a entendu, dit le père en reprenant son journal avec un bâillement. Cher Ned ! »

Aussitôt la porte de la chambre s'ouvrit, et le jeune homme entra ; son père lui dit un petit bonjour de la main, et sourit.

« Avez-vous assez de loisir pour un court entretien, monsieur ? dit Édouard.

— Assurément, Ned ; j'ai toujours du loisir ; vous connaissez mon tempérament. Avez-vous déjeuné ?

— Il y a trois heures.

— Quel gaillard matinal ! cria son père en le contemplant de derrière son cure-dent avec un languissant sourire.

— La vérité est, dit Édouard en avançant une chaise et s'asseyant près de la table, que j'ai mal dormi cette nuit et que j'étais bien aise de me lever de bonne heure. La cause de mon malaise ne vous est sans doute pas connue, monsieur, et c'est là-dessus que je désire vous parler.

— Mon cher garçon, répliqua son père, ayez confiance en moi ; je vous en prie. Mais vous connaissez mon tempérament ; pas de phrases.

— Je serai clair et bref, dit Édouard.

— Ne dites pas que vous le serez, mon bon garçon, répliqua son père en croisant ses jambes, ou vous ne le serez certainement pas. Vous disiez donc....

— Simplement ceci alors, dit le fils d'un air de profonde affliction, que je sais où vous étiez hier soir, parce que j'y étais moi-même, voyez-vous. Je sais qui vous y avez vu et ce que vous y alliez faire.

— Est-il possible! cria son père. Je suis enchanté de l'apprendre; cela nous épargne l'ennui, les tiraillements d'une explication, et c'est un grand soulagement pour nous deux. Quoi! à l'auberge? Que n'êtes-vous donc monté? J'aurais été charmé de vous voir.

— Je savais que ce que j'avais à vous dire serait mieux dit après une nuit de réflexion, quand nous serions tous deux à nous parler plus froidement, répliqua son fils.

— Devant Dieu, Ned, riposta le père, j'étais assez froidement hier soir. Ce détestable Maypole! Il faut que ce soit quelque infernale invention de celui qui l'a construit, il tient le vent et le garde frais. Vous vous rappelez ce vent d'est si âpre, et qui soufflait si fort il y a cinq semaines? Je vous en donne ma parole d'honneur, il avait élu domicile hier soir dans cette masure, quoiqu'il y eût au dehors calme plat. Mais vous alliez me dire....

— J'allais vous dire, Dieu sait avec quelle sérieuse conviction, que vous avez fait mon malheur, monsieur. Voulez-vous m'écouter un moment et sérieusement?

— Mon cher Ned, dit son père, je vous écouterai volontiers avec la patience d'un anachorète. Ayez l'obligeance de me passer le lait.

— J'ai vu hier soir Mlle Haredale, reprit Édouard après avoir accédé à cette requête; son oncle, en sa présence, immédiatement après votre entrevue, et, comme je suis forcé de le reconnaître, en conséquence de votre accord, m'a défendu sa maison, et, avec des circonstances outrageantes qui, j'en suis sûr, sont votre ouvrage, il m'a sommé de sortir à l'instant.

— Je ne suis nullement responsable, je vous en donne ma parole d'honneur, Ned, dit son père, de ses façons d'agir à votre égard. En cela, il vous faut l'excuser; c'est un vrai rus-

tre, une bûche, un animal, sans l'ombre de savoir-vivre...
Ah! par exemple, une mouche dans le pot à la crème! la
première que j'aie vu de l'année. »

Édouard se leva et fit quelques pas dans la chambre. Son
imperturbable père but son thé à petits traits.

« Père, dit le jeune homme, s'arrêtant à la fin devant
lui, il n'y a pas à badiner en pareille matière. Nous ne
devons pas nous tromper l'un l'autre ni nous-mêmes. Laissez-moi soutenir ouvertement le rôle viril que je désire
prendre, et ne me repoussez pas par cette indifférence affligeante.

— Si je suis indifférent ou non, répliqua l'autre, c'est ce
dont je vous laisse juge, mon cher garçon. Une course à
cheval de vingt-cinq ou trente milles à travers des routes
fangeuses; un dîner du Maypole, un tête-à-tête avec Haredale,
ce qui, vanité à part, me rappelait tout à fait la scène entre
Orson et Valentine; un lit du Maypole, un aubergiste du
Maypole et un cortége du Maypole, composé d'un idiot et
d'un centaure, j'ai supporté tout cela : est-ce de l'indifférence, cher Ned? n'est-ce pas plutôt l'excessive sollicitude,
le dévouement, et toute chose analogue, d'un père? Je vous
en fais juge vous-même.

— Je désire que vous considériez, monsieur, dit Édouard,
dans quelle cruelle situation je suis placé. Aimant Mlle Haredale comme je l'aime....

— Mon cher garçon, interrompit son père avec un sourire
plein de compassion, non, vous ne faites rien de pareil. Vous
ne savez pas du tout ce que vous dites. Tout cela n'est pas,
je vous assure. Maintenant, croyez ce que je vous en dis.
Vous avez du bon sens, Ned, beaucoup de bon sens. Je m'é-
tonne que vous puissiez commettre d'aussi prodigieuses ab-
surdités. Réellement vous me surprenez.

— Je répète, dit son fils d'un ton ferme, que je l'aime.
Vous êtes intervenu pour nous séparer, et vous y avez réussi
autant que vous pouviez le faire : je vous en ai dit l'effet tout
à l'heure. Est-il encore temps pour moi de vous amener,
monsieur, à voir notre attachement d'un œil plus favorable?
ou bien est-ce votre intention et votre immuable résolution
de nous tenir séparés si vous pouvez?

— Mon cher Ned, répliqua son père en prenant une prise

de tabac et lui poussant sa tabatière, c'est mon dessein indubitablement.

— Le temps qui s'est écoulé, répondit son fils, depuis que j'ai commencé à connaître ce qu'elle vaut, a fui dans un tel rêve que j'ai pu à peine jusqu'à présent m'arrêter à réfléchir sur ma position. Que vous dirai-je? Dès l'enfance, j'ai été accoutumé au luxe et à l'oisiveté; j'ai été élevé comme si ma fortune était considérable, et mes espérances presque sans limites. On m'a familiarisé dans mon berceau avec l'idée de la fortune. On m'a appris à regarder ces moyens, par lesquels les hommes parviennent à la richesse et aux distinctions, comme indignes de mes soins et de mes efforts. J'ai reçu, suivant l'expression consacrée, une éducation libérale, ce qui fait que je ne suis propre à rien. Je me trouve finalement dépendre tout à fait de vous, et n'avoir pas d'autre ressource que dans votre bienveillance. Sur cette question de la dernière importance pour mon avenir, nous ne sommes point d'accord, et il ne semble guère que nous puissions l'être jamais. Je me suis senti une répugnance instinctive, aussi bien pour les personnes auxquelles vous m'aviez pressé de faire ma cour, que pour les motifs d'intérêt et de lucre qui vous faisaient souhaiter qu'elles devinssent mon point de mire. S'il n'y a pas eu jusqu'ici de franche explication entre nous, monsieur, ce n'est certes pas ma faute. S'il vous semble que je vous parle maintenant avec trop de franchise, je le fais, croyez-moi, mon père, dans l'espoir qu'il y aura entre nous à l'avenir plus de franchise, une plus digne confiance et un plus tendre épanchement.

— Mon bon garçon, dit en souriant son père, vous me touchez tout à fait. Continuez, je vous prie, mon cher Édouard. Mais rappelez-vous votre promesse. Il y a un grand sérieux, une immense candeur, une évidente sincérité dans tout ce que vous dites, mais j'ai bien peur d'y trouver la trace d'une vague tendance à faire des phrases.

— J'en suis très-fâché, monsieur.

— J'en suis très-fâché aussi, Ned; mais vous savez qu'il m'est impossible de fixer mon esprit sur une longue période à la fois. Si vous voulez aller d'un seul coup au point capital, j'imaginerai tout ce qui doit précéder, et je supposerai que cela a été dit. Ayez l'obligeance de me passer encore le lait. Voyez-vous, c'est plus fort que moi, cela me donne la fièvre.

— Voici donc en résumé ce que j'aurais voulu vous dire, reprit Édouard. Je ne saurais supporter de dépendre absolument de quelqu'un, même de vous, monsieur. J'ai perdu bien du temps, j'ai jeté à mes pieds bien des occasions propices, mais je suis encore jeune, et cela peut se réparer. Me fournirez-vous les moyens de dévouer les talents et toute l'énergie que j'ai en partage à quelque but digne de mes efforts? Me laisserez-vous tenter de me frayer moi-même un honorable chemin dans la vie? Pendant tout ce laps de temps qu'il vous plaira de me fixer, cinq ans, par exemple, si cela vous convient, je m'engage à ne pas faire, sur le terrain où nous sommes en désaccord, un pas de plus sans votre plein concours. Durant cette période, je tâcherai, aussi sérieusement, aussi patiemment que n'importe qui, de m'ouvrir quelque perspective d'avenir, et de vous délivrer du fardeau que vous pourriez craindre de voir retomber sur vous si j'épousais une femme dont le mérite et la beauté sont les principaux avantages. Consentez-vous à cela, monsieur? A l'expiration du terme convenu, ce sujet sera discuté de nouveau. Jusque-là donc, à moins que vous ne le remettiez sur le tapis vous-même, qu'il n'en soit plus question entre nous.

— Mon cher Ned, répliqua son père, en déposant le journal qu'il avait négligemment parcouru et se rejetant en arrière sur son siége dans l'embrasure de la fenêtre, vous savez, je crois, combien j'aime peu ce qu'on appelle affaires de famille; cela n'est bon, suivant la coutume plébéienne, qu'aux jours de Noël, et n'a pas le moindre rapport avec des gens de notre condition. Mais comme votre plan de conduite roule sur un malentendu, Ned, absolument sur un malentendu, je surmonterai ma répugnance à traiter des matières pareilles, et je vous répondrai d'une façon parfaitement claire et candide, si vous voulez bien avoir la complaisance de fermer la porte. »

Édouard lui ayant obéi, il tira de sa poche un élégant petit couteau, et se faisant les ongles, il continua :

« Vous avez à me remercier, Ned, d'être de bonne famille : car votre mère, qui était une charmante femme, et qui m'a laissé presque le cœur brisé (je vous fais grâce des autres lo-

cutions d'usage) lorsqu'elle fut prématurément contrainte de
me quitter pour devenir immortelle, n'avait pas de quoi se
vanter sur le chapitre de la naissance.

— Son père était du moins, monsieur, un légiste éminent,
dit Édouard.

— C'est juste, Ned, parfaitement juste. Il avait une haute
position au barreau, un grand nom et une grande fortune,
mais il n'était pas né. J'ai toujours fermé mes yeux et obstinément résisté à cette considération, mais je crains fort que
le père de votre grand-père maternel n'ait vendu de la char-
cuterie et que son commerce n'ait cumulé les pieds de veau
et les saucisses. Il désirait marier sa fille dans une bonne famille. Le vœu de son cœur fut accompli, Ned. J'étais le cadet
d'un cadet, j'épousai votre mère. Nous avions chacun notre
but, qui fut atteint. Elle entra tout d'un coup dans les cercles les plus distingués, dans le meilleur monde, et moi j'entrai en possession d'une fortune qui, je vous l'assure, était
très-nécessaire à mon confort, tout à fait indispensable.
Maintenant, mon bon garçon, cette fortune est du nombre
des choses qui ont été. Elle est partie, Ned, il y a déjà....
Quel est votre âge? je l'oublie toujours.

— Vingt-sept ans, monsieur.

— Auriez-vous vraiment cet âge-là? cria son père, en soulevant ses paupières avec une languissante surprise. Déjà!
Il faut donc vous dire, Ned, que la queue de cette comète
brillante qu'on appelait ma fortune a disparu de l'horizon il
y environ, autant que je peux me le rappeler, dix-huit ou
dix-neuf ans. Ce fut vers cette époque que je vins occuper
cet appartement (qu'occupa jadis votre grand-père, et que
m'a légué cette personne extrêmement respectable), et c'est
alors que je commençai à vivre d'une pension assez chétive
et de ma réputation passée.

— Vous plaisantez avec moi, monsieur, dit Édouard.

— Pas le moins du monde, je vous l'assure, répliqua son
père avec un grand calme. Ces questions domestiques sont
excessivement arides, et n'admettent pas, je le dis à mon
profond regret, la plaisanterie : ce serait au moins une consolation. C'est pour cette raison, et parce que je n'aime pas
ce qui ressemble à une affaire, que je ne peux pas les souffrir.
Eh bien, vous savez le reste. Un fils, Ned, sauf lorsque son

âge nous en fait un compagnon, c'est-à-dire lorsqu'il n'a que
vingt-deux ou vingt-trois ans, n'est pas quelque chose d'a-
gréable à avoir autour de soi. C'est une gêne pour son père,
comme son père est une gêne pour lui ; ils portent atteinte
l'un et l'autre à leur mutuel bien-être. C'est pourquoi, jusqu'à ces quatre dernières années ou environ.... j'ai une pauvre
mémoire en fait de dates, mais vous rectifierez cela dans votre
esprit.... vous avez poursuivi vos études à distance, et amassé
une grande variété de talents. Nous avons passé ici, dans
l'occasion, une semaine ou deux ensemble, et nous ne nous
sommes incommodés que comme de si proches parents peuvent le faire. Enfin vous êtes revenu à la maison. Et je
vous dirai avec candeur, mon cher enfant, que, si vous aviez
été un de ces grands dadais comme j'en vois, je vous eusse
exporté au bout du monde.

— Je regrette de tout mon cœur que vous ne l'ayez pas
fait, monsieur, dit Édouard.

— Non, vous ne le regrettez pas, Ned, répliqua froidement
son père. Vous êtes dans l'erreur, je vous l'assure. J'ai trouvé
en vous un beau garçon, qui prévient en sa faveur, qui a de
l'élégance, et je vous ai lancé dans un monde où je commande
encore. En cela, mon cher garçon, j'estime que j'ai pourvu
à votre avenir, et je compte que vous ferez quelque chose
afin de pourvoir en revanche au mien.

— Je ne comprends pas votre pensée, monsieur, dit
Édouard.

— Ma pensée, Ned, est facile à saisir.... Encore une
mouche dans le pot à crème ! Mais ayez la bonté de ne pas la
poser là comme vous avez fait la première fois : car, lorsqu'elles marchent avec leurs pattes toutes pleines de lait,
il n'y a rien de plus disgracieux et de plus désagréable.... Ma
pensée est que vous devez faire ce que j'ai fait, que vous devez faire un bon mariage et tirer le meilleur parti possible
de vous-même.

— Un véritable coureur de fortune ! cria le fils, d'un air
indigné.

— Mais, au nom du diable, Ned, que voulez-vous donc
être? répliqua le père. Tous les hommes ne sont-ils pas des
coureurs de fortune ? La magistrature, l'Église, la cour,
l'armée, voyez comme tout cela est encombré de coureurs de

fortune, qui se heurtent les uns les autres dans leur poursuite. La Bourse, la chaire, le comptoir, le salon royal, les
chambres, qu'est-ce qui remplit tout cela, sinon des coureurs de fortune ? Un coureur de fortune ! oui, vous en *êtes*
un ; et vous ne seriez pas autre chose, mon cher Ned, si
vous étiez le plus grand courtisan, légiste, législateur, pré-
lat ou marchand, qu'il y eût au monde. Si vous vous pi-
quez de délicatesse, de moralité, Ned, consolez-vous par
cette réflexion qu'en vous faisant un coureur de fortune, vous
ne pouvez, au pis, que rendre une seule personne misérable
ou malheureuse. Combien supposez-vous que ces chasseurs
d'une autre espèce écrasent de gens lorsqu'ils courent après
la fortune ? Des centaines à chaque pas, ou des milliers ? »

Le jeune homme, sans répondre, appuya sa tête sur sa
main.

« Je suis tout à fait charmé, dit le père, qui se leva et se
promena lentement çà et là, s'arrêtant de temps en temps
pour se regarder dans une glace, ou pour examiner un tableau
avec son lorgnon, d'un air de connaisseur, que nous ayons
eu cette conversation, Ned, si peu attrayante qu'elle fût. Cela
établit entre nous une confiance qui est tout à fait délicieuse,
et qui était certainement nécessaire, quoique je ne puisse
pas concevoir, je vous l'avoue, que vous ayez jamais pu
vous méprendre sur notre position et sur mes desseins. Je
me suis persuadé, jusqu'à ce que j'eusse découvert votre
caprice pour cette jeune fille, que tous ces points-là étaient
tacitement convenus entre nous.

— Je savais vos embarras de fortune, monsieur, répliqua
le fils, en relevant sa tête un moment et retombant ensuite
dans sa première attitude, mais je n'avais aucune idée que
nous fussions des misérables, réduits à la mendicité, comme
vous venez de nous dépeindre. Comment pouvais-je le supposer, élevé comme je l'ai été, témoin de la vie que vous
avez toujours menée et du train de maison que vous avez
toujours eu ?

— Non, cher enfant, dit le père : car en réalité vous parlez
si bien comme un enfant, que je ne peux pas vous donner
d'autre nom : vous avez été élevé d'après un principe de haute
prudence ; le style de votre éducation, je vous l'assure, a
maintenu mon crédit d'une façon étonnante. Quant à la vie

que je mène, il faut que je la mène, Ned. Il faut que j'aie
autour de moi ces petits raffinements. J'ai toujours été habitué à les avoir, je ne saurais exister sans cela. Il faut que j'en
sois environné, comme vous voyez, et c'est pour cela que j'y
tiens. Quant à notre situation financière, Ned, vous pouvez
mettre votre esprit en repos sur cet article. Elle est désespérée. Votre représentation personnelle n'est nullement méprisable, et l'argent réuni de nos menus plaisirs dévore à lui
seul notre revenu. Voilà la vérité.

— Pourquoi ne l'ai-je pas connue plus tôt? Pourquoi
m'avez-vous encouragé, monsieur, à des dépenses et à un
genre de vie auxquels nous n'avons ni droit ni titre?

— Mon bon garçon, répliqua son père d'une voix plus
compatissante que jamais, si vous n'aviez pas de représentation, comment auriez-vous chance de réussir à faire le mariage que je vous destine? Quant à notre genre de vie, tout
homme a le droit de vivre le mieux qu'il peut et de se procurer autant de confort qu'il peut, ou c'est un gredin déna-
turé. Nos dettes sont grandes, j'en conviens; il vous sied
donc, à vous qui êtes un jeune homme muni de principes
d'honneur, de payer nos dettes le plus diligemment possible

— Quel rôle de scélérat, marmotta Édouard, j'ai joué à
mon insu! moi conquérir le cœur d'Emma Haredale! Je voudrais, par pitié pour elle, être mort avant!

— Je suis bien aise que vous voyiez, Ned, répliqua son
père, une chose qui est de la plus parfaite évidence; c'est-à-
dire qu'il n'y a rien à faire de ce côté-là. Mais à part ceci,
et la nécessité de vous pourvoir avec diligence d'un autre
côté (comme vous savez que vous le pouvez dès demain, si
vous voulez), je désirerais que vous pussiez envisager avec
plaisir l'événement. Au seul point de vue religieux, est-ce
que vous devriez jamais songer à une union avec une catholique.... à moins qu'elle ne fût prodigieusement riche? vous
qui devez être un si bon protestant, puisque vous sortez
d'une si bonne famille protestante! Soyons moraux, Ned,
ou nous ne sommes rien. Quand même on écarterait cette
objection, ce qui est impossible, nous arrivons à une autre
qui est tout à fait décisive. La simple idée d'épouser une
jeune fille dont le père a été assassiné, haché comme chair à
pâté! bon Dieu, Ned, y a-t-il une idée plus désagréable? Ré-

fléchissez à l'impossibilité d'avoir quelque respect pour votre
beau-père dans des circonstances si déplaisantes; pensez que,
ayant été l'objet de l'examen des jurés, de l'autopsie des
coroners, il ne peut avoir en conséquence qu'une position très-
équivoque au sein de sa famille. Cela me semble quelque
chose de si contraire à la délicatesse des idées, que, dans
ma conviction, l'État aurait dû mettre à mort la jeune fille,
pour prévenir les suites. Mais je vous ennuie peut-être;
vous préféreriez être seul? Je vous laisserai seul, mon cher
Ned, très-volontiers. Dieu vous bénisse! Je vais sortir
tout à l'heure, mais nous nous retrouverons ce soir, ou
sinon ce soir, certainement demain. Ayez soin de vous d'ici
là, pour l'amour de vous et pour l'amour de moi. Vous êtes
une personne dont la santé est d'un grand intérêt pour
moi, Ned, d'une importance énorme, en vérité. Dieu vous
bénisse! »

Cela dit, le père, qui avait arrangé sa cravate devant la
glace pendant qu'il parlait avec une négligence décousue,
quitta l'appartement en fredonnant un air. Le fils, qui avait
paru plongé dans ses pensées au point de ne pas entendre ni
comprendre ce que son père disait, resta tout à fait immobile
et silencieux. Au bout d'une demi-heure ou environ, Chester
père, dans une fraîche toilette, sortit. Chester fils resta toujours assis et immobile, sa tête appuyée sur ses mains; il
semblait être devenu stupide.

CHAPITRE XVI.

Une série de peintures représentant les rues de Londres
la nuit, à la date comparativement récente de cette histoire,
offrirait aux yeux quelque chose d'un caractère si différent
de la réalité dont nous sommes aujourd'hui les témoins, qu'il
serait difficile pour le spectateur de reconnaître ses plus familières promenades à la distance d'un demi-siècle ou à peu
près.

Elles étaient, depuis la première jusqu'à la dernière, depuis
la plus large et la plus belle jusqu'à la plus étroite et la
moins fréquentée, fort ténébreuses. Les réverbères à mèche
de coton imbibée d'huile, quoique régulièrement visités
deux ou trois fois durant les longues nuits d'hiver, ne brû-
laient qu'à peine dans les meilleurs cas ; et à une heure avancée, lorsqu'ils n'avaient plus l'assistance des lampes et des
chandelles des boutiques, ils ne projetaient sur le trottoir
qu'une traînée de lumière douteuse, laissant les portes en
saillie et les façades des maisons dans la plus profonde obscurité. Une foule de cours et de ruelles étaient totalement aban-
données aux ténèbres. Les voies publiques d'un ordre inférieur, où une faible lumière clignotait pour une vingtaine de
maisons, passaient pour être très-favorisées. Même dans ces
quartiers, les habitants avaient souvent de bons motifs pour
éteindre leur réverbère aussitôt qu'on l'allumait ; et la surveillance étant impuissante à les empêcher de le faire, ils ne se
gênaient pas pour recommencer selon leur bon plaisir. Ainsi,
dans les passages les mieux éclairés, il y avait, à chaque
tournant, quelque place obscure et dangereuse où un voleur
pouvait se sauver et se cacher, et où peu de gens se sou-
ciaient de le suivre ; et la cité était alors séparée des faubourgs,
qui l'ont rejointe depuis, par une ceinture de champs, d'allées
vertes, de terrains incultes, de routes solitaires, qui permet-
taient au malfaiteur, même quand la poursuite était vive, de
s'échapper aisément.

Il ne faut pas s'étonner qu'à la faveur de ces circonstances
en pleine et incessante activité, des vols dans les rues, vols
souvent accompagnés de cruelles blessures, et maintes fois
de mort d'homme, eussent lieu nuitamment au cœur même de
Londres, ni que les gens paisibles éprouvassent une grande
frayeur à traverser ses rues quand les boutiques étaient fermées. Pour ceux qui rentraient seuls chez eux à minuit, c'é-
tait une habitude assez commune de tenir le milieu de la
chaussée, afin d'être mieux en garde contre les voleurs en
embuscade sur les bas côtés ; on y regardait pour s'en
retourner, sur le tard, à Kentish Town ou à Hampstead, ou
même à Kensington et à Chelsea, sans armes et sans escorte ;
celui-là qui venait de faire blanc de son épée au souper de
la taverne, et qui n'avait qu'un mille environ à faire, n'était

pas fâché de payer un porteur de torche pour se faire escorter jusque chez lui.

Beaucoup d'autres détails caractéristiques, pas tout à fait si désagréables, se voyaient alors à Londres, dans les voies de circulation, détails avec lesquels on était depuis longtemps familiarisé. Quelques boutiques, spécialement celles du côté oriental de Temple-Bar, adhéraient encore à l'ancien usage de suspendre à l'extérieur une enseigne ; et ces belles images, en criant et se balançant dans leurs cadres de fer durant les nuits venteuses, formaient, pour les oreilles de ceux qui étaient au lit, mais réveillés, ou de ceux qui traversaient les rues précipitamment, un concert étrange et lamentable. De longues stations de voitures de louage et des groupes de porteurs de chaise, en comparaison desquels les cochers d'à présent sont doux et polis, obstruaient la voie publique et remplissaient l'air de clameurs. Les caveaux nocturnes, indiqués par un petit courant de lumière qui, franchissant le trottoir, s'étendait jusqu'au milieu de la rue, et par le tapage étouffé des voix d'en bas, restaient béants pour recevoir et régaler les êtres les plus dépravés des deux sexes. Sous chaque auvent et à l'encoignure de chaque édifice, des porteurs de torches, en petits groupes, perdaient au jeu leur gain de la journée; ou l'un deux, plus las que les autres, cédait au sommeil, et laissait le reste de sa torche tomber en sifflant sur le sol bourbeux.

Il y avait aussi le veilleur avec son bâton et sa lanterne, criant l'heure qu'il était et le temps qu'il faisait ; et ceux qui, réveillés à sa voix, se retournaient dans leur lit, ne l'en trouvaient que meilleur en apprenant avec plaisir qu'il pleuvait, ou qu'il neigeait, ou qu'il ventait, ou qu'il gelait, sans qu'ils en souffrissent en rien dans leur confort. Le passant solitaire tressaillait au cri des porteurs de chaise : « Place, s'il vous plaît ! » lorsque deux de ces hommes arrivaient en trottant et le dépassaient avec leur véhicule à vide, renversé en arrière pour montrer qu'il était libre, en se précipitant vers la station la plus proche. Mainte chaise particulière, renfermant quelque belle dame monstrueusement garnie de cerceaux et de falbalas, et précédée de coureurs portant des flambeaux, dont les éteignoirs sont encore suspendus devant la porte d'un petit nombre de maisons du meilleur genre,

donnait à la rue un moment de gaieté et de légèreté, pendant
qu'elle y passait en dansant, pour la rendre plus sombre et
plus sinistre encore lorsqu'elle avait passé. Ce n'était pas
chose rare, pour ces coureurs, qui menaient tout le monde
tambour battant, de se prendre de querelle dans la salle des
domestiques tandis qu'ils attendaient leurs maîtres et leurs
maîtresses; d'en venir aux coups soit là, soit dehors dans la
rue, et de joncher le lieu de l'escarmouche de poudre à cheveux, de morceaux de perruques et de bouquets éparpillés.
Le jeu, ce vice si répandu dans tous les rangs (il était mis
naturellement à la mode par l'exemple des classes supé-
rieures), était en général la cause de ces disputes; car les
cartes et les dés s'étalaient aussi à découvert, enfantaient autant de mal, et produisaient une excitation aussi grande dans
les vestibules que dans les salons. Tandis que des incidents
de ce genre, provenant de soirées, de mascarades ou de parties au quadrille[1], se passaient à l'extrémité orientale de la
ville, de lourdes diligences et des charrettes massives (il n'y
avait pas d'ailleurs grande différence de vitesse) roulaient lentement leur cargaison vers la cité; le cocher, le conducteur,
les voyageurs, étaient armés jusqu'aux dents; la diligence, en
retard d'un jour ou deux peut-être, mais on n'y regardait
pas de si près, était dévalisée par des voleurs de grand chemin. Ces voleurs-là ne se faisaient pas scrupule d'attaquer,
souvent seuls de leur bande, toute une caravane d'hommes et
de marchandises; ils tuaient quelquefois à coups de fusil un
voyageur ou deux; quelquefois aussi ils se faisaient tuer
eux-mêmes, selon que le cas se présentait. Le lendemain, le
bruit de ce nouvel acte d'audace sur les routes parcourait la
ville et fournissait matière aux conversations pendant quelques heures. Puis une procession publique de quelques beaux
gentlemen (à moitié ivres), dirigés sur Tyburn, habillés à la
dernière mode, et maudissant l'aumônier de la prison avec
une bravoure et une grâce inexprimables, offrait à la populace un agréable divertissement en même temps qu'un grand
et salutaire exemple.

Parmi tous les redoutables individus qui, profitant d'un
tel état de société, rôdaient et se cachaient la nuit dans la

---

1. Jeu de quatre personnes avec quarante cartes.

capitale, il y avait un nombre ~~~~~~ beaucoup d'autres, aussi rudes et aussi farouches que lui, s'écartaient avec une terreur involontaire. Qui il était, d'où il venait, c'était une question souvent faite, mais à laquelle personne ne pouvait répondre. On ignorait son nom; il n'y avait pas plus de huit jours qu'on l'avait vu pour la première fois, et il était également inconnu des vieux et des jeunes scélérats dont il s'aventurait sans crainte à hanter les repaires. Ce ne pouvait être un espion, car il ne relevait jamais son chapeau rabattu pour regarder autour de lui; il n'entrait en conversation avec personne, ne s'occupait en rien de ce qui se passait, n'écoutait aucun discours, n'examinait ni ceux qui arrivaient ni ceux qui s'en allaient. Mais aussitôt qu'on était au fort de la nuit, on était sûr de le retrouver au milieu de la cohue des caveaux nocturnes où se rendaient les bandits de tout grade; et il y restait assis jusqu'au matin.

Ce n'était pas seulement à leurs fêtes licencieuses qu'il avait l'air d'un spectre, de quelque chose qui les glaçait au milieu de leur bruyante gogaille, et les obsédait comme un fantôme; sorti de là, il était le même. Dès qu'il faisait sombre, il était dehors, jamais en compagnie de qui que ce fût, mais toujours seul; jamais ne s'arrêtant, ne flânant, mais toujours marchant d'un pas rapide, regardant par-dessus son épaule de temps en temps, et, après avoir regardé ainsi, accélérant son pas. Dans les champs, dans les sentiers, dans les routes, dans tous les quartiers de la ville, est, ouest, nord et sud, on voyait cet homme glisser comme une ombre. Il était toujours pressé. Ceux qui le rencontraient le voyaient passer bien vite; ils surprenaient son coup d'œil en arrière, et le voyaient se perdre dans l'obscurité.

Cette constante agitation, cette fuite errante et perpétuelle, donnaient naissance à d'étranges histoires; on l'avait vu en des endroits si éloignés l'un de l'autre et à des heures si rapprochées, qu'il y avait des gens qui n'étaient pas bien sûrs qu'au lieu d'être tout seul, cet homme-là ne fût pas double ou triple, avec des moyens surnaturels pour voyager d'un endroit à un autre. Le voleur à pied qui se cachait dans un fossé l'avait remarqué passant comme un spectre le long du bord; le vagabond l'avait vu sur la grande route ténébreuse; le mendiant l'avait vu s'arrêter sur un pont, bais-

ser la tête pour regarder l'eau, puis filer encore; ceux qui
trafiquaient de cadavres avec les chirurgiens pouvaient jurer
qu'il couchait dans des cimetières, et qu'ils l'avaient vu fuir
en glissant parmi les tombes, à leur approche. Et, lorsqu'on
se racontait ces histoires à l'oreille l'un de l'autre, on était
tout étonné que le narrateur, après avoir regardé autour de
lui, tirait son auditeur par la manche pour lui dire : « Chut!
il est là. »

Enfin un homme, un de ceux qui travaillent dans le cadavre, résolut de questionner cet étrange compagnon. La
nuit suivante, quand l'autre eut mangé sa pauvre pitance
avec voracité (on avait observé que c'était sa coutume de
manger de la sorte, comme s'il ne faisait pas d'autres repas
de tout le jour), notre gaillard vint s'asseoir auprès de l'inconnu, coude à coude.

« Une sombre nuit, maître!

— Oui, une sombre nuit.

— Plus sombre que la dernière, bien qu'elle fût noire
comme de la poix. N'est-ce pas vous que j'ai croisé proche
la barrière, sur la route d'Oxford ?

— Comme il vous plaira. Je ne sais pas.

— Allons, allons, maître, cria le questionneur, encouragé
par les regards de ses camarades et lui tapant sur l'épaule,
soyez donc plus sociable, plus communicatif. Il faut se conduire en gentleman quand on est en si bonne compagnie. Il
circule des histoires parmi nous que vous êtes vendu au
diable, et que sais-je encore ?

— Est-ce que nous ne le sommes pas tous ici ? répliqua
l'inconnu en redressant la tête. Si nous étions moins nombreux, peut-être nous donnerait-il un meilleur prix.

— Ma foi! ça ne vous profite pas beaucoup, en effet, dit le
loustic, lorsque l'inconnu laissa voir sa sauvage figure toute
crasseuse et ses vêtements en lambeaux. Qu'est-ce que ça
veut dire? Allons! gai, gai, mon maître! un couplet de
chansonnette à nous faire rire aux éclats!

— Si vous voulez entendre chanter, vous n'avez qu'à
chanter vous-même, répliqua l'autre en l'écartant avec
rudesse; mais ne me touchez pas, pour peu que vous ayez
de prudence. Je porte des armes qui partent aisément;
elles l'ont déjà fait avant cette heure-ci, et des étrangers

qui n'en savent pas le truc s'exposent en mettant la main
sur moi.

— Est-ce une menace? dit le questionneur.

— Oui, » répliqua l'inconnu en se levant, se tournant
vers lui, et regardant à la ronde avec un air farouche,
comme dans l'appréhension d'une attaque générale.

Sa voix, son regard, son attitude, exprimant la scéléra-
tesse qui ne calcule rien et qui est capable de tout, domptèrent l'assistance par le dégoût autant que par la crainte.
Quoique dans une sphère très-différente, c'était encore l'effet
déjà produit au Maypole.

« Je suis ce que vous êtes tous, et je vis comme vous
vivez tous, dit l'inconnu d'un ton sévère après un court silence. Je me cache ici comme les autres; et, si nous étions
surpris, je jouerais peut-être mon rôle avec les meilleurs
d'entre vous. Si mon humeur est qu'on me laisse tranquille,
laissez-moi tranquille, ou bien, et il fit alors un terrible jurement, il y aura quelque mauvais coup de fait dans ce lieu,
quoique vous soyez plus de vingt contre moi. »

Un sourd murmure, qui tenait peut-être à la terreur qu'inspirait l'homme et au mystère qui l'environnait, peut-être
aussi à la sincère opinion de quelques-uns des spectateurs,
que ce serait un fâcheux précédent de se mêler d'une façon
trop curieuse des affaires personnelles d'un gentleman,
quand il juge à propos de les celer, avertit l'auteur de la
querelle qu'il n'avait rien de mieux à faire que de ne pas la
mener plus loin. Peu de temps après, l'inconnu se coucha
sur un banc pour dormir; et, lorsqu'on se remit à penser à
lui, il avait disparu.

Le lendemain soir, aussitôt que fut venue l'obscurité, il
circula de nouveau et traversa les rues; il alla devant la
maison du serrurier plus d'une fois : mais la famille était ab-
sente, et tout était fermé. Ce soir-là, par le pont de Londres,
il arriva dans Southwark. Comme il enfilait une rue longue,
une femme avec un petit panier au bras tournait pour y entrer à l'autre bout. Dès qu'il la vit, il se cacha sous une
espèce de voûte, et se tint à l'écart jusqu'à ce qu'elle fût
passée; alors il sortit de sa cachette et la suivit.

Elle entra dans différentes boutiques pour y acheter diverses provisions de ménage, et, autour de chaque endroit

où elle s'arrêta, il voltigea comme son mauvais génie, la suivant chaque fois qu'elle reparaissait. Il était près de neuf heures, et les rues se dégarnissaient vite de passants, lorsqu'elle retourna sur ses pas, sans doute pour aller au logis. Le fantôme la suivit encore.

Elle reprit la même rue borgne où il l'avait aperçue la première fois ; cette rue, n'ayant pas de boutiques et étant étroite, se trouvait extrêmement sombre. La pauvre femme y doubla le pas, comme si elle eût craint d'être arrêtée et dépouillée de ce qu'elle avait sur elle, quoiqu'elle n'eût pas grand'chose. Il rampa le long de l'autre côté. Eût-elle été douée de la vitesse du vent, il semblait que l'ombre terrible de cet homme l'eût suivie à la trace et réduite aux abois.

Enfin la veuve, car c'était elle, atteignit sa propre porte, et, toute haletante, elle fit une pose pour prendre la clef dans son panier. La joue en feu, par suite de sa marche précipitée, et peut-être aussi de sa joie d'être arrivée saine et sauve au logis, elle se baissa pour tirer la clef, lorsque, en relevant la tête, elle le vit qui se tenait silencieusement auprès d'elle : l'apparition d'un rêve.

Il lui mit la main sur la bouche, mais c'était inutile, car sa langue, s'attachant à son palais, ne lui laissait nul moyen de crier.

« Voilà plusieurs soirs que je vous guette. La maison est-elle libre ? Répondez. Y a-t-il quelqu'un chez vous ? »

Elle ne put répondre que par un râle dans son gosier.

« Faites-moi un signe. »

Elle sembla indiquer qu'il n'y avait personne chez elle. Il prit la clef, ouvrit la porte, déposa la malheureuse à l'intérieur, et ferma la porte avec soin derrière eux.

CHAPITRE XVII.

C'était une nuit glaciale, et dans la salle à manger de la veuve il n'y avait presque plus de feu. L'inconnu, son compagnon, l'assit sur une chaise, se baissa devant les braises à moitié éteintes, et, les ayant réunies et rassemblées, les éventa avec son chapeau. De temps en temps il lui jetait un coup d'œil par-dessus son épaule, comme pour s'assurer qu'elle demeurait tranquille et ne faisait aucune tentative de fuite ; puis, le coup d'œil jeté, il ne s'occupait plus que du feu.

Ce n'était pas sans raison qu'il prenait toute cette peine, car ses vêtements étaient tout trempés, ses dents claquaient, et il frissonnait de la tête aux pieds. Il avait plu très-fort durant la nuit précédente et quelques heures le matin ; mais, à partir de l'après-midi, il avait fait beau. En quelque lieu qu'il eût passé les heures ténébreuses, son état témoignait suffisamment qu'il en avait passé la plus grande partie en plein air. Souillé de boue, ses habits saturés d'eau s'attachant à ses membres dans une étreinte humide, sa barbe non faite, sa figure sale, les joues maigres et creuses, il est douteux qu'il existât un être plus misérable que cet homme accroupi sur le foyer de la veuve, et surveillant les progrès de la flamme avec des yeux injectés de sang.

Elle avait couvert de ses mains sa figure ; il semblait qu'elle craignît de regarder de son côté. Ils restèrent ainsi pendant quelques moments en silence. Jetant derechef un coup d'œil autour de lui, il demanda enfin :

« Est-ce votre maison ?

— C'est ma maison. Pourquoi, au nom du ciel, venez-vous l'attrister ?

— Donnez-moi à manger et à boire, répondit-il d'un ton bourru, ou je ferai bien pis. Je suis glacé jusqu'à la moelle des os par l'humidité et par la faim. Il me faut de la chaleur et de la nourriture, et il me les faut ici.

— C'est vous qui étiez le voleur de la route de Chigwell ?

— C'était moi.

— Et presque un assassin après.

— Ce n'est pas l'intention qui a manqué. Il y a quelqu'un qui est arrivé sur moi en criant à tue-tête; il lui en aurait cuit s'il n'était pas si agile. Je lui ai lancé un coup.

— Un coup de poignard, à *lui!* cria la veuve, les yeux au ciel. Vous entendez cet homme, mon Dieu! vous l'entendez, et vous en êtes témoin. »

Il la regarda au moment où, la tête renversée en arrière, et les deux mains crispées ensemble, elle prononça ces mots dans l'agonie de son appel à Dieu. Alors, bondissant sur ses pieds, après cette crise, il s'avança vers elle :

« Prenez garde! cria-t-elle d'une voix qu'elle étouffait, et dont la fermeté l'arrêta à mi-chemin. Ne me touchez pas du bout du doigt, ou vous êtes perdu, perdu, vous dis-je, corps et âme.

— Ecoutez-moi, répliqua-t-il en la menaçant de sa main. Moi qui sous la forme d'un homme mène la vie d'une bête traquée, moi qui dans un corps suis un esprit, un fantôme sur la terre, une chose qui fait reculer d'effroi toutes les créatures, excepté ces êtres maudits de l'autre monde qui ne me lâcheront pas; je n'ai d'autre crainte, en cette nuit désespérée, que celle de l'enfer où je vis au jour le jour. Jetez l'alarme, poussez un cri, refusez de m'abriter, je ne vous ferai pas de mal, mais on ne me prendra point vivant; et, aussi sûr que vous me menacez là à voix basse, je tombe mort sur ce plancher. Que le sang dont je l'arroserai soit sur vous et les vôtres, au nom du mauvais esprit qui tente les hommes pour les perdre! »

A ces mots il tira de sa poitrine un pistolet, et le serra fortement dans sa main.

« Éloigne de moi cet homme, Dieu de bonté! cria la veuve. En ta grâce et ta miséricorde, donne-lui une minute de repentir, et frappe-le de mort après.

— Il paraît que ce n'est pas son idée, dit l'autre l'envisageant : il est sourd. Voyons, à boire et à manger, de peur que je ne fasse ce que je ne peux m'empêcher de faire; et alors, tant pis pour vous.

— Me laisserez-vous, si je le fais? me laisserez-vous, pour ne plus jamais revenir?

— Je n'ai rien à vous promettre, répliqua-t-il en s'asseyant à la table, rien que ceci : j'exécuterai ma menace si vous me trahissez. »

Elle se leva enfin, et, allant à un cabinet attenant à la chambre, elle apporta quelques restes de viande froide et du pain, et mit le tout sur la table. Il demanda un grog à l'eau-de-vie; il but et mangea avec la voracité d'un chien de chasse affamé. Tout le temps qu'il fut occupé à apaiser sa faim, elle se tint dans la partie la plus reculée de la chambre, assise et frissonnante, sa figure tournée vers lui. Jamais elle ne lui tourna le dos; et quand elle avait à passer près de lui, pour aller au buffet, par exemple, et pour en revenir, elle ramassait les bords de ses vêtements autour d'elle, comme si elle eût frémi de l'idée qu'ils pussent le toucher même par hasard; mais, au milieu de sa frayeur, de sa terreur profonde, elle gardait toujours sa figure dirigée vers celle de son épouvantail, et surveillait chacun de ses mouvements.

Son repas terminé, si l'on peut appeler repas ce qui n'était que la satisfaction dévorante des exigences de la faim, il approcha de nouveau sa chaise du feu, et, en se réchauffant devant la flamme qui jaillissait à présent toute brillante, il lui adressa encore la parole.

« Je suis un paria, pour lequel un toit sur sa tête est souvent une jouissance extraordinaire, et les aliments que rejetterait un mendiant une nourriture délicate. Vous vivez ici dans l'aisance. Êtes-vous seule?

— Je ne suis pas seule, répondit-elle avec un effort.

— Qui est-ce donc qui demeure avec vous ?

— Quelqu'un.... ça ne vous regarde pas. Vous ferez bien de partir pour qu'il ne vous trouve pas là. Qu'attendez-vous?

— Que je sois réchauffé, répliqua-t-il en étendant ses mains devant le feu. Je me réchauffe. Vous êtes riche peut-être?

— Oh ! oui, dit-elle d'une voix faible. Très-riche. Il n'y a pas de doute, je suis très-riche.

— Du moins vous n'êtes pas sans le sou. Vous avez quelque argent, vous faisiez des emplettes ce soir.

— Il me reste peu de chose. Quelques schellings.

— Donnez-moi votre bourse. Vous l'aviez dans votre main à la porte. Donnez-la-moi. »

Elle alla vers la table, et mit sa bourse dessus. Il étendit son bras sur la table, prit la bourse, et en compta le contenu dans la main. Comme il était à compter, elle écouta un moment, et s'élança vers lui.

« Prenez ce qu'il y a, prenez tout, prenez plus s'il y avait plus, mais allez-vous-en avant qu'il soit trop tard. Je viens d'entendre dehors un pas étrange que je connais bien. Ce pas va revenir tout de suite. Allez-vous-en.

— Que voulez-vous dire ?

— Ne vous arrêtez pas à le demander ; je ne vous répondrais pas. Quelque horreur que j'aie à vous toucher, je vous traînerais à la porte, si j'en avais la force, plutôt que de vous laisser perdre un instant. Misérable, fuyez de ce lieu.

— S'il y a des espions dehors, je suis plus en sûreté ici, répliqua l'homme debout et effaré. Je resterai ici, et je ne fuirai pas que le danger ne soit passé.

— Il est trop tard ! cria la veuve qui avait écouté ce pas, sans faire attention à ce qu'il disait ; entendez-vous ce pas sur le sol ? Est-ce qu'il ne vous fait pas trembler ? C'est mon fils, mon fils idiot ! »

Comme elle disait cela d'un air égaré, on frappa pesamment à la porte. Ils s'entre-regardèrent elle et lui.

« Faites-le entrer, dit l'homme d'une voix rauque ; je le crains moins que la nuit noire, sans asile. Le voilà qui frappe encore. Faites-le entrer.

— L'effroi de cette heure, répliqua la veuve, a été sur moi toute ma vie. Je n'ouvrirai pas. Le crime tombera sur lui, si vous vous trouvez face à face. Mon pauvre fils a la raison brûlée dans sa fleur ! Vous tous, bons anges qui savez la vérité, exaucez la prière d'une' mère, et préservez mon fils de reconnaître cet homme !

— Il agite avec bruit les volets ! cria l'homme. Il vous appelle. Cette voix, ce cri ! c'est lui qui m'a saisi à bras-le-corps sur la route. Est-ce lui ? »

Elle s'était affaissée sur ses genoux, et elle demeura agenouillée, remuant ses lèvres sans proférer aucun son. Comme il la considérait, incertain de ce qu'il devait faire pour s'éclipser, les volets s'ouvrirent tout grands. Attraper un couteau sur la table, lui donner pour gaîne la large manche de son habit, se cacher dans le cabinet ; tout cela fut fait avec la vitesse de l'éclair, et déjà Barnabé, tapant sur la vitre, avait haussé le châssis avec une joie triomphante.

« Mais qui peut donc me laisser dehors avec Grip ? cria-t-il en fourrant sa tête à l'intérieur et en regardant fixement autour de la chambre. Êtes-vous là, mère ? Comme vous nous laissez longtemps loin de la lumière et du feu ! »

Elle balbutia quelque excuse et lui tendit sa main. Mais Barnabé, sans aide, s'élança légèrement à l'intérieur, et, se jetant au cou de la veuve, la baisa plus de cent fois.

« Nous avons été aux champs, mère, sautant les fossés, grimpant au travers des haies, descendant à la course des berges abruptes, toujours en avant, plus loin, et d'un bon pas. Le vent soufflait, les joncs et les jeunes plantes s'inclinaient et pliaient sous lui, de peur qu'il ne leur fît du mal, les lâches, et Grip, ha, ha, ha! le brave Grip, qui ne s'inquiète de rien, et qui, lorsque le vent le roule dans la poussière, se retourne vaillamment pour le mordre, Grip, le vaillant Grip, s'est querellé avec chaque brindille qui s'inclinait de son côté, pensant, m'a-t-il dit, qu'elle se moquait de lui, et il vous l'a houspillée comme un vrai bouledogue. Ha, ha, ha! »

Le corbeau, dans son petit panier au dos de son maître, entendant répéter fréquemment son nom d'une voix accentuée par la plus vive allégresse, exprima sa sympathie en chantant comme un coq, et parcourant ses diverses phases de conversation avec une telle rapidité et une telle variété de sons rauques, qu'ils retentissaient comme les murmures d'une multitude.

« Et puis il faut voir comme il prend soin de moi, dit Barnabé. Ah! oui, il a bien soin de moi, mère! Il veille tout le temps que je dors ; et, lorsque je ferme les yeux pour lui faire croire que je sommeille, il répète doucement quelque leçon nouvelle, mais sans me perdre des yeux jamais ; et s'il me voit rire, si peu que ce soit, tout de suite il s'arrête, pour faire une surprise quand il sera bien sûr de son affaire. »

Le corbeau chanta derechef, avec une sorte de transport qui disait clairement : « Il est certain que je reconnais là quelques traits de mon caractère, je m'en vante. » Dans l'intervalle, Barnabé ferma bien la fenêtre, et allant à la cheminée, il se préparait à s'asseoir, la figure tournée vers le cabinet.

Mais sa mère l'en empêcha, en se hâtant de prendre elle-
même cette place, et lui faisant signe de prendre l'autre.

« Comme vous êtes pâle ce soir! dit Barnabé en s'appuyant
sur son bâton. Ce n'est pas bien, Grip; nous lui avons causé
de l'inquiétude! »

De l'inquiétude, oh! oui, elle en éprouvait, elle en était
navrée dans le cœur! L'homme aux écoutes tenait entr'ouverte avec sa main la porte de sa cachette et surveillait de
près le fils de la veuve. Grip, attentif à toutes les choses dont
son maître ne s'apercevait pas, sortait sa tête de son petit
panier, et répondait à l'espionnage de l'inconnu en le surveillant extrêmement de son œil étincelant.

« Il bat des ailes, dit Barnabé en se tournant si vite que
sa vue faillit saisir cette ombre qui se retirait, cette porte qui
se refermait, comme s'il y avait ici des étrangers; mais Grip
est trop raisonnable pour s'imaginer cela. Saute donc! »

Acceptant cette invitation avec un clignotement qui lui
était particulier, l'oiseau sautilla sur l'épaule de son maître,
de là sur sa main étendue, et de là enfin sur le plancher.
Barnabé se débarrassa des courroies du petit panier et le déposa par terre dans un coin, le couvercle ouvert; le premier
soin de Grip fut de faire tomber ce couvercle le plus vite
possible, et ensuite de se percher dessus : croyant, sans
aucun doute, qu'il avait rendu tout à fait impraticable à
la puissance d'un mortel l'opération de l'enfermer après,
il imita, dans son triomphe, le glouglou d'un grand nombre
de bouteilles débouchées, et poussa autant de hourras.

« Mère! dit Barnabé en mettant de côté son chapeau et son
bâton, et retournant s'asseoir sur sa chaise, je vais vous dire
où nous avons été aujourd'hui et ce que nous avons fait, voulez-vous? »

Elle prit sa main dans les siennes, et l'y tenant, elle donna
d'un signe de tête le consentement qu'elle n'avait pas la force
d'articuler.

« Vous n'en direz rien, il ne le faut pas, dit Barnabé en
levant son doigt : car c'est un secret, voyez-vous, qui n'est
connu que de moi, de Grip et de Hugh. Nous avions le chien
avec nous ; mais il ne vaut pas Grip, malgré sa finesse, et
il ne s'en doute seulement pas. Pourquoi regardez-vous
ainsi derrière moi ?

— Ai-je regardé? répondit-elle d'une voix faible. C'est bien sans le savoir. Rapprochez-vous de moi.

— Vous êtes effrayée! dit Barnabé en changeant de couleur. Mère, vous ne venez pas de voir?

— Voir quoi?

— Il n'y en a pas par ici; il n'y en a pas du tout, n'est-ce pas? répondit-il avec un chuchotement; et il se rapprocha d'elle, et il serra d'une main la marque empreinte sur son poignet. J'ai peur que ça n'y soit, quelque part. Vous me faites dresser les cheveux sur la tête, vous me donnez la chair de poule. Pourquoi regardez-vous de la sorte? ça serait-il dans la salle comme je l'ai vu en mes rêves, éclaboussant le plafond et les murs de rouge? Dites-moi. Ça y est-il? »

Il eut un accès de frisson en faisant cette demande, et couvrant de ses mains la lumière, il resta assis, tremblant de tous ses membres, jusqu'à ce que la crise fût passée. Quelque temps après, il leva la tête et regarda autour de lui.

« Ça a-t-il disparu?

— Il n'y a rien eu ici, répliqua sa mère en le calmant. Rien en vérité, cher Barnabé, regardez! vous voyez qu'il n'y a que vous et moi. »

Il la considéra d'un œil distrait, et se rassurant par degrés, il jeta un fol éclat de rire.

« Mais voyons, dit-il d'un air pensif, il me semble que nous.... Était-ce vous et moi? où avons-nous été?

— Nulle part ailleurs qu'ici.

— Oui, mais Hugh et moi, dit Barnabé, c'est cela.... Hugh du Maypole et moi, vous savez, et Grip, nous avons été à l'affût dans la forêt, et parmi les arbres qui bordent la route, avec une lanterne sourde, après la tombée de la nuit, et le chien en laisse, une laisse prête à glisser, dès que l'homme viendrait tout contre.

— Quel homme?

— Le voleur; celui que les étoiles regardaient en clignotant. Nous l'avons attendu à partir du moment où il fait noir pendant plusieurs des nuits dernières, et nous l'aurons. Je le reconnaîtrais entre mille, mère, voyez donc, voici l'homme tel qu'il est. Regardez! »

Il tortilla son mouchoir autour de son cou, enfonça son

chapeau sur ses sourcils, s'enveloppa de son habit, et se
tint debout devant elle. C'était une copie si parfaite de l'original, que le sombre personnage qui l'examinait derrière par
la porte entr'ouverte aurait pu passer lui-même pour n'en
être que l'ombre. « Ha! ha! ha! nous l'aurons, cria-t-il en
dépouillant cette ressemblance aussi promptement qu'il l'a-
vait prise; vous le verrez, mère, pieds et poings liés; on l'a-
mènera à Londres, sanglé sur la selle d'un cheval. Vous en-
tendrez parler de lui au gibet de Tyburn, si nous avons de
la chance. C'est ce que dit Hugh. Eh! bien, vous voilà
redevenue pâle et tremblante. Mais pourquoi donc regardez-
vous ainsi derrière moi?

— Ce n'est rien, répondit-elle; je ne suis pas tout à fait à
mon aise. Allez vous mettre au lit, cher enfant, et laissez-
moi ici.

— Au lit! répliqua-t-il, je n'aime pas le lit. J'aime à me
coucher devant le feu, et à guetter les images qui s'échappent des charbons enflammés; les rivières, les collines, les
vallons qu'empourpre un large soleil couchant, et des figures
extraordinaires. J'ai faim d'ailleurs, et Grip n'a rien mangé
depuis plus de midi; donnez-nous à souper. Grip! on soupe,
mon garçon! »

Le corbeau battit des ailes, et croassant pour montrer
qu'il était satisfait, il sautilla aux pieds de son maître, et là
il resta le bec ouvert, prêt à happer tels morceaux de viande
que celui-ci lui jetterait. Il en reçut une vingtaine environ,
sans que la rapidité avec laquelle ils se succédèrent troublât
aucunement son attitude.

— C'est tout, dit Barnabé.

— Encore! cria Grip. Encore! »

Mais comme il reconnut qu'il n'avait positivement pas à
en espérer davantage, il s'éloigna avec sa provision; et dé-
gorgeant les morceaux un à un de son jabot, il alla les cacher dans divers coins; prenant un soin particulier, toutefois, d'éviter le cabinet, comme s'il doutait que l'homme
caché pût vaincre sa gourmandise et résister à la tentation.
Quand il eut terminé ces arrangements, il fit un tour ou
deux au travers de la salle en s'étudiant à feindre que rien
ne le préoccupait (mais ayant un œil fixé sur son trésor pendant tout ce temps-là), et après, mais pas tout de suite, il

commença à le tirer des cachettes, morceau par morceau, et à le manger avec la plus grande volupté.

Barnabé, pour sa part, ayant pressé sa mère de souper, mais en vain, soupa comme Grip, de bon cœur. Une fois, dans le cours de son repas, il lui fallut encore du pain, et il se leva pour en prendre dans le cabinet. Elle se précipita au devant, l'empêcha d'y entrer, et appelant à soi tout son courage, elle entra dans le réduit, et rapporta le pain elle-même.

« Mère, dit Barnabé en la regardant fixement lorsqu'elle s'assit près de lui à son retour du cabinet; c'est aujourd'hui l'anniversaire de ma naissance.

— Aujourd'hui! répondit-elle; ne vous souvenez-vous pas que c'était il n'y a pas plus de huit jours, et que l'été, l'automne, l'hiver devront s'écouler avant qu'il revienne?

— Je me souviens que c'était comme cela jusqu'à présent, dit Barnabé; mais je crois que, malgré tout, c'est aujourd'hui aussi l'anniversaire de ma naissance. » Elle lui demanda pourquoi. « Je vais vous dire pourquoi, dit-il. Je vous ai toujours vue, je ne vous l'ai pas laissé remarquer, mais rien n'est plus vrai, devenir, le soir de ce jour-là, d'une extrême tristesse; je vous ai vue pleurer quand Grip et moi nous étions fort joyeux, et avoir l'air effrayé sans aucun motif; et j'ai touché votre main, et j'ai senti qu'elle était froide comme elle l'est à présent. Une fois, mère (c'était aussi un des anniversaires de ma naissance), Grip et moi pensâmes à cette tristesse après être montés nous coucher, et passé minuit, au moment où sonnait une heure, nous descendîmes à votre porte pour voir si vous n'étiez pas malade; vous étiez à genoux. Je ne me souviens pas de ce que vous disiez; Grip, qu'est-ce que nous avons entendu dire cette nuit-là?

— Je suis un démon! répliqua promptement le corbeau.

— Non, non, dit Barnabé, mais vous disiez quelque chose dans une prière; et quand vous vous relevâtes et fîtes plusieurs pas autour de la chambre, vous aviez (comme vous l'avez toujours eue depuis, mère, quand approche la nuit de l'anniversaire de ma naissance) juste la physionomie que vous avez à présent. J'ai découvert cela, vous voyez, quoique je sois un insensé. Je dis donc que vous êtes dans l'erreur; et ce doit être aujourd'hui l'anniversaire de ma naissance, mon anniversaire de naissance, Grip! »

L'oiseau accueillit cette communication avec de tels croassements qu'un coq, doué de plus d'intelligence que tous ceux de son espèce, n'annoncerait pas le plus long jour par un chant plus soutenu. Puis, après avoir bien réfléchi pour dégoiser, en guise de toast, la phrase qu'il jugeait la plus convenable pour fêter un anniversaire de naissance, il cria plusieurs fois : « N'aie pas peur ! » et il accentua ces mots en battant des ailes.

La veuve essaya de paraître attacher peu d'importance à la remarque de Barnabé, et chercha à reporter l'attention de son fils sur quelque autre sujet, tâche toujours facile, elle le savait trop bien. Son souper fini, Barnabé, sans tenir compte des instances de sa mère, s'étendit sur le paillasson devant le feu; Grip se percha sur la jambe de son maître, et partagea son temps entre des assoupissements causés par l'agréable chaleur, et des efforts (comme il le parut bientôt) pour se rappeler un nouvel exercice qu'il avait étudié toute la journée.

Un long et profond silence suivit, silence interrompu seulement lorsque changeait de position Barnabé, dont les yeux, encore tout grands ouverts, regardaient fixement le feu; ou lorsqu'il y avait quelque effort mnémonique de la part de Grip, qui criait de temps en temps à voix basse : « Polly mettez la bouill.... » et s'arrêtait court, oubliant le reste et faisant un nouveau somme.

Après un long intervalle, la respiration de Barnabé devint plus profonde et plus régulière, et ses yeux finirent par se fermer. Mais ce n'était pas le compte de l'esprit inquiet du corbeau. « Polly mettez la bouill.... » cria Grip, et son maître fut encore réveillé cette fois.

Enfin Barnabé s'endormit solidement, et l'oiseau, avec son bec affaissé sur sa poitrine, qui prit la forme bouffante d'une confortable bedaine d'alderman[1], et ses yeux brillants qui devenaient de plus en plus petits, parut véritablement s'abandonner aussi au repos. De temps en temps seulement il marmottait encore d'une voix sépulcrale: « Polly, mettez la bouill.... » comme quelqu'un de très-assoupi, et plutôt comme un homme ivre que comme un corbeau méditatif.

1. Sorte de conseiller municipal à vie.

La veuve respirant à peine de peur de les réveiller, se leva de son siége. L'homme se coula hors du cabinet et éteignit la chandelle.

« ....Oire au feu! cria Grip, frappé d'une idée subite, et très-excité; .... oire au feu! Hourra! Polly, mettez la bouilloire au feu, nous prendrons tous du thé. Polly, mettez la bouilloire au feu, nous prendrons tous du thé. Hourra! hourra! hourra! Je suis un démon, je suis un démon, je suis.... La bouilloire! Allons, courage. N'aie pas peur. Coa, coa, coa! Je suis un démon, je suis.... La bouilloire.... Je suis.... Polly, mettez la bouilloire au feu, nous prendrons tous du thé. »

Ils restèrent enracinés au sol, comme si c'eût été une voix sortant d'un tombeau.

Mais ceci même ne put pas réveiller le dormeur. Il se retourna du côté du feu, son bras tomba sur le sol, et sa tête s'abattit lourdement sur son bras. La veuve et son affreux visiteur regardèrent Barnabé un moment et se regardèrent l'un l'autre, puis elle lui montra la porte.

« Un instant, dit-il tout bas. Vous instruisez bien votre fils !

— Je ne lui ai rien enseigné de ce que vous avez entendu ce soir. Partez à l'instant, ou je vais le réveiller.

— Libre à vous de le faire. Voulez-vous que je le réveille?

— Vous n'oserez pas.

— J'oserai faire n'importe quoi, je vous l'ai dit. Il me connaît bien, ce me semble. Au moins je veux aussi le connaître.

— Voudriez-vous le tuer dans son sommeil? cria la veuve en se jetant entre eux.

— Femme, répliqua-t-il en desserrant à peine les dents, comme il lui faisait signe de s'écarter, je désire le voir de plus près, je le veux. Si vous tenez à ce que l'un de nous tue l'autre, réveillez-le. »

Cela dit, il avança, et, se penchant sur le corps étendu, il tourna doucement la tête en arrière et regarda en face la figure. La lueur du foyer donnait en plein sur elle, et chaque trait s'y révélait d'une manière distincte. Il contempla cette figure un moment, puis, se redressant avec précipitation :

« Rappelez-vous bien ceci, chuchota-t-il à l'oreille de la
veuve. Par lui, dont l'existence à été ignorée de moi jusqu'à
ce soir, je vous tiens en ma puissance. Prenez garde à vos
procédés envers moi. Prenez-y garde. Je suis dénué de tout,
je meurs de faim, j'erre incessamment sur la terre. Je puis
tirer de vous une sûre et lente vengeance.

— Il y a dans vos paroles quelque sens horrible que je ne
saurais approfondir.

— Le sens en est clair, et je vois que vous l'approfondissez
autant qu'il faut. Voilà bien des années que vous pressentiez
cela ; vous me l'avez presque dit. Je vous laisse réfléchir
là-dessus. N'oubliez pas mon avertissement. »

Il lui montra du doigt, comme il la quittait, Barnabé endormi, et, se retirant à la dérobée, il gagna la rue. Elle
tomba à genoux auprès du dormeur, et y resta semblable à
une femme pétrifiée, jusqu'à ce que les larmes, gelées si
longtemps par la frayeur, vinssent lui procurer un tendre
soulagement.

« O toi ! cria-t-elle, qui m'as enseigné un si profond amour
pour cet unique reste des promesses d'une vie heureuse,
pour ce fils dont l'affliction même est pour moi la source de
mon unique consolation, quand je vois en lui un enfant
plein de confiance en moi, plein d'amour pour moi, sans devenir jamais ni vieux ni froid de cœur ; condamné, dans la
force de l'âge viril, comme lorsqu'il était en son berceau, à
avoir besoin de ma sollicitude maternelle et de mon dévouement, daigne le protéger durant sa marche obscure au
travers de ce triste monde, ou c'en est fait de lui, et mon
pauvre cœur est brisé ! »

CHAPITRE XVIII.

Glissant le long des rues silencieuses et choisissant, pour
y diriger sa course, les plus sombres et les plus tristes,
l'homme qui avait quitté la maison de la veuve traversa le

pont de Londres, et, une fois dans la Cité, plongea au sein
des places écartées, des ruelles et des cours, entre Cornhill
et Smithfield ; il n'avait pas d'autre but que de se perdre
parmi leurs détours, et de déjouer toute poursuite, si quelqu'un s'attachait à ses pas.

C'était au plus fort de la nuit, et tout était tranquille.
De temps en temps les pas d'un watchman assoupi résonnaient sur le trottoir, ou l'allumeur de réverbères, dans ses
rondes, passait comme l'éclair, en laissant derrière lui une
petite traînée de fumée qui se mêlait à des flammèches rouges
de sa torche ardente. L'homme se cachait même de ces compagnons accidentels de sa course solitaire ; et, se repliant sous
quelque voûte ou quelque entrée de porte jusqu'à ce qu'ils
fussent passés, il sortait de là quand ils s'étaient éloignés, et
continuait d'errer seul.

Être seul et sans abri en rase campagne, entendre le vent
gémir, guetter le jour pendant toute une longue nuit fatigante ; écouter tomber la pluie, et se tapir, pour avoir
chaud, sous la retraite abritée de quelque vieille grange ou
de quelque meule, ou dans le creux d'un arbre, c'est une
horrible chose, mais moins horrible que d'errer çà et là où
se trouvent des abris, des lits et des dormeurs par milliers,
créature sans asile et qu'on rejette. Fouler d'heure en heure
les pavés retentissants en comptant la monotone sonnerie des
horloges ; observer les lumières qui scintillent aux fenêtres
des chambres ; penser quel heureux oubli de la vie renferme
chaque maison ; se dire qu'il y a là des enfants roulés
ensemble dans leurs lits ; que les jeunes, les vieux, les
pauvres les riches, jouissent tous là de l'égalité devant le
sommeil, et goûtent tous le repos ; n'avoir rien de commun
avec le monde endormi autour de soi, pas même le sommeil, don de Dieu à toutes ses créatures, et ne se connaître
d'autre parenté que le désespoir ; se sentir, par le misérable
contraste avec toute chose de tout côté, plus absolument
seul et plus proscrit que dans un désert inabordable : c'est
un genre de souffrance que mainte fois les grandes cités
roulent dans leurs flots populeux, et qui ne peut naître que
dans la solitude en pleine foule.

Le malheureux homme arpenta en tous sens ces rues
si longues, si ennuyeuses, si semblables les unes aux

autres, et souvent il jeta un regard attentif vers l'est,
espérant voir les premiers faibles rais du jour ; mais la nuit
obstinée gardait encore le ciel en sa possession, et la
course inquiète et incessante du rôdeur ne trouvait pas de
repos.

Une maison dans une rue écartée brillait du joyeux éclat
des lumières : on y entendait le son de la musique et les pas
des danseurs. Il y avait là de joyeuses voix et plus d'un éclat
de rire. Pour se rapprocher de quelque chose qui fût éveillé
et qui sentît la joie, il y retourna à plusieurs reprises ; et
plus d'un des gais convives qui quittèrent cette maison quand
l'allégresse y était au comble, sentirent leur folâtre humeur
réprimée en le voyant voltiger çà et là comme une âme en
peine. A la fin ils se retirèrent tous jusqu'au dernier, et
alors la maison fut complétement close, et devint à son tour
aussi morne et silencieuse que le reste.

Sa course errante l'amena une fois à la prison de la Cité.
Au lieu de s'en éloigner à la hâte comme d'un endroit de
mauvais augure, d'un endroit qu'il avait sujet d'éviter, il
s'assit sur quelques degrés qui étaient tout près, et, appuyant son menton sur sa main, il en considéra les murailles
âpres et rébarbatives, comme si elles promettaient un refuge à ses yeux harassés. Il fit et refit le tour de cet endroit ; il y revint, il s'y rassit. Il recommença ; et une fois,
avec un mouvement précipité, il traversa pour aller où
veillaient quelques hommes dans la loge du portier de la
prison, et il eut le pied sur les marches. Mais ayant regardé
autour de lui, il vit que le jour commençait à poindre ; et
abandonnant son dessein, il tourna le dos et s'enfuit.

Il se retrouva bientôt dans le quartier qu'il avait parcouru
naguère, et l'arpenta en tous sens, comme il avait fait encore avant. Il descendait une rue infime, lorsque d'une allée
tout près de lui s'élevèrent de bachiques acclamations, et
sortirent nonchalamment une douzaine d'écervelés, se huant,
s'appelant l'un l'autre, puis se séparant d'une manière tapageuse, prenant différentes routes, et se dispersant en petits
groupes.

Dans l'espoir qu'il y avait à proximité quelque taverne de
bas étage qui lui procurerait un sûr asile, il entra dans
cette cour quand la bande fut partie et il promena ses yeux

à la ronde, afin d'apercevoir une porte à demi ouverte, ou une fenêtre éclairée, ou quelque autre indice du lieu d'où venaient ces bambocheurs ; mais tout y était d'une obscurité si profonde, d'un aspect tellement sinistre, qu'il en conclut que les braillards ne s'étaient introduits là qu'en se trompant de chemin, et qu'ils revenaient sur leurs pas au moment où il les avait remarqués. Avec une semblable opinion, et reconnaissant d'ailleurs qu'il n'existait point d'autre issue que celle par où il était entré lui-même, il allait reprendre le même chemin, lorsque d'un grillage presque à ses pieds s'échappa un soudain courant de lumière, et le bruit d'une conversation se rapprocha. Le rôdeur fit retraite dans une entrée de porte pour voir qui étaient ces causeurs, et les écouter.

Comme il exécutait son mouvement, la lumière arriva au niveau du pavé de la cour, et un homme monta, une torche à la main. Ce personnage ouvrit la serrure et tint le grillage relevé pour en laisser passer un autre, qui parut immédiatement, sous la forme d'un jeune homme de petite stature et d'un air d'importance peu commun, habillé à la vieille mode, avec un luxe de mauvais goût.

« Bonsoir, noble capitaine, dit l'homme à la torche. Adieu, commandant. Bonne chance, illustre général ! »

L'autre répondit à ces compliments en lui ordonnant de se taire et de garder pour lui son bruyant ramage ; il lui adressa plusieurs autres injonctions du même genre, avec une grande fluidité de paroles et une grande sévérité de manières.

« Mes hommages, capitaine, à cette Miggs dont vous avez transpercé le cœur, répliqua le porteur de torche en baissant de ton. Mon capitaine vise à un gibier de plus haute volée que des *Miggs*. Ha ! ha ! ha ! Mon capitaine est un aigle ; s'il en a le coup d'œil, il en a aussi les ailes. Mon capitaine vous casse un cœur comme d'autres célibataires vous cassent un œuf à la coque.

— Vous êtes fou, Stagg ! dit M. Tappertit en mettant le pied sur le pavé de la cour, et se frottant les jambes pour ôter la poussière qu'il avait ramassée dans son ascension.

— Quels précieux membres ! cria Stagg en étreignant une de ses chevilles. Une Miggs oserait prétendre à des jambes

faites au tour comme ça! Non, non, mon capitaine. Nous
enlèverons de belles dames, et nous les épouserons dans
notre secrète caverne. Nous nous unirons avec de floris-
santes beautés, capitaine.

— Je vous dirai une chose, mon gaillard, dit M. Tappertit
en dégageant sa jambe, c'est que je vous dispense de prendre
de ces libertés-là avec moi, et de toucher certaines questions,
à moins que je ne vous y autorise. Parlez quand on vous
parle, de certains sujets réservés, mais jamais autrement.
Tenez votre torche en l'air jusqu'à ce que je sois à l'entrée
de la cour, avant de retourner vous blottir dans votre chenil,
m'entendez-vous?

— Je vous entends, noble capitaine.

— Obéissez donc, dit M. Tappertit avec hauteur. Messieurs,
en avant, marche! » En prononçant ce commandement
(adressé à son état-major imaginaire), il se croisa les bras
et sortit de la cour avec une dignité suprême.

Son obséquieux acolyte resta debout, levant la torche au-
dessus de sa tête, et l'espion vit alors pour la première fois,
du fond de sa cachette, que c'était un aveugle. Quelque
mouvement involontaire de l'espion frappa la fine oreille de
l'aveugle, avant que l'autre eût seulement bougé d'un pouce,
car il se retourna soudain en criant : « Qui est là?

— Un homme, dit l'autre en s'avançant, un ami.

— Un inconnu! répliqua l'aveugle. Les inconnus ne sont
pas mes amis. Que faites-vous là?

— J'ai vu votre compagnie sortir, et j'ai attendu ici qu'elle
fût partie. Il me faut un logement.

— Un logement à cette heure! répliqua Stagg, en lui
montrant du doigt l'aube comme s'il la voyait. Savez-vous
qu'il va être jour?

— Je le sais, repartit l'autre, à mes dépens. J'ai sillonné
cette ville au cœur de fer pendant toute la nuit.

— Ce que vous avez de mieux à faire, c'est de la sillonner
encore, dit l'aveugle en se préparant à descendre, jusqu'à
ce que vous trouviez quelque logement dont votre goût
s'accommode. Moi je n'en loue pas.

— Arrêtez! cria l'autre en le retenant par le bras.

— Ne me retenez pas, ou je vais vous briser cette torche
sur votre figure de pendard (car c'est une figure de pendard

si elle ressemble à votre voix), et je vais réveiller tout le
voisinage. Laissez-moi descendre, entendez-vous?

— *Entendez-vous?* riposta l'autre en faisant sonner ensemble quelques schellings, et les lui collant dans la main
avec précipitation. Je ne suis pas un mendiant. Je payerai
l'asile que vous me donnerez. Par la mort! est-ce donc trop
demander à un homme tel que vous? J'arrive de la campagne, et je désire me reposer quelque part à l'abri des
curieux. Je suis affaibli, épuisé, harassé, mourant de fatigue. Laissez-moi me coucher comme un chien devant votre
feu; je ne vous en demande pas davantage. Si vous voulez
vous débarrasser de moi, je partirai demain.

— Lorsqu'un gentleman a eu quelque malheur sur la route,
marmotta Stagg, cédant à l'autre qui, le suivant de près,
avait déjà gagné une marche, et qu'il peut payer son logement....

— Je vous donnerai tout ce que j'ai. Justement je n'é-
prouve en ce moment aucun besoin de nourriture, Dieu le
sait, et je ne souhaite que d'acheter un asile. Avez-vous
quelqu'un en bas?

— Personne.

— Alors fermez votre grille, et montrez-moi le chemin,
vite. »

L'aveugle consentit après un moment d'hésitation, et ils
descendirent ensemble. Le dialogue avait été des plus rapides, et les deux hommes atteignirent la misérable demeure
de Stagg avant que celui-ci eût eu le temps de revenir de sa
première surprise.

« Puis-je voir où mène cette porte, et ce qu'il y a plus
loin? dit l'étranger en jetant à la ronde un œil perçant. Ça
ne vous fait rien?

— Je vais vous le montrer moi-même! suivez-moi, ou
allez devant. A votre choix. »

L'étranger lui dit de le précéder, et, à la lueur de la torche
que son guide levait en l'air exprès, il fit des trois caves un
examen minutieux. Assuré que l'aveugle ne l'avait pas trompé,
et qu'il habitait là tout seul, le visiteur retourna avec son
hôte à la première cave dans laquelle était un bon feu, et se
jeta devant, étendu par terre, avec un profond gémissement.

Son hôte continua ses occupations ordinaires sans paraître

songer à lui davantage. Mais à peine se fut-il endormi (et
l'aveugle s'en aperçut aussi promptement que l'eût fait un
homme doué de la vue la plus perçante), que Stagg s'agenouilla auprès de lui, et lui passa légèrement mais soigneusement la main sur la figure et sur le corps.

Il eut un sommeil entrecoupé de soubresauts et de gémissements, et interrompu rarement d'un mot ou deux qu'il
murmurait. Ses mains étaient serrées, ses sourcils froncés,
sa bouche étroitement close. Rien de tout cela n'échappa à
l'inventaire exact que l'aveugle dressa de sa personne; et
sentant sa curiosité fortement excitée, comme s'il avait déjà
pénétré quelque chose du secret de l'inconnu, il resta assis
à le surveiller, si l'on peut surveiller sans voir, et à écouter,
jusqu'à ce qu'il fit grand jour.

CHAPITRE XIX.

La jolie petite tête de Dolly Varden était encore éperdue
des divers souvenirs de la soirée, et ses yeux brillants étaient
encore éblouis d'une foule d'images qui dansaient devant
eux comme des atomes dans les rayons du soleil; parmi ces
images figurait spécialement l'effigie d'un de ses partenaires,
jeune carrossier (avec brevet de maître), lequel lui avait
donné à entendre, en lui offrant la main pour la conduire à
sa chaise au moment du départ, que son idée fixe et sa résolution irrévocable étaient de négliger désormais ses affaires,
et de mourir lentement d'amour pour elle. La tête de Dolly
et ses yeux, disons-nous, et ses pensées, et tous ses sens se
trouvaient donc dans un état d'agitation désordonnée que la
soirée justifiait bien, quoiqu'elle eût déjà trois jours de date,
lorsque, au moment où, assise à table, au déjeuner, et fort
distraite, elle lisait sa bonne aventure (c'est-à-dire de beaux
mariages et de splendides fortunes) dans le résidu de sa tasse
à thé, on entendit un pas dans la boutique. On aperçut en même
temps, par la porte vitrée, M. Édouard Chester, debout au

milieu des serrures et des clefs pleines de rouille, tel que l'Amour au milieu des roses : comparaison d'une justesse dont l'historien ne peut nullement se faire honneur, attendu que l'invention appartient à un autre, à la chaste et modeste Miggs, qui, voyant le jeune homme du seuil de la porte, où elle était alors à nettoyer, se sentit en veine de sentiment, et se permit dans la foi intérieure de son âme virginale cette similitude poétique.

Le serrurier, les yeux au plafond et la tête en arrière, était justement en ce moment dans le feu de ses communications intimes avec Tobie, et il n'aperçut pas, pour sa part, la personne qui lui faisait visite, jusqu'à ce que Mme Varden, plus vigilante que les autres, eût prié Sim Tappertit d'ouvrir la porte vitrée et de faire entrer le gentleman. Et notez que la bonne dame ne fut pas fâchée de trouver son mari en faute, pour lui faire une bonne morale à propos de rien, sur ce que, par exemple, prendre le matin une gorgée de petite bière, c'était une coutume pernicieuse, irréligieuse et païenne, dont les délices devaient être laissées à des pourceaux, à Satan, ou du moins aux sectateurs du pape, et faire horreur aux justes comme une œuvre de crime et de péché. Elle allait sans aucun doute pousser son admonition beaucoup plus loin ; elle y eût rattaché une longue liste de préceptes d'une valeur inestimable, si le jeune gentleman, dont l'attitude était quelque peu gênée et décontenancée pendant qu'elle sermonnait son mari, ne l'eût engagée à conclure prématurément.

« Vous m'excuserez, monsieur, j'en suis bien sûre, dit Mme Varden en se levant et lui faisant des révérences. Varden est si irréfléchi, et il a tellement besoin qu'on lui rappelle.... Sim, apportez une chaise. »

M. Tappertit obéit avec un geste plein d'une noble fierté, qui semblait dire qu'il ne voulait pas la refuser, mais qu'il protestait contre cet attentat à sa dignité.

« Vous pouvez vous en aller, Sim, » dit le serrurier.

M. Tappertit obéit encore, mais toujours sous réserve de protestation ; et en retournant à l'atelier, il commença sérieusement à craindre qu'il ne fût obligé d'en venir à empoisonner son maître avant la fin de son apprentissage.

Pendant ce temps, Édouard répondit aux révérences de

Mme Varden par les compliments les mieux appropriés; cette dame en était toute rayonnante; aussi, quand il accepta une tasse de thé des belles mains de Dolly, la mère fut on ne peut plus agréable.

« Assurément, s'il y a quelque chose que nous puissions faire, Varden ou moi, ou bien Dolly elle-même, pour vous obliger, monsieur, n'importe quand, vous n'avez qu'à le dire, et ce sera fait, dit Mme Varden.

— Je vous suis fort obligé assurément, répliqua Édouard; vous m'encouragez à vous dire que je suis justement venu ici pour vous demander vos bons offices. »

Mme Varden fut enchantée outre mesure.

« Il m'est venu à l'esprit que probablement votre charmante fille irait à la Garenne soit aujourd'hui soit demain, dit Édouard en regardant Dolly; s'il en est ainsi, et que vous consentiez à ce qu'elle se charge de cette lettre, vous m'obligerez, madame, plus que je ne saurais vous le dire. La vérité est que, malgré le plus vif désir que ma lettre arrive à sa destination, j'ai des raisons particulières pour ne pas la confier à tout autre moyen de transport; ce qui fait que, sans votre aide, je serais dans un extrême embarras.

— Elle ne devait pas aller de ce côté-là, monsieur, ni aujourd'hui ni demain, ni en vérité de toute la semaine prochaine, répliqua gracieusement la dame; mais nous serons heureux de nous déranger pour vous, et, si vous le souhaitez, vous pouvez compter qu'elle ira aujourd'hui. Vous supposeriez peut-être, ajouta Mme Varden, et elle regardait son époux en fronçant le sourcil, à voir Varden assis là, sombre et taciturne, qu'il a quelque objection à cet arrangement; mais n'y faites pas attention, s'il vous plaît : c'est son habitude à la maison ; car au dehors il est assez gai et assez causeur. »

Or le fait est que l'infortuné serrurier, bénissant son étoile de ce qu'il trouvait sa compagne de si bonne humeur, était resté assis avec une radieuse figure, et prenant un plaisir infini à l'entendre dégoiser si bien. Cette soudaine attaque le prit donc tout à fait au dépourvu.

« Ma chère Marthe, dit-il !

— Oh oui, bien sûr, interrompit Mme Varden, avec un sourire où le dédain se mêlait à l'enjouement. Très-chère ! nous savons tous cela.

— Mais, ma chère âme, vous êtes entièrement dans l'erreur, vous vous méprenez en vérité. J'étais ravi de vous voir si bonne, si prompte à obliger; j'attendais, ma chère, avec anxiété, je vous le jure, ce que vous alliez dire.

— Vous attendiez avec anxiété, répéta Mme Varden. Oui vraiment je vous remercie, Varden. Vous attendiez, comme vous faites toujours, que je pusse m'exposer à quelque reproche de votre part, si vous trouviez matière à m'en faire; mais je suis accoutumée à cela, dit la dame avec un rire sous cape d'un genre solennel, et c'est ce qui me console.

— Je vous donne ma parole, Marthe.... dit Gabriel.

— Laissez-moi vous donner *ma* parole, mon cher, dit en l'interrompant sa femme avec un sourire charitable, que, lorsqu'il y a de semblables discussions entre gens mariés, le mieux est d'y couper court. Nous mettrons donc ce sujet de côté, s'il vous plaît, Varden. Je ne désire pas le poursuivre. J'aurais beaucoup à dire, mais je préfère ne dire rien; je vous prie de n'en pas parler davantage.

— Je ne demande pas à en parler davantage, répliqua le serrurier piqué.

— Eh bien donc, en voilà assez, dit Mme Varden.

— Seulement ce n'est pas moi qui ai commencé, ajouta le serrurier avec bonne humeur, vous devez le reconnaître.

— Vous n'avez pas commencé, Varden! s'écria sa femme en ouvrant de grands yeux et regardant la compagnie à la ronde, comme si elle disait : *Vous entendez cet homme!* Vous n'avez pas commencé, Varden, mais vous ne direz pas que je fusse de mauvaise humeur. Non, vous n'avez pas commencé, oh! mon Dieu non, ce n'est pas vous, mon cher!

— Bien, bien dit le serrurier; voilà donc une affaire réglée.

— Oh oui, répliqua sa femme, tout à fait. S'il vous convient de dire que c'est Dolly qui a commencé, mon cher, je ne vous contredirai pas, je connais mon devoir. J'ai besoin de le connaître, bien sûr; je suis souvent contrainte de me le représenter à l'esprit, quand j'aurais envie de l'oublier un moment. Je vous remercie, Varden. » Et en parlant de la sorte, avec une puissante démonstration d'humilité et de clémence, elle croisa ses mains et regarda encore à la ronde, et son sourire disait clairement : « Si vous voulez voir celle qui mérite le

premier rang parmi les femmes martyres, elle est ici, sous
vos yeux, contemplez-la ! »

Ce petit incident, quoique bien propre à faire ressortir la
douceur et l'amabilité extraordinaires de Mme Varden, était de
nature à gêner la conversation et à déconcerter tout le monde,
sauf cette excellente dame : aussi n'y eut-il que quelques mo-
nosyllabes échangés jusqu'à ce qu'Édouard se retirât; ce qu'il
fit bientôt, en remerciant un grand nombre de fois la maîtresse
de la maison de sa condescendance, et en chuchotant à l'oreille
de Dolly qu'il viendrait voir le lendemain s'il n'y avait pas par
hasard réponse à son billet. Dolly véritablement n'avait pas
besoin qu'il le lui dît pour le savoir : car Barnabé avec son
ami Grip s'était glissé chez elle la veille au soir pour la préparer à la visite qu'elle recevait en ce moment.

Gabriel accompagna Édouard à la porte de la rue, et revint
les mains dans ses poches; puis, après avoir tourné dans la
salle inquiet et mal à son aise, après avoir lancé beaucoup de
coups d'œil obliques vers Mme Varden (qui avec la plus calme
des physionomies était plongée à cinq brasses de profondeur
dans le *Manuel Protestant*), il interpella Dolly et lui demanda
comment elle comptait aller à la Garenne. Dolly répondit que,
selon sa supposition, elle s'y rendrait par la diligence, et regarda madame sa mère qui, voyant qu'on lui faisait un appel
silencieux, plongea dans le *Manuel*, et perdit conscience de
toutes choses terrestres.

« Marthe, dit le serrurier.

— Je vous entends, Varden, dit sa femme, sans remonter à
la surface.

— Je suis fâché, ma chère amie, que vous ayez des préventions contre le Maypole et le vieux John : car sans cela,
comme la matinée est très-belle et que le samedi n'est pas pour
nous un jour de besogne, nous aurions pu aller tous les trois
à Chigwell, et passer une journée tout à fait agréable. »

Mme Varden ferma immédiatement le *Manuel*, et fondant en
larmes, demanda qu'on la conduisît en haut.

« Eh bien ! qu'avez-vous donc, Marthe ? » dit le serrurier

A quoi Marthe répliqua : « Oh ! ne me parlez pas, » et protesta dans une espèce d'agonie que, si on lui avait dit cela,
elle n'aurait pas voulu croire que ce fût possible.

« Mais, Marthe, dit Gabriel en se plaçant sur son passage

comme elle se mettait en route pour sa chambre avec l'aide
de l'épaule de Dolly, qu'est-ce que vous n'auriez pas cru
possible? Dites-moi le nouveau tort que j'ai maintenant avec
vous ; voyons, dites-le-moi ; sur mon âme, je ne le sais pas :
le savez-vous, ma fille ? Damnation ! cria le serrurier, en
arrachant sa perruque dans une sorte de frénésie; personne
ne le sait, non vraiment personne, à moins que ce ne soit
Miggs !

— Miggs, dit Mme Varden languissamment et avec des
symptômes d'une extravagance imminente, Miggs m'est attachée, et cela suffit pour attirer sur elle la haine dans cette
maison. Eh bien ! oui, cette fille est une consolation pour
moi, si elle ne sait pas plaire à d'autres.

— Ce n'est pas toujours une consolation pour moi, cria
Gabriel rendu audacieux par le désespoir. C'est le malheur de
ma vie. Elle vaut à elle seule toutes les plaies d'Égypte !

— Il y a des gens qui le pensent, je n'en doute pas, dit
Mme Varden. J'étais préparée à cela, c'est naturel; cela va
avec le reste. Lorsque vous m'insultez en face, comme vous le
faites, puis-je m'étonner que vous l'insultiez derrière son dos?»

Et ici l'extravagance allant son train, Mme Varden pleura,
rit, soupira, frissonna, eut des hoquets et des suffocations ;
elle dit qu'elle savait que c'était folie de sa part, mais qu'elle
ne pouvait pas s'en empêcher, et que, quand elle serait morte,
peut-être on aurait du chagrin de tout cela, ce qui réellement,
vu les circonstances, ne paraissait pas tout à fait aussi probable qu'elle semblait le croire, et elle en chanta bien plus
long sur la même gamme. En un mot, elle n'oublia aucune
des cérémonies qui accidentent les occasions de ce genre, et
s'étant fait soutenir jusqu'au haut de l'escalier, elle fut déposée dans un état spasmodique des plus graves sur son propre
lit, où bientôt après Mlle Miggs se lança elle-même à corps
perdu sur sa pauvre maîtresse.

Le fin mot de toute cette comédie, c'est que Mme Varden
désirait aller à Chigwell; qu'elle désirait ne faire aucune con-
cession et ne donner aucune explication; qu'elle ne voulait y
aller qu'autant qu'on la prierait et supplierait de le faire, et
qu'elle était décidée à ne pas accepter d'autres conditions. En
conséquence, après un total énorme de gémissements et de cris
à l'étage supérieur, après qu'on eut bien humecté le front de

la malade et frotté ses tempes, appliqué sous son nez le sel
de corne de cerf, et ainsi de suite; après les pathétiques adjurations que Miggs appuya d'un grog bien chaud et pas trop
faible, et de divers autres cordiaux, également d'une vertu
stimulante, administrés d'abord avec une cuiller à thé, mais
plus tard en doses toujours croissantes, dont Miggs elle-même
prit sa part, comme mesure préventive (car la syncope est
contagieuse); après l'emploi de tous ces remèdes et de beaucoup d'autres trop longs à citer, sinon à gober; après qu'on
eut assaisonné le tout de consolations morales, religieuses et
combinées, le serrurier s'humilia, et le but fut atteint.

« C'est seulement pour l'amour de la paix et de la tranquillité, père, dit Dolly en le pressant de monter à la
chambre.

—Oh ! Doll, Doll, dit son bonhomme de père, si jamais vous
avez un mari à vous ! »

Dolly jeta un coup d'œil à la glace.

« Bien ; *quand* vous l'aurez ce mari, continua le serrurier,
pas de syncope, mignonne. La syncope trop répétée cause à
elle seule plus de maux domestiques, Doll, que toutes les
passions mises ensemble. Rappelez-vous ça, chère petite,
si vous voulez être réellement heureuse, et vous ne pouvez
l'être, si votre mari ne l'est pas. Un mot encore dans le tuyau
de l'oreille, mon trésor; n'ayez jamais de Miggs autour de
vous! »

Avec cet avis il donna un baiser à sa fille sur sa joue en
fleur, et lentement il gagna la chambre de Mme Varden.
Cette dame gisait toute pâle et languissante sur sa couche,
se réconfortant par la vue de son dernier chapeau neuf, que
Miggs, comme un moyen de calmer ses sens troublés, déployait sur le bord de son lit dans l'aspect le plus favorable.

« Voici monsieur, mame, dit Miggs. Oh ! quel bonheur
quand mari et femme se raccommodent! Oh ! penser que lui
et elle puissent jamais avoir un mot ensemble ! »

Dans l'énergique effusion de ces espèces de toasts, qui
furent proférés comme une apostrophe aux cieux en général, Mlle Miggs percha sur sa propre tête le chapeau de sa
maîtresse, croisa ses mains, et se mit à pleurer.

« Je ne peux pas retenir mes larmes, cria Miggs. Je ne le
saurais, même quand je devrais m'y noyer Elle a un tel

esprit de clémence et de miséricorde ! elle va oublier tout ce qui s'est passé, et elle ira avec vous, monsieur. Oh ! oui, lui fallût-il aller au bout du monde, elle irait avec vous. »

Mme Varden, avec un sourire plein de langueur, blâma doucement la camériste de cet enthousiasme, et lui représenta en même temps qu'elle se sentait beaucoup trop mal à son aise pour se hasarder à sortir ce jour-là.

« Oh ! non, vous ne l'êtes pas trop, mame, en vérité, vous ne l'êtes pas trop, dit Miggs. J'en appelle à monsieur ; monsieur sait que vous ne l'êtes pas trop, mame. Le bon *hair*, le mouvement de la voiture, vous feront du bien, mame ; il ne faut pas vous laisser abattre, il ne le faut pas réellement. N'est-ce pas, monsieur, qu'elle doit se lever pour l'amour de nous tous ? C'est précisément ce que j'étais en train de lui dire. Elle doit se souvenir de nous, si elle s'oublie elle-même. Monsieur vous persuadera, mame, j'en suis sûre. Voici Mlle Dolly prête à partir, vous savez, avec monsieur et avec vous, et tous trois si heureux et si contents. Oh ! cria Miggs, en se remettant à pleurer, avant de quitter la chambre, dans une grande émotion, jamais je n'ai vu d'angélique créature comme elle pour son esprit de clémence ; jamais, jamais je n'en ai vu. Monsieur non plus n'en a jamais vu ; non, ni personne au monde, jamais ! »

Pendant cinq minutes environ, Mme Varden fit une douce opposition aux prières de son mari, lequel lui répétait qu'elle l'obligerait en prenant un jour de plaisir ; mais à la fin elle céda, se laissa persuader, et lui accordant une amnistie (dont tout le mérite, disait-elle avec humilité, revenait au *Manuel Protestant*, et non pas à elle), elle exprima le désir que Miggs vînt l'aider à s'habiller. Miggs fut prompte à venir, et nous ne ferons que rendre justice aux efforts réunis de la maîtresse et de la servante en constatant que la bonne dame, lorsqu'elle descendit après un certain temps, équipée d'une façon complète pour le voyage, paraissait jouir, comme s'il ne s'était rien passé, de la meilleure santé imaginable.

Quant à Dolly, elle était là aussi, la perle et le modèle des jolis minois, parée d'une gentille petite mante couleur cerise, avec le capuchon rabattu sur sa tête, et sur le haut de ce capuchon il y avait un petit chapeau de paille garni de rubans couleur cerise, et posé un tantinet de côté, juste assez

pour en faire la plus agaçante et la plus perverse coiffure
qu'eût jamais inventée une malicieuse marchande de modes.
Et, sans parler de la manière dont ce système d'ornements
couleur cerise ajoutait du brillant à ses yeux, ou rivalisait
avec ses lèvres, ou répandait sur sa figure une nouvelle fleur
de beauté, elle portait un si cruel petit manchon, et une
paire de souliers si capables de vous fendre le cœur, et elle
était entourée et enveloppée, s'il est permis de le dire, de
tant de coquetteries aggravantes de toute espèce, que quand
M. Tappertit, tenant la tête du cheval, vit la jeune fille sortir
seule de la maison, la tentation lui vint de l'attirer dans la
chaise et de fuir au galop comme un fou. Et il l'eût incontestablement fait sans les doutes qui l'assiégèrent au sujet
de Gretna-Green : il ignorait le chemin le plus court; il ne
savait pas s'il fallait monter la rue ou la descendre, tourner
à droite ou tourner à gauche ; si, en supposant qu'on emportât d'assaut toutes les barrières sur le chemin, le forgeron de
la localité, en définitive, les marierait à crédit; ce qui, vu le
caractère clérical du personnage qui prête son office complai-
sant à la chose, parut, même à son imagination excitée, d'une
telle invraisemblance, qu'il hésita. Pendant qu'il était là hésitant, et lançant à Dolly des regards de ravisseur en chaise
de poste à six chevaux, son maître et sa maîtresse sortirent
de chez eux avec la fidèle Miggs, et l'occasion propice s'é-
vanouit pour jamais, car la carriole cria sur ses ressorts, et
Mme Varden fut dedans ; et la carriole cria de nouveau et
plus que la première fois, et le serrurier fut dedans; et la
chaise bondit, comme si elle avait un léger battement de
cœur, et Dolly fut dedans; et la chaise partit, et sa place
resta vide, et il ne resta plus que lui et cette lugubre Miggs
debout, ensemble, dans la rue.

Le brave serrurier était d'aussi bonne humeur que s'il ne
fût rien arrivé qui le contrariât pendant les douze derniers
mois; Dolly était tous sourires et toutes grâces, et Mme Varden était agréable au delà de tout précédent. Comme ils roulaient cahotés à travers les rues en parlant de chose et
d'autre, devinez qui l'on aperçut sur le trottoir : c'était le
carrossier lui-même, ayant un air si distingué que personne
ne pouvait croire qu'il se fût jamais autrement occupé d'une
voiture que pour s'y faire promener, et saluer de là les piétons

comme un noble personnage. Il est bien sûr que Dolly fut
confuse quand elle rendit le salut; il est bien sûr que les
rubans couleur cerise tremblèrent un peu lorsqu'elle rencontra ses mélancoliques regards qui semblaient dire : « J'ai
tenu ma parole, j'ai commencé, l'affaire va un train du diable,
et vous en êtes la cause. » Il resta là fixé sur le sol comme
une statue, suivant l'expression de Dolly, comme une pompe,
suivant l'expression de Mme Varden, jusqu'à ce qu'ils eussent
tourné le coin de la rue; et, quand son père déclara qu'il
fallait que ce garçon-là fût bien impudent, quand sa mère
demanda avec étonnement quelle pouvait être l'intention de
ce jeune homme, Dolly redevint toute rouge, si rouge que
son capuchon pâlit.

Mais ils n'en continuèrent pas moins gaiement leur voyage.
Le serrurier, dans l'imprudente plénitude de son cœur, « levait
le coude » à toutes sortes d'endroits, et trahissait la plus
étroite intimité avec toutes les tavernes de la route, et tous
les hôteliers et hôtelières, amicales relations que partageait
véritablement le petit cheval, car il s'arrêtait de lui-même.
Jamais gens ne furent plus heureux de voir d'autres gens,
que ces hôteliers et hôtelières de contempler M. Varden et
Mme Varden et Mlle Varden. « Ne descendrez-vous pas? disait
l'un. — Il faut absolument que vous montiez chez nous, disait
un autre. — Si vous nous refusez de goûter si peu que ce soit
de quelque chose, je me fâcherai et je serai convaincue que
vous êtes fiers, » disait une troisième personne du sexe féminin; et ainsi de suite, au point que ce n'était pas tant un
voyage qu'une marche solennelle, une scène d'hospitalité qui se
prolongeait du commencement à la fin. Il était assez flatteur
de jouir d'une pareille estime : aussi Mme Varden ne dit rien
sur le moment, et fut de l'affabilité la plus délicieuse; mais
quelle masse de témoignages elle recueillit ce jour-là contre
l'infortuné serrurier, pour en faire usage au besoin! Jamais
on n'en fit pareille collection dans une enquête matrimoniale.

Avec le temps, avec un temps assez long, car ils ne furent
pas peu retardés par ces interruptions agréables, ils atteignirent la lisière de la forêt, et, après la plus agréable promenade
sous les arbres en berceau, ils arrivèrent enfin au Maypole.
Le joyeux « holà-ho! » du serrurier amena vite à son porche
le vieux John, et après lui Joe, si transportés l'un et l'autre

à la vue de ces dames, que pendant un moment il leur fut
tout à fait impossible d'articuler un mot de bienvenue, ni de
faire autre chose que s'ébahir.

Joe, toutefois, ne s'oublia qu'un moment ; il revint vite à
lui, poussa de côté son père somnolent (M. Willet parut concevoir de cette bousculade une profonde, une inexprimable
indignation), et s'élançant dehors comme un trait, il se
trouva en mesure d'aider ces dames à descendre. Il fallait
que Dolly descendît la première. Joe l'eut dans ses bras ;
oui, le temps seulement de compter jusqu'à un, Joe l'eut
dans ses bras. Rayon de bonheur !

Il serait difficile de décrire quelle plate et banale affaire ce
fut après cela d'aider Mme Varden à descendre ; mais Joe le
fit, et de la meilleure grâce du monde. Puis le vieux John,
qui, ayant une vague et nébuleuse idée que Mme Varden ne
l'aimait pas, n'était pas bien sûr qu'elle ne fût pas venue
dans des intentions d'assaut et de bataille, prit courage, dit
qu'il espérait qu'elle allait bien, et s'offrit à la conduire dans
la maison. Cette offre étant reçue d'une façon amicale, ils
se dirigèrent ensemble vers l'intérieur ; Joe et Dolly suivirent, bras dessus bras dessous (encore du bonheur !) ; Varden composait l'arrière-garde.

Le vieux John ne fut pas content qu'on ne se fût assis dans
le comptoir, et, personne n'y faisant objection, ce fut dans le
comptoir qu'on entra. Tous les comptoirs sont de petits endroits bien commodes ; mais le comptoir du Maypole était le
plus mignon, le plus confortable et le plus complet que l'esprit humain eût jamais inventé. Il y avait de si merveil-
leuses bouteilles dans le vieux casier en bois de chêne ; des
pots si brillants qui pendillaient à des chevilles, inclinés à
peu près d'avance dans la position voulue pour qu'un homme
altéré les portât à ses lèvres ; il y avait de si solides barillets
de Hollande rangés sur des tablettes ; un si grand nombre de
citrons suspendus par des filets séparés, formant l'odorant bosquet dont il a déjà été question dans cette chronique, et sug-
gérant, avec des pains de sucre d'un blanc de neige, amon-
celés auprès, l'idée d'un punch exquis au delà de toute connaissance humaine ; il y avait de tels cabinets, de telles armoires,
de tels tiroirs pleins de pipes, de telles places pour serrer
une foule de choses dans l'embrasure des fenêtres, le tout

bourré jusqu'à la gorge de comestibles, de liquides ou d'assaisonnements savoureux; enfin, et pour couronner tout cela, comme symbole des immenses ressources de l'établissement et de son défi aux consommateurs de pouvoir en venir à bout, il y avait un si monstrueux fromage!

Ç'aurait été un pauvre cœur, incapable de jamais se réjouir.... le cœur le plus pauvre, le plus faible, le plus aqueux qui battit jamais, que celui qui ne se serait pas senti réchauffé devant le comptoir du Maypole. Ce n'est toujours pas celui de Mme Varden, car il prit feu à l'instant. Il ne lui eût pas été plus possible de faire des reproches à John Willet parmi ces dieux domestiques, les barillets et les bouteilles, les citrons et les pipes, et le fromage, que de lui prendre son propre couteau à découper, si luisant, pour le poignarder du coup. Le menu du dîner aussi avait de quoi attendrir un sauvage. « Un peu de poisson, dit John à la cuisinière, et quelques côtelettes de mouton panées, avec beaucoup de ketchup[1], et une bonne salade, et un jeune poulet rôti, et un plat de saucisses à la purée de pommes de terre, ou quelque chose de ce genre. » Quelque chose de ce genre! Voyez donc les ressources de ces auberges! Indiquer négligemment des plats qui étaient en eux-mêmes une espèce de dîner de première classe et de jour de fête, et qui convenaient à un repas de noce, les appeler « quelque chose de ce genre » n'était-ce pas comme s'il avait dit: « Si vous n'avez pas un jeune poulet, vous nous servirez, en fait de volaille, quelque autre bagatelle, par exemple un faisan, peut-être! » Et la cuisine donc, avec sa cheminée large comme une caverne, en voilà une cuisine où il ne semblait pas que l'art de cuisiner eût des limites, où vous pouviez croire à n'importe quoi de tout ce qu'on aurait pu vous raconter des choses qui se mangent! Mme Varden revint au comptoir après avoir contemplé ces merveilles, la tête tout étourdie de ravissement. Sa capacité comme ménagère n'était pas assez vaste pour les embrasser toutes. Elle fut contrainte d'aller dormir. Cela faisait mal de rester les yeux ouverts au milieu d'une telle immensité.

Durant ce sommeil, Dolly, dont le cœur et la tête couraient

---

1. Ou *catchup*, liqueur extraite de champignons, de tomates, et qui sert de sauce.

gaîement sur d'autres sujets, passa la porte du jardin, et regardant de temps en temps derrière elle (mais ce n'était pas, croyez-le bien, pour voir si Joe l'avait aperçue), d'un pied léger suivit dans les champs, pour remplir sa mission à la Garenne, un petit sentier de traverse qu'elle connaissait fort bien; et, moi qui vous parle, j'ai été informé, et je le crois dur comme fer, que vous auriez vu peu d'objets aussi agréables que la mante et les rubans couleur cerise, lorsqu'ils voltigeaient le long des vertes prairies, à la brillante lumière du jour, comme de petits étourdis qu'ils étaient.

CHAPITRE XX.

L'orgueil qu'elle ressentait de la mission confiée à son adresse, et la grande importance qu'elle en tirait naturellement, l'eussent trahie aux yeux de toute la maison, s'il lui avait fallu essuyer les regards de ses habitants; mais, comme Dolly avait joué mainte et mainte fois dans chaque passage et chaque sombre pièce, au temps de son enfance, et que, depuis, elle avait été l'humble amie de Mlle Haredale, dont elle était la sœur de lait, elle en connaissait aussi bien les êtres que cette jeune personne elle-même. Ne prenant donc pas d'autres précautions que de retenir son haleine et de marcher sur la pointe du pied devant la porte de la bibliothèque, elle alla droit à la chambre d'Emma, comme une visiteuse privilégiée.

C'était la chambre la plus gaie de l'édifice. La pièce était sans doute sombre comme le reste; mais la jeunesse et la beauté rendent une prison joyeuse (sauf, hélas! que l'isolement les y étiole) et prêtent quelques-uns de leurs propres charmes à la plus lugubre scène. Oiseaux, fleurs, livres, dessins, musique, et mille choses de ce genre, mille gracieux témoignages des affections et des préoccupations féminines, remplissaient de plus de vie et de sympathie humaine cette seule pièce que la maison tout entière ne semblait faite pour

en contenir. Il y avait un cœur dans cette chambre; et celui
qui a un cœur ne manque jamais de reconnaître la silencieuse
présence d'un cœur comme le sien.

Dolly en avait incontestablement un, et pas trop coriace,
je vous assure, quoiqu'il y eût autour un petit brouillard de
velléités coquettes comparable à ces vapeurs qui environ-
nent le soleil de la vie dans son matin et obscurcissent un
peu son lustre. Aussi, quand Emma, s'étant levée pour aller
à sa rencontre et l'ayant baisée affectueusement sur la joue,
lui eut dit, avec son calme ordinaire, qu'elle avait été bien
malheureuse, les larmes vinrent aux yeux de Dolly, et elle
se sentit plus chagrine qu'elle ne pouvait le dire; mais un
moment après il lui arriva de relever les yeux, de les voir
dans la glace, et ils avaient en vérité quelque chose de si
excessivement agréable, que tout en soupirant elle sourit, et
se sentit étonnamment consolée.

« J'ai entendu parler de cela, mademoiselle, dit Dolly, et
c'est vraiment fort pénible; mais, quand les choses sont au
pis, elles ne peuvent que tourner au mieux.

—Mais êtes-vous sûre qu'elles sont au pis? demanda
Emma avec un triste sourire.

—Eh! mais, je ne vois pas comment elles pourraient donner moins d'espérances. Je ne le vois réellement pas, dit
Dolly. Et, pour qu'elles commencent à changer, je vous apporte quelque chose.

—Ce n'est point de la part d'Édouard? »

Dolly fit un signe de tête et sourit; elle tâta dans ses poches (il y avait des poches à cette époque-là) en affectant de
craindre qu'elle ne fût jamais capable de trouver ce qu'elle
cherchait, ce qui rehaussa grandement son importance, puis
elle finit par produire la lettre. Lorsque Emma eut bien vite
rompu le cachet et dévoré l'écriture, les yeux de Dolly, par un
de ces étranges hasards dont on ne saurait rendre compte,
errèrent de nouveau dans la direction de la glace. Elle ne put
s'empêcher de se dire qu'en effet le carrossier devait souffrir
beaucoup, et de plaindre tout à fait le pauvre jeune homme.

C'était une longue lettre, une très-longue lettre, écrite en
lignes serrées sur les quatre pages, et encore entre-croisées,
qui plus est; mais ce n'était pas une lettre consolante, car
Emma pendant sa lecture s'arrêta de temps en temps pour

mettre son mouchoir sur ses yeux. Il est certain que Dolly
s'émerveilla fort de la voir en proie à une si grande affliction : car une affaire d'amour devait être, dans son idée, un
des meilleurs badinages, une des plus piquantes et des plus
amusantes choses de la vie. Mais elle considéra comme positif en son esprit que tout ceci venait de l'extrême constance
de Mlle Haredale, et que, si elle voulait s'éprendre de quelque
autre jeune gentleman, de la façon la plus innocente du
monde, juste assez pour maintenir son premier amant à l'é-
tiage des grandes eaux de la passion, elle se trouverait soulagée d'une manière sensible.

« Bien sûr, c'est ce que je ferais si c'était moi, pensa Dolly.
Rendre ses amants malheureux, c'est assez légitime et tout
à fait légitime ; mais se rendre malheureuse soi-même, pas
de ça. »

Toutefois un tel langage aurait mal réussi ; elle demeura
donc assise à regarder en silence. Force lui fut d'avoir une
patience du plus gentil tempérament : car, lorsque la longue
lettre eut été lue une fois d'un bout à l'autre, elle fut relue
une seconde fois, et, lorsqu'elle eut été lue deux fois d'un
bout à l'autre, elle fut relue une troisième fois. Durant cette
ennuyeuse séance, Dolly trompa de son mieux la lenteur du
temps ; elle frisa sa chevelure sur ses doigts, en s'aidant du
miroir déjà consulté plus d'une fois, et se fit quelques boucles
assassines.

Toute chose a son terme. Les jeunes amoureuses elles-
mêmes ne peuvent pas lire éternellement les lettres qu'on
leur écrit. Avec le temps le paquet fut replié, et il ne resta
plus qu'à écrire la réponse.

Mais comme cela promettait d'être une œuvre qui exige-
rait aussi du temps, Emma le remit après le dîner, disant
qu'il fallait absolument que Dolly dînât avec elle. Dolly s'é-
tait d'avance proposé de le faire ; il n'y eut donc pas besoin
de la presser extrêmement, et ce point réglé, les deux amies
sortirent pour se promener dans le jardin.

Elles flânèrent en tous sens le long des allées de la terrasse, parlant continuellement (Dolly, du moins, ne déparla
pas une minute), et donnant à ce quartier de la lugubre maison une gaieté complète : non qu'on les entendît parler haut
ni qu'on les vît rire beaucoup ; mais elles étaient toutes les

deux si bien tournées, et il faisait une si douce brise ce
jour-là, et leurs légers vêtements, et les brunes boucles de
leur chevelure paraissaient si libres et si joyeuses dans leur
abandon, et Emma était si belle, et Dolly avait un teint si
rosé, et Emma avait une taille si délicate, et Dolly était si
rondelette, et en un mot il n'y a pas de fleurs dans aucun
jardin comme ces fleurs-là, quoi qu'en disent les horticulteurs;
la maison et le jardin semblaient bien aussi le savoir : il n'y
avait qu'à voir la mine radieuse qu'ils avaient.

Après la promenade vint le dîner, puis la lettre fut écrite,
puis il y eut encore quelque petite causerie, dans le cours
de laquelle Mlle Haredale saisit l'occasion d'accuser Dolly de
certaines tendances coquettes et volages; on aurait cru que
Dolly prenait ces accusations pour des compliments, et qu'elle
s'en amusait extrêmement. La trouvant tout à fait incorrigible, Emma consentit à son départ, mais non sans lui avoir
confié auparavant cette importante réponse dont jamais on
ne pouvait avoir assez de soin; et elle la gratifia, en outre,
d'un joli petit bracelet pour lui servir de souvenir. L'ayant
agrafé au bras de sa sœur de lait, et lui ayant derechef, moitié plaisamment moitié sérieusement, conseillé de s'amender
dans ses friponnes coquetteries, car Emma savait que Dolly
aimait Joe au fond du cœur (ce que Dolly niait avec force en
multipliant d'altières protestations, et qu'elle espérait bien
rencontrer mieux que cela en vérité! et ainsi de suite),
Mlle Haredale lui dit adieu; et après l'avoir rappelée, elle lui
donna pour Édouard quelques messages supplémentaires,
qu'une personne dix fois plus grave que Dolly aurait eu de
la peine à retenir, et elle la congédia enfin.

Dolly lui dit adieu, et, sautant avec légèreté les marches
de l'escalier, elle arriva à la porte de la terrible bibliothèque,
devant laquelle elle allait repasser sur la pointe du pied,
lorsque cette porte s'ouvrit, et tout à coup parut M. Haredale.
Or, Dolly avait dès son enfance associé avec l'idée de ce gentleman celle de quelque chose d'affreux comme un fantôme :
sa conscience étant d'ailleurs au même moment agitée de remords, la vue de l'oncle d'Emma la jeta dans un tel désordre
d'esprit qu'elle ne put ni le saluer ni s'échapper; elle éprouva
un grand tressaillement, et puis elle resta là, les yeux baissés, immobile et tremblante.

« Venez ici, petite fille, dit M. Haredale en la prenant par la main. J'ai à vous parler.

— S'il vous plaît, monsieur, il faut que je me dépêche, balbutia Dolly, et.... et vous m'avez effrayée en m'abordant d'une manière si soudaine, monsieur. J'aimerais mieux m'en aller, monsieur, si vous étiez assez bon pour me le permettre.

— Immédiatement, dit M. Haredale, qui pendant ce temps l'avait conduite dans la bibliothèque, dont il avait fermé la porte. Vous vous en irez tout de suite. Vous venez de quitter Emma?

— Oui, monsieur, il n'y a qu'une minute; mon père m'attend, monsieur; ayez la bonté, s'il vous plaît....

— Je sais, je sais, dit M. Haredale. Répondez à cette question. Qu'avez-vous apporté ici aujourd'hui?

— Apporté ici, monsieur? balbutia Dolly.

— Vous me direz la vérité, j'en suis sûr. N'est-ce pas? »

Dolly hésita un instant, et quelque peu enhardie par le ton de M. Haredale, elle dit enfin : « Eh bien, monsieur, c'était une lettre.

— De M. Édouard Chester, naturellement. Et vous remportez la réponse? »

Dolly hésita de nouveau, et, faute de mieux, elle fondit en larmes.

« Vous vous alarmez sans motif, dit M. Haredale. Pourquoi ces enfantillages ? Assurément vous pouvez me répondre. Vous savez que je n'aurais qu'à poser la question à Emma, pour connaître aussitôt la vérité. Avez-vous la réponse sur vous? »

Dolly avait, comme on dit, son petit caractère, et, se voyant alors joliment aux abois, elle le déploya de son mieux.

« Oui, monsieur, répliqua-t-elle, toute tremblante et effrayée qu'elle était; oui, monsieur, je l'ai. Vous pouvez me tuer si vous voulez, monsieur, mais je ne m'en dessaisirai pas. J'en suis très-fâchée, mais je ne la livrerai pas; voilà, monsieur.

— Je loue votre fermeté et votre franchise, dit M. Haredale. Soyez assurée que je désire aussi peu vous ravir votre lettre que votre vie. Vous êtes une très-discrète messagère et une bonne fille. »

Ne se sentant point la pleine certitude, comme elle l'avoua

plus tard, qu'il n'allait pas sauter sur elle à la faveur de ces compliments, Dolly se tint éloignée de lui autant qu'elle put, et pleura de nouveau, décidée à défendre sa poche (où était la lettre) jusqu'à la dernière extrémité.

« J'ai quelque intention, dit M. Haredale après un court silence, pendant lequel un sourire, alors qu'il regarda Dolly, avait percé le sombre nuage de mélancolie naturelle répandue sur sa figure, de procurer une compagne à ma nièce, car sa vie est très-solitaire. Aimeriez-vous cette position ? Vous êtes la plus ancienne amie qu'elle ait, et vous avez à notre préférence les meilleurs titres.

— Je ne sais, monsieur, répondit Dolly, craignant un peu qu'il ne voulût se moquer d'elle; je ne peux rien vous dire. J'ignore ce qu'on en penserait à la maison; je ne peux pas vous donner mon opinion là-dessus, monsieur.

— Si vos parents n'y avaient pas d'objections, en auriez-vous pour votre compte? dit M. Haredale. Allons, c'est une question toute simple, à laquelle il est aisé de répondre.

— Aucune absolument que je sache, monsieur, répliqua Dolly. Je serais fort heureuse sans doute d'être auprès de Mlle Emma, car c'est toujours un bonheur pour moi.

— Très-bien, dit M. Haredale. Voilà tout ce que j'avais à vous dire; vous brûlez de vous en aller; libre à vous, je ne vous retiens plus. »

Dolly ne se laissa point retenir, et n'attendit point qu'il l'essayât : car ces mots n'eurent pas sitôt fui des lèvres de M. Haredale, que Dolly avait fui aussi de la chambre et de la maison, et se retrouvait dans les champs.

La première chose qu'elle fit, comme de raison, quand elle revint à elle-même et qu'elle considéra le grand émoi où elle venait d'être, ce fut de repleurer de nouveau; et la seconde, lorsqu'elle réfléchit au succès de sa résistance, ce fut de rire de tout son cœur. Les larmes une bonne fois bannies cédèrent la place aux sourires, et Dolly finit par rire tant, mais tant, qu'il lui fallut s'appuyer contre un arbre et donner carrière à ses transports. Quand elle ne put pas rire davantage, et qu'elle en fut tout à fait fatiguée, elle rajusta sa coiffure, sécha ses yeux, regarda derrière elle avec une joie bien vive et bien triomphante les cheminées de la Garenne, qui allaient bientôt disparaître à sa vue, et poursuivit sa route.

Le crépuscule était survenu, et l'obscurité augmentait
d'une manière rapide dans la campagne; mais Dolly était si
familiarisée avec le sentier, pour l'avoir traversé bien souvent,
qu'elle s'apercevait à peine de la brune, et n'éprouvait aucun
malaise d'être seule. D'ailleurs, il y avait le bracelet à admirer;
et quand elle l'eut bien frotté et se le fut offert en perspective
au bout de son bras étendu, il étincelait et reluisait si ma-
gnifiquement à son poignet, que le contempler dans tous les
points de vue, et en tournant le bras de toutes les façons possibles, était devenu une occupation tout à fait absorbante. Il
y avait la lettre, aussi, et qui lui semblait si mystérieuse,
si rusée, quand elle la tira de sa poche, et qui contenait tant
d'écriture sur ses pages, que de la tourner, et retourner, en
se demandant de quelle manière elle commençait, de quelle
manière elle finissait, et ce qu'elle disait tout du long, cela
devint un autre sujet d'occupation continuelle. Entre le bracelet et la lettre, il y eut bien assez à faire sans penser à
autre chose; et, en les admirant tour à tour, Dolly chemina
gaiement.

Comme elle passait par une porte d'échalier, là où le sentier
était étroit et flanqué de deux haies garnies d'arbres de place
en place, elle entendit tout près d'elle un frôlement qui la fit
s'arrêter soudain. Elle écouta. Tout était tranquille, et elle
poursuivit sa route, non pas absolument avec frayeur, mais
avec un peu plus de vitesse qu'avant peut-être; il est possible
aussi qu'elle fût un peu moins à son aise, car une alerte de ce
genre est toujours saisissante.

Elle n'eut pas sitôt repris sa marche, qu'elle entendit le
même son, semblable au bruit d'une personne qui se glis-
serait à pas de loup le long des buissons et des broussailles.
Regardant du côté d'où ce bruit paraissait venir, elle s'imagina
presque pouvoir distinguer une forme rampante. Elle s'arrêta
derechef. Tout était tranquille comme avant. Elle se remit en
marche, décidément plus vite cette fois, et elle essaya de
chanter doucement à part elle. Bon! encore! il fallait donc
que ce fût le vent.

Mais comment arrivait-il que le vent soufflât seulement
lorsqu'elle marchait, et qu'il cessât de souffler lorsqu'elle restait immobile? Elle s'arrêta sans le vouloir en faisant cette
réflexion, et le frôlement s'arrêta également. Elle ressentait

en réalité de la frayeur à présent, et elle hésitait encore
sur ce qu'elle devait faire, quand des branches craquèrent, se
cassèrent, et un homme plongeant au travers vint se planter
en face d'elle et tout près d'elle.

CHAPITRE XXI.

Ce fut pour Dolly un soulagement inexprimable lorsqu'elle
reconnut en la personne qui avait pénétré de force dans le
sentier d'une façon si soudaine, et qui maintenant se trouvait debout précisément sur son passage, Hugh du Maypole;
elle proféra son nom d'un accent de délicieuse surprise,
d'un accent sorti du cœur.

« C'était vous? dit-elle. Que je suis heureuse de vous
voir! Comment pouviez-vous m'effrayer ainsi? »

En réponse à cela, il ne dit rien du tout, mais resta parfaitement immobile à la regarder.

« Est-ce que vous êtes venu à ma rencontre? » demanda
Dolly.

Hugh fit un signe de tête affirmatif, et marmotta quelque chose dont le sens était qu'il l'avait attendue, et qu'il
croyait la revoir plus tôt.

« Je supposais bien qu'on enverrait au-devant de moi, dit
Dolly, grandement rassurée par les paroles de Hugh.

— Personne ne m'a envoyé, répondit-il d'un air maussade.
Je suis venu de mon chef. »

Les rudes manières de ce garçon, et son extérieur étrange
et inculte, avaient souvent rempli la jeune fille d'une crainte
vague, même quand il y avait là d'autres personnes; et cette
crainte était cause qu'elle s'éloigna involontairement de lui.
La pensée d'avoir en lui un compagnon venu de son chef,
dans cet endroit solitaire, et lorsque les ténèbres se répan-
daient avec rapidité autour d'eux, renouvela et même aug-
menta les alarmes qu'elle avait ressenties d'abord.

Si l'air de Hugh n'avait été que hargneux et passivement

farouche, comme d'habitude, elle n'aurait pas eu pour sa compagnie plus de répugnance qu'elle n'en avait toujours éprouvé; peut-être même eût-elle été bien aise de cette escorte. Mais il y avait dans ses regards une espèce de grossière et audacieuse admiration qui la terrifia. Elle jetait sur lui des coups d'œil timides, incertaine si elle devait avancer ou reculer, et lui, debout, la regardait comme un beau Satyre; et ils restèrent ainsi pendant quelque temps sans bouger ni rompre le silence. Enfin Dolly prit courage, le dépassa d'un bond, et marcha précipitamment.

« Pourquoi donc vous essoufflez-vous à m'éviter? dit Hugh, en accommodant son pas à celui de la jeune fille et se tenant tout près d'elle.

— Je veux rentrer le plus vite possible, et d'ailleurs vous marchez trop près de moi, répondit Dolly.

— Trop près! dit Hugh en se baissant sur elle au point qu'elle pouvait sentir l'haleine de celui-ci sur son front. Pourquoi trop près? Vous êtes toujours fière avec *moi*, mistress.

— Je ne suis fière avec personne. Vous me jugez mal, répondit Dolly. Tenez-vous en arrière, s'il vous plaît, ou allez-vous-en.

— Non, mistress, répliqua-t-il en cherchant à mettre le bras de la jeune fille dans le sien. J'irai avec vous. »

Elle se dégagea, et serrant sa petite main, elle le frappa avec toute la bonne volonté possible. Ce coup fit éclater de rire Hugh du Maypole, ou plutôt il poussa un rugissement jovial; et lui passant son bras autour de la taille, il la retint dans sa forte étreinte aussi aisément que si elle eût été un oiseau.

« Ha, ha, ha! bravo, mistress! Frappez encore. Meurtrissez-moi la figure, arrachez-moi les cheveux, déracinez-moi la barbe, j'y consens, pour l'amour de vos beaux yeux. Frappez encore, maîtresse. Allons. Ha, ha, ha! ça me fait plaisir.

— Lâchez-moi, cria-t-elle, en s'efforçant avec les deux mains de se débarrasser de lui. Lâchez-moi tout de suite.

— Vous feriez bien d'être moins cruelle pour moi, mon adorable, dit Hugh, vous feriez bien, en vérité. Voyons, pourquoi êtes-vous toujours si fière? Mais je ne vous en fais pas de reproche. J'aime à vous voir fière comme cela.

Ha, ha, ha ! Vous ne pouvez pas cacher votre beauté à un
pauvre garçon ; c'est toujours ça. »

Elle ne lui fit aucune réponse ; mais, comme il ne l'avait
pas encore empêchée de continuer sa marche, elle avançait
le plus vite qu'elle pouvait. A la fin, tandis qu'elle marchait
avec précipitation, dans sa terreur, et qu'il l'étreignait davantage, la force manqua à la pauvre enfant, et elle ne put
pas aller plus loin.

« Hugh, cria la jeune fille haletante, si vous me laissez, je
vous donnerai quelque chose, tout ce que j'ai, et je ne dirai
jamais un mot de ceci à âme qui vive.

— C'est ce que vous avez de mieux à faire , répondit-il.
Écoutez, petite colombe, c'est ce que vous avez de mieux à
faire. Tout le monde d'alentour me connaît, et l'on sait
ce dont je suis capable, quand je veux. Si jamais vous
êtes tentée de parler de cela, arrêtez-vous avant que les mots
s'échappent de vos lèvres, et pensez au mal que vous atti-
reriez, en jasant, sur quelques têtes innocentes dont vous
ne voudriez pas qu'il tombât un cheveu. Faites-moi de la
peine, et je leur en ferai, et quelque chose de plus en retour.
Je ne me soucie pas plus de leur peau que si c'étaient des
chiens, pas même autant. Et pourquoi m'en soucierais-je ?
il n'y a pas de jour où je ne fusse plus disposé à tuer un
homme qu'un chien. Je n'ai jamais été peiné de la mort d'un
homme dans toute ma vie, et la mort d'un chien m'a fait de
la peine. »

Il y avait quelque chose de si complétement sauvage dans
le caractère de ces expressions, dans les regards et les gestes dont elles étaient accompagnées, que la frayeur de Dolly
lui donna une nouvelle vigueur , et la rendit capable de se
dégager par un soudain effort et de courir de toute sa vitesse.
Mais Hugh était aussi agile et vigoureux, aussi rapide à la
course que n'importe quel coureur dans toute l'Angleterre. Ce
ne fut qu'une vaine dépense d'énergie : car, avant que la fugitive eût fait cent pas, il l'entoura une seconde fois de ses bras.

« Doucement! chérie, doucement ! Voudriez-vous donc
fuir le rude Hugh, qui ne vous aime pas moins que n'importe quel galant de salon ?

— Oui, je le voudrais, dit-elle en s'efforçant de se dégager de nouveau. Je le veux. Au secours !

— A l'amende, pour avoir crié ainsi, dit Hugh. Ha, ha, ha!
une amende, une gentille amende, que vont payer vos lèvres. Tenez, je me paye moi-même. Ha, ha, ha!

— Au secours! Au secours! Au secours! »

Comme elle poussait ce cri perçant avec toute la véhémence
qu'elle pouvait y mettre, on entendit un cri répondre au
sien, puis un autre, et un autre encore.

« Merci, mon Dieu! s'écria la jeune fille, dans l'ivresse
de la délivrance. Joe, cher Joe, par ici. Au secours! »

Hugh cessa son attaque, et resta irrésolu pendant un moment; mais les cris, approchant de plus en plus et arrivant
vite sur eux, le forcèrent de prendre une prompte résolution.
Il relâcha Dolly, chuchota d'un air de menace : « Vous n'avez
qu'à lui conter ça, et vous en verrez les suites.» Puis sautant
par-dessus la haie, il disparut en un instant. Dolly s'élança
comme une flèche, et courut se jeter tout bellement dans les
bras ouverts de Joe Willet.

« Qu'y a-t-il? Êtes-vous blessée? Qu'était-ce donc? Qui
était-ce? Où est-il? A quoi ressemblait-il? » Telles furent les
premières paroles qui jaillirent de la bouche de Joe, avec un
grand nombre d'expressions encourageantes et d'assurances
qu'elle n'avait plus rien à craindre. Mais la pauvre petite
Dolly était si hors d'haleine et si terrifiée que, pendant
quelque temps, elle ne put lui répondre, et resta pendue
à l'épaule de son libérateur, sanglotant et pleurant comme
si son cœur voulait se briser.

Joe n'avait pas la moindre objection à sentir Dolly suspen-
due à son épaule; non, pas la moindre, quoique cela froissât
pitoyablement les rubans couleur cerise, et ôtât à l'élégant
petit chapeau toute espèce de forme. Mais il ne supporta pas
la vue de ses larmes ; cela lui alla au fond du cœur. Il essaya de la consoler, se pencha sur elle, lui chuchota quelques mots, d'aucuns prétendent qu'il lui donna quelques
baisers, mais c'est une fable. Quoi qu'il en soit, Joe dit toutes
les affectueuses et tendres choses qu'il put imaginer, et Dolly
le laissa continuer sans l'interrompre une seule fois, et dix
bonnes minutes se passèrent avant qu'elle fût en état de relever la tête et de le remercier.

« Qu'est-ce donc qui vous a effrayée? » dit Joe.

Un homme, un inconnu l'avait suivie, répondit-elle; il

avait commencé par lui demander l'aumône, puis il en était
venu à des menaces de vol, menaces qu'il était prêt de mettre à exécution, et qu'il aurait exécutées si Joe n'était ac-
couru à temps pour la défendre. La manière hésitante et
confuse dont elle dit tout cela fut attribué par Joe à l'effroi
qu'elle avait éprouvé, pour le moment. Il ne soupçonna pas
la vérité le moins du monde.

« Arrêtez-vous avant que ces mots s'échappent de vos
lèvres! » Cent fois durant cette soirée, et bien des fois à une
époque postérieure, quand la révélation monta pour ainsi
dire à sa langue, Dolly se rappela l'avertissement de Hugh,
et se retint de parler. Une terreur de cet homme profondément enracinée chez elle, la certitude que sa féroce nature,
une fois excitée, ne reculerait devant rien, et la conviction
que, si elle l'accusait, sa colère et sa vengeance se décharge-
raient pleinement sur Joe, son libérateur : ce furent là des
considérations qu'elle n'eut pas le courage de surmonter, des
motifs trop puissants de garder le silence pour qu'elle en
pût triompher.

Joe, de son côté, était beaucoup trop heureux pour pousser
ses questions avec une grande curiosité; et Dolly étant, du
sien, encore trop tremblante pour marcher sans appui, ils
avancèrent très-lentement et, selon lui, très-agréablement,
jusqu'à ce que les lumières du Maypole furent tout près,
plus brillantes que jamais pour leur faire un joyeux accueil.
Alors Dolly s'arrêta tout à coup et poussa un demi-cri d'effroi.

« La lettre !

— Quelle lettre? cria Joe.

— Celle que j'apportais. Je l'avais à la main. Mon bracelet aussi, dit-elle en serrant de sa main le poignet de l'autre. Je les ai perdus tous les deux.

— Ne faites-vous que de vous en apercevoir? dit Joe.

— Je les ai laissés tomber ou on me les a pris, répondit
Dolly, tandis qu'elle fouillait en vain dans sa poche et secouait ses vêtements. Ils n'y sont plus, ils ont disparu tous
les deux. Malheureuse fille que je suis!» A ces mots, la
pauvre Dolly, qui, pour lui rendre justice, était absolument
aussi chagrine d'avoir perdu la lettre que le bracelet, pleura
de nouveau et gémit sur son destin d'une façon très-tou-
chante.

Joe la consola en l'assurant qu'aussitôt qu'il l'aurait mise
en sûreté au Maypole, il retournerait à l'endroit avec une
lanterne (car il faisait maintenant tout à fait noir), et chercherait scrupuleusement les objets perdus, qu'il trouverait,
selon la plus grande probabilité, car il n'était pas vraisemblable que quelqu'un eût depuis passé par là, et elle n'avait
pas la conviction que ces objets lui eussent été soustraits.
Dolly le remercia très-cordialement de son offre, en avouant
qu'elle n'espérait guère qu'il réussît dans ses recherches;
et de la sorte, avec beaucoup de lamentations du côté de
Dolly, et beaucoup de paroles d'espoir du côté de Joe, et une
extrême faiblesse du côté de Dolly, et le plus tendre empressement à la soutenir du côté de Joe, ils purent atteindre enfin le comptoir du Maypole, où le serrurier, sa femme et le
vieux John, prolongeaient encore un joyeux festin.

M. Willet reçut la nouvelle de l'accident de Dolly avec
cette surprenante présence d'esprit et cette promptitude d'é-
locution qui le distinguaient d'une façon si éminente et le
plaçaient au-dessus des autres hommes. Mme Varden exprima sa sympathie pour la douleur de sa fille en la gron-
ant vertement de revenir si tard; et le bon serrurier se par-
gea entre les consolations et les baisers qu'il donnait à
olly et les poignées de main qu'il prodiguait à Joe, ne pou-
ant assez le louer et le remercier.

Sur cet article, le vieux John était loin d'être d'accord
avec son ami : car, outre qu'en thèse générale il n'avait aucun goût pour les esprits aventureux, il lui vint à l'idée que,
si son fils et héritier avait été sérieusement endommagé dans
une batterie, cela aurait eu des conséquences sans aucun
doute dispendieuses, gênantes, et peut-être même préjudi-
ciables aux affaires du Maypole. Pour cette raison, et aussi
parce qu'il ne regardait pas d'un œil favorable les jeunes
filles, mais plutôt les considérait, avec le sexe féminin tout
entier, comme une espèce de bévue de la nature, il sortit du
comptoir sous un prétexte, et alla secouer sa tête en particulier devant le chaudron en cuivre. Inspiré et incité par ce
silencieux oracle, il fit du coude quelques signes clandestins
à Joe, en guise de paternel reproche et de douce admonition,
comme pour lui dire : « Tu ferais mieux de t'occuper de tes
affaires, au lieu de faire des sottises pareilles. »

Joe, toutefois, prit sur une planche la lanterne et l'alluma ; puis, s'armant d'un solide bâton, il demanda si Hugh était dans l'écurie.

« Il dort, étendu devant le feu de la cuisine, monsieur, dit M. Willet. Que lui voulez-vous ?

— Je veux l'emmener avec moi pour chercher ce bracelet, répondit Joe. Holà ! venez ici, Hugh. »

Dolly devint pâle comme la mort et se sentit toute prête à s'évanouir. Quelques moments après Hugh entra d'un pas chancelant, en s'étirant et bâillant selon son habitude, et ayant tout à fait l'air d'avoir été réveillé d'un profond somme.

« Ici, dormeur éternel ! dit Joe en lui donnant la lanterne. Emportez cela et amenez le chien. Malheur à cet individu si nous l'attrapons !

— Quel individu ? grogna Hugh en frottant ses yeux et se secouant.

— Quel individu ! répliqua Joe qui, dans sa bouillante valeur, ne pouvait pas rester en place. Vous sauriez de quel individu il s'agit, si vous étiez un peu plus vigilant. Il est bien digne de vous et de ceux qui vous ressemblent, paresseux géant que vous êtes, de passer le temps à ronfler dans le coin d'une cheminée, quand les filles des honnêtes gens ne peuvent traverser même nos paisibles prairies à la chute du jour sans être attaquées par des voleurs, et effrayées au point que cela compromet leurs précieuses vies.

— Jamais ils ne me volent, moi, cria Hugh en riant. Je n'ai rien à perdre. Mais c'est égal, je les assommerais aussi volontiers que d'autres. Combien sont-ils ?

— Un seul, dit Dolly d'une voix faible, car tout le monde la regardait.

— Et quelle espèce d'homme, mistress ? dit Hugh, en lançant sur le jeune Willet un coup d'œil si léger, si rapide, que ce qu'il avait de menaçant fut perdu pour tous excepté pour elle. A peu près de ma taille ?

— Non, pas si grand, répliqua Dolly, qui savait à peine ce qu'elle disait.

— Son costume, dit Hugh en la regardant d'une manière perçante, ressemblait-il à quelqu'un des nôtres ? Je connais tous les gens des alentours, et peut-être que je mettrais sur la voie de cet homme, si j'avais un simple renseignement pour me guider. »

Dolly balbutia et redevint pâle; puis elle répondit qu'il était enveloppé d'un habit très-ample et que sa figure était cachée par un mouchoir, et qu'elle ne saurait fournir d'autres détails de signalement.

« Alors il est probable que vous ne le reconnaîtriez pas si vous le voyiez, dit Hugh avec un malicieux sourire qui montra ses dents.

— Je ne le reconnaîtrais pas, répliqua Dolly; et elle fondit de nouveau en larmes. Je souhaite de ne pas le revoir. Penser à lui m'est insupportable : je ne peux même en parler davantage. Monsieur Joe, je vous en prie, n'allez pas à la recherche de ces objets. Je vous conjure de ne pas aller avec cet homme.

— De ne pas aller avec moi! cria Hugh. Ne semble-t-il pas que je sois un épouvantail pour eux tous? Ils ont tous peur de moi. Ah bien! par exemple, mistress, vous ne savez donc pas que j'ai le plus tendre cœur qu'il y ait au monde. J'aime toutes les dames, madame, » dit Hugh en se tournant vers la femme du serrurier.

Mme Varden émit l'opinion que, s'il disait vrai, il devrait en mourir de honte; des sentiments pareils convenant mieux, selon elle, à un musulman plongé dans la nuit de l'erreur, ou à un sauvage des îles, qu'à un zélé protestant. D'après la conclusion qu'elle tira de l'état imparfait des principes moraux de Hugh, elle émit ensuite l'opinion qu'il n'avait sans doute jamais étudié le Manuel. Hugh admettant qu'il ne l'avait jamais lu, pour plusieurs raisons, dont la première était qu'il ne savait pas lire, Mme Varden déclara avec beaucoup de sévérité qu'il devrait encore bien plus mourir de honte; elle lui recommanda fortement d'économiser l'argent de ses menus plaisirs pour l'acquisition d'un exemplaire de ce livre, dont il ferait bien, après cela, d'apprendre le contenu par cœur en toute diligence.

Elle était encore à développer ce texte, quand Hugh, d'une manière quelque peu incérémonieuse et irrévérente, suivit son jeune maître dehors, la laissant édifier sans fin le reste de la compagnie. C'est ce qu'elle continua de faire, et, trouvant que les yeux de M. Willet étaient fixés sur elle

avec une apparence de profonde attention, elle lui adressa
graduellement la totalité de son discours ; elle lui fit une
leçon morale et théologique d'une longueur considérable,
dans la conviction qu'elle opérait sur lui les effets les plus
merveilleux. Voici cependant la simple vérité : quoique ses
yeux fussent tout grands ouverts et qu'il vît devant lui une
femme dont la tête, à force de la regarder longtemps et
fixement, lui avait semblé devenir si grosse petit à petit
qu'elle eut bientôt rempli le comptoir, M. Willet était bel et
bien endormi, et il demeura ainsi penché en arrière sur sa
chaise, les mains dans ses poches, jusqu'à ce que le retour de
son fils l'arracha au sommeil. On l'entendit soupirer profondément, car il lui restait une vague idée d'avoir rêvé de
porc mariné aux légumes, vision de ses sommeils qu'il fallait imputer sans aucun doute à la circonstance d'avoir entendu Mme Varden prononcer fréquemment le mot « Grâce »
avec l'accent oratoire. Or, ce mot, entrant dans le cerveau
de M. Willet pendant que la porte en était entre-bâillée, et
s'y accouplant avec les mots « après le repas » qui erraient
tout autour, lui suggéra, par le souvenir des *grâces*, l'idée
de ce mets particulier avec l'espèce de légumes qui l'accompagne d'ordinaire.

Les recherches n'avaient eu aucun succès. Joe avait tâté
le long du sentier une douzaine de fois dans l'herbe, dans le
fossé à sec et dans la haie, mais tout cela en vain. Inconsolable de sa double perte, Dolly écrivit à Mlle Haredale un
billet qui lui donnait là-dessus les mêmes renseignements
qu'elle avait donnés déjà au Maypole, et Joe se chargea de
remettre ce billet en mains propres, le lendemain, dès qu'il
y aurait quelqu'un de levé dans la maison. Après cela, on
s'assit pour prendre le thé dans le comptoir. Il y eut une
prodigalité peu commune de rôties beurrées, et, afin que les
voyageurs n'éprouvassent pas de faiblesse par défaut de
nourriture, et en faisant pour ainsi dire une bonne petite
halte à mi-chemin entre le dîner et le souper, on n'oublia
pas quelques savoureuses bagatelles sous forme de larges
grillades de lard bien soignées, cuites à point et toutes fu-
mantes, qui exhalèrent un parfum délicieux et appétissant.

Mme Varden, bonne protestante d'ailleurs, ne protestait
jamais contre un bon repas, ou il fallait donc que les mets

fussent trop peu cuits ou trop cuits, ou qu'il y eût n'importe
quoi qui eût altéré son humeur. L'aspect de ces excellentes
préparations augmentant beaucoup son entrain, elle qui venait de dire que les bonnes œuvres n'étaient rien sans la foi,
déclara de la manière la plus gaie que le jambon et la rôtie
étaient quelque chose. Bien plus, sous l'influence de ces salu-
taires stimulants, elle reprocha vivement à sa fille d'être abat-
tue et découragée (ce qu'elle considérait comme une disposition d'esprit condamnable), et elle remarqua, en tendant son
assiette pour prendre encore un morceau, qu'au lieu de se
désoler de la perte d'une babiole et d'une feuille de papier, elle
ferait bien mieux de réfléchir aux privations des mission-
naires dans les pays étrangers, où ces bons chrétiens poussent le dévouement jusqu'à ne vivre que de salade.

Les accidents divers d'une semblable journée sont bien
faits pour occasionner quelques fluctuations dans le thermomètre humain, et surtout lorsque cet instrument est d'une
construction aussi délicate et d'une aussi grande sensibilité
que celui de Mme Varden. Ainsi, au dîner, Mme Varden se
tint à la chaleur d'été; elle fut sereine, souriante, délicieuse.
Après le dîner, le vin lui avait donné un coup de soleil qui
l'éleva au moins d'une demi-douzaine de degrés; on n'avait
jamais vu pareille enchanteresse. Maintenant elle était redes-
cendue à la chaleur d'été, à l'ombre; et lorsque le thé fut
fini, et que le vieux John, tirant de son casier de chêne une
bouteille d'un certain cordial, insista pour qu'elle en bût
deux verres à petits traits et fort lentement, elle remonta et
se tint fixe à quatre-vingt-dix pendant une heure un quart.
Instruit par l'expérience, le serrurier profita de cette sereine
température pour fumer sa pipe sous le porche, et, grâce à
sa conduite prudente, il était pleinement en mesure, quand
baissa le thermomètre, de partir aussitôt pour retourner au
logis.

En conséquence le cheval fut attelé, et la chaise amenée
devant la porte. Joe, que rien n'aurait pu dissuader de leur
servir d'escorte jusqu'à ce qu'ils eussent passé la partie la
plus solitaire et la plus terrible de la route, fit sortir en
même temps de l'écurie la jument grise; et, après avoir aidé
Dolly à monter en voiture (encore du bonheur!), il sauta en
selle gaiement. Puis, après qu'on eut dit plusieurs fois bon-

soir aux voyageurs, qu'on leur eut recommandé de s'enve-
lopper, qu'en dirigeant sur eux le rayon des lumières on leur
eut tendu leurs manteaux et leurs châles, la carriole roula et
Joe trotta auprès, du côté de Dolly, cela va sans dire, et presque tout contre la roue.

CHAPITRE XXII.

C'était une belle et brillante nuit. Malgré son abattement,
Dolly regardait les étoiles avec une attitude et d'une manière
si propre à ensorceler (elle le savait bien), que Joe en avait
perdu la tête, et que, si jamais un homme s'enfonça,
c'est trop peu dire jusqu'aux oreilles et par-dessus la tête,
mais plutôt par-dessus le Monument et le dôme de Saint-Paul,
dans le fin fond de l'amour, cet homme-là, c'était lui, la
chose était claire comme le jour. La route était fort bonne :
ce n'était pas une route à cahots, ni même une route iné-
gale ; et cependant Dolly, de sa petite main, voulut se retenir
à la chaise durant tout le trajet. Quand il y aurait eu là derrière lui un exécuteur avec sa hache levée en l'air et prêt à le
décoller s'il touchait cette main, Joe n'aurait pas pu s'empêcher de le faire. Après avoir mis sa propre main sur celle de
Dolly comme par hasard, et l'avoir retirée au bout d'une
minute, il en vint à chevaucher tout le long de la route,
sans retirer sa main du tout. On eût dit que l'escorte avait
cette consigne, comme partie importante de son service, et
qu'elle n'avait pas quitté le Maypole pour autre chose. Le
plus curieux incident de ce petit épisode, c'est que Dolly
avait l'air de ne pas s'en apercevoir. Elle semblait si pleine
d'innocence, si sainte nitouche quand elle tournait ses yeux
sur lui, que c'en était agaçant.

Elle parla néanmoins ; elle parla de sa frayeur et de l'arrivée de Joe à son secours, et de sa reconnaissance, et de
sa crainte de ne pas l'avoir assez remercié, et de l'espérance
que désormais ils vivraient comme une bonne paire d'amis,

et de mille choses de ce genre. Et quand Joe exprima l'espoir, au contraire, qu'ils ne vivraient pas comme une bonne paire d'amis, Dolly parut extrêmement surprise, et elle exprima l'espoir qu'ils ne seraient toujours pas des ennemis; et, quand Joe lui demanda s'ils ne pourraient pas être quelque chose de mieux qu'amis ou ennemis, tout à coup Dolly de découvrir une étoile plus étincelante que toutes les autres étoiles, et d'y appeler l'attention du jeune homme, et d'être mille fois plus pleine d'innocence et plus sainte nitouche que jamais.

Ils poursuivaient de cette façon leur voyage, chuchotant plutôt qu'ils ne parlaient, et souhaitant que la route s'allongeât à peu près de douze fois sa longueur naturelle; c'était, du moins, le souhait de Joe, lorsque, au moment de sortir de la forêt et de déboucher dans la partie la plus fréquentée de la route, ils entendirent le bruit des pas d'un cheval allant au grand trot. Ce bruit, devenu vite plus distinct, à mesure qu'il approchait, arracha à Mme Varden un cri perçant, auquel répondit cette exclamation : « Ami ! » poussée par le cavalier qui arriva aussitôt tout haletant, et arrêta son cheval auprès d'eux.

« Encore cet homme ! cria Dolly en frissonnant.

— Hugh, dit Joe, quelle commission vous a-t-on donnée?

— Celle de revenir avec vous, répondit-il en lançant à la fille du serrurier un secret coup d'œil. C'est lui qui m'envoie.

— Mon père? » dit le pauvre Joe. Et il ajouta à voix basse cette apostrophe très-peu filiale : « Il ne me croira donc jamais assez grand pour me protéger moi-même?

— Oui, votre père, répliqua Hugh à la première partie de la question. Il dit que depuis quelque temps les routes ne sont pas sûres, et qu'il vaut mieux que vous n'y soyez pas seul.

— En ce cas, allez toujours, dit Joe, je ne reviens pas encore. »

Hugh obéit, et on continua le voyage. Par caprice ou par goût, il chevaucha immédiatement devant la chaise, et de cette position il tournait sans cesse la tête pour regarder en arrière. Dolly sentit qu'il la regardait; mais elle détourna ses yeux et craignit de les lever une seule fois, tant était grande la terreur qu'il lui inspirait.

Cette interruption, en éveillant Mme Varden, qui avait
dormi jusque-là la tête inclinée, sauf pendant une minute ou
deux de temps en temps, lorsqu'elle reprenait ses sens pour
gronder le serrurier, qui se permettait de la retenir et l'empêcher de choir de la voiture en inclinant ainsi la tête, vint
mettre des entraves à la conversation, qui se chuchotait tout
bas, et la rendit fort difficile à reprendre. Effectivement, avant
qu'on eût fait un autre mille, Gabriel arrêta, selon le désir
de sa femme, et cette bonne dame déclara positivement que
Joe ne ferait point un pas de plus sous aucun prétexte, et
qu'elle n'en voulait point entendre parler. Ce fut en vain
que, de son côté, Joe protesta qu'il n'était nullement fatigué, qu'il tournerait bride tout à l'heure, qu'il voulait seulement les voir sains et saufs au delà de tel ou tel endroit,
et ainsi de suite. Mme Varden s'obstina, et, quand elle s'obsti-
nait, il n'y avait pas de pouvoir terrestre capable d'en venir
à bout.

« Bonsoir, puisqu'il faut vous le dire, dit Joe avec un peu
de tristesse.

— Bonsoir, » dit Dolly. Elle aurait bien ajouté : « Gardez-
vous de cet homme, ne vous y fiez pas, je vous en prie ; »
mais Hugh avait retourné son cheval et il se trouvait tout
près d'eux. Elle ne put donc faire autre chose que de souffrir que Joe lui serrât les doigts, et, quand la voiture fut
à quelque distance, de regarder en arrière et d'agiter sa
main, tandis qu'il était encore arrêté sur le lieu de leur
séparation, avec cette grande et sombre figure de Hugh auprès de lui.

A quoi pensa-t-elle en revenant au logis ? Le carrossier
eut-il dans ses méditations une place aussi favorisée que
celle qu'il avait occupée le matin ? C'est ce qu'on ignore.
Ils arrivèrent enfin à la maison ; enfin, car la route était
longue, et les gronderies de Mme Varden ne la raccour-
cissaient pas du tout. Miggs, entendant le bruit des roues,
fut aussitôt à la porte.

« Les voilà, Simmun ! les voilà ! cria Miggs en claquant
des mains et sortant pour aider sa maîtresse à descendre.
Apportez une chaise, Simmun. Eh bien ! vous ne vous en
êtes pas trouvée plus mal, n'est-ce pas, mame ? Je suis sûre
que vous vous sentez mieux dans votre assiette que si vous

étiez restée à la maison. Oh ! miséricorde, que vous avez
froid ! Bonté divine, monsieur, mais c'est un vrai glaçon.

— Je n'y peux rien, ma bonne fille. Vous feriez mieux de
l'emmener se chauffer, dit le serrurier.

— Monsieur en parle bien à son aise, mame, dit Miggs
d'un ton compatissant ; mais, au fond, je suis sûre qu'il n'est
pas si insensible qu'il le paraît. Après ce qu'il a vu de vous
aujourd'hui, je croirai toujours qu'il a des sentiments plus
affectueux dans le cœur que sur les lèvres. Entrez, venez
vous asseoir auprès du feu : je vous en ai fait un qui est si
bon ! Venez. »

Mme Varden agréa le conseil et entra. Le serrurier la
suivit les mains dans ses poches, et M. Tappertit fit rouler
la carriole vers une remise voisine.

« Ma chère Marthe, dit le serrurier lorsqu'on fut arrivé
à la salle à manger, si vous vous occupiez vous-même de
Dolly, ou si vous laissiez les autres s'en occuper, peut-être ce
tendre soin serait-il plus raisonnable. Elle a eu peur, voyez-
vous, et elle n'est pas du tout bien ce soir. »

En effet, Dolly s'était jetée sur le sofa, sans faire attention à toutes les belles petites choses qui, le matin, lui
avaient donné tant d'orgueil ; et, la figure ensevelie dans ses
mains, elle pleurait beaucoup, mais beaucoup.

A la première vue de ce phénomène (car les manifestations de ce genre n'étaient nullement une habitude chez
Dolly, qui apprenait plutôt, par l'exemple de sa mère, à les
éviter le plus possible), Mme Varden exprima sa conviction
qu'il n'y avait jamais eu de femme aussi tourmentée qu'elle ;
que sa vie était une scène continuelle d'épreuves ; que, quand
elle était disposée par hasard à se sentir un peu plus gaie,
aussitôt son entourage venait, d'une manière ou d'autre,
faire l'office de rabat-joie, et que, comme elle s'était donné
un peu de bon temps ce jour-là, et le ciel savait si elle s'en
donnait souvent, elle allait maintenant en payer la folle
enchère : toutes jérémiades que Miggs accueillit par un as-
sentiment complet. La pauvre Dolly, néanmoins, ne se trouvait pas mieux d'être réconfortée de la sorte ; sa situation
empirait, au contraire. Voyant donc qu'elle était réellement
malade, Mme Varden et Miggs furent toutes deux prises de
compassion, et se mirent à la soigner sérieusement.

Mais, alors même, leur bonté prit la forme habituelle
de leur caractère ; et, quoique Dolly fût évanouie, il devint évident pour l'intelligence la plus bornée que c'était
Mme Varden qui souffrait. De même, quand Dolly commença
à se trouver mieux, et passa à cette période où les matrones
tiennent qu'on peut appliquer avec succès les remontrances
et les raisonnements, sa mère lui représenta, les larmes
aux yeux, que si elle avait eu de l'émoi et du chagrin ce
jour-là, elle devait se rappeler que c'était le lot commun de
l'humanité, et spécialement celui des femmes, qui, pendant
tout le cours de leur existence, ne devaient pas s'attendre
à autre chose, et qui n'avaient rien de mieux à faire que
de supporter leurs peines avec douceur et résignation.
Mme Varden la supplia de se rappeler encore que l'un de ces
jours elle aurait, selon toute probabilité, à faire violence
à ses sentiments, au point de se marier ; et que le mariage, comme elle pouvait le voir chaque jour de sa vie (et
elle ne le voyait que trop), était un état qui exigeait un
grand courage et une grande patience. Elle lui exposa avec
de vives couleurs que si elle (Mme Varden), en se dirigeant
à travers cette vallée de larmes, ne se fût pas appuyée sur
de forts principes de devoir, qui seuls la tenaient sur ses
pieds et l'empêchaient de tomber d'épuisement, elle serait
dans sa fosse depuis bien des années ; et, alors, que serait
devenue, je vous le demande, cette âme en peine (elle entendait par là le serrurier), qui ne pouvait voir que par
ses yeux, qui avait tant besoin d'elle, son étoile et son fa-
nal, pour guider ses pas dans les ténèbres de la vie ?

Mlle Miggs plaça aussi son mot à même fin. En vérité,
en vérité je vous le dis, Mlle Dolly pouvait prendre exemple
sur sa digne mère, car elle l'avait toujours dit et le dirait
toujours, dût-elle la minute d'ensuite être pendue ou écar-
telée, c'était bien la femme la plus douce, la plus aimable,
la plus clémente, la plus capable de souffrir longtemps
qu'on pût jamais imaginer. Elle ajouta que le simple récit
de ses perfections avait opéré un changement salutaire dans
l'âme de sa propre belle-sœur ; qu'elle et son mari, qui vi-
vaient avant comme chien et chat, et avaient l'habitude de
se lancer à la tête chandeliers de cuivre, couvercles de
marmite, fers à repasser, et toutes les marques les plus

pesantes de leur ressentiment, étaient maintenant le couple
le plus heureux et le plus tendre qu'il y eût au monde, ainsi
qu'on pouvait le voir chaque jour en s'adressant Cour du
Lion d'or, numéro 27, seconde sonnette au montant à droite.
Puis faisant un retour rapide sur elle-même, comme sur un
vase¹ indigne de comparaison, mais qui avait bien aussi
son petit mérite, elle la supplia de se bien mettre dans
l'idée que sa susdite mère unique et chérie, d'une faible
constitution et d'une nature excitable, avait eu constamment à supporter, dans la vie domestique, des afflictions
auprès desquelles larrons et voleurs n'étaient rien, et que
cependant jamais elle n'avait cédé ni à l'affaissement, ni au
désespoir, ni à la colère furieuse; mais que, comme on dit
à la boxe, elle avait toujours pris le dessus avec une physionomie joyeuse, et gagné le prix, comme si de rien
n'était. Quand Miggs eut fini son solo, sa maîtresse reprit
sa partie, et toutes deux ensemble, se donnant le *la*, exécutèrent un duo dont voici le refrain : « Mme Varden était la
vertu accomplie, mais persécutée; et M. Varden, représentant
du sexe masculin dans cet appartement, était une créature
d'habitudes vicieuses et brutales, un mari tout à fait insensible aux bénédictions conjugales dont il jouissait. » Enfin,
sous le masque de la sympathie, elles déployèrent contre lui
une tactique si habile et si raffinée, que quand Dolly, remise de sa défaillance, embrassa son père avec tendresse,
comme pour rendre témoignage à sa bonté, Mme Varden
exprima le solennel espoir que cela lui servirait de leçon
pour le reste de sa vie, et qu'il rendrait toujours dorénavant un peu plus de justice au mérite des femmes, désir
que Mlle Miggs, par des reniflements et des quintes de toux
alternatifs plus éloquents que le plus long discours, témoigna partager entièrement.

Mais la grande joie du cœur de Miggs fut que non-seulement elle recueillit tous les détails de ce qui était arrivé,
mais qu'elle eut le suprême délice de les communiquer à
M. Tappertit, pour mettre sa jalousie à la torture : car ce
gentleman, vu l'indisposition de Dolly, avait été prié de

---

1. Miggs se sert ici d'une ellipse mystique; c'est le *vase d'élection*
subalterne.

souper dans la boutique, et son repas lui avait été apporté
là par les belles mains de Mlle Miggs en personne.

« Oh, Simmun ! dit la jeune demoiselle ; les étranges
choses qui se sont passées aujourd'hui ! Oh ! miséricorde,
Simmun ! »

M. Tappertit, qui n'était pas de très-bonne humeur, et à
qui Mlle Miggs déplaisait, surtout quand elle plaçait sa
main sur son cœur tout haletant, parce que son manque de
contour n'était jamais plus apparent, lui lança une œillade
du style le plus superbe, et ne daigna pas montrer la moindre
curiosité.

« Je n'ai jamais vu pareille chose, ni qui que ce soit non
plus, poursuivit Miggs. S'occuper d'*elle* ! en voilà une idée !
Faire attention à elle, comme si ce n'était pas perdre son
temps ! Quelle plaisanterie ! Hé, hé, hé ! »

Voyant qu'il s'agissait d'une dame, M. Tappertit invita
d'une façon hautaine la belle amie à être plus explicite, et à
lui apprendre ce qu'elle entendait par *elle*.

« Eh mais, cette Dolly, dit Miggs en donnant à ce nom
un accent oratoire des plus aigus ; mais, ma parole d'honneur, Joseph Willet est un brave jeune homme, et il la mérite ; ça, c'est positif.

— Femme ! dit M. Tappertit en sautant à bas du comptoir
où il était assis, prenez garde !

— Ciel, Simmun ! cria Miggs, avec un étonnement af-
fecté ; vous m'effrayez à mourir. Qu'est-ce qu'il y a ?

— Il est des cordes dans le cœur humain, dit M. Tappertit
en brandissant en l'air le couteau qui lui servait à couper
son pain et son fromage, qu'il vaut mieux ne pas faire vibrer. Voilà ce qu'il y a.

— Oh ! très-bien, si vous êtes en colère, dit Miggs, lui
tournant le dos comme pour s'en aller.

— En colère ou pas en colère, dit M. Tappertit, la retenant par le poignet, qu'entendez-vous par là, Jézabel ?
Qu'alliez-vous me dire ? répondez-moi. »

Nonobstant cette incivile exhortation, Miggs fit volontiers
ce dont elle était requise, et lui raconta comme quoi leur
jeune maîtresse, étant seule dans les prairies passé la brune,
avait été attaquée par trois ou quatre hommes de grande
taille, qui l'auraient enlevée et peut-être assassinée, si

Joseph Willet n'était survenu à temps, ne les avait mis, de sa seule main, tous en fuite, et ne l'avait délivrée, ce qui le rendait l'objet de la durable admiration de ses semblables en général, et de l'éternel amour de la reconnaissante Dolly Varden.

« Très-bien, dit M. Tappertit en respirant fortement, lorsque l'histoire eut été achevée, et rebroussant ses cheveux jusqu'à ce qu'ils se tinssent roides et droits sur le haut de sa tête; ses jours sont comptés.

— Oh! Simmun!

— Je vous le répète, dit l'apprenti, ses jours sont comptés. Laissez-moi ; allez-vous-en. »

Miggs partit sur son ordre, mais peut-être moins par docilité que par envie d'aller glousser de rire toute seule à son aise. Lorsqu'elle eut donné carrière à sa gaieté, elle retourna dans la salle à manger, où le serrurier, stimulé par le bonheur de se sentir enfin tranquille et par Toby, était devenu causeur, et semblait disposé à passer gaiement en revue les incidents de sa journée. Mais Mme Varden, dont la religion pratique (chose assez commune) était volontiers de l'ordre rétrospectif, coupa court à ses causeries en déclamant contre les péchés qu'entraînent « des régalades comme celle d'aujourd'hui, » et en soutenant qu'il était grandement l'heure d'aller au lit. Elle alla donc au lit avec une physionomie aussi farouche et aussi lugubre que celle du lit d'apparat du Maypole; et le reste de l'établissement alla également au lit bientôt après la maîtresse.

CHAPITRE XXIII.

Le crépuscule avait fait place à la nuit depuis quelques heures, et il était plus que l'après-midi dans ces quartiers de la ville que le monde consent à habiter, car le monde était alors, comme maintenant, retiré dans des dimensions très-restreintes et logé à son aise dans un espace circonscrit,

quand M. Chester s'étendit sur un sofa, dans son cabinet
de toilette au Temple, s'amusant à la lecture de quelque
livre.

Il s'habillait par intermittences, pour se donner moins de
mal à la fois, et, comme il avait déjà fait la moitié de la besogne, il était à prendre un long repos. Complétement vêtu,
quant à ses pieds et à ses jambes, dans la plus correcte mode
du jour, il avait encore le reste de sa toilette à faire. L'habit
était étendu comme un élégant épouvantail, sur son che-
valet spécial; le gilet était déployé de la façon la plus avantageuse; les divers articles de parure étaient séparément
étalés dans l'ordre le plus attrayant; et néanmoins il restait
assis là, ses jambes pendillant entre le sofa et le parquet,
les yeux fixés sur son livre avec autant d'attention que si
toutes ces belles choses ne lui donnaient seulement pas la
tentation de se lever.

« Sur mon honneur, dit-il en levant enfin ses yeux au plafond, de l'air d'un homme qui réfléchit sérieusement à ce
qu'il vient de lire; sur mon honneur, voilà bien la plus capitale composition, les pensées les plus délicates, le code de
morale le plus distingué, les plus gentlemanesques sentiments qu'il y ait au monde. Ah! Ned, Ned, si vous vouliez
seulement former votre esprit par de tels préceptes, nous ne
pourrions que nous entendre à merveille sur toutes les
questions qui viendraient à s'agiter entre nous! »

Cette apostrophe fut adressée, comme le reste de la remarque, au vide de l'air, car Édouard n'était pas présent,
son père était tout seul.

« Milord Chesterfield, dit-il en appuyant doucement sa
main sur le livre, lorsqu'il le déposa, si j'avais seulement pu
profiter de votre génie assez tôt pour former mon fils sur le
modèle que vous avez laissé à tous les pères sages, nous
serions riches à présent l'un et l'autre. Shakspeare était incontestablement très-distingué dans son genre; Milton a du
bon, quoique prosaïque; lord Bacon est profond, un vrai
connaisseur: mais l'écrivain qui doit être à jamais l'orgueil
de son pays, c'est milord Chesterfield. »

Il redevint pensif, et le cure-dent fut mis en réquisition.

« Je me croyais vraiment un homme du monde passablement accompli, poursuivit-il; je me flattais d'être suffisam-

ment versé dans tous ces petits arts et ces grâces qui distin-
guent les hommes du monde des rustres et des paysans, et
séparent leur caractère de ces sentiments horriblement vulgaires qu'on appelle le caractère national. En dehors de toute
prévention naturelle en ma faveur, je croyais pouvoir me
rendre cette justice. Et pourtant, dans chaque page de cet
écrivain éclairé, je trouve quelque séduisante hypocrisie que
je n'avais jamais rencontrée auparavant, quelque principe
supérieur d'égoïsme auquel j'étais absolument étranger. Je
rougirais tout à fait de moi-même devant cette prodigieuse
créature, si ses principes mêmes ne nous apprenaient à ne
rougir de n'importe quoi. Quel homme étonnant! Quel véritable grand seigneur! Un roi ou une reine peut faire un
lord, mais le diable seul et les Grâces peuvent faire un
Chesterfield. »

Les hommes qui sont pétris de fausseté et de perfidie es-
sayent rarement de se dissimuler ces vices; et toutefois, en
se les avouant à eux-mêmes, ils prétendent aux vertus qu'ils
feignent le plus de mépriser. « Car, disent-ils, il y a de
l'honnêteté à confesser la vérité. Tous les hommes sont
comme nous; seulement ils n'ont pas la candeur d'en convenir. » Plus de tels hypocrites affectent de nier que la sincérité existe sur la terre, plus ils voudraient qu'on crût
qu'ils la possèdent sous sa forme la plus hardie; et c'est
ainsi qu'à leur insu ces philosophes rendent à la vérité un
hommage qui mettra contre eux les rieurs au jour du jugement.

M. Chester, après avoir exalté son auteur favori par cet
élan d'enthousiasme, reprit son livre dans l'excès de son admiration; et il se disposait à continuer la lecture de cette
sublime morale, quand il fut troublé par un bruit étrange à
la porte extérieure. Il lui semblait que son domestique bar-
rait le passage à quelque visiteur désagréable.

« Il est tard pour un créancier impatient, dit-il en levant
ses sourcils avec une expression d'étonnement aussi indolente que si le bruit eût été dans la rue, et ne l'eût pas
concerné lui-même le moins du monde. Il est beaucoup
plus tard que ces gens-là n'ont coutume de venir. Le prétexte ordinaire, je suppose. Sans doute un fort payement à
faire demain. Pauvre garçon, il perd son temps, et le temps

est de l'argent, comme dit le bon proverbe, quoique pour moi je n'aie jamais vu cela. Eh bien ! qu'y a-t-il? vous savez que je n'y suis pas.

—Un homme, monsieur, répliqua le domestique, qui était dans son genre d'une tout aussi grande froideur et d'une tout aussi grande indolence que son maître, a rapporté chez vous la cravache que vous avez perdue l'autre jour. Je lui ai dit que vous étiez absent, mais il a déclaré qu'il attendrait que je vous eusse apporté cette cravache, et ne s'en irait pas avant.

— Il avait complétement raison, répondit son maître, et vous êtes un imbécile, sans aucune espèce de jugement ni de discernement. Dites-lui d'entrer, et veillez à ce qu'il essuie ses souliers pendant cinq minutes précises avant d'entrer. »

Le domestique posa la cravache sur une chaise et se retira. Le maître, qui avait seulement entendu ses pas sur le parquet, sans prendre la peine de se retourner pour le voir, ferma son livre, et poursuivit le cours de ses idées interrompues par l'entrée du valet.

« Si le temps était de l'argent, dit-il en maniant sa tabatière, je transigerais avec mes créanciers, et je leur donnerais.... voyons donc.... combien chaque jour? Il y a mon somme après dîner, une heure. Je peux leur sacrifier cela bien volontiers, pour qu'ils en tirent le meilleur parti possible. Le matin, entre mon déjeuner et le journal, je leur réserverais une autre heure ; et le soir avant dîner, mettons encore une heure. Trois heures chaque jour. Ils se payeraient eux-mêmes en visites, avec les intérêts, dans l'espace de douze mois. J'ai envie de leur en faire la proposition quelque jour.... Ah ! mon centaure, c'est vous qui êtes là ?

— C'est moi, répondit Hugh en entrant à grandes enjambées, suivi d'un chien aussi rude et aussi farouche que lui ; j'ai eu assez de mal à arriver jusqu'ici. Pourquoi donc me demandez-vous de venir, et me laissez-vous dehors quand je viens?

— Mon bon garçon, répliqua l'autre en levant un peu sa tête de dessus le coussin, et l'examinant avec insouciance de la tête aux pieds, je suis enchanté de vous voir, et d'acquérir, par votre présence ici, la preuve la plus convaincante qu'on ne vous laisse pas dehors, quoi que vous en disiez. Comment allez-vous ?

— Je vais assez bien, dit Hugh impatienté.

— Vous avez l'air de jouir d'une merveilleuse santé. Asseyez-vous.

— Je préfère rester debout, dit Hugh.

— A votre aise, mon bon garçon, répondit M. Chester, se levant, ôtant lentement l'ample robe de chambre qu'il portait, et s'asseyant devant sa toilette. Faites comme vous voudrez. »

Cela dit du ton le plus poli, le plus aimable, M. Chester commença de s'habiller, sans plus s'occuper de son hôte. Celui-ci restait debout à la même place, incertain de ce qu'il devait faire maintenant, et regardant de temps en temps d'un air boudeur.

« Allez-vous me parler, maître ? dit-il après un long silence.

— Ma digne créature, répliqua M. Chester, vous êtes un peu ému, et vous ne paraissez pas de bonne humeur. J'attendrai que vous soyez tout à fait dans votre assiette ; je ne suis pas pressé. »

Cette conduite produisit immédiatement son effet. Elle humilia l'homme, elle le couvrit de confusion, et le rendit plus irrésolu encore et plus incertain. De dures paroles, il y eût riposté ; la violence, il l'eût remboursée avec les intérêts : mais cet accueil froid, affable, dédaigneux, d'un personnage maître de lui-même, lui fit sentir son infériorité d'une manière beaucoup plus complète que ne l'eussent fait les raisonnements les mieux élaborés. Tout contribuait donc à le déconcerter. Son rude langage, si mal assorti avec les accents doucement persuasifs de l'autre ; son geste inculte et les façons polies de M. Chester ; le désordre et la négligence de ses vêtements déguenillés et l'élégant costume qu'il voyait devant lui ; l'aspect de la chambre remplie d'un voluptueux confort auquel il n'était pas accoutumé ; le silence qui lui donna le loisir d'observer ces choses, et de sentir comme elles le mettaient mal à son aise : toutes ces influences qui n'opèrent que trop souvent sur des esprits cultivés, mais qui deviennent d'une puissance presque irrésistible quand elles pèsent sur un esprit grossier comme le sien, domptèrent Hugh en un moment. Il s'avança peu à peu plus près de la chaise de M. Chester, et, regardant par-dessus l'épaule la figure du gentleman son interlocuteur, reflétée par le miroir, comme s'il cherchait dans son expression quelque encouragement, il dit enfin avec un rude effort de conciliation :

« Voulez-vous me parler, maître, ou faut-il que je m'en aille ?

— Parlez, vous, dit M. Chester ; c'est à vous à parler, mon bon garçon. J'ai parlé, moi, n'est-ce pas ? J'attends maintenant que vous parliez à votre tour.

— Mais voyons, monsieur, répliqua Hugh avec un embarras qui ne faisait que croître, ne suis-je pas l'homme auquel vous avez laissé en particulier votre cravache avant de quitter à cheval le Maypole, en lui disant de vous la rapporter lorsqu'il désirerait vous parler sur un certain sujet ?

— Certainement si, vous êtes bien cet homme, ou il faut que vous ayez un frère jumeau, dit M. Chester en regardant l'inquiète figure de Hugh reflétée aussi par le miroir ; ce qui n'est pas probable, n'est-ce pas ?

— Je suis donc venu, monsieur, dit Hugh, vous rapporter cela, en y joignant autre chose ; c'est une lettre, monsieur, que j'ai prise à la personne qui en était chargée. »

En même temps il posa sur la toilette l'épître même d'Emma, cette missive dont la perte avait causé tant de chagrin à Dolly.

« Avez-vous enlevé ceci de vive force, mon bon garçon ? dit M. Chester en y jetant les yeux, sans le moindre signe visible d'étonnement ou de plaisir.

— Pas tout à fait, dit Hugh, pas tout à fait.

— Qui était le messager auquel vous l'avez pris ?

— Une femme, la fille d'un nommé Varden.

— Oh ! vraiment, dit gaiement M. Chester. Ne lui avez-vous pas encore pris autre chose ?

— Quelle autre chose ?

— Oui, dit le gentleman d'un ton traînant, car il était occupé à fixer un tout petit morceau de taffetas d'Angleterre sur un tout petit bouton à l'un des coins de la bouche, autre chose.

— Eh bien !... un baiser.

— Et rien de plus ?

— Rien.

— Je présume, dit M. Chester avec la même aisance, et en souriant deux ou trois fois pour voir si le petit morceau de taffetas adhérait bien au petit bouton, je présume qu'il y

avait quelque autre chose. J'ai entendu parler d'un bijou....
une simple bagatelle.... Une chose de si minime valeur, en
vérité, que vous pouvez ne plus vous en souvenir. Vous
rappelez-vous quelque chose de ce genre... un bracelet, par
exemple ? »

Hugh, en marmottant un jurement, plongea la main dans
sa poitrine, et tirant de là le bracelet, enveloppé d'une poignée de foin, il allait mettre le tout sur la toilette, quand
son patron, arrêtant sa main, l'invita à remettre le bijou à
l'endroit où il était.

« Vous avez pris cela pour vous, mon excellent ami, dit-
il; gardez-le donc. Je ne suis ni un voleur, ni un recéleur.
Ne me le montrez pas. Vous ferez mieux de le cacher, et
promptement. Ne me montrez pas non plus l'endroit où vous
le mettez, ajouta-t-il en détournant la tête.

— Vous n'êtes pas un recéleur! dit Hugh d'un ton brusque,
malgré le respect croissant que lui inspirait le gentleman.
Comment appelez-vous *cela*, maître? et il frappa la lettre de
sa main pesante.

— J'appelle cela d'une manière toute différente, dit froidement M. Chester. Je vais vous le prouver à l'instant, vous
verrez. Vous avez soif, je suppose? »

Hugh, passant sa manche en travers de ses lèvres, répondit oui d'un air rechigné.

« Allez à ce cabinet; apportez-moi une bouteille que vous
y trouverez et un verre. »

Il obéit. Son patron le suivit des yeux, et, quand il eut
tourné le dos, M. Chester sourit alors, ce qu'il n'avait eu
garde de faire tant que Hugh était debout à côté de la glace.
A son retour, il remplit le verre, et lui dit de boire. Cette
goutte expédiée, il lui en versa une autre, puis une autre.

« Combien en pouvez-vous boire ? dit-il en remplissant le
verre derechef.

— Autant qu'il vous plaira de m'en donner. Versez toujours. Remplissez tout plein. Une rasade avec la mousse
par-dessus ! Quelqu'un qui m'en donnerait à mon contentement, ajouta-t-il en entonnant le liquide dans sa gorge bar-
bue, j'irais pour lui assassiner un homme s'il me le demandait.

— Comme je n'ai pas l'intention de vous le demander, et

que vous le feriez peut-être sans qu'on vous le demandât, si vous continuiez de boire, dit M. Chester avec un grand calme, nous nous arrêterons, s'il vous plaît, mon bon ami, au prochain verre. N'aviez-vous pas déjà bu avant de venir ici?

— Je bois toujours, quand je peux trouver à boire, cria Hugh d'une voix bruyante, en agitant au-dessus de sa tête le verre vide, et prenant vivement la pose grossière d'un Satyre qui va entrer en danse. Je bois toujours. Pourquoi pas! Ha, ha, ha! Y a-t-il jamais rien eu qui m'ait fait tant de bien? Non, non, rien, jamais. N'est-ce pas ce qui me défend du froid dans les nuits piquantes? qui me soutient lorsque je meurs de faim? Qu'est-ce donc qui m'aurait jamais donné la force et le courage d'un homme, quand les hommes m'auraient laissé mourir, chétif enfant? Sans cela, est-ce que j'aurais jamais eu le cœur d'un homme? Je serais mort dans un fossé. Quel est celui qui, du temps où j'étais un pauvre malheureux, faible, maladif, les jambes flageolantes et les yeux éteints, m'a jamais remis le cœur au ventre comme un verre de ça? Jamais, jamais. Je bois à la santé de la boisson, maître. Ha, ha, ha!

— Vous êtes un jeune homme d'un entrain extraordinaire, dit M. Chester en mettant sa cravate avec une grande circonspection, et remuant légèrement sa tête d'un côté à l'autre pour installer son menton à sa place. Un vrai luron.

— Voyez-vous cette main, maître, et ce bras? dit Hugh, mettant à nu jusqu'au coude le membre musculeux. Tout ça n'était autrefois que de la peau et des os, et ça ne serait plus que de la poussière dans quelque pauvre cimetière, sans la boisson.

— Vous pouvez le couvrir, dit M. Chester, on le verrait tout aussi bien dans votre manche.

— Je n'aurais jamais eu l'audace de prendre un baiser à l'orgueilleuse petite beauté, maître, sans la boisson, cria Hugh. Ha, ha, ha! C'était un bon baiser. Doux comme miel, je vous le garantis. C'est encore à la boisson que je dois ce baiser-là. Je vais boire encore à la boisson, maître. Remplissez-moi ce verre. Allons. Encore une fois!

— Vous êtes un garçon qui promettez trop, dit son patron en mettant son gilet avec le soin le plus scrupuleux, et sans

tenir compte de sa requête ; il est de mon devoir de vous garder
des impulsions trop vives qui résulteraient infailliblement
pour vous de la boisson , et qui peuvent vous faire pendre
prématurément. Quel âge avez-vous?

— Je ne sais pas.

—Dans tous les cas, dit M. Chester, vous êtes assez jeune
pour échapper, pendant quelques années encore, à ce que je
peux appeler une mort naturelle. Comment venez-vous donc
vous livrer dans mes mains, sur une si courte connaissance,
avec la corde autour du cou? Il faut que vous soyez d'une
nature bien confiante ! »

Hugh recula d'un pas ou deux, et l'examina d'un air où se
mêlaient la terreur, l'indignation et la surprise. Quant à son
patron, en se regardant dans le miroir avec la même affabilité qu'auparavant, et parlant d'une manière aussi aisée que
s'il eût discuté quelque agréable commérage de la ville , il
poursuivit :

« Le vol sur la grande route, mon jeune ami , est une
occupation dangereuse et chatouilleuse. Elle est agréable, je
n'en doute pas , tant qu'elle dure ; mais, comme tous les autres
plaisirs en ce monde où tout passe , rarement elle dure longtemps. Et en réalité, si, dans la candeur de la jeunesse, vous
êtes si prompt à ouvrir votre cœur sur ce sujet, je crains que
votre carrière ne soit extrêmement limitée.

—Qu'est-ce-ci? dit Hugh. De quoi parlez-vous là, maître?
qui m'y a poussé ?

— Qui donc ? dit M. Chester, en pivotant avec vivacité,
et le regardant en face pour la première fois ; je ne vous ai
pas bien entendu. Qui est-ce? »

Hugh se troubla et marmotta quelque chose qu'on ne pouvait pas entendre.

« Qui est-ce? Je suis curieux de le savoir, dit M. Chester
avec une affabilité des plus grandes. Quelque rustique beauté
peut-être? mais soyez prudent, mon bon ami. Il ne faut pas
toujours se fier à ces fillettes. Prenez note de l'avis que je
vous donne, et faites attention à vous. » En disant ces mots,
il se retourna vers le miroir et continua sa toilette.

Hugh lui aurait bien répondu que c'était lui, lui qui lui
faisait cette question , qui l'y avait poussé ; mais les mots se
collèrent dans sa gorge. L'art consommé avec lequel son pa-

tron l'avait amené là, l'habileté avec laquelle il avait dirigé
toute la conversation, dérouta complétement le pauvre diable.
Il ne douta pas que, s'il eût lâché la riposte qui était sur ses
lèvres quand M. Chester se retourna si vivement, ce gentleman ne l'eût fait arrêter sur-le-champ et ne l'eût traîné devant
un magistrat avec l'objet volé en sa possession ; auquel cas
il eût été pendu, aussi sûr qu'il était né. L'ascendant que
l'homme du monde avait voulu prendre sur ce sauvage instrument fut conquis dès cet instant, et la soumission de
Hugh fut complète. Il en eut une peur affreuse ; il sentait
que le hasard et l'artifice venaient de lui filer un bout de
chanvre qui, au moindre mouvement d'une main aussi
habile que celle de M. Chester, le suspendrait à la potence.

En proie à ces pensées qui traversèrent rapidement son
esprit, et pourtant se demandant encore comment il pouvait
se faire qu'au moment même où il venait en tapageur, pour
s'imposer lui-même à cet homme, il se fût laissé au contraire
subjuguer si vite et si complétement, Hugh se tenait humble
et timide devant M. Chester, le regardant de temps en temps
avec une espèce de malaise, tandis qu'il finissait de s'habiller. Quand le gentleman eut fini, il prit la lettre, rompit le
cachet, et se jetant en arrière dans sa chaise, lut à loisir les
pages d'Emma d'un bout à l'autre.

« Tout à fait bien troussé, sur ma vie ! Une vraie lettre de
femme ; c'est plein de ce qu'on appelle tendresse, désintéressement, et tout ce qui s'ensuit ! »

En parlant ainsi, il tortilla le papier, et regardant avec indolence du côté de Hugh, comme s'il eût voulu dire : « Vous
voyez ! » il le présenta à la flamme de la bougie. Quand le
papier fut tout en flamme, il le jeta sur la grille, et l'y laissa
se consumer.

« C'était adressé à mon fils, dit-il en se tournant vers
Hugh ; vous avez eu complétement raison de me l'apporter.
Je l'ai ouvert sous ma responsabilité personnelle, et vous
voyez ce que j'en ai fait. Prenez ceci pour votre peine. »

Hugh, s'avançant de quelques pas, reçut la pièce d'argent
que M. Chester lui tendait. Lorsque ce dernier la lui remit
dans la main, il ajouta :

« S'il vous arrivait de trouver quelque autre chose de cette
sorte, ou de recueillir quelque renseignement qu'il vous pa-

rût que je pusse désirer connaître, apportez-les ici ; voulez-vous, mon bon garçon ? »

Cela fut dit avec un sourire qui signifiait, ou du moins Hugh le crut : « Manquez-y et vous me le payerez. » Il répondit qu'il n'y manquerait pas.

« Et ne soyez pas, reprit son patron, de l'air du plus affectueux patronage, ne soyez pas du tout abattu ou mal à votre aise au sujet de cette petite témérité dont nous avons parlé. Votre cou est aussi en sûreté dans mes mains que si c'était un baby qui le caressât dans ses petits doigts, je vous assure. Buvez encore un coup, maintenant que vous êtes plus tranquille. »

Hugh l'accepta de sa main, et, regardant à la dérobée sa figure souriante, il but en silence le contenu.

« Eh bien ! vous ne buvez plus, ha, ha ! vous ne buvez donc plus à la Boisson ? dit M. Chester, de sa manière la plus séduisante.

— A vous, monsieur, répondit l'autre d'un air assez gauche, en faisant quelque chose comme une révérence. C'est à vous que je bois.

— Merci. Dieu vous bénisse ! A propos, quel est votre nom, mon brave homme ? On vous appelle Hugh, oui, je sais ; mais votre autre nom ?

— Je n'ai pas d'autre nom.

— Un bien étrange garçon ! Voulez-vous dire par là que vous ne vous en êtes jamais connu d'autre, ou que vous aimez mieux l'oublier ? Lequel des deux ?

— Je vous dirais mon autre nom si je le savais, reprit Hugh avec vivacité, mais je ne m'en connais pas d'autre : on m'a toujours appelé Hugh, rien de plus. Je ne me suis jamais ni vu ni connu de père, je n'y ai seulement pas songé. J'étais un petit garçon de six ans, ce n'est pas bien vieux, lorsqu'on pendit ma mère à Tyburn pour procurer à deux mille hommes le plaisir de la voir à la potence. On aurait pu la laisser vivre : elle était assez malheureuse.

— C'est triste, bien triste ! dit son patron, avec un sourire plein de condescendance. Je ne doute pas qu'elle ne fût extrêmement belle.

— Voyez-vous mon chien ? dit Hugh d'un ton brusque.

— Fidèle, je parie, répliqua son patron, lorgnant le chien,

et plein d'intelligence? Les animaux vertueux et bien doués, hommes et bêtes, sont toujours très-hideux.

— Ce chien que vous voyez, et un de la même portée, furent la seule chose vivante, excepté moi, qui poussa des cris plaintifs ce jour-là, dit Hugh. De deux mille hommes, et davantage (la foule était plus nombreuse, parce que c'était une femme), le chien et moi nous fûmes les seuls à ressentir quelque pitié. Si ç'avait été un homme, il aurait été bien aise d'être débarrassé d'elle, car elle avait été contrainte par la misère de le laisser maigrir et presque mourir de faim; mais comme ce n'était qu'un chien, et qu'il n'avait pas naturellement les sentiments d'un homme, il en eut du chagrin.

— C'était pure stupidité de bête brute, certainement, dit M. Chester, et bien digne d'une bête brute comme lui. »

Hugh ne répliqua pas; mais sifflant son chien, qui bondit au sifflement et vint sauter et gambader autour de lui, il souhaita le bonsoir à son ami, le gentleman sympathique.

« Bonsoir, répondit M. Chester. N'oubliez pas que vous êtes en sûreté avec moi, tout à fait en sûreté. Aussi longtemps que vous le mériterez, mon bon garçon, et vous le mériterez toujours, j'espère, vous aurez en moi un ami sur le silence duquel vous pouvez compter. Maintenant faites attention à vous, et songez à quoi vous vous exposez. Bonsoir! Dieu vous assiste!»

Hugh, intimidé par le sens caché de ces paroles, fit le chien couchant, et gagna la porte en rampant, pour ainsi dire, d'une manière si soumise et si subalterne, d'une façon, en un mot, si différente des airs de bravache qu'il avait en entrant, que son patron resté seul sourit plus que jamais.

« Et cependant, dit-il en prenant une prise de tabac, je n'aime pas qu'on ait pendu sa mère. Ce garçon a un bel œil; je suis sûr qu'elle était belle. Mais très-probablement c'était une grossière créature; elle avait peut-être un nez rouge et de gros vilains pieds. Baste! Tout a été pour le mieux, sans aucun doute. »

Après cette réflexion consolante, il mit son habit, adressa un regard d'adieu au miroir et sonna son domestique. Celui-ci parut promptement, suivi d'une chaise et de ses porteurs.

« Pouah! dit M. Chester, l'atmosphère que ce centaure m'a apportée est empestée: cela pue l'échelle et la charrette. Ici, Peak. Apportez quelque eau de senteur et arrosez le parquet; prenez la chaise sur laquelle il s'est assis, et exposez-la à l'air : jetez un peu de cette essence sur moi. Je suis suffoqué ! »

Le domestique obéit ; puis la chambre et le maître étant tous deux purifiés, M. Chester n'eut plus qu'à demander son claque, à le placer gracieusement plié sous son bras, à s'asseoir dans la chaise, et à se laisser emporter dehors en fredonnant un air à la mode.

CHAPITRE XXIV.

Comment ce gentleman distingué passa la soirée au milieu d'un cercle brillant, éblouissant ; comment il enchanta tous ceux dont il s'approcha, par la grâce de son maintien, la politesse de ses manières, la vivacité de sa conversation et la douceur de sa voix ; comment on remarqua dans chaque coin du salon que Chester était un homme d'une heureuse humeur, que rien ne le troublait, que les soucis et les erreurs du monde ne lui pesaient pas plus que son habit, et que sa figure souriante reflétait constamment un esprit calme et tranquille ; comment d'honnêtes gens, qui par instinct le connaissaient mieux, s'inclinèrent néanmoins devant lui, pleins de déférence pour chacune de ses paroles, et courtisant la faveur d'un de ses regards ; comment des gens qui avaient réellement du bon se laissèrent aller au courant, le flattèrent, l'adulèrent, l'approuvèrent, et se méprisèrent eux-mêmes de tant de bassesse ; comment, en un mot, il fut un de ceux qui sont reçus et choyés dans la société par nombre de personnes qui, individuellement, se fussent éloignées avec dégoût de celui qui faisait en ce moment l'objet de leur attention avide : voilà des choses si naturelles, qu'elles se présenteront d'elles-mêmes à nos lecteurs. De pareilles platitudes sont si communes qu'elles ne valent à peine qu'un coup d'œil rapide, et c'est tout.

Les gens qui méprisent l'humanité (je ne parle pas des im-

béciles et des comédiens, qui se font de cela une religion) sont
de deux sortes : ceux qui croient leur mérite négligé et incompris forment la première classe ; ceux qui recueillent la
flatterie et l'adulation, sachant bien leur propre indignité,
composent l'autre. Soyez sûr que les misanthropes, qui ont
le cœur le plus froid, sont toujours de la dernière.

M. Chester était dans son lit, sur son séant, le lendemain
matin, et buvant à petits traits son café ; il se rappelait,
avec une espèce de satisfaction méprisante, comment il avait
brillé la veille au soir, comment il avait été caressé et cour-
tisé, lorsque son domestique lui apporta un très-petit morceau de papier sale, étroitement cacheté à deux places, et
à l'intérieur duquel étaient écrits en assez gros caractères
les mots suivants : « Un ami. On désire une conférence. Immédiatement. En particulier. Brûlez cela après l'avoir lu. »

« Où donc, au nom de la conspiration des poudres [1], avez-
vous ramassé cela ? » dit son maître.

Cela lui avait été donné par une personne qui attendait
maintenant à la porte : telle fut la réponse du domestique.

« Avec un manteau et un poignard ? dit M. Chester.

— Cette personne n'avait sur elle rien de plus menaçant,
à ce qu'il m'a semblé, qu'un tablier de cuir et une figure
sale.

— Qu'elle entre. » Elle entra. C'était M. Tappertit, avec
ses cheveux encore hérissés, et dans sa main une grande
serrure qu'il déposa sur le parquet au milieu de la chambre,
comme s'il eût été prêt à exécuter quelque représentation
où devait figurer une serrure.

« Monsieur, dit M. Tappertit en faisant un profond salut,
je vous remercie de votre condescendance, et je suis bien
aise de vous voir. Excusez l'emploi servile dans lequel je
suis engagé, et étendez votre sympathie sur un homme qui,
malgré son humble apparence, travaille intérieurement à
une œuvre fort au-dessus de son rang social. »

M. Chester écarta les rideaux du lit plus en arrière, et
regarda ce visiteur avec une vague idée que c'était quelque

---

1. Tramée, en 1605, par les catholiques, dans le but de faire périr
par une explosion Jacques Ier roi d'Angleterre, sa famille et tout le Parlement.

maniaque qui non-seulement avait forcé la porte de sa loge,
mais avait emporté la serrure par-dessus le marché. M. Tappertit salua de nouveau, et développa ses jambes dans l'attitude la plus avantageuse.

« Vous avez entendu parler, monsieur, dit M. Tappertit,
en mettant sa main sur sa poitrine, de G. Varden, *serrurier,
pose les sonnettes et exécute proprement les réparations à la ville
et à la campagne, Clerkenwell, Londres ?*

— Eh bien, après ? demanda M. Chester.

— Je suis son apprenti, monsieur.

— Eh bien, *après ?*

— Hem ! dit M. Tappertit, voulez-vous me permettre de
fermer la porte, monsieur, et voulez-vous en outre, monsieur, me donner votre parole d'honneur que ce qui se passera entre nous demeurera strictement confidentiel ? »

M. Chester se recoucha dans son lit avec calme, et tournant une figure où il n'y avait pas le moindre trouble,
vers l'étrange apparition qui pendant ce temps avait fermé
la porte, il pria l'inconnu de s'expliquer aussi raisonnablement que possible, si cela ne le gênait pas.

« En premier lieu, monsieur, dit M. Tappertit, exhibant
un petit mouchoir de poche et le secouant pour le déplier,
comme je n'ai pas de carte sur moi (l'envie des maîtres nous
ravale au-dessous de ce niveau), souffrez que je vous offre
ce que les circonstances me fournissent de mieux en remplacement d'une carte. Si vous voulez prendre ceci dans
votre main, monsieur, et jeter les yeux sur le coin qui
est à votre droite, dit M. Tappertit en présentant d'un air
gracieux son mouchoir, vous y trouverez mes lettres de
créance.

— Je vous remercie, répondit M. Chester en acceptant ce
mouchoir avec politesse, et regardant à l'un des bouts
quelques caractères d'un rouge de sang : *Quatre. Simon
Tappertit. Un.* Est-ce cela ?

— C'est mon nom, monsieur, ne faites pas attention aux
numéros, répliqua l'apprenti. Les numéros ne sont là que
comme de simples indications pour la blanchisseuse, sans
aucune connexion avec moi ni ma famille. *Votre* nom, monsieur, dit M. Tappertit en regardant fixement le bonnet de
nuit du gentleman, est Chester, je suppose ? vous n'avez

pas besoin de l'ôter, monsieur, je vous remercie. Je vois
d'ici E. C.; nous tiendrons le reste pour chose convenue.

— Monsieur Tappertit, je vous prie, dit M. Chester, cette
pièce compliquée de serrurerie que vous m'avez fait la faveur
d'apporter avec vous a-t-elle quelque connexion immédiate
avec l'affaire que nous avons à discuter?

— Elle n'en a aucune, monsieur, répliqua l'apprenti. C'est
que j'allais la poser à la porte d'un magasin dans Thames-
Street.

— Peut-être, en ce cas, dit M. Chester, comme elle a un
parfum d'huile grasse un peu plus fort que je n'ai l'habitude
d'en rafraîchir ma chambre à coucher, voudrez-vous bien
m'obliger de la déposer dehors à la porte?

— Certainement, monsieur, dit M. Tappertit, se hâtant
d'acquiescer à ce désir.

— Vous m'excuserez de cette observation, j'espère?

— Ne vous en excusez pas, monsieur, je vous prie. Et
maintenant, s'il vous plaît, à notre affaire. »

Durant tout le cours de ce dialogue, M. Chester n'avait
rien laissé paraître sur sa figure que son sourire de sérénité
et de politesse inaltérable. Sim Tappertit, qui avait de lui-
même une opinion beaucoup trop bonne pour soupçonner
que n'importe qui pût s'amuser à ses dépens, s'imagina reconnaître là quelque chose du respect qui lui était dû, et fit
de cette conduite courtoise d'un étranger à son égard une
comparaison qui n'était point du tout favorable à celle du
digne serrurier, son patron.

— D'après ce qui se passe chez nous, dit M. Tappertit, je
suis instruit, monsieur, d'un commerce que votre fils entre-
tient avec une jeune demoiselle contre vos inclinations.
Votre fils ne s'est pas bien conduit avec moi, monsieur.

« Monsieur Tappertit, dit l'autre, vous me peinez au delà
de toute expression.

— Je vous remercie, monsieur, répliqua l'apprenti. Je suis
aise de vous entendre parler ainsi. Il est très-fier, monsieur
votre fils, très-hautain.

— J'en ai peur, dit M. Chester. Savez-vous que je le craignais un peu déjà? mais votre témoignage ne me permet
plus d'en douter.

— Raconter les corvées serviles que j'ai eu à faire pour

votre fils, monsieur, dit M. Tappertit ; les chaises que j'ai eu
à lui donner, les voitures que j'ai eu à aller lui chercher, les
nombreuses besognes dégradantes, et sans la moindre connexion avec mon contrat d'apprentissage, que j'ai eu à subir
pour lui, remplirait une Bible de famille. D'ailleurs, monsieur, ce n'est lui-même au bout du compte qu'un jeune
homme, et je ne considère pas : « Merci , Sim » comme une
formule convenable de politesse en ces occasions.

— Monsieur Tappertit, vous avez une sagesse au-dessus
de votre âge. Continuez, je vous prie.

— Je vous remercie de votre bonne opinion, monsieur,
dit Sim, très-flatté, et je tâcherai de la justifier. Maintenant,
monsieur, à cause de ce grief (et peut-être encore pour une
ou deux raisons qu'il est inutile de vous déduire), je suis
de votre côté. Et voici ce que je vous dis : tant que nos gens
iront et viendront, çà et là, en long et en large, à ce vieux
joyeux Maypole là-bas, avec des lettres, des commissions,
mille choses qu'on porte, qu'on va chercher, vous ne sauriez empêcher votre fils d'entretenir commerce avec cette
jeune demoiselle par délégué, quand tous les Horse-Guards[1]
le surveilleraient nuit et jour, en grand uniforme, depuis le
premier jusqu'au dernier. »

M. Tappertit s'arrêta pour prendre haleine après cette
hypothèse ; puis il reprit son élan.

« Maintenant, monsieur, j'arrive au point capital. Vous de-
manderez comment empêcher cela ? je vais vous dire comment.
Si un honnête, civil, et souriant gentleman, tel que vous....

— Monsieur Tappertit, réellement....

— Non, non, je parle sérieusement, répliqua l'apprenti,
je parle sérieusement, ma parole d'honneur. Si un honnête,
civil, et souriant gentleman, tel que vous, consentait à causer
seulement pendant dix minutes avec notre vieille femme,
Mme Varden, et à la flatter un brin, elle vous serait acquise
à jamais. Et nous obtiendrons cet autre résultat que sa fille
Dolly (ici une rougeur subite se répandit sur la figure de
M. Tappertit) n'aurait plus la permission de servir dorénâ-
vant d'intermédiaire ; mais rien ne l'en empêchera, tant que
nous n'aurons pas la mère pour nous. Songez-y bien.

1. Gardes du corps à cheval.

— Monsieur Tappertit, votre connaissance de la nature humaine....

— Attendez une minute, dit Sim, en croisant ses bras avec un calme effrayant. J'arrive à présent au point *le plus* capital. Monsieur, il y a un scélérat à ce Maypole, un monstre sous forme humaine, un vagabond fini. Si vous ne vous en débarrassez pas, si vous ne le faites pas au moins enlever et confisquer, vous ne réussirez à rien, il mariera votre fils, soyez-en sûr et certain, comme s'il était l'archevêque de Cantorbéry en personne. Il le fera, monsieur, vu la haine malicieuse qu'il vous porte, et à part le plaisir de faire une mauvaise action, qui suffit pour le payer de toutes ses peines. Si vous saviez comme ce gaillard, ce Joseph Willet (c'est son nom), va et vient chez nous, vous diffamant, vous dénonçant, vous menaçant, et comme je frémis quand je l'entends, vous le haïriez plus que je ne fais, monsieur, dit M. Tappertit d'un air farouche, en hérissant sa chevelure encore davantage, et en grinçant des dents comme s'il voulait écraser son ennemi sous ses molaires, si c'était possible.

— Une petite vengeance particulière, monsieur Tappertit?

— Vengeance particulière, monsieur, ou intérêt public, ou tous les deux combinés, n'importe; détruisez-le, répliqua M. Tappertit. Miggs le dit comme moi. Miggs et moi, voyez-vous, nous ne pouvons souffrir tous ces complots souterrains qui vont leur train. Nos cœurs s'en révoltent. Barnabé Rudge et Mme Rudge sont dans l'affaire également; mais c'est ce scélérat de Joseph Willet qui est le meneur. Leurs complots et leurs plans sont connus de moi et de Miggs. Si vous désirez vous renseigner là-dessus, vous n'avez qu'à vous adresser à nous. A bas Joseph Willet, monsieur! Détruisez-le. Écrasez-le. Et ce sera bien fait. »

En disant ces mots, M. Tappertit, qui semblait ne pas attendre de réplique, et regarder comme une conséquence nécessaire de son éloquence que son auditeur fût tout à fait abasourdi, muet d'admiration, réduit au mutisme et anéanti, croisa ses bras de telle sorte que la paume de chacune de ses mains resta sur l'épaule opposée; et il disparut à la manière de ces conseillers mystérieux dont il avait vu les allures dans les livres de contes à bon marché.

« Ce garçon, dit M. Chester en détendant sa figure,
lorsque l'apprenti fut déjà loin, est bon pour m'entretenir la
main. Il faut vraiment que je sois maître de ma physionomie comme je le suis, pour ne pas pouffer de rire. Mais,
avec tout cela, il n'en confirme pas moins pleinement mes
soupçons. Il y a telles circonstances où des outils émoussés
valent mieux pour l'usage qu'on en veut faire que des
instruments bien raffinés. Je crains d'être obligé de faire
un grand ravage parmi ces dignes gens. Fâcheuse nécessité !
J'en suis tout à fait désolé pour eux. »

Cela dit, il commença par s'assoupir tout doucement :
puis il tomba petit à petit dans un sommeil si paisible, si
agréable, qu'il avait tout à fait l'air d'un enfant qui fait son
dodo.

CHAPITRE XXV.

Laissant l'homme favorisé, bien reçu et flatté par le
monde, l'homme du monde le plus mondain, qui jamais ne
se compromit en dérogeant au code du gentleman, qui jamais
ne fut coupable d'une action virile, dormir dans son lit en
souriant (car le sommeil lui-même, n'opérant qu'un faible changement sur sa figure dissimulée, devenait, chez
M. Chester, une espèce d'hypocrisie conventionnelle et cal-
culée), nous allons suivre deux voyageurs qui se dirigent
lentement à pied vers Chigwell.

Barnabé et sa mère. Grip les accompagne, bien entendu.

La veuve, à qui chaque pénible mille semblait plus long
que le dernier, poursuivait sa route triste et fatigante ; Barnabé, cédant à toutes les impulsions du moment, voltigeait çà
et là, tantôt la laissant loin derrière lui, tantôt musant loin
derrière elle, tantôt s'élançant dans quelque ruelle détournée
ou quelque sentier, pendant qu'elle continuait seule sa route,
et puis apparaissant de nouveau à la dérobée et arrivant sur
elle avec un hourra de folle joie, selon les inspirations de sa
fantasque et capricieuse nature. Tantôt il l'appelait de la

branche la plus élevée de l'un des plus hauts arbres du
bord de la route; tantôt, se servant de son grand bâton en
guise de perche à sauter, il volait par-dessus un fossé, ou
une haie, ou une barrière à cinq traverses; tantôt, avec une
vitesse étonnante, il courait un mille ou plus sur la route
tout droit devant lui, et faisait halte pour jouer avec Grip
sur un peu de gazon, jusqu'à ce qu'elle le rejoignît. C'étaient
là ses délices; et, quand sa patiente mère entendait sa voix,
ou qu'elle regardait sa figure animée et pleine de santé,
elle n'aurait pas voulu gâter ses plaisirs par une triste parole, ni par un murmure, quoique la gaieté insouciante et
salubre qui faisait le bonheur de son fils fût pour elle, par
réflexion, la source de ses souffrances éternelles.

C'est quelque chose pourtant d'avoir sous les yeux le
spectacle de la gaieté libre, impétueuse, à la face de la nature, lors même que c'est la gaieté folâtre d'un idiot. C'est
quelque chose de savoir que le ciel a laissé une place pour
le contentement dans la poitrine d'une telle créature; c'est
quelque chose d'être assuré que, si légèrement qu'on voie les
hommes détruire cette faculté chez leurs semblables, le grand
créateur de l'humanité l'accorde au plus humble, au plus méprisé de ses ouvrages. Qui ne préférerait être témoin du bonheur d'un idiot en plein soleil plutôt que des angoisses languis-
santes de l'homme le plus sensé dans une ténébreuse prison?

Gens d'une austérité lugubre, vous dont le pinceau prête
au visage de l'infinie bienveillance un continuel froncement
de sourcils, lisez le livre éternel tout grand ouvert à vos
yeux, et retenez la leçon qu'il vous donne. Ses peintures
n'ont pas des nuances noires et sombres, mais des teintes
brillantes et éblouissantes; sa musique, si ce n'est quand vous
la couvrez de vos croassements, ne consiste pas en soupirs
et en gémissements, mais en chansons et en joyeux ac-
cords. Écoutez ces millions de voix dans l'air d'été, et trou-
vez-en une seule aussi lamentable que la vôtre. Rappelez-
vous, si vous pouvez, le sentiment d'espoir et de plaisir que
chaque riant retour du jour éveille dans la poitrine de tous vos
semblables qui n'ont pas changé leur nature; et apprenez
quelque sagesse même des pauvres d'esprit, quand leurs
cœurs sont soulevés, ils ne savent pas pourquoi, par toute l'allégresse et tout le bonheur qu' le jour renaissant leur apporte.

Le sein de la veuve était rempli d'inquiétude , il était accablé d'affliction et d'une secrète épouvante ; mais la gaîeté
de cœur de son fils la réjouissait, et trompait les ennuis de
ce long voyage. Quelquefois il l'invitait à s'appuyer sur son
bras, et il restait bien tranquille à côté d'elle pendant une
courte distance ; mais il était plus dans sa nature de rôder
çà et là, et elle avait plus de plaisir encore à le voir libre
et heureux qu'à le garder auprès d'elle, parce qu'elle l'aimait
plus qu'elle-même.

Elle avait quitté l'endroit où ils se rendaient, aussitôt
après l'événement qui avait changé toute leur existence ; et,
depuis vingt-deux ans, elle n'avait jamais eu le courage de
retourner le visiter. C'était son village natal. Quelle foule de
souvenirs s'empara de son esprit lorsque Chigwell frappa sa
vue !

Vingt-deux ans ! Toute la vie et toute l'histoire de son garçon. La dernière fois qu'elle avait jeté en arrière un regard
sur ces toits au milieu des arbres, elle l'emportait dans ses
bras, enfant en bas âge. Que de fois, depuis ce temps , elle
était restée assise à ses côtés jour et nuit, épiant l'aube de
l'intelligence qui jamais ne parut ! Quelles avaient été ses
craintes, ses doutes, et cependant ses espérances, longtemps
encore après avoir acquis la conviction d'un mal sans remède !
Les petits stratagèmes qu'elle avait inventés pour l'éprouver,
les petites marques qu'il avait données dans ses actes en-
fantins, non pas de stupidité, mais de quelque chose d'infiniment pis, tant sa malice était affreuse et peu semblable
à l'espièglerie d'un enfant, lui revinrent à la mémoire aussi
vivement que si cela se fût passé la veille. La chambre dans
laquelle ils se tenaient d'ordinaire, la place où était son
berceau, lui-même enfin avec sa figure de vieux petit mar-
mouset, mais toujours chéri de sa mère, fixant sur elle un
œil égaré et sans regard, et bourdonnant quelque chant bizarre, tandis que, assise à ses côtés, elle le berçait, toutes
les circonstances de son enfance se représentèrent en foule,
et les plus triviales furent peut-être les plus distinctes.

Sa seconde enfance aussi ; les étranges imaginations qu'il
avait ; sa terreur de certaines choses insensibles, objets familiers qu'il animait et douait de la vie ; la marche lente et
graduelle de cette subite horreur, au milieu de laquelle,

avant sa naissance, son intelligence obscurcie était éclose ;
comment, au milieu de tout cela, elle avait trouvé quelque
espérance et quelque consolation à voir qu'il ne ressemblait
pas aux autres enfants ; comment elle en était presque venue
à croire au tardif développement de sa raison, jusqu'à ce
qu'il fût devenu un homme, et qu'alors son enfance fût complète et durable : toutes ces anciennes pensées jaillirent de
suite dans son esprit, plus fortes après leur long sommeil et
plus amères que jamais.

Elle prit son bras, et ils traversèrent à la hâte la rue du
village. C'était bien le même village tel qu'elle l'avait connu
jadis ; néanmoins elle le trouvait un peu changé ; il avait un
autre air. Le changement venait d'elle et non de lui, mais
elle ne songeait pas à cela ; elle s'étonnait de ne plus lui retrouver la même physionomie ; elle se demandait à quoi cela
tenait.

Tout le monde reconnut Barnabé ; les enfants s'attroupè-
rent autour de lui, comme elle se souvenait de l'avoir fait
avec leurs pères et leurs mères autour de quelque mendiant
idiot, lorsqu'elle était un enfant elle-même. Mais personne
ne la reconnut. Ils passèrent devant chaque maison qu'elle
se rappelait bien, chaque cour, chaque enclos ; et, pénétrant
dans les champs, ils se retrouvèrent bientôt seuls.

La Garenne fut le terme de leur voyage. M. Haredale se
promenait dans le jardin : il les vit passer devant la porte
de fer, et l'ayant ouverte, il leur dit d'entrer par là.

« Enfin, vous avez eu le courage de visiter l'antique demeure, dit-il à la veuve. Je vous sais gré de cet effort.

— J'y viens pour la première fois, monsieur, et pour la
dernière, répliqua-t-elle.

— La première depuis bien des années, mais non pas la
dernière.

— Oh ! la dernière.

— Voulez-vous dire, repartit M. Haredale, en la regardant avec quelque surprise, qu'après avoir fait cet effort,
vous êtes résolue de ne pas y persévérer, et que vous allez
retomber dans votre faiblesse ? Ce serait indigne de vous. Je
vous ai souvent dit que vous devriez revenir ici. Vous y
seriez plus heureuse que partout ailleurs, j'en suis sûr.
Quant à Barnabé, il est ici comme chez lui.

— Et Grip aussi, » dit Barnabé en présentant son petit
panier ouvert.

Le corbeau sautilla gravement dehors , se percha sur
l'épaule de son maître, et, s'adressant à M. Haredale, il
cria, comme pour donner à entendre peut-être que quelque
rafraîchissement modéré ne serait pas de refus :

« Polly, mettez la bouilloire au feu, nous prendrons tous
du thé !

— Écoutez-moi, Marie, dit affectueusement M. Haredale,
comme il lui faisait signe de le suivre vers la maison.
Votre vie a été un exemple de patience et de courage, sauf
cette unique faiblesse qui m'a souvent causé beaucoup de
peine. C'est bien assez de savoir que vous fûtes cruellement
enveloppée dans la catastrophe qui me priva d'un frère unique et Emma de son père, sans être obligé de supposer
(comme cela m'arrive parfois) que vous nous associez avec
l'auteur de notre double infortune.

— *Vous* associer avec lui, monsieur ! s'écria-t-elle.

— Réellement, dit M. Haredale, je vous en accuse quelquefois. Je suis tenté de croire que, comme de nombreux
liens attachaient votre mari à notre parent, et qu'il est mort
à son service et pour sa défense, vous en êtes venue en
quelque sorte à nous confondre dans l'assassinat dont il a
été victime aussi.

— Hélas ! répondit-elle, que vous connaissez peu mon
cœur, monsieur ! que vous êtes loin de la vérité !

— C'est une idée si naturelle ! Il est probable qu'elle vous
vient malgré vous et à votre insu, dit M. Haredale, se parlant à lui-même plutôt qu'à elle. Nous sommes une maison
déchue. L'argent, dispensé de la main la plus prodigue, ne
serait qu'une pauvre indemnité pour des souffrances telles
que les vôtres : répandu avec économie par des mains aussi
étroitement serrées que les nôtres, il devient une misérable
dérision. Je sens cela, Dieu le sait, ajouta-t-il avec précipitation. Pourquoi m'étonnerais-je qu'elle le sente aussi ?

— Vous me faites vraiment tort, cher monsieur, répondit-
elle avec une grande vivacité ; et quand vous aurez entendu
ce que je désire avoir la permission de vous dire....

— Je verrai mes soupçons se confirmer ? dit-il en observant qu'elle balbutiait et devenait confuse. C'est bien ! »

Il accéléra sa marche pendant quelques pas, mais il revint bientôt se mettre à ses côtés.

« Et enfin, dit-il, vous avez fait tout ce chemin seulement pour me parler ?

— Oui, répliqua-t-elle.

— Malédiction, murmura-t-il, sur notre pitoyable position de gueux orgueilleux, également déplacés que nous sommes près du riche et près du pauvre! l'un forcé de nous traiter avec une apparence de froid respect, l'autre nous montrant de la condescendance en toutes ses actions et ses paroles, et nous tenant davantage à distance à mesure qu'il nous approche. Dites-moi, au lieu de vous donner la peine de rompre pour si peu de chose la chaîne d'habitude qu'ont forgée vingt-deux ans d'absence, ne pouviez-vous pas me faire connaître votre désir de recevoir ma visite?

— Je n'en ai pas eu le temps, monsieur, répondit-elle. Je n'ai pris ma résolution que la nuit dernière, et l'ayant prise, j'ai senti qu'il me fallait sans perdre un jour, un jour? pas même une heure, avoir un entretien avec vous. »

Ils avaient, pendant ce dialogue, atteint la maison. M. Haredale s'arrêta un moment et la regarda comme s'il était étonné de l'énergie de ses manières. Remarquant, toutefois, qu'elle n'avait pas l'air de faire attention à lui, mais qu'elle levait les yeux et jetait, en frissonnant, un regard sur ces vieilles murailles qui s'unissaient dans son esprit à de semblables horreurs, il la mena par un escalier particulier dans sa bibliothèque, où Emma était à lire, assise à la fenêtre.

Cette jeune personne, voyant qui s'approchait, se leva précipitamment et mit son livre de côté; puis avec beaucoup de paroles affectueuses, et non sans larmes, elle voulut faire à la veuve l'accueil le plus empressé, le plus cordial. Mais celle-ci se déroba à son embrassement comme si elle avait peur d'elle, et s'affaissa tremblante sur une chaise.

« C'est l'effet de votre retour ici après une si longue absence, dit Emma avec douceur. Sonnez, je vous prie, cher oncle, ou plutôt ne bougez pas : Barnabé courra lui-même demander du vin.

— Non, pour tout au monde, cria la veuve. Il aurait un autre goût. Je ne pourrais pas y toucher. Je n'ai besoin que d'une minute de repos; rien que cela. »

Mlle Haredale resta debout auprès de sa chaise, la regardant avec une compassion silencieuse. Elle demeura un peu de temps tout à fait tranquille; puis elle se leva et se tourna vers M. Haredale, qui s'était assis dans sa bergère et la contemplait avec l'attention la plus soutenue.

La légende rattachée au manoir semblait, comme nous l'avons déjà dit, le prédestiner à devenir le théâtre d'un crime pareil à celui qui avait ensanglanté ses murs. La chambre dans laquelle ils se trouvaient, voisine de la chambre même où le meurtre s'était accompli, ténébreuse, mélancolique et morne, surchargée de livres mangés aux vers, close par des rideaux qui amortissaient et étouffaient chaque son, couverte d'ombres lugubres par des arbres dont les branches bruissantes venaient continuellement, ainsi que des spectres, frapper les carreaux, avait, plus que toutes les autres chambres de la maison, un air sinistre et funèbre. Le groupe même qui se trouvait là offrait des personnages appropriés aussi à ce lieu terrible. La veuve, avec sa figure tressaillante et ses yeux baissés; M. Haredale, sévère et morne, comme toujours; sa nièce auprès de lui, ressemblant, malgré de très-grandes différences, au portrait de son père, qui, de la muraille noircie, les considérait d'un air de reproche; Barnabé, avec son regard vague et ses yeux mobiles; tous répondaient bien au lieu de la scène et aux acteurs de la légende. Le corbeau lui-même, qui avait sauté sur la table, où, semblable à un vieux nécromancien, il paraissait étudier profondément un grand volume in-folio, ouvert sur un pupitre, était en harmonie avec le reste : on aurait dit une incarnation du mauvais esprit, attendant son heure de faire le mal.

« Je sais à peine, dit la veuve en rompant le silence, par où commencer. Vous allez croire qu'il y a du trouble dans ma raison.

— Tout le cours de votre vie paisible et irréprochable depuis que vous avez quitté la Garenne, répondit doucement M. Haredale, portera témoignage en votre faveur. Pourquoi craignez-vous d'exciter un pareil soupçon? vous ne parlez pas à des étrangers. Ce n'est pas la première fois que vous avez à réclamer notre intérêt ou notre considération. Remettez-vous. Prenez courage. Quelque avis ou quelque assis-

tance que vous réclamiez de ma part, vous savez qu'ils vous
appartiennent de droit, qu'ils vous sont pleinement acquis.

— Que diriez-vous donc, monsieur, si j'étais venue, répliqua-t-elle, moi qui n'ai pas d'autre ami que vous sur la
terre, pour rejeter votre aide à partir de ce moment, et pour
vous dire que désormais je me lance sur l'océan du monde,
seule et sans soutien, prête à y enfoncer ou y surnager, selon
que le ciel en décidera?

— Vous auriez, si vous étiez venue vers moi dans une semblable intention, dit avec calme M. Haredale, quelque motif
à me donner sans doute d'une conduite si extraordinaire,
et, malgré l'étonnement que pourrait me causer une résolution si soudaine et si étrange, naturellement je ne le traiterais
pas légèrement.

— C'est là, monsieur, répondit-elle, ce qu'il y a de déplo-
rable dans mon malheur. Je ne puis vous donner de motif.
Ma résolution, sans explication aucune, est tout ce que je
puis vous offrir. C'est mon devoir, mon devoir impérieux et
forcé. Si je ne le remplissais pas, je serais une créature vile
et criminelle. Maintenant que je vous ai dit cela, mes lèvres
sont scellées; je ne puis vous en dire davantage. »

Comme si elle se fût sentie soulagée d'en avoir tant dit,
et que cela lui eût donné du nerf pour le restant de sa tâche,
elle continua de parler d'une voix plus ferme et avec plus
de courage.

« Le ciel m'est témoin, comme l'est mon propre cœur (et
le vôtre, chère demoiselle, parlera pour moi, je le sais), que
j'ai vécu, depuis le temps dont nous avons tous d'amers sujets de nous souvenir, dans un dévouement et une gratitude
invariables pour cette famille. Le ciel m'est témoin que,
n'importe en quel lieu j'aille, je conserverai les mêmes sentiments à jamais inaltérables. Il m'est témoin encore qu'eux
seuls me poussent dans la voie que je vais suivre, et dont
rien à présent ne me détournera, aussi vrai que j'espère en
la miséricorde divine.

— Voilà d'étranges énigmes, dit M. Haredale.

— Dans ce monde, monsieur, répliqua-t-elle, peut-être ne
seront-elles jamais expliquées. Dans un autre, la vérité se
découvrira d'elle-même. Et puisse ce temps, ajouta-t-elle à
voix basse, être bien éloigné!

— Voyons, dit M. Haredale, si je vous comprends bien;
car je doute de mes propres sens. Voulez-vous dire que vous
êtes volontairement résolue à vous priver des moyens de
subsistance que vous avez si longtemps reçus de nous; que
vous êtes déterminée à résigner la rente que nous vous avons
faite il y a vingt ans: à quitter votre maison, votre intérieur,
tout ce qui vous appartient, pour recommencer une vie nouvelle; et cela pour quelque secret motif ou quelque monstrueuse fantaisie, qui n'est pas susceptible d'explication,
qui n'existe que d'aujourd'hui et n'a pas cessé de dormir
dans l'ombre pendant tout ce temps? Au nom de Dieu, à
quelle illusion êtes-vous en proie?

— Aussi vrai que je suis profondément reconnaissante, répondit-elle, des bontés de ceux qui, vivants ou morts, ont
été ou sont les propriétaires de cette maison; aussi vrai que
je ne voudrais pas que son toit tombât et m'écrasât, ou que ses
murs suassent du sang, lorsqu'ils entendent prononcer mon
nom; aussi vrai est-il que je ne subsisterai plus jamais aux dépens de leur libéralité, ni que je ne souffrirai qu'elle aide à ma
subsistance. Vous ne savez pas, ajouta-t-elle avec promptitude,
à quels usages vos bienfaits peuvent être appliqués, dans
quelles mains ils peuvent passer. Je le sais, et j'y renonce.

— Sûrement, dit M. Haredale, vous êtes maîtresse de l'emploi de cette rente.

— Je le fus. Je ne saurais l'être plus longtemps. Il se
peut qu'elle soit (elle l'est) consacrée à un usage qui raille
les morts dans leurs tombeaux. Cela ne peut que me porter
malheur, attirer encore quelque affreuse condamnation du
ciel sur la tête de mon cher fils, dont l'innocence souffrira
des fautes de sa mère.

— Quels mots viens-je d'entendre là? cria M. Haredale en
la regardant avec étonnement. Parmi quels associés êtes-
vous donc tombée? quelle est cette faute où l'on vous aurait
entraînée par surprise?

— Je suis coupable et pourtant innocente; j'ai tort et j'ai
raison; pure d'intention, et contrainte de protéger et d'aider
les méchants. Ne me questionnez pas davantage, monsieur;
mais croyez que je suis plutôt à plaindre qu'à condamner.
Il faut que j'abandonne demain ma maison: car, tandis que je
me trouve ici, elle est hantée. Ma future résidence, si je veux

y vivre en paix, doit être un mystère. Si mon pauvre garçon
poussait un jour ses courses errantes de ce côté, ne tentez
pas de découvrir notre asile : car, si on nous relance, il nous
faudra fuir encore. Et maintenant mon esprit est délivré de
ce fardeau. Je vous conjure, monsieur, ainsi que vous,
chère mademoiselle Haredale, d'avoir confiance en moi, si
vous pouvez, et de penser à moi aussi affectueusement que
vous aviez accoutumé de le faire. Si je meurs sans pouvoir
dire mon secret, même alors (car cela peut arriver), grâce à
l'œuvre d'aujourd'hui, ma poitrine sera plus légère à l'heure
suprême, et le jour de ma mort, et chaque jour jusqu'à ce
que celui-là vienne, je prierai pour vous deux, je vous re-
mercierai et ne vous troublerai plus jamais. »

Cela dit, elle voulait les quitter ; mais ils la retinrent, et,
avec beaucoup de paroles d'encouragement et d'affectueuses
instances, ils la supplièrent de considérer ce qu'elle faisait,
et par-dessus tout d'avoir en eux plus de confiance et de leur
dire ce qui accablait son esprit d'une façon si navrante. La
voyant sourde à leurs efforts de persuasion, M. Haredale
s'avisa d'une dernière ressource : il suggéra l'idée que la
veuve prît pour confidente Emma, qui, à raison de sa jeunesse et de son sexe, l'effrayerait peut-être moins que lui.
Cette proposition, toutefois, la fit reculer avec la même expression de répugnance qu'elle avait manifestée au commencement de leur entrevue. Tout ce qu'on put obtenir d'elle,
ce fut une promesse de recevoir chez elle M. Haredale le
lendemain soir, et d'employer cet intervalle à réfléchir de
nouveau sur sa résolution et sur leurs conseils, quoiqu'il n'y
eut pas du tout à espérer, leur dit-elle, aucun changement de
sa part. Cette condition acceptée enfin, ils laissèrent à contre-
cœur partir la veuve, puisqu'elle ne voulait ni boire ni manger dans la maison ; et, en conséquence, elle, Barnabé et
Grip s'en allèrent, comme ils étaient venus, par l'escalier
particulier et la porte du jardin, sans voir personne et sans
que personne les vît sur le chemin.

Une chose remarquable chez le corbeau, c'est que, durant
tout le cours de l'entrevue, il tint ses yeux fixés sur son livre,
exactement de l'air du plus rusé coquin qui aurait feint de
lire avec une extrême attention, mais qui aurait tout écouté,
sans perdre un seul mot. Il fallait même que la conversation

qu'il venait d'entendre occupât fortement son esprit : car,
lorsqu'ils furent seuls tous les trois, tout en donnant des
ordres pour l'immédiate préparation d'innombrables bouil-
loires dans le but de prendre du thé, il restait pensif et
semblait plutôt céder à un sentiment abstrait de devoir
qu'au désir de se rendre agréable et d'être ce qu'on appelle
communément de bonne compagnie.

Les voyageurs devaient retourner à Londres par la diligence. Comme il y avait un intervalle de deux grandes heures
avant qu'elle partît, et qu'ils avaient besoin de repos et de
quelque nourriture, Barnabé insista pour une visite au Maypole; mais sa mère, qui ne souhaitait pas d'être reconnue, et
qui craignait en outre que M. Haredale, après réflexion, n'en-
voyât à sa recherche quelque messager vers cet établissement, proposa d'attendre dans le cimetière au lieu d'aller
au Maypole. Rien n'étant plus aisé pour Barnabé que d'acheter et d'apporter là les humbles aliments qu'il leur fallait,
celui-ci consentit avec joie; et bientôt ils furent assis dans
le cimetière à prendre leur frugal repas.

Là encore, le corbeau prit une attitude de haute méditation;
il se promena de long en large quand il eut dîné, de l'air d'un
grave gentleman et avec une telle importance, qu'il ne lui
manquait plus que d'avoir ses mains sous les pans retroussés
de son habit; il fit semblant de lire les pierres tumulaires en
critique consommé. Quelquefois, après avoir longuement
examiné une épitaphe, il aiguisait son bec sur la tombe et
criait d'un ton rauque : « Je suis un démon, je suis un démon, je suis un démon! » Après cela, il n'est pas sûr du tout
qu'il adressât ces allusions à la personne qui était censée reposer dessous; il est bien possible qu'il ne les vociférât que
comme une réflexion générale.

Le cimetière était un joli endroit fort paisible, mais bien
triste pour la mère de Barnabé, car M. Reuben Haredale
gisait là, et, près du caveau où ses cendres reposaient, elle
pouvait voir une pierre élevée à la mémoire de son propre
époux, avec une courte inscription mentionnant quand e
comment il avait perdu la vie. Elle s'assit là, pensive et à l'é-
cart, jusqu'à ce que leur temps se fût écoulé, et que le son
lointain du cor annonçât que la diligence arrivait.

Barnabé, qui dormait sur le gazon, bondit à ce bruit, et

Grip, qui parut l'entendre aussi bien que lui, entra tout droit dans son panier, suppliant la société en général (comme s'il voulait faire une espèce de satire contre ceux qui avaient des rapports avec les cimetières) de ne jamais « avoir peur » dans aucun cas. Ils furent bientôt tous trois perchés sur la diligence et roulèrent sur la route.

On passa devant le Maypole et on s'arrêta à la porte. Joe était absent; Hugh vint, avec sa nonchalance accoutumée, tendre le paquet demandé. Il n'y avait pas à craindre que le vieux John sortît. Ils purent, du faîte de la diligence, le voir profondément endormi dans son confortable comptoir. C'était là une particularité du caractère de John. Il se faisait un point d'honneur d'aller dormir à l'heure de la diligence ; il dédaignait de flâner par là : il regardait les diligences comme des choses qui auraient dû être poursuivies en justice, parce qu'elles troublaient le repos de l'humanité; comme des inventions d'une activité continuelle, sans cesse en mouvement, toujours affairées, ne servant qu'à souffler dans un cor, tout à fait au-dessous de la dignité d'hommes, et convenant seulement à de folles jeunes filles qui ne savaient que babiller et courir les boutiques. « Nous ne nous occupons pas ici des diligences, monsieur, avait coutume de répondre John, si quelque étranger mal chanceux prenait auprès de lui quelque information sur ces odieux véhicules; nous n'enregistrons pas pour les diligences; elles donnent plus d'embarras qu'elles ne valent, avec leur bruit et leur tintamarre. Si vous voulez les attendre, vous le pouvez; mais nous ne nous occupons pas d'elles; il est possible qu'elles s'arrêtent, il est possible qu'elles ne s'arrêtent pas; il y a un messager; on le trouvait fort suffisant pour nous quand j'étais petit garçon. »

Elle baissa son voile lorsque Hugh grimpa et tandis qu'il causa avec Barnabé en chuchotant; mais ni lui ni aucune autre personne ne lui parla, ni ne fit attention à elle, ni ne montra la moindre curiosité à son sujet; et ce fut ainsi que, comme une étrangère, elle visita et quitta le village où elle était née, où elle avait vécu joyeuse enfant, gracieuse jeune fille, heureuse épouse; où elle avait connu toutes les jouissances de la vie, et où elle avait commencé la carrière de ses chagrins les plus cruels.

CHAPITRE XXVI.

« Et vous entendez ceci sans surprise, Varden? dit M. Haredale. Fort bien ! Vous et elle avez toujours été les meilleurs amis, et, s'il est quelqu'un qui puisse la comprendre,
ce doit être vous.

— Je vous demande pardon, monsieur, répondit le serrurier; je ne vous ai pas dit que je la comprisse. Je n'aurais
pas la présomption de dire cela d'aucune femme. Ce n'est
déjà pas si facile. Mais je ne suis pas aussi surpris, monsieur, que vous vous y attendiez, certainement.

— Puis-je vous demander pourquoi vous ne l'êtes pas,
mon bon ami?

— J'ai vu, monsieur, répliqua le serrurier en se faisant
évidemment violence, j'ai vu chez elle quelque chose qui m'a
rempli de défiance et d'inquiétude. Elle a contracté de mauvaises liaisons; quand ou comment, je l'ignore; mais que sa
maison soit le refuge d'un voleur et d'un coupe-jarret, au
moins, je n'en suis que trop sûr. Voilà, monsieur. Maintenant, le mot est lâché.

— Varden !

— J'en appelle, monsieur, au témoignage de mes propres
yeux; je voudrais, pour l'amour d'elle, être à demi aveugle
et avoir le bonheur de douter de mes yeux. J'ai gardé le secret jusqu'à ce moment, et il restera entre vous et moi, je le
sais; mais je vous déclare que de mes propres yeux, et bien
éveillé, j'ai vu, dans le corridor de sa maison, un soir, après
la brune, le voleur de grand chemin qui a volé et blessé
M. Édouard Chester, et qui, cette nuit-là même, m'avait
menacé.

— Et vous n'avez pas fait d'effort pour l'arrêter? dit vivement M. Haredale.

— Monsieur, répliqua le serrurier, elle-même m'en empêcha, me retint, de toute sa force, se pendit autour de moi
jusqu'à ce qu'il se fut échappé. »

Et ayant poussé la confidence si loin, il raconta d'une manière circonstanciée la scène qui s'était passée le soir en question.

Ce dialogue avait lieu à voix basse dans la petite salle à manger du serrurier, où l'honnête Gabriel avait introduit M. Haredale à son arrivée. Celui-ci était venu le prier d'être son compagnon dans sa visite à la veuve; il désirait avoir le concours de son influence persuasive, et c'est cette demande qui avait été l'origine de la conversation.

« Je me suis abstenu, dit Gabriel, de répéter un seul mot de ceci à qui que ce soit, car c'était de nature à ne lui faire aucun bien, mais à lui faire plutôt un grand mal. Je pensais et j'espérais, pour dire la vérité, qu'elle viendrait vers moi, me parlerait de cela et me dirait ce qui en était; mais, quoique je me sois à dessein placé moi-même plusieurs fois sur son passage, elle n'a jamais touché ce sujet, sauf par un regard. Et vraiment, dit le brave homme de serrurier, il y avait beaucoup de choses dans ce regard, plus qu'on n'aurait pu en mettre dans un grand nombre de mots. Ce regard disait entre autres choses : « Ne me faites aucune question, » d'un air si suppliant, que je ne lui fis aucune question. Vous pensez, monsieur, je le sais, que je suis un vieux fou. Si ça vous soulage de m'appeler ainsi, ne vous gênez pas.

— Ce que vous venez de me dire me jette dans un désordre d'esprit extrême, dit M. Haredale après un moment de silence. Comment vous expliquez-vous ça? »

Le serrurier secoua la tête, et regarda par la fenêtre avec incertitude le jour qui tombait.

« Elle ne saurait s'être remariée, dit M. Haredale.

— Pas sans que vous en soyez instruit, monsieur, assurément.

— Elle pourrait me l'avoir caché, dans la crainte que ce projet ne l'exposât, étant connu, à quelque objection ou à quelque marque de répugnance. Supposons qu'elle se soit mariée imprudemment, ce qui n'est pas improbable, car son existence a été depuis bien des années une existence solitaire et monotone, et que l'homme soit devenu un scélérat, elle aurait un vif désir de le protéger, et cependant serait révoltée de ses crimes. Cela est possible. Cela s'accorde avec l'ensemble de sa conversation d'hier, et nous expliquerait entière-

ment sa conduite. Supposez-vous que Barnabé soit initié à
ce mystère ?

— Il est tout à fait impossible de le dire, monsieur, répondit le serrurier en secouant de nouveau la tête, et il est
presque impossible de le savoir de lui. Si votre supposition
est exacte, je tremble pour ce garçon ; il n'est que trop commode à entraîner au mal.

— N'est-il pas possible, Varden, dit M. Haredale, à voix
plus basse encore qu'il n'avait parlé jusque-là, que nous
ayons été aveuglés et trompés par cette femme depuis le commencement ? N'est-il pas possible que sa liaison ait été formée
du vivant de son époux, et soit cause que lui et mon frère....

— Mon Dieu, monsieur, cria Gabriel en l'interrompant,
n'entretenez pas un moment de si sombres pensées. Il y a
a vingt-deux ans, où auriez-vous trouvé une jeunesse comme
elle, gaie, belle, riante, aux yeux brillants ? Souvenez-vous
de ce qu'elle était, monsieur. Cela me remue encore le cœur
à présent, oui, même à présent que je suis vieux, avec une
fille bonne à faire une femme, de songer à ce qu'elle était et
de voir ce qu'elle est. Nous changeons tous, mais c'est avec
le temps ; le temps fait honnêtement son œuvre, et je ne
m'en occupe pas. Nargue du temps, monsieur ! usez-en bien
avec lui, et c'est un bon compagnon qui dédaigne de prendre
sur vous trop d'avantages. Mais les soucis et les souffrances,
voilà ce qui l'a changée, voilà les démons, monsieur, les
démons secrets, clandestins, qui vous minent, qui foulent aux
pieds les fleurs les plus éclatantes de l'Éden, et qui font plus
de ravage dans un mois que le temps n'en fait dans une
année. Représentez-vous une minute ce qu'était Marie avant
qu'ils attaquassent son cœur et sa figure dans leur fraîcheur,
rendez-lui justice, et dites si votre soupçon est possible.

— Vous êtes un brave homme, Varden, dit M. Haredale,
et vous avez tout à fait raison. J'ai couvé si longtemps ce
triste sujet, que le moindre accident m'y ramène. Vous avez
tout à fait raison.

— Ce n'est pas, monsieur, répliqua le serrurier, dont les
yeux s'animaient et dont la forte voix avait l'accent de la
loyauté, ce n'est pas parce que je lui ai fait la cour avant
Rudge, et sans succès, que je dis qu'elle valait mieux que
lui. On aurait pu dire de même qu'elle valait mieux que moi.

Mais c'est égal, elle valait mieux que ça; il n'était pas assez franc ni assez ouvert pour elle. Je ne le reproche pas à sa mémoire, pauvre garçon, je veux seulement vous rappeler ce qu'elle était réellement. Quant à moi, je garde un vieux portrait d'elle dans mon esprit; et, tant que je songerai à ce portrait et au changement qu'elle a subi, elle aura en moi un ami solide qui s'efforcera de lui faire retrouver la paix. Et Dieu me damne! monsieur, cria Gabriel, pardonnez-moi l'expression, j'agirais de même, eût-elle épousé en un an cinquante voleurs de grand chemin; et je pense que ça doit être dans le *Manuel protestant*. Marthe a beau me dire le contraire, je le soutiendrai *mordicus* jusqu'au jour du jugement dernier! »

Quand l'obscure petite salle à manger aurait été remplie d'un épais brouillard qui, se dissipant en un instant, l'eût laissée pleine d'éclat et radieuse, elle n'aurait pas pu être plus soudainement égayée que par cette explosion du cœur de Varden. Presque aussi haut et presque aussi rondement, M. Haredale cria de son côté : « Bien dit! » et l'invita à partir sans prolonger l'entretien. Gabriel y consentant très-volontiers, ils montèrent tous deux dans une voiture de louage qui attendait à la porte, et qui partit aussitôt.

Ils descendirent au coin de la rue, et, congédiant leur véhicule, ils marchèrent jusqu'à la maison. Au premier coup qu'ils frappèrent à la porte, pas de réponse. Le second eut le même résultat. Mais en réponse au troisième, qui était plus vigoureux, le châssis de la fenêtre de la salle à manger fut levé doucement, et une voix musicale cria :

« Haredale, mon garçon, je suis extrêmement aise de vous voir. Votre santé me paraît bien améliorée depuis notre dernière entrevue. Je ne vous vis jamais plus belle mine. Comment vous portez-vous? »

M. Haredale tourna les yeux vers la fenêtre d'où venait la voix, quoique cela ne fût pas nécessaire pour reconnaître l'orateur, et M. Chester, agitant sa main, l'accueillit courtoisement avec un sourire.

« On va ouvrir la porte tout de suite, dit-il. Personne ici n'est chargé de ces fonctions qu'une femme très-délabrée. Vous excuserez ses infirmités : si elle était plus élevée sur l'échelle sociale, elle se plaindrait de la goutte; mais n'ayant pour état que de fendre du bois et de tirer de l'eau, elle se plaint seulement d'un rhumatisme. Mon cher Haredale, ce sont là les distinctions naturelles des classes, soyez-en convaincu. »

M. Haredale, dont la figure avait repris son air sombre et défiant dès qu'il avait entendu la voix, inclina sa tête avec roideur et tourna le dos à l'orateur.

« Pas ouvert encore! dit M. Chester. Ah! mon Dieu! j'espère que l'antique créature ne s'est pas pris le pied en chemin dans quelque malencontreuse toile d'araignée. La voici enfin! Entrez, je vous prie! »

M. Haredale entra, suivi du serrurier. Se tournant, d'un air très-étonné, vers la vieille femme qui avait ouvert la porte, il demanda Mme Rudge et Barnabé. Ils étaient partis ensemble tout de bon, répliqua-t-elle en secouant sa tête chenue. Il y avait dans la salle à manger un gentleman qui leur en dirait peut-être davantage. Pour elle, c'était tout ce qu'elle en savait.

« Veuillez, monsieur, dit M. Haredale, en se présentant devant ce nouvel occupant, me dire où est la personne que je venais voir ici.

— Mon cher ami, répliqua-t-il, je n'en ai pas la moindre idée.

— Vos plaisanteries sont intempestives, riposta l'autre d'un ton de voix étouffé, et le sujet est mal choisi. Réservez-les pour vos amis, au lieu de les perdre avec moi. Je ne me reconnais aucun titre à cette distinction, et j'ai le désintéressement de la refuser.

— Mon cher bon monsieur, dit M. Chester, la marche vous a échauffé. Asseyez-vous, je vous prie. Notre ami est...?

— Tout uniment un honnête homme, répliqua M. Haredale, et tout à fait indigne de votre attention.

— Monsieur, je me nomme Gabriel Varden, dit le serrurier d'un ton un peu brusque.

— Un estimable yeoman anglais! dit M. Chester, un très-estimable yeoman, dont j'ai souvent entendu parler à mon fils Ned, cher garçon, et que j'ai souvent eu le désir de voir. Varden, mon bon ami, je suis enchanté de vous connaître. Vous êtes bien étonné, dit-il en se tournant languissamment vers M. Haredale, de me trouver ici? Allons, avouez que vous l'êtes. »

M. Haredale le regarda (ce n'était pas d'un regard bien tendre ni bien amical), sourit et resta silencieux.

« Le mystère va être dévoilé en un moment, dit M. Chester, en un moment. Allons un instant à l'écart, s'il vous plaît. Vous vous rappelez notre petite convention par rapport à Ned et à votre chère nièce, Haredale? Vous vous rappelez la liste de ceux qui les aidaient dans leur innocente intrigue? Vous vous rappelez que Barnabé et sa mère figuraient parmi eux? Mon cher garçon, félicitez-vous et félicitez-moi. J'ai acheté leur départ.

— Vous avez fait cela? dit M. Haredale.

— J'ai acheté leur départ, répliqua son souriant ami. J'ai jugé nécessaire de prendre quelques mesures actives pour en finir tout à fait avec l'attachement de ce garçon et de cette jeune fille, et j'ai commencé par éloigner ces deux agents. Vous êtes surpris? qui peut résister à l'influence d'un peu d'or? Ils en avaient besoin, j'ai acheté leur départ. Nous n'avons plus rien à craindre d'eux. Il sont partis.

— Partis! répéta M. Haredale; où?

— Mon cher garçon, et vous me permettrez de vous dire encore que vous n'avez jamais eu l'air si jeune, si positivement jouvenceau que ce soir, le Seigneur sait où; Colomb lui-même, je crois, en serait pour ses frais. Entre nous, ils ont leurs raisons cachées, mais sur ce point je me suis engagé au secret. Elle vous avait donné rendez-vous pour ce soir, je le sais; mais elle a trouvé qu'il y avait de l'inconvénient et qu'il lui était impossible de vous attendre. Voici la clef de la porte. Je crains qu'elle ne vous paraisse d'une grosseur assez gênante; mais comme la maison est à vous, votre bon naturel m'excusera, j'en suis sûr, Haredale, de vous donner cet embarras. »

CHAPITRE XXVII.

M. Haredale resta immobile dans la salle à manger de la veuve avec la clef de la porte à la main, regardant tour à tour M. Chester et Gabriel Varden, abaissant même parfois ses yeux sur la clef comme dans l'espoir que, de son plein gré, elle lui ferait pénétrer le mystère, jusqu'à ce que M. Chester, mettant son chapeau et ses gants, et s'informant d'une voix suave s'ils allaient dans la même direction, le rappela à lui-même.

« Non, dit-il, nos routes sont bien opposées, énormément, comme vous savez. Quant à présent, je resterai ici.

— Vous allez broyer du noir, Haredale ; vous allez être malheureux, mélancolique, profondément misérable, répliqua l'autre. C'est le pire endroit pour un homme de votre caractère. Je sais que vous y aurez la mort dans l'âme.

— Soit, dit M. Haredale en s'asseyant ; donnez-vous le plaisir de le croire. Bonsoir ! »

Feignant de ne s'être pas du tout aperçu du brusque mouvement qui rendait cet adieu équivalent à un congé, M. Chester y répondit par une bénédiction aimable et bien sentie, puis il demanda à Gabriel de quel côté il allait.

« Ce serait trop d'honneur pour un homme comme moi, que de suivre le même chemin que vous, repartit Gabriel en hésitant.

— Je désire que vous demeuriez ici un petit instant, Varden, dit M. Haredale, sans les regarder. J'ai deux mots à vous dire.

— Je ne ferai pas obstacle à votre conférence, un moment de plus, dit M. Chester avec une inconcevable politesse. Puisse-t-elle avoir pour vous deux des résultats satisfaisants ! Dieu vous garde ! »

Alors il accorda au serrurier le plus resplendissant sourire, et les quitta.

« Que voilà un raboteux personnage, se dit-il en marchant dans la rue, un véritable ours mal léché ! c'est une atrocité qui porte avec soi son propre châtiment. Cet homme-là se ronge le cœur. Et voilà un des inestimables avantages d'avoir un parfait empire sur ses propres inclinations. J'ai été tenté cinquante fois pendant ces deux courtes entrevues de dégainer contre ce garçon. Cinq hommes sur six auraient cédé à leur impulsion. En réprimant la mienne, je lui ait fait une blessure plus profonde et plus mordante que si je fusse la meilleure lame de toute l'Europe, et lui la plus mauvaise. Vous êtes bien la dernière ressource de l'homme d'esprit, dit-il en tapant la garde de son épée ; nous ne devons en appeler à vous qu'après avoir épuisé tout le reste. Si l'on commençait par vous dégainer, on ferait trop de plaisir à ses adversaires ; c'est un procédé de spadassin qui n'est bon que pour des barbares, mais tout à fait indigne d'un homme qui a la plus lointaine prétention à des sentiments raffinés et délicats. »

Il sourit d'une manière si agréable en se communiquant à lui-même ces réflexions, qu'un gueux s'enhardit à l'accompagner pour avoir l'aumône, et à le suivre à la piste pendant quelque temps. M. Chester fut charmé de cet incident, qu'il regarda comme une espèce d'hommage rendu au pouvoir de sa physionomie : et, pour l'en récompenser, il voulut bien lui permettre de l'escorter jusqu'à ce qu'il eût appelé une chaise ; alors, il le congédia gracieusement avec un : « Dieu vous assiste ! » plein de ferveur.

« Cela ne coûte pas plus que de l'envoyer au diable, ajouta-t-il judicieusement en prenant place, et cela sied mieux à la physionomie.... A Clerkenwell, s'il vous plaît, mes bonnes créatures ! » Paroles courtoises qui donnèrent des ailes aux porteurs ; et les voilà partis pour Clerkenwell d'un joli petit trot.

Mettant pied à terre à un certain endroit qu'il leur avait indiqué en route, et les payant un peu moins que ces braves gens ne s'y attendaient pour le port d'un gentleman si bien élevé, il entra dans la rue où habitait le serrurier, et s'arrêta bientôt sous l'ombre de la clef d'or. M. Tappertit, qui travaillait dur à la lumière de la lampe, dans un coin de l'atelier, ne s'aperçut pas de la présence du visiteur, jusqu'à ce qu'une main posée sur son épaule lui fit tourner la tête en sursaut.

« L'industrie, dit M. Chester, est l'âme des affaires, et la clef de voûte de la prospérité. Monsieur Tappertit, j'espère bien que vous m'inviterez à dîner quand vous serez lord-maire de Londres.

— Monsieur, dit l'apprenti en déposant son marteau et se frottant le nez avec le dos d'une main couverte de suie, je méprise le lord-maire et tout ce qui se rattache à sa personne. Il nous faudra un autre état social, monsieur, avant que vous m'attrapiez à être lord-maire. Comment vous portez-vous, monsieur ?

— Mieux encore, monsieur Tappertit, depuis que je revois votre figure pleine d'une honnête franchise. Vous vous portez bien, j'espère ?

— Je me porte aussi bien, monsieur, dit Sim en se redressant pour rapprocher de l'oreille du gentleman un rauque chuchotement, que peut se porter un homme sous l'empire des vexations auxquelles je suis exposé. La vie m'est à charge. Si ce n'était l'espoir de la vengeance, je jouerais ma vie à pile ou face en un coup.

— Mme Varden est-elle céans ? dit M. Chester.

— Monsieur, répliqua Sim, en lui lançant une œillade d'une expression concentrée, elle y est. Souhaitez-vous de la voir ? »

M. Chester fit un signe affirmatif.

« Alors venez par ici, monsieur, dit Sim en s'essuyant le visage sur un tablier de cuir ; suivez-moi, monsieur. Voulez-vous me permettre de vous chuchoter à l'oreille un tout petit mot ?

— Certainement. »

M. Tappertit se haussa sur la pointe du pied, appliqua ses lèvres à l'oreille de M. Chester, retira sa tête sans dire quoi que ce soit, le regarda fixement, appliqua derechef ses lèvres à l'oreille de l'autre, retira encore sa tête, et finit par chuchoter :

« Son nom est Joseph Willet. Chut ! je ne vous en dis pas davantage. »

Ayant dit tout cela, il fit signe au visiteur de le suivre à la porte de la salle à manger, où il l'annonça du ton d'un huissier du roi :

« M. Chester, et non pas M. Ed'dard, remarquez bien, » dit Sim, en jetant un nouveau coup d'œil dans la salle, et ajoutant en guise de post-scriptum de son cru : « C'est son père.

— Mais pourtant, que son père, dit M. Chester en s'avançant le chapeau à la main, lorsqu'il eut remarqué l'effet de cette dernière explication, que son père ne vous dérange ni ne vous gêne en rien dans vos occupations domestiques, mademoiselle Varden.

— Ah! bon, maintenant. N'est-ce pas ce que je dis toujours? s'écria Miggs en claquant des mains. Il a pris madame pour sa propre fille. Vraiment oui, qu'elle en a tout l'air, c'est un fait. Rappelez-vous seulement ce que je vous disais, mame!

— Est-il possible, dit M. Chester de son accent le plus divin, que j'aie l'honneur de parler à madame Varden? je suis confondu. Cette jeune personne n'est pas votre fille, madame Varden? ce n'est pas possible. C'est votre sœur.

— C'est ma fille, monsieur, en vérité, répliqua Mme Varden en rougissant d'une façon toute juvénile.

— Ah! madame Varden! cria le visiteur. Ah! madame, on n'a certes pas à se plaindre de son lot, quand on a l'avantage de se reproduire dans ses enfants sans cesser d'être aussi jeune qu'eux. Vous permettrez que je vous embrasse, comme cela se fait à la campagne, ma chère madame, et votre fille également. »

Dolly montra quelque répugnance à accomplir cette cérémonie; mais elle fut vertement gourmandée par Mme Varden, qui insista pour qu'elle ne se fît pas prier, et « dépêchons. » Car l'orgueil, dit-elle avec une grande sévérité, était l'un des sept péchés mortels, tandis que l'humilité de cœur était une vertu. C'est pourquoi elle voulut que Dolly se laissât embrasser immédiatement, sous peine de lui causer un juste déplaisir; elle insinua en même temps que tout ce qu'elle voyait faire à sa mère, elle pouvait le faire elle-même en toute sûreté de conscience, sans se donner la peine de raisonner ni de réfléchir sur ce sujet : ce qui serait d'ailleurs un manque de respect, et par conséquent une contravention directe au catéchisme de l'Église établie.

Ainsi admonestée, Dolly s'exécuta, quoique pas du tout volontiers, car il y avait sur la figure de M. Chester un regard admiratif trop prononcé, bien qu'une exquise politesse

cherchât à en amortir la hardiesse, et ce regard la mettait fort
mal à son aise. Comme elle se tenait les yeux baissés, ne se
souciant pas de les lever et de rencontrer ceux du gentleman,
il la considéra d'un air approbatif, puis se tournant vers la
mère :

« Mon ami Gabriel (dont je n'ai fait la connaissance que
ce soir même) doit être un heureux homme, madame Varden.

— Ah ! soupira Mme Varden en secouant sa tête.

— Ah ! répéta Miggs comme un écho.

— Est-il possible ? dit M. Chester avec compassion. Ah !
mon Dieu ! qu'est-ce que vous me dites là ?

— Le bourgeois serait bien fâché, monsieur, murmura
Miggs en se rapprochant de guingois du côté de M. Chester,
de ne pas se montrer aussi reconnaissant que sa nature le
lui permet pour tout ce qu'il peut apprécier dans le mérite
des personnes qui lui appartiennent. Mais, vous savez,
monsieur, dit Miggs en regardant latéralement Mme Varden
et entrelaçant son discours d'un soupir, nous ne connaissons
quelquefois tout le prix de notre *vigne* et de notre *figuier* [1]
que quand nous les avons perdus. Tant pis pour ceux qui
en font fi, monsieur, et qui ont ce tort sur leurs consciences,
quand les fruits sont allés s'épanouir ailleurs. » Et Mlle Miggs
leva les yeux en l'air, pour indiquer où cela pouvait être.

Comme Mme Varden entendait distinctement tout ce que
disait Miggs à l'intention de sa maîtresse, et que ces mots
semblaient présenter en termes métaphoriques un présage
ou une prédiction, et lui annoncer que, à une période quelconque mais prématurée, elle s'affaisserait sous ses épreuves, et fuirait d'un facile essor vers les astres, elle commença aussitôt à devenir languissante, et, prenant sur une
table voisine un volume du *Manuel protestant*, elle y appuya
son bras comme si elle eût été l'Espérance et ce livre son ancre.
M. Chester s'en apercevant, et voyant sur le dos du volume
le titre de l'ouvrage, le lui retira doucement des mains et
en tourna les feuillets légers.

« Mon livre favori, chère madame. Que de fois, oui, que de
fois dans son plus jeune âge, à une époque antérieure à ses
souvenirs (cette clause était strictement vraie), j'ai tiré de

1. Citation biblique, souvenir des prêches où allait Miggs.

petites leçons de morale facile des pages de mon Manuel
pour mon cher fils Ned ! Vous connaissez Ned ? »

Mme Varden dit qu'elle avait cet honneur, et que c'était
un beau et gracieux jeune homme.

« Vous êtes mère, madame Varden, dit M. Chester en prenant une prise de tabac, et vous savez ce que je ressens,
moi son père, lorsqu'on en fait l'éloge. Il me cause quelque
peine, beaucoup de peine ; il est d'une nature vagabonde,
madame ; il voltige de fleur en fleur, de douce amie en douce
amie : mais à l'âge qu'il a on peut être papillon, et il ne nous
faut pas être sévères pour de pareilles bagatelles. »

Il regarda Dolly. Elle était tout oreilles. C'était justement
ce qu'il désirait.

« La seule chose que je trouve à redire dans ce petit trait
de caractère chez Ned, dit M. Chester, et la mention de son
nom me remémore, en passant, que j'ai à vous demander
la faveur d'une minute d'entretien particulier ; la seule chose
que j'y trouve à redire, c'est qu'il y a là un défaut de sincérité. Or, j'ai beau m'efforcer de déguiser le fait à mes
propres yeux, par suite de mon affection pour Ned, il n'en
est pas moins vrai que j'en reviens toujours à dire que, si
nous ne sommes pas sincères, nous ne sommes rien.... rien
sur terre. Soyons sincères, ma chère madame.

— Et protestants, murmura Mme Varden.

— Et protestants par-dessus toutes choses. Soyons sincères et protestants, strictement moraux, strictement justes
(quoique toujours en inclinant vers l'indulgence), strictement honnêtes et strictement vrais, et nous y gagnons.
C'est un faible point, sans doute, mais encore est-ce quelque
chose de palpable.... nous y gagnons de jeter les assises, et,
pour ainsi parler, les fondements solides sur lesquels il
nous est possible plus tard d'élever quelque bel édifice.

— Voilà, certainement, pensa Mme Varden, voilà un parfait
modèle d'honnêteté ; voilà un homme plein de douceur et
de droiture, un chrétien accompli. Après avoir conquis ces
qualités si difficiles à acquérir, après avoir attrapé toutes les
vertus cardinales en leur mettant un grain de sel sur la queue,
il n'y attache pas plus d'importance qu'à rien du tout, il a l'air
de ne pas savoir seulement la valeur de ces trésors précieux. »

Car la bonne dame ne douta pas (c'est toujours comme cela

que font les bonnes dames, et, en général, les bonnes gens),
qu'il ne fallût prendre au mot ces déclarations du mépris qu'on
fait de soi-même, ce peu de valeur qu'on accorde à de grandes choses qu'on possède, cet air de dire : « Je ne suis pas
orgueilleux, je suis ce que vous voyez, mais je ne me crois
pas pour cela meilleur que les autres; changeons de conversation, je vous prie. » Au reste, il vous avait inventé
cela, et il vous l'avait débité avec tant de modestie, qu'il
avait l'air de ne pas pouvoir s'en empêcher, ce qui en rendait l'effet plus merveilleux encore.

S'apercevant de l'impression qu'il avait faite (il n'y avait
personne comme lui pour s'en rendre compte), M. Chester
redoubla ses coups en avançant certaines maximes ver-
tueuses, quelque peu vagues et générales, sans doute, qui
avaient bien parfois le cachet de ces vérités banales et usées
qui montrent la corde, mais énoncées d'une voix si charmante, et avec un calme d'esprit et une sérénité si rares,
qu'elles atteignaient le même but que si elles eussent été des
plus saisissantes. Et il n'y a pas à s'en étonner : car, de
même qu'un vase creux produit, en tombant, un son bien
plus musical que ceux qui sont pleins et solides, ainsi l'on
trouve souvent que des opinions vides et creuses sont celles
qui retentissent le mieux dans le monde, et sont les plus
goûtées.

M. Chester, tenant d'une main le volume mollement étendu,
et laissant l'autre légèrement plantée sur sa poitrine, parla
de la façon la plus délicieuse, et enchanta tout à fait ses divers auditeurs, en dépit de la lutte de leurs intérêts et de
leurs pensées. Même Dolly, qui, entre le regard perçant de
M. Chester et l'œillade fascinatrice de M. Tappertit, était
toute décontenancée, ne put pas s'empêcher d'avouer
au dedans de soi qu'elle n'avait jamais vu de gentleman
doué d'une parole aussi emmiellée que celui-là. Même
Mlle Miggs, qui était partagée entre son admiration pour
M. Chester et la jalousie mortelle que lui inspirait sa jeune
maîtresse, eut le loisir de s'apaiser. Même M. Tappertit,
quoique occupé, comme nous l'avons dit, à contempler les
délices de son cœur, ne put pas complétement soustraire
ses pensées à la voix de l'autre enchanteur. Quant à Mme Varden, selon son opinion personnelle et intime, elle n'avait

jamais autant profité de sa vie ni de ses jours, et lorsque
M. Chester, se levant et sollicitant la permission de l'entretenir en particulier, lui eut offert la main et l'eut conduite
en haut dans le grand salon, à longueur de bras, elle le
considéra presque comme un être surhumain.

« Chère madame, dit-il en pressant délicatement la main
de sa dame sur ses lèvres, veuillez vous asseoir. »

Mme Varden prit tout à fait un air de cour et s'assit.

« Vous soupçonnez mon dessein? dit M. Chester en tirant
une chaise vers elle; vous devinez mon but? Je suis un
père plein de tendresse, ma chère madame Varden.

— J'en suis bien sûre, monsieur, dit Mme Varden.

— Je vous remercie, répliqua M. Chester en tapant le
couvercle de sa tabatière. Les pères et les mères ont de
lourdes responsabilités morales, madame Varden. »

Mme Varden leva légèrement ses mains, secoua sa tête, et
regarda le plancher, comme si elle plongeait tout droit ses
yeux au travers du globe, d'un bout à l'autre, et dans l'immensité de l'espace au delà.

« Je peux me fier à vous, dit M. Chester, m'y fier sans
réserve. J'aime mon fils, madame, avec tendresse; et, l'aimant comme je fais, je voudrais le sauver d'une misère
certaine. Vous savez quelque chose de son attachement pour
Mlle Haredale. Vous l'avez favorisé, et il y avait beaucoup
de bonté de votre part à le faire. Je vous suis très-obligé,
profondément obligé, de l'intérêt que vous avez témoigné à
son égard; mais, ma chère madame, vous vous êtes méprise, je vous assure. »

Mme Varden balbutia qu'elle était fâchée.

« Fâchée, ma chère madame? répondit-il en l'interrompant. Ne soyez nullement fâchée d'une chose si aimable,
si bonne dans l'intention, si parfaitement digne de vous.
Mais il y a de graves et fortes raisons, de pressantes considérations de famille, et même, en les écartant, des difficultés
dans la différence de religion, qui se mettent en travers de
leurs sentiments, et rendent leur union impossible, tout à
fait impossible. J'aurais exposé ces circonstances à votre
mari; mais il n'a pas, vous m'excuserez de parler si franchement, il n'a pas votre vivacité à saisir les choses, ni
votre profondeur de sens moral.... Que cette maison-ci a un

aspect agréable, et qu'elle est admirablement tenue! Pour un homme comme moi, veuf depuis si longtemps, ces marques du soin et de la surveillance d'une femme ont des charmes inexprimables. »

Mme Varden commença à penser (sans trop savoir pourquoi), que M. Chester fils devait avoir tort, et que M. Chester père devait avoir raison.

« Mon fils Ned, reprit le tentateur, de son air le plus séduisant, a eu, m'a-t-on dit, l'aide de votre aimable fille, et de votre mari, un homme franc comme l'or.

— Beaucoup plus que la mienne, monsieur, dit Mme Varden, infiniment plus. J'ai eu souvent mes doutes. C'est un....

— Un mauvais exemple, suggéra M. Chester. « Oui, c'en est un. Il n'y a pas de doute là-dessus, c'en est un. Votre fille est d'âge à ce qu'on doive éviter de mettre sous ses yeux un encouragement pour des jeunes gens à se révolter contre leurs parents sur un point de la plus haute importance; c'est un acte tout à fait imprudent. Vous avez parfaitement raison. J'aurais dû y songer moi-même; mais cela m'a échappé, je le confesse, tant votre sexe est supérieur au nôtre, chère madame, sous le rapport de la pénétration et de la sagacité. »

Mme Varden prit un air aussi avisé que si elle eût réellement dit quelque chose qui méritât ce compliment; elle finit par en avoir la conviction, et sa foi dans sa propre habileté s'en accrut considérablement.

« Ma chère madame, dit M. Chester, vous m'enhardissez à vous parler franchement : mon fils et moi nous sommes en désaccord sur cet article; la jeune demoiselle et son tuteur le sont également. Bref, pour conclure, mon fils est obligé, au nom de ses devoirs envers moi, de son honneur, des liens les plus solennels, d'en épouser une autre.

— Il a pris l'engagement d'épouser une autre demoiselle? dit Mme Varden en levant ses mains.

— Ma chère madame, il a été élevé, instruit, formé expressément dans cette vue, expressément dans cette vue. Mlle Haredale, m'a-t-on dit, est une très-charmante créature ?

— Je l'ai nourrie, je dois la connaître; c'est la meilleure dmeeoisell que je connaisse, dit Mme Varden.

— Je n'ai pas là-dessus le moindre doute; elle l'est, j'en suis sûr. Et vous, qui avez eu ces tendres relations avec elle, vous n'en êtes que plus obligée de consulter son bonheur. Maintenant puis-je, moi, comme je l'ai dit à Haredale, qui en tombe d'accord, puis-je être là, et souffrir qu'elle se jette (bien qu'elle soit d'une famille catholique) dans les bras d'un jeune homme qui, quant à présent, n'a pas du tout de sentiments du cœur? Ce n'est pas lui faire de tort que de dire qu'il n'en a pas : car les jeunes gens qui se sont plongés au fond des frivolités et des habitudes convenues de la société, en ont très-rarement. Le cœur ne leur pousse jamais, ma chère madame, qu'après la trentaine; je ne crois pas, non, je ne crois pas que j'eusse moi-même un cœur quand j'étais à l'âge de Ned.

— Oh! monsieur, dit Mme Varden, je pense que vous devez en avoir eu un; vous en avez trop aujourd'hui pour n'en avoir pas toujours eu.

— J'aime à espérer, répondit-il en haussant les épaules avec humilité, que j'en ai eu un peu, un tout petit peu, le ciel le sait! Mais, pour en revenir à Ned, je ne doute pas que vous n'ayez pensé, quand vous avez eu la bonté de vous entremettre en sa faveur, que je ne rendais pas justice à Mlle Haredale; c'est bien naturel! Mais point du tout, ma chère madame, c'est contre lui, contre lui seul que portent mes objections. Je le répète énergiquement, contre Ned lui-même. »

Mme Varden resta ébahie de cette révélation.

« Il a, s'il remplit en homme d'honneur l'engagement solennel dont je vous ai parlé (et il faut qu'il soit un homme d'honneur, ma chère madame Varden, ou il ne serait pas mon fils), une fortune sous la main. Avec ses habitudes dispendieuses, ruineuses, si, dans un moment de caprice et d'entêtement, il épousait cette jeune demoiselle et se privait par là des moyens de contenter les goûts auxquels il a été si longtemps accoutumé, il briserait, ma chère madame, le cœur de cette douce créature. Madame Varden, ma bonne dame, ma chère âme, je m'en rapporte à vous : est-ce là un sacrifice qu'il faille souffrir? le cœur d'une femme est-il une chose à laisser traiter d'une façon si légère? Interrogez le vôtre, ma chère madame, interrogez le vôtre, je vous en supplie.

— Vraiment, pensa Mme Varden, ce gentleman est un
saint. Mais, ajouta-t-elle à haute voix et bien naturellement,
si vous ôtez à Mlle Emma celui qu'elle aime, que deviendra
donc, monsieur, le cœur de cette pauvre jeune fille ?

— C'est juste le point, dit M. Chester sans être du tout
déconcerté, où je désirais vous amener. Un mariage avec
mon fils, que je serais contraint de désavouer, n'aurait d'autre suite que des années de misère; ils se sépareraient, ma
chère madame, au bout d'un an. Rompre cet attachement,
qui est plus imaginaire que réel, comme vous et moi le savons très-bien, coûtera seulement quelques larmes à cette
chère enfant; mais cela ne l'empêchera pas d'être heureuse
après. Jugez-en par le cas de votre propre fille, la jeune demoiselle qui est en bas, votre vivante image. » Mme Varden
toussa et sourit ingénument. « Il y a un jeune homme (je suis
fâché de le dire, un garçon débauché, d'une réputation très-
médiocre) dont j'ai entendu parler à mon fils Ned. Il s'appelle Boulet, Poulet ou Mollet.

— Je connais un jeune homme appelé Joseph Willet,
monsieur, dit Mme Varden en croisant ses mains avec dignité.

— C'est cela, cria M. Chester. Supposez que ce Joseph
Willet voulût aspirer aux affections de votre charmante fille,
et fît tout ce qu'il pourrait pour y réussir.

— Il faudrait qu'il eût une fière impudence, interrompit
Mme Varden, d'oser penser à pareille chose !

— Ma chère madame, c'est exactement le même cas ; ce
serait une grande impudence, et voilà l'impudence que je
reproche à Ned. Mais vous ne voudriez pas pour cela, j'en
suis sûr, dût-il en coûter quelques larmes à votre fille, vous
abstenir d'étouffer leurs inclinations naissantes; c'est ce que
j'aurais voulu dire à votre mari quand je l'ai vu ce soir chez
Mme Rudge....

— Mon mari, dit Mme Varden en interrompant avec émotion, ferait beaucoup mieux de rester à la maison que d'aller chez Mme Rudge si souvent. Je ne sais ce qu'il va faire
là. Je ne sais pas quel motif il peut avoir, monsieur, de se
mêler du tout des affaires de Mme Rudge.

— Si je ne vous parais pas exprimer mon adhésion aux
sentiments que vous venez de manifester, répliqua M. Ches-

ter, tout à fait avec autant de force que vous le souhaiteriez
peut-être, c'est parce que je dois à sa présence en ce lieu, ma
chère madame, et à son peu de goût pour la conversation,
d'être venu ici vous trouver vous-même; c'est ce qui m'a
procuré le bonheur de cet entretien avec une personne dans
laquelle sont concentrées, à ce que je vois, l'entière direction,
la conduite et la prospérité de la famille. »

Cela dit, il reprit la main de Mme Varden, et l'ayant pressée
sur ses lèvres avec la suprême galanterie du jour, un peu
chargée, pour qu'elle frappât davantage les yeux inaccoutumés de la bonne dame, il continua, en employant le même
mélange de sophismes et de cajoleries, à la supplier de faire
tout son possible pour que son mari et sa fille n'aidassent
plus Édouard dans sa recherche de la main de Mlle Haredale,
et ne favorisassent plus, par aucune démarche, l'un ou l'autre
des deux jeunes gens. Mme Varden n'était qu'une femme, et
elle avait sa part de vanité, d'obstination, d'amour du pouvoir. Elle signa donc un traité d'alliance offensive et défensive avec son insinuant visiteur; et réellement elle crut,
comme eussent fait beaucoup d'autres qui le voyaient et
l'entendaient, qu'en agissant ainsi elle poussait de toutes
ses forces au progrès de la vérité, de la justice et de la moralité.

Plein de joie du succès de sa négociation, et singulièrement amusé dans son for intérieur, M. Chester la conduisit
en bas avec les mêmes cérémonies, puis, sans oublier la plus
agréable, celle de l'embrassade, y compris encore Dolly, il
se retira, non sans avoir complété la conquête du cœur de
Mlle Miggs, en demandant si « cette jeune demoiselle » voudrait bien l'éclairer jusqu'à la porte.

« Oh! mame, dit Miggs, lorsqu'elle revint avec la chandelle; oh! miséricorde, mame, en voilà un gentleman! Y a-t-il
jamais eu un ange pour parler comme lui? et un homme qui
a l'air si avenant, si droit et si noble qu'il semble mépriser
le sol même sur lequel il marche; et cependant d'une douceur et d'une condescendance si grandes qu'il semble dire:
« N'ayez pas peur: je ne lui ferai pas de mal. » Et penser
qu'il vous prend pour Mlle Dolly, et qu'il prend Mlle Dolly
pour votre sœur! Oh, bonté divine! si j'étais le bourgeois,
croyez-vous que je ne serais pas jaloux? »

Mme Varden blâma sa servante de ces paroles légères;
mais doucement, très-doucement, d'une manière tout à fait
souriante en vérité; remarquant, pour l'excuser, que c'était
une fille un peu folle, étourdie, une tête légère, dont l'humeur vive l'emportait au delà des bornes, et qui ne pensait
pas la moitié de ce qu'elle disait; que, sans cela, elle se fâ-
cherait contre elle.

« Pour ma part, dit Dolly d'un air pensif, je suis bien
tentée de croire que M. Chester ressemble un peu à Miggs sous
ce rapport. Avec toute sa politesse et son beau langage, je
suis presque sûre qu'il se moquait de nous, et tout du long.

— Si vous vous hasardez à dire encore chose pareille, et à
parler mal des gens derrière leur dos en ma présence, mademoiselle, dit Mme Varden, j'exigerai que vous preniez une
lumière pour aller vous coucher tout de suite. Comment osez-
vous, Dolly? Vous m'étonnez. Toute votre conduite ce soir a
été d'une rudesse choquante. A-t-on jamais entendu, cria la
matrone furieuse et fondant en larmes, une fille dire à sa
mère qu'on se moquait d'elle? »

Il faut avouer que Mme Varden justifiait bien sa réputation
d'avoir une humeur incertaine.

CHAPITRE XXVIII.

Lorsqu'il eut quitté la maison du serrurier, M. Chester
se rendit à un café distingué dans Covent-Garden, et y resta
longtemps assis à prolonger son dîner, s'égayant excessivement des souvenirs amusants de sa récente visite, et se félicitant du succès de son insigne adresse. Grâce à l'influence
de ses pensées, sa figure avait une expression si bénigne et
si tranquille, que le garçon chargé particulièrement du service de sa table se sentait presque capable de mourir pour
sa défense, et se mit dans la tête (il en fut désabusé au reçu
du montant de la carte, où il n'eut pour prix de toutes les
peines qu'il s'était données qu'une gratification d'un penny)

qu'un chaland si apostolique valait une demi-douzaine au
moins de dîneurs ordinaires.

Une visite à la table de jeu, non pas en étourdi qui risque
gros pour satisfaire à l'ardeur qui l'emporte, mais en homme
sage et posé qu'on a plaisir à voir sacrifier l'enjeu de ses
deux ou trois écus pour condescendre aux folies de la société
et sourire avec une égale bienveillance au gain et à la perte,
fut cause qu'il ne rentra chez lui qu'à une heure avancée.
Il avait l'habitude de dire à son domestique d'aller se coucher
quand il voudrait, à moins d'un ordre contraire, et de laisser
seulement une bougie sur l'escalier. Au palier était une
lampe où il pouvait toujours l'allumer lorsqu'il revenait tard ;
et, comme il avait sur lui une clef de la porte, il pouvait
rentrer et se coucher à l'heure qu'il voulait.

Il ouvrit le verre de la sombre lampe, dont la mèche,
presque toute embrasée et enflée comme le nez d'un ivrogne,
s'envolait en petites escarboucles au toucher de la chandelle,
et, répandant tout autour d'ardentes étincelles, rendait assez
difficile l'opération d'allumer le paresseux flambeau, quand
un bruit, semblable au ronflement profond d'un homme endormi quelques marches au-dessus, tint en suspens M. Chester
et le fit écouter. C'était bien la forte respiration d'un homme
qui dormait là, tout contre. Un individu s'était couché sur
l'escalier même, et y dormait solidement. Après avoir allumé
enfin la chandelle et ouvert sa porte, le gentleman monta
doucement, en tenant le flambeau élevé sur sa tête et regardant avec précaution alentour, curieux de voir quelle espèce
d'homme avait choisi pour son gîte un abri si peu confortable.

Sa tête sur le palier supérieur et ses grands membres
étendus sur une demi-douzaine de marches, aussi négligemment qu'un cadavre jeté là par des croque-morts en goguette,
gisait Hugh, son visage en l'air, sa longue chevelure épar-
pillée comme une algue sauvage sur son oreiller de bois,
avec sa large poitrine haletante dont le bruit troublait ce
lieu à cette heure d'une manière si inaccoutumée.

Le gentleman, qui s'attendait peu à le voir là, allait interrompre son repos en le poussant du pied, lorsque, au moment de le faire, un coup d'œil sur le visage tourné vers lui
l'arrêta. Se baissant donc et ombrageant de sa main la bougie, il examina les traits du dormeur ; mais, de si près qu'il

les eût examinés, cela ne lui suffit pas, car il passa et repassa
sur la figure de cet homme la lumière couverte encore avec
plus de soin, pour observer l'inconnu d'un œil plus pénétrant.

Tandis qu'il était tout entier à cet examen, le dormeur,
sans tressaillir, sans se tourner même, se réveilla. Il y eut
dans la rencontre soudaine de son fixe regard une espèce de
fascination qui ôta à l'observateur la présence d'esprit de
retirer ses yeux, et l'obligea en quelque sorte de soutenir les
yeux de l'autre. Ils restèrent ainsi à se considérer avec un
étonnement réciproque, jusqu'à ce que M. Chester rompit
enfin le silence, et lui demanda à voix basse pourquoi il
était venu coucher là.

« Il me semblait, dit Hugh, en s'efforçant de se mettre
sur son séant et continuant à fixer sur lui un regard prolongé, que vous faisiez partie de mon rêve. Un rêve curieux,
ma foi ; j'espère qu'il ne se réalisera jamais, maître.

— D'où vient que vous frissonnez ?

— C'est le froid, je suppose, grogna-t-il en se secouant
et se levant. Je ne sais pas encore bien où j'en suis.

— Est-ce que vous ne me reconnaissez pas ? dit
M. Chester.

— Oh que si, je vous reconnais bien, répliqua-t-il. Je
rêvais de vous ; mais, par exemple, nous ne sommes pas où
je croyais être avec vous, Dieu merci ! »

En disant ces mots, il regarda autour de lui, et particulièrement au-dessus de sa tête, comme s'il se fût attendu à se
trouver au-dessous de quelque objet qui faisait partie de son
rêve. Puis il se frotta les yeux, se secoua de nouveau, et
suivit son conducteur dans son appartement.

M. Chester alluma les bougies de sa table de toilette, et
roulant une bergère vers le feu qui brûlait encore, s'assit
devant, et dit à son inculte visiteur :

« Venez ici, ôtez-moi mes bottes.... Vous avez encore bu,
mon drôle, dit-il lorsque Hugh s'agenouilla pour exécuter
l'ordre qu'il avait reçu.

— Aussi vrai que j'existe, maître, j'ai fait à pied les quatre
mortelles lieues, après quoi, j'ai attendu ici je ne sais depuis
combien de temps, sans qu'il m'ait passé une goutte de boisson par les lèvres depuis midi que j'ai dîné.

— Et n'aviez-vous rien de mieux à faire, mon agréable

ami, que de vous endormir à ébranler la maison tout entière de vos ronflements? dit M. Chester. Ne pouviez-vous pas aller rêver sur votre paille au Maypole, mauvais chien que vous êtes, au lieu de venir ici pour cela? Allez me chercher mes pantoufles, et marchez doucement. »

Hugh obéit en silence.

« Écoutez un peu, mon cher jeune gentleman, dit M. Chester en mettant les pantoufles. La première fois que vous rêverez, dispensez-vous de rêver de moi; rêvez de quelque chien ou de quelque rosse avec qui vous serez plus lié. Remplissez-vous un verre; vous le trouverez, ainsi que la bouteille, à la même place, et videz-le pour vous tenir éveillé. »

Hugh obéit derechef, et, cette fois, même avec plus de zèle; puis après il se présenta devant son patron.

« Maintenant, dit M. Chester, que me voulez-vous?

— Il y a des nouvelles aujourd'hui, répliqua Hugh; votre fils a paru chez nous, il est venu à cheval. Il a essayé de voir la jeune femme, il n'a pas pu seulement l'entrevoir. Il a laissé quelque lettre ou quelque message dont notre Joe s'est chargé; mais lui et le vieux se sont querellés à ce sujet quand votre fils a été parti, et le vieux ne voulait pas que la commission fût faite. Il dit comme ça (c'est le vieux qui parle) qu'il ne veut pas que personne chez lui se mêle de cette affaire pour lui procurer du désagrément. Il est aubergiste, comme il dit, et ne veut pas mécontenter ses pratiques qui le font vivre.

— C'est un vrai diamant, dit M. Chester avec un sourire, et un diamant brut, ce qui n'en vaut que mieux. Après?

— La fille de Varden.... c'est la jeunesse à qui j'ai pris un baiser....

— Et à qui vous avez volé un bracelet sur la grande route, dit M. Chester tranquillement. Eh bien, qu'avez-vous à dire d'elle?

— Elle a écrit chez nous une lettre à la jeune femme, pour lui annoncer qu'elle avait perdu celle que je vous ai apportée et que vous avez brûlée. Notre Joe devait porter ce billet à la Garenne; mais le vieux a retenu son fils au logis toute la journée suivante, afin de l'empêcher de faire la commission. Le surlendemain, il m'en a chargé; le voici.

— Vous ne l'avez donc pas remis à son adresse, mon bon

ami ? dit M. Chester, en tortillant le billet de Dolly entre son
doigt et son pouce, et feignant la surprise.

— J'ai supposé que vous ne seriez pas fâché de l'avoir,
répliqua Hugh. Quand on en brûle une, autant les brûler
toutes, ai-je pensé.

— Ma foi, monsieur le Diable, dit Chester, réellement, si
vous ne prenez pas plus de discernement, votre carrière
pourra bien se trouver raccourcie avec une rapidité merveilleuse. Ne savez-vous pas que la lettre que vous m'avez apportée était adressée à mon fils qui reste ici même ? et ne met-
tez-vous aucune différence entre ses lettres et celles qui sont
adressées à d'autres ?

— Si vous n'en voulez pas, dit Hugh déconcerté par ce
reproche, quand il s'attendait à des compliments, rendez-la-
moi, et je la remettrai à son adresse. Je ne sais pas comment
vous contenter, maître.

— Je la remettrai, répliqua son patron, en la rangeant de
côté après avoir réfléchi un moment.... La jeune demoiselle
se promène-t-elle dehors, dans les belles matinées ?

— Très-souvent. Ordinairement sur le midi.

— Seule ?

— Oui, seule !

— Où ?

— Sur la pelouse en face de la maison, celle qui est tra-
versée par le sentier.

— Si le temps est beau, il est possible que je me lance
demain sur son passage, dit M. Chester, aussi froidement
que si cette demoiselle eût été une de ses connaissances habituelles. Monsieur Hugh, si j'arrive à cheval devant la
porte du Maypole, vous me ferez la faveur de ne m'avoir jamais vu qu'une seule fois. Vous devez supprimer votre gratitude et tâcher d'oublier ma tolérance dans l'affaire du bracelet. Cette gratitude est naturelle : je ne suis pas étonné
que vous la montriez, et cela vous fait honneur ; mais quand
il y a là d'autres personnes, vous devez, pour votre propre
sûreté, continuer d'être comme à votre ordinaire, absolument, comme si vous ne m'aviez aucune espèce d'obligation,
et que vous ne vous fussiez jamais trouvé ici entre ces
quatre murs. Vous me comprenez ? »

Hugh le comprit parfaitement. Après une pause, il marmotta qu'il espérait que son patron ne le jetterait pas dans quelque embarras au sujet de cette dernière lettre, qu'il avait gardée dans l'unique vue de lui plaire. Il allait continuer de ce ton, lorsque M. Chester coupa court à ses excuses de l'air du plus généreux des protecteurs, et lui dit :

« Mon bon garçon, vous avez ma promesse, ma parole, mon engagement scellé (car un engagement verbal de ma part a tout autant de valeur) que je vous protégerai toujours aussi longtemps que vous le mériterez. Mettez donc votre esprit en repos. Soyez bien tranquille, je vous en prie. Quand un homme se livre à moi aussi complétement que vous avez fait, il me semble en vérité qu'il a une sorte de droit sur moi. Je suis plus disposé à la miséricorde et à la tolérance dans le cas actuel que je ne peux vous le dire, Hugh. Regardez-moi comme votre protecteur; et à l'égard de cette indiscrétion, soyez assuré, je vous en conjure, que vous pouvez conserver, aussi longtemps que vous et moi serons amis, le cœur le plus léger qui ait jamais battu dans une poitrine humaine. Remplissez encore une fois le verre, pour vous faire reprendre gaiement la route du Maypole. Je suis réellement confus quand je songe au chemin énorme que vous avez à faire; et puis adieu, bonne nuit!

— Ils croient, dit Hugh après avoir entonné la liqueur, que je suis à dormir solidement dans l'écurie. Ha ha ha! La porte de l'écurie est fermée, mais la bête n'y est plus, maître.

— Vous êtes un franc luron, répliqua son ami, et il n'y a rien qui m'amuse comme votre humeur joviale. Bonne nuit! Prenez le plus grand soin possible de vous, pour l'amour de moi! »

Il est remarquable que, durant le cours de cette entrevue, chacun d'eux avait essayé de regarder à la dérobée la figure de l'autre, sans jamais pouvoir parvenir à la voir en plein. Ils échangèrent un rapide coup d'œil lorsque Hugh ferma derrière lui la double porte, avec soin et sans bruit; et M. Chester resta dans sa bergère, fixant sur le feu un regard attentif.

« C'est bien, dit-il après une longue méditation, et il le dit avec un profond soupir et en changeant péniblement d'attitude, comme s'il écartait de son esprit quelques autres

pensées, pour en revenir à celles qui l'avaient préoccupé tout
le jour. L'intrigue se complique ; voilà ma bombe lancée ;
elle éclatera dans quarante-huit heures, et va vous éparpiller
toutes ces bonnes gens-là d'une manière étonnante. Nous
verrons ! »

Il se coucha et s'endormit ; mais il n'y avait pas longtemps
qu'il dormait quand il se réveilla en sursaut, croyant que
Hugh était à la porte extérieure et demandait d'une voix
étrange, très-différente de la sienne, qu'on le fît entrer. L'illusion était si forte et si pleine de cette vague terreur que
la nuit donne à de semblables visions, qu'il se leva, et,
prenant à la main son épée dans le fourreau, ouvrit la porte,
regarda l'escalier à l'endroit où il avait trouvé Hugh endormi, et l'appela même par son nom. Mais tout était sombre
et paisible. Il retourna lentement au lit, et, après une heure
de veille fatigante, il retrouva le sommeil, et ne s'éveilla
plus que le lendemain matin.

CHAPITRE XXIX.

Les pensées des hommes du monde sont à jamais réglées
par une loi morale de gravitation, qui, comme la loi physique, les emporte vers la terre en vertu de l'attraction.
Le glorieux éclat du jour et les silencieuses merveilles
d'une nuit éclairée par les étoiles font un vain appel à leurs
esprits. Il n'y a pas de signes dans le soleil, ni dans la lune
ni dans les étoiles, qu'ils sachent lire. Ils ressemblent à
quelques savants qui connaissent chaque planète par son
nom latin, mais qui ont tout à fait oublié de petites constel-
lations célestes telles que la charité, la tolérance, l'amour
universel et la miséricorde, quoiqu'elles brillent nuit et jour
d'une clarté si splendide que les aveugles peuvent les voir ; et
qui, en regardant là haut le ciel parsemé de paillettes, n'y
voient rien que le reflet de leur grand savoir et de leur instruction de rencontre puisée dans des bouquins.

Il est curieux de se représenter ces gens du monde, s'arrachant un moment à leurs grandes affaires pour tourner les yeux par hasard vers les innombrables sphères qui scintillent au-dessus de nous; qu'y voient-ils, croyez-vous? rien que l'image qu'ils portent dans le cœur. L'homme qui ne peut vivre que dans l'atmosphère des princes ne voit rien là dans le ciel que des étoiles pour décorer la poitrine des courtisans. L'envieux y poursuit de sa haine jalouse les honneurs brillants de son voisin. Pour le ladre, occupé à entasser de l'or, et pour la foule des gens du monde, tout le firmament au-dessus de nous reluit de pièces sterling, toutes fraîches sorties de la monnaie, avec l'empreinte de la figure du souverain : ils ont beau se retourner, ils ne voient rien autre chose entre eux et le ciel. C'est ainsi que les ombres de nos désirs viennent se mettre entre nous et nos bons anges, qu'ils éclipsent à notre vue.

Tout était frais et gai, comme si le monde n'eût été fait que de ce matin, quand M. Chester chevaucha d'un pas tranquille le long de la route de la forêt. Bien que la saison ne fût pas avancée, la température était chaude et fécondante; les boutons des arbres s'épanouissaient en feuilles, les haies et l'herbe étaient vertes, l'air était une vraie musique, grâce aux chansons des oiseaux, et, s'élevant bien loin au-dessus d'eux tous, l'alouette répandait ses plus riches mélodies. Dans les endroits à l'ombre, la rosée du matin étincelait sur chaque jeune feuille et sur chaque brin d'herbe ; et, là où rayonnait le soleil, quelques gouttes diamantines brillaient encore, comme par regret de quitter un si beau monde et d'avoir une si courte existence. Même le vent léger, dont le bruissement était aussi agréable à l'oreille que l'eau qui tombe doucement, promettait un beau jour; et laissant une suave odeur sur sa trace, pendant qu'il s'éloignait en voltigeant, il chuchotait quelque chose de ses rapports intimes avec l'été, dont il attendait incessamment l'heureux retour.

Le cavalier solitaire allait toujours du même pas, toujours égal, promenant à travers les arbres un coup d'œil du soleil à l'ombre et de l'ombre au soleil, regardant autour de lui, sans doute, de moment en moment; mais s'il pensait avec quelque plaisir au jour si beau, au chemin si charmant, c'était seulement pour s'applaudir dans l'intérêt de sa toilette, plus soignée que jamais, d'être favorisé d'un pareil temps. Il souriait alors avec complaisance, mais plutôt comme satisfait de lui-même que de toute autre chose, poursuivant ainsi sa promenade sur son bidet alezan, d'aussi bonne mine que le cavalier, et probablement plus sensible aux scènes intéressantes de la nature dont il marchait environné.

Les massives cheminées du Maypole finirent par se dresser à ses yeux, mais il n'accéléra point son pas, et ce fut toujours avec la même gravité calme qu'il arriva auprès du porche de la taverne. John Willet, qui faisait rôtir sa rouge figure devant un grand feu dans la salle et qui, avec une prévoyance et une vivacité d'esprit prodigieuses, venait de penser, en regardant le ciel bleu, que, si l'état des choses se prolongeait, il faudrait de toute nécessité éteindre les feux et ouvrir les fenêtres toutes grandes, sortit pour tenir l'étrier au gentleman, appelant d'une voix gaillarde : *Hugh !*

« Oh ! c'est vous ; vous y êtes donc déjà, monsieur? dit John un peu étonné de la promptitude avec laquelle Hugh avait paru. Menez à l'écurie ce précieux animal, et ayez-en un soin plus que particulier, si vous désirez garder votre place.... Un fainéant, monsieur, comme il n'y en a pas!

— Mais vous avez un fils, répliqua monsieur Chester en donnant sa bride après avoir mis pied à terre, et répondant au salut de l'aubergiste par un négligent mouvement de sa main vers son chapeau. Pourquoi ne l'utilisez-vous pas, *lui?* »

— Eh mais, la vérité est, monsieur, repartit John avec une grande importance, que mon fils.... Qu'est-ce que vous faites là à m'écouter, vilain curieux ?

— Qui est-ce qui écoute? riposta Hugh en colère. Avec ça que c'est amusant de *vous* écouter! Voulez-vous pas que j'emmène le cheval à l'écurie tout en sueur, pour qu'il s'enrhume ?

— Alors promenez-le de long en large plus loin de nous, monsieur, cria le vieux John, et quand vous me voyez en train de causer avec un noble gentleman, restez à distance. Si vous ne connaissez pas votre distance, monsieur, ajouta M. Willet après une pause énormément longue, durant laquelle il fixa ses grands yeux stupides sur Hugh, et attendit avec une patience exemplaire qu'il lui passât par l'esprit quel-

que chose qui ressemblât à une idée, nous trouverons un
moyen de vous l'apprendre plus vite que ça. »

Hugh haussa les épaules dédaigneusement, prit son air
téméraire et traversa de l'autre côté du gazon, où, ayant
jeté la bride en bandoulière sur son épaule, il promena le
cheval, tout en lançant de temps en temps à son maître, par-
dessous ses sourcils touffus, des coups d'œil aussi sinistres
qu'un tyran de mélodrame.

M. Chester qui, sans que cela parût, l'avait attentivement
observé durant cette courte dispute, entra dans le porche, et
se tournant brusquement vers M. Willet, lui dit :

« Vous avez d'étranges domestiques, John.

— Il est certain, monsieur, que celui-ci a l'air assez
étrange, répondit l'aubergiste ; mais c'est un bon domestique
pour le dehors. Pour les chevaux, les chiens et tout cela, il
n'y a pas en Angleterre un plus habile homme que ce Hugh
du Maypole. Par exemple, il ne vaut rien pour le dedans,
ajouta M. Willet de l'air confidentiel d'un homme qui sentait
la supériorité de sa propre nature. Le dedans, c'est mon affaire ; mais si ce gars avait simplement un brin d'imagination, monsieur....

— C'est un garçon actif, je le parierais, dit M. Chester,
ayant l'air de se parler à lui-même plutôt qu'à la can-
tonade.

— Actif, monsieur, riposta John, dont la figure par
extraordinaire prit de l'expression ; ce gars-là ! Ohé, ici !
monsieur ! Amenez le cheval par ici, et allez pendre ma
perruque à la girouette, pour montrer à ce gentleman si vous
êtes leste. »

Hugh ne répondit pas, mais jetant la bride à son maître,
et lui arrachant de la tête sa perruque avec si peu de cérémonie et tant de précipitation que M. Willet n'en fut pas
peu déconcerté, quoiqu'il en eût exprimé le désir spécial, il
grimpa lestement au faîte du mai placé devant la maison,
et suspendant la perruque sur la girouette, il l'y fit tourner
comme la manivelle d'un tournebroche. Cet exercice achevé,
il la lança à terre, et glissant lui-même en bas le long du
mai avec une inconcevable rapidité, il se trouva sur ses
pieds presque aussitôt que la perruque touchait le sol.

« Voilà, monsieur ! dit John, retombant dans son état de

stupidité habituelle. Vous ne verrez pas beaucoup d'auberges comme le Maypole, pour y avoir bon logis à pied, à cheval ; ni pour voir ça non plus, quoique ce ne soit rien au prix de tout ce qu'il fait. »

Cette dernière remarque était une allusion à la manière dont Hugh sautait sur le dos d'un cheval, comme il avait fait lors de la première visite de M. Chester, et disparaissait promptement par la porte de l'écurie.

« Ça n'est rien au prix de tout ce qu'il fait, répéta M. Willet en brossant sa perruque avec son poignet, et se décidant intérieurement à distribuer sur les divers articles de la note de son hôte une petite augmentation pour le dommage causé par la poussière à cette pièce de son ajustement. Il saute de presque toutes les fenêtres de la maison. Il n'y a jamais eu de gars pour se jeter comme lui de n'importe où, sans se rompre les os. C'est mon opinion, monsieur, qu'il ne doit guère tout ça qu'à son manque d'imagination, et que, si l'imagination pouvait (chose impossible) lui être fourrée dans la tête, il ne serait plus capable d'en faire autant. Mais nous parlions de mon fils, monsieur.

— C'est vrai, Willet, c'est vrai, dit le visiteur en se tournant vers l'aubergiste avec sa sérénité habituelle. Mon bon ami, qu'est-ce qu'on dit de lui ? »

On m'a rapporté que M. Willet avant de répondre cligna de l'œil. Mais comme il n'a jamais été reconnu coupable d'une telle légèreté de conduite, ni antérieurement ni ultérieurement, on peut regarder cette inconvenance comme une invention de ses ennemis, fondée peut-être sur le fait suivant qui est incontestable. Il prit son hôte par le troisième bouton de son habit sur la poitrine, en comptant à partir du menton, et lui insinuant sa réplique dans l'oreille :

« Monsieur, dit John avec dignité, je connais mon devoir. Nous n'avons pas besoin ici d'amourettes, monsieur, d'amourettes à l'insu des parents. Je respecte certain jeune gentleman, comme un jeune gentleman qu'il est ; je respecte certaine jeune demoiselle, comme une demoiselle qu'elle est ; mais ces deux personnes, en tant que les deux font la paire, je ne connais pas ça, monsieur, je n'entends pas ça. Mon fils, monsieur, s'est engagé.

— Je croyais l'avoir vu regarder tout à l'heure à travers

la fenêtre du coin, dit M. Chester, qui, naturellement, pensa que, s'il était engagé, il devait être quelque part sous les drapeaux.

— Vous ne vous êtes pas trompé, monsieur, c'est bien lui que vous avez vu, répliqua John. Je vous disais qu'il était engagé.... d'honneur, monsieur, à ne pas sortir d'ici. Moi et quelques-uns de mes amis qui passent leurs soirées au Maypole, monsieur, nous avons considéré que c'était le meilleur parti à prendre pour l'empêcher de faire quoi ce soit de fâcheux en opposition avec vos désirs. Nous l'avons fait engager. Et il y a plus, monsieur, nous ne lui laisserons pas rompre son engagement avant un bon bout de temps, je vous en réponds. »

Lorsqu'il eut causé par ses paroles ambiguës cette légère méprise, dont l'origine était sans doute la récente escapade d'un garçon du village, qui venait de s'engager pour de bon, M. Willet se recula de l'oreille de son hôte; et, sans aucune modification visible dans ses traits, il gloussa de rire trois fois bien distinctement. Il ne riait jamais plus fort que cela : il ne se le serait pas permis (et encore, encore, il fallait des occasions rares et extraordinaires); il ne retroussait pas même ses lèvres, et n'aurait pas, pour tout au monde, remué tant seulement son double menton, gras et dodu, lequel en ces circonstances, aussi bien que dans toutes les autres, restait, comme un véritable désert de Sahara, sur la large mappemonde de sa frimousse; un steppe en blanc sur la carte, un monde inconnu, sans ville, sans verdure et sans eau.

Que personne ne s'étonne si M. Willet se permit ce petit éclat de rire, sans respect pour une personne qu'il avait souvent hébergée et qui avait toujours payé généreusement son passage au Maypole; c'est au contraire un fait à l'honneur de sa pénétration et de sa sagacité, qui lui conseillaient, contre son habitude, cette démonstration badine et familière. Car M. Willet, après avoir pesé avec soin le père et le fils dans ses balances mentales, était arrivé à la conclusion fort nette que le vieux gentleman était un chaland de meilleure qualité que le jeune. Puis, jetant dans le même plateau, déjà victorieux, son propriétaire, et, par-dessus M. Haredale, le vif agrément de contrecarrer le malheureux

Joe, et sa résistance paternelle, en principe général, à toutes
les affaires d'amour et de mariage, ce plateau plongea droit
vers le plancher, envoyant droit au plafond le jeune gentleman, qui ne pesait pas plus qu'une plume. M. Chester n'était
pas homme à se faire illusion sur les motifs de M. Willet;
mais il le remercia avec autant de grâce que si l'aubergiste
eût été un des plus désintéressés martyrs qui eussent jamais
paru dans ce monde; et, le laissant maître de lui préparer
un dîner de son choix, grande preuve de confiance dans son
goût et son jugement, dit-il d'un ton complimenteur, il dirigea ses pas vers la Garenne.

Habillé avec encore plus d'élégance que de coutume, prenant une grâce accomplie de manières, qui, pour être le
résultat d'une longue étude, ne lui en laissait pas moins
toute son aisance et lui seyait à merveille, donnant à ses
traits l'expression la plus sereine et la plus faite pour gagner les cœurs; bref, irréprochable de tout point, ce qui
dénotait qu'il n'attachait pas une médiocre importance à
l'impression que sa personne allait faire, il entra sur les
limites de la promenade habituelle de Mlle Haredale. A peine
eut-il fait quelques pas et jeté un coup d'œil autour de lui,
qu'il aperçut une femme venant dans sa direction. Un coup
d'œil jeté sur sa taille et sa toilette, comme elle traversait
un petit pont de bois qui les séparait, suffit pour lui donner la certitude que c'était bien la personne qu'il désirait
voir. Il s'avança sur son chemin, et, le moment d'après, ils
étaient tout près l'un de l'autre.

Il ôta son chapeau, et, cédant le sentier à la jeune fille, il
la laissa passer. Puis, comme si l'idée ne lui en était venue
qu'en ce moment, il se tourna vers elle avec précipitation,
et lui dit d'une voix agitée :

« Je vous demande pardon, n'est-ce pas à mademoiselle
Haredale que je m'adresse? »

Elle s'arrêta, quelque peu confuse d'être accostée d'une
façon si inattendue par un étranger, et répondit oui.

« Quelque chose me disait, reprit-il avec un regard qui
était un compliment pour sa beauté, que ce ne pouvait être
une autre. Mademoiselle Haredale, je porte un nom qui ne
vous est pas inconnu, et qui, pardonnez-moi d'en éprouver
à la fois de l'orgueil et du chagrin, résonne, je crois, agréa-

blement à vos oreilles. Je suis déjà d'un certain âge, comme vous voyez. Je suis le père de l'homme que vous daignez distinguer par-dessus tous les autres. Puis-je, pour de puissantes raisons qui me sont bien pénibles, vous prier de m'accorder ici une minute d'entretien? »

Comment une jeune fille, étrangère à la ruse, avec un cœur plein d'une noble franchise, aurait-elle pu douter de la sincérité de cet homme, surtout quand elle reconnaissait dans sa voix l'écho affaibli d'une voix qu'elle connaissait si bien et qu'elle aimait tant à entendre? Elle inclina la tête, s'arrêta, et jeta les yeux sur le sol.

« Un peu plus à l'écart, entre ces arbres. C'est la main d'un vieillard que je vous offre, mademoiselle Haredale; une main loyale et honnête, croyez-le bien. »

Elle y mit la sienne comme il disait ces mots, et se laissa conduire vers un siége voisin.

« Vous m'alarmez, monsieur, dit-elle à voix basse. Vous n'êtes pas porteur de quelque mauvaise nouvelle, j'espère?

— D'aucune que vous puissiez craindre avant de m'entendre, répondit-il en s'asseyant près d'elle. Édouard va bien, tout à fait bien. C'est de lui que je désire vous parler, certainement; mais je n'ai pas de malheur à vous annoncer. »

Elle inclina la tête de nouveau, comme pour le prier de poursuivre, mais sans rien dire elle-même.

« Je sais que j'ai tout contre moi dans ce que je vais avoir à vous dire, chère mademoiselle Haredale. Croyez-moi, je n'ai pas oublié les sentiments de ma jeunesse au point de ne pas savoir que vous êtes peu disposée à me regarder d'un œil favorable. Vous m'avez entendu dépeindre comme un homme au cœur froid, positif, égoïste.

— Je n'ai jamais, monsieur, interrompit-elle d'un air mécontent et d'une voix ferme, je n'ai jamais entendu parler de vous en termes durs ou incivils. Vous ne rendez pas justice au naturel d'Édouard, si vous croyez votre fils capable de sentiments si bas et si vulgaires.

— Pardonnez-moi, ma douce jeune demoiselle, mais votre oncle....

— Ce n'est pas non plus dans le caractère de mon oncle, répliqua-t-elle, et sa joue se colora davantage; il n'est pas dans

son caractère de frapper dans l'ombre, pas plus que dans le
mien d'aimer de pareils actes. »

A ces mots elle se leva et voulait le quitter ; mais il la
retint doucement de sa main, et il la supplia d'un accent
persuasif de l'entendre encore une minute : elle se laissa
calmer et consentit à se rasseoir.

« Et c'est, dit M. Chester en levant les yeux au ciel et en
apostrophant l'air, c'est ce cœur si franc, si ingénu, si
noble, que vous pouvez, Ned, blesser si légèrement ! C'est
honteux, honteux pour vous, jeune homme ! »

Elle se tourna vite vers lui, avec un regard de dédain et
des éclairs dans les yeux. Dans les yeux de M. Chester il y
avait des larmes ; mais il les essuya précipitamment, comme
s'il lui eût répugné qu'elle vît cette faiblesse, et il la regarda
d'un œil où l'admiration se mêlait à la compassion.

« Je n'aurais jamais cru jusqu'à présent, dit-il, que la conduite
frivole d'un jeune homme pût m'émouvoir comme vient de
le faire celle de mon propre fils. Je n'avais jamais connu
comme en ce moment ce que vaut le cœur d'une femme que
ces jeunes garçons se font un jeu de prendre et de quitter
avec tant de légèreté. Croyez, chère demoiselle, que jamais,
jusqu'à présent, je n'avais connu votre mérite ; et quoique
je n'aie fait, en venant vous trouver, que céder à mon horreur pour tout ce qui est tromperie et mensonge, car je
l'eusse fait également pour la plus pauvre et la moins douée
de votre sexe, je n'aurais pas eu le courage d'affronter cette
conversation, si j'avais pu vous peindre à mon esprit telle
que vous m'apparaissez réellement. »

Oh ! si Mme Varden avait pu voir le vertueux gentleman quand il prononça ces paroles, avec ses yeux étincelants
d'indignation.... si elle avait pu entendre sa voix entrecou-
pée, tremblotante.... si elle avait pu le contempler quand,
debout et nu-tête au soleil, il épanchait son éloquence avec
une énergie inaccoutumée !

La figure altière, mais pâle et tremblante aussi, Emma le
regardait en silence. Elle ne parlait ni ne bougeait, mais
elle le considérait comme si elle eût voulu lire dans son
cœur.

« Je secoue, dit M. Chester, la contrainte que l'affection
naturelle imposerait à quelques hommes, et je brise tous

autres liens que ceux de la vérité et du devoir. Mademoiselle Haredale, vous êtes trompée; vous êtes trompée par
votre indigne amant, par mon indigne fils. »

Elle le regarda fixement et ne dit pas encore un seul mot.

« J'ai toujours été opposé à l'amour dont il a fait profession envers vous; vous serez assez juste, chère mademoiselle
Haredale, pour vous le rappeler; votre oncle et moi fûmes
ennemis dans notre jeunesse, et, si j'avais cherché des repré-
sailles, j'aurais pu en trouver ici. Mais en devenant vieux
nous devenons plus sages, meilleurs, j'aimerais à l'espérer,
et dès le principe j'ai été opposé à mon fils dans cette
tentative. J'en prévoyais la fin, et je voulais vous l'épargner,
si cela m'était possible.

— Parlez ouvertement, monsieur, balbutia-t-elle; vous me
trompez ou vous vous trompez. Je ne vous crois pas; je ne
le peux pas; je ne le dois pas.

— D'abord, dit M. Chester d'un ton insinuant, comme il y
a peut-être dans votre esprit quelque secret sentiment de
colère que je ne veux pas exploiter, prenez, je vous prie,
cette lettre. Elle est tombée en mes mains par hasard, par
suite d'une méprise; elle était destinée à vous expliquer,
m'a-t-on dit, pourquoi mon fils n'a pas répondu à un autre
billet de vous. A Dieu ne plaise, mademoiselle Haredale,
dit le bon gentleman avec une grande émotion, qu'il reste
dans votre tendre cœur un injuste sujet de reproche contre
Édouard ! Vous deviez connaître, comme vous allez le voir,
qu'Édouard n'est pas en faute sur ce point. »

Un semblable procédé semblait si candide, si scrupuleux,
si honorable, si vrai et si juste; il y avait là quelque
chose qui en rendait le loyal auteur si digne de confiance,
qu'Emma sentit, pour la première fois, son cœur défaillir.
Elle se détourna et fondit en larmes.

« Je voudrais, dit M. Chester en se penchant vers elle et
lui parlant d'une voix douce et tout à fait vénérable, je voudrais, chère demoiselle, que ma tâche fût de dissiper et non
d'accroître ces témoignages de votre douleur. Mon fils, mon
fils égaré.... car je ne veux pas l'accuser d'être criminel de
propos délibéré : les jeunes gens qui ont déjà eu deux ou
trois amourettes auparavant agissent sans réflexion, sans
savoir seulement le mal qu'ils font.... rompra la foi qu'il vous

a engagée; il l'a même rompue maintenant. M'arrêterai-je là, et, après vous avoir donné cet avertissement, laisserai-je à l'avenir le soin de le justifier, ou bien voulez-vous que je continue?

— Continuez, monsieur, répondit-elle, et parlez plus ouvertement encore; vous le devez pour lui comme pour moi.

— Ma chère demoiselle, dit M. Chester en se courbant vers elle d'une manière encore plus affectueuse, que je voudrais nommer ma chère fille, mais les destins ne le permettent pas, Édouard cherche à rompre avec vous sous un prétexte faux et tout à fait inexcusable. Je le sais par ses manifestations, j'en ai eu la preuve de sa main. Pardonnez-moi si j'ai surveillé sa conduite; je suis son père; votre paix et son honneur m'étaient chers, et il ne me restait plus d'autre ressource. Une lettre se trouve en ce moment sur son pupitre, prête à vous être envoyée, et dans laquelle il vous dit que notre pauvreté.... notre pauvreté, la sienne et la mienne, mademoiselle Haredale, l'empêche de persister et de prétendre à votre main; dans laquelle il vous offre, vous propose volontairement, de vous dégager de votre foi, et parle avec magnanimité (ce que les hommes font très-communément en pareil cas) d'être un jour plus digne de votre attention, et ainsi de suite; une lettre, enfin, dans laquelle non-seulement il fait avec vous des façons, pardonnez-moi l'expression, je voudrais appeler à votre secours votre orgueil et votre dignité; non-seulement il fait avec vous des façons pour retourner, je le crains, à l'objet dont les dédains lui avaient inspiré sa courte passion pour vous (car elle prit naissance dans sa vanité blessée), mais encore affecte de se faire un mérite et une vertu de son prétendu sacrifice.»

Emma lança de nouveau à M. Chester un regard orgueilleux, comme par un mouvement involontaire, et elle répliqua le cœur gros:

«Si ce que vous dites est vrai, il prend une peine bien inutile, monsieur, pour exécuter son dessein. Il est bien bon de se préoccuper de la paix de mon esprit. Je lui en suis fort obligée.

— Vous reconnaîtrez si ce que je vous dis est vrai, chère demoiselle, repartit M. Chester, en recevant ou en ne recevant pas la lettre dont je vous parle.... Haredale, mon cher garçon, je suis charmé de vous voir, quoique nous nous rencontrions dans une circonstance singulière et assez triste. Vous vous portez bien, je l'espère? »

A ces mots, la jeune demoiselle leva ses yeux qui étaient pleins de larmes; en voyant son oncle debout en effet devant eux, se sentant d'ailleurs incapable de supporter l'épreuve d'entendre ou de dire elle-même un mot de plus, elle s'éloigna précipitamment et les laissa. Ils restèrent à se regarder l'un l'autre et à suivre des yeux Emma qui se retirait, sans que, pendant longtemps, ni l'un ni l'autre ouvrît la bouche.

« Qu'est-ce que cela signifie? Expliquez-vous, dit enfin M. Haredale. Pourquoi êtes-vous ici, et pourquoi avec elle?

— Mon cher ami, répondit l'autre en reprenant ses manières accoutumées avec une merveilleuse promptitude, et se jetant sur le banc d'un air fatigué, vous m'avez dit il n'y a pas longtemps, à cette vieille taverne délicieuse dont vous êtes le propriétaire estimé (c'est un charmant établissement pour des personnes qui ont des occupations rurales et une santé assez robuste pour ne pas craindre d'attraper un rhume), que j'avais la tête et le cœur d'un mauvais génie en toute matière de déception. J'ai pensé alors, j'ai pensé réellement que vous me flattiez; mais maintenant je commence à m'étonner de votre discernement, et, vanité à part, je crois sincèrement que vous disiez la vérité. Avez-vous jamais simulé l'extrême ingénuité et l'honnête indignation? Mon cher garçon, vous n'imaginez pas, si vous ne l'avez jamais fait, combien un effort de ce genre fatigue un homme. »

M. Haredale l'examina d'un regard de froid mépris.

« Vous ne seriez pas fâché d'échapper à une explication, dit-il en croisant ses bras; mais il m'en faut une; je peux attendre.

— Pas du tout, pas du tout, mon bon monsieur, vous n'attendrez pas un moment, répliqua son ami en croisant nonchalamment ses jambes; c'est la chose la plus simple du monde, et l'explication ne sera pas longue: Ned a écrit une lettre, une enfantine, honnête, sentimentale composition, qui est encore sur son pupitre, parce qu'il n'a pas eu le cœur de l'envoyer. J'ai pris une liberté que mon affection et mon anxiété paternelle

excusent suffisamment, et je me suis approprié la connaissance de ce que renferme cette lettre; je l'ai décrit à votre
nièce (une personne enchanteresse, Haredale, une créature
angélique), avec quelques traits et quelques couleurs adap-
tés à notre dessein. C'est une affaire faite, vous pouvez désormais être tranquille; c'est fini. Privés de leurs entremet-
teurs, l'orgueil et la jalousie de la jeune fille étant excités au
plus haut degré, personne n'étant là pour la détromper, et
vous y étant au contraire pour appuyer mes assertions,
vous verrez que leurs rapports cesseront avec la réponse
qu'elle va faire. Si elle reçoit la lettre de Ned demain vers
midi, vous pouvez dater leur séparation de demain soir.
Je ne vous demande pas de remercîment, vous ne m'en devez aucun; j'ai agi pour moi-même, et, si j'ai avancé les
résultats de notre pacte avec toute l'ardeur que vous auriez
pu désirer vous-même, je l'ai fait par pur égoïsme, en
vérité.

— Je maudis ce pacte, comme vous l'appelez, de tout mon
cœur et de toute mon âme, répliqua l'autre; il a été fait dans
une mauvaise heure. Je me suis engagé à un mensonge, je
me suis ligué avec vous, et, quoique je l'aie fait par le plus
légitime motif et qu'il m'en coûte un effort que peut-être
peu d'hommes connaissent, je me hais et me méprise pour
cette action.

— Vous vous échauffez beaucoup, dit M. Chester avec un
sourire languissant.

— Oui, je m'échauffe. Votre sang-froid me rend fou. Mor-
bleu! Chester, si votre sang coulait plus chaud dans vos
veines, et si je n'étais pas astreint à des devoirs qui me
contiennent et m'arrêtent.... Allons, c'est fini; vous le dites,
et sur une chose de ce genre je peux vous croire. Quand
j'éprouverai des remords de cette perfidie, je penserai à vous
et à votre mariage, et j'essayerai de me justifier par un tel
souvenir, d'avoir séparé Emma et votre fils, à tout prix.
Voilà notre contrat biffé maintenant, et nous n'avons plus
qu'à nous quitter. »

M. Chester lui adressa avec grâce un baiser de la main;
et avec la figure tranquille qu'il avait conservée pendant
cette scène, même quand il avait vu son compagnon torturé
et transporté par la colère, au point que tout son corps en

était ébranlé, il demeura sur son siége dans une attitude indolente, observant M. Haredale qui s'éloignait.

« Mon bouc émissaire et mon souffre-douleur à l'école, dit-il en levant sa tête pour regarder après lui ; mon ami d'autrefois, qui ne put pas s'assurer la maîtresse dont il avait gagné l'amour, et qui me rapprocha d'elle pour que je pusse mieux le supplanter. Je triomphe dans le présent et dans le passé. Aboie, pauvre chien galeux et pelé ; la fortune a toujours été de mon côté ; tes aboiements me font plaisir. »

Le lieu où ils s'étaient rencontrés était une avenue d'arbres. M. Haredale, sans passer de l'autre côté, avait marché tout droit. Il tourna par hasard la tête quand il fut à une distance considérable, et voyant que son ancien camarade s'était levé depuis son départ et regardait après lui, il s'arrêta, croyant que peut-être l'autre avait envie de venir le rencontrer, et l'attendit de pied ferme.

« Un jour, un jour peut-être, mais pas encore, se dit M. Chester en agitant sa main, comme s'ils eussent été les meilleurs amis, et se retournant pour s'éloigner. Pas encore, Haredale. La vie est assez agréable pour moi ; pour vous elle est triste et pesante. Non. Croiser l'épée avec un pareil homme, se prêter ainsi à son humeur, à moins d'une extrémité, ce serait véritablement une faiblesse. »

Malgré tout cela, il dégaina en s'en allant, et, sans y penser, il laissa courir vingt fois ses yeux de la garde de son épée à la pointe. Mais c'est la réflexion qui fait que l'on vit vieux. Il se rappela cet adage, remit son arme au fourreau, détendit son sourcil contracté, fredonna un air des plus gais et de l'humeur la plus enjouée lui-même, il redevint comme devant l'imperturbable M. Chester.

CHAPITRE XXX.

Il y a malheureusement des gens dont un proverbe populaire dit que, si vous leur accordez un pied, ils en prennent quatre. Sans citer les illustres exemples de ces héroïques fléaux de l'humanité, dont l'aimable chemin dans la vie a été tracé, depuis leur naissance jusqu'à leur mort, à travers le sang, le feu et les ruines, et qui semblent n'avoir existé que pour apprendre à l'humanité que, comme l'absence du mal est un bien, la terre, purgée de leur présence, peut être considérée comme un lieu de bénédiction; sans citer d'aussi puissants exemples, contentons-nous de celui du vieux John Willet.

Le vieux John Willet ayant empiété un bon pouce, grande mesure, sur la liberté de Joe, et lui ayant rogné une grande aune de permission d'ouvrir la bouche, devint si despotique et si superbe, que sa soif de conquêtes ne connut plus de bornes. Plus le jeune Joe se soumit, plus le vieux John se montra absolu. L'aune fut bientôt réduite à néant : on en vint aux pieds, aux pouces, aux lignes; et le vieux John continua de la manière la plus plaisante à tailler dans le vif de ses réformes, à retrancher tous les jours quelque chose sur la liberté de parole ou d'action de son esclave, enfin à se conduire dans sa petite sphère avec autant de hauteur et de majesté que le plus glorieux tyran des temps anciens ou modernes qui ait jamais eu sa statue érigée sur la voie publique.

De même que les grands hommes sont excités aux abus de pouvoir (quand ils ont besoin d'y être excités, ce qui n'arrive pas souvent) par leurs flatteurs et leurs subalternes, ainsi le vieux John fut poussé à ces empiétements d'autorité par l'applaudissement et l'admiration de ses compères du Maypole. Chaque soir, dans les intermèdes de leurs pipes et de leurs pots de bière, ils secouaient leurs têtes et disaient que M. Willet était un père de la bonne

vieille roche anglaise; qu'il n'y avait pas à lui parler de ces
inventions modernes de douceur paternelle, ni des méthodes
du jour; qu'il leur rappelait exactement à tous ce qu'étaient
leurs pères quand ils étaient petits garçons, et qu'il faisait
bien; qu'il vaudrait mieux pour le pays qu'il y eût plus de
pères comme lui, et que c'était pitié qu'il n'y en eût point
davantage; avec beaucoup d'autres remarques originales de
la même nature. Puis ils condescendaient à faire comprendre
au jeune Joe que tout cela était pour son bien, et qu'il en
serait reconnaissant un jour. M. Cobb, en particulier, l'informait que, quand il avait son âge, son père lui donnait
un paternel coup de pied, un horion sur les oreilles, ou une
taloche sur la tête, ou quelque petit avertissement de ce genre,
comme il aurait fait toute autre chose; et il remarquait en
outre, avec des regards très-significatifs, que, s'il n'avait pas
reçu cette judicieuse éducation, il n'aurait jamais pu devenir
ce qu'il était. Et la conclusion n'était que trop probable, car il
était devenu le chien le plus hargneux de toute la compagnie.
Bref, entre le vieux John et les amis du vieux John, il n'y
eut jamais un infortuné garçon, si rudoyé, si malmené, si
tourmenté, si irrité, si harcelé, ni si abreuvé du dégoût de
la vie que le pauvre Joe Willet.

C'en était venu au point que c'était à présent l'état de choses
officiel et légal; mais, comme le vieux John avait un vif désir
de faire briller sa suprématie aux yeux de M. Chester, il se
surpassa ce jour-là, et il aiguillonna et échauffa tellement
son fils et héritier que, si Joe n'avait pris avec lui-même l'engagement solennel de garder ses mains dans ses poches lorsqu'elles n'étaient pas occupées d'une autre façon, il est impossible de dire ce qu'il en aurait fait peut-être. Mais la plus
longue journée a son terme, et M. Chester finit par monter
sur son cheval, qui était prêt devant la porte.

Comme le vieux John ne se trouvait pas là en ce moment,
Joe, qui, dans le comptoir, méditait sur son triste sort et sur
les perfections innombrables de Dolly Varden, courut dehors
pour tenir l'étrier à son hôte et l'aider à monter. M. Chester
était à peine en selle, et Joe était en train de lui faire un
gracieux salut, quand le vieux John, plongeant du porche
dans la cour, saisit son fils au collet.

« Pas de cela, monsieur, dit John, pas de cela, monsieur.

Il ne faut point rompre votre engagement. Comment osez-vous, monsieur, franchir la porte sans permission ? Vous cherchez à vous sauver, n'est-ce pas, monsieur, comme un parjure ? Que prétendez-vous, monsieur ?

— Lâchez moi, père, dit Joe d'un air suppliant, lorsqu'il aperçut un sourire sur la figure du visiteur et qu'il observa le plaisir que lui procurait sa mésaventure. C'est trop fort aussi. Qui est-ce qui songe à se sauver ?

— Qui est-ce qui songe à se sauver ? cria John en le secouant. Eh mais, c'est vous, monsieur. C'est vous : c'est vous, petit polisson, monsieur, ajouta John, en le colletant d'une main et employant l'autre à faire au visiteur un salut d'adieu, c'est vous qui voulez vous glisser comme un serpent dans les maisons, et susciter des différends entre de nobles gentlemen et leurs fils ; direz-vous que ce n'est pas vous, hein ? Taisez-vous, monsieur. »

Joe ne fit pas d'effort pour répliquer. Sa honte était consommée : la dernière goutte allait faire déborder le vase. Il se dégagea de l'étreinte de son père, lança un regard courroucé à l'hôte qui partait, et retourna dans l'auberge.

« Si ce n'était pour elle, pensa Joe, en se jetant à une table dans la salle commune et laissant tomber sa tête sur ses bras ; si ce n'était pour Dolly (car je ne pourrais supporter l'idée qu'elle pût me croire un mauvais sujet, comme ils ne manqueraient pas de le dire, si je me sauvais de la maison), le Maypole et moi nous nous séparerions cette nuit. »

Le soir étant alors arrivé, Salomon Daisy, Tom Cobb et le long Parkes, étaient réunis dans la salle commune, d'où ils avaient été témoins par la fenêtre de toute la scène. M. Willet, les joignant bientôt après, reçut les compliments de ses compagnons avec un grand calme, alluma sa pipe, et s'assit parmi eux.

« Nous verrons, messieurs, dit John après une longue pause, qui est le maître ici et qui ne l'est pas. Nous verrons si ce sont les petits polissons qui doivent mener les hommes, ou si ce sont les hommes qui doivent mener les petits polissons.

— C'est vrai aussi, dit Salomon Daisy avec quelques inclinations de tête d'un caractère approbatif, vous avez raison, Johnny. Très-bien, Johnny. Bien dit, monsieur Willet. *Brayvo*, monsieur. »

John porta lentement ses yeux sur l'approbateur, le regarda longtemps, et finit par faire cette réponse qui consterna l'auditoire d'une manière inexprimable : « Quand je voudrai des encouragements de vous, monsieur, je vous en demanderai. Je vous prie de me laisser tranquille, monsieur. Je n'ai pas besoin de vous, j'espère. Ne vous frottez pas à moi, s'il vous plaît.

— Ne prenez point pas mal la chose, Johnny ; je n'ai pas eu de mauvaise intention, dit le petit homme pour sa défense.

— Très-bien, monsieur, dit John, plus obstiné que de coutume après sa dernière victoire. Ne vous occupez pas de ça, monsieur ; je saurai bien me tenir tout seul, je pense, monsieur, sans que vous vous donniez la peine de me soutenir. » Et après cette riposte, M. Willet, fixant ses yeux sur le chaudron, tomba dans une sorte d'extase tabachique.

L'entrain de la société se trouvant singulièrement amorti par la conduite embarrassante de leur hôte, on ne dit rien de plus pendant longtemps ; mais enfin M. Cobb prit sur lui de remarquer, en se levant pour vider les cendres de sa pipe, qu'il espérait que Joe dorénavant apprendrait à obéir à son père en toutes choses, ayant vu ce jour-là que M. Willet n'était pas un homme avec lequel on pût badiner ; et il ajouta qu'il lui recommandait, poétiquement parlant, de ne pas s'endormir sur le rôti.

« Et vous, je vous recommande en revanche, dit, en levant les yeux, Joe dont la figure était toute rouge, de ne pas m'adresser la parole.

— Taisez-vous, monsieur, cria M. Willet, en se réveillant soudain, et se retournant.

— Je ne me tairai pas, père, cria Joe, en frappant du poing la table, et si fort que les verres et les pots dansèrent ; c'est bien assez dur de souffrir de vous pareilles choses ; je ne les endurerai plus de tout autre, quel qu'il soit. Ainsi je le répète, monsieur Cobb, ne m'adressez pas la parole.

— Eh mais, qui êtes-vous donc, dit M. Cobb d'un air narquois, pour qu'on ne puisse vous parler, hein, Joe ? »

A cela Joe ne répondit pas ; mais, avec un sombre hochement de tête qui n'était pas du tout de bon augure, il reprit sa position antérieure. Il l'aurait conservée paisiblement jusqu'à la fer-

meture de l'auberge au bout de la soirée ; mais M. Cobb,
stimulé par l'étonnement que causait à la société la présomption du jeune homme, riposta en lui décochant quelques
brocards ; c'était trop : la chair et le sang ne purent supporter
cela. En un seul moment s'accumulèrent la vexation et le cour-
roux de bien des années. Joe bondit, renversa la table, tomba
sur son ennemi invétéré, le gourma de toute sa force et de toute
son adresse, et finit par le lancer avec une rapidité surprenante contre un monceau de crachoirs dans un coin. M. Cobb
y plongeant, la tête la première, avec un fracas terrible, resta
étendu de tout son long parmi les ruines, abasourdi et sans
mouvement. Alors le vainqueur, n'attendant pas que les spectateurs le complimentassent sur son triomphe, se retira dans
sa chambre à coucher, et, se considérant comme en état de
siége, il entassa contre la porte tous les meubles transpor-
tables, en guise de barricade.

« Voilà qui est fait, dit Joe, en s'asseyant sur son bois de
lit et essuyant sa figure échauffée. Je savais que j'en viendrais
là. Le Maypole et moi, il faut que nous nous séparions. Je suis
un vagabond, un coureur, elle me hait pour toujours. Tout
est perdu ! »

CHAPITRE XXXI.

Réfléchissant sur sa malheureuse destinée, Joe resta assis
et écouta longtemps ; il s'attendait à chaque instant à entendre
l'escalier crier sous leurs pas ou à être salué des sommations
de son digne père, exigeant qu'il capitulât sans condition et se
rendît tout de suite. Mais ni voix ni pas ne vint jusqu'à lui,
et, quoique des échos de portes qu'on fermait, de gens qui
allaient et venaient dans les chambres avec précipitation,
résonnant de temps en temps à travers les grands corridors et
pénétrant au fond de sa solitude reculée, lui fissent comprendre
qu'il y avait en bas un bouleversement extraordinaire, aucun
son plus rapproché ne troubla le lieu de sa retraite, qui
semblait encore plus paisible à cause de ces bruits loin-

tains, et qui était triste et sombre comme la cellule d'un
ermite.

Il fit de plus en plus noir. Le gothique ameublement de cette
chambre, espèce d'hôpital des invalides pour les meubles de la
maison, devint indistinct et fantastique. Les chaises et les
tables, qui étaient dans le jour d'aussi honnêtes estropiées que
possible, prirent un caractère équivoque et mystérieux, et un
vieux lépreux de paravent en cuir terni de l'Inde, avec bordure
d'or, qui jadis avait tenu en respect plus d'un courant d'air
dangereux et servi de rempart à plus d'une joyeuse figure,
le regardait d'un air rébarbatif et spectral, et se tenait de
toute sa hauteur dans le coin qu'on lui avait assigné, semblable à quelque maigre fantôme qui attendait qu'on lui
adressât des questions. Un portrait en face de la fenêtre,
portrait bizarre d'un vieux général aux yeux gris, dans un
cadre ovale, semblait cligner de l'œil et s'assoupir à mesure
que le jour baissait ; et enfin, quand la dernière des faibles
taches lumineuses du jour s'évanouit, il parut fermer les
yeux de bon cœur et s'endormir solidement. Il y avait là un
tel silence et un tel mystère autour de toute chose, que Joe
ne put s'empêcher d'en suivre l'exemple. Il se livra donc au
sommeil comme tout le reste et rêva de Dolly, jusqu'à ce que
l'horloge de l'église de Chigwell sonna deux heures.

Personne ne vint encore. Les bruits lointains de la maison
avaient cessé ; au dehors tout était également tranquille,
sauf lorsque aboyait par hasard un chien à large gueule, ou
lorsque le vent agitait les branches des arbres. Il regarda
mélancoliquement, de la fenêtre ouverte, chaque objet bien
connu qui gisait endormi à l'obscure lueur de la lune ; puis
se traînant vers le siége qu'il avait quitté, il pensa à l'al-
garade de la veille, tant qu'après y avoir pensé longtemps,
il lui sembla qu'un mois s'était écoulé depuis cette scène.
Tandis qu'il s'assoupissait, méditait, allait à la fenêtre
et regardait au dehors, la nuit se passa ; le vieux paravent
rébarbatif, les chaises et les tables ses contemporaines,
commencèrent lentement à se révéler dans leurs formes accoutumées ; le général aux yeux gris recommença à cligner
de l'œil, à bâiller, à se réveiller, et enfin, quand il fut
réveillé tout à fait, il se montra mal à son aise, transi de
froid et l'air hagard, à la triste lumière grisâtre du matin.

Le soleil perçait déjà au-dessus des arbres de la forêt; déjà s'étendaient à travers le brouillard onduleux de brillantes barres d'or, quand Joe jeta de la fenêtre sur le sol un petit paquet avec son fidèle bâton, et se prépara à descendre lui-même.

Ce n'était pas une tâche bien difficile, car il y avait là tout du long tant de saillies et tant de bouts de chevrons, que cela faisait presque un escalier rustique, d'où il ne restait plus à faire qu'un saut de quelques pieds pour être en bas.

Joe se trouva bientôt sur la terre ferme, son bâton à la main, son paquet sur l'épaule, et il leva les yeux pour regarder le vieux Maypole, peut-être pour la dernière fois.

Il ne l'apostropha pas d'un adieu solennel, comme aurait pu le faire un vétéran de rhétorique; il ne le maudit pas non plus, car il n'avait pas dans son cœur le moindre fiel contre quoi que ce fût au monde. Il éprouvait au contraire plus d'affection et de tendresse à son égard qu'il n'en avait jamais éprouvé dans toute sa vie. Il lui dit donc de tout son cœur : « Dieu vous bénisse! » comme souhait d'adieu, se détourna et s'éloigna.

Il se mit en route d'un bon pas. Il était plein de grandes pensées : il voulait être soldat, mourir dans quelque contrée étrangère où il y eût beaucoup de chaleur et beaucoup de sable, et laisser en mourant Dieu sait quelles richesses inouïes de ses parts de prise à Dolly, qui serait fort affectée lorsqu'elle viendrait à le savoir. Rempli de ces visions de jeune homme, quelquefois ardentes, quelquefois mélancoliques, mais qui avaient toujours la jeune fille pour point central, il poussa en avant avec vigueur, jusqu'à ce que le tapage de Londres retentit à ses oreilles, et que l'enseigne du *Lion Noir* se dressa à ses yeux.

Il n'était alors que huit heures, et le Lion Noir fut très-étonné en le voyant entrer les pieds couverts de poussière à cette heure matinale, et sans la jument grise encore, pour lui tenir au moins compagnie. Mais Joe ayant demandé qu'on lui servît à déjeuner le plus tôt possible, et ayant donné, quand le déjeuner eut été placé devant lui, d'incontestables témoignages d'un appétit excellent, le Lion lui fit comme de coutume un accueil hospitalier, et le traita avec ces mar-

ques de distinction auxquelles, à titre de pratique régulière
et de membre de la franc-maçonnerie du métier, il avait tous
les droits du monde.

Ce Lion ou cet aubergiste, car on appelait ainsi l'homme
du nom de la bête, pour avoir prescrit à l'artiste qui avait
peint son enseigne de mettre tout ce qu'il avait de talent
d'invention et d'exécution à faire passer, avec autant d'exac-
titude que possible, dans les traits du roi des animaux dont
elle portait l'effigie, une contrefaçon de sa propre figure, était
un gentleman presque égal par la promptitude de son intelligence et la subtilité de son esprit au puissant John lui-même.
Mais voici en quoi consistait entre eux la différence : c'est
que, tandis que l'extrême sagacité et l'extrême finesse de
M. Willet résultaient des efforts d'une nature spontanée, le
Lion semblait devoir la moitié de ses moyens à la bière,
dont il absorbait de si copieuses gorgées que la plupart de
ses facultés étaient complétement noyées et entraînées par
ce liquide, sauf une seule, la grande faculté du sommeil,
qu'il conservait à un degré de perfection surprenant. Le Lion
qui craquait au vent au-dessus de la porte de la taverne
était donc, à dire la vérité, un lion assoupi, apprivoisé, sans
vigueur ; et, comme ces représentants sociaux d'une classe
sauvage offrent habituellement un caractère conventionnel
(étant peints, en général, dans des attitudes impossibles et
avec des couleurs qui ne sont pas de ce monde), les plus
ignorants et les plus mal informés du voisinage croyaient
fréquemment voir en lui le portrait véritable de l'aubergiste
en costume officiel pour quelque grande cérémonie funèbre,
ou pour un deuil public.

« Quel est donc le gaillard qui fait tant de bruit dans la
salle voisine ? dit Joe, lorsqu'il eut déjeuné et qu'il se fut
levé et brossé.

— Un sergent recruteur, répliqua le Lion. »

Joe tressaillit involontairement. Il rencontrait là tout juste
l'objet de ses rêvasseries tout le long du chemin.

« Et je souhaiterais, dit le Lion, qu'il fût bien loin d'ici.
Ces gens-là et leur bande font beaucoup de bruit, mais ne
consomment guère. Des cris et du tapage, tant qu'on en veut ;
mais de l'argent, bonsoir. Votre père n'aime pas ces chalands-
là, je le sais. »

Peut-être ne les aimait-il guère, en effet, en aucune circonstance : mais peut-être, s'il eût pu savoir ce qui se passait en ce moment dans l'esprit de Joe, les eût-il moins aimés que jamais.

« Il recrute pour un ..., pour un beau régiment ? dit Joe en donnant un coup d'œil à un petit miroir rond suspendu dans le comptoir.

— Oui, je crois, répliqua l'hôte ; c'est à peu près la même chose, n'importe le régiment pour lequel il recrute. Je me suis laissé dire qu'il n'y a pas grande différence entre un bel homme et un autre, quand ils attrapent une balle dans le ventre.

— Tout le monde n'attrape pas une balle, dit Joe.

— Non, répondit le Lion, pas tout le monde, et ceux-là qui sont tués, en supposant que leur affaire soit bientôt faite, sont les plus heureux dans mon opinion.

— Ah ! riposta Joe, vous n'avez donc nul souci de la gloire ?

— Souci de quoi ? dit le Lion.

— De la gloire.

— Non, répliqua le Lion avec une suprême indifférence. Je n'en ai nul souci. Vous avez raison en cela, monsieur Willet. Quand la gloire viendra ici me demander quelque chose à boire, et me changera une guinée pour le payer, je le lui donnerai pour rien. Voyez-vous, monsieur, je crois qu'une auberge qui veut faire ses affaires fera aussi bien de prendre un lion noir pour enseigne que non pas « les armes de la gloire. »

Ces remarques n'étaient pas du tout encourageantes. Joe sortit du comptoir, s'arrêta à la porte de la salle voisine, et écouta. Le sergent décrivait la vie militaire. On ne faisait que boire, disait-il, excepté qu'il y avait de grands intervalles pour manger et faire l'amour. Une bataille était la plus belle chose du monde, quand votre côté la gagnait, et les Anglais gagnaient toujours.

« Supposons que vous seriez tué, monsieur ? dit une voix timide dans un coin.

— Eh bien, monsieur, supposons que vous le seriez, dit le sergent, qu'arrive-t-il alors ? Votre pays vous aime, monsieur ; S. M. le roi Georges III vous aime ; votre mémoire

est honorée, révérée, respectée ; tout le monde a de la tendresse pour vous, de la reconnaissance pour vous ; votre
nom est couché tout au long dans un livre au ministère de
la guerre. Dieu me damne, gentleman, ne devons-nous pas
tous mourir un jour ou l'autre, hein ? »

La voix toussa et ne dit plus rien.

Joe entra dans la salle. Une demi-douzaine de gars s'y
étaient réunis et groupés ; ils écoutaient d'une oreille avide.
L'un d'eux, un charretier en blouse, avait l'air d'hésiter encore, quoique disposé à s'enrôler. Le reste, qui n'était nullement disposé à en faire autant, le pressait vivement de
prendre ce parti (voilà bien les hommes !), appuyait les argu-
ments du sergent, et ricanait ensemble.

« Il n'y a pas besoin, mes amis, dit le sergent, qui était assis
un peu à l'écart, à boire sa liqueur, d'en dire bien long pour
des lurons résolus (ici il jeta un regard sur Joe), mais voilà
le vrai moment. Je ne veux pas vous enjôler. Le roi n'en est
pas réduit là, j'espère. Ce qu'il nous faut, ce n'est pas du
sang de navet, c'est un sang jeune et bouillant. Nous ne prenons point des hommes de pacotille. Il nous faut des gens
d'élite. Je ne viens pas vous compter des gausses d'écolier ;
mais, Dieu me damne, si je vous citais tous les fils de gentlemen qui servent dans notre corps, après quelques peccadilles
peut-être ou quelques castilles avec les papas.... »

Ici son regard se porta encore sur Joe, et avec tant de
bonhomie, que Joe lui fit signe de sortir. Il sortit tout de
suite.

« Vous êtes un gentleman, sacrebleu, lui dit-il d'abord en
lui donnant une claque sur le dos. Vous êtes un gentleman
déguisé, moi aussi ; jurons-nous amitié. »

Joe ne fit pas exactement comme cela, mais il lui donna
une poignée de main, et le remercia de sa bonne opinion.

« Vous désirez servir ? dit son nouvel ami. Vous servirez,
vous êtes fait pour le service. Vous êtes né pour être un des
nôtres. Que voulez-vous boire ?

— Rien pour le moment, répliqua Joe avec un faible sourire. Je ne suis pas encore tout à fait décidé.

— Un garçon plein d'ardeur comme vous, et qui n'est pas
décidé ! cria le sergent. Tenez ! laissez-moi sonner ; vous
serez décidé dans une demi-minute, j'en suis sûr.

— Vous êtes bien dans l'erreur, répliqua Joe : car, si vous
sonnez ici où je suis connu, vous allez faire évaporer en un
clin d'œil ma vocation militaire. Regardez-moi en face. Vous
me voyez bien, n'est-ce pas ?

— Si je vous vois ! répliqua le sergent avec un juron ; jamais plus beau garçon ni plus propre à servir son roi et son
pays n'a frappé mes.... yeux, ajouta-t-il en intercalant une
épithète de troupier.

— Je vous remercie, dit Joe, je ne vous ai pas demandé
cela pour avoir de vous un compliment, mais je vous remercie tout de même. Ai-je l'air d'un poltron ou d'un men-
teur ? »

Le sergent répondit avec beaucoup de protestations flatteuses
qu'il n'en avait pas l'air, et que si son propre père, à lui,
sergent, était là soutenant qu'il en avait l'air, il passerait de
bon cœur son épée au travers du corps du vieux gentleman,
et croirait faire un acte méritoire.

Joe lui exprima combien il lui était obligé et continua :

« Vous pouvez vous fier à moi, et compter sur ce que je
vous dis. Je crois que je m'enrôlerai ce soir dans votre régiment. Si je ne le fais pas maintenant, c'est que je n'ai pas besoin de prendre avant ce soir un engagement qui ne pourra
plus être rétracté. Où vous trouverai-je donc dans la
soirée ? »

Son ami répliqua avec quelque répugnance, et après
beaucoup d'inutiles instances pour régler immédiatement
l'affaire, que son quartier général était à *la Bûche Tortue*, dans
Tower-Street, où on le trouverait éveillé jusqu'à minuit, et
dormant jusqu'au lendemain à l'heure du déjeuner.

« Et si je vais vous rejoindre (il y a un million à parier
contre un que j'irai), quand m'emmènerez-vous de Londres ?
demanda Joe.

— Demain matin, à huit heures et demie, répliqua le sergent. Vous partirez pour l'étranger.... pour une contrée où
tout est soleil et pillage.... le plus beau climat du monde.

— Partir pour l'étranger, dit Joe en donnant une poignée
de main, c'est précisément ce que je souhaite. Vous pouvez
m'attendre.

— Vous êtes un des lurons qu'il nous faut, cria le sergent,
retenant la main de Joe dans l'excès de son enthousiasme.

Vous êtes un luron à faire vite votre chemin. Je ne dis pas
ça par jalousie ou parce que je voudrais diminuer en rien
l'honneur de vos succès; mais, si j'avais été élevé et instruit
comme vous, je serais à présent colonel.

— A d'autres, l'ami! dit Joe; je ne suis pas si nigaud que
vous croyez. Il y a nécessité quand le diable vous pousse, et
le diable qui me pousse, c'est une bourse vide et des contra-
riétés à la maison. Pour l'instant, adieu.

— Vivent le roi et le pays! cria le sergent en agitant son
drapeau.

— Vivent le pain et la viande!» cria Joe en faisant claquer
ses doigts. Et c'est ainsi qu'ils se séparèrent.

Il avait très-peu d'argent dans sa poche, si peu en vérité
que, après avoir payé son déjeuner (car il était trop honnête
et peut-être aussi trop fier pour laisser l'écot à la charge de
son père), il ne lui restait qu'un penny. Il eut néanmoins le
courage de résister à toutes les affectueuses importunités du
sergent, qui le conduisit jusqu'à la porte avec beaucoup de
protestations d'éternelle amitié et le pria en particulier de lui
faire la faveur d'accepter un seul et unique shilling d'avance
sur son engagement. Rejetant à la fois ses offres d'espèces
et de crédit, Joe s'en alla comme il était venu, avec son bâton et son paquet, déterminé à passer sa journée le mieux
qu'il pourrait, et à se rendre chez le serrurier le soir à la
brune; car il ne voulait pas après tout partir sans dire un
mot d'adieu à la charmante Dolly Varden.

Il sortit de Londres par Islington et poussa jusqu'à
Highgate; il s'assit sur bien des pierres, devant bien des
portes, mais il n'entendit pas les cloches lui dire de s'en
retourner. C'était bon du temps du noble Whittington, la
fine fleur des marchands; mais les cloches ont fini par avoir
moins de sympathie pour l'humanité. Elles ne sonnent que
pour de l'argent et dans des occasions solennelles. Le nombre
des émigrants s'est accru; des vaisseaux quittent la Tamise
pour de lointaines régions, n'ayant pas d'autre cargaison de
la poupe à la proue, et les cloches restent silencieuses;
elles ne sonnent plus ni supplications ni regrets; elles sont
accoutumées aux départs, et se sont faites aux usages du
monde.

Joe acheta un petit pain, et réduisit sa bourse (sauf une

différence) à la condition de la célèbre bourse de Fortunatus, laquelle contenait toujours la même somme, quels que fussent les besoins de son possesseur privilégié. Dans nos temps plus réalistes, où les fées sont mortes et enterrées, il y a encore une foule de bourses qui ont la même vertu. Le total qu'elles contiennent s'expriment en arithmétique par un cercle vicieux qu'on peut additionner ou multiplier par sa propre somme sans changer le résultat du problème, résultat clair et net s'il en fut jamais : $0 \times 0 = 0$.

Le soir arriva enfin. Avec le sentiment de désolation d'un homme qui n'avait ni feu ni lieu, et qui était complétement seul dans le monde pour la première fois, il se dirigea vers la maison du serrurier. Il avait différé jusqu'à cette heure, sachant que Mme Varden allait quelquefois seule, ou accompagnée seulement de Miggs, entendre des sermons du soir, et espérant ardemment que ce serait peut-être une de ses soirées de culture morale.

Il se promena deux ou trois fois de long en large devant la maison, de l'autre côté de la rue ; et, comme il revenait sur ses pas, il entrevit soudain une jupe qui flottait à la porte. C'était celle de Dolly ; à quelle autre pouvait-elle appartenir ? il n'y avait que sa robe pour avoir cette tournure. Il s'arma donc de tout son courage, et suivit la jupe dans l'atelier de la *Clef d'Or*.

Comme il boucha le jour de la porte en entrant, Dolly se retourna pour regarder. « Oh quelle figure ! ma foi je ne regrette pas, pensa Joe, d'être tombé sur ce pauvre Tom Cobb. Elle est vingt fois plus belle que jamais. Elle épouserait un lord qu'elle lui ferait honneur. »

Il ne le dit pas, il se contenta de le penser ; peut-être était-ce écrit aussi dans ses yeux. Dolly fut joyeuse de le voir ; mais, comme elle était si fâchée que son père et sa mère se trouvassent absents, Joe la supplia de ne point s'en tourmenter du tout.

Dolly hésitait à le conduire dans la salle à manger, car il y faisait presque noir ; en même temps elle hésitait à causer debout dans la boutique, où il faisait encore clair, et où l'on était vu de tous les passants. Ils étaient arrivés comme ça jusqu'à la petite forge, et Joe tenait la main de Dolly dans la sienne (il n'en avait pas le droit, car Dolly n'avait entendu lui

donner qu'une poignée de main), comme s'ils étaient là devant
quelque autel mythologique pour se marier, si bien que c'était
la position la plus embarrassante du monde.

« Je suis venu, dit Joe, vous dire adieu, vous dire adieu
je ne sais pour combien d'années ; peut-être pour toujours.
Je pars pour l'étranger. »

C'était précisément ce qu'il n'aurait pas dû dire. Il parlait
là comme un gentleman maître de sa personne, libre d'aller,
de venir, de courir le monde selon son bon plaisir, lorsque
le galant carrossier avait juré pas plus tard que la veille au
soir que Mlle Varden le retenait dans des chaînes adamantines,
lorsqu'il avait positivement déclaré en termes exprès qu'elle
le faisait mourir à petit feu, et que dans une quinzaine,
plus ou moins, il s'attendait à faire une fin décente et à laisser
son établissement à sa mère.

Dolly dégagea sa main et dit : « Vraiment ? » faisant observer, sans reprendre haleine qu'il faisait bien beau ce soir ;
bref, elle ne trahit pas plus d'émotion que l'enclume même
de la forge.

« Je n'ai pu partir, dit Joe, sans venir vous voir. Je n'en
avais pas le courage. »

Dolly témoigna qu'elle était bien fâchée qu'il eût pris tant
de peine. C'était une si longue course, et il devait avoir tant
de choses à faire ! Et comment allait M. Willet, ce bon vieux
gentleman ?

« Est-ce là tout ce que vous avez à me dire ? s'écria Joe.

— Tout ! Bonté divine ! Et sur quoi donc avait compté
ce garçon-là ? » Elle fut obligée de prendre son tablier d'une
main et de jeter les yeux sur l'ourlet d'un bout à l'autre, pour
s'empêcher de lui rire au nez ; car ce n'était pas un effet
de son trouble ou de sa stupéfaction. Oh ! pas du tout.

Joe avait peu d'expérience en affaires d'amour, et il n'avait
aucune idée de la manière dont les jeunes demoiselles varient
selon les temps. Il s'attendait à retrouver Dolly juste au point
où il l'avait laissée lors de ce délicieux voyage nocturne, et
il n'était pas plus préparé à un tel changement qu'à voir
le soleil et la lune changer de place. Il avait été soutenu toute
la journée par l'idée vague qu'elle lui dirait certainement :
« Ne partez pas, » ou : « Ne nous quittez pas, » ou : « Pourquoi
partez-vous ? » ou : « Pourquoi nous quittez-vous ? » ou qu'elle

lui donnerait quelque petit encouragement de ce genre ; il avait même admis comme possible qu'elle fondît en larmes, qu'elle se précipitât dans ses bras, ou qu'elle tombât en pamoison sans un mot, sans un signe au préalable : mais il avait été si loin de penser à rien qui approchât d'une pareille ligne de conduite, qu'il ne put que la regarder avec un silencieux étonnement.

Dolly cependant en revenait aux coins de son tablier, mesurait les côtés, effaçait les plis, et restait aussi silencieuse que lui-même. Enfin, après une longue pause, Joe lui dit au revoir !

« Au revoir ! dit Dolly, avec un sourire aussi agréable que s'il allait dans la rue voisine faire un tour avant de revenir souper ; au revoir !

— Voyons, dit Joe, en lui tendant ses deux mains, Dolly, chère Dolly, ne nous séparons pas comme cela. Je vous aime tendrement, de tout mon cœur et de toute mon âme, avec autant de sincérité et de sérieux que jamais homme aima une femme dans ce monde, je le crois. Je suis un pauvre garçon, comme vous savez, plus pauvre à présent que jamais, car j'ai fui de la maison paternelle, ne pouvant souffrir plus longtemps d'être traité de la sorte, et il faut que je fasse mon chemin sans aucune aide. Vous êtes belle, admirée, vous êtes aimée de chacun, vous êtes dans l'aisance et heureuse ; puissiez-vous toujours l'être ! Le ciel me préserve de compromettre votre bonheur ! mais dites-moi un mot de consolation. Je n'ai pas le droit de le réclamer de vous, je le sais ; mais je vous le demande parce que je vous aime, et que le moindre mot de vous sera pour un moi un trésor que je garderai chèrement pendant toute ma vie. Dolly, ma chère Dolly, n'avez-vous rien à me dire ?

— Non, rien. »

Dolly était coquette de sa nature, et de plus enfant gâté. Elle n'avait pas du tout envie qu'on vînt la prendre d'assaut de cette manière-là. Le carrossier aurait fondu en larmes, il se serait agenouillé, il se serait fait des reproches, il aurait crispé ses mains, frappé sa poitrine, serré sa cravate à s'étrangler, et fait toute sorte de poésie. Joe n'avait pas besoin d'aller à l'étranger. Il n'avait pas le droit d'en être capable ; et, puisqu'il était dans les chaînes adamantines, il ne pouvait plus disposer de lui.

« Je vous ai dit au revoir, dit Dolly, et encore deux fois. Otez
tout de suite votre bras, monsieur Joseph, ou j'appelle Miggs.

— Je ne vous ferai pas de reproches, répondit Joe, c'est
ma faute sans doute. J'ai cru quelquefois que vous ne me
méprisiez pas, mais c'était folie de ma part. Je dois être
méprisé de quiconque a vu la vie que j'ai menée, de vous plus
que de tous les autres. Que Dieu vous bénisse ! »

Il était parti, ma foi ! mais parti pour de bon. Dolly attendit un peu de temps, pensant qu'il allait revenir sur ses pas ;
elle se coula près de la porte, regarda dans la rue, à droite et
à gauche, autant que l'obscurité croissante le lui permit,
rentra dans la boutique, attendit encore un peu plus, monta
en fredonnant un air, s'enferma au verrou, laissa tomber sa
tête sur son lit, et pleura comme si son cœur eût voulu
éclater. Et cependant ces natures-là sont faites de tant de
contradictions, que si Joe Willet était revenu ce soir, le lendemain, la semaine suivante, le mois suivant, elle l'aurait
traité absolument de la même façon, quitte à pleurer encore
après, avec la même douleur.

Elle n'eut pas sitôt quitté la boutique qu'on aurait pu voir
surgir de derrière la cheminée de la forge une figure qui
était déjà sortie deux ou trois fois de ladite cachette, sans être
vue, et qui, après s'être assurée qu'il n'y avait personne, fut
suivie d'une jambe, d'une épaule, et ainsi graduellement,
jusqu'à ce que parut en son entier la forme bien accusée de
M. Tappertit, avec un bonnet de papier gris négligemment
enfoncé sur un des côtés de sa tête, et les deux poings fièrement plantés sur les hanches.

« Mes oreilles m'ont-elles trompé, dit l'apprenti, ou est-ce
que je rêve ? Dois-je te remercier, ô Fortune, ou te maudire ?
lequel des deux ? »

Il descendit gravement du lieu élevé qu'il occupait, prit son
morceau de miroir, le planta contre la muraille sur le banc
habituel, frisa sa tête, et regarda ses jambes avec attention.

« Si ce sont là des rêves, dit Sim en les caressant, je
souhaite aux sculpteurs d'en avoir de pareils et de les façonner
sur ce moule à leur réveil. Mais non, c'est bien une réalité.
Le sommeil ne vous fait pas des membres comme ceux-là.
Tremble, Willet, tremble de désespoir. Elle est à moi! Elle
est à moi! »

En achevant ces triomphantes paroles, il saisit un marteau
et en asséna un coup violent sur une vis qui représentait aux
yeux de son imagination la caboche ou la tête de Joseph
Willet. Cela fait, il poussa un long éclat de rire dont tressaillit
Mlle Miggs même dans sa lointaine cuisine ; et plongeant sa
tête dans un bol rempli d'eau, il eut recours à l'essuie-mains
placé en dedans de la porte du cabinet, et s'en servit à la fois
pour étouffer ses sentiments et sécher sa figure.

Joe, inconsolable et abattu, mais plein de courage pourtant,
en quittant la maison du serrurier, se dirigea de son mieux
vers la *Bûche Tortue*, et demanda là son ami le sergent. Celui-
ci, qui ne s'attendait guère à le voir, le reçut à bras ouverts.
Cinq minutes après son arrivée à cette taverne, il était enrôlé parmi les braves défenseurs de son pays natal ; et au bout
d'une demi-heure on le régalait à souper d'un plat fumant
de tripes bouillies aux oignons, préparé, comme le lui assura
plus d'une fois son nouvel ami, par l'ordre exprès de Sa
très-sacrée Majesté le roi. Ce mets lui sembla fort savoureux
après son long jeûne ; il y fit donc grand honneur, et quand
il l'eut accompagné des divers toasts d'un fidèle sujet envers
son prince et sa patrie, on le conduisit à une paillasse dans
un grenier à foin, au-dessus de l'écurie, et on l'y enferma pour
la nuit.

Le lendemain, grâce au soin obligeant de son martial ami,
il trouva son chapeau décoré de plusieurs rubans bigarrés qui
lui donnaient un air coquet. En compagnie de cet officier, et
de trois autres militaires nouvellement enrôlés, si bien en-
rubannés comme lui, que sous ce nuage flottant on ne pouvait
distinguer que trois souliers, une botte, et un habit et demi,
il alla vers le bord du fleuve. Là ils furent rejoints par un
caporal et quatre héros de plus, dont deux étaient ivres et
tapageurs, et les deux autres sobres et repentants, mais ayant
chacun, comme Joe, son bâton poudreux et son paquet au
bout. La société s'embarqua sur un bateau de passage en
destination pour Gravesend, d'où on devait aller pédestrement
à Chatham. Le vent les favorisait, et ils eurent bientôt laissé
Londres derrière eux ; ce n'était plus qu'un brouillard sombre,
le fantôme d'un géant dans les airs.

CHAPITRE XXXII.

Un malheur, dit le proverbe, ne vient jamais seul. On ne peut douter en effet que les tribulations ne soient excessivement collectives de leur nature, et qu'elles ne prennent plaisir à voler par bandes, pour aller de là se percher selon leur caprice sur la tête de quelque pauvre diable, jusqu'à ce qu'elles ne lui laissent plus sur le crâne un pouce de libre, sans faire seulement attention à d'autres qui offriraient à la plante de leurs pieds d'aussi bonnes places de repos, mais qu'elles s'obstinent à ne pas voir. Il arriva peut-être qu'une volée de tribulations planant sur Londres, et épiant Joseph Willet sans pouvoir le trouver, fondirent à tout hasard sur le premier jeune homme qui leur tomba sous la main, pour s'y abattre. Quoi qu'il en soit, il est positif que, le jour même du départ de Joe, un essaim de tribulations fit autour des oreilles d'Édouard Chester un tel bourdonnement, un tel tintamarre de ses ailes, qu'il en étourdit cette infortunée victime.

C'était le soir, il était juste huit heures, quand lui et son père, en face du vin et du dessert qu'on venait de placer devant eux, furent laissés seuls pour la première fois de la journée. Ils avaient dîné ensemble, mais une tierce personne avait été présente pendant tout le repas, et, jusqu'au moment où ils s'étaient rencontrés à table, ils ne s'étaient point vus depuis la soirée précédente.

Édouard était réservé et silencieux, M. Chester était plus gai que de coutume; mais ne se souciant pas, à ce qu'il semblait, d'engager la conversation avec quelqu'un d'une humeur si différente, il donnait cours à la légèreté de la sienne en sourires et en regards scintillants, sans faire d'ailleurs aucuns frais pour attirer l'attention de son fils. Ils restèrent ainsi quelque temps, le père étendu sur un sofa avec son air accoutumé de gracieuse négligence, le fils assis en face de lui, les yeux baissés, évidemment préoccupé de pensées et d'ennuis pénibles.

« Mon cher Édouard , dit enfin M. Chester avec un rire
des plus attrayants, n'étendez pas votre influence assou-
pissante jusque sur le carafon. Faites au moins circuler cela,
pour empêcher que votre humeur ne reste trop stagnante. »

Édouard s'excusa et lui passa le carafon; puis il retomba
dans son état de torpeur.

« Vous avez tort de ne pas remplir votre verre, dit
M. Chester en tenant le sien devant la lumière. Le vin pris
modérément, sans excès, car cela rend laid, a mille influences agréables. Il donne aux yeux plus de brillant, à la voix
plus d'éclat, aux pensées plus de vivacité, à la conversation
plus de piquant. Vous devriez en essayer, Ned.

— Ah! père, s'écria son fils, si....

— Mon bon garçon , interrompit précipitamment le père,
en mettant son verre sur la table et haussant ses sourcils
avec l'expression de physionomie d'un homme qui tressaille
d'horreur, au nom du ciel, ne m'appelez pas de ce nom antique et suranné. Ayez quelque égard pour la délicatesse.
Suis-je donc déjà tout gris, tout ridé, marché-je sur des bé-
quilles, ai-je perdu mes dents, que vous adoptiez une pareille
formule avec moi? Bon Dieu, quelle grossièreté!

— J'allais vous parler du fond de mon cœur, monsieur,
répondit Édouard, avec toute la confiance qui devrait exister
entre nous; et vous m'arrêtez tout court dès le début.

— Oh! de grâce , Ned , dit M. Chester en levant sa main
délicate comme pour implorer son fils, ne vous énoncez pas
de cette monstrueuse façon ; vous alliez me parler du fond de
votre cœur! Ne savez-vous point que le cœur est une partie in-
génieuse de notre mécanisme, le centre des vaisseaux san-
guins et de toutes les choses de ce genre, qui n'a pas plus
de rapports avec vos pensées et vos paroles que n'en ont
vos genoux? Comment pouvez-vous être si vulgaire et si ab-
surde ? On doit laisser ces allusions anatomiques aux gentlemen de la profession médicale. Elles ne sont réellement
pas agréables en société. Vous me surprenez tout à fait, Ned.

— Je sais bien que, selon vous, des cœurs blessés, des
cœurs consolés, des cœurs à ménager, ce sont toutes chimères. Je connais vos principes à cet égard, monsieur, et je
n'en parlerai plus, répliqua son fils.

— Voici encore, dit M. Chester en buvant son vin à petits

traits, que vous êtes dans l'erreur. Je dis nettement, au contraire, que ce ne sont point des chimères ; nous savons qu'il y en a. Les cœurs des animaux, des bœufs, des moutons et ainsi de suite, sont mis sur le feu et dévorés, à ce qu'on m'a dit, par la basse classe, avec un suprême délice. Des hommes sont quelquefois percés d'un coup de poignard au cœur, frappés d'une balle au cœur ; mais ces locutions : « du fond du cœur, » ou « jusqu'au cœur, » « cœur chaud et cœur froid, » ou « cœur brisé, » ou « qui est tout cœur, » ou « qui n'a pas de cœur, » peuh ! voilà ce que je dis qui n'a pas de sens, Ned.

— Sans doute, monsieur, répliqua son fils, voyant qu'il faisait une pause pour le laisser parler, sans doute.

— Voilà la nièce de Haredale, le dernier objet de vos feux, dit M. Chester, comme s'il prenait le premier exemple venu pour éclaircir sa pensée. Sans doute elle était tout cœur dans votre esprit jadis ; maintenant elle n'a plus du tout de cœur : pourtant c'est la même personne, Ned, exactement la même !

— C'est une personne qui a changé, monsieur, cria Édouard en rougissant, et changé, je le crains, par des influences odieuses.

— Vous avez reçu là un congé assez froid, n'est-ce pas ? Pauvre Ned ! je vous disais l'autre soir que cela vous arriverait. Puis-je vous demander le casse-noisettes ?

— Il faut qu'il y ait eu autour d'elle quelque machination ; elle a été trompée de la manière la plus perfide, cria Édouard en se levant de table. Je ne croirai jamais que la connaissance de ma véritable position, dont elle recevait de moi la confidence, ait pu produire ce changement. Je sais qu'elle est assiégée et torturée ; mais, quoique notre engagement soit fini et rompu sans ressource, quoique je l'accuse d'avoir manqué de fermeté, de fidélité envers elle-même comme envers moi, je ne crois pas et je ne croirai jamais qu'aucun motif sordide, ni son propre mouvement, sa volonté libre et spontanée, lui aient dicté cette conduite.... jamais.

— Vous me faites rougir, répliqua gaiement son père, de la folie de votre naturel où j'espère.... mais il est vrai qu'on ne se connaît jamais soi-même.... où j'espère ardemment qu'il n'y a nul reflet du mien. Quant à ce qui regarde cette jeune demoiselle, elle a agi très-naturellement et très-conve-

nablement, mon cher garçon; elle a fait ce que vous-même
vous aviez proposé de faire, à ce que m'apprend Haredale, et
ce que je vous avais prédit (il ne fallait pas pour cela grande
sagacité) qu'elle ferait indubitablement. Elle vous supposait
riche, ou du moins assez riche, et elle découvre que vous êtes
pauvre. Le mariage est un contrat civil; les gens se marient
pour améliorer leur condition en ce monde et pour y faire
figure. C'est une affaire de maison et d'ameublement, de
livrées, de domestiques, d'équipage, et ainsi de suite. La demoiselle étant pauvre, et vous aussi, tout est dit. Cela ne
vous regarde plus, et vous n'avez rien à voir dans cette cérémonie. Je bois à sa santé, je la respecte et l'honore à cause
de son extrême bon sens; elle vous donne là un bon exemple
à suivre. Remplissez votre verre, Ned.

— C'est un exemple, répliqua son fils, dont j'espère ne
jamais profiter; et, si l'expérience des années grave de pareilles leçons dans....

— N'allez pas dire dans le cœur, interrompit son père.

— Dans des esprits que le monde et son hypocrisie ont
gâtés, dit Édouard avec chaleur, le ciel me préserve de les
connaître!

— Allons, monsieur, répondit son père en se levant un
peu sur le sofa et regardant droit vers lui, en voilà bien
assez sur ce sujet. Rappelez-vous, s'il vous plaît, votre devoir, vos obligations morales, votre affection filiale, et toutes
les choses de ce genre auxquelles il est si délicieux et si
charmant de réfléchir, ou vous vous en repentirez.

— Je ne me repentirai jamais de conserver le respect de
moi-même, monsieur, dit Édouard. Pardonnez-moi si je vous
déclare que je ne le sacrifierai pas à votre commandement,
que je ne suivrai pas la route que vous voudriez me faire
prendre pour me rendre complice de la part secrète que vous
avez eue dans cette dernière séparation. »

Le père se leva encore un peu plus, et le regardant comme
par un sentiment de curiosité, pour voir s'il parlait sérieusement, il se laissa doucement glisser de nouveau en arrière, et
dit de la voix la plus calme, tout en croquant ses noisettes :

« Édouard, mon père eut un fils qui, étant fou comme
vous, et comme vous entretenant des sentiments de désobéis-
sance bas et vulgaires, fut déshérité et maudit un matin après

déjeuner. La circonstance se représente ce soir à mon esprit avec une précision singulière dans mes souvenirs. Je me rappelle encore que j'étais en train de manger des petits pains au beurre avec de la marmelade. Il mena une misérable vie (le fils, bien entendu), et mourut jeune ; ce fut bien heureux sous tous les rapports, car il ne faisait guère honneur à la famille. C'est une triste circonstance, Édouard, quand un père se trouve dans la nécessité de recourir à des mesures si extrêmes.

— Oui, sans doute, répliqua Édouard, et c'en est une fort triste aussi quand un fils, offrant à son père son amour et ses devoirs dans le sens le meilleur et le plus vrai, se trouve repoussé à tout propos, et forcé de désobéir. Cher père, ajouta-t-il d'un air plus sérieux encore, quoique d'un ton plus doux, j'ai souvent réfléchi sur ce qui se passa entre nous lorsque nous discutâmes ce sujet pour la première fois. Souffrez que nous ayons ensemble une explication confidentielle, mais je dis une explication franche et sincère. Écoutez ce que j'ai à vous dire.

— Comme je pressens ce qu'elle serait et que je ne peux manquer de le pressentir, Édouard, répondit froidement son père, je m'y refuse ; je ne saurais m'y prêter. Je suis sûr qu'elle me mettrait de mauvaise humeur, ce qui est une situation d'esprit que je ne peux pas endurer. Si vous vous proposez de faire obstacle à mes plans pour votre établissement dans la vie et pour la conservation de cette noblesse de race et de cet orgueil bienséant que notre famille a si longtemps soutenus ; en un mot, si vous êtes résolu de suivre la route que vous vous tracez, suivez-la et emportez avec vous ma malédiction. J'en suis très-fâché, mais il n'y a réellement pas d'alternative.

— La malédiction peut traverser vos lèvres, dit Édouard, mais ce ne sera qu'un vain souffle. Je ne crois pas qu'un homme ait le pouvoir ici-bas d'en attirer une sur son semblable, et surtout sur son propre enfant, pas plus que de faire tomber, par ses conjurations impies, une goutte d'eau ou un flocon de neige des nuages qui sont au-dessus de nous. Regardez-y à deux fois, monsieur.

— Vous êtes si irréligieux, si irrespectueux, si horriblement profane, répondit son père en se tournant vers lui avec

nonchalance et cassant une autre noisette, que je dois positivement vous interrompre ici. Il est tout à fait impossible
que notre entretien continue sur ce ton-là. Si vous voulez
bien sonner, le domestique va vous conduire jusqu'à la
porte. Ne revenez plus sous ce toit, je vous en prie. Allez,
monsieur, puisqu'il ne vous reste aucun sens moral, et allez
au diable, c'est ce que je vous souhaite. Bonjour. »

Édouard quitta la chambre sans un mot de plus, sans un
regard, et tourna le dos à la maison pour jamais.

Le visage du père rougit et s'échauffa légèrement; mais
il n'y eut pas la moindre altération dans ses manières lorsqu'il sonna derechef et dit à son domestique, quand il fut
entré :

« Peak, si ce gentleman qui vient de sortir....

— Pardon, monsieur; M. Édouard ?

— Y en avait-il donc ici plus d'un, balourd, que vous me
faites cette question ? Si ce gentleman envoyait prendre sa
garde-robe, vous la lui donneriez, vous entendez ? S'il se
présentait lui-même, n'importe quand, je n'y suis pas. Vous
le lui direz comme ça, et vous fermerez la porte. »

Ainsi l'on chuchota bientôt à la ronde que M. Chester était
très-malheureux d'avoir un fils qui lui causait beaucoup de
peine et de chagrin. Les bonnes gens qui l'entendirent et le
répétèrent s'émerveillèrent d'autant plus de son égalité
d'âme et de sa sérénité. « Quelle aimable nature il faut
avoir, disaient-ils, pour montrer tant de calme après tant
d'épreuves ! » Et, lorsqu'on prononçait le nom d'Édouard, la
société secouait la tête et mettait son doigt sur sa lèvre;
elle soupirait, elle prenait son air grave; et ceux qui avaient
des fils de l'âge de ce jeune homme, dans un accès de pieuse
colère et de vertueuse indignation, lui souhaitaient la mort,
comme une expiation due à la piété filiale. Et ce n'est pas
là ce qui empêcha le monde d'aller son petit train pendant
cinq ans dont cette histoire ne parle pas.

CHAPITRE XXXIII.

Un soir d'hiver, dans les premiers mois de l'an de Notre-Seigneur mil sept cent quatre-vingts, un vent perçant du nord s'éleva vers la brune, et, quand parut la nuit, le ciel était noir et affreux. Une violente tempête de grésil aigu, épais et froid comme la glace, balaya les rues humides et retentit sur les fenêtres tremblantes. Les enseignes, secouées sans pitié dans leurs cadres gémissants, tombèrent avec fracas sur le pavé; de vieilles cheminées branlantes vacillèrent et chancelèrent, comme un homme ivre, sous l'ouragan; et plus d'un clocher se balança cette nuit comme s'il y avait un tremblement de terre.

Ce n'était pas, pour ceux qui pouvaient se procurer chez eux du feu et de la chandelle, le moment de braver la furie de la tempête. Dans les meilleurs cafés, les habitués, réunis autour du feu, oubliaient la politique et se disaient les uns aux autres, avec une secrète joie, que le vent devenait plus terrible de minute en minute. Chaque humble taverne du bord de l'eau avait autour du foyer son groupe d'incultes personnages qui parlaient de vaisseaux sombrant en mer et d'équipages perdus, rapportaient mainte histoire de naufrage et d'hommes noyés, faisaient des vœux pour que quelques matelots de leur connaissance sortissent de là sains et saufs, et secouaient leur tête en signe de doute. Dans les maisons particulières, les enfants, en peloton près de la flamme de l'âtre, écoutaient les contes de fantômes et de lutins, de grandes figures vêtues de blanc qui venaient se tenir debout dans la ruelle du lit; de gens qui, étant allés dormir dans de vieilles églises et ayant échappé à la ronde du sacristain, s'étaient trouvés là tout seuls au fort de la nuit. Les pauvres petits frissonnaient en pensant aux chambres ténébreuses de l'étage supérieur; et cependant ils aimaient à entendre aussi le vent gémir, et ils espéraient bien qu'il allait continuer de souffler bravement. De temps en temps

ces bienheureux causeurs à l'abri s'arrêtaient pour écouter ;
ou bien l'un d'eux, levant le doigt, criait : « Chut ! » Et
alors, au-dessus du ronflement du vent dans la cheminée, du
clapotage de l'eau fouettée contre les vitres, on entendait un
bruit lamentable, impétueux, qui secouait les murs comme
d'une main de géant ; puis un rauque mugissement, comme
si la mer eût monté ; puis un tourbillon si tumultueux, que
l'air semblait en délire ; puis, avec un hurlement prolongé,
les vagues de vent passaient rapidement et laissaient l'intervalle d'un instant de repos.

Ce soir-là, bien qu'il n'y eût personne au dehors pour la
voir, il y avait grande illumination au Maypole. Comme cela
faisait bien sur le vieux rideau rouge de la fenêtre.... d'un
beau rouge vif écarlate, qui mêlait dans un riche courant
de splendeur le feu et la chandelle, les plats, les verres et
les convives, et qui brillait comme un œil jovial sur le
morne désert du dehors ! Au dedans, quel tapis comparable
à son sable craquant sous le pied ? Quelle musique aussi gaie
que ses bûches petillantes ? Quel parfum aussi suave que la
friande vapeur de sa cuisine ? Quelle température aussi féconde
que sa puissante chaleur ? Parlez-moi de la vieille maison
solide comme le roc ! Que le vent irrité s'acharne tant qu'il
voudra à rugir autour de son toit robuste ; qu'il s'essouffle,
si cela lui plaît, dans sa lutte avec les larges cheminées, ça ne
les empêchera pas de vomir de leurs gosiers hospitaliers de
grands nuages de fumée, et de les lui jeter par défi à la face.
Laissez-le s'épuiser à battre et secouer bruyamment les fenêtres. Plus il se montre jaloux d'éteindre ce joyeux éclat
qui l'offusque, et plus vous verrez la lueur briller et petiller,
animée par la lutte.

Et que dire aussi des profusions, des opulentes prodiga-
lités de cette splendide taverne ? Ce n'était pas assez qu'un
seul feu rugît et étincelât dans son spacieux foyer ; sur les
carreaux qui le pavaient tout autour, cinq cents feux brû-
laient en scintillant avec une égale clarté. Ce n'était pas
assez qu'un seul rideau rouge repoussât au dehors la nuit
farouche, et versât sa joyeuse influence sur la salle commune. Dans chaque couvercle de casserole, dans chaque
chandelier, dans chaque vase de cuivre, jaune ou rouge, ou
d'étain, suspendu aux murailles, il y avait d'innombrables

rideaux rouges, qui brillaient d'un éclat soudain à chaque
mouvement de la flamme, et offraient, n'importe où l'œil s'é-
garât, des perspectives sans borne de cette riche couleur. La
vieille boiserie en chêne, les poutres, les chaises, les siéges,
la reflétaient dans une faible lueur d'un ton foncé. Il y avait
des feux et des rideaux rouges jusque dans les yeux des bu-
veurs, dans leurs boutons, dans leur liqueur, dans les pipes
qu'ils fumaient.

M. Willet était assis à l'endroit qui avait été sa place accoutumée cinq ans auparavant, ses yeux fixés sur l'éternel
chaudron. Il était assis là depuis que l'horloge avait sonné
huit heures; il ne donnait pas d'autres signes de vie que de
respirer avec un ronflement sonore et continuel (quoiqu'il
fût très-éveillé), de porter de temps en temps son verre à
ses lèvres, de faire tomber les cendres de sa pipe et de la
bourrer de nouveau. Il était maintenant dix heures et demie.
M. Cobb et le long Phil Parkes étaient ses compagnons,
comme jadis, et, pendant deux mortelles heures et demie,
personne de la société n'avait prononcé un mot.

A force de s'asseoir ensemble à la même place et dans les
mêmes positions relatives, à force de faire exactement la
même chose durant un grand nombre d'années, serait-il vrai
que les gens finissent par acquérir un sixième sens, ou, à
son défaut, la faculté occulte de s'influencer les uns les autres
qui en tient lieu? c'est une question que je laisse à la philo-
sophie le soin de résoudre. Mais ce qu'il y a de certain, c'est
que le vieux John Willet, M. Parkes et M. Cobb, étaient tous
trois fermement convaincus qu'ils formaient un trio de jolis
lurons; qu'ils étaient plutôt des esprits d'élite qu'autre-
trement. Il est encore certain qu'ils se regardaient les
uns les autres de temps en temps, comme s'il y avait entre
eux un perpétuel échange d'idées; qu'aucun d'eux ne considérait nullement ni lui ni son voisin comme silencieux; et
que chacun d'eux, quand il rencontrait le regard d'un autre,
faisait un signe de tête affirmatif, comme pour lui dire : « Ce
que vous venez de dire là est parfait, monsieur; on ne pouvait pas mieux s'exprimer, et je suis tout à fait de votre
avis. »

La salle était si chaude, le tabac si délicieux, le feu si caressant, que M. Willet commença par degrés à s'assoupir;

mais comme il avait supérieurement acquis, par suite d'une
longue habitude, l'art de fumer dans son sommeil, et comme
sa respiration était presque la même, qu'il fût éveillé ou endormi, sauf que dans ce dernier cas il éprouvait quelquefois
une petite difficulté du genre de celle qu'un charpentier rencontre lorsque son rabot ou sa plane trouve un nœud sur
son chemin, aucun de ses camarades ne s'était aperçu de la
chose, jusqu'à ce qu'il rencontra un de ces obstacles et fut
obligé de s'y reprendre.

« Voilà Johnny parti, chuchota M. Parkes.
— Il ronfle comme un sabot, » dit M. Cobb.

Ils n'en dirent pas davantage jusqu'à ce que M. Willet arriva à un autre nœud, un nœud d'une dureté surprenante,
qui promettait de le jeter dans des convulsions, mais que,
par un effort tout à fait surhumain, il surmonta enfin sans
se réveiller.

« Il a le sommeil terriblement dur, » dit M. Cobb.

M. Parkes, qui était peut-être lui-même un dormeur de
première force, répliqua avec quelque dédain : « Ah bien
oui, joliment ! » et dirigea ses yeux vers une affiche collée
sur le manteau de la cheminée. Le haut de cette affiche avait
pour décoration une gravure sur bois, laquelle représentait
un jeune garçon d'un âge tendre, fuyant d'un pied leste et
portant un paquet au bout d'un bâton, et, pour aider à l'intelligence des spectateurs, un poteau avec une main et une
borne milliaire, à côté du fugitif. M. Cobb tourna également
ses yeux dans la même direction, et examina le placard
comme si c'était la première fois qu'il l'eût vu. Or ce
placard était un document que M. Willet lui-même avait
dicté lors de la disparition de son fils Joseph ; il y informait
la grande noblesse, la petite noblesse et le public en général,
des circonstances dans lesquelles son fils avait quitté la maison ; il dépeignait son costume et son extérieur ; et il offrait
une récompense de cinq livres sterling à la personne ou aux
personnes qui emballeraient le fugitif et le renverraient sain
et sauf au Maypole à Chigwell, ou qui le logeraient dans
quelqu'une des prisons de Sa Majesté jusqu'à ce que son
père eût le temps de venir le réclamer. Dans cet avertissement, M. Willet avait, d'une manière obstinée, en dépit des
avis et des prières de ses amis, persisté à dépeindre son fils

comme « un petit garçon; » bien plus, dans son signalement,
il lui donnait dix-huit pouces ou deux pieds de moins que sa
taille réelle. Cette double inexactitude suffisait pour expliquer peut-être l'unique résultat que l'affiche avait produit;
c'est-à-dire la transmission à Chigwell, en différentes fois et
avec des frais considérables, de quelque quarante-cinq vagabonds, dont l'âge variait de six à douze ans.

M. Cobb et M. Parkes regardaient donc d'un air mystérieux cette composition, puis ils se regardaient l'un l'autre,
puis ils regardaient le vieux John. Depuis le temps qu'il
l'avait collée de ses propres mains, M. Willet n'avait jamais,
soit par un mot, soit par un signe, fait allusion à ce sujet, ni
encouragé quelque autre à le faire. Personne n'avait la
moindre idée de ses pensées et de ses opinions à cet égard,
s'il s'en souvenait ou s'il l'avait oublié, s'il avait ou non
dans l'esprit qu'un semblable événement eût jamais eu lieu.
Aussi, même tandis qu'il dormait, personne ne se hasardait
à y faire allusion en sa présence; et voilà ce qui faisait que
ses amis de cœur étaient silencieux en ce moment.

M. Willet en était venu cependant à une telle complication
de nœuds, qu'évidemment de deux choses l'une, il allait se
réveiller ou mourir. Il opta pour la première alternative, et
ouvrit les yeux.

« S'il n'arrive pas d'ici à cinq minutes, dit John, je ferai
servir le souper sans lui. »

L'antécédent de ce pronom avait été mentionné pour la
dernière fois à huit heures. MM. Parkes et Cobb, accoutumés
à ce style de conversation intermittente, répliquèrent sans
difficulté qu'assurément Salomon était fort en retard, et
qu'ils s'étonnaient de ce qui pouvait le retenir.

« Il n'a pas été emporté par le vent, je suppose? dit Parkes, quoique le vent soit assez fort pour enlever un homme
de sa taille, et sans se gêner encore. Tenez! entendez-
vous? on dirait de la grosse artillerie. Il y aura bien du
fracas ce soir dans la forêt, et plus d'une branche brisée à
ramasser par terre demain matin.

— Il ne brisera toujours pas grand'chose au Maypole, je
vous en réponds, monsieur, répliqua le vieux John. Il n'a
qu'à essayer. Je lui en donne la permission. Qu'est-ce que
c'est que ça ?

— Le vent, cria Parkes. Il hurle comme un chrétien, il n'a fait que ça toute la soirée.

— Avez-vous jamais, monsieur, demanda John, après une minute de contemplation, entendu le vent dire : « Maypole ? »

— Eh mais, qui donc l'a jamais entendu ? dit Parkes.

— Ni : « Ohé ! » peut-être ? ajouta John.

— Non, pas davantage.

— Très-bien, monsieur, dit M. Willet sans la plus légère émotion. En ce cas, si c'était le vent, comme vous dites, que j'entendais tout à l'heure, et pour peu que vous veuillez vous donner la peine d'écouter un moment sans parler, vous allez voir comme il dit ces deux mots-là d'une manière très-distincte. »

M. Willet avait raison. Après avoir écouté quelques instants, ils purent entendre distinctement, par-dessus le tumulte rugissant du dehors, ce cri répété ; et cela d'une façon perçante et avec une énergie dénotant qu'il venait d'une personne en proie à une grande douleur ou à une grande terreur. Ils se regardèrent les uns les autres, pâlirent et retinrent leur haleine. Pas un ne bougea.

Ce fut dans cette conjoncture que M. Willet déploya quelque chose de la vigueur d'esprit et de la plénitude de ressources mentales qui lui attiraient l'admiration de tous ses amis et voisins. Après avoir regardé MM. Parkes et Cobb quelque temps en silence, il appliqua ses deux mains à ses joues, et poussa un rugissement qui fit danser les verres et résonner les chevrons ; un beuglement longtemps soutenu, discordant, qui, roulant avec le vent et faisant tressaillir chaque écho, rendit cette bruyante nuit cent fois plus tumultueuse ; un braiment profond, éclatant, formidable, qui retentit comme un gong humain. Puis, ayant toutes les veines de sa tête et de sa figure enflées par ce grand effort, et la pourpre la plus vive répandue sur son teint, il s'avança plus près du feu, et y tournant le dos, il dit avec dignité :

« Si ça peut réconforter quelqu'un, qu'il en profite ; si c'est inutile, j'en suis fâché pour lui. S'il plaît à l'un de vous deux de sortir et d'aller voir ce qui en est, vous le pouvez, messieurs. Je ne suis pas curieux pour ma part. »

Tandis qu'il parlait, le cri se rapprocha, se rapprocha, un bruit de pas se fit entendre sous la fenêtre, le loquet de la porte fut levé, elle s'ouvrit; on la referma violemment, et Salomon Daisy, avec sa lanterne allumée à la main et ses habits en désordre et ruisselants de pluie, se précipita dans la salle.

Il serait difficile d'imaginer une peinture plus exacte de la terreur que celle que présentait le petit bonhomme. Sa transpiration formait des perles sur sa figure, ses genoux claquaient l'un contre l'autre, chacun de ses membres tremblait, il avait perdu tout pouvoir d'articuler des mots; il était là debout, haletant, fixant sur eux des regards si livides, si plombés, qu'ils furent infectés de son effroi, bien qu'ils en ignorassent la cause, et que, reflétant son visage terrifié, frappé d'horreur, ils reculèrent ébahis, sans se risquer à lui faire la moindre question. Enfin le vieux John Willet, dans un accès de délire momentané, se jeta sur sa cravate, et, le saisissant par cette partie de son costume, le secoua de çà et de là, si bien que ses dents lui en claquaient dans la tête.

« Dites-nous tout de suite ce que vous avez, monsieur, cria John, ou je vous tue. Dites-nous ce que vous avez, ou je vous plonge à l'instant la tête dans le chaudron. Comment osez-vous prendre cet air-là? Y a-t-il quelqu'un qui vous poursuive? Dites quelque chose, ou je vous extermine, oui, je vous extermine. »

M. Willet, dans sa frénésie, fut si près de tenir sa parole à la lettre, car Salomon Daisy commençait déjà à rouler ses yeux d'une manière alarmante, et certains sons rauques, semblables à ceux d'un homme qui suffoque, sortaient déjà de sa gorge, que les deux spectateurs, qui avaient un peu recouvré leurs sens, lui arrachèrent de force sa victime, et placèrent le petit sacristain de Chigwell sur une chaise. Celui-ci, jetant un regard d'épouvante autour de la salle, les supplia d'une voix faible de lui donner quelque chose à boire; et surtout de fermer à clef la porte de la maison, et de mettre les barres aux volets, sans perdre un moment. La dernière requête n'était pas propre à rassurer ses auditeurs, ni à les remplir des sensations les plus réconfortantes. Ils firent néanmoins ce qu'il demandait, avec toute la célérité possible; et, après lui avoir servi une rasade de grog presque bouillant, ils attendirent le récit de ce qu'il pouvait avoir à leur apprendre.

« O Johnny, dit Salomon en le secouant par la main.
O Parkes! O Tommy Cobb! pourquoi ai-je quitté l'auberge
ce soir? le dix-neuf mars! le jour le plus terrible de l'année,
le dix-neuf mars! »

Ils se rapprochèrent tous du feu. Parkes, qui était le plus
près de la porte, tressaillit et regarda par-dessus son épaule.
M. Willet, avec une grande indignation, demanda ce que
diable il voulait dire par là; puis il dit : « Dieu me pardonne! » lança un coup d'œil de mépris par-dessus son
épaule, et se rapprocha de l'âtre tant soit peu.

« Lorsque je vous laissai ici ce soir, dit Salomon Daisy,
je ne songeais guère au quantième. Je n'étais jamais allé
seul dans l'église après la brune, à pareil jour, depuis vingt-
sept ans : car j'ai entendu dire que, comme nous fêtons nos
anniversaires de naissance durant notre vie, les fantômes des
morts qui sont mal à leur aise dans leurs tombeaux, fêtent
l'anniversaire de leur décès.... Comme le vent rugit! »

Personne ne dit mot. Tous les yeux étaient fixés sur Salomon.

« J'aurais dû reconnaître la date, ainsi que ce temps exé-
crable. Il n'y a pas dans tout le cours de l'année une nuit
pareille à cette nuit, il n'y en a pas. Jamais je ne dors tranquille dans mon lit le dix-neuf mars.

— Continuez, dit Tom Cobb à voix basse; ni moi non
plus. »

Salomon Daisy porta son verre à ses lèvres; il le remit
sur le carreau d'une main si tremblante que la cuiller tinta
dans le verre comme une clochette, et il continua ainsi :

« Ne vous disais-je pas bien que nous étions ramenés à ce
sujet de quelque étrange façon, à chaque anniversaire du dix-
neuf mars? Supposez-vous que ce soit par un simple hasard
que j'avais oublié de remonter l'horloge de l'église? Jamais
je ne l'oublie d'ordinaire, bien que cette sotte machine ait
besoin d'être remontée chaque jour. Pourquoi ma mémoire
serait-elle plus en défaut ce jour-là que tous les autres?

« J'y allai au sortir d'ici, avec autant de hâte que possible:
mais j'avais à passer d'abord à la maison pour prendre les
clefs; et, le vent et la pluie faisant rage contre moi tout le
long de la route, c'était tout ce que je pouvais faire que de
me tenir sur mes jambes. Enfin j'arrive, j'ouvre la porte et

j'entre. Je n'avais pas rencontré une âme tout le long de la route, jugez si c'était rassurant. Pas un de vous n'avait voulu me tenir compagnie, et, si vous aviez pu vous douter de ce qui allait advenir, vous aviez bien raison.

« Le vent était si violent, que c'est tout au plus si je pus fermer la porte de l'église en appuyant de tout mon poids ; et malgré ça, elle s'ouvrit toute grande deux fois avec une telle force, que chacun de vous aurait juré, en voyant la résistance qu'elle opposait à mes efforts, que quelqu'un poussait de l'autre côté. Je finis cependant par tourner la clef, j'entrai dans le beffroi, et je remontai l'horloge : il était temps, elle était presque au bout de son rouleau, et elle allait s'arrêter dans une demi-heure.

« Lorsque je pris ma lanterne pour quitter l'église, voilà que je me sens l'esprit frappé de l'idée que c'était le dix-neuf mars, mais frappé, là, comme d'un coup qu'une main robuste m'eût porté pour mieux me le faire entrer dans la tête ; au même moment, j'entendis une voix hors de la tour.... une voix qui s'élevait d'entre les tombeaux. »

Ici le vieux John interrompit précipitamment l'orateur, et pria M. Parkes, qui était assis en face de lui et regardait fixement par-dessus sa tête, s'il voyait quelque chose, d'avoir la bonté de le lui dire. M. Parkes s'excusa en déclarant qu'il ne voyait rien, que c'était seulement pour écouter. M. Willet riposta avec colère que sa façon d'écouter avec une pareille expression de physionomie n'était pas agréable, et que, s'il ne pouvait point regarder comme tout le monde, il ferait mieux de se couvrir la tête avec son mouchoir. M. Parkes, avec une grande soumission, promit de ne pas y manquer à sa première sommation, et John Willet, se tournant vers Salomon, le pria de continuer. Après avoir attendu qu'une violente bourrasque de vent et de pluie, qui semblait ébranler même cette solide maison jusqu'en ses fondements, fût passée, le petit homme obéit à sa requête.

« Et n'allez pas me dire que c'était un effet de mon imagination, ni que je pris un bruit pour un autre ! J'entendis le vent siffler à travers les arceaux de l'église. J'entendis le clocher crier en résistant. J'entendis la pluie qui venait battre contre les murs. Je sentis les cloches en branle. Je vis les cordes aller en haut et en bas. Et j'entendis cette voix.

— Que dit-elle? demanda Tom Cobb.

— Ma foi! je ne sais quoi; je ne sais pas même si c'étaient des paroles. Elle proféra une espèce de cri, comme chacun de nous en pousserait un, si quelque vision terrible le poursuivait en rêve ou venait l'assaillir à l'improviste; et puis ça s'évanouit dans l'air, ça sembla passer tout autour de l'église.

— Je ne vois pas que ce soit grand'chose, dit John en reprenant longuement haleine, et regardant autour de lui comme un homme qui se sent soulagé.

— Peut-être que non, répliqua son ami; mais ce n'est pas tout.

— Qu'est-ce que vous allez encore nous conter, monsieur? demanda John, en s'arrêtant au beau moment où il s'essuyait le front avec son tablier; qu'est-ce que vous allez encore nous chanter?

— Ce que j'ai vu!

— Vu! répétèrent-ils tous les trois en se penchant vers lui.

— Quand j'ouvris la porte de l'église pour sortir, dit le petit homme avec une expression de physionomie qui témoignait amplement de la sincérité de sa conviction, quand j'ouvris la porte de l'église pour sortir, ce que je fis brusquement, parce qu'il me fallait la refermer avant qu'un autre coup de vent vînt m'en empêcher, alors je me croisai, si près qu'en étendant mes doigts je l'aurais touché, avec quelque chose qui ressemblait à un homme. C'était nu-tête au milieu de l'ouragan! Ça tourna sa figure sans s'arrêter, et ça fixa ses yeux sur les miens! C'était un fantôme!... un esprit!...

— De qui? » crièrent-ils tous les trois en même temps.

Dans l'excès de son émotion, car il tomba en arrière tout tremblant sur sa chaise, et agita sa main comme s'il les conjurait de ne pas l'interroger davantage, sa réponse fut perdue pour tous, excepté pour le vieux John Willet, qui se trouvait assis près du sacristain.

« Qui donc? crièrent Parkes et Tom Cobb, en regardant avec ardeur Salomon Daisy et M. Willet tour à tour. Qui donc était-ce?...

— Messieurs, dit M. Willet après une longue pause, vous n'avez pas besoin de le demander. L'image d'un homme assassiné! C'est le dix-neuf mars! »

Un profond silence s'ensuivit.

« Si vous voulez m'en croire, dit John, nous ferons bien, tous tant que nous sommes, de tenir ça secret. De pareilles histoires ne seraient pas fort goûtées à la Garenne. Gardons ça pour nous, quant à présent, ou nous pourrions nous attirer quelque désagrément, et Salomon pourrait perdre sa place. Que la chose soit réellement comme il le dit, ou qu'elle ne le soit pas, peu importe. Qu'il ait raison ou qu'il ait tort, personne ne voudra le croire. Quant aux probabilités, je ne pense pas, pour ma part, dit M. Willet, en regardant les coins de la salle d'une manière qui dénotait que, comme quelques autres philosophes, il n'était pas parfaitement rassuré sur sa théorie, qu'un fantôme qui aurait été un homme sensé pendant sa vie, irait se promener par un pareil temps; ce que je sais seulement, c'est que ce n'est pas moi qui m'en aviserais à sa place. »

Mais cette doctrine hérétique rencontra une forte opposition chez les trois autres camarades, qui citèrent un grand nombre de précédents pour montrer que le mauvais temps était précisément le temps propice aux apparitions de ce genre; et M. Parkes (qui avait eu un fantôme dans sa famille, du côté maternel) argumenta sur le sujet avec tant d'esprit et une telle vigueur de raisonnement, que John aurait été obligé de se rétracter piteusement, si l'on n'avait pas apporté à point le souper, auquel ils s'appliquèrent avec un appétit effrayant. Salomon Daisy lui-même, grâce aux influences exhilarantes du feu, des lumières, de l'eau-de-vie et de la bonne compagnie, recouvra ses sens au point de manier son couteau et sa fourchette d'une façon qui lui fit beaucoup d'honneur, et de déployer pour boire comme pour manger une capacité si remarquable, qu'elle dissipa toutes les craintes qu'on aurait pu concevoir pour lui de la peur qu'il avait eue.

Le souper terminé, ils se rassemblèrent encore autour du feu, et, conformément à l'usage en de telles circonstances, ils mirent en avant toutes sortes de questions majeures qui ne faisaient qu'ajouter à l'horreur de cette histoire merveilleuse. Mais Salomon Daisy, nonobstant ces tentations de l'incrédulité, se montra si ferme dans sa foi, et répéta si souvent son récit avec de si légères variantes et avec de si solen-

nelles protestations de la vérité de ce qu'il avait vu de ses
yeux, que ses auditeurs furent à bon droit plus étonnés encore que la première fois. Comme il adopta les vues de John
Willet relativement à la prudence qu'il y aurait à ne pas
ébruiter cette histoire au dehors, à moins que le fantôme ne lui
apparût derechef, auquel cas il serait nécessaire de demander
immédiatement conseil à M. le curé, résolution solennelle
fut prise de garder le silence et de se tenir tranquille. Et,
comme la plupart des hommes ne sont pas fâchés d'avoir un
secret à dire qui puisse rehausser leur importance, ils arrivèrent à cette conclusion avec une parfaite unanimité.

Cependant il s'était fait tard; l'heure habituelle de leur
séparation était passée depuis longtemps; les compères se
dirent adieu pour aller se coucher. Salomon Daisy, avec une
chandelle neuve dans sa lanterne, regagna son logis sous
l'escorte du long Phil Parkes et de M. Cobb, qui étaient un
peu moins émus que lui. M. Willet, après les avoir conduits
à la porte, retourna recueillir ses pensées avec l'assistance
du chaudron, tout en écoutant la tempête de vent et de
pluie, qui n'avait rien rabattu de sa rage et de sa furie.

CHAPITRE XXXIV.

Il n'y avait pas plus de vingt minutes que le vieux John
considérait le chaudron, quand il concentra ses idées sur un
point unique, en leur donnant pour objet l'histoire de Salomon Daisy. Plus il y pensa, plus il devint pénétré du sentiment de sa propre sagesse et du désir de faire partager à
M. Haredale le même sentiment. A la fin, résolu à jouer en
cette affaire un rôle principal, un rôle de la plus haute importance; voulant d'ailleurs devancer Salomon et ses deux
amis, qui ne manqueraient pas d'aller ébruiter l'aventure,
considérablement augmentée, en la confiant au moins à une
vingtaine de gens discrets comme eux, et très-vraisembla-
blement à M. Haredale lui-même, le lendemain, à l'heure de

son déjeuner; il se détermina à se rendre à la Garenne, avant d'aller au lit.

« C'est mon propriétaire, pensa John, tandis que prenant une chandelle, et la fixant dans un coin hors de l'atteinte du vent, il ouvrait, sur le derrière de la maison, une fenêtre qui regardait les écuries. Nous n'avons pas eu durant ces dernières années d'aussi fréquentes relations que celles dont nous eûmes jadis l'habitude. Des changements vont avoir lieu dans la famille. Il est à désirer que je sois avec eux, au point de vue de ma dignité, aussi bien que possible. Les chuchotements qu'on fera ici de cette histoire le mettront en colère. Il est bon d'être sur un pied de confiance avec un gentleman de son caractère, et de se mettre bien dans son esprit. Holà, ho! Hugh! Hugh! Holà, ho! »

Quand il eut répété ce cri une douzaine de fois, et réveillé en sursaut tous ses pigeons, une porte s'ouvrit dans l'un des vieux bâtiments en ruine, et une voix rude demanda ce qu'il y avait de nouveau, pour qu'on ne pût pas seulement dormir tranquille pendant la nuit.

« Quoi! Ne dormez-vous pas assez, chien hargneux, pour qu'on puisse vous réveiller une fois par hasard? dit John.

— Non, répliqua la voix, tandis que l'orateur bâillait et se secouait. Je ne dors pas la moitié de ce qu'il me faudrait de sommeil.

— Je ne sais pas comment vous pouvez dormir lorsque le vent beugle et rugit autour de vous, et fait voler les tuiles comme un paquet de cartes, dit John; mais peu importe. Enveloppez-vous d'une chose quelconque, et venez ici, car il vous faut aller à la Garenne avec moi. Et tâchez d'être plus vif que ça. »

Hugh, après avoir beaucoup grogné et marmotté, rentra dans sa bauge et reparut bientôt, apportant une lanterne et un gourdin, et enveloppé de la tête aux pieds d'une vieille et sale couverture de cheval rabattue sur sa figure. M. Willet reçut ce personnage à la porte de derrière, et l'introduisit dans la salle, tandis qu'il s'enveloppait lui-même d'une foule de pardessus et de capes, et qu'il liait et nouait tellement sa figure avec des châles et des foulards, que sa respiration était un mystère.

« Vous n'emmènerez pas un homme dehors à près de mi-

nuit par un temps pareil, sans lui mettre un peu de cœur
au ventre, n'est-ce pas, maître ? dit Hugh.

— Si fait, monsieur, répliqua John ; je lui mettrai du cœur
au ventre (comme vous appelez ça), lorsqu'il m'aura ramené
sain et sauf à la maison, et qu'il y aura moins de danger,
pour la solidité de ses jambes, à lui verser à boire. Ainsi,
levez la lumière, s'il vous plaît, et allez un pas ou deux en
avant, pour me montrer le chemin. »

Hugh obéit d'assez mauvaise grâce, et en jetant sur les
bouteilles un regard d'impatient désir. Le vieux John, après
avoir strictement enjoint à sa cuisinière de tenir la porte
fermée à clef en son absence, et de n'ouvrir qu'à lui sous
peine de renvoi, suivit Hugh, dehors dans le tumulte de l'air
et l'obscurité du ciel.

Le chemin était si détrempé et si affreux, la nuit était si
noire, que, si M. Willet eût été son propre pilote, il se fût
jeté dans un profond abreuvoir à quelques centaines de pas
de sa maison, et aurait certainement terminé sa carrière
dans cette ignoble sphère d'activité. Mais Hugh, qui avait
la vue perçante d'un faucon, et qui, en outre de ce don naturel, était capable de trouver son chemin, les yeux bandés,
dans n'importe quelle direction, à une distance de douze
milles, traîna le vieux John à la remorque, se montrant tout
à fait sourd à ses remontrances, et se dirigea d'après ses
idées personnelles, sans consulter le moins du monde, sans
écouter seulement celles de son maître. Tous deux tinrent
ainsi tête au vent le mieux possible ; Hugh écrasant sous ses
pieds lourds l'herbe trempée, et marchant comme à l'ordinaire d'un air sauvage et fanfaron ; John Willet le suivant à
une longueur de bras, choisissant où poser ses pieds, et regardant autour de lui s'il n'y avait pas des fossés ou des
fondrières, ou s'il ne s'y trouvait pas des revenants égarés qui cherchaient leur chemin, témoignant enfin autant
d'effroi et d'inquiétude que sa figure immuable pouvait en
exprimer.

Ils finirent par être sur la grande avenue sablée devant la
Garenne. Le bâtiment était profondément sombre ; il n'y
avait personne qui remuât près de là qu'eux-mêmes. Toutefois, de la chambre solitaire d'une tourelle s'échappait un
rayon de lumière. Ce fut vers ce point lumineux, le seul

qui égayât cette scène froide, triste et silencieuse, que
M. Willet ordonna à son pilote de le conduire.

« La vieille chambre, dit John en levant un regard timide;
l'appartement même de M. Reuben, Dieu nous assiste! Je
m'étonne que son frère aime à s'y tenir, à une heure si
avancée de la nuit, et de cette nuit surtout.

— Eh mais, pourquoi se tiendrait-il ailleurs? demanda
Hugh en plaçant la lanterne contre sa poitrine pour l'abriter du vent, tandis qu'il mouchait la chandelle avec ses
doigts. Est-ce qu'elle n'est pas bien gentille, cette petite
chambre?

— Gentille! dit John d'un air indigné. En vérité, monsieur, vous avez une confortable idée de la gentillesse. Savez-vous ce qui s'est fait dans cette chambre, scélérat?

— Eh mais, elle n'en est pas pire pour ça! cria Hugh en
regardant fixement la grasse figure de John. Est-ce qu'elle
en garantit moins de la pluie, de la neige et du vent? Est-
elle moins chaude ou moins sèche parce qu'un homme y a
été tué? Ha, ha, ha! vous ne le croyez pas, n'est-ce pas,
maître? Un homme de plus ou de moins, il n'y a pas là de
quoi changer les choses. »

M. Willet fixa ses yeux stupides sur son acolyte, et commença, par une espèce d'inspiration, à penser qu'il était
véritablement fort possible que Hugh fût quelqu'un de dangereux, et qu'il y aurait peut-être sagesse à s'en débarrasser
un de ces jours. Mais il était aussi trop prudent pour dire
la moindre chose avant d'être de retour au logis. Il alla
donc à la grille devant laquelle avait eu lieu ce court dialogue, et il tira la sonnette, dont le cordon pendait à côté. La
tourelle où l'on apercevait la lumière se trouvant à l'un des
coins du bâtiment, et n'étant séparée de l'avenue que par
une des allées du jardin, sur laquelle donnait cette grille,
M. Haredale ouvrit aussitôt la fenêtre et demanda qui
était là.

« Pardon, monsieur, dit John; je savais que vous ne vous
couchiez pas de bonne heure, et j'ai pris la liberté de venir,
parce que j'avais un mot à vous communiquer.

— Willet, n'est-ce pas?

— Du Maypole, à votre service, monsieur. »

M. Haredale ferma la fenêtre et se retira. Il reparut bientôt à la porte au bas de la tourelle, et, traversant l'allée du jardin, il leur ouvrit la grille.

« Vous venez tard chez les gens, Willet. De quoi s'agit-il?

— De moins que rien, monsieur, dit John; c'est une histoire insignifiante, dont j'ai pensé cependant que je devais vous instruire. Voilà tout.

— Que votre domestique aille devant avec la lanterne, et donnez-moi votre main. L'escalier est tortueux et étroit. Doucement avec votre lanterne, l'ami. Vous la balancez comme un encensoir. »

Hugh, qui avait atteint déjà la tourelle, cessa d'agiter le falot et monta le premier, se tournant de temps en temps pour répandre en bas sa lumière sur les degrés. M. Haredale venait après lui, et observait son visage sombre d'un œil peu favorable; Hugh répondait d'en haut à cet examen en lui rendant avec usure ses regards antipathiques, tandis que tous trois gravissaient l'escalier en spirale.

L'ascension eut pour terme une petite antichambre attenant à la pièce où les nouveaux venus avaient vu de la lumière. M. Haredale entra le premier, les mena à travers cette pièce jusqu'à celle du fond, et là, s'assit à un bureau d'où il s'était levé lorsqu'on avait tiré la sonnette.

« Entrez, dit-il en faisant signe au vieux John, qui restait à la porte et s'inclinait. Pas vous, l'ami, ajouta-t-il avec précipitation en s'adressant à Hugh, qui entrait comme son maître. Willet, pourquoi amenez-vous ici ce garçon?

— Eh mais, monsieur, répondit John, haussant les sourcils et abaissant la voix au diapason de la demande qui lui était faite, c'est un camarade solide, comme vous voyez, pour tenir compagnie la nuit.

— Ne vous y fiez pas trop, dit M. Haredale en portant ses yeux vers Hugh. Moi, je n'y aurais pas confiance. Il a l'œil mauvais.

— Il n'y a pas beaucoup d'imagination dans son œil, répliqua M. Willet en lançant un regard par-dessus son épaule à l'organe en question; ça, c'est certain.

— Il n'y a rien de bon, soyez-en sûr, dit M. Haredale. Attendez dans la petite pièce, l'ami, et fermez la porte entre nous. »

Hugh haussa les épaules, et, d'un air dédaigneux qui mon-

trait ou qu'il avait entendu de loin, ou qu'il devinait le sens
de leur chuchotement mystérieux, fit ce qu'on lui comman-
dait. Lorsqu'il se.fut séparé d'eux en fermant la porte,
M. Haredale se tourna vers John, et l'invita à dire ce qu'il
voulait lui communiquer, mais à ne pas le dire trop haut,
parce qu'il y avait de fines oreilles de l'autre côté.

Ainsi dûment averti, M. Willet raconta tout bas, tout bas,
ce qu'il avait entendu dire, ce qu'il avait dit lui-même pendant la soirée; appuyant particulièrement sur sa sagacité
personnelle, sur son grand respect pour la famille, et sur sa
sollicitude pour la paix de leur esprit et leur bonheur.
L'histoire émut son auditeur beaucoup plus que John ne s'y
était attendu. M. Haredale changea souvent d'attitude, se
leva, marcha dans la chambre, revint s'asseoir, le pria de
répéter, aussi exactement que possible, les propres mots
dont s'était servi Salomon, et donna tant d'autres signes de
trouble et de malaise, que M. Willet lui-même en fut surpris.

« Vous avez bien fait, dit-il en finissant cette longue
conversation, de les engager à tenir secrète une pareille
histoire. C'est une folle imagination, née dans le faible cerveau d'un homme nourri de craintes superstitieuses. Mais
Mlle Haredale, malgré tout, serait troublée par ce conte,
s'il arrivait à ses oreilles; cela se rattache de trop près à
un sujet qui nous navre tous, pour qu'elle en entendît
parler avec indifférence. Vous avez été très-prudent, et je
vous ai une extrême obligation. Je vous en remercie beaucoup. »

Ce remercîment répondait aux plus ardentes espérances
de John; il eût toutefois mieux aimé voir M. Haredale le
regarder en lui parlant, comme si réellement il le remer-
ciait, que de le voir se promener de long en large, parler d'un
ton brusque et saccadé, s'arrêtant souvent pour fixer les
yeux sur le parquet, s'élançant de nouveau dans sa chambre
comme un fou, presque sans avoir l'air de savoir ce qu'il
disait ni ce qu'il faisait.

Telle fut cependant son attitude pendant cette communication, et John en était si embarrassé, qu'il resta longtemps
assis tout à fait comme un spectateur passif, sans savoir
quel parti prendre. A la fin il se leva. M. Haredale fixa sur

lui son regard étonné pendant un moment, comme s'il eût tout à fait oublié sa présence, lui donna une poignée de main, et ouvrit la porte. Hugh, qui était ou feignait d'être fort endormi sur le plancher de l'antichambre, bondit sur ses pieds quand ils entrèrent, et, jetant autour de lui son manteau, il empoigna son bâton et sa lanterne, et se prépara à descendre l'escalier.

« Attendez, dit M. Haredale, cet homme boira peut-être bien un coup.

— Boire! Il boirait la Tamise, monsieur, si ce n'était pas de l'eau, répliqua John Willet. Il aura quelque chose quand nous serons rentrés au logis. Il vaut mieux qu'il n'en ait pas avant, monsieur.

— Là! voyez! la moitié de la distance est faite, dit Hugh. Quel rude maître vous êtes! Je n'en irai que mieux au logis, si je bois un bon verre à mi-route. Allons, un coup à boire! »

Comme John ne riposta pas, M. Haredale apporta un verre de liqueur et le donna à Hugh, qui, en le prenant dans sa main, en répandit une partie sur le plancher.

« A quoi pensez-vous, monsieur, d'éclabousser ainsi avec votre boisson la maison d'un gentleman? dit John.

— Je porte un toast, répliqua Hugh, levant le verre au-dessus de sa tête, et fixant ses yeux sur le visage de M. Haredale, un toast à cette maison et à son maître. »

Il marmotta ensuite quelque chose pour lui seul, but le reste du liquide, et, replaçant le verre, les précéda sans ajouter un mot.

John fut grandement scandalisé de cet hommage; mais, voyant que M. Haredale s'occupait peu de ce que Hugh pouvait dire ou faire, et que sa pensée était ailleurs, il se dispensa de lui présenter des excuses; il descendit en silence l'escalier, traversa l'allée du jardin et franchit la grille. Il s'arrêta du côté extérieur pour que Hugh éclairât M. Haredale, tandis que celui-ci fermait en dedans. John vit alors avec étonnement (comme il le raconta maintes fois par la suite) qu'il était très-pâle, et que sa figure avait tellement changé depuis leur entrée, et que ses yeux étaient devenus si hagards qu'il semblait presque un autre homme.

Ils furent bientôt sur la grande route. John Willet marchait derrière son escorte, ainsi qu'en allant à la Garenne, et

pensait très-posément à ce qu'il avait vu tout à l'heure.
Soudain Hugh le tira de côté, et presque au même instant
trois cavaliers passèrent au galop; il était temps, car le
plus proche lui rasa l'épaule. Ces cavaliers, arrêtant leurs
chevaux tout court, restèrent immobiles et attendirent que
les deux piétons fussent arrivés près d'eux.

CHAPITRE XXXV.

Quand John Willet vit les cavaliers faire vivement volte-
face et se mettre tous les trois de front sur la route étroite,
attendant qu'il les eût rejoints avec son domestique, il lui
vint à l'idée avec une précipitation insolite que ce devaient
être des voleurs de grand chemin. Si Hugh eût été armé
d'une espingole, au lieu de son solide gourdin, il lui aurait
certainement ordonné de faire feu à tout hasard, et, pendant
que celui-ci eût exécuté le commandement, notre homme
eût avisé à sa sûreté personnelle en prenant aussitôt la
fuite. Mais, dans les circonstances désavantageuses où lui et
son garde du corps étaient placés, il jugea prudent d'adop-
ter un autre genre de tactique. C'est pourquoi il chuchota à
son acolyte de leur adresser la parole dans les termes les plus
pacifiques et les plus courtois. Par manière d'agir conformément à l'esprit et à la lettre de cette instruction, Hugh s'avança
et, faisant le moulinet avec son bâton devant les yeux mêmes
du cavalier le plus proche de lui, il lui demanda dans quel
dessein il venait avec ses compagnons galoper ainsi presque
sur eux, battant le pavé du roi à cette heure indue.

L'homme à qui il s'était adressé commençait une réplique
pleine de colère et dans le même style, lorsqu'il fut arrêté
par le cavalier du centre, qui, s'interposant avec un air d'autorité, dit d'une voix un peu haute, mais qui n'avait rien de
rude ni de désagréable :

« Pourriez-vous nous dire, je vous prie, si c'est bien là la
route de Londres?

— Si vous la suivez en droite ligne ; c'est elle, répondit Hugh avec rudesse.

—Eh ! camarade, dit la même personne, vous n'êtes qu'un Anglais grossier, si vous êtes un Anglais, ce dont je douterais fort sans la langue que vous parlez. Votre compagnon, j'en suis sûr, me répondra plus civilement. Qu'en dites-vous, l'ami?

—Je dis, monsieur, que *c'est* la route de Londres, répondit John. Et je souhaiterais, ajouta-t-il à voix basse en se tournant vers Hugh, que vous fussiez sur quelque autre route, vous, chien de vagabond. Êtes-vous las de vivre, monsieur, pour aller provoquer trois grands vauriens, trois gibiers de potence qui pourraient fondre sur nous, par devant et par derrière, jusqu'à ce qu'ils nous eussent mis à mort, et puis prendre nos corps en croupe pour aller nous noyer à dix milles d'ici?

—A quelle distance est Londres? demanda le même cavalier.

— Eh mais, il y a d'ici, monsieur, répondit John, cinq petites lieues. »

Cette locution adoucissante était jetée là pour exciter les voyageurs à s'éloigner en toute hâte; mais, au lieu de produire l'effet desiré, elle fit jaillir des lèvres du questionneur une exclamation toute contraire.

« Cinq lieues ! c'est une longue distance ! »

Et cette observation fut suivie d'une courte pause d'indécision.

« Dites-moi, je vous prie, dit le gentleman, y a-t-il des auberges par ici? »

A ce mot d'auberges, John recueillit son courage d'une manière surprenante; ses craintes s'envolèrent comme la fumée ; tout l'aubergiste se réveilla en lui.

« Des auberges? non, répondit M. Willet en mettant un fort accent oratoire sur le nombre pluriel; mais il y a une auberge.... une auberge unique.... l'auberge du *Maypole*. C'est ce qu'on peut appeler une auberge. Vous ne verrez pas souvent une auberge comme celle-là.

—C'est vous qui la tenez peut-être? dit le cavalier en souriant.

—C'est moi qui la tiens, monsieur, répliqua John, grandement étonné que l'autre eût fait cette découverte.

— Et quelle est la distance d'ici au Maypole?

— Environ un mille. »

John allait ajouter que c'était un tout petit mille, le plus
petit du monde, quand le troisième cavalier, qui jusqu'alors
était resté un peu à l'arrière-garde, l'interrompit soudain.

« Et avez-vous un excellent lit, aubergiste? Hein ! un lit
que vous puissiez recommander.... un lit dont vous soyez
sûr que les draps soient bien secs.... un lit où ait couché quelque personnage d'un caractère respectable et irréprochable?

— D'abord, nous ne recevons pas, monsieur, de racaille
ni de canaille chez nous, répondit John. Et quant au lit lui-
même....

— Dites quant aux trois lits, répliqua en l'interrompant le
gentleman qui avait parlé le premier, car il nous en faut
trois si nous descendons chez vous, quoique mon ami n'ait
parlé que d'un.

— Non, non, milord ; vous êtes trop bon, vous êtes trop
bienveillant ; mais votre vie importe beaucoup trop à la na-
tion, dans ces temps sinistres, pour être placée au même
niveau qu'une vie aussi inutile et aussi chétive que la mienne.
Une grande cause, milord, une cause puissante dépend de
vous. Vous êtes son guide et son champion, sa sentinelle et
son avant-garde. C'est la cause de nos autels et de nos
foyers, de notre pays et de notre foi. Souffrez que je dorme,
moi, sur une chaise.... sur le tapis.... n'importe où. Personne ne s'inquiétera si j'attrape un rhume ou la fièvre.
Laissez John Grueby passer la nuit à la belle étoile.... Personne ne s'inquiétera de lui non plus. Mais quarante mille
hommes de notre pays, de cette terre qu'entourent les vagues (sans compter les femmes et les enfants), ont leurs
yeux et leurs pensées attachés sur lord Georges Gordon, et
chaque jour, depuis le lever jusqu'au coucher du soleil,
prient Dieu de lui garder vigueur et santé. Oui, milord,
dit l'orateur se dressant sur ses étriers, c'est une glorieuse
cause et elle ne doit pas être oubliée. Milord, c'est une puissante cause, et elle ne doit pas être mise en péril. Milord, c'est une sainte cause, et elle ne doit pas être aban-
donnée.

— C'est une sainte cause ! s'écria Sa Seigneurie en levant
son chapeau d'une manière très-solennelle. Amen !

—John Grueby, dit l'autre gentleman qui parlait à perte d'haleine d'un ton de doux reproche, Sa Seigneurie dit Amen.

—J'ai entendu milord, monsieur, dit l'homme assis en selle droit comme une statue.

—Pourquoi donc ne dites-vous pas amen comme lui ? »

John Grueby, sans rien répondre, se tint immobile et regardant droit devant lui.

« Vous me surprenez, Grueby, dit le gentleman. Dans une crise comme celle d'à présent, lorsque la reine Élisabeth, cette vierge monarque, pleure au fond de sa tombe, et que Marie la Sanglante, avec un visage sombre et sourcilleux, marche triomphante....

—Oh ! monsieur, cria l'homme d'un ton bourru, à quoi bon parler de Marie la Sanglante dans la situation actuelle, lorsque milord est traversé par la pluie et harassé d'une rude course à cheval ? Laissez-nous aller à Londres, monsieur, ou nous arrêter une bonne fois ; sinon, cette infortunée Marie la Sanglante aura à répondre encore d'un autre accident.... et elle aura fait beaucoup plus de mal dans son tombeau qu'elle n'en fit jamais durant sa vie, à ce que je crois. »

En ce moment M. Willet, qui n'avait jamais entendu personne dire tant de mots à la fois avec la volubilité de débit et l'accent oratoire du gentleman à longue haleine, et dont le cerveau, complétement incapable d'en soutenir le poids et de les saisir au passage, avait fini par y renoncer tout à fait, recouvra assez de présence d'esprit pour faire observer que le Maypole était à même de recevoir amplement toute la compagnie ; qu'on y trouverait de bons lits, des vins soignés, excellent logis à pied et à cheval ; salles particulières pour grandes ou petites sociétés ; dîners servis dans le plus court délai ; belles écuries, et remise fermée à clef. Bref, il passa en revue tous les bouts de phrases élogieuses qui étaient peints sur les diverses parties de son auberge, et que, durant quelque quarante ans, il avait appris à répéter d'une façon suffisamment correcte. Il examinait à part soi s'il serait possible d'insérer quelques nouvelles réclames tendant au même but, lorsque le gentleman qui avait parlé le premier, se tournant vers le cavalier à longue haleine, s'écria :

« Qu'en dites-vous, Gashford ? Nous arrêterons-nous à

l'auberge dont il parle, ou poursuivrons-nous vivement notre
route? Décidez.

— Je vous soumettrai donc mon avis, milord, répliqua
d'un ton doux comme miel la personne interrogée; mon avis
est que votre santé et votre liberté d'esprit, qui importent
tant, après la Providence, à notre grande cause, à notre
cause pure et fidèle (ici Sa Seigneurie ôta derechef son chapeau, quoiqu'il plût à verse), ont besoin d'être renouvelées
et rafraîchies par le repos.

— Allez devant, aubergiste, et montrez-nous le chemin,
dit lord Georges Gordon : nous vous suivrons au pas.

— Si vous le permettez, milord, dit John Grueby à voix
basse, je changerai de place pour marcher devant vous. La
mine de l'ami de l'aubergiste n'est pas des plus honnêtes, et
il n'y a pas de mal à prendre ses précautions avec lui.

— John Grueby a tout à fait raison, interrompit M. Gashford se plaçant avec précipitation en arrière. Milord, il ne
faut pas exposer une vie aussi précieuse que la vôtre. Allez
devant, John, certainement. Si vous avez la moindre raison
de suspecter ce gaillard-là, faites-lui sauter la cervelle. »

John ne répondit pas; mais, regardant droit devant lui
comme il paraissait en avoir l'habitude quand parlait le secrétaire, il dit à Hugh de se mettre en marche, et le serra
de près. Ensuite venait Sa Seigneurie avec M. Willet à la
bride de son cheval; et le secrétaire de Sa Seigneurie, car
c'était, semblait-il, l'emploi de Gashford, fermait la marche.

Hugh allait lestement et à grands pas, regardant souvent
en arrière le domestique, dont le cheval était presque sur
ses talons, et jetant un coup d'œil de travers sur les fontes
de pistolets auxquelles ce serviteur semblait attacher un
grand prix. C'était un Anglais pur sang, un gaillard carré
par la base, solidement bâti, au cou de taureau, et, comme
Hugh le toisait des yeux, il toisait Hugh à son tour de temps
en temps avec un regard de brusque dédain. Il était plus
âgé que l'homme du *Maypole*, car il pouvait avoir, selon
toute apparence, quarante-cinq ans ; mais c'était un de ces
camarades à tête dure, froide, imperturbable, qui se moquent
bien de recevoir une gourmade en route et ne se laissent pas
arrêter pour si peu dans la poursuite de leurs desseins.

« Si je vous égarais maintenant, dit Hugh d'un air moqueur, vous me feriez.... ha! ha! ha!... vous me feriez sauter la cervelle, je suppose? »

John Grueby ne tint pas plus compte de cette remarque que s'il eût été sourd et Hugh muet; il continua de chevaucher à son aise, les yeux fixés sur l'horizon.

« Avez-vous jamais essayé de vous colleter avec quelqu'un, monsieur, quand vous étiez jeune? dit Hugh. Savez-vous jouer du bâton? »

John Grueby le regarda de travers avec le même air d'insouciance, sans daigner répondre un mot.

« Comme ceci? dit Hugh en exécutant avec son gourdin un de ces habiles moulinets qui faisaient les délices des paysans de cette époque. Houp!

— Ou comme ça, répondit John Grueby en rabattant avec son fouet le gourdin de son conducteur, et le frappant sur la tête avec le manche. Oui, j'en ai joué un peu jadis. Vous portez vos cheveux trop longs; s'il avaient été un peu plus courts, je vous aurais fêlé le crâne. »

C'était, dans le fait, un petit coup vif et retentissant; évidemment il étonna Hugh, qui, dans le premier moment, parut disposé à désarçonner sa nouvelle connaissance. Mais la figure de John Grueby ne dénotant ni malice, ni triomphe, ni rage, rien enfin qui pût faire croire à une offense préméditée; ses yeux restant toujours fixés dans l'ancienne direction, et son air étant aussi insoucieux et aussi calme que s'il eût simplement chassé une mouche qui le gênait; Hugh fut si démonté, si disposé à le regarder comme un luron d'une vigueur presque surnaturelle, qu'il se contenta de rire et de s'écrier : « Bien joué ! » puis, s'écartant un peu, il reprit son office de guide en silence.

Quelques minutes après, la compagnie fit halte à la porte du Maypole. Lord Georges et son secrétaire, ayant promptement mis pied à terre, donnèrent leurs chevaux au domestique, qui, sous la conduite de Hugh, les mena à l'écurie. Très-aises d'échapper à l'inclémence de la nuit, les gentlemen suivirent M. Willet dans la salle commune, et, debout devant l'âtre où il y avait un bon feu, ils se réchauffèrent et séchèrent leurs vêtements, tandis que l'aubergiste s'occupait à donner les ordres et veillait aux préparatifs qu'exigeait le haut rang de son hôte.

Comme il allait et venait fort affairé, tout entier à ces arrangements, il eut l'occasion d'observer dans la salle les deux voyageurs dont, jusque-là, il ne connaissait que la voix. Le lord, le grand personnage, qui faisait un pareil honneur au Maypole, était à peu près de taille moyenne, grêle de corps et d'un teint blême; il avait le nez aquilin, et de longs cheveux d'un rouge brun, rabattus à plat sur ses oreilles et légèrement poudrés, sans le moindre vestige de frisure. Il était vêtu, sous son pardessus, d'un habillement tout noir, sans ornements, et de la coupe la plus simple et la plus sobre. La gravité de son costume, jointe à la maigreur de ses joues et à la roideur de son maintien, lui donnait bien dix ans de plus, mais c'était un homme qui n'avait point passé la trentaine. Tandis qu'il rêvait debout à la rouge lueur du feu, on était frappé de voir ses grands yeux brillants, qui trahissaient une continuelle mobilité de pensées et de desseins, singulièrement en désaccord avec le calme étudié et le sérieux de sa mine, ainsi qu'avec son bizarre et triste costume. Sa physionomie n'avait rien d'âpre ni de cruel dans son expression, non plus que sa figure, qui était mince et douce et d'un caractère mélancolique; mais l'une et l'autre annonçaient un indéfinissable malaise, qu'on ne pouvait voir sans en prendre sa part et sans éprouver une sorte de pitié pour ce personnage, quoiqu'on eût été bien en peine de dire pourquoi.

Gashford, le secrétaire, était plus grand, de formes anguleuses, haut des épaules, décharné et disgracieux. Son habillement, à l'imitation de son supérieur, était modeste et grave à l'excès; il y avait dans ses manières quelque chose d'officiel et de contraint. Il avait des sourcils proéminents, de grandes mains, de grands pieds, de grandes oreilles, et une paire d'yeux qui semblaient avoir battu en retraite au fond de sa tête, et s'y être creusé une caverne pour se cacher. Ses manières étaient douces et humbles, mais tortueuses et évasives. Il avait l'air d'un homme toujours à l'affût sur le passage de quelque proie qui *ne voulait pas* venir; mais il paraissait patient, très-patient, comme un épagneul en arrêt, qui remue la queue sans bouger. Même en ce moment, tandis qu'il chauffait et frottait ses mains devant le feu, il ne semblait pas avoir d'autre prétention que de jouir de cette chaleur, pour sa part, comme un simple roturier; et, bien qu'il sût que son maître ne le regardait pas, il jetait de temps en temps les yeux sur sa figure, et, d'un air soumis et plein de déférence, il souriait comme pour ne pas en perdre l'habitude.

Tels étaient les hôtes sur lesquels le vieux John Willet fixait son œil de plomb, les examinant sans relâche. Il s'avança vers eux alors, tenant un chandelier d'apparat de chaque main, et les supplia de le suivre dans une pièce plus digne d'eux. « Car, milord, dit John (c'est assez étrange, mais il y a des gens qui semblent avoir autant de plaisir à prononcer des titres que ceux qui les ont en éprouvent à les porter), cette salle, milord, n'est pas du tout faite pour Votre Seigneurie, et je dois demander pardon à Votre Seigneurie de vous avoir laissé ici, milord, une seule minute. »

Après cette allocution, John les conduisit en haut dans l'appartement d'apparat, qui, semblable en cela à beaucoup d'autres choses d'apparat, était froid et incommode. Le bruit de leurs pas, se répercutant à travers la chambre spacieuse, frappait leurs oreilles d'un son creux; et l'atmosphère humide et glaciale qui y régnait était rendue doublement fâcheuse par son contraste avec la chaleur de la salle vulgaire qu'ils venaient d'abandonner.

Il aurait été inutile toutefois de proposer d'y revenir, car les préparatifs se firent si prestement qu'on n'aurait pas eu seulement le temps de les contremander. John, tenant de chaque main les hauts chandeliers, précéda les gentlemen vers la cheminée avec une profonde révérence; Hugh, entrant à grands pas, jeta un tison allumé et une pile de menu bois sur l'âtre, qui fut bientôt en feu; John Grueby, portant à son chapeau une cocarde bleue pour laquelle il paraissait avoir un souverain mépris, déposa sur le plancher le portemanteau dont il avait déchargé son cheval; et tous les trois s'occupèrent à l'instant avec activité de développer le paravent, de mettre la nappe, d'inspecter les lits, d'allumer du feu dans les chambres à coucher, d'accélérer le souper, et de rendre toute chose aussi commode et aussi confortable qu'il était possible de le faire à si court délai. En moins d'une heure, le souper avait été servi, mangé, desservi; lord Georges et son secrétaire, tous deux en pantoufles, les jambes étendues

devant le feu, étaient assis auprès d'un bol de vin chaud
bien épicé.

« Ainsi se termine, milord, dit Gashford en remplissant
son verre avec une grande aménité, l'œuvre bénie d'un jour
béni du ciel.

— Et d'une veille également bénie, dit Sa Seigneurie en
levant la tête.

— Ah !... et ici le secrétaire joignit ses mains.... Une
veille bénie en vérité ! Les protestants de Suffolk sont des
hommes pieux et fidèles. Quoique beaucoup de nos compatriotes, milord, se soient égarés dans les ténèbres, exactement comme nous cette nuit sur la route, ces braves gens-là
n'ont pas quitté le chemin de lumière et de gloire.

— Les ai-je émus, Gashford ? dit lord Georges.

— Si vous les avez émus, milord ! si vous les avez émus !
Ils criaient qu'on les menât contre les papistes ; ils appelaient
une terrible vengeance sur leurs têtes ; ils rugissaient comme
des possédés.

— Des possédés ! non pas des possédés du démon, toujours,
dit le maître.

— Du démon ! non pas, milord ; dites plutôt des anges.

— Oui ; oh ! sûrement ; des anges, sans aucun doute, dit
lord Georges en mettant ses mains dans ses poches, les retirant pour ronger ses ongles, et regardant le feu d'un air
embarrassé ; ce ne peuvent être que des anges qui les possèdent, n'est-ce pas, Gashford ?

— Vous n'en doutez pas, milord ? dit le secrétaire.

— Non, non, répliqua le maître ; non. Pourquoi en dou-
terais-je ? Je suppose qu'il serait positivement irréligieux
d'en douter.... n'est-ce pas, Gashford ? Bien que parmi eux
il y eût certainement, ajouta-t-il sans attendre une réponse,
quelques personnages d'une physionomie diabolique.

— Quand vous avez fait avec chaleur, dit le secrétaire, en
jetant un regard perçant sur l'autre, dont les yeux baissés
reprirent peu à peu leur éclat tandis que Gashford parlait ;
quand vous avez fait avec chaleur cette noble sortie ; quand
vous leur avez déclaré que vous n'étiez pas de la tribu des
tièdes ou des timides, et que vous les avez invités à considérer
qu'ils se préparaient à suivre quelqu'un qui les conduirait
en avant, fût-ce jusqu'à la mort même ; quand vous avez

parlé de cent vingt mille hommes sur la frontière d'Écosse
qui se feraient justice un beau jour, si on ne la leur faisait
pas; lorsque vous avez crié : « Périssent le pape et tous ses
vils adhérents; les lois pénales portées contre eux ne seront
jamais abrogées tant que les Anglais auront des cœurs et
des mains.... » et que vous avez agité la vôtre, avant de la
mettre sur la garde de votre épée; et lorsqu'ils se sont
écriés à leur tour : « Pas de papisme! » et que vous leur
avez répondu : « Non! quand même nous serions obligés de
marcher dans le sang! » et qu'ils ont levé leurs chapeaux
en l'air, en criant : « Hourra! non, quand même nous mar-
cherions dans le sang! Pas de papisme, lord Georges! A bas
les papistes! vengeance sur leurs têtes! » Pendant que tout
cela se faisait et se disait, et qu'un mot de vous, milord, ex-
citait ou apaisait le tumulte, ah! je sentais alors tout ce
qu'il y avait là de grandeur, et je me disais en moi-même :
« Y eut-il jamais puissance comparable à celle de lord Georges
Gordon ? »

— C'est une grande puissance, vous avez raison; c'est
une grande puissance! cria-t-il, les yeux étincelants. Mais,
cher Gashford, ai-je réellement dit tout cela ?

— Et beaucoup plus encore! cria le secrétaire, les yeux
levés au ciel. Ah! beaucoup plus encore.

— Et je leur ai parlé, à ce que vous disiez tout à l'heure,
de cent quarante mille hommes en Écosse, n'est-ce pas?
demanda-t-il avec un plaisir évident. C'était un peu hardi.

— Notre cause n'est que hardiesse. La vérité est toujours
hardie.

— Certainement, de même que la religion. Elle est hardie
aussi, Gashford!

— La vraie religion l'est, milord.

— Et c'est la nôtre, répondit-il en se remuant avec inquiétude sur son siége, et rongeant ses ongles, comme s'il voulait les couper jusqu'au vif. Il n'y a pas de doute que la nôtre
ne soit la vraie. Vous êtes aussi certain de cela que je le suis,
Gashford, n'est-ce pas ?

— Milord peut-il me le demander, dit Gashford de son ton
câlin, en approchant sa chaise d'un air offensé, et posant sa
large main à plat sur la table, à moi, répéta-t-il en dirigeant
sur lui les sombres cavités de ses yeux avec un sourire mal-

sain, à moi qui, frappé en Écosse, il y a un an, par votre magique éloquence, abjurai les erreurs de l'Église romaine, et m'attachai à Votre Seigneurie comme à un libérateur dont la main m'avait retiré du bord du précipice?

— C'est vrai. Non, non. Je.... je n'ai pas eu cette idée, répliqua l'autre en lui donnant une poignée de main, se levant de son siége, et se promenant autour de la chambre avec agitation. Savez-vous qu'on se sent fier de mener le peuple, Gashford? ajouta-t-il en faisant une halte soudaine.

— Et par la force de la raison, répondit son flatteur.

— Oui, bien sûr. Ils peuvent tousser, se moquer et grogner dans le parlement; ils peuvent me traiter de fou et d'insensé; mais quel est celui d'entre eux qui peut soulever cet océan humain et le faire enfler et rugir à son gré? Pas un.

— Pas un, répéta Gashford.

— Quel est celui d'entre eux qui peut se vanter comme moi, à l'honneur de son caractère, d'avoir refusé du ministre un présent corrupteur de mille livres sterling par an pour résigner son siége en faveur d'un autre? Pas un.

— Pas un, répéta de nouveau Gashford en prélevant, dans l'intervalle, la part du lion sur le bol de vin chaud aux épices.

— Et comme nous sommes d'honnêtes gens, des gens sincères, les défenseurs fidèles d'une cause sacrée, Gashford, dit, en mettant sa main fiévreuse sur l'épaule de son secrétaire, lord Georges, dont le teint s'animait et dont la voix s'élevait à mesure qu'il parlait, comme nous sommes les seuls qui prenions souci de la masse du peuple, et dont elle prenne souci à son tour, nous la soutiendrons jusqu'à la fin; nous pousserons, contre ces Anglais renégats qui se sont faits papistes, un cri qui retentira au travers du pays, et y roulera avec un fracas comparable au tonnerre. Je serai digne de la devise de ma cotte d'armes : *Appelé, élu et fidèle.* »

— Appelé, dit le secrétaire, par le ciel.

— Je le suis.

— Élu par le peuple.

— Oui.

— Fidèle à tous deux.

— Jusqu'au billot! »

Il serait difficile de donner une idée complète de l'excitation

avec laquelle il fit ces réponses à chaque appel de son secrétaire, de la rapidité de son débit, ou de la violence de son
accent et de ses gestes. Quelque chose de farouche et d'in-
gouvernable, luttant contre sa tenue puritaine, forçait toute
contrainte. Pendant plusieurs minutes il marcha de long en
large dans la pièce à pas précipités; puis, s'arrêtant soudain,
il s'écria :

« Gashford, vous aussi, vous les avez émus. Oh! oui, et
bien émus.

— Un reflet de l'auréole de milord, répliqua l'humble secrétaire en plaçant sa main sur son cœur. J'ai fait de mon
mieux.

— Vous avez bien parlé, dit son maître, et vous êtes un
grand et digne instrument. Si vous voulez sonner John
Grueby pour qu'il apporte la valise dans ma chambre, et attendre ici que je sois déshabillé, nous réglerons les affaires
comme de coutume, si toutefois vous n'êtes pas trop fatigué.

— Trop fatigué, milord!... mais je reconnais bien là votre
charité! Chrétien de la tête aux pieds. »

En s'adressant ce soliloque, le secrétaire inclina le bol
et regarda très-sérieusement au fond ce qu'il y restait de vin
chaud.

John Willet et John Grueby parurent ensemble. L'un se
chargeant des hauts chandeliers, et l'autre du portemanteau, ils conduisirent à sa chambre le lord dupé; ils laissèrent le secrétaire seul bâiller et se secouer, puis s'endormir
enfin devant le feu.

« Maintenant, monsieur Gashford, monsieur, lui dit John
Grueby à l'oreille, lorsqu'il reconnut que le secrétaire avait
perdu un moment connaissance, milord est couché.

— Ah! très-bien John, répondit-il doucement : merci,
John. Personne n'a besoin de veiller. Je sais quelle est ma
chambre.

— J'espère que vous n'allez pas troubler davantage votre
tête, ni celle de milord, avec Marie la Sanglante, à cette
heure de la nuit, dit John. Plût à Dieu que cette malheureuse
vieille créature n'eût jamais existé!

— J'ai dit que vous pouviez vous coucher, John, répliqua
le secrétaire. Vous ne m'avez pas entendu, je pense?

— Avec toutes ces Maries sanglantes, ces cocardes bleues,

ces glorieuses reines Besses[1], ces Pas de Papistes, ces Asso-
ciations protestantes, et cette fureur de faire des speechs,
poursuivit John Grueby, regardant, comme d'habitude, fort
loin devant lui, et sans tenir compte de l'avertissement de
Gashford, milord a perdu la tête ou peu s'en faut. Quand
nous sortons, un tel ramas de bélîtres vient crier après nous :
« Vive Gordon ! » que j'en suis honteux et ne sais où regarder. Quand nous sommes au logis, ils viennent rugir et
glapir autour de la maison, comme autant de diables; et
milord, au lieu d'ordonner qu'on les chasse, se présente au
balcon, s'abaisse à leur faire des harangues; il les appelle :
« citoyens d'Angleterre » et « compatriotes », comme s'il les
aimait passionnément et qu'il les remerçiât d'être venus là. Je
ne peux pas m'expliquer ça; mais ils sont tous mêlés de façon ou d'autre avec cette infortunée Marie la Sanglante, ils
s'enrouent à vociférer son nom. Ce sont pourtant tous bons
protestants, les hommes comme les petits garçons; mais il
faut croire que les protestants ont un terrible faible pour les
cuillers et l'argenterie en général, quand les portes de la cuisine sont par hasard ouvertes. Je souhaite qu'il n'y ait rien
de pire, et qu'il n'arrive pas plus de dommage; mais, si
vous n'arrêtez pas à temps ces vilains compères, M. Gashford (et je vous connais, je sais que c'est vous qui soufflez le
feu), vous verrez qu'ils vous monteront sur le dos : un de
ces soirs, que la température sera chaude et que les protestants auront soif, ils vous jetteront Londres à bas; et je n'ai
jamais entendu dire que Marie la Sanglante ait été jusque-là. »

Gashford avait disparu depuis longtemps, et ces réflexions
se perdaient dans le vide de l'air. Quand John Grueby s'en
aperçut, il n'en fut pas ému autrement; il enfonça son chapeau sur sa tête, autant que possible à rebours, afin de ne
pas voir seulement l'ombre de l'odieuse cocarde, et il gagna
son lit tout en secouant la tête, d'une manière sinistre et
prophétique, jusqu'à ce qu'il eût atteint sa chambre.

1. Abréviation d'Élisabeth.

CHAPITRE XXXVI.

Gashford, avec une figure souriante, mais aussi avec un air de déférence et d'humilité profondes, se rendit à la chambre de son maître, en lissant ses cheveux le long de la route, et bourdonnant une psalmodie. Lorsqu'il approcha de la porte de lord Georges, il éclaircit son gosier pour bourdonner plus vigoureusement encore.

Il y avait un remarquable contraste entre l'occupation de cet homme en ce moment, et l'expression de sa physionomie, qui était singulièrement repoussante et malicieuse. Son sourcil en saillie obscurcissait presque ses yeux; sa lèvre se repliait d'une manière dédaigneuse; ses épaules même paraissaient échanger à la dérobée des chuchotements moqueurs avec ses grandes oreilles rabattues.

« Chut ! marmotta-t-il doucement, en jetant un coup d'œil de la porte de la chambre dans l'intérieur. Il semble être endormi. Dieu veuille qu'il le soit! Trop de veilles, trop de soucis, trop de pensées. Ah! que le Seigneur le réserve pour en faire un martyr! c'est un saint, si jamais saint respira sur cette misérable terre. »

Plaçant sa lumière sur une table, il alla sur la pointe du pied jusqu'au feu, et s'asseyant dans une chaise devant l'âtre, le dos tourné au lit, il continua de s'entretenir avec lui-même, comme quelqu'un qui pense tout haut.

« Le sauveur de son pays et de la religion de son pays, l'ami des pauvres, l'ennemi du riche orgueilleux; l'amour des malheureux et des opprimés, l'idole de quarante mille cœurs anglais hardis et fidèles; que son sommeil doit être heureux! »

Et ici il soupira, il chauffa ses mains et secoua sa tête, comme font les gens qui ont le cœur trop plein; puis il poussa encore un soupir et se remit à se chauffer les mains.

« Eh bien, Gashford ? dit lord Georges qui était dans son lit tout éveillé, et ne l'avait pas quitté des yeux depuis qu'il était entré.

— Milord, dit Gashford en tressaillant et regardant autour de lui comme avec une grande surprise. Je vous ai dérangé !

— Je ne dormais pas.

— Vous ne dormiez pas ! répéta-t-il avec une feinte confusion. Que puis-je dire pour m'excuser d'avoir exprimé en votre présence des pensées.... mais elles étaient sincères... Elles étaient sincères, s'écria le secrétaire en passant à la hâte sa manche sur ses yeux : et pourquoi regretterais-je que vous les ayez entendues ?

— Gashford, dit le pauvre lord en lui tendant la main avec une émotion manifeste, ne le regrettez pas. Vous m'aimez bien, je le sais, vous m'aimez trop ; je ne mérite pas un tel hommage. »

Gashford ne répondit pas, mais il saisit la main et la pressa sur ses lèvres. Puis se levant et tirant de la malle un petit pupitre, il le plaça sur une table près du feu, l'ouvrit avec une clef qu'il avait dans sa poche, s'assit devant, y prit une plume, et, avant de la tremper dans l'encrier, il la suça, peut-être pour corriger l'expression de sa bouche, sur laquelle planait encore un sourire.

« Où en sont nos chiffres depuis la dernière soirée d'enrôlement ? demanda lord Georges. Sommes-nous réellement forts de quarante mille hommes, ou est-ce seulement pour avoir un nombre rond, que nous faisons monter l'association jusque-là ?

— Notre total excède ce nombre de vingt-trois membres, répliqua Gashford en jetant les yeux sur ses papiers.

— Les fonds ?

— Ils ne prospèrent pas beaucoup ; mais il y a de la manne dans le désert, milord. Hem ! Vendredi soir, le denier de la veuve s'est glissé dans notre caisse.

« Quarante boueurs, trois shillings et quatre pence ;

« Un vieil ouvreur de bancs à la paroisse Saint-Martin, six pence ;

« Un sonneur de l'Église établie, six pence ;

« Un protestant nouveau-né, un demi-penny ;

« La société des porte-falots, trois shillings, dont un mauvais ;

« Les prisonniers antipapistes de Newgate, cinq shillings et quatre pence ;

« Un ami à Bedlam, une demi-couronne ;

« Dennis le bourreau, un shilling.

— Ce Dennis, dit Sa Seigneurie, est un homme plein d'ardeur. Je l'ai remarqué au milieu de la foule dans Welbeck-Street, vendredi dernier.

— Un excellent homme, répondit le secrétaire, un homme solide, sincère et vraiment zélé.

— Il faut l'encourager, dit lord Georges. Prenez note de Dennis. Je lui parlerai. »

Gashford obéit, et continua de lire sa liste de souscription :

« Les Amis de la Raison, une demi-guinée ;

« Les Amis de la Liberté, une demi-guinée ;

« Les Amis de la Paix, une demi-guinée ;

« Les Amis de la Charité, une demi-guinée ;

« Les Amis de la Miséricorde, une demi-guinée ;

« Les frères vengeurs de Marie la Sanglante, une demi-guinée ;

« Les Bouledogues Unis, une demi-guinée.

— Les Bouledogues, dit lord Georges en mordant ses ongles d'une manière affreuse, sont une nouvelle Société, n'est-ce pas?

— Ci-devant les Chevaliers-Apprentis, Milord. Les contrats d'apprentissage des anciens membres expirant par degrés, ils ont changé leur nom, à ce qu'il paraît, quoiqu'ils aient encore des apprentis parmi eux, aussi bien que des ouvriers.

— Comment se nomme leur président ? demanda lord Georges.

— Président, dit Gashford en lisant dans un papier, M. Simon Tappertit.

— Je me le rappelle ; c'est ce petit homme qui amène quelquefois une sœur aînée à nos meetings, et quelquefois aussi une autre femme qui peut être une consciencieuse et fidèle protestante, sans doute, mais qui n'est pas favorisée par la nature ?

— Lui-même, milord.

— Tappertit est un homme plein d'ardeur, dit lord Georges d'un air pensif ; n'est-ce pas, Gashford ?

— C'est un des plus avancés, milord ; il appelle de loin la bataille et l'aspire à pleins naseaux, comme le coursier de guerre. Il jette en l'air son chapeau dans la rue, comme s'il était inspiré, et prononce des discours très-émouvants du haut des épaules de ses amis.

— Prenez note de Tappertit, dit lord Georges Gordon. On pourra l'élever à une place de confiance.

— Voilà, répond le secrétaire après en avoir pris note, voilà tout, excepté la tire-lire de Mme Varden (c'est la quatorzième qu'elle casse en notre faveur), sept shillings et six pence en argent et en cuivre, et une demi-guinée en or; et Miggs (ce sont les épargnes d'un trimestre de gages), un shilling et trois pence.

— Miggs, dit lord Georges, est-ce un homme?

— Le nom est porté sur la liste comme étant celui d'une femme, répliqua le secrétaire. Je pense que c'est la grande femme maigre dont vous parliez tout à l'heure, milord, la personne si peu favorisée qui vient quelquefois entendre les speech en compagnie de Tappertit et de Mme Varden.

— Mme Varden alors est la dame âgée, n'est-ce pas? »

Le secrétaire fit un signe de tête affirmatif, et se frotta le nez avec les barbes de sa plume.

« C'est une sœur zélée, dit lord Georges. Les offrandes qu'elle amasse vont bien et se poursuivent avec ferveur. Son mari s'est-il joint à nous?

— C'est un méchant, répliqua le secrétaire en pliant ses papiers, indigne d'une telle femme. Il reste au fond de ses ténèbres, et refuse opiniâtrement de suivre l'exemple de sa femme.

— Que les conséquences en retombent sur sa tête. Gashford!

— Milord.

— Vous ne pensez pas, dit-il en se tournant et s'agitant dans son lit, que ces gens-là m'abandonneront, quand l'heure sera venue? J'ai parlé hardiment pour eux, j'ai risqué beaucoup, je n'ai rien ménagé. Ils ne reculeront point, n'est-ce pas?

— N'ayez pas peur, milord, dit Gashford avec un regard significatif, qui était plutôt l'expression involontaire de sa propre pensée qu'une réponse aux inquiétudes de Sa Seigneurie, car la figure de lord Georges était tournée dans l'autre sens. N'ayez pas peur, il n'y a pas de danger.

— Il n'y a pas non plus à craindre, dit-il en se remuant encore davantage, qu'on ne les.... mais non, on ne peut pas les punir pour s'être ligués dans ce but. Le droit est de notre côté, quand même la force serait contre nous. Vous vous sentez convaincu de cela comme moi, n'est-ce pas? Voyons ! la main sur la conscience? »

Le secrétaire commençait sa réponse par : « Vous ne doutez pas... » lorsque l'autre l'interrompit, et répliqua avec impatience :

« Douter. Non. Qui dit que je doute ? Si je doutais, renierais-je parents, amis, toute chose, en faveur de ce malheureux pays ? ce malheureux pays, cria-t-il en se redressant dans son lit, après s'être répété à lui-même la phrase : « en faveur de ce malheureux pays » au moins une douzaine de fois, oublié de Dieu et des hommes, livré à une dangereuse confédération des puissances papales, en proie à la corruption, à l'idolâtrie, au despotisme ! Qui peut dire après cela que je doute ? ne suis-je pas appelé, élu et fidèle ? Voyons ! le suis-je ou ne le suis-je pas ?

— Oui, fidèle à Dieu, au pays et à vous-même, cria Gashford.

— Je le suis, je le serai, je le dis derechef, je le serai jusqu'au billot. Qui est-ce qui en dit autant? est-ce vous? est-ce quelque autre ? Qu'on m'en cite un au monde seulement. »

Le secrétaire baissa la tête avec une expression de complet acquiescement à tout ce que son maître avait dit ou pourrait dire ; et lord Georges, s'affaissant peu à peu sur son oreiller, s'endormit.

Quoiqu'il y eût quelque chose de risible dans la véhémence de ses manières rapprochée de sa maigreur et de son aspect disgracieux, il n'y avait vraiment pas de quoi rire pour un homme doué de quelque sensibilité ; ou bien, s'il eût cédé à ce premier mouvement, il en aurait été fâché, il se le serait reproché à lui-même le moment d'après. Lord Gordon était aussi sincère dans sa violence que dans son hésitation. Il était naturellement enclin au faux enthousiasme, il avait la vanité de vouloir être un chef de parti ; c'étaient là les deux plus grands défauts de son caractère. Le reste n'était que faiblesse.... pure faiblesse ; et c'est le malheureux lot des hommes faibles, que même leurs sympathies, leurs affections, leur confiance.... toutes les qualités qui, dans les esprits mieux constitués, sont des vertus, dégénèrent en défauts, s'ils ne deviennent pas des vices complets.

Gashford, en dirigeant vers le lit plus d'un regard rusé, resta assis à ricaner de la folie de son maître, jusqu'à ce qu'une profonde et lourde respiration l'eût averti qu'il pouvait se retirer. Fermant son pupitre, et le replaçant dans la malle (mais non pas sans avoir pris d'un compartiment secret deux imprimés), il se retira avec précaution. Comme il s'en allait, il regarda en arrière pour considérer la figure de son maître endormi. Au-dessus de la tête de lord Georges, les panaches poudreux qui couronnaient la royale couche du Maypole s'agitaient d'un air triste et lugubre comme sur une bière.

S'arrêtant sur l'escalier pour écouter si tout était tranquille, et pour retirer ses souliers de peur que ses pas n'alarmassent près de là quelque dormeur qui aurait le sommeil léger, il descendit au rez-de-chaussée, et jeta un de ses imprimés sous la grande porte de la maison; cela fait, il se coula doucement, revint à sa chambre, et de la fenêtre laissa tomber dans la cour l'autre imprimé, soigneusement roulé autour d'une pierre, pour que le vent ne l'emportât pas.

Ces proclamations avaient au dos la suscription suivante : « A tout protestant aux mains duquel ceci tombera, » et à l'intérieur :

« Hommes et frères, quiconque trouvera cette lettre doit la regarder comme un avertissement d'aller rejoindre sans délai les amis de lord Georges Gordon. De grands événements se préparent, et les temps sont pleins de péril et de trouble. Lisez cet avis avec soin, tenez-le propre, et faites-le circuler. Pour le roi et le pays, union. »

« Semons encore, semons toujours, dit Gashford en fermant la fenêtre; quand viendra la moisson? »

CHAPITRE XXXVII.

Environner quelque chose de monstrueux ou de ridicule d'un air de mystère, c'est l'investir d'un charme secret, et d'un pouvoir d'attraction qui est irrésistible pour la foule. Faux prêtres, faux prophètes, faux docteurs, faux patriotes, faux prodiges de toute sorte, enveloppant leurs actes dans le mystère, se sont adressés avec un immense profit à la crédulité populaire, et ont été plus redevables peut-être à cette habile manœuvre d'avoir gagné et gardé pour un temps l'avantage sur la vérité et le sens commun, qu'à n'importe quelle demi-douzaine d'articles les plus accrédités dans tout le catalogue de l'imposture.

Si un homme s'était tenu sur le pont de Londres, à appeler les passants à gorge déployée, pour les inviter à se joindre à lord Georges Gordon, fût-ce même pour un objet incompris de tout le monde, ce qui lui aurait donné un charme particulier, il est probable qu'il aurait pu faire une vingtaine de prosélytes en un mois. Si tous les zélés protestants avaient été publiquement pressés de se joindre à une association ayant pour but avoué de chanter une hymne ou deux dans l'occasion, d'entendre quelques discours médiocres, et en dernier lieu de pétitionner au parlement, afin qu'il n'y passât pas d'acte pour l'abolition des lois pénales contre les prêtres catholiques romains, de la pénalité de l'emprisonnement perpétuel portée contre ceux qui élevaient les enfants dans la foi catholique, et de l'interdiction de tous les membres de l'Église romaine, désormais inhabiles à posséder des biens immeubles dans le Royaume-Uni par acquêt ou par héritage, toutes ces matières étrangères aux occupations et aux goûts des masses n'auraient peut-être pas ému une centaine de gens. Mais lorsque des bruits vagues coururent au dehors que dans cette association protestante un pouvoir occulte essayait ses forces contre le gouvernement pour de grands desseins indéterminés; lorsque l'air fut rempli de sourdes rumeurs au sujet d'une confédération des puissances papistes pour dégrader et asservir l'Angleterre, établir une inquisition à Londres, et convertir les barrières du marché de Smithfield en bûchers et en chaudières; lorsque des terreurs et des alarmes que personne ne comprenait furent répandues, à l'intérieur ainsi qu'à l'extérieur du parlement, par un enthousiaste qui ne les comprenait pas lui-même; lorsqu'enfin d'antiques fantômes, qui avaient été couchés tranquillement depuis des siècles dans leurs tombeaux, furent évoqués pour obséder les gens ignorants et crédules; lorsque tout cela se fut machiné, en quelque sorte, dans les ténèbres, que des invitations secrètes de se joindre à la grande Association protestante pour la défense de la religion, de la vie et de la liberté, furent semées sur la voie publique, jetées sous les portes des maisons, glissées à l'intérieur des appartements par les fenêtres, fourrées dans les mains des passants, la nuit; lorsqu'elles étincelèrent à chaque muraille, et brillèrent sur chaque poteau, sur chaque pilier, au point que le bois et les pierres paraissaient infectés de la fièvre commune, excitant tous les hommes à se réunir en aveugles pour résister sans savoir à quoi, sans savoir pourquoi : alors la folie se propagea sans obstacles, et bientôt, croissant de jour en jour, l'association présenta une force de quarante mille membres.

Du moins c'est le chiffre déclaré au mois de mars 1780 par lord Georges Gordon, son président; qu'il fût exact ou non, peu de gens le surent ou se soucièrent de s'en assurer. Elle n'avait jamais fait de démonstration publique, on ne l'avait jamais vue, il y avait même encore des personnes qui ne voulaient y voir qu'une pure création de son cerveau détraqué. Il était habitué à parler longuement à des multitudes, stimulé, à ce qu'on pouvait croire, par certains troubles qui avaient réussi en Écosse l'année précédente sur le même sujet.

Membre de la chambre des Communes, on le regardait comme un cerveau brûlé qui attaquait tous les partis, sans être d'aucun, et ne jouissait pas d'une grande considération. On savait qu'un certain mécontentement régnait au dehors; il y en a toujours. Lord Georges Gordon s'était fait une habitude de s'adresser au peuple par des placards, des discours, des

pamphlets, sur d'autres questions déjà. Rien n'était venu en
Angleterre de ses tentatives passées en Écosse, et on n'ap-
préhendait rien de celle-là. Tel qu'il vient de se montrer au
lecteur, tel il avait paru de temps en temps devant le public,
qui l'avait oublié le lendemain, lorsque soudainement, comme
on le voit dans ces pages, après une lacune de cinq longues
années, sa personne et ses actes commencèrent à s'imposer,
vers cette période, à la connaissance de milliers de gens, qui
s'étaient mêlés à la vie active durant tout l'intervalle, et qui
n'étaient pourtant ni sourds ni aveugles aux événements con-
temporains, mais qui n'avaient jamais pensé à lui auparavant.

« Milord, dit Gashford à son oreille, en venant le lendemain tirer de bonne heure les rideaux de son lit; milord!

— Oui, qui est là? Qu'est-ce que c'est?

— L'horloge a sonné neuf heures, répondit le secrétaire,
les mains croisées avec humilité. Vous avez bien dormi?
J'espère que vous avez bien dormi. Si mes prières ont été
exaucées, vos forces doivent être réparées par le repos.

— A dire vrai, j'ai dormi d'un si profond sommeil, dit lord
Georges en se frottant les yeux et regardant autour de la
chambre, que je ne me rappelle pas bien où nous sommes.

— Milord! dit Gashford avec un sourire.

— Oh! répliqua son supérieur. Oui, vous n'êtes donc pas
un juif?

— Un juif! s'écria le pieux secrétaire en reculant d'horreur.

— Je rêvais que nous étions des juifs, Gashford. Vous et
moi.... tous les deux des juifs avec de longues barbes.

— Le ciel nous en préserve, milord! Autant vaudrait que
nous fussions papistes.

— Je suppose que cela vaudrait autant, répliqua l'autre
avec beaucoup de vivacité. N'est-ce pas? c'est bien votre avis,
Gashford?

— N'en doutez pas! cria le secrétaire d'un air de grande
surprise.

— Hum! marmotta son maître. Oui, cela me semble assez
raisonnable.

— J'espère, milord.... commença le secrétaire.

— Vous espérez! répéta lord Georges en l'interrompant.
Pourquoi dites-vous que vous espérez? Il n'y a pas de mal à
avoir de ces idées-là.

— En rêve, répondit le secrétaire.

— En rêve! non, et pendant la veille non plus.

— Appelé, élu, fidèle, » dit Gashford, prenant la montre de lord Georges qui était sur une chaise, et paraissant lire d'une manière distraite la devise inscrite sur le cachet.

Dans cet incident indifférent en lui-même, il n'y avait rien, ce semble, qui dût attirer l'attention du maître; ce n'était qu'une distraction sans but, qui ne valait pas la peine d'être remarquée : mais, lorsque les mots furent proférés, lord Georges, qui avait pris un ton impétueux, s'arrêta court, rougit et garda le silence. Feignant de ne s'être pas du tout aperçu de ce changement dans la conduite de son maître, l'astucieux secrétaire fit quelques pas à l'écart, sous prétexte de relever la jalousie, et revenant bientôt, lorsque l'autre eut eu le temps de se remettre :

« La cause sainte, dit-il, marche bravement, milord. Je n'ai pas été oisif, même cette nuit. J'ai jeté deux affiches avant d'aller me coucher, et toutes les deux ont disparu ce matin. Personne dans la maison n'en a soufflé mot, quoique j'aie été en bas une grande demi-heure. Elles nous vaudront une ou deux recrues, je gage et, qui sait s'il n'y en aura pas beaucoup plus, grâce à la bénédiction que le ciel peut répandre sur vos efforts inspirés?

— C'est une fameuse idée que nous avons eue là dans le principe, répliqua lord Georges: une fameuse idée, et qui a rendu d'excellents services en Écosse. Elle était bien digne de vous. Vous me rappelez, Gahsford, que je ne dois pas lambiner, quand la vigne du Seigneur est menacée de destruction, et qu'elle se voit en danger d'être foulée aux pieds des papistes. Faites seller les chevaux dans une demi-heure. Debout et à l'œuvre! »

Il avait, en parlant ainsi, la figure très-colorée, et un tel accent d'enthousiasme que le secrétaire crut inutile de rien ajouter, et se retira.

« Il a rêvé qu'il était juif, dit-il d'un air pensif, lorsqu'il ferma la porte de la chambre à coucher. Il pourrait bien en venir là avant de mourir. C'est assez vraisemblable. Ma foi! on verra plus tard, et, pourvu que je n'y perde rien, je ne dis pas que cette religion ne me conviendrait point autant qu'une autre. Il y a des gens riches parmi les juifs;

et puis c'est si ennuyeux de se faire la barbe. Oui! ça me convient assez. Quant à présent, toutefois, nous devons être
chrétiens dans l'âme. Notre devise prophétique s'accommo-
dera à toutes les croyances tour à tour; c'est ce qui me
console. »

En réfléchissant sur cette source de consolation, il se rendit
au salon, et sonna pour le déjeuner.

Lord Georges fut promptement habillé (sa toilette était
assez simple pour n'être pas longue à faire), et, comme il
n'était pas moins sobre dans ses repas que dans son costume
puritain, il eut bientôt expédié sa part. Mais le secrétaire,
moins négligent des bonnes choses de ce monde, ou plus
attentif à soutenir sa force et son entrain en faveur de la
cause protestante, ne cessa pas de manger, de boire en conscience jusqu'à la dernière minute; il lui fallut trois ou
quatre avertissements de John Grueby avant qu'il pût se résoudre à s'arracher aux abondantes tentations de la table de
M. Willet.

Enfin, il descendit l'escalier en essuyant sa bouche grais-
seuse, et, après avoir payé la note de John Willet, il grimpa
sur sa selle. Lord Georges, qui s'était promené de long en
large devant la maison en se parlant à lui-même avec des
gestes animés, monta à cheval; et, répondant à la révérence
cérémonieuse du vieux John Willet, aussi bien qu'aux salutations d'adieu d'une douzaine de flâneurs que la nouvelle
d'un vrai lord en chair et en os, prêt à quitter le Maypole,
avait rassemblés autour du porche, il s'éloigna avec son
monde, le robuste John Grueby formant l'arrière-garde.

Si John Willet avait trouvé, la veille au soir, que lord
Georges Gordon avait l'air d'un grand seigneur assez fantasque, ce fut bien autre chose ce matin-là. Perché tout droit
comme une pique sur une rossinante, avec ses longs cheveux
plats pendillant autour de sa figure et voltigeant au vent;
tous ses membres roides et pointus, ses coudes collés de
chaque côté d'une façon disgracieuse, et tout son corps cahoté et secoué à chaque mouvement des pieds de son cheval,
c'était bien le personnage le plus gauche et le plus grotesque
qu'on pût voir. Au lieu de cravache, il avait à la main une
grande canne à pomme d'or, aussi haute que celles que portent aujourd'hui les laquais; et ses diverses évolutions dans

le maniement de cette arme pesante, tantôt droite devant sa
figure comme un sabre de cavalerie, tantôt sur son épaule
comme un mousquet, tantôt entre son doigt et le pouce, et
toujours de l'air le plus maladroit du monde, ne contribuaient
pas peu à lui donner un extérieur ridicule. Empesé, maigre,
solennel, habillé en dépit de la mode, et déployant avec os-
tentation, soit à dessein, soit par pur hasard, toutes les singularités de son port, de ses gestes et de sa tenue, toutes
les qualités, naturelles et artificielles, qui le distinguaient
des autres hommes, il aurait excité le rire de l'observateur
le plus grave; jugez s'il excita les sourires et les chuchotements railleurs qui saluèrent son départ de l'auberge du
Maypole. Pour lui, sans se douter le moins du monde de
l'effet qu'il avait produit, il trotta à côté de son secrétaire,
se parlant à lui-même presque tout le long de la route, jusqu'à ce qu'ils arrivèrent à un ou deux milles de Londres.
Là, de temps en temps, ils rencontrèrent quelque passant
qui le connaissait de vue, et qui le montra à quelque autre,
s'arrêtant peut-être pour le considérer, ou pour crier par
plaisanterie ou autrement : « Hourra, Geordie[1]! Pas de papisme! » Il ôtait alors gravement son chapeau et saluait.
Quand on eut atteint la ville et qu'on chevaucha par les
rues, ces reconnaissances devinrent plus fréquentes; quelques-uns riaient, quelques-uns sifflaient, quelques-uns tour-
naient la tête et souriaient, quelques-uns demandaient avec
étonnement qui c'était, quelques-uns couraient le long du
trottoir auprès de lui et l'applaudissaient. Lorsque cela arrivait au milieu d'un embarras de chariots, de chaises et de
voitures, il s'arrêtait tout d'un coup, et ôtant son chapeau, il
criait : « Gentlemen, pas de papisme! » Les gentlemen répondaient à ce cri par trois salves de hourras bien nourries,
et puis il continuait d'avancer avec une vingtaine des plus
déguenillés, qui suivaient à la queue de son cheval et poussaient des cris sauvages à plein gosier.

Et les vieilles dames, donc! car il y avait un grand nombre de vieilles dames dans les rues, et elles le connaissaient
toutes. Quelques-unes d'entre elles, non pas celles du plus
haut rang, mais celles qui vendaient du fruit dans des éven-

1. Diminutif de Georges.

taires ou qui portaient des fardeaux, faisaient claquer leurs
mains ridées, et poussaient un cri aigu, perçant, essoufflé :
« Hourra, milord! » D'autres agitaient leurs mains ou leurs
mouchoirs, ou bien elles secouaient leurs éventails et leurs
parasols, ou bien elles ouvraient leurs fenêtres et criaient
précipitamment à ceux de l'intérieur de venir voir. Toutes
ces marques d'estime populaire, il les recevait avec une profonde gravité et un respect profond, saluant très-bas et si
souvent, que son chapeau n'était presque jamais sur sa tête,
et regardant les maisons devant lesquelles il passait de l'air
d'un homme qui faisait une entrée triomphale, mais qui n'en
était pas plus fier pour cela.

Ils chevauchèrent de la sorte (John Grueby en ressentait un
dégoût extrême, inexprimable) tout le long de Whitechapel, de
Leadenhall-Street, de Cheapside et de Saint-Paul. En arrivant
près de la cathédrale, il fit halte, parla à Gashford, et regardant en haut le dôme superbe, il secoua la tête, comme s'il
disait : « L'Église est en danger! » C'est pour le coup que
les spectateurs s'éraillèrent le gosier ; puis il continua de
nouveau sa route, au milieu des acclamations furibondes de la
populace, qu'il saluait plus bas que jamais.

Il s'avança ainsi par le Strand, Swallow-Street, Oxford-
Road, et de là jusqu'à sa maison dans Welbeck-Street, près
Cavendish-Square, où il fut accompagné par une douzaine de
traînards dont il prit congé sur les marches avec ce bref
adieu : « Gentlemen, pas de papisme! Bonjour, Dieu vous
bénisse! » Comme on s'était attendu à une allocution plus
substantielle, on l'accueillit avec quelque déplaisir, en
criant : « Un speech! un speech! » et il allait faire droit à
leur demande, si John Grueby, en faisant sur eux une furieuse charge avec les chevaux qu'il menait à l'écurie, n'eût
déterminé ces braillards à se disperser dans les champs voisins, où ils se mirent tout de suite à jouer à pile ou face, à
la fossette, à pair ou non, à des combats de chiens et autres
récréations protestantes.

Dans l'après-midi, lord Georges sortit de nouveau, vêtu
d'un habit de velours noir, pantalon large et gilet écossais
du clan de Gordon, le tout de la même coupe quakeresse ; et
sous ce costume, qui lui donnait un air vingt fois plus
étrange et plus singulier qu'auparavant, il alla à pied à

Westminster. Gashford, pendant son absence, resta à la maison, et il y travaillait encore lorsque, peu de temps après la brune, John Grueby vint lui annoncer un visiteur.

« Faites-le entrer, dit Gashford.

— Ici ! entrez ! dit John en grognant à quelqu'un qui était dehors. Vous êtes protestant, n'est-ce pas ?

— Je vous en réponds, répliqua une voix forte et bourrue.

— Ça se voit bien, dit John Grueby. Je vous aurais reconnu pour un protestant, n'importe où. » Cette remarque faite, il introduisit le visiteur, se retira et ferma la porte.

L'homme qui se trouvait maintenant en face de Gashford était un personnage trapu, ramassé, avec un front bas et fuyant, une tignasse semblable au poil d'un caniche, et des yeux si petits et si proches l'un de l'autre, que son nez brisé paraissait seul empêcher leur rencontre et leur fusion en un œil de grandeur ordinaire. Une cravate de couleur sombre, tortillée autour de son cou comme une corde, laissait voir ses grosses veines, gonflées et saillantes, comme si elles regorgeaient de malice et de méchanceté. Son habillement de velours râpé, terni, était couleur de rouille, d'un noir blanchâtre, semblable aux cendres d'une pipe ou d'un feu de charbon éteint depuis vingt-quatre heures, souillé d'ailleurs de marques nombreuses d'anciennes débauches, et exhalait encore une forte odeur de cabaret. Au lieu de boucles à ses genoux, il portait des brides inégales de ficelle d'emballage ; et dans ses mains sales il tenait un bâton noueux, dont le gros bout sculpté offrait une grossière image de son ignoble figure. Tel était le visiteur qui ôta son chapeau à trois cornes en présence de Gashford, et attendit, en jetant des regards de côté, qu'on fît attention à lui.

« Ah ! c'est vous, Dennis ? cria le secrétaire. Asseyez-vous.

— Je viens de voir milord là-bas, cria l'homme en lançant son pouce dans la direction du quartier dont il parlait, et il m'a dit, qu'il dit : « Si vous n'avez rien à faire, Dennis, allez chez moi, vous causerez avec maître Gashford. » Naturellement je n'avais rien à faire, vous savez. Ce n'est pas l'heure où je travaille. Ha ha ! je prenais l'air quand j'ai vu milord : voilà tout ce que je faisais. Je prends l'air le soir, comme les hiboux, maître Gashford.

— Et quelquefois aussi pendant le jour, n'est-ce pas? dit le secrétaire; quand vous sortez en grande compagnie, vous savez.

— Ha ha! rugit le gaillard en frappant sa jambe. Parlez-moi de maître Gashford pour savoir manier la plaisanterie; il n'a pas son pareil à Londres ni à Westminster! Ce n'est pas pour mépriser milord, mais ce n'est qu'un imbécile auprès de vous. Ah! vous avez raison.... quand je sors en grande cérémonie.

— Avez-vous votre carrosse? dit le secrétaire; et votre chapelain, et le reste?

— Vous me faites mourir, cria Dennis avec un autre éclat de rire. Mais qu'est-ce qu'il y a de nouveau aujourd'hui, maître Gashford? demanda-t-il d'une voix un peu rauque. Hein! sommes-nous sur le point de recevoir l'ordre de démolir une de leurs chapelles papistes, ou bien quoi?

— Chut! dit le secrétaire en laissant errer sur sa figure un faible sourire. Chut! comme vous y allez, Dennis! Notre association, vous savez, ne veut que la paix et le respect de la loi.

— Connu! connu! Dieu vous bénisse! répliqua l'homme en soulevant sa joue avec sa langue. Je n'y suis entré que pour ça, n'est-ce pas?

— Sans doute, » dit Gashford, souriant comme avant.

Dennis à ces mots fit un nouvel éclat de rire et se frappa la jambe encore plus fort; il riait aux larmes et s'essuya les yeux avec le coin de sa cravate en criant : « Maître Gashford n'a pas son pareil dans toute l'Angleterre.... Ho la la! »

« Lord Georges et moi nous parlions de vous la nuit dernière, dit Gashford après une pause. Il dit que vous êtes un garçon très-zélé.

— Oui, je le suis, répondit le bourreau.

— Et que vous haïssez les papistes de tout cœur.

— Si je les hais! » Et il confirma son dire par un bon gros juron. « Regardez ici, maître Gashford, dit le sacripant en plaçant son chapeau et son bâton sur le parquet, et frappant lentement la paume d'une de ses mains avec les doigts de l'autre. Remarquez! je suis un officier constitutionnel qui travaille pour vivre et qui fait sa besogne honorablement. Est-ce vrai? est-ce faux?

— C'est incontestable.

— Très-bien. Attendez une minute. Ma besogne est solide,
protestante, constitutionnelle, une besogne anglaise. Est-ce
vrai? est-ce faux?

— Il n'y a pas l'ombre d'un doute à cela.

— Voici ce que dit le parlement, qu'il dit : « Si un homme,
une femme ou un enfant, fait quelque chose de contraire à un
certain nombre de nos lois.... » Combien pouvons-nous avoir
actuellement, maître Gashford, de lois qui condamnent à
être pendu? cinquante?

— Je ne sais pas exactement combien, répliqua Gashford
en se penchant en arrière sur sa chaise et en bâillant; je
sais seulement que le nombre en est considérable.

— Bien. Mettons cinquante. Le parlement dit, qu'il dit :
« Si un homme, une femme ou un enfant, fait quelque chose
contre l'un de ces cinquante actes, l'homme, la femme ou
l'enfant sera exécuté par Dennis ! » Georges III intervint
lorsque cela monta à un chiffre trop élevé à la fin de la session, et dit : « Il y en a trop pour Dennis, je vais en garder la
moitié pour moi, et Dennis en aura la moitié pour sa part ; »
et quelquefois il m'en jette un de plus par-dessus le marché,
comme il y a trois ans, quand j'eus Marie Jones, une jeune
femme de dix-neuf ans, que je menai à Tyburn avec son
enfant au sein. Elle fut exécutée pour avoir pris une pièce
d'étoffe au comptoir d'une boutique de Ludgate-Hill. Elle
était en train de la remettre quand le marchand l'aperçut.
Elle n'avait jamais fait de mal auparavant, et n'avait essayé
cette fois que parce que son mari, enlevé par la presse[1] depuis trois semaines, l'avait laissée réduite à mendier avec
deux jeunes enfants, comme depuis ça fut prouvé dans le
procès. Ha ha ! qu'est-ce que ça fait ? Avant tout, les lois
et coutumes de l'Angleterre, c'est la gloire de notre pays.
N'est-ce pas, maître Gashford ?

— Certainement, dit le secrétaire.

— Et dans l'avenir, poursuivit le bourreau, si nos petits-
fils pensent à l'époque de leurs grands-pères et trouvent ttout
ça changé, ils diront : « C'était ça, un temps ! et nous n'a-
vons fait que dégringoler depuis. » N'est-ce pas qu'ils diront ça, maître Gashford ?

[1]. Enrôlement maritime forcé.

— Je n'en doute pas, répliqua le secrétaire.

— Eh bien donc, voyez un peu, dit le bourreau, si ces papistes s'emparent du pouvoir et qu'ils se mettent à bouillir et rôtir les gens au lieu de les pendre, que devient ma besogne? S'ils touchent à ma besogne, qui fait partie de tant de lois, que deviennent les lois en général, que devient la religion, que devient le pays? Êtes-vous allé parfois à l'église, maître Gashford?

— Parfois? répéta le secrétaire avec quelque indignation; sans doute.

— Bien, dit le sacripant, c'est comme moi : j'y suis allé aussi une ou deux fois, en comptant celle où j'ai été baptisé.... Si bien donc que, lorsqu'on vint me dire qu'on allait supplier le parlement, et que je pensai au grand nombre des nouvelles lois de pendaison qu'il faisait à chaque session, je me suis considéré moi-même comme supplié par la même occasion; parce que vous comprenez, maître Gashford, continua-t-il en reprenant son bâton et l'agitant d'un air de menace, je n'ai pas envie qu'on vienne toucher à ma besogne protestante, ni rien changer à cet état de choses protestant, et je ferai tout ce que je pourrai pour l'empêcher. Je n'ai pas envie que les papistes viennent se mêler de mes affaires, à moins qu'ils n'aient recours à moi pour se faire exécuter d'après la loi. Je n'ai pas envie qu'on fasse ni bouillir, ni rôtir, ni frire; je veux qu'on se borne à pendre. Milord peut bien dire que je suis un garçon zélé. Pour soutenir le grand principe protestant d'avoir des pendaisons à gogo, à la bonne heure; je saurai (et il frappa de son bâton le parquet) brûler, combattre, tuer, faire tout ce que vous me commanderez, si hardi et si diabolique que ce soit, quand je devrais, en fin de compte, devenir de pendeur pendu. Voilà! maître Gashford. »

Il avait accompagné, comme de raison, cette fréquente prostitution du noble mot de protestant aux plus vils desseins, en vomissant, dans une sorte de frénésie, une vingtaine au moins des plus terribles jurons; après quoi il essuya sa figure échauffée sur sa cravate, et se mit à crier : « Pas de papisme! je suis un homme religieux, nom de Dieu!

Gashford s'était penché en arrière sur sa chaise, le regardant avec des yeux si creux et si ombragés par ses épais sourcils, que pour ce qu'en voyait le bourreau, l'autre eût aussi bien pu être complétement aveugle. Il resta encore un peu de temps à sourire en silence, puis il dit d'une manière lente et distincte:

« Je vois décidément que vous êtes un garçon zélé, Dennis, un précieux sujet, l'homme le plus solide que je connaisse dans nos rangs; mais il faut vous calmer, il faut être pacifique, légal, doux comme un mouton : n'oubliez pas cela.

— C'est bon, c'est bon, nous verrons, maître Gashford, nous verrons : vous n'aurez pas à vous plaindre de moi, répliqua l'autre en hochant la tête.

— J'y compte bien, dit le secrétaire du même ton plein de douceur et avec le même accent oratoire. Nous aurons, à ce que nous pensons, vers le mois prochain ou dans le mois de mai, quand ce bill en faveur des papistes viendra devant la Chambre, à rassembler notre corps tout entier pour la première fois. Milord a l'idée de nous faire faire une procession dans les rues, simplement pour nous montrer en force et pour accompagner notre pétition jusqu'à la porte de la chambre des Communes.

— Plus tôt ça se fera, mieux ça vaudra, dit Dennis avec un autre juron.

— Il nous faudra marcher par divisions ; notre nombre, sans cela, serait trop considérable; et je crois pouvoir me hasarder à dire, reprit Gashford en affectant de ne pas avoir entendu l'interruption, quoique je n'aie pas d'instructions directes à ce sujet, que lord Georges a l'idée que vous feriez un excellent chef pour l'une de ces bandes; et je n'en doute pas pour ma part.

— Vous n'avez qu'à essayer, dit le coquin en clignant de l'œil d'une manière atroce.

— Vous auriez du sang froid, je le sais, poursuivit le secrétaire toujours souriant et toujours faisant manœuvrer ses yeux de telle sorte, qu'il pouvait l'observer de près sans se laisser voir lui-même; vous garderiez bien votre consigne et vous seriez d'une modération parfaite. Vous ne mèneriez pas votre colonne au danger, j'en suis certain.

— Je la mènerai, maître Gashford.... » Le bourreau allait gâter tout, quand Gashford se releva en sursaut, mit son doigt sur ses lèvres et feignit d'écrire, juste au moment où John Grueby ouvrait la porte.

« Oh! dit John en passant la tête; voilà encore un protestant.

— Faites-le attendre ailleurs, John, cria Gashford de sa voix la plus aimable; je suis occupé, quant à présent. »

Mais John avait amené à la porte le nouveau visiteur, qui entra sans façon, en même temps que Gashford donnait cet ordre. Ce n'était ni plus ni moins que le corps, les traits, le grossier costume et l'air tapageur de Hugh.

CHAPITRE XXXVIII.

Le secrétaire mit la main devant ses yeux pour les garantir de la clarté de la lampe, et pendant quelques moments il regarda Hugh en fronçant le sourcil, comme s'il se souvenait de l'avoir vu naguère, mais sans pouvoir se rappeler en quel lieu ni en quelle occasion. Son incertitude dura peu : car avant que Hugh eût prononcé un mot, il dit, en même temps que sa figure s'éclaircissait :

« Oui, oui, je me rappelle. C'est très-bien, John, vous n'avez pas besoin de rester.... Ne vous dérangez pas, Dennis.

— Votre serviteur, maître, dit Hugh quand Grueby eut disparu.

— Eh bien, mon ami, répliqua le secrétaire de son ton le plus doux, qu'est-ce qui vous amène ici? Nous n'aurions pas par hasard oublié de payer notre écot? »

Hugh fit entendre un rire bref à cette plaisanterie, et mettant la main dans les poches de son gilet, il exhiba une des affiches, toute sale et toute crottée d'avoir passé la nuit dehors, la posa sur le pupitre du secrétaire, après avoir commencé par la lisser et par effacer les rides qui s'y voyaient encore, avec la lourde paume de sa main.

« Vous n'avez oublié que ça, maître; et c'est tombé en bonnes mains, comme vous voyez.

— Qu'est-ce que c'est que cela? dit Gashford en retournant l'affiche d'un air de surprise innocente. Où vous êtes-vous procuré cela, mon bon garçon? qu'est-ce que cela signifie? Je n'y comprends rien du tout. »

Un peu déconcerté de cet accueil, Hugh portait ses regards du secrétaire sur Dennis, qui s'était levé et se tenait debout aussi près de la table ; en observant l'étranger à la dérobée, il paraissait éprouver la plus grande sympathie pour ses manières et son extérieur. Se croyant suffisamment autorisé par cet appel muet, M. Dennis hocha trois fois la tête à son intention comme confirmant le dire de Gashford : « Non, il ne comprend rien du tout à ça; je sais qu'il n'y comprend rien ; je jurerais qu'il n'y comprend rien ; » et cachant son profil à Hugh avec l'un des coins de sa cravate malpropre, il faisait des signes de tête et ricanait derrière cet écran, comme s'il trouvait admirable la conduite discrète du secrétaire.

« Ça dit toujours bien à celui qui le trouvera de venir ici, n'est-ce pas? demanda Hugh. Je ne suis pas un grand clerc, mais je l'ai montré à un ami, et il m'a assuré que ça disait ça.

— Oui, c'est positif, répliqua Gashford en ouvrant des yeux aussi grands qu'une porte cochère. Voici bien la plus drôle de chose que j'aie jamais vue de ma vie. Comment cela vous est-il tombé entre les mains, mon bon ami?

— Maître Gashford, dit le bourreau tout bas, d'une voix étouffée, vous n'avez pas votre pareil dans tout New-gate [1]. »

Soit que Hugh l'eût entendu, ou qu'il eût vu, à l'air de Dennis, qu'on se moquait de lui, soit qu'il eût deviné de lui-même le manége de Gashford, il alla droit au but, brutalement, selon son habitude.

« Voyons, cria-t-il en étendant sa main et reprenant l'affiche, ne vous occupez point de ce papier, de ce qu'il dit ou de ce qu'il ne dit pas. Vous n'y comprenez rien, maître.... ni moi non plus.... ni lui non plus, ajouta-t-il en lançant un coup d'œil à Dennis. Personne de nous ne sait ce que ça signifie ni d'où ça vient; c'est une affaire entendue. Tant il y a que je voudrais m'enrôler contre les catholiques; je suis antipa-

1. Prison de Londres.

piste, et prêt à m'engager par serment. Voilà pourquoi je
suis venu ici.

— Couchez-le sur la liste, maître Gashford, dit Dennis
d'un air approbatif. C'est comme ça qu'on se met à la besogne : droit au but, sans barguigner et sans bavarder.

— A quoi ça sert-il de tirer sa poudre aux moineaux, mon
vieux? cria Hugh.

— Mes sentiments tout crachés! répondit le bourreau.
Voilà un gaillard comme il m'en faut dans ma division,
maître Gashford. Prenez son nom, monsieur, couchez-le sur
la liste. Je veux bien être son parrain, quand il faudrait
pour son baptême faire un feu de joie des billets de la banque d'Angleterre. »

M. Dennis accompagna ces témoignages de confiance,
et d'autres compliments non moins flatteurs, d'une bonne
tape sur le dos qu'il donna à Hugh, et que celui-ci lui rendit sans se faire attendre.

« A bas le papisme, frère! cria le bourreau.

— A bas la propriété, frère! répondit Hugh.

— Le papisme, le papisme, dit le secrétaire avec son habituelle douceur.

— Tout ça, c'est la même chose! cria Dennis. Tout ça, c'est
très-bien. Le camarade a raison, maître Gashford. A bas tout
le monde, à bas tout! Hourra pour la religion protestante!
Voilà le vrai moment, maître Gashford! »

Le secrétaire les regarda tous les deux avec une expression
de physionomie très-favorable, tandis qu'ils lâchaient la bride
à toutes ces démonstrations de leurs sentiments patriotiques;
et il allait faire quelque remarque à haute voix, quand Dennis, s'avançant vers lui et lui couvrant la bouche de sa main,
lui dit tout bas de sa voix rauque, en lui poussant le coude:

« Ne tranchez pas trop avec lui du magistrat constitutionnel, maître Gashford. Il y a des préjugés populaires, vous savez; il pourrait bien ne pas aimer ça. Attendez qu'il soit plus
intime avec moi. C'est un gaillard bien bâti, n'est-ce pas?

— Un robuste compère, en vérité!

— Avez-vous jamais, maître Gashford, chuchota Dennis,
avec l'espèce d'admiration sauvage et monstrueuse d'un can-
nibale affamé, en regardant son intime ami; avez-vous jamais
(et alors il s'approcha plus près de l'oreille du secrétaire en

cachant sa bouche de ses deux mains) vu une gorge comme
celle-là? Jetez-y seulement les yeux. Quel col pour y passer
la corde, maître Gashford! »

Le secrétaire acquiesça à cette opinion de la meilleure grâce
qu'il put y mettre : car il y a de ces jouissances de connaisseur
qu'on ne peut guère simuler avec succès quand on n'est pas
du métier; et, après avoir fait au candidat un petit nombre
de questions peu importantes, il procéda à son enrôlement
comme membre de la grande Association protestante de l'Angleterre. Si quelque chose avait pu surpasser la joie que causa
à M. Dennis l'heureuse conclusion de cette cérémonie, ç'aurait été le ravissement avec lequel il reçut la déclaration que
le nouveau membre ne savait ni lire ni écrire : ces deux scien-
ces étant, sacrebleu! dit M. Dennis, la plus grande malédiction qu'une société civilisée pût connaître, et causant plus de
préjudice aux émoluments professionnels et aux profits du
grand office constitutionnel qu'il avait l'honneur d'exercer,
que n'importe quels autres fléaux qui pouvaient se présenter
à son imagination.

L'enrôlement étant achevé dans les formes et Gashford
ayant instruit à sa manière le néophyte des vues pacifiques
et strictement légales du corps auquel il avait l'honneur d'appartenir, cérémonie pendant laquelle Dennis joua souvent du
coude et fit à Gashford diverses grimaces remarquables, le
secrétaire leur fit entendre qu'il désirait être seul. Ils prirent
donc congé de lui sans délai, et sortirent ensemble de la
maison.

« Vous promenez-vous, frère? dit Dennis.

— Oui! répliqua Hugh, où vous voudrez.

— Voilà ce qui s'appelle un bon camarade, dit son nouvel
ami. Quel chemin allons-nous prendre? Voulez-vous que nous
allions jeter un coup d'œil aux portes où nous devons faire
un joli tapage, avant qu'il soit longtemps? Qu'en dites-vous,
frère? »

Hugh ayant accepté cette offre, ils s'en allèrent tout doucement à Westminster, où les deux chambres du parlement étaient
alors en séance. Se mêlant à la foule des carrosses, des chevaux, des domestiques, des porteurs de chaises, des porte-
falots, des commissionnaires et des oisifs de tout genre, ils
flânèrent aux alentours. Le nouvel ami de Hugh lui montra du

doigt, d'une manière significative, les parties faibles de l'édifice ; lui expliqua combien il était aisé de pénétrer dans le couloir, et par là à la porte même de la chambre des Communes ;
il lui fit voir enfin que, lorsqu'ils marcheraient en masse,
leurs rugissements et leurs acclamations seraient facilement
entendus à l'intérieur par les membres du parlement. Il
ajouta beaucoup d'autres observations analogues, toutes re-
çues par Hugh avec un plaisir manifeste.

Dennis lui nomma aussi quelques-uns des lords et des membres de la Chambre des communes, à mesure qu'ils entraient
ou sortaient ; il lui dit s'ils étaient amis ou ennemis des papistes, et il l'engagea à remarquer leurs livrées et leurs équipages, pour ne pas s'y tromper, en cas de besoin. Quelquefois il l'entraîna tout près de la portière d'un carrosse qui
passait, afin que l'autre pût voir la figure du maître à la lueur
des réverbères. Bref, sous le double rapport des personnes et
des localités, il prouva une telle connaissance de tout ce qui
l'entourait, qu'il fut évident pour Hugh que Dennis avait fait
souvent de cet endroit l'objet de ses études antérieures, comme
effectivement, lorsque leurs relations devinrent un peu plus
confidentielles, ce dernier ne fit pas difficulté d'en convenir.

Mais ce qu'il y avait dans tout cela de plus frappant, c'était
le nombre de gens, jamais en groupes de plus de deux ou trois
ensemble, qui semblaient se tenir cachés dans la foule pour
le même motif. A la majeure partie de ces gens un léger signe de tête ou un simple regard du compagnon de Hugh était
un salut suffisant ; mais, de temps en temps, un homme venait et s'arrêtait auprès de Dennis dans la foule, et, sans tourner la tête ni paraître communiquer avec lui, lui disait un
mot ou deux à voix basse. Puis ils se séparaient comme des
étrangers. Quelques-uns de ces hommes reparaissaient souvent d'une façon inattendue dans la foule tout près de Hugh,
et, en passant, lui serraient la main, ou le regardaient d'un air
farouche en plein visage, mais jamais ils ne lui parlaient, ni
lui à eux ; non, pas un mot.

Une chose remarquable encore, c'est que, quand il leur arrivait de se trouver là où il y avait presse, et que Hugh baissait par hasard les yeux, il était sûr de voir un bras allongé,
sous le sien peut-être, ou peut-être par devant lui, pour jeter
quelque papier dans la main ou la poche d'un spectateur,

puis se retirer si soudainement qu'il était impossible de dire
à qui il appartenait; Hugh ne pouvait pas non plus, en lançant un rapide coup d'œil à la ronde, découvrir sur n'importe
quelle figure la moindre confusion, ni la moindre surprise.
Souvent ils marchaient sur un papier semblable à celui qu'il
portait dans son sein; mais son compagnon lui disait à l'o-
reille de n'y pas toucher, de ne pas le relever, de ne pas
même le regarder; ils le laissaient donc sur le pavé et passaient leur chemin.

Lorsqu'ils eurent ainsi rôdé dans la rue et dans toutes les
avenues de l'édifice durant près de deux heures, ils s'éloignè-
rent, et son ami lui demanda ce qu'il pensait de ce qu'il venait de voir, et s'il était prêt à quelque échauffourée, dans le
cas où l'on en viendrait là.

« Plus elle sera chaude, mieux ça vaudra, dit Hugh ; je suis
prêt à n'importe quoi.

— Je le suis également, dit son ami, et nous ne sommes
pas les seuls. »

Alors ils se donnèrent une poignée de mains avec un grand
juron et nombre d'imprécations les plus terribles contre les
papistes.

Comme ils se sentaient altérés, Dennis proposa de se rendre ensemble à la *Botte*, où il y avait bonne compagnie et
liqueurs fortes. Hugh ne s'étant pas fait prier, ils dirigèrent
leurs pas de ce côté sans perdre de temps.

Cette Botte était un établissement public situé à l'écart
dans les champs, derrière l'hôpital des Enfants trouvés, lieu
très-solitaire à cette époque, et tout à fait désert après la
brune. La taverne était à quelque distance de toute grande
route; on n'en approchait que par une ruelle étroite et sombre: aussi Hugh fut-il très-surpris de trouver là beaucoup de
gens qui buvaient et faisaient bombance. Il fut encore plus
surpris de retrouver parmi ces gens-là toutes les figures qui
avaient attiré son attention dans la foule ; mais son compagnon l'ayant prévenu tout bas avant d'entrer qu'il serait de
mauvais genre à la Botte de faire attention à la société, il
garda ses réflexions pour lui et n'eut pas l'air de connaître
âme qui vive.

Avant de porter à ses lèvres la liqueur qu'on leur avait
servie, Dennis porta à haute voix la santé de lord Georges

Gordon, président de la grande Association protestante; Hugh fit raison à ce toast avec le même enthousiasme. Un joueur de violon qui se trouvait là, et qui avait l'air de remplir les fonctions de ménestrel officiel de la compagnie, racla immédiatement un branle d'Écosse, et il y mit tant d'entrain que Hugh et son ami, qui avaient commencé par boire, se levèrent de leurs sièges comme d'un commun accord, et, à la grande admiration des hôtes réunis, exécutèrent une improvisation chorégraphique, la danse de Pas de papisme.

CHAPITRE XXXIX.

Les applaudissements que la danse exécutée par Hugh et son nouvel ami arracha aux spectateurs de la Botte n'avaient pas encore cessé, et les deux danseurs étaient encore tout haletants de leurs gambades, qui avaient été d'un caractère des plus violents, quand la compagnie reçut du renfort. Les nouveaux venus, composés d'un détachement des Bouledogues Unis, furent reçus avec des marques très-flatteuses de distinction et de respect.

Le chef de cette petite troupe (car ils n'étaient que trois en le comptant) était notre ancienne connaissance, M. Tappertit, qui semblait, physiquement parlant, être devenu plus petit avec les années, particulièrement des jambes : jamais vous n'en avez vu de plus fluettes; mais par exemple, au point de vue moral, en dignité personnelle, en estime de soi-même, il avait acquis des proportions gigantesques. Il ne fallait pas avoir l'esprit bien observateur pour découvrir ces sentiments chez l'ex-apprenti : car non seulement il les proclamait, de manière à faire impression et à éviter toute méprise par sa majestueuse démarche et son œil flamboyant, mais en outre il avait trouvé un moyen frappant de révélation dans son nez retroussé, qui semblait affecter pour toutes les choses de la terre le plus profond dédain, et ne voulait entrer en communion qu'avec le ciel, sa patrie.

M. Tappertit, comme chef ou capitaine des Bouledogues, était accompagné de ses deux lieutenants : l'un, le long camarade de sa vie juvénile ; l'autre, un chevalier apprenti au temps jadis, Marc Gilbert, engagé anciennement chez Thomas Curzon de la Toison d'or. Ces gentlemen, comme lui-même, étaient maintenant émancipés de leur esclavage d'apprenti, et servaient en qualité d'ouvriers ; mais c'étaient, dans leur humble émulation de son grand exemple, des esprits hardis, audacieux, et ils aspiraient à un rôle distingué dans les grands événements politiques. De là leur alliance avec l'Association protestante d'Angleterre, sanctionnée par le nom de lord Georges Gordon ; de là aussi leur visite actuelle à la Botte.

« Gentlemen ! dit M. Tappertit, en ôtant son chapeau comme fait un grand général qui s'adresse à ses troupes. Bonne rencontre ! Milord me fait ainsi qu'à vous l'honneur de nous envoyer ses compliments personnels.

— Vous avez vu milord aussi, n'est-ce pas ? dit Dennis ; moi, je l'ai vu dans l'après-midi.

— Mon devoir m'appelait au couloir de la Chambre après la fermeture de notre boutique ; et c'est là que je l'ai vu, monsieur, répliqua M. Tappertit, en même temps qu'il s'assit avec ses lieutenants. Comment vous portez-vous ?

— A merveille, maître, à merveille, dit le luron. Voici un nouveau frère, inscrit en règle noir sur blanc, par maître Gashford. Il fera honneur à la cause, c'est un vrai sanssouci, une artère de mon cœur. Regardez-moi ça ; n'est-ce pas qu'il a l'air d'un homme qui fera l'affaire ? Qu'en dites-vous ? cria-t-il en donnant une tape à Hugh sur le dos.

— Que j'en aie l'air ou pas l'air, dit Hugh, dont le bras fit un moulinet d'ivrogne, je suis l'homme qu'il vous faut. Je hais les papistes, tous du premier jusqu'au dernier. Ils me haïssent et je les hais. Ils me font tout le mal qu'ils peuvent, et je leur ferai tout le mal que je pourrai. Hourra !

— Y eut-il jamais, dit Dennis en regardant autour de la salle, lorsque l'écho de la voix pétulante de Hugh se fut évanoui, avez-vous jamais vu pareil gaillard ? Tenez ! vous me croirez si vous voulez, frères, mais maître Gashford aurait pu courir cent milles et enrôler cinquante hommes ordinaires, qu'ils n'auraient pas valu celui-ci. »

La majeure partie de la société souscrivit implicitement à cette opinion, et témoigna sa confiance dans Hugh par des signes de tête et des coups d'œil très-significatifs. M. Tappertit, de son siége, le contempla longtemps en silence, comme s'il suspendait son jugement ; puis il s'approcha de lui un peu plus près, pour l'examiner plus soigneusement, puis alla tout contre lui, et le prenant à part dans un coin sombre :

« Dites-moi, demanda-t-il, en commençant son interrogatoire d'un front soucieux, ne vous ai-je pas déjà vu quelque part ?

— C'est possible, dit Hugh de son ton indifférent. Je ne sais pas ; je n'en serais pas étonné.

— Non, mais c'est chose facile à établir, répliqua Sim. Regardez-moi, m'avez-vous déjà vu ? Il est probable que vous ne l'oublieriez pas, vous savez, si vous en aviez eu l'occasion ? Regardez-moi, n'ayez pas peur ; je ne vous ferai aucun mal. Regardez-moi bien, voyons, fixement. »

La manière encourageante dont M. Tappertit fit cette demande, en y joignant l'assurance que l'autre ne devait pas avoir peur, amusa Hugh énormément ; à ce point même qu'il ne vit rien du tout du petit homme qui était devant lui, quand il ferma les yeux dans un accès de fou rire qui secouait ses larges flancs. Il finit par en avoir mal aux côtes.

« Allons ! dit M. Tappertit, qui commençait à s'impatienter de se voir traité avec cette irrévérence, me connaissez-vous, mon gars ?

— Non, cria Hugh. Ha ha ha ! non, mais je voudrais bien vous connaître.

— Et moi je gagerais une pièce de sept shillings, dit M. Tappertit en se croisant les bras et le regardant en face, les jambes très-écartées et solidement plantées sur le sol, que vous avez été palefrenier au Maypole. »

Hugh ouvrit les yeux à ces mots, et le regarda d'un air fort surpris.

« Et vous l'étiez en effet, dit M. Tappertit, en poussant Hugh, avec une condescendance enjouée. *Mes* yeux n'ont jamais trompé que les jolies femmes ! Ne me connaissez-vous pas maintenant ?

— Mais ne seriez-vous pas...? balbutia Hugh.

— Ne seriez-vous pas...? dit M. Tappertit. Vous n'en êtes

donc pas encore bien sûr? vous vous rappelez Georges Varden,
n'est-ce pas ? »

Certainement Hugh se le rappelait, et il se rappelait Dolly
Varden, aussi ; mais il ne le lui dit point.

« Vous rappelez-vous que j'allai là-bas, avant d'avoir achevé
mon apprentissage, et que j'y demandai des nouvelles d'un
vagabond qui avait filé, laissant son père inconsolable en
proie aux plus amères émotions, et tout ce qui s'ensuit? vous
le rappelez-vous ? dit M. Tappertit.

— Sans doute, je me le rappelle ! cria Hugh. C'est là que
je vous ai vu.

— C'est là que vous m'avez vu? dit M. Tappertit. Oui, certainement c'est là que vous m'avez vu ! on n'y ferait pas grand
chose de bon sans moi. Ne vous rappelez-vous pas que je
vous crus l'ami du vagabond, et qu'à ce propos j'étais au
moment de vous chercher querelle? puis, qu'ayant reconnu
que vous le détestiez plus que du poison, je voulus boire un
coup avec vous? Ne vous rappelez-vous pas cela ?

— Si fait ! cria Hugh.

— Bien ! et êtes-vous toujours dans les mêmes idées? dit
M. Tappertit.

— Oui ! rugit Hugh.

— Vous parlez en homme, dit M. Tappertit, et je vous
donnerai une poignée de main. »

Après ce langage conciliant, le geste suivit de près la parole. Hugh répondit avec empressement aux avances de
l'autre, et la cérémonie s'accomplit avec des démonstrations
de franche cordialité.

« Il se trouve, dit M. Tappertit en regardant à la ronde
toute la compagnie, que le frère.... je ne sais pas son nom....
et moi, nous sommes de vieilles connaissances.... Vous n'a-
vez plus jamais entendu parler de ce drôle, je suppose, hein ?

— Pas un mot, répliqua Hugh. Je ne le désire pas. Je ne
crois pas que jamais j'en entende parler. Il est mort depuis
longtemps, j'espère.

— Espérons, en faveur de l'humanité en général et du bonheur de la société, espérons qu'il est mort, dit M. Tappertit en frottant ses jambes avec la paume de sa main, qu'il
considérait de temps en temps dans l'intervalle. Votre autre
main est-elle un peu plus propre? C'est la même chose. Bien.

Je vous dois une autre poignée de main. Nous la tiendrons
pour donnée, si vous n'y voyez pas d'objection. »

Hugh se mit à rire derechef, et il se livra si complétement
à sa folle humeur, que ses membres semblèrent se disloquer
et tout son corps courir le risque d'éclater par morceaux ;
mais M. Tappertit, loin d'accueillir cette extrême gaieté de
mauvaise grâce, daigna la prendre en très-bonne part, et
même il s'y associa autant que le pouvait un personnage
aussi grave et d'un rang aussi élevé, qui sait la réserve et
le décorum qu'on doit s'attendre à voir garder en toute occasion par un homme qui occupe une haute position.

M. Tappertit ne se borna pas là, comme eussent fait beaucoup de personnages publics ; mais, ayant appelé ses deux
lieutenants, il leur présenta Hugh avec les plus grandes recommandations, déclarant que, par le temps qui courait,
c'était un homme qui ne pouvait être trop bien traité. En
outre, il lui fit l'honneur de remarquer que c'était une acquisition dont les Bouledogues Unis eux-mêmes seraient fiers ; et,
après s'être assuré, en le sondant, qu'il était tout prêt à entrer
volontiers dans la Société (car Hugh n'avait pas l'ombre d'un
scrupule, et il se serait ligué ce soir-là avec n'importe quoi,
ou n'importe qui, pour n'importe quel dessein), il voulut que
les préliminaires indispensables fussent accomplis sur place.
Cet honneur rendu à son grand mérite n'enchanta personne
plus que M. Dennis, comme il le proclama lui-même avec
force jurons des plus satisfaisants, et véritablement l'assem-
blée tout entière en ressentit une satisfaction infinie.

« Faites de moi ce que vous voudrez ! cria Hugh en agitant en l'air le pot qu'il avait déjà vidé plus d'une fois. Im-
posez-moi le service quelconque qui vous plaira. Je suis
votre homme. Je remplirai mon devoir. Voici mon capitaine.... voici mon chef. Ha ha ha ! Qu'il m'en donne l'ordre, je combattrai à moi seul tout le parlement, ou je mettrai une torche allumée au trône même du roi ! »

En disant cela, il frappa M. Tappertit sur le dos avec une
telle violence que son petit corps en parut réduit à sa plus
simple expression ; puis il recommença ses éclats de rire à
réveiller en sursaut, dans leurs lits, les enfants trouvés du
voisinage.

Le fait est que l'idée du singulier patronage auquel il se

trouvait accouplé avait pour lui quelque chose de si comique,
que son rude cerveau ne pouvait s'en détacher. La simple circonstance d'avoir pour patron ce grand homme qu'il eût écrasé
d'une main, s'offrit à ses yeux sous des couleurs si excentri-
ques et si fantasques, qu'une sorte de gaieté sauvage le possédait tout entier et subjuguait tout à fait sa brutale nature.
Il réitéra ses éclats de rire, porta cent toasts à M. Tappertit,
se déclara Bouledogue jusque dans la moelle des os, et jura
de lui être fidèle jusqu'à la dernière goutte de sang qui coulait dans ses veines.

M. Tappertit reçut tous ces compliments comme choses fort
naturelles.... peut-être un peu flatteuses dans leur genre,
mais dont on ne devait attribuer l'exagération qu'à son immense supériorité. Son aplomb plein de dignité ne fit que réjouir Hugh encore davantage ; en un mot, le géant et le nain
contractèrent une amitié qui promettait d'être durable : car
l'un regardait le commandement comme son droit légitime,
et l'autre considérait l'obéissance comme une exquise plaisanterie ; et, pour faire voir qu'il ne serait pas un de ces
acolytes passifs, qui se font scrupule d'agir sans ordres pré-
cis et définis, lorsque M. Tappertit monta sur un tonneau
vide qui était debout en guise de tribune, dans la salle, et
qu'il improvisa un speech sur la crise alarmante prête à éclater, le gaillard Hugh alla se placer à côté de l'orateur, et, bien
qu'il ricanât d'une oreille à l'autre à chaque mot que disait
son capitaine, il adressa aux railleurs des avertissements si
expressifs par la manœuvre de son gourdin , que ceux qui
étaient d'abord les plus disposés à interrompre l'orateur devinrent d'une attention remarquable et furent les premiers à
témoigner hautement leur approbation.

Tout n'était pas néanmoins tapage et badinage à la Botte ;
toute la compagnie n'écoutait pas le speech. Il y avait , à
l'autre bout de la salle (longue chambre, basse de plafond),
quelques hommes en conversation sérieuse pendant ce temps-
là. Lorsqu'un des personnages de ce groupe s'en allait dehors, on était sûr de voir de nouvelles recrues entrer après
et s'asseoir à leur tour, comme si on devait les relever de
faction ; et il était assez clair que la chose se passait ainsi,
car ces changements avaient lieu de demi-heure en demi-
heure, au coup de l'horloge. Ces personnes chuchotaient

beaucoup entre elles, se tenaient à distance et regardaient
souvent alentour, comme si elles ne voulaient pas que leurs
discours fussent entendus. Deux ou trois d'entre elles con-
signaient dans des registres les rapports des autres, à ce
qu'il semblait; quand elles n'étaient pas occupées de ce soin,
l'une d'elles recourait aux journaux qui étaient éparpillés sur
la table, et lisait aux autres, à voix basse, dans *la Chronique
de Saint-James, le Messager, la Chronique* ou *l'Avertisseur public*, quelque passage relatif à la question qui les intéressait
tous si profondément. Mais ce qui attirait le plus leur attention, c'était un pamphlet intitulé *le Foudroyant*, qui avait
épousé leurs opinions et que l'on supposait, à cette époque,
émaner directement de l'Association. Il était toujours demandé, et, soit qu'il fût lu tout haut à un petit groupe avide ou
médité par un lecteur isolé, la lecture en était infailliblement
suivie d'une conversation orageuse et de regards très-ani-
més.

Au milieu de son allégresse et de son admiration pour son
capitaine, Hugh reconnut, à ces signes et d'autres encore,
l'air de mystère qui l'avait déjà frappé avant d'entrer. Il
était clair comme le jour qu'il y avait là-dessous quelque
projet sérieux, et que les bruyantes régalades du cabaret
cachaient des menées dangereuses. Peu ému de cette découverte, il n'en était pas moins satisfait de ses quartiers, et il
y serait demeuré jusqu'au matin si son conducteur ne s'é-
tait levé bientôt après minuit pour rentrer chez lui. M. Tappertit, ayant suivi l'exemple de M. Dennis, ne laissa plus à
Hugh aucun prétexte de rester. Ils quittèrent donc ensemble
la taverne tous les trois, en braillant une chanson de *Pas de
papisme* à faire retentir toute la campagne de ce vacarme
affreux.

« Allez, capitaine! cria Hugh lorsqu'ils eurent braillé jusqu'à en perdre la respiration. Encore un couplet! »

M. Tappertit, sans la moindre répugnance, recommença;
et le trio continua sa route d'un pas chancelant, bras dessus,
bras dessous, poussant des cris enragés et défiant le guet
avec une grande valeur. Il est vrai qu'il n'y avait pas à cela
une grande bravoure ni une hardiesse exagérée, vu que les
watchmen d'alors, n'ayant pas d'autres titres à leur emploi
qu'un âge très-avancé et des infirmités constatées, s'enfer-

maient d'habitude hermétiquement et vivement dans leurs
guérites aux premiers symptômes de troubles, et n'en sortaient que quand ils avaient disparu. M. Dennis, qui avait
une voix de basse-taille et des poumons d'une puissance considérable, se distinguait particulièrement dans ce genre, ce
qui lui fit beaucoup d'honneur auprès de ses deux compagnons.

« Quel drôle de garçon vous êtes! dit M. Tappertit. Vous
êtes joliment discret et réservé. Pourquoi ne dites-vous jamais votre profession ?

— Répondez tout de suite au capitaine, cria Hugh en lui
enfonçant son chapeau sur la tête. Pourquoi ne dites-vous
jamais votre profession ?

— J'ai une profession aussi distinguée, frère, que n'importe quel gentleman en Angleterre.... une occupation aussi
douce que n'importe quel gentleman peut en désirer une.

— Avez-vous fait un apprentissage ? demanda M. Tappertit.

— Non. Génie naturel, dit M. Dennis. Pas d'apprentissage.
Ça m'est venu tout seul. Maître Gashford connaît ma profession. Regardez cette main que voici ; eh bien! elle a fait
plus d'une besogne, avec une propreté et une dextérité in-
connues auparavant. Lorsque je regarde cette main, dit
M. Dennis en l'agitant en l'air, et que je me rappelle les
*h*élégantes besognes qu'elle a troussées, je me sens tout à
fait mé*n*anconique de penser que je deviens vieux et faible.
Mais voilà la vie du monde ! »

Il poussa un profond soupir en s'abandonnant à ces réflexions; puis, mettant d'un air distrait ses doigts sur la
gorge de Hugh, et particulièrement sous l'oreille gauche,
comme s'il étudiait le développement anatomique de cette
partie de sa constitution, il hocha la tête d'une manière con-
sternée et versa de vraies larmes.

« Vous êtes une espèce d'artiste, je suppose.... hein ? dit
M. Tappertit.

— Oui, répliqua Dennis, oui.... Je peux m'appeler un artiste.... un ouvrier de fantaisie; « l'art embellit la nature : »
telle est ma devise.

— Et comment appelez-vous ceci? dit M. Tappertit en lui
prenant le bâton qu'il avait à la main.

— C'est mon portrait qui est en haut, répliqua Dennis ; le trouvez-vous ressemblant?

— Eh ! mais.... il est un peu trop beau, dit M. Tappertit. Qui l'a fait ? Vous?

— Moi ! repartit Dennis en contemplant avec tendresse son image. Je voudrais bien avoir ce talent. Cela fut sculpté par un de mes amis, qui n'existe plus. La veille même de sa mort, il tailla cela de mémoire avec son couteau de poche ! « Je mourrai bravement, dit mon ami, et mes derniers instants seront consacrés à faire le portrait de Dennis. » Voilà ce que c'est.

— Voilà une drôle d'idée ! dit M. Tappertit.

— Ah ! oui, une drôle d'idée ! répliqua l'autre en soufflant sur le nez de son image et le polissant avec le manche de son habit; mais c'était aussi un drôle de sujet.... une espèce de bohémien.... un des plus beaux hommes et des mieux découplés que vous ayez jamais vus. Ah! il me dit des choses qui vous feraient joliment tressaillir, cet ami-là, le matin du jour où il mourut.

— Vous étiez donc avec lui dans ce moment-là? dit M. Tappertit.

— Mais, oui, répondit Dennis avec un regard singulier, j'y étais. Oh! certainement que j'y étais ! Sans moi, il ne serait point parti pour l'autre monde aussi confortablement de moitié. Je m'étais trouvé avec trois ou quatre membres de sa famille dans les mêmes circonstances. C'étaient tous de beaux garçons.

— Ils devaient bien vous aimer, remarqua M. Tappertit en lui lançant un coup d'œil oblique.

— Je ne sais pas s'ils m'aimaient bien, en effet, dit Dennis avec quelque hésitation, mais ils m'eurent tous auprès d'eux à leur décès. Aussi j'ai hérité de leur garde-robe. Ce foulard que vous voyez autour de mon cou appartenait à celui dont je vous parle, celui qui fit ce portrait. »

M. Tappertit regarda l'article désigné, et parut se dire en lui-même que le défunt avait sur la toilette des idées particulières, et qui, dans tous les cas, n'étaient pas ruineuses. Il n'en fit cependant pas tout haut la remarque, et laissa son mystérieux camarade continuer sans interruption.

« Cette culotte, dit Dennis en frottant ses jambes, cette

culotte même.... elle appartenait à un de mes amis qui a échappé pour toujours aux tribulations d'ici-bas : cet habit aussi.... j'ai souvent marché derrière cet habit, dans les rues, en me demandant s'il ne me reviendrait pas quelque jour; cette paire de souliers a dansé une bourrée, aux pieds d'un autre individu, devant mes yeux, une demi-douzaine de fois au moins; et quant à mon chapeau, dit-il en l'ôtant et le faisant tourner sur son poing, Seigneur Dieu ! quand je pense que j'ai vu ce chapeau monter Holborn sur le siége d'une voiture de louage.... ah! bien des fois, bien des fois !

— Vous ne voulez pas dire que ceux qui ont porté jadis ces objets soient tous morts, j'espère? dit M. Tappertit, s'éloignant un peu de lui en lui posant cette question.

— Il n'y en a pas un qui soit en vie, répliqua Dennis; pas un, depuis le premier jusqu'au dernier. »

Il y avait quelque chose de si lugubre dans cette circonstance, et qui expliquait d'une manière si étrange et si horrible son habillement fané, décoloré, peut-être par la terre des tombeaux, que M. Tappertit annonça brusquement qu'il suivait un autre chemin, et s'arrêta tout court pour lui souhaiter le bonsoir de tout son cœur. Comme ils se trouvaient près de Old-Bailey [1], et que M. Dennis se rappela qu'il y avait des porte-clefs dans la loge du concierge avec lesquels il pourrait passer la nuit à discuter sur des sujets intéressants pour eux tous, sur quelque point de sa profession, au coin du feu, en vidant le petit verre de l'amitié, il se sépara de ses compagnons sans trop de regret; et ayant échangé une cordiale poignée de main avec Hugh en lui donnant rendez-vous pour le lendemain matin, de bonne heure, à la Botte, il les laissa poursuivre leur route.

« C'est un drôle de corps, dit M. Tappertit en observant le chapeau de feu le cocher de fiacre descendre la rue avec un mouvement oscillatoire. Je ne peux pas deviner ce qu'il est. Pourquoi donc n'a-t-il pas des culottes de commande comme tout le monde? Qu'est-ce qui l'empêche de porter des habits de vivant?

— C'est un homme chanceux, capitaine, cria Hugh. Je voudrais bien avoir des amis tels que les siens.

1. Prison.

— J'espère toujours qu'il ne leur fait pas faire leur testament pour les assommer ensuite, dit M. Tappertit d'un air soucieux. Mais allons, les Bouledogues Unis m'attendent. En avant!... Qu'est-ce que vous avez?

— Quelque chose que j'avais tout à fait oublié, dit Hugh, qui venait de tressaillir en entendant une horloge voisine. J'ai quelqu'un à voir cette nuit.... Il faut que je retourne tout de suite sur mes pas. Tandis que nous étions là à boire et à chanter, ça m'était sorti de la tête. C'est bien heureux que je me le sois rappelé. »

M. Tappertit le regarda comme s'il eût été sur le point d'exprimer quelques reproches majestueux au sujet de cet acte de désertion; mais la précipitation de Hugh montrant clairement que l'affaire était pressante, il lui fit grâce de ses observations, et lui accorda la permission de partir sur-le-champ, faveur précieuse que l'autre reconnut par un grand éclat de rire.

« Bonne nuit, capitaine! cria-t-il. Je suis à vous à la vie à la mort, souvenez-vous-en.

— Adieu! dit M. Tappertit en agitant sa main. Hardiesse et vigilance!

— Pas de papisme, capitaine! rugit Hugh.

— Plutôt voir l'Angleterre dans le sang! » cria son terrible chef.

Sur quoi Hugh applaudit, toujours en riant aux éclats, et se mit à courir comme un lévrier.

« Cet homme fera honneur à mon corps, dit Simon en tournant sur son talon d'un air pensif. Et voyons un peu. Dans un changement de société, qui est inévitable, si nous nous soulevons et que nous remportions la victoire, quand la fille du serrurier sera à moi, il faudra me débarrasser de Miggs d'une manière quelconque, ou un soir, pendant mon absence, elle empoisonnera la bouilloire à thé. Il pourrait épouser Miggs dans un moment d'ivresse. Oui, c'est ça. Je vais en prendre note. »

CHAPITRE XL.

Songeant fort peu au plan d'heureux établissement dont venait d'accoucher pour lui la féconde cervelle de son prévoyant capitaine, Hugh ne s'arrêta pas avant que les géants de Saint-Dunstan eussent frappé l'heure au-dessus de sa tête. Alors il fit jouer avec une grande vigueur la poignée d'une pompe qui se trouvait près de là ; et, fourrant sa tête sous le robinet, il se mit à prendre une bonne douche, laissant l'eau tomber en cascade de chacun de ses cheveux vierges du peigne ; et quand il fut trempé jusqu'à la ceinture, considérablement rafraîchi d'esprit et de corps par cette ablution, et presque dégrisé pour le moment, il se sécha du mieux qu'il put ; puis il franchit la chaussée, et fit manœuvrer le marteau de la porte de Middle-Temple.

Le portier de nuit regarda d'un œil revêche à travers un petit guichet du portail et cria : « Qui vive ? » Salut auquel Hugh répondit : « Ami ! » en lui disant de se dépêcher de lui ouvrir.

« Nous ne vendons pas de bière ici, cria l'homme ; qu'est-ce que vous voulez ?

— Entrer, répliqua Hugh, et il donna un grand coup de pied dans la porte.

— Pour aller où ?

— A Paper-Buildings.

— Chez qui ?

— Sir John Chester. » Et il accentua chacune de ses réponses d'un nouveau coup de pied.

Après avoir un peu grogné, le portier lui ouvrit la porte, et Hugh passa, mais non sans subir une inspection sérieuse.

« Qui ? vous ? rendre visite à sir John, à cette heure de nuit ! dit l'homme.

— Oui ! dit Hugh. Moi ! eh bien quoi ?

— Mais il faut que je vous accompagne et que je voie si vous y allez, car je ne le crois pas.

— Venez donc alors. »

L'examinant d'un regard soupçonneux, l'homme, avec une clef et une lanterne, marcha à son côté et le suivit jusqu'à la porte de sir John Chester. Le coup de marteau qu'y donna Hugh retentit au travers du sombre escalier comme l'appel d'un fantôme, et fit trembler le pâle lumignon dans la lampe assoupie.

« Croyez-vous maintenant qu'il désire me voir? » dit Hugh.

Avant que l'homme eût eu le temps de répondre, on entendit un pas à l'intérieur, une lumière apparut, et sir John, en robe de chambre et en pantoufles, ouvrit la porte.

« Je vous demande pardon, sir John, dit le portier en ôtant son chapeau. Voici un jeune homme qui prétend avoir à vous parler. Ce n'est guère l'heure des visites. J'ai cru prudent de l'accompagner.

— Ah ! ah ! cria sir John en relevant les sourcils. C'est vous, messager ? Entrez. C'est bien, mon ami. Je loue grandement votre prudence. Merci. Dieu vous bénisse ! Bonne nuit. »

De se voir loué, remercié, honoré d'un : « Dieu vous bénisse ! » et congédié avec les mots : « Bonne nuit ! » par un gentleman qui avait un sir devant son nom, et qui signait M. P. ¹, par-dessus le marché, c'était quelque chose pour un portier. Il se retira très-humblement et avec force saluts. Sir John suivit dans son cabinet de toilette son visiteur attardé, et, se plaçant dans sa bergère devant le feu, après l'avoir dérangée pour mieux le voir debout devant lui, le chapeau à la main, près de la porte, il le regarda de la tête aux pieds.

C'était bien ce vieillard au visage toujours calme et agréable; c'était son teint fleuri, clair, et tout à fait juvénile; le même sourire; la précision et l'élégance habituelles de sa toilette; les dents blanches et bien rangées; ses manières composées et paisibles; chaque chose comme elle avait accoutumé d'être : nulles marques de l'âge ni des passions, ni envie, ni haine, ni mécontentement : tout tranquille et serein; cela faisait plaisir à voir.

1. Initiales de *Member of Parliament*.

Il signait M. P., mais comment cela ? Eh mais, voici comment. C'était une orgueilleuse famille, plus orgueilleuse, en vérité, qu'opulente. Il avait couru le risque d'être arrêté pour dettes, d'avoir affaire aux baillifs[1] et de tâter de la prison, d'une prison vulgaire, ouverte aux petites gens qui ne jouissent que de petits revenus. Les gentlemen des maisons les plus anciennes n'ont pas de privilége qui les exempte de si cruelles lois; il faut pour cela qu'ils appartiennent à une grande maison[2], la seule qui confère ce privilége : alors c'est différent. Un orgueilleux personnage de sa race trouva moyen de l'envoyer au parlement. Il offrit, non pas de payer ses dettes, mais de le laisser siéger pour un bourg dévoué jusqu'à ce que son propre fils eût atteint sa majorité : c'était toujours vingt ans de bon, s'il vivait jusque-là. Cela valait un bill d'insolvabilité reconnue, et c'était infiniment plus distingué. Voilà comme sir John Chester devint un membre du parlement.

Mais pourquoi, *sir* John ? Rien de si simple, de si aisé. Que l'épée royale vous touche, et la transformation est accomplie. John Chester, esquire, M. P., parut à la cour; il y alla porter une adresse au chef de l'État, à la tête d'une députation. Des manières si élégantes, tant de grâce dans le maintien, une conversation si aisée, ne pouvaient passer inaperçues. Monsieur était trop commun pour un pareil mérite. Un homme si gentlemanesque aurait dû.... mais la fortune est si capricieuse.... naître duc : précisément comme quelques ducs auraient dû naître gens de rien. Il plut au roi, s'agenouilla chrysalide et se releva papillon. Voilà comment John Chester, esquire, fut fait chevalier et devint *sir* John.

« Je croyais, quand vous m'avez laissé ce soir, mon estimable connaissance, dit sir John après un silence assez long, que vous aviez l'intention de revenir plus tôt que cela ?

— Je l'avais en effet, maître.

— Et c'est comme cela que vous avez tenu parole ? riposta M. Chester en jetant les yeux sur sa montre. Est-ce là ce que vous voulez dire ? »

[1] Ceux qui exécutent les prises de corps.
[2] *The house*, la maison. C'est le nom qu'on donne à la chambre des Communes.

Au lieu de répliquer, Hugh s'appuya sur son autre jambe, fit passer son chapeau dans son autre main, regarda le parquet, le mur, le plafond, et enfin sir John lui-même. Devant l'agréable figure de son hôte, il baissa de nouveau ses yeux, et les fixa sur le parquet.

« Et comment avez-vous employé votre temps? dit sir John en croisant ses jambes avec indolence; où avez-vous été? Quel mal avez-vous fait?

— Pas de mal du tout, maître, grommela Hugh d'un air humble. Je n'ai fait que ce que vous m'avez ordonné.

— Ce que je *quoi*? répliqua sir John.

— Eh bien alors, dit Hugh avec embarras, ce que vous m'avez conseillé, ce que vous m'avez dit que je devais ou que je pouvais faire, ou que vous feriez vous-même si vous étiez à ma place. Ne soyez-donc pas si sévère avec moi, maître. »

Quelque chose comme une expression de triomphe, à la vue du parfait contrôle qu'il avait établi sur ce rude instrument, parut un instant dans les traits du chevalier; mais cela s'évanouit aussitôt qu'il commença de répondre, en se taillant les ongles :

« Lorsque vous dites que je vous ai ordonné, mon bon garçon, cela implique que je vous ai chargé de faire quelque chose pour moi.... quelque chose que je désirais vous faire faire.... quelque chose de relatif à mes desseins particuliers.... vous comprenez? Or, je n'ai pas besoin, j'en suis sûr, d'insister sur l'extrême absurdité d'une telle idée, encore qu'elle ne soit nullement intentionnelle. Ainsi, veuillez (et ici il tourna ses yeux vers lui) faire plus d'attention à ce que vous dites. Vous y penserez, n'est-ce pas?

— Je n'ai pas eu l'intention de vous offenser, dit Hugh. Je ne sais que dire. Vous me tenez de si court !

— On vous tiendra de beaucoup plus court, mon bon ami, d'infiniment plus court, un de ces jours; vous pouvez y compter, répliqua son patron avec calme. A propos, au lieu de m'étonner que vous ayez été si long à venir, je devrais plutôt m'étonner que vous soyez venu. Qu'est-ce que vous me voulez?

— Vous savez, maître, dit Hugh, que je ne pouvais pas lire l'affiche que j'avais trouvée, et que, supposant que c'était

quelque chose d'extraordinaire à la façon dont c'était enveloppé, je l'apportai ici.

— Et ne pouviez-vous demander à tout autre que moi de
vous la lire, ours mal léché ? dit sir John.

— Je n'avais personne à qui confier un secret, maître.
Depuis que Barnabé Rudge a disparu pour tout de bon, et
il y a cinq ans de cela, je n'ai causé qu'avec vous seul.

— Vous m'avez fait un grand honneur, certainement.

— Mes allées et venues, maître, pendant tout ce temps,
lorsqu'il y avait quelque chose à vous dire, se sont répétées,
parce que je savais que vous seriez en colère contre moi si
je restais à l'écart, dit Hugh, lâchant ses paroles à l'étourdie,
après un silence plein d'embarras, et parce que je désirais
faire mon possible pour vous plaire, afin de ne pas vous
avoir contre moi. Voilà ! c'est la vraie raison pour laquelle
je suis venu cette nuit. Vous le savez bien, maître; j'en
suis sûr.

— Vous êtes un finaud, répliqua sir John en fixant sur
lui ses yeux, et vous avez deux faces sous votre capuchon,
tout aussi bien que les plus rusés. Ne m'avez-vous pas
donné, ce soir, dans cette chambre, un tout autre motif?
ne m'avez-vous pas dit que vous en vouliez à quelqu'un
qui vous a témoigné du mépris dernièrement, et qui, en
toute circonstance, vous a malmené; qui vous a traité
plutôt comme un chien que comme un homme, son semblable?

— Bien sûr, je vous ai donné ce motif! cria Hugh en s'em-
portant, ainsi que l'autre l'avait prévu; je vous l'ai dit, et je
vous le répète, je ferai n'importe quoi pour tirer vengeance
de lui; n'importe quoi. Et quand vous m'avez dit que lui
et les catholiques souffriraient de la part de ceux qui se sont
réunis sous cette affiche, je vous ai déclaré que je voulais
être l'un d'eux, leur chef fût-il le diable en personne. Eh
bien ! je *suis* l'un d'eux, à présent. Voyez si je suis homme
de parole, et si on peut compter sur moi. Il est possible que
je n'aie pas beaucoup de tête, maître, mais j'ai assez de tête
pour me souvenir de ceux qui ont des torts avec moi. Vous
verrez, il verra, et cent autres verront si j'en rabattrai rien
quand le moment sera venu. Ce n'est rien de m'entendre, il
faut me voir mordre. J'en connais d'aucuns pour qui il vau-

drait mieux avoir un lion sauvage au milieu d'eux que moi, quand je serai déchaîné. Oh oui ! cela vaudrait mieux pour eux. »

Le chevalier le regarda avec un sourire beaucoup plus significatif qu'à l'ordinaire; et, lui montrant la vieille armoire, il le suivit des yeux, tandis que Hugh remplissait un verre et le vidait d'un trait. M. Chester, derrière le dos de son hôte, sourit d'une façon encore plus significative.

« Vous êtes d'une humeur tapageuse, mon ami, dit-il lorsque Hugh se fut retourné de son côté.

— Moi? non, maître! cria Hugh. Je ne dis pas la moitié de ce que je pense. Je ne sais pas m'exprimer. Je n'ai pas ce don. Il y en a assez qui parlent parmi nous; moi, je serai un de ceux qui agissent.

— Ah! vous avez donc rejoint ces gaillards-là? dit sir John de l'air de la plus profonde indifférence.

— Oui; je suis allé à la maison que vous m'aviez désignée, et je me suis fait inscrire comme recrue. Il y avait là un autre homme nommé Dennis.

— Dennis, ah! oui, cria sir John en riant. Oui, oui, encore un joli garçon, je crois.

— Un fameux luron, maître, un camarade selon mon cœur, et joliment chaud sur l'affaire en question; chaud comme braise.

— Je l'ai entendu dire, répliqua sir John négligemment. Vous n'avez pas eu l'occasion d'apprendre quel est son métier, n'est-ce pas?

— Il n'a pas voulu nous le dire, cria Hugh. Il en fait mystère.

— Ah! ah! dit sir John en riant; un étrange caprice; il y a des gens qui ont cette faiblesse-là. Vous le saurez un jour, je vous le jure.

— Nous sommes des intimes déjà, dit Hugh.

— C'est tout à fait naturel! Et vous avez bu ensemble, hein? poursuivit sir John. Vous ne m'avez pas dit, je crois, où vous êtes allés de compagnie en sortant de chez lord Georges ? »

Hugh ne le lui avait pas dit, et n'avait pas songé à le lui dire; mais il le lui conta; et cette demande ayant été suivie d'une longue file de questions, il rapporta tout ce qui s'était passé, soit à l'intérieur soit à l'extérieur, l'espèce de gens qu'il avait vus, leur nombre, leurs sentiments, leur conversation, leurs espérances et leurs intentions apparentes. Son interrogatoire fut dirigé avec tant d'art, qu'il croyait donner tous ces renseignements de lui-même, et non se les laisser arracher; et, grâce à l'habile manége de sir John, il en était tellement convaincu que, lorsqu'il le vit bâiller enfin et se plaindre d'être excessivement fatigué, Hugh lui fit des excuses à sa manière, de l'avoir tenu là si longtemps à écouter son bavardage.

« Là, maintenant, allez-vous-en, dit sir John en tenant d'une main la porte ouverte. Vous avez fait de jolie besogne ce soir. Je vous avais dit de ne pas faire cela. Vous pouvez vous mettre dans l'embarras. Mais vous voulez absolument une occasion de vous venger de votre orgueilleux ami Haredale, et pour y réussir vous risqueriez n'importe quoi, je suppose?

— Oui, certes, riposta Hugh en s'arrêtant au moment où il sortait et regardant en arrière; mais qu'est-ce que je risque? Qu'est-ce que j'ai à perdre, maître? des amis, un ménage? je m'en moque pas mal; je n'en ai pas, ainsi qu'est-ce que ça me fait? Donnez-moi une bonne bagarre; laissez-moi régler de vieux comptes dans une émeute hardie où il y aura des hommes pour me soutenir; et après ça, faites de moi ce que vous voudrez. Au bout du fossé la culbute.

— Qu'avez-vous fait de ce papier? dit sir John.

— Je l'ai sur moi, maître.

— Jetez-le à terre en vous en allant; il vaut mieux ne pas garder de ces choses-là sur soi. »

Hugh fit un signe de tête affirmatif, et ôtant son bonnet de l'air le plus respectueux qu'il put prendre, il s'éloigna.

Sir John, ayant mis le verrou à la porte derrière son visiteur, revint à son cabinet de toilette, se rassit encore une fois devant le feu, qu'il contempla longtemps dans une méditation sérieuse.

« Cela va bien, dit-il enfin avec un sourire, et promet merveilles. Voyons un peu. Mes parents et moi, qui sommes les plus chauds protestants du monde, nous souhaitons tout le mal possible à la cause des catholiques romains; et quant à Saville, qui a présenté le bill en leur faveur, j'ai contre lui en

outre une objection personnelle : mais, comme chacun de nous
fait de sa propre personne le premier article de son *credo*, nous
ne nous commettrons pas en nous joignant à un fou fieffé, tel
que l'est indubitablement ce Gordon. Seulement je peux fo-
menter en secret les troubles qu'il occasionne, et me servir
dans ce but d'un aussi bon instrument que le sauvage ami qui
sort de chez moi ; c'est une chose utile pour favoriser nos
vues réelles. Je puis encore exprimer dans toutes les conjonc-
tures convenables, en termes modérés et polis, une désap-
probation de ses actes, bien que nous soyons d'accord avec lui
en principe : c'est le moyen infaillible de nous faire une réputation de gens honnêtes et droits dans nos desseins, réputation
qui ne peut manquer de nous être infiniment avantageuse, et
de nous élever à quelque importance politique. Très-bien.
Voilà pour le côté public de cette affaire. Quant aux considérations privées, j'avoue que, si ces vagabonds faisaient
quelque émeute (ce qui ne semble pas impossible), et qu'ils
infligeassent quelque petit châtiment à Haredale, comme
étant un des membres les plus actifs de la secte, cela me
serait extrêmement agréable, et m'amuserait outre mesure.
Très-bien encore ! et même peut-être mieux ! »

Quand il en fut là, il prit une prise de tabac ; puis commençant à se déshabiller tout doucement, il résuma ses méditations en disant avec un sourire :

« Je crains, oui, je crains excessivement que mon ami ne
marche un peu bien vite sur les traces de sa mère. Son intimité avec M. Dennis est de mauvais augure. Mais je ne doute
pas qu'il n'eût toujours fini par là. Si je lui prête le secours
de ma main, la seule différence, c'est qu'il boira peut-être,
au total, un peu moins de gallons, ou de poinçons, ou de
muids en cette vie qu'il n'en aurait bu autrement. Cela ne
me regarde pas, et c'est d'ailleurs une affaire de mince importance ! »

Là-dessus il prit une autre prise de tabac, et alla se
coucher.

CHAPITRE XLI.

De l'atelier de la Clef d'Or s'échappait un tintement si joyeux et de si bonne humeur, qu'il donnait naturellement à penser que celui qui faisait une musique si agréable devait travailler gaiement et de bon cœur. N'ayez pas peur qu'un homme qui manie seulement le marteau pour accomplir une tâche ennuyeuse et monotone tire jamais des sons si guillerets de l'acier et du fer. Il fallait pour cela un compère gazouillant, bien portant, franc et honnête, bienveillant pour tout le monde, un vrai Roger Bontemps. Il eût été chaudronnier, qu'il eût battu ses chaudrons en cadence. Eût-il été sur le siége de quelque chariot sautant sur le pavé avec une cargaison de barres de fer, qu'il eût tiré bien sûr de leurs cahots quelque harmonie imprévue.

Tink, tink tink. C'était clair comme une sonnette d'argent, et cela se faisait entendre à chaque pause des bruits plus âpres de la rue, comme si cela disait : « Il ne m'en chaut ; rien ne me contrarie ; je suis résolu à être heureux. » Les femmes grondaient, les enfants piaillaient, les lourdes charrettes passaient avec un sourd tapage, d'horribles cris sortaient des poumons des colporteurs ; et toujours cela refrappait, pas plus haut, pas plus bas, pas plus fort, pas plus doucement, sans chercher à s'imposer un brin à l'attention publique, pour se dédommager d'avoir été dominé par des sons plus bruyants. Tink, tink, tink, tink, tink. C'était une personnification parfaite d'une petite voix d'enfant vierge de tout rhume, de tout embarras dans la gorge, de tout enrouement ou de toute autre incommodité. Les piétons ralentissaient leur pas, et étaient disposés à s'arrêter auprès ; les voisins, qui s'étaient levés le matin avec le spleen, sentaient la bonne humeur se glisser en eux lorsqu'ils entendaient ce tink tink-là, et petit à petit ils devenaient tout gaillards ; les mères faisaient danser leurs poupons à ce tintement ; et toujours ce magique tink, tink, tink s'échappait joyeux de l'atelier de la Clef d'Or.

Il n'y avait que le serrurier pour pouvoir faire pareille musique! Un rayon de soleil, brillant à travers la fenêtre sans croisée et rompant l'obscurité du sombre atelier par une large plaque de lumière, tombait en plein sur lui, comme attiré par son cœur chaleureux. Il était là, debout à son enclume, sa figure toute rayonnante d'exercice et d'allégresse, ses manches retroussées, sa perruque en arrière de son front luisant; c'était bien l'homme le plus à son aise, le plus libre, le plus heureux du monde entier. Auprès de lui se tenait assis un chat au poil lisse, faisant son ronron, clignant des yeux au grand jour, et s'abandonnant de temps en temps à un assoupissement paresseux, comme par excès de confort. Tobie[1] regardait son maître du bout d'un banc placé tout près de là; Tobie n'est tout entier qu'un radieux sourire de la tête aux pieds, depuis sa frimousse en terre cuite, brun marron, jusqu'aux boucles rissolées de ses souliers. Ses serrures elles-mêmes, suspendues autour de la boutique, avaient jusque dans leur rouille quelque chose de jovial, et ressemblaient à ces gentlemen goutteux, de gaillarde nature, disposés à plaisanter de leurs infirmités. Rien de maussade, rien de sévère dans toute cette scène. Je suis sûr que dans cette collection de clefs innombrables, il n'y en avait pas une qui se fût prêtée à ouvrir les coffres-forts d'un avare, ou une porte de prison. Quant à des caves pleines de bière et de vin, des chambres avec un bon feu, des livres intéressants, une causerie piquante, et des éclats de rire réjouissants, à la bonne heure, les clefs se trouvaient là sur leur terrain; mais des lieux de méfiance, de cruauté et de contrainte, elles les auraient laissés fermés bel et bien pour jamais, à quatre tours.

Tink, tink, tink. Le serrurier fit enfin une pause et essuya son front. Le silence réveilla le chat, qui, sautant doucement à bas, rampa vers la porte, et y guetta avec des yeux de tigre un oiseau dans sa cage à une fenêtre d'en face. Gabriel leva Tobie jusqu'à ses lèvres et but une bonne gorgée.

Alors, comme il était tout droit, sa tête rejetée en arrière, sa corpulente poitrine en saillie, on aurait vu que la partie inférieure de l'habillement de Gabriel appartenait au cos-

1. Le fameux cruchon de M. Varden.

tume militaire. Si l'on avait en outre regardé le mur, on y
eût observé, suspendus à leurs différentes chevilles, un chapeau à plumet, un sabre, un ceinturon, un habit rouge ; et
tout homme, pour peu qu'il fût versé en pareilles matières,
aurait reconnu à leur façon et à leur patron ces divers objets pour l'uniforme de sergent des volontaires royaux de
Londres oriental. •

Lorsqu'il eut vidé son cruchon, et qu'il l'eut replacé sur
le banc d'où Tobie lui avait souri auparavant, le serrurier
regarda ces articles d'un œil de jubilation, et, en penchant
la tête un peu de côté, comme s'il eût voulu les réunir sous
le même rayon visuel, il dit, appuyé sur son marteau :

« Un temps fut, je m'en souviens, que le plaisir de porter
un habit de cette couleur m'aurait presque rendu fou, et, si
tout autre que mon père eût voulu plaisanter mon enthousiasme, comme j'aurais jeté feu et flamme! Et pourtant j'ai
fait là une grande folie certainement !

— Ah ! soupira Mme Varden, qui était entrée sans être
aperçue, certainement c'est une folie. Un homme de votre
âge, Varden, faire des bêtises pareilles!

— Eh mais, quelle drôle de femme vous faites, Marthe! dit
le serrurier, qui se retourna en souriant.

— Certainement, répliqua Mme Varden avec une gravité
extrême. Sans doute je suis très-drôle en effet. Je sais cela,
Varden, merci.

— Je veux dire.... commença le serrurier.

— Oui, dit la femme, je sais ce que vous voulez dire. Vous
parlez assez clairement pour vous faire comprendre, Varden.
C'est bien de la bonté de votre part que de vous mettre ainsi
à ma portée.

— Là ! Marthe, répliqua le serrurier; ne vous fâchez donc
pas pour rien. Je veux dire qu'il est fort étrange que vous
me reprochiez cet enrôlement volontaire, lorsqu'on ne le fait
que pour vous défendre, vous et toutes les autres femmes,
notre foyer domestique et celui de tout le monde, en cas de
besoin.

— C'est le fait d'un mauvais chrétien, cria Mme Varden
en hochant la tête.

— D'un mauvais chrétien ! dit le serrurier. Eh mais, le
diable.... »

Mme Varden regarda le plafond, comme si elle se fût attendue que la conséquence immédiate de cette profanation serait
de faire dégringoler par le plafond le lit à quatre montants du
second étage, avec le beau salon du premier ; mais aucun
jugement visible ne s'étant accompli, elle poussa un grand
soupir, et pria son mari, avec l'accent de la résignation, de
continuer, et de ne pas se gêner pour blasphémer ; qu'il savait combien elle aimait cela.

Le serrurier parut un moment disposé à lui faire ce plaisir ; mais il se ravisa à propos, et lui répondit doucement :

« Dame aussi ! pourquoi, au nom du ciel, dites-vous que
c'est le fait d'un mauvais chrétien ? Lequel serait plus chrétien, Marthe, de rester tranquilles et de laisser saccager nos
maisons par une armée ennemie, ou de nous lever comme des
hommes pour la mettre en fuite ? Ne serais-je pas une belle
espèce de chrétien, si j'allais me cacher dans un coin de ma
cheminée pour regarder de là une bande de sauvages en
moustaches emporter Dolly, ou vous peut-être ? »

Quand il dit : « Ou vous peut-être, » Mme Varden, malgré
qu'elle en eût, ne put s'empêcher de sourire. Il y avait dans
cette idée une manière de compliment.

« J'avoue que, si les choses en étaient là…. dit-elle avec
un sourire modeste.

— Si les choses en étaient là ! répéta le serrurier. Mais
c'est ce que vous verriez arriver tout de suite. Miggs elle-
même y passerait. Quelque négrillon, jouant du tambour de
basque, avec un grand turban sur la tête, viendrait essayer
de l'emporter, et, à moins que le joueur de tambour de basque ne fût à l'épreuve des coups de pied et des égratignu-
res, c'est ma conviction qu'il en serait le mauvais marchand. Ha ! ha ! ha ! Je plaindrais le joueur de tambour de
basque. Je ne lui conseille pas de s'y frotter, le pauvre garçon. » Et ici le serrurier se mit à rire de si bon cœur, que
les larmes lui en vinrent aux yeux, au grand scandale de
Mme Varden, qui pensait que le rapt d'une protestante aussi
solide, d'une personne aussi estimable dans sa vie privée que
Miggs, et par un nègre encore, un vil païen, était une circonstance trop choquante et trop effroyable pour qu'on y
songeât sans frémir.

Le tableau que Gabriel venait d'esquisser menaçait d'a-

voir des conséquences sérieuses, et il en aurait eu sans
aucun doute, si par bonheur, en ce moment, un léger pas
n'eût franchi le seuil, et si Dolly, s'élançant dans la boutique, n'eût jeté ses bras autour du cou de son vieux père,
qu'elle tenait étroitement serré.

« La voilà donc enfin ! cria Gabriel. Quelle bonne mine
vous avez, Doll ! et comme vous venez tard, ma chérie ! »

Quelle bonne mine elle avait ? Bonne mine ? Je crois bien ;
il eût épuisé tous les adjectifs élogieux du dictionnaire, qu'il
n'aurait pas encore assez loué sa fille. Où donc vit-on jamais
dans le monde entier une petite minette si potelée, si friponne, si avenante, si petillante, si séduisante, si ravis-
sante, si éblouissante, si enivrante que Dolly ! Ne me parlez
pas de la Dolly d'il y a cinq ans ; c'est bien autre chose aujourd'hui ! Combien de carrossiers, de selliers, d'ébénistes et
de garçons passés maîtres dans d'autres arts utiles, qui
avaient abandonné leurs pères, leurs mères, leurs sœurs,
leurs frères, et, ce qui est au-dessus de tout cela, leurs cou-
sines, pour l'amour d'elle ! Combien de gentlemen inconnus,
qu'on supposait nantis d'immenses fortunes, sinon de titres.... qui guettaient Miggs au coin de la rue après la
brune, pour engager cette fille incorruptible, en la tentant
par des guinées d'or, à remettre à sa jeune maîtresse des offres de mariage sous le sceau d'un billet doux ! Combien de
pères inconsolables, négociants aisés, avaient fait visite au
serrurier pour le même motif, et lui avaient raconté de lugubres histoires domestiques, comme quoi leurs fils, perdant
l'appétit, en étaient venus à s'enfermer dans d'obscures
chambres à coucher, ou bien à errer dans des faubourgs solitaires avec de pâles figures, et tout cela parce que Dolly
Varden était aussi cruelle que jolie ! Que de jeunes gens, qui
avaient montré à une époque antérieure une sagesse exemplaire, s'étaient portés soudain pour le même motif à des
extravagances inexcusables, comme d'arracher les marteaux
des portes et de culbuter les guérites des watchmen rhuma-
tisants ! Combien avait-elle recruté pour le service du roi,
tant sur terre que sur mer, en réduisant au désespoir les
sujets de Sa Majesté qui s'étaient amourachés d'elle, entre
dix-huit et vingt-cinq ans ! Combien de jeunes demoiselles
avaient publiquement déclaré, les larmes aux yeux, qu'elle

était beaucoup trop petite, trop grande, trop hardie, trop froide, trop forte, trop mince, trop blonde, trop brune, trop n'importe quoi, mais pas belle! Combien de vieilles dames, dans leurs conciliabules, avaient remercié le ciel de ce que leurs filles ne lui ressemblaient pas, et avaient exprimé le souhait qu'il ne lui arrivât rien de fâcheux, quoique bien persuadées qu'elle ne tournerait pas bien, et avaient fini par dire qu'elle avait un air effronté qui ne leur avait jamais plu, et qu'au demeurant ce n'était qu'une mystification parfaite et une bévue de la foule!

Et avec tout cela, Dolly Varden était si capricieuse et si difficile, qu'elle était encore Dolly Varden, avec tous ses sourires, et ses fossettes, et son joli minois, ne se souciant pas plus des cinquante ou soixante jeunes gens dont le cœur se brisait du désir de l'épouser, que si c'eussent été autant d'huîtres contrariées dans leurs amours qui fussent là, l'écaille béante, à exhaler leurs peines de cœur.

Dolly embrassa son père, comme nous l'avons déjà dit, et, après avoir embrassé aussi sa mère, elle les accompagna tous deux dans la petite salle à manger où la nappe était déjà mise pour le dîner, et où Mlle Miggs, un tantinet plus roide et plus raboteuse que jamais, l'accueillit avec une contraction hystérique de sa bouche qu'elle croyait un sourire.

Aux mains de cette jeune vierge Dolly confia son chapeau et sa robe de promenade (le tout d'un goût terriblement artificieux, plein de mauvaises intentions), et alors elle dit avec un rire qui balança la musique du serrurier :

« Avec quel plaisir je reviens toujours à la maison!

— Et quel plaisir c'est toujours pour nous, Doll, dit son père, en relevant en arrière les cheveux noirs qui voilaient ses yeux étincelants, de vous revoir à la maison! Donnez-moi un baiser. »

Ah! s'il y avait eu là quelque malheureux du sexe masculin pour voir le baiser que Dolly lui donna! mais il n'y en avait pas, Dieu merci!

« Je n'aime pas que vous restiez à la Garenne, dit le serrurier. Je ne peux point supporter de ne plus vous avoir sous mes yeux. Et quelles nouvelles de là-bas, Doll?

— Quelles nouvelles de là-bas? Je pense que vous les savez déjà, répondit sa fille. Oh! oui, vous les savez, j'en suis sûre.

— Vrai? cria le serrurier; qu'est-ce qu'il y a donc?

— Allons, allons, dit Dolly, vous le savez bien. Mais dites-moi donc un peu, pourquoi M. Haredale.... oh! comme il est redevenu morose et brusque, en vérité!... est parti de la Garenne depuis quelques jours, et pourquoi il est en voyage (nous ne savons qu'il est en voyage que par ses lettres) sans dire seulement à sa nièce où, ni pourquoi, ni comment?

— Je parie que Mlle Emma ne demande pas à le savoir, répliqua le serrurier.

— Je n'en sais rien, dit Dolly; mais moi je le demande, à tout prix. Dites-le-moi. D'où vient qu'il est si mystérieux? et qu'est-ce que cette histoire de fantôme, que personne ne doit raconter à Mlle Emma, et qui semble se rattacher au départ de son oncle? Ah! je vois que vous le savez, car vous devenez tout rouge.

— Ce que signifie cette histoire ou ce qu'elle est au fond, ou le rapport qu'elle a avec son départ, je ne le sais pas plus que vous, ma chère, répliqua le serrurier, sinon que c'est quelque frayeur folle du petit Salomon, qui ne signifie rien du tout, je suppose. Quant au voyage de M. Haredale, il va, selon ce que je crois...

— Oui, dit Dolly.

— Selon ce que je crois, reprit le serrurier en lui pinçant la joue.... à ses affaires, Doll. Quelles sont ses affaires? c'est une tout autre question. Vous n'avez qu'à lire Barbe-Bleue, et vous ne serez pas si curieuse, enfant gâtée; cela ne vous regarde pas plus que moi, voilà ce qu'il y a de sûr; et voici le dîner, qui est beaucoup plus intéressant. »

En dépit de l'apparition du dîner, Dolly se serait révoltée contre cette façon cavalière d'écarter la question, si, à la mention faite de Barbe-Bleue, Mme Varden n'était intervenue, protestant que sa conscience ne lui permettait pas d'entendre là, tranquillement assise, recommander à sa fille de lire les aventures d'un Turc et d'un musulman, bien moins encore d'un faux Turc, comme l'était dans son idée ce potentat. Elle soutint que, dans des temps aussi agités, aussi redoutables que ceux où l'on vivait, il serait beaucoup plus utile à Dolly de prendre une souscription régulière au *Foudroyant*; qu'elle aurait au moins l'occasion d'y lire mot pour mot les discours de lord Georges Gordon; et ces discours lui offriraient beaucoup plus de confort et de consolation que ne pourraient lui en procurer cent cinquante Barbes-Bleues. Elle en appela, pour appuyer cette proposition, à Mlle Miggs, qui servait alors à table. Celle-ci dit que le calme d'esprit qu'elle avait retiré de la lecture de cet écrit en général, mais en particulier d'un article de la semaine dernière, positivement la dernière, et intitulé : « La Grande-Bretagne noyée dans le sang, » surpassait en vérité toute croyance. Elle ajouta que le même morceau avait produit sur l'esprit d'une sœur à elle, mariée et domiciliée cour du Lion d'Or, numéro vingt-sept, deuxième cordon de sonnette au montant de la porte à main droite, un effet si réconfortant, que, dans le délicat état de santé où elle se trouvait, puisqu'elle attendait un surcroît à sa petite famille, elle était tombée en attaque de nerfs à la lecture dudit article, et n'avait depuis parlé en son délire que de l'inquisition, à la grande édification de son mari et de ses amis. Mlle Miggs ne craignit pas de dire qu'elle recommandait à tous ceux dont les cœurs étaient endurcis d'entendre eux-mêmes lord Georges, qu'elle louait d'abord pour son ferme protestantisme, puis pour son génie oratoire, puis pour ses yeux, puis pour son nez, puis pour ses jambes, et finalement pour l'ensemble de sa personne, qu'elle considérait comme faite pour honorer une statue modèle de prince ou d'ange ; sentiment auquel Mme Varden souscrivit pleinement.

Mme Varden profita de la circonstance pour regarder sur le dessus de la cheminée une boîte peinte, imitant une maison bâtie en briques très-rouges, avec un toit jaune, surmonté d'une vraie cheminée par laquelle les souscripteurs volontaires faisaient couler leur argent, leur or, ou leurs sous, dans la salle à manger ; et sur la porte, l'imitation d'une plaque de cuivre où se lisaient très-bien ces deux mots : Association Protestante ; et en la regardant, elle déclara que c'était pour elle une source de poignante affliction de penser que jamais Varden n'avait, de tout son avoir, fait couler la moindre chose dans ce temple, sauf une fois, en secret, comme elle l'avait découvert plus tard, deux fragments de pipe, profanation dont elle souhaitait qu'on ne le rendît pas responsable, au jour du règlement des comptes.

Elle remarqua ensuite, elle était peinée de le dire, que Dolly
ne se montrait guère moins retardataire dans ses contribu-
tions, aimant mieux, à ce qu'il semblait, acheter des rubans
et de semblables babioles, qu'encourager la grande cause,
soumise alors à de si accablantes tribulations. Elle la suppliait donc (car pour son père, elle craignait bien qu'il ne fût
incorrigible), elle la suppliait de ne point mépriser, mais
d'imiter au contraire le brillant exemple de Miggs, qui jetait
ses gages pour ainsi dire à la figure du pape, au risque de
lui casser le nez avec son trimestre.

« Oh! mame, dit Miggs, ne parlez pas de ça. Je n'ai pas l'intention, mame, que personne le sache. Des sacrifices comme
ceux que je puis faire sont le denier de la veuve. C'est tout
ce que j'ai, cria Miggs en fondant en larmes, car chez elle
les larmes ne venaient jamais par degrés, mais j'en suis
récompensée d'une autre manière; j'en suis bien récompensée. »

C'était complétement vrai, quoique peut-être pas tout à
fait de la manière que Miggs voulait le dire. Comme elle ne
manquait jamais de consommer ses sacrifices généreux sous
les yeux et dans la tirelire de Mme Varden, cela lui valait de
si nombreux cadeaux de bonnets, de robes et autres articles
de toilette, que, au total, la maison en briques rouges était
sans doute le meilleur placement qu'elle pût trouver pour
son petit capital, cette maison lui rendant un intérêt de sept
ou de huit pour cent en argent, et de cinquante au moins en
réputation personnelle et en estime.

« Vous n'avez pas besoin de pleurer, Miggs, dit Mme Varden, elle-même en larmes. Vous n'avez pas besoin d'en être
toute honteuse, quoique vous ayez en cela le malheur de
faire comme votre pauvre maîtresse. »

Miggs, à cette remarque, hurla d'une façon particulièrement lugubre, en disant qu'elle savait bien que maître Varden la haïssait; que c'était une terrible chose que de vivre
en condition, pour être entre l'enclume et le marteau, sans
pouvoir plaire à tout le monde; que c'était une chose dont
elle ne pouvait supporter la pensée, que de semer la zizanie,
et que ses sentiments lui défendaient de jouer ce rôle plus
longtemps; que si c'était le désir du bourgeois de se séparer
d'elle, il valait mieux se séparer tout de suite; qu'elle ne

souhaitait qu'une chose, c'était qu'il en fût plus heureux : car elle ne lui voulait que du bien, et ne demandait pas mieux qu'il trouvât quelqu'un qui pût convenir à son caractère. Ce serait une dure épreuve, continua-t-elle, de se séparer d'une si bonne maîtresse ; mais elle était capable d'accepter n'importe qu'elle souffrance quand sa conscience lui disait qu'elle était dans le droit chemin, et c'était là ce qui lui donnait le courage de se résigner à son sort. Elle ne pensait pas, ajouta-t-elle, qu'elle survécût longtemps à ces séparations ; mais puisqu'on la haïssait et qu'on ne la voyait qu'avec déplaisir, peut-être sa mort, et aussi prompte que possible , était-elle ce qu'il y avait de mieux à souhaiter pour tout le monde. Arrivée à cette navrante conclusion, Mlle Miggs répandit encore des larmes, et sanglota comme une Madeleine.

« Pouvez-vous supporter cela, Varden ? dit sa femme d'une voix solennelle, en posant son couteau et sa fourchette.

— Ma foi ! pas trop bien, ma chère, répliqua le serrurier ; mais je fais tout ce que je peux pour garder mon sang-froid.

— Qu'il n'y ait pas de mots à mon sujet, mame, soupira Miggs. Mieux vaut que nous nous séparions. Je ne voudrais pas rester.... oh ! miséricorde divine !... et causer des divisions. Non, pas même pour une mine d'or par an, ou pour une rente de thé sucré. »

De crainte que le lecteur ne soit en peine de découvrir le motif de la profonde émotion de Mlle Miggs, nous pouvons en aparté lui confier tout bas que, comme elle était toujours aux écoutes, elle avait entendu, au moment où Gabriel et sa femme conversaient ensemble, la plaisanterie du serrurier relative à ce négrillon qui jouait du tambour de basque ; elle n'avait pu retenir l'explosion des sentiments de dépit que ce sarcasme avait éveillés dans son beau sein , et voilà ce qui l'avait fait éclater comme nous venons de voir. Les choses étant arrivées alors à une crise, le serrurier, selon sa coutume, par amour pour la paix et la tranquillité, commença à mettre les pouces.

« Qu'avez-vous à pleurer, ma fille ? dit-il. De quoi s'agit-il ? qui est-ce qui vous dit qu'on vous hait ? moi ! je ne vous hais pas ; je ne hais personne. Séchez vos yeux, devenez de meilleure humeur, au nom du ciel, et ne nous rendons pas

malheureux tous tant que nous sommes : il sera toujours
assez tôt. »

Les puissances confédérées, jugeant d'une bonne tactique
de considérer ces paroles comme une excuse suffisante de
l'ennemi commun et comme un aveu de ses torts, séchèrent
leurs yeux et prirent la chose en bonne part. Mlle Miggs fit
remarquer qu'elle ne voulait de mal à personne, pas même
à son plus grand ennemi, et qu'elle l'aimait d'autant plus au
contraire qu'il lui infligeait une persécution plus cruelle.
Mme Varden approuva hautement cet esprit de douceur et
de clémence, et déclara incidemment, comme si c'eût été une
des clauses du traité de paix, que Dolly l'accompagnerait ce
soir même à la succursale de l'Association siégeant à Clerkenwell. Ce fut là un exemple extraordinaire de sa grande
prudence et de sa politique. Il y avait bien longtemps qu'elle
visait à ce résultat, et, comme elle soupçonnait secrètement
que le serrurier (toujours hardi lorsqu'il était question de sa
fille) ne manquerait pas d'y faire des objections, si elle avait
tant soutenu Mlle Miggs tout à l'heure, c'était pour le
prendre à son désavantage. La manœuvre réussit à souhait.
Gabriel se contenta de faire une grimace, et, pour ne pas
s'attirer une seconde scène comme celle de tout à l'heure, il
n'osa pas dire un seul mot.

Miggs y gagna de Mme Varden une robe et de Dolly une
demi-couronne, pour la récompenser de s'être éminemment
distinguée dans le sentier de la vertu et de la sainteté.
Mme Varden, selon sa coutume, exprima l'espoir que ce qui
venait de se passer serait pour Varden une leçon qui lui
apprendrait à tenir une plus généreuse conduite à l'avenir.

Le dîner s'étant refroidi, et personne n'ayant gagné beaucoup d'appétit durant cette scène, on continua le repas,
comme dit Mme Varden, « en chrétiens. »

La grande parade des volontaires royaux de Londres
oriental devait avoir lieu dans l'après-midi; le serrurier ne
travailla donc pas davantage, mais il s'assit à son aise, la
pipe à la bouche et son bras autour de la taille de sa jolie
fille, regardant de temps en temps Mme Varden d'un air
aimable, et ne montrant du sommet de sa tête à la plante
de ses pieds qu'une surface souriante de bonne humeur. Et
bien sûr, lorsque vint l'heure de revêtir son uniforme, et

que Dolly, se suspendant autour de lui avec toute sorte de
poses gracieuses et des plus séduisantes, l'aida à se bou-
tonner, à se boucler, à se brosser et à entrer dans l'un des
habits les plus justes qu'ait jamais faits tailleur en ce monde,
c'était bien le plus orgueilleux père de toute l'Angleterre.

« Ah ! la bonne pièce ! dit le serrurier à Mme Varden, qui
était debout à l'admirer les bras croisés (car, après tout, elle
était un peu fière de son martial époux), tandis que Miggs
lui tendait le chapeau et le sabre à longueur de bras, comme
si elle eût craint que ce dernier ne passât de son chef au
travers du corps de quelqu'un ; mais, Doll, ma chère, n'épouse
jamais un soldat. »

Dolly ne demanda pas pourquoi, ni ne dit mot ; mais elle
baissa bien bas la tête pour attacher le ceinturon.

« Je ne porte jamais cet uniforme, dit l'honnête Gabriel,
que je ne pense au pauvre Joe Willet. J'aimais Joe ; il a toujours été mon favori. Pauvre Joe !... Tudieu, ma fille, ne me
serre donc pas si fort ! »

Dolly se mit à rire ; mais ce n'était pas son rire habituel :
c'était le plus étrange petit rire du monde. Et elle pencha la
tête encore plus bas.

« Pauvre Joe ! reprit le serrurier en marmottant ces mots
entre ses dents ; j'ai toujours regretté qu'il ne fût pas venu
me trouver. J'aurais rétabli le bon accord entre eux, s'il était
venu. Ah ! le vieux John s'est bien trompé dans sa manière
de traiter ce garçon.... oh ! oui, fièrement trompé.... Aurez-
vous bientôt attaché mon ceinturon, ma chère ? »

Il fallait que ce ceinturon fût mal fait ! il venait encore de
se détacher, et le voilà qui traînait à terre. Dolly fut obligée
de s'agenouiller et de recommencer de plus belle.

« Qu'est-ce que vous avez besoin de parler du jeune Willet,
Varden ? dit sa femme en fronçant le sourcil ; est-ce que
vous ne pourriez pas nous parler de quelque chose de plus
intéressant ? »

Mlle Miggs fit un grand reniflement qui avait le même
sens.

« Allons ! Marthe, cria le serrurier ; ne soyons pas trop
sévères à son égard. Si ce garçon est mort, soyons du moins
affectueux pour sa mémoire.

— Un fugitif et un vagabond ! » dit Mme Varden.

Mlle Miggs exprima comme auparavant qu'elle partageait l'avis de sa maîtresse.

« Un fugitif, ma chère, mais non pas un vagabond, répliqua doucement le serrurier. Il se conduisait bien, Joe, toujours bien, et c'était un beau et brave garçon. Ne l'appelez pas un vagabond, Marthe. »

Mme Varden toussa.... et Miggs fit de même.

« Et qui a bien fait tout ce qu'il a pu pour gagner votre estime, Marthe, je vous en réponds, ajouta le serrurier en souriant et en se caressant le menton. Ah! oui; il a bien fait ce qu'il a pu. Un soir, il me semble que c'est hier, il me suivit à la porte du Maypole, et me pria de ne pas dire qu'on le traitait chez lui comme un petit garçon.... de ne pas le dire ici, à la maison, c'était comme cela qu'il l'entendait; quoique sur le moment, je m'en souviens, je ne l'eusse pas compris. » Et comment va Mlle Dolly, monsieur? » me disait-il, poursuivit le serrurier, en rêvant avec tristesse. Ah! pauvre Joe!

— Bon, je vous avertis, moi, cria Miggs. Oh! miséricorde divine!

— Eh bien! qu'est-ce qu'il vous prend? dit Gabriel en se retournant vivement vers la servante.

— Eh mais, est-ce que ne voilà pas Mlle Dolly, dit Miggs, en se baissant pour regarder sa jeune maîtresse en face, qui verse un torrent de larmes? Oh, mame! oh, monsieur! vraiment ça me retourne au point, cria l'impressionnable camériste en pressant son côté de sa main pour arrêter les palpitations de son cœur, que vous me feriez tomber morte, rien qu'en me touchant du bout d'une plume. »

Le serrurier, après un coup d'œil à Mlle Miggs, comme s'il eût souhaité qu'on lui apportât une plume tout de suite, jeta des yeux effarés sur Dolly, qui s'enfuyait, suivie de cette jeune femme pleine de sympathie; puis, se tournant vers son épouse, il balbutia : « Dolly serait-elle malade? Est-ce que c'est moi qui lui ai fait quelque chose? Est-ce que c'est ma faute?

— Votre faute! cria Mme Varden d'un air de reproche. Là! vous auriez mieux fait de vous dépêcher de partir.

— Qu'est-ce que j'ai donc fait? dit le pauvre Gabriel. Il avait été convenu que jamais le nom de M. Édouard ne serait prononcé, je n'ai pas parlé de lui; est-ce que j'en ai parlé?»

Mme Varden répliqua purement et simplement qu'elle perdait patience, et s'élança après les deux autres. L'infortuné serrurier attacha son ceinturon, ceignit son sabre, mit son chapeau et sortit.

« Je ne suis pas bien ferré sur l'exercice, dit-il à voix basse, mais je me tirerai encore mieux d'affaire de cette besogne-là que de celle-ci. Chaque homme est venu au monde pour quelque chose ; mon département semble être de faire pleurer toutes les femmes sans le vouloir. C'est un peu fort !»

Mais il n'avait pas encore atteint le bout de la rue qu'il avait déjà oublié cet incident. Il continua son chemin avec une figure rayonnante, faisant un signe de tête en passant devant chaque voisin, et répandant autour de lui ses salutations amicales comme une douce pluie de printemps.

CHAPITRE XLII.

Les volontaires royaux de Londres oriental offrirent ce jour-là un brillant spectacle : formés en lignes, en carrés, en cercles, en triangles et mille autres figures, avec leurs tambours battants et leurs drapeaux flottants, ils exécutèrent un nombre immense d'évolutions compliquées, et le sergent Varden ne fut pas des derniers à s'y faire remarquer. Après avoir déployé au plus haut point leur prouesse militaire dans ces scènes guerrières, ils marchèrent au pas, dans un ordre éblouissant, vers Chelsea Bun-House, et se régalèrent jusqu'à la nuit dans les tavernes adjacentes. Puis, au son du tambour, ils reformèrent leurs rangs, et retournèrent, parmi les vivat des sujets de Sa Majesté, au lieu d'où ils étaient venus.

Cette marche vers le logis fut quelque peu retardée par la conduite peu militaire de certains caporaux, gentlemen d'ha-

bitudes tranquilles dans la vie privée, mais excitables au
dehors. Ils cassèrent à coups de baïonnette les vitres de
plusieurs fenêtres, et mirent le commandant en chef dans
l'impérieuse nécessité de les placer sous la garde d'une
forte escouade, avec laquelle ils se battirent par intervalles
tout le long du chemin. Voilà pourquoi notre serrurier n'atteignit pas son domicile avant neuf heures. Une voiture de
louage attendait près de la porte; et, au moment où il entrait, M. Haredale, passant la tête à la portière, l'appela par
son nom.

« Voilà une vue qui peut guérir les ophthalmies, monsieur,
dit le serrurier en s'avançant vers ce gentleman. Je regrette
que vous ne soyez pas entré, plutôt que d'attendre ici.

— Il n'y a personne chez vous, à ce qu'il paraît, répondit
M. Haredale; je désire d'ailleurs que nous ayons un entretien aussi particulier que possible.

— Hum! marmotta le serrurier en jetant un regard autour de la maison. Parties avec Simon Tappertit, sans doute
pour aller à cette précieuse succursale! »

M. Haredale l'invita à monter dans la voiture, et, s'il
n'était pas fatigué ou trop pressé de rentrer au logis, à faire
une petite promenade avec lui pour pouvoir causer un peu
ensemble. Gabriel y consentit avec plaisir, et le cocher, montant sur son siége, lança les chevaux.

« Varden, dit M. Haredale après une pause d'une minute,
vous serez stupéfait en apprenant la mission dont je me suis
chargé; elle vous paraîtra bien étrange.

— Je ne doute pas qu'elle ne soit raisonnable, monsieur,
et fort sensée, répliqua le serrurier; sans cela, vous ne vous
en seriez pas chargé. Ne faites-vous que de revenir à la
ville, monsieur?

— Il n'y a qu'une demi-heure que je suis à Londres.

— Vous n'apportez pas de nouvelles de Barnabé ni de sa
mère? dit le serrurier d'un air inquiet. Ah! vous n'avez pas
besoin de secouer la tête, monsieur. C'était une chasse aux
oies sauvages. Je m'en suis bien douté dès l'origine. Vous
aviez épuisé tous les moyens raisonnables de les découvrir
lorsqu'ils sont partis. Et, après un si long temps, il n'y avait
guère d'espérance de recommencer vos recherches avec
succès.

— Mais où sont-ils? répliqua M. Haredale avec impatience.
Où peuvent-ils être ? Ils ne peuvent pas être sous terre.

— Dieu le sait, répondit le serrurier. Il y en a plus d'un,
que j'ai connus il y a cinq ans encore, qui sont couchés
maintenant sous le gazon. Et le monde est si grand! C'est
une tentative sans espoir, monsieur, croyez-moi. Nous devons laisser la découverte de ce mystère, ainsi que de tous
les autres, au temps, au hasard, au bon plaisir du ciel.

— Varden, mon excellent garçon, dit M. Haredale, j'ai,
dans mon anxiété présente, une envie démesurée de poursuivre mes recherches. Ce n'est pas un pur caprice ; ce ne
sont pas mes anciens souhaits, mes anciens désirs acciden-
tellement réveillés ; c'est un dessein ardent, solennel.
Toutes mes pensées, tous mes rêves, tendent à le fixer davantage en mon esprit. Je n'ai de repos ni jour ni nuit; ni
paix ni trêve ; je suis obsédé. »

Il y avait une si grande altération dans l'accent habituel
de sa voix, et ses manières dénotaient une émotion si forte,
que Gabriel, plein d'étonnement, ne put que rester assis, à
le regarder dans l'ombre, pour chercher à deviner l'expression de sa figure.

« Ne me demandez pas d'explication, continua M. Haredale. Si je vous en donnais, vous me croiriez victime de
quelque hallucination hideuse. Il suffit que la chose soit
telle qu'elle est, et que je ne puisse pas, non, je ne le peux
pas, reposer tranquillement dans mon lit, sans faire des
choses qui vous paraîtront incompréhensibles.

— Depuis quand, monsieur, dit le serrurier après une
pause, avez-vous éprouvé cette pénible sensation? »

M. Haredale hésita quelques instants, puis il répliqua :
« Depuis la nuit de l'orage. Bref, depuis le dix-neuf mars
dernier. »

Comme s'il eût craint que Varden n'exprimât de la surprise, ou qu'il ne voulût discuter avec lui, il se hâta de
poursuivre :

« Vous pensez, je le sais, que je suis en proie à quelque
illusion. Peut-être le suis-je. Mais elle n'a rien de morbide
en tous cas ; c'est un acte de mon esprit dans son état le plus
sain, et raisonnant sur des faits très-réels. Vous vous rappelez
que Mme Rudge a laissé son mobilier dans la maison qu'elle

occupait. Depuis son départ, cette maison a été fermée par
mes ordres, sauf une fois ou deux la semaine qu'une vieille
voisine y fait sa visite pour faire la chasse aux rats. C'est là
que je vais en ce moment.

— Dans quel but? demanda le serrurier.

— Pour y passer la nuit, répliqua-t-il, et pas seulement
cette nuit, mais bien d'autres. C'est un secret que je vous
confie en cas d'événement inattendu. Vous ne viendrez me
trouver que s'il y avait nécessité pressante; depuis la brune
jusqu'au grand jour, je serai là. Emma, votre fille et les autres, me supposent hors de Londres, comme je l'étais encore
il n'y a pas plus d'une heure. Ne les détrompez pas. Voilà
la mission à laquelle je me suis dévoué. Je sais que je peux
me fier à vous, et je compte que vous ne me questionnerez
pas davantage, quant à présent! »

Puis M. Harédale, comme pour changer de sujet, ramena
le serrurier confondu à la soirée du voleur de grand chemin qu'il avait rencontré au Maypole, au vol commis sur
M. Édouard Chester, à la nouvelle apparition de cet homme
chez Mme Rudge, et à toutes les circonstances étranges qui
avaient encore eu lieu après. Il lui fit négligemment des
questions sur la taille de cet homme, sur sa figure, sur toute
sa personne; il lui demanda s'il ressemblait à quelqu'un
qu'il eût jamais vu.... à Hugh, par exemple, ou à quelque
autre de sa connaissance.... et il lui fit beaucoup d'autres
questions de ce genre, que le serrurier considéra comme des
sujets imaginés pour distraire son attention et donner le
change à son étonnement. Aussi y répondit-il un peu en l'air.

Enfin ils arrivèrent au coin de la rue où était la maison.
M. Haredale descendit et renvoya la voiture. « Si vous voulez voir comme je suis bien logé, dit-il en se retournant
vers le serrurier avec un sombre sourire, vous le pouvez. »

Gabriel, pour qui toutes les merveilles passées n'étaient
rien en comparaison de celle-ci, le suivit en silence le long
de l'étroit trottoir. Ils atteignirent la porte; M. Haredale
l'ouvrit doucement avec une clef qu'il avait sur lui, et la referma lorsque Varden fut entré. Ils se trouvèrent dans l'obscurité la plus complète.

Ils parvinrent à tâtons dans la pièce du rez-de-chaussée.
Là, M. Haredale battit le briquet et alluma une bougie de

poche qu'il avait apportée à cette intention. Ce fut alors qu'à
la lumière qui l'éclairait en plein, le serrurier vit pour la première fois combien il était hagard, pâle et changé ; combien
il était exténué, amaigri ; combien tout son extérieur répondait parfaitement à tout ce qu'il avait dit de si étrange durant leur course. C'était un mouvement assez naturel chez
Gabriel, après tout ce qu'il avait entendu, que d'observer
curieusement l'expression de ses yeux. Elle était pleine de
calme et de bon sens.... au point, en vérité, que, se sentant
honteux de ses soupçons passagers, il baissa ses propres
yeux lorsque M. Haredale regarda vers lui, de crainte qu'ils
ne trahissent sa pensée.

« Voulez-vous parcourir la maison ? dit M. Haredale en
jetant un coup d'œil sur la fenêtre, dont les volets peu solides étaient fermés et assujettis. Parlez bas. »

Il eût été difficile de parler autrement, tant ce lieu inspirait de terreur. Gabriel chuchota : « Oui, » et suivit en haut
M. Haredale.

Chaque chose était précisément comme ils l'avaient vue la
dernière fois ; il y régnait une odeur de renfermé provenant
de ce que l'air frais n'y pénétrait jamais, et une obscurité
pesante, comme si un long emprisonnement eût rendu le silence lui-même plus lugubre encore. Les grossières tentures
des lits et des fenêtres avaient commencé à tomber de vé-
tusté ; la poussière gisait épaisse sur leurs plis en lambeaux ;
l'humidité s'était fait un passage à travers le plafond, les
murs et le plancher. Le parquet craquait sous leurs pieds,
comme s'il se révoltait contre les pas inaccoutumés de quelques
intrus ; d'agiles araignées, paralysées par l'éclat de la bougie, suspendaient le mouvement de leurs cent pattes sur la
muraille, ou se laissaient choir à terre comme des choses
inanimées ; le ver rongeur, dans les poutres, faisait retentir
son tic-tac funèbre, et l'on entendait derrière la boiserie le
remue-ménage des rats et des souris qui décampaient.

En considérant cet ameublement délabré, ils s'étonnèrent
tous deux de la vivacité d'images avec laquelle il leur répré-
senta ceux à qui il avait appartenu et qui s'en servaient autrefois pour leurs usages familiers. Grip semblait être encore
perché sur la chaise à dossier élevé ; Barnabé s'accroupir
encore dans son ancien coin favori, près du feu ; la mère re-

prendre sa place habituelle pour le surveiller comme jadis.
Même lorsqu'ils pouvaient séparer dans leur esprit ces objets visibles des fantômes disparus, ces fantômes se dérobaient seulement à leur vue, mais ils restaient près d'eux
encore : car ils semblaient les guetter du fond des cabinets
ou de derrière les portes, prêts à sortir de là soudain pour les
interpeller de leurs voix bien connues.

Ils descendirent l'escalier et revinrent dans la pièce qu'ils
avaient quittée quelques instants avant. M. Haredale dé-
boucla son épée et la mit sur la table avec une paire de
pistolets de poche; puis il dit au serrurier qu'il allait l'éclairer jusqu'à la porte.

« Savez-vous que vous avez pris là un poste qui n'est pas
gai du tout, monsieur ? dit Gabriel, qui s'en allait à contre-
cœur. Est-ce que vous ne voulez personne pour partager
votre veille ? »

Il secoua la tête et manifesta si positivement son désir
d'être seul, que Gabriel ne put insister. Un moment après le
serrurier était dans la rue, d'où il vit la lumière voyager une
seconde fois en haut; elle ne tarda pas à revenir dans la
chambre basse et à y briller à travers les fentes des volets.

Si jamais homme fut cruellement embarrassé et inquiet, ce
fut le serrurier ce soir-là. Même lorsqu'il se vit confortablement assis au coin de son propre foyer, ayant devant lui
Mme Varden en bonnet de nuit et en camisole, et à côté de
lui Dolly (dans le déshabillé le plus assassin) frisant ses
cheveux et souriant comme si elle n'eût jamais pleuré de sa
vie et qu'elle ne dût pleurer jamais.... même alors avec Tobie à son coude et sa pipe à sa bouche, et Miggs (mais ça, ça
ne compte pas) s'endormant par derrière, il ne put écarter
sa profonde surprise et sa vive inquiétude. Il en fut de même
dans ses rêves.... il y voyait encore M. Haredale, hagard,
rongé par les soucis, écoutant dans la maison déserte le
moindre bruit, le moindre mouvement, à la lueur de la bougie qui brillait à travers les fentes, jusqu'à ce que le jour
vînt la faire pâlir et mettre un terme à sa veille solitaire.

FIN DU PREMIER VOLUME.

www.ingramcontent.com/pod-product-compliance
Lightning Source LLC
Chambersburg PA
CBHW050303030726
47505CB00003B/547